Unterwegs in die Welt von morgen

Unterwegs in die Welt von morgen

Utopische Geschichten
und Science-fiction-Romane

Verlag Das Beste
Stuttgart · Zürich · Wien

Die Texte in diesem Buch
erscheinen mit Genehmigung der Verleger

112

PRINTED IN GERMANY
ISBN 3 87070 329 6

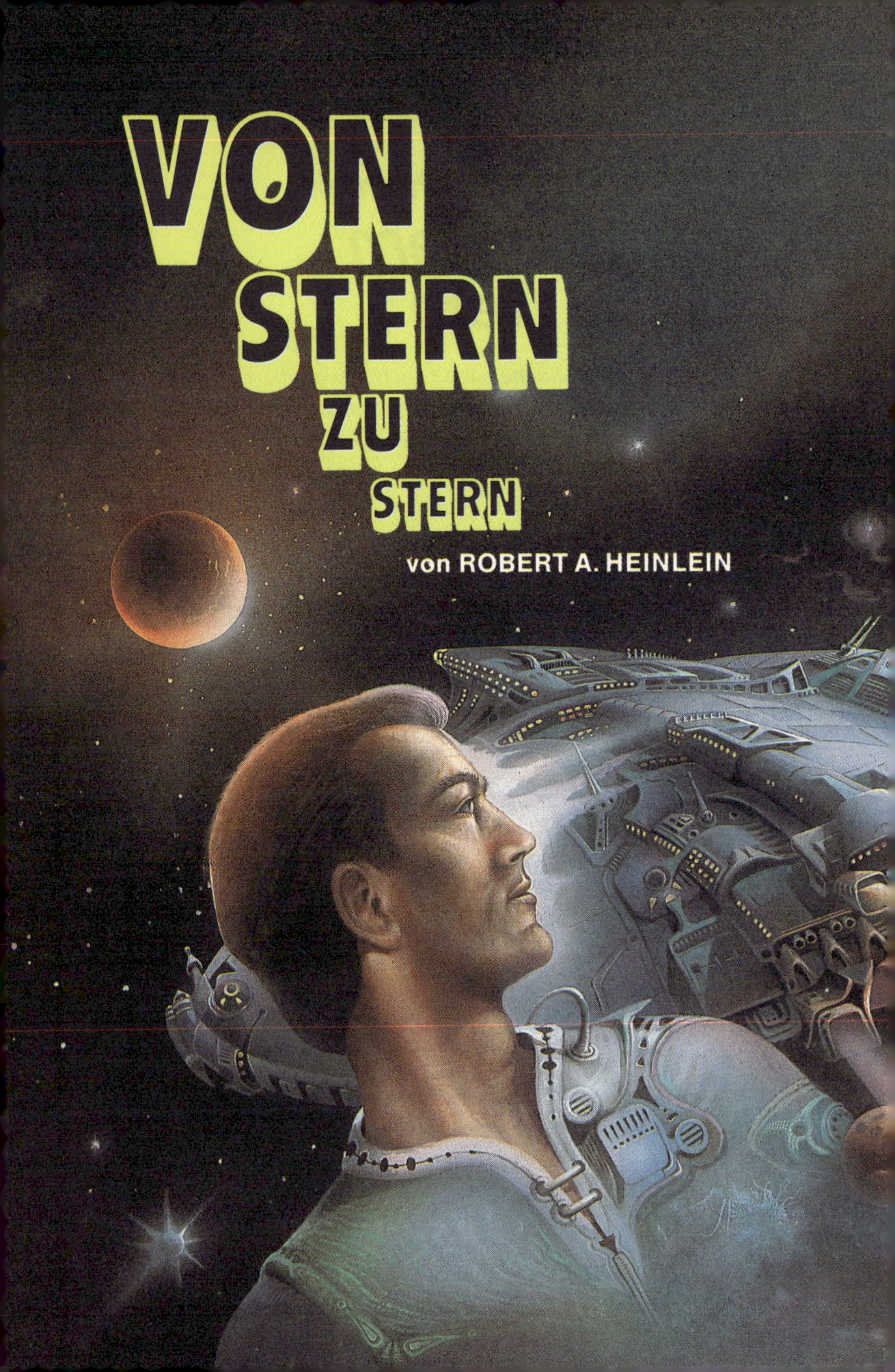
VON
STERN
ZU
STERN
von ROBERT A. HEINLEIN

Ins Deutsche übertragen von
Heinz Nagel

Illustrationen:
Hans-Günter Hauptmann

I: Die Akademie für Langzeitforschung

Wenn man ihren Biographen glauben darf, dann hatten die Lieblingskinder der Vorsehung für ihr zukünftiges Leben stets bis ins letzte Detail gehende Pläne. Napoleon überlegte sich bereits als barfüßiger Junge auf Korsika, welches Reich er einmal beherrschen würde, ebenso Alexander der Große, und Einstein murmelte schon in der Wiege mathematische Formeln vor sich hin. Mag sein. Ich für meinen Teil habe mich einfach so durchgeschlagen.

In einem alten Buch, das meinem Urgroßvater Lucas gehörte, sah ich einmal die Karikatur eines Mannes im Abendanzug, der über eine Skischanze ging und mit dem Ausdruck schockierten Unglaubens sagte: „Wie bin ich nur hier raufgekommen?" Ich weiß, wie ihm zumute war. Wie bin ich denn hier heraufgekommen?

Ich war nicht einmal geplant. Die steuerfreie Quote für unsere Familie betrug drei Kinder, und dann kamen mein Bruder Pat und ich in einer riesigen Sparpackung an. Wir waren für alle eine Überraschung, besonders für meine Eltern, meine drei Schwestern und die Steuerbehörde. Ich kann mich nicht daran erinnern, selbst überrascht gewesen zu sein, aber meine frühesten Erinnerungen sind ein unbestimmtes Gefühl, nicht ganz willkommen zu sein, obwohl Dad und Mama und Faith, Hope und Charity uns durchaus ordentlich behandelten.

Vielleicht hat Dad die Krise nicht richtig angepackt. Viele Familien verschaffen sich durch Tausch mit einer anderen Familie eine zusätzliche Kinderquote, und dann gibt es auch andere Möglichkeiten, besonders wenn die Steuerfreigrenze schon mit lauter Jungs oder lauter Mädchen erreicht ist. Aber Dad war stur und beharrte darauf, daß das Gesetz verfassungswidrig, ungerecht, diskriminierend und gegen die öffentliche Moral sei und im übrigen auch dem Willen Gottes widerspreche. Er konnte eine ganze Liste wichtiger Leute herunterleiern, die jeweils jüngste Kinder von großen Familien waren, angefangen bei Benjamin Franklin bis zum ersten Gouverneur des Planeten Pluto. Und anschließend forderte er immer seinen jeweiligen Gesprächspartner auf, ihm doch gefälligst zu erklären, wo die

Menschheit wohl jetzt ohne sie wäre, worauf Mutter gewöhnlich ein paar besänftigende Worte sagte.

Wahrscheinlich hatte Dad recht, da er schließlich fast alles studiert hatte, selbst sein eigenes Gewerbe, nämlich Mikromechanik; aber ganz besonders hatte er sich mit Geschichte befaßt. Er wollte uns nach seinen zwei Helden aus der amerikanischen Geschichte benennen, wohingegen Mutter uns die Namen ihrer Lieblingskünstler zugedacht hatte. Das trug mir den Namen Thomas Paine Leonardo da Vinci Bartlett ein, während mein Zwillingsbruder Patrick Henry Michelangelo Bartlett wurde. Dad nannte uns Tom und Pat und Mutter Leo und Michel, und unsere Schwestern nannten uns Nutzlos und Doppelt-Nutzlos. Dad gewann am Ende, indem er stur blieb.

Dad war stur. Er hätte die jährliche Kopfsteuer für uns bezahlen, sich um eine Siebenpersonenwohnung bewerben und sich in das Unvermeidliche fügen können. Dann hätte er eine Neueinstufung verlangen können. Statt dessen verlangte er jedes Jahr für uns Zwillinge Steuerfreiheit, was am Ende unweigerlich dazu führte, daß er unsere Kopfsteuer bezahlte und auf den Scheck den Stempel „Unter Protest bezahlt!" setzte und wir sieben in einer Fünfpersonenwohnung lebten.

Als Pat und ich noch klein waren, schliefen wir in selbstgemachten Kinderbetten im Badezimmer, was ganz bestimmt für niemanden sonderlich bequem war. Als wir dann größer waren, schliefen wir auf der Wohnzimmercouch, was für alle unbequem war, insbesondere für unsere Schwestern, die feststellten, daß dies ihr gesellschaftliches Leben behinderte.

Dad hätte all das lösen können, indem er sich um die Familienauswanderung zum Mars oder zur Venus oder den Jupitermonden beworben hätte, und er brachte dieses Thema auch immer wieder zur Sprache. Aber genau damit schaffte er es, Mama noch sturer zu machen, als er war. Ich weiß nicht, was ihr bei dem Gedanken an den großen Sprung angst machte, weil sie jedesmal bloß den Mund zusammenkniff und keine Antwort gab. Dad wies dann darauf hin, daß die Auswanderungsanträge von Großfamilien bevorzugt bearbeitet wurden und daß die Kopfsteuer sogar dazu diente, außerirdische Kolonien zu unterstützen, und was eigentlich dagegen spreche, Nutzen aus dem Geld zu ziehen, das man uns auf so gemeine Weise abnahm? Ganz zu schweigen, daß unsere Kinder in Freiheit und mit viel Spielraum aufwachsen würden, draußen, wo nicht hinter jedem produktiven Arbeiter ein Bürokrat stand und sich neue Regeln und Einschränkungen ausdachte. Ob jemand darauf eine Antwort habe?

Mutter antwortete nie, und wir emigrierten nie.

Geld war bei uns immer knapp. Zwei zusätzliche Münder, zusätzliche Steuern und keine Familienhilfe für die zwei zusätzlichen Esser bewirkten, daß das Gesetz für stabilisierte Familieneinkommen ebenso schlecht paßte wie die Kleider, die Mama aus Dads abgetragenen Anzügen für uns schneiderte. Es kam verdammt selten vor, daß wir uns so wie andere Leute unser Abendessen einfach am Computerterminal wählen konnten, und Dad brachte sogar immer die Reste seines Mittagessens mit nach Hause. Mama fing sofort wieder zu arbeiten an, als wir Zwillinge im Kindergarten waren, aber der einzige Haushaltsroboter, den wir hatten, war ein veraltetes Modell „Morris Garage", *Mutters Helfer,* dem dauernd Röhren durchbrannten und bei dem die Programmierung fast so lange dauerte, wie die Arbeit selbst. Pat und ich machten uns mit Spülwasser und Waschmitteln vertraut – zumindest ich; Pat bestand gewöhnlich darauf, das Sterilisieren zu übernehmen, oder er hatte gerade einen verletzten Daumen oder irgend etwas.

Dad redete gern über die ideellen Vorteile, die es mit sich brachte, wenn man arm war – weil man dabei lernte, auf eigenen Füßen zu stehen, seinen Charakter aufbaute und all das. Als ich schließlich alt genug war, um das richtig zu verstehen, war ich auch alt genug, um mir zu wünschen, daß diese Vorteile nicht so ideeller Natur sein möchten. Aber wenn ich heute zurückdenke, muß ich zugeben, daß das, was er sagte, vielleicht doch etwas für sich hatte. Jedenfalls hatten wir Spaß. Pat und ich züchteten Hamster, und Mama hatte nie etwas dagegen einzuwenden. Als wir das Badezimmer in ein Chemielabor verwandelten, machten die Mädchen zwar unfreundliche Bemerkungen, aber als Dad schließlich unangenehm wurde, redeten sie ihm das wieder aus und hängten anschließend ihre Wäsche woanders auf, und später stellte sich Mama zwischen uns und den Hausmeister, als wir Säure in den Ausguß schütteten und damit der Installation etwas zu nahe traten.

Das einzige Mal, daß ich mich erinnere, daß Mama einmal unangenehm wurde, war, als ihr Bruder, Onkel Steve, vom Mars zurückkam und uns ein paar Kanalwürmer gab, die wir großziehen und mit Profit verkaufen wollten. Aber als Dad in der Dusche auf einen trat (wir hatten unsere Pläne nicht mit ihm besprochen), brachte sie uns dazu, sie dem Zoo zu stiften, mit Ausnahme des einen, auf den Dad getreten und der nicht mehr zu gebrauchen war. Kurz danach brannten wir von zu Hause durch, um uns zur Raummarine zu melden – Onkel Steve war Ballistiksergeant –, und als es nichts nützte, daß wir unser Alter falsch angaben, und sie uns zurückholten, verzichtete Mama nicht nur darauf, uns einen Vortrag zu halten, sondern hatte sogar, während wir weg waren, unsere Schlangen und unsere Seidenraupen gefüttert.

Oh, ich denke, daß wir wirklich glücklich waren. So etwas merkt man immer erst später. Pat und ich standen einander sehr nahe und machten alles gemeinsam, aber eines möchte ich hier klarstellen: Wenn man ein Zwilling ist, ist das keineswegs der Damon-und-Phintias-Traum, den einem die Schnulzenschreiber immer gerne einreden möchten. Man ist dem Menschen sehr nahe, mit dem man geboren wird, mit dem man ein Zimmer teilt, mit dem man ißt, mit dem man spielt, mit dem man arbeitet und ohne den man, soweit man sich erinnern kann und den Zeugenaussagen nach sogar noch weiter zurück, ganz selten überhaupt etwas tut. Sehr nahe ist man sich da; man ist füreinander fast unentbehrlich – aber daß man ihn liebt, dazu führt es nicht notwendigerweise.

Ich möchte das deshalb klarstellen, weil man, seit Zwillinge plötzlich so wichtig geworden sind, eine ganze Menge Unsinn darüber geredet hat. Ich bin ich; ich bin nicht mein Bruder Pat. Ich konnte uns beide immer unterscheiden, selbst wenn andere Leute das nicht konnten. Er ist der Rechtshänder, ich der Linkshänder. Und von meiner Warte aus betrachtet, bin ich derjenige, der immer das kleinere Stück Kuchen bekam. Ich kann mich an Zeiten erinnern, als er es fertigbrachte, sich beide Stücke zu verschaffen, indem er einfach schneller war. Ich will das nicht verallgemeinern; ich denke da an einen ganz bestimmten weißen Kuchen mit Schokoladenglasur und daran, wie er die Dinge so durcheinanderbrachte, daß er auch mein Stück bekam, weil Mama und Dad dachten, er sei wir beide, obwohl ich protestierte. Nachtisch kann der Höhepunkt des Tages sein, wenn man acht ist, und das waren wir damals.

Ich beklage mich nicht über diese Dinge ..., obwohl ich selbst heute noch, nach all den Jahren, von finsterem Zorn erfüllt bin, wenn ich mich daran erinnere, wie ich bestraft wurde, weil Dad und Mama dachten, ich sei derjenige, der versuchte, sich mit einem Trick zwei Portionen Nachtisch zu verschaffen. Aber ich versuche nur, der Wahrheit die Ehre zu geben. Dr. Devereaux hat gesagt, ich solle alles aufschreiben und dort beginnen, wo es darum geht, wie man sich als

Zwilling fühlt. Sie sind nicht etwa ein Zwilling, oder? Vielleicht sind Sie einer. Aber die Chancen stehen vierundvierzig zu eins, daß Sie keiner sind. Nicht einmal ein zweieiiger, wohingegen Pat und ich eineiige, identische Zwillinge sind. Und das ist viermal so unwahrscheinlich.

Es heißt, ein Zwilling sei stets zurückgeblieben – aber das glaube ich nicht. Pat und ich glichen einander immer so wie zwei Schuhe in einem Paar. Die wenigen Male, bei denen wir irgendwelche Unterschiede zeigten, war ich einen Zentimeter größer oder ein Pfund schwerer, und dann glich sich das wieder aus. Wir bekamen gleich gute Noten in der Schule; wir bekamen gleichzeitig unsere Zähne. Aber er hatte etwas mehr Reichweite als ich, etwas, was die Psychologen die „Hackordnung" nennen. Aber das war so subtil, daß man es unmöglich definieren konnte und andere Leute es gar nicht merkten. Soweit ich weiß, fing es mit nichts Besonderem an und entwickelte sich zu einem Schema, das keiner von uns beiden hätte brechen können, selbst wenn er es gewollt hätte.

Wenn die Schwester, die uns nach unserer Geburt aufhob, mich zuerst aufgehoben hätte, dann wäre ich vielleicht derjenige gewesen, der das größere Stück Kuchen abbekam. Aber vielleicht hat sie das auch getan – ich weiß einfach nicht, wie das Ganze anfing.

Aber ich glaube nicht, daß es so schlecht ist, ein Zwilling zu sein, selbst wenn man den kürzeren gezogen hat. Im großen und ganzen ist es sogar sehr gut. Man begibt sich mitten in eine Schar von Fremden hinein und hat Angst – und da ist der Zwillingsbruder, nur ein paar Schritte entfernt, und plötzlich ist man nicht mehr alleine. Oder jemand haut einem eins auf die Fresse, und während man noch groggy ist, hat der eigene Zwillingsbruder dem Kerl eine geschmiert, und der Kampf ist für einen selbst entschieden. Man versaut eine Prüfung, und der Zwillingsbruder hat die seine auch versaut, und man ist nicht alleine. Aber glauben Sie nur ja nicht, wenn man Zwilling ist, wäre das so, als hätte man lediglich einen sehr engen Freund. So ist es überhaupt nicht, und man steht sich viel näher.

Pat und ich hatten unseren ersten Kontakt mit der Akademie für Langzeitforschung, als dieser Mr. Geeking in unserem Haus auftauchte. Ich konnte mich gar nicht mit ihm anfreunden. Dad mochte ihn auch nicht und hätte ihn am liebsten wieder hinauskomplimentiert, aber da saß er bereits und hatte eine Tasse Kaffee vor sich stehen, weil Mutters Vorstellungen von Gastfreundschaft sehr festgefügt waren.

Also durfte dieser Geeking sagen, was er von uns wollte. Er sagte, er sei ein Außendienstvertreter von „Genetische Ermittlungen".

„Was ist das?" fragte Dad scharf.

„‚Genetische Ermittlungen' ist eine wissenschaftliche Agentur, Mr. Bartlett. Bei dem gegenwärtigen Projekt handelt es sich um das Sammeln von Daten bezüglich Zwillingen. Das Projekt liegt im Interesse der Öffentlichkeit, und wir hoffen, daß Sie uns unterstützen werden."

Dad atmete tief und stellte sein imaginäres Rednerpult auf, das er stets bereit hatte. „Mischt sich die Regierung schon wieder wo ein? Ich bin ein anständiger Bürger; ich zahle meine Rechnungen und den Unterhalt für meine Familie. Meine Jungs sind ganz genau wie andere Jungs, und ich bin es leid, mir mit anzusehen, was die Regierung ihnen gegenüber für eine Haltung einnimmt. Ich werde nicht zulassen, daß man an ihnen herumgrabscht und sie untersucht, bloß um irgendeinen Bürokraten zu befriedigen. Alles, was wir verlangen, ist, daß man uns in Ruhe läßt – und daß die Regierung sich zu der offenkundigen Tatsache bekennt, daß meine Jungs ein ebenso großes Recht darauf haben, Luft zu atmen und Platz zu beanspruchen wie jeder andere!"

Dad war nicht dumm, er hatte sich bloß sein automatisches Reaktionsschema in bezug auf Pat und mich zurechtgelegt, das ebenso selbsttätig ablief wie das Knurren eines Hundes, den man zu oft getreten hat. Mr. Geeking versuchte, ihn zu besänftigen, aber es war nicht möglich, Dad zu unterbrechen, wenn er selbst das Band aufgelegt hatte. „Sie können ja dem Ministerium für Bevölkerungskontrolle sagen, daß ich mit Ihren ‚Genetischen Ermittlungen' nichts zu tun haben will. Was wollen die denn herausfinden? Wie man die Leute daran hindert, daß sie Zwillinge bekommen, etwa? Was stimmt denn an Zwillingen nicht? Wo wäre Rom denn ohne Romulus und Remus geblieben? – Darauf möchte ich gern eine Antwort! Mister, wissen Sie, wie viele ..."

„Bitte, Mr. Bartlett, ich komme nicht von der Regierung."

„Was? Nun, warum haben Sie das nicht gleich gesagt? Von wem kommen Sie denn?"

„‚Genetische Ermittlung' ist eine Unterabteilung der Akademie für Langzeitforschung." Ich spürte Pats plötzlich erwachtes Interesse. Alle haben schon von der Akademie für Langzeitforschung gehört, aber zufälligerweise hatten Pat und ich gerade eine Klassenarbeit über gemeinnützige Unternehmungen geschrieben und die Akademie für Langzeitforschung als Beispiel abgehandelt.

Wir hatten Interesse an der Zielsetzung der Akademie für Langzeitforschung bekommen. Auf dem Wappen der Stiftung steht: „Brot auf den Wellen", und das Motto ihrer Gründungsurkunde beginnt folgendermaßen: „Dem Wohlergehen unserer Nachkommen gewidmet." Anschließend findet man in der Gründungsurkunde eine ganze Menge Nebel, wie Rechtsanwälte ihn erzeugen, aber so, wie die Direktoren ihren Auftrag ausgelegt haben, so hat dieser darin bestanden, Geld einzig und allein für solche Dinge auszugeben, um die sich keine Regierung und keine andere Firma kümmern wollte. Dabei reichte es nicht aus, daß ein vorgeschlagenes Projekt in wissenschaftlicher oder gesellschaftlicher Hinsicht interessant war; es mußte darüber hinaus so schrecklich teuer sein, daß niemand anderer sich damit befassen wollte. Und die zu erhoffenden Resultate mußten so weit in der Zukunft liegen, daß man das Projekt weder dem Steuerzahler noch irgendwelchen Aktionären zumuten konnte. Um die Flamme der Begeisterung in den Aufsichtsräten der ALF zum Auflodern zu bringen, mußte man etwas vorschlagen, das wenigstens eine Milliarde kostete und wahrscheinlich in den nächsten zehn Generationen überhaupt keine Ergebnisse bringen würde, wenn überhaupt ... Etwas wie Wetterkontrolle (daran arbeiten sie) oder etwa die Frage, was aus einem Schoß wird, wenn man aufsteht.

Das Komische ist, daß Brot, das man auf die Wellen wirft, um das Siebenhundertfache vermehrt zurückkommt; die verrücktesten Projekte haben der ALF geradezu peinliche Geldbeträge eingebracht – „peinlich" für eine gemeinnützige Unternehmung, heißt das. Man braucht sich bloß die Weltraumfahrt anzusehen: Vor ein paar hundert Jahren schien sie geradezu maßgeschneidert für die ALF, weil sie phantastisch viel Geld kostete und, gemessen an den Investitionen, überhaupt keine vernünftigen Resultate erwarten ließ. Es gab eine Zeit, als die Regierungen aus militärischen Gründen daran arbeiteten, aber der Bayreuther Vertrag von 1980 machte selbst dem ein Ende.

Also schaltete sich die Akademie für Langzeitforschung ein und begann damit, vergnügt Geld zu verschwenden. Das geschah zu einer Zeit, als die Gesellschaft unglücklicherweise ein paar Millionen mit dem Thompson-Massekonverter verdient hatte, obwohl sie damit gerechnet hatte, wenigstens ein Jahrhundert mit reiner Grundlagenforschung verbringen zu müssen. Da sie keine Dividende ausschütten konnte (keine Aktionäre), mußte sie das Geld irgendwie loswerden, und die Weltraumfahrt schien damals das geeignete Rattenloch zu sein, in das man das Geld hineinschütten konnte.

Selbst die Kinder wissen, was daraus geworden ist: Ortegas Fackel hat die Weltraumfahrt innerhalb des Sonnensystems billig, schnell und einfach gemacht, und der Einbahnschirm hat die Kolonisierung der Planeten praktisch und profitabel gemacht; die ALF konnte gar nicht schnell genug wieder aussteigen, um zu verhindern, daß sie wieder einen Haufen Geld machte.

All das habe ich nicht etwa an jenem Abend gedacht; die ALF war nur zufälligerweise etwas, worüber Pat und ich mehr wußten als die meisten Absolventen der Oberschule ... Allem Anschein nach auch mehr als Dad, denn er brummte bloß und antwortete: „Die Akademie für Langzeitforschung, wie? Da wäre es mir ja fast so lieb, wenn Sie von der Regierung kämen. Wenn solche Albernheiten richtig besteuert würden, brauchte die Regierung aus ihren Bürgern keine Kopfsteuern herauszuquetschen."

Das war nicht fair. Mr. McKeefe hatte uns die Aufgabe gestellt, den Einfluß – falls es solchen gab – der ALF auf die Technologie-Wachstumskurve abzuschätzen; entweder hätte ich in dem Kurs durchfallen müssen, oder die ALF hatte dafür gesorgt, daß die Kurve nicht zu Anfang des 21. Jahrhunderts abflachte. Das „kulturelle Erbe", die Ansammlung von Wissen und Wohlstand, die uns daran hindert, Wilde zu sein, hatte infolge der Steuerprivilegien solcher gemeinnütziger Forschungsgesellschaften erheblich zugenommen. Das ist nicht etwa eine Meinung, die ich mir einfach erträumt habe; es gibt Zahlen, um sie zu beweisen. Was wäre denn passiert, wenn die Stammesältesten Ugh gezwungen hätten, mit dem Rest des Stammes auf die Jagd zu gehen, statt zu Hause zu bleiben und das erste Rad zu schnitzen, solang die Idee noch frisch in seinem Kopf war?

Mr. Geeking antwortete darauf: „Ich kann keine Diskussionen über die Zweckmäßigkeit solcher Dinge führen, Mr. Bartlett. Ich bin nur ein Angestellter."

„Dessen Gehalt von mir bezahlt wird. Indirekt und gegen meinen Willen, aber trotzdem bezahlt."

Ich wollte mich in die Auseinandersetzung einschalten, aber ich spürte, wie Pat sich zurückhielt. Mr. Geeking zuckte die Achseln und meinte: „Wenn dem so ist, dann danke ich Ihnen vielmals. Aber ich bin wirklich nur hierhergekommen, um Ihre Zwillinge zu bitten, sich ein paar Tests zu unterziehen und einige Fragen zu beantworten. Die Tests sind harmlos, und die Ergebnisse werden vertraulich behandelt."

„Was wollen Sie denn in Erfahrung bringen?"

Ich glaube, daß Mr. Geeking die Wahrheit sagte, als er antwortete: „Das weiß ich nicht. Ich bin nur ein Mitarbeiter im Außendienst; ich leite das Projekt nicht."

Jetzt schaltete Pat sich ein. „Ich verstehe nicht, weshalb wir ablehnen sollten, Dad. Haben Sie die Tests bei sich, Mr. Geeking?"

„Hör mal, Patrick ..."

„Schon gut, Dad. Zeigen Sie die Tests, Mr. Geeking."

„Äh, das hatten wir eigentlich nicht so vor. Das Projekt hat im TransLunar-Gebäude Büros eingerichtet. Die Tests nehmen etwa einen halben Tag in Anspruch."

„Das ist ja mitten in der Innenstadt, und dann ein halber Tag ... Was zahlen Sie?"

„Wie bitte? Die Versuchspersonen werden gebeten, ihre Zeit im Interesse der Wissenschaft zur Verfügung zu stellen."

Pat schüttelte den Kopf. „Tut mir leid, Mr. Geeking. In der Woche sind Prüfungen ... Und außerdem haben mein Bruder und ich auch Halbtagsjobs."

Ich hielt mich ruhig. Die Prüfungen waren vorbei, mit Ausnahme von Geschichtsanalyse, und das hat nichts mit Mathe zu tun, nur mit Statistik und pseudospatialer Kalkulation und war daher nicht schwierig. Und das Chemielabor, in dem wir arbeiteten, war wegen der Prüfungen geschlossen. Ich war sicher, daß Dad all das nicht wußte, sonst hätte er dazwischengefunkt; Dad kann auf die leiseste Andeutung hin alle seine Vorurteile in den Wind schlagen und stur wie ein römischer Richter werden.

Pat stand auf, also stand ich auch auf. Mr. Geeking blieb sitzen. „Es läßt sich einrichten", sagte er mit gleichmäßiger Stimme.

Pat knöpfte ihm soviel Geld ab, wie wir im ganzen Monat im Labor für das Flaschenwaschen bekommen, und das für die Arbeit eines einzigen Nachmittags – und erhöhte dann seine Forderung, als uns klargemacht wurde, daß wir die Tests gemeinsam ablegen mußten (als ob wir uns auf irgend etwas anderes eingelassen hätten). Mr. Geeking zahlte, ohne mit der Wimper zu zucken, in bar und im voraus.

II: Der natürliche Logarithmus von zwei

Ich hatte in meinem ganzen Leben noch nie so viele Zwillinge gesehen wie am darauffolgenden Mittwochnachmittag im vierzigsten Stockwerk des TransLunar-Gebäudes. Ich mag es nicht, wenn um mich herum Zwillinge sind, ich habe da immer das Gefühl, doppelt zu sehen. Und jetzt sagen Sie bloß nicht, ich sei inkonsequent; die Zwillinge, zu denen ich gehöre, habe ich nie zusammen gesehen – nur Pat.

Pat empfand genauso; wir hatten uns nie mit anderen Zwillingen angefreundet. Er sah sich um und stieß einen Pfiff aus. „Tom, hast du je so viele Ersatzteile gesehen?“

„Nie.“

„Wenn ich hier das Sagen hätte, würde ich die Hälfte von ihnen erschießen.“ Er hatte nicht so laut gesprochen, um niemand zu beleidigen; Pat und ich benutzten eine Art Gefängnishofflüstern, das sonst keiner hören konnte, obwohl wir nie Schwierigkeiten hatten, einander zu verstehen. „Deprimierend, nicht wahr?“

Dann pfiff er leise durch die Zähne, und ich sah dorthin, wo er hinsah. Natürlich Zwillinge, aber in diesem Fall Zwillinge von der Art, wo einmal gut und zweimal besser ist. Es waren rothaarige Schwestern, jünger als wir, aber nicht zu jung – sechzehn vielleicht. Und so kuschelig wie Angorakätzchen. Diese Schwestern hatten auf uns die gleiche Wirkung wie Licht auf eine Motte.

Pat flüsterte mir zu: „Tom, wir sind es denen einfach schuldig, daß wir ihnen ein wenig Zeit widmen“, und strebte auf sie zu, ich dicht hinter ihm her. Sie trugen unechte Schottenkostüme, grüne Karos, die ihr Haar wie Sonnwendfeuer lodern ließen. Und auf uns wirkten sie so hübsch wie der erste Schnee. Und ebenso eisig. Pat hatte seine Eröffnungsansprache gerade zur Hälfte hinter sich gebracht, als ihm die Worte wegblieben und er den Mund hielt; sie starrten durch ihn hindurch. Ich merkte, daß ich rot wurde.

Das einzige, was den ganzen Zwischenfall wenigstens eine Spur weniger peinlich machte, war ein Lautsprecher, der plötzlich zu dröhnen anfing: „Achtung bitte! Sie werden aufgefordert, sich an der Türe einzufinden, die die Initialen Ihres Familiennamens trägt.“ Also gingen wir zur Türe A bis D, und die rothaarigen Schwestern strebten dem anderen Ende des Alphabets zu, ohne uns auch nur eines Blickes gewürdigt zu haben.

Als wir uns in die Schlange einreihten, murmelte Pat: „Hab ich Speisereste am Kinn? Oder haben die vielleicht ein Gelübde abgelegt, alte Jungfern zu werden?“

„Wahrscheinlich beides“, antwortete ich. „Außerdem sind mir Blonde ohnehin lieber.“ Das stimmte, denn Maudie war eine Blondine. Pat und ich waren seit etwa einem Jahr regelmäßig mit Maudie

Kauric ausgegangen – mit ihr gegangen, könnte man das nennen, obwohl es in meinem Fall gewöhnlich nur bedeutete, daß ich mich mit Maudies Freundin Hedda Staley begnügen mußte, deren Vorstellung von einer spritzigen Konversation darin bestand, mich zu fragen, ob ich nicht auch fand, daß Maudie das netteste Ding sei, das es je gegeben habe. Da dies den Tatsachen entsprach und keiner Antwort bedurfte, war unsere Konversation nicht gerade hinreißend.

„Nun, mir auch", pflichtete Pat mir bei, ohne zu sagen, welche Blondine – Maudie war das einzige Thema, das zwischen uns einigermaßen schweigsam abgehandelt wurde. „Aber ich habe das nie zu eng gesehen." Er zuckte die Achseln und fügte vergnügt hinzu: „Und im übrigen gibt es ja andere Möglichkeiten."

Die gab es ganz sicher, denn von den Hunderten von Zwillingen, die sich hier eingefunden hatten, war vielleicht ein Drittel in unserer Altersstufe, und die Hälfte von ihnen, soweit ich das ohne Zählen feststellen konnte, gehörte dem Geschlecht an, das aus einer Menschenmenge ein gesellschaftliches Ereignis macht. Aber keine entsprachen dem hohen Standard der Rothaarigen, und so begann ich, mir die Menge als Ganzes anzusehen.

Das älteste Paar, das ich sah, zwei erwachsene Männer, schien nicht viel älter als Anfang der Dreißig zu sein, und ich sah einen Satz kleiner Mädchen um die zwölf – sie hatten ihre Mutter im Schlepptau. Aber die meisten von ihnen waren in Rufweite der Zwanzig. Ich hatte daraus den Schluß gezogen, daß „Genetische Ermittlungen" ihre Proben nach Altersgruppen entnahm, als ich feststellte, daß wir uns an der Spitze der Schlange befanden, und ein Angestellter sagte: „Namen, bitte."

Die nächsten zwei Stunden reichte man uns von einem Datensammler zum nächsten weiter. Man nahm unsere Fingerabdrücke ab und Blutproben. Wir mußten auf Hunderte alberner Fragen, die man nicht mit „ja" oder „nein" beantworten konnte, mit „ja" oder „nein" antworten. Die Untersuchung war gründlich und umfaßte all den üblichen sorgfältig geplanten Unsinn, der dafür sorgte, daß jemand mit nackten Füßen auf einem kalten Boden stehen mußte, der für bloße menschliche Haut um fünf Grad zu kalt war, und man ihn dauernd betastete und ihm unhöfliche, sehr persönliche Fragen stellte.

Ich langweilte mich gründlich, und als Pat mir zuflüsterte, daß wir eigentlich dem Arzt die Kleider ausziehen und ihn in den Bauch piksen und die Schwester dazu bringen sollten, aufzuschreiben, wie ihm das gefiel, amüsierte mich das nicht einmal. Mein einziger angenehmer Gedanke war, daß Pat denen eine ganze Menge Unsinn erzählt hatte. Dann durften wir uns wieder anziehen und wurden in einen Raum geführt, wo eine ziemlich hübsche Frau hinter einem Schreibtisch saß. Sie hatte ein Sichtgerät vor sich auf dem Tisch und betrachtete zwei Persönlichkeitsprofile, die auf dem Bildschirm übereinander angeordnet waren. Sie glichen sich fast bis aufs Haar, und ich versuchte mit einem schnellen Blick herauszufinden, wo das nicht der Fall war. Aber ich konnte Pats Profil nicht von dem meinen unterscheiden, und außerdem bin ich kein Fachmann in Psychologie.

Sie lächelte und sagte: „Setzt euch, Jungs. Ich bin Doktor Arnault." Sie hob die Profile und eine Anzahl Lochkarten in die Höhe und fügte hinzu: „Perfekte spiegelbildliche Zwillinge bis zur Dextrokardie. Sollte interessant sein."

Pat versuchte, einen Blick auf die Papiere zu werfen. „Was für einen IQ haben wir denn diesmal, Doktor?"

„Das ist jetzt nicht wichtig." Sie legte die Papiere auf den Tisch, deckte sie zu und griff sich dann ein Spiel Karten. „Habt ihr das schon einmal gemacht?"

Natürlich hatten wir das. Schließlich waren das die klassischen Rhine-Testkarten mit all den Krakeln und Sternen und so weiter. Jede Psychologieklasse auf der Oberschule hat sie, und wenn einer ein hohes Punktergebnis herausbekommt, dann bedeutet das fast immer, daß irgendein Schlaumeier sich wieder mal eine Methode ausgedacht hat, um den Lehrer reinzulegen. Pat hatte sich auch eine einfache Schummelmethode überlegt, bis uns dann unser Lehrer, zu müde, um sich zu ärgern, einfach aufteilte und uns die Tests mit anderen Leuten machen ließ – worauf unsere Ergebnisse auf die Größenordnung der Standardfehler zurückfielen. Also wußte ich bereits, daß Pat und ich keine Medien waren und die Rhine-Karten somit auch wieder nur ein langweiliger Test. Aber ich konnte fühlen, daß Pat anfing, aufmerksam zu werden. „Halt die Ohren offen, Kleiner", hörte ich ihn flüstern, „dann machen wir das interessant." Dr. Arnault hörte ihn natürlich nicht. Ich wußte nicht recht, ob wir sollten; aber wenn er es fertigbrachte, mir Signale zu geben, würde ich es nicht fertigbringen, die Ergebnisse zu verfälschen. Die Sorge hätte ich mir sparen können; Dr. Arnault führte Pat hinaus und kam ohne ihn zurück. Sie hatte eine Mikrofonverbindung zu dem anderen Testraum, aber es gab keine Möglichkeit, über dieses Mikro zu flüstern; es war nur dann in Betrieb, wenn sie es einschaltete.

Sie fing sofort an. „Erste Testreihe in zwanzig Sekunden, Mabel", sagte sie in das Mikro, schaltete es ab und wandte sich mir zu. „Sieh dir die Karten an, wenn ich sie umlege", sagte sie. „Streng dich dabei nicht an, du brauchst sie nur anzusehen."

Also sah ich mir die Karten an. Das ging mit einzelnen Variationen vielleicht eine Stunde lang so. Manchmal sollte ich der Empfänger sein, manchmal der Sender. Soweit das mich betraf, passierte überhaupt nichts, denn sie sagten uns unsere Ergebnisse nicht.

Schließlich sah Dr. Arnault auf das Trefferblatt und sagte: „Tom, ich würde dir jetzt gerne eine leichte Injektion verabreichen. Es tut nicht weh und vergeht wieder, ehe du nach Hause gehst. Einverstanden?"

„Was für eine Injektion?" fragte ich argwöhnisch.

„Keine Angst, etwas ganz Harmloses. Ich möchte es dir nicht sagen, sonst könntest du unbewußt die Reaktion zeigen, die du erwartet hast."

„Äh, was sagt denn mein Bruder? Kriegt der auch eine?"

„Kümmere dich bitte jetzt nicht darum. Ich habe dich gefragt."

Ich zögerte immer noch. Dad hielt nicht viel von Injektionen und dergleichen, wenn sie nicht notwendig waren; er hatte ein ziemliches Theater gemacht, bis wir an dem Enzephalitisprogramm teilnehmen durften. „Sind Sie Ärztin?"

„Nein, ich habe in Physik promoviert. Warum?"

„Woher wissen Sie dann, daß die Spritze harmlos ist?"

Sie biß sich auf die Lippen und antwortete dann: „Wenn es dir lieber ist, lasse ich einen Doktor der Medizin kommen."

„Äh, nein, ich denke, das wird nicht notwendig sein." Jetzt erinnerte ich mich an etwas, das Dad über die Schlafkrankheitsspritzen gesagt hatte, und fügte hinzu: „Hat die Akademie für Langzeitforschung eine Haftpflichtversicherung dafür abgeschlossen?"

„Was? Nun, ich denke doch. Ja, ganz bestimmt." Sie sah mich an und meinte dann: „Tom, wie kommt es eigentlich, daß ein Junge in deinem Alter so mißtrauisch ist?"

„Hm? Warum fragen Sie mich das? Sie sind doch die Psychologin. Außerdem", fügte ich hinzu, „wenn Sie auf so vielen Reißnägeln gesessen hätten wie ich, wären Sie bestimmt auch mißtrauisch."

„Hmmm ... Schon gut. Ich habe jahrelang studiert und weiß immer noch nicht, was das für eine junge Generation wird. Nun, bist du also mit der Injektion einverstanden?"

„Äh, ich nehme sie – nachdem die ALF versichert ist. Schreiben Sie einfach auf, was Sie mir geben, und unterschreiben Sie."

Auf ihren Wangen tauchten zwei hellrote Flecken auf. Aber sie nahm ein Blatt Papier, schrieb darauf, faltete es, steckte es in einen Umschlag und klebte ihn zu. „Steck das in deine Tasche", sagte sie etwas gereizt. „Schau es dir nicht an, bis das Experiment vorbei ist. Und jetzt mach den linken Unterarm frei."

Als sie mir die Spritze verpaßte, sagte sie mit zuckersüßer Stimme: „Das wird jetzt ein wenig stechen. Hoffe ich."

Das tat es.

Sie schaltete sämtliche Lichter mit Ausnahme der Projektionslampe in dem Sichtgerät aus. „Fühlst du dich bequem?"

„Sicher."

„Es tut mir leid, wenn ich etwas gereizt war. Ich möchte, daß du ganz entspannt und bequem sitzt." Sie trat neben mich und machte irgend etwas an dem Sessel, auf dem ich saß; der öffnete sich ganz sanft, bis ich praktisch wie auf einem Sofa lag. „Entspann dich und wehr dich nicht dagegen. Wenn du merkst, daß du schläfrig wirst, dann wundre dich nicht." Sie setzte sich, und jetzt konnte ich nur noch ihr Gesicht im Widerschein des Sichtgerätes sehen. Sie war furchtbar hübsch, entschied ich, obwohl sie zu alt war, als daß das etwas zu bedeuten gehabt hätte ... wenigstens dreißig, vielleicht älter. Und nett war sie auch. Sie redete ein paar Minuten mit ihrer sanften Stimme auf mich ein, aber ich erinnere mich nicht genau, was sie sagte.

Dann muß ich eingeschlafen sein, denn gleich darauf war es stockfinster, und Pat war dicht neben mir, obwohl ich nicht bemerkt hatte, daß das Licht ausgegangen wäre oder daß jemand die Türe aufgemacht hätte.

„Tom, hast du jemals einen solch unsinnigen Hokuspokus erlebt?" hörte ich Pat flüstern.

Ich flüsterte zurück: „Das erinnert mich an damals, als die uns in den Club der Kongokannibalen aufgenommen haben."

„Nicht so laut, sonst merken die es."

„Du bist derjenige, der zu laut redet. Und wen stört das schon? Jetzt stoßen wir den Kriegsschrei der Kannibalen aus und machen denen solche Angst, daß sie aus den Schuhen kippen."

„Später, später. Im Augenblick möchte meine Freundin Mabel, daß ich dir eine Reihe von Nummern durchgebe. Also sollen doch die zuerst ihren Spaß haben. Schließlich zahlen die dafür."

„Okay."

„Null Komma sechs neun drei eins."

„Das ist der natürliche Logarithmus von zwei."

„Was hast du denn gedacht? Mabels Telefonnummer? Halt die Klappe und hör zu. Wiederhol die Zahlen. Drei Komma eins vier eins fünf neun ..."

So ging das eine ganze Weile weiter. Einige Zahlen waren mir vertraut, so wie die ersten zwei; die restlichen mögen willkürlich ausgesucht gewesen sein oder vielleicht doch Mabels Telefonnummer, was weiß ich. Ich fing an mich zu langweilen und dachte schon daran, doch den Kriegsruf auszustoßen, als Dr. Arnault leise sagte: „Ende der Testreihe. Bleibt jetzt beide ganz still und entspannt euch ein paar Minuten. Mabel, wir sehen uns im Datenvergleichsraum."

Ich hörte sie hinausgehen, also ließ ich die Idee mit dem Kriegsschrei fallen und entspannte mich. Das Wiederholen all der Zahlen im Dunkeln hatte mich ohnehin etwas benommen gemacht – und wie Onkel Steve sagt, soll man, wenn man eine Chance zum Ausruhen bekommt, das immer tun; vielleicht dauert es eine Ewigkeit, bis wieder eine kommt.

Dann hörte ich, wie die Türe wieder aufging, und blinzelte, als es plötzlich hell wurde. Dr. Arnault sagte: „Das ist alles für heute, Tom ... Und vielen Dank. Wir möchten dich und deinen Bruder morgen um die gleiche Zeit wieder hier sehen."

Ich blinzelte noch einmal und sah mich um. „Wo ist Pat? Was sagt er?"

„Er wartet draußen im Vorraum. Er hat mir gesagt, daß ihr morgen kommen könntet. Das geht doch, oder?"

„Äh, ich denke schon, wenn es ihm recht ist." Ich kam mir wegen unserer Tricks ein wenig albern vor, also fügte ich hinzu: „Dr. Arnault? Tut mir leid, daß ich Sie geärgert habe."

Sie tätschelte mir die Hand und lächelte. „Schon gut. Hast schon recht gehabt, vorsichtig zu sein. Und du hast deine Sache gut gemacht. Du solltest sehen, was für Verrückte wir da manchmal bekommen. Bis morgen."

Pat wartete in dem großen Raum, wo wir die rothaarigen Mädchen gesehen hatten. Er schloß sich mir an, und wir gingen zum Fallschacht. „Ich hab das Honorar für morgen hochgetrieben", flüsterte er mir selbstzufrieden zu.

„Wirklich? Pat, meinst du, daß wir das tun sollten? Ich meine, Spaß ist Spaß, aber wenn die je spitzkriegen, daß wir schummeln, dann sind sie bestimmt sauer. Am Ende müssen wir gar noch das zurückbezahlen, was die uns schon bezahlt haben."

„Wie wollen die das denn anstellen? Man hat uns dafür bezahlt, daß wir hier erscheinen und Tests mitmachen. Das haben wir getan. Daß man bei den Tests nicht schummeln kann, dafür müssen schon die sorgen. Ich wüßte auch, wie man das macht."

„Pat, du bist unehrlich und ein krummer Hund." Ich dachte an Dr. Arnault ..., eine nette Dame war das. „Ich denke, ich werd morgen zu Hause bleiben."

Das sagte ich gerade, als Pat in den Fallschacht trat. Er war auf dem ganzen Weg nach unten drei Meter unter mir und hatte vierzig Stockwerke Zeit, um sich eine Antwort auszudenken. Als ich neben ihm landete, antwortete er, indem er das Thema wechselte. „Haben die dir eine Spritze verpaßt?"

„Ja."

„Hast du daran gedacht, dir eine Haftungserklärung unterschreiben zu lassen, oder hast du das verpennt?"

„Nun, in gewissem Sinne." Ich griff in die Tasche nach dem Umschlag, den ich vergessen hatte. „Ich habe Dr. Arnault aufschreiben lassen, was sie uns gegeben hat."

Pat griff nach dem Umschlag. „Entschuldige, Maestro. Bei meinem Verstand und deinem Glück haben wir die genau, wo wir sie haben wollen." Er schickte sich an, den Umschlag zu öffnen. „Ich wette, es war Neopentothal – oder sonst ein Barbiturat."

Ich nahm ihm den Umschlag weg. „Der gehört mir."

„Nun, dann mach ihn doch auf", antwortete er. „Und halte hier nicht den Verkehr auf. Ich möchte sehen, was uns die für eine Traumdroge verpaßt haben."

Wir hatten die Fußgängeretage erreicht, und das, was er vorschlug, war durchaus vernünftig. Ehe ich den Umschlag öffnete, führte ich uns über die Wechselstreifen auf die schnelle Westbahn und trat hinter einen Windschutz. Während ich das Papier auseinanderfaltete, las Pat über meine Schulter:

„‚Langzeit und so weiter und so weiter – Injektionen für Versuchspersonen 7L435 & 36 T. P. Bartlett & P. H. Bartlett (identische Zwillinge) – jeweils ein Zehntel cm^3 destilliertes Wasser mit normalem Salzzusatz, gezeichnet Doris Arnault, Dr. rer. nat., im Auftrag der Akademie.' Tom, die haben uns reingelegt!"

Ich starrte das Papier an und versuchte das, was ich erlebt hatte, mit dem in Einklang zu bringen, was darauf stand. Pat fügte hoffnungsvoll hinzu: „Oder ist das der Schwindel? Hat man uns etwas anderes injiziert, und die wollten das nicht zugeben?"

„Nein“, sagte ich langsam. Ich war überzeugt, daß Dr. Arnault nicht „Wasser“ hingeschrieben und uns tatsächlich eine der Schlafdrogen verpaßt hätte – sie war nicht der Typ für so etwas. „Pat, die haben uns nicht unter Drogen gesetzt ..., die haben uns hypnotisiert.“

Er schüttelte den Kopf. „Unmöglich. Selbst wenn man einräumt, daß man mich hypnotisieren könnte, dann würde das bei dir nicht gehen. Da ist nichts zu hypnotisieren. Und ich bin nicht hypnotisiert worden, Genosse. Keine kreisenden Lichter, keine Handbewegungen – nein, zum Kuckuck, mein Mädchen Mabel hat mir nicht einmal in die Augen gesehen. Sie hat mir bloß die Spritze verpaßt und gesagt, ich solle ganz ruhig sein und warten, bis es wirkt.“

„Sei nicht kindisch, Pat. Die Lichter und das Zeug sind für Dummköpfe. Mir ist egal, ob du das Hypnose oder bloß Propaganda nennst. Die haben uns Spritzen gegeben und gesagt, wir sollten schläfrig sein – also sind wir eingeschlafen.“

„Also war ich schläfrig! Jedenfalls war das nicht ganz das, was Mabel getan hat. Sie hat mir gesagt, ich solle nicht schlafen, oder wenn ich einschlafen würde, dann aufwachen, wenn sie mich rufen würde. Und als sie dann dich hereingebracht haben, hat sie ...“

„Augenblick mal. Du meinst, als sie dich in das Zimmer zurückbrachten, in dem ich war ...“

„Nein, das meine ich ganz und gar nicht. Nachdem die dich hereingebracht hatten, gab Mabel mir diese Liste mit Zahlen, und ich hab sie dir vorgelesen ...“

„Hör mal“, sagte ich. „Pat, du bringst da etwas durcheinander. Wie konntest du sie denn in der völligen Finsternis lesen? Sie muß sie dir vorgelesen haben. Ich meine ...“ Ich verstummte, weil ich merkte, daß ich selbst durcheinandergeriet. Nun, sie hätte sie ihm aus einem anderen Zimmer vorlesen können. „Hattest du Kopfhörer auf?“

„Was hat das denn damit zu tun? Außerdem war es nicht stockdunkel, nicht nachdem sie dich hereingebracht hatten. Sie hat mir die Zahlen auf einem Brett gezeigt, das eine eigene Beleuchtung hatte, und die war hell genug, daß ich die Zahlen und ihre Hände sehen konnte.“

„Pat, jetzt würde ich mir wirklich wünschen, daß du mit dem Unsinn aufhörst. Hypnotisiert oder nicht, ich war niemals so weggetreten, daß ich nicht alles bemerkt hätte, was um mich herum vorging. Man hat mich nie irgendwohin gebracht. Wahrscheinlich haben die dich reingerollt, ohne dich dabei zu wecken. Und das

Zimmer, in dem wir waren, war stockfinster, da war keine Spur von Licht."

Pat antwortete nicht gleich, und das paßte gar nicht zu ihm. Am Ende meinte er: „Tom, bist du ganz sicher?"

„Sicher bin ich sicher!"

Er seufzte. „Ich sag das ungern, weil ich weiß, was du jetzt sagen wirst. Aber was soll man denn tun, wenn keine von den Theorien mehr paßt, die man hat?"

„Hm? Ist das ein Quiz? Man wirft sie weg und probiert es mit einer neuen. Grundlagen der Methodologie, erstes Semester."

„Okay, dann probier's mal mit der: Tom, mein Junge, reiß dich zusammen – wir sind Gedankenleser."

Ich probierte die Theorie aus, und sie gefiel mir nicht. „Pat, bloß weil du nicht alles erklären kannst, reicht das noch lange nicht, um so zu reden wie die fetten alten Frauen, die zu Wahrsagerinnen gehen. Ich gebe zu, wir sind etwas durcheinander, ob es nun Drogen oder Hypnose war. Aber wir können unmöglich gegenseitig unsere Gedanken gelesen haben, sonst hätten wir das doch schon seit Jahren getan. Wir hätten es bemerkt."

„Nicht unbedingt. In deinem Verstand spielt sich ohnehin nie besonders viel ab, warum hätte ich es also bemerken sollen?"

„Aber es ist doch logisch ..."

„Was ist der natürliche Logarithmus von zwei?"

„‚Null Komma sechs neun drei eins', hast du gesagt, obwohl ich mit vierstelligen Tafeln nicht sehr viel anfangen kann. Was hat das damit zu tun?"

„Ich hab vier Stellen angegeben, weil sie es mir so gesagt hat. Erinnerst du dich daran, was sie gesagt hat, bevor ich dir diese Nummer durchgegeben habe?"

„Hm? Wer?"

„Mabel. Dr. Mabel Lichtenstein. Was hat sie denn gesagt?"

„Niemand hat etwas gesagt."

„Tom, mein seniler Symbiont, sie hat mir gesagt, was ich tun soll, nämlich dir die Nummern vorlesen. Sie hat mir das mit einer klaren, durchdringenden Sopranstimme gesagt. Hast du sie nicht gehört?"

„Nein."

„Dann warst du nicht im selben Zimmer. Du warst nicht in Hörweite, obwohl ich einen Eid darauf abgelegt hätte, daß die dich neben mich geschoben hatten. Ich wußte, daß du da warst. Aber das warst du nicht. Also war es Telepathie."

Ich war verwirrt, konfus. Ich fühlte mich nicht telepathisch; aber Hunger hatte ich.

„Ich auch", pflichtete Pat mir bei. „Steigen wir also an der Berkeley Station aus und kaufen uns sodann ein Sandwich."

Ich folgte ihm von dem Laufband herunter und fühlte mich nicht mehr ganz so hungrig und noch konfuser. Pat hatte auf eine Bemerkung geantwortet, die ich nicht gemacht hatte.

III: Projekt Lebensraum

Obwohl man mir gesagt hat, ich solle mir Zeit lassen und alles berichten, geht das nicht. Ich hatte jetzt schon tagelang keine Zeit mehr, hier weiterzumachen, aber selbst wenn ich keine Arbeit hätte, könnte ich immer noch nicht „alles berichten", weil man mehr als einen Tag dazu braucht, um das niederzuschreiben, was an einem Tag passiert. Je mehr man sich anstrengt, desto weiter bleibt man zurück. Also versuche ich es jetzt gar nicht mehr und konzentriere mich auf das Wichtigste. Außerdem weiß ja schließlich jeder, worum es beim Projekt Lebensraum geht.

Mama und Dad gegenüber erwähnten wir von diesem ersten Tag gar nichts. Man kann Eltern solche Dinge nicht zumuten; die werden sofort nervös und fangen an, Befehle zu erlassen. Wir sagten ihnen bloß, daß die Tests noch einen Tag dauern würden und daß uns niemand die Ergebnisse gesagt habe.

Dr. Arnault schien nicht überrascht, als wir ihr sagten, wir wüßten Bescheid, selbst als ich damit herausplatzte, daß wir gedacht hätten, wir hätten geschummelt, was wir aber allem Anschein nach gar nicht getan hatten. Sie nickte bloß und sagte, es sei notwendig gewesen, uns glauben zu machen, alles sei ganz normal, selbst wenn auf beiden Seiten ein wenig geschwindelt werden mußte. „Ich hatte den Vorteil, daß mir eure Persönlichkeitsanalysen zur Verfügung standen", fügte sie hinzu. „Manchmal muß man in der Psychologie Umwege machen, um zur Wahrheit zu gelangen."

„Heute versuchen wir es auf einem direkteren Weg", fuhr sie fort. „Wir werden euch zwei Rücken an Rücken unterbringen, aber so nahe beieinander, daß ihr ohne Zweifel hören könnt, was ihr sagt. Aber ich werde einen Schallschutzschirm benutzen, um euch von Zeit zu Zeit ganz oder teilweise voneinander zu isolieren, ohne daß ihr das jeweils wißt."

Das zweitemal war es viel schwieriger. Natürlich versuchten wir es, und natürlich schafften wir es nicht. Aber Dr. Arnault war geduldig und ebenso auch Dr. Lichtenstein – Pats „Dr. Mabel". Sie zog es vor, daß man sie Dr. Mabel nannte; sie war klein und pummelig und jünger als Dr. Arnault und so nett, wie ein weibliches Wesen nur sein kann, das wie ein Sofakissen aussieht. Erst viel später fanden wir heraus, daß sie die Chefin des Untersuchungsteams und obendrein weltberühmt war. „Nettes, kicherndes Mädchen" war ihre Nummer, um gewöhnliche Leute, so wie Pat und mich, zu beruhigen. Ich schätze, das ist wieder einmal ein Beweis, daß man nicht auf die Packung achten, sondern das Kleingedruckte lesen soll.

Also kicherte sie, und Dr. Arnault blickte ernst, und wir konnten nicht sagen, ob wir nun Gedanken lesen konnten oder nicht. Ich konnte Pats Flüstern hören – die hatten uns gesagt, wir sollten ruhig flüstern –, und er konnte mich flüstern hören, und manchmal blieb seine Stimme einfach weg. Ich war sicher, daß da nichts lief, nichts Telepathisches, meine ich, denn Pat und ich hatten auf die Weise immer schon in der Schule miteinander geflüstert, ohne daß man uns dabei erwischt hatte.

Schließlich kicherte Dr. Mabel ziemlich albern und sagte: „So, das reicht für heute. Glauben Sie nicht auch, Doktor?"

Dr. Arnault pflichtete ihr bei, und Pat und ich setzten uns auf und starrten einander an. Dann sagte ich: „Ich schätze, das gestern war eine Panne. Vermutlich haben wir Sie enttäuscht."

Dr. Mabel sah uns an wie ein erschrockenes Kätzchen. Dr. Arnault antwortete ernst: „Ich weiß nicht, was du erwartet hast, Tom. Aber in der letzten Stunde warst du während jedem Testlauf völlig von deinem Bruder abgeschirmt. Keiner von euch beiden konnte den anderen hören."

„Aber ich habe ihn doch gehört."

„Sicher hast du das. Aber nicht mit den Ohren. Wir haben auf jeder Seite der Schallbarrieren Tonbandaufnahmen gemacht. Vielleicht sollten wir sie teilweise abspielen."

Dr. Mabel kicherte. „Das ist eine gute Idee." Also spielten sie die Aufnahmen ab. Es fing mit allen vier Stimmen an, während die uns sagten, was sie von uns wollten. Und dann war nur noch mein Flüstern und das von Pat zu hören, wie wir mit verteilten Rollen die „Komödie der Irrungen" lasen. Wahrscheinlich hatten sie Parabolmikrofone auf uns gerichtet, denn unser Flüstern klang wie ein Wirbelsturm.

Dann war von Pat plötzlich nichts mehr zu hören. Aber meine Stimme fuhr fort ..., antwortete einem völligen Schweigen.

Wir unterzeichneten einen Forschungsvertrag mit der Akademie, und Dad zeichnete ihn nach einer kleinen Auseinandersetzung gegen. Er war der Ansicht, Gedankenlesen sei Unfug, und wir sagten nichts dagegen, denn worauf es ankam, war, daß Geld so knapp wie eh und je war und wir für den Job wesentlich mehr bekamen als für jeden Aushilfsjob, den wir sonst je gehabt hatten, so viel, um sicherzustellen, daß wir uns ins College einschreiben konnten, selbst wenn die Stipendien nicht kommen sollten.

Aber ehe der Sommer vorbei war, erklärten die uns, welche Verbindung zwischen „Genetische Ermittlungen" und „Projekt Lebensraum" bestand. Das war nun etwas völlig anderes – vom Standpunkt unserer Eltern aus betrachtet –, mit dem sie gar nichts zu tun haben wollten.

Aber schon lange vorher konnten Pat und ich ebenso leicht telepathieren, wie wir reden konnten, und ebenso genau, ohne daß es dazu besonderer Vorkehrungen bedurfte, und auf jede Distanz. Vermutlich hatten wir das schon jahrelang getan, ohne es zu wissen – tatsächlich machte Dr. Arnault, ohne daß wir es wußten, eine Tonbandaufnahme unserer Gefängnishofstimmen (wir versuchten da gar nicht zu telepathieren, es war einfach nur eine ganz gewöhnliche Unterhaltung) und bewies, daß keiner von uns das aufgenommene Flüstern verstehen konnte, wenn wir so leise redeten, daß andere Leute es nicht hören konnten.

Sie sagte uns, theoretisch sei es durchaus möglich, daß alle Menschen potentiell telepathisch veranlagt seien, aber es habe sich als schwierig erwiesen, das zu demonstrieren, nur mit identischen Zwillingen nicht – und auch da nur bei etwa zehn Prozent. „Die Gründe kennen wir nicht, aber denkt einmal an die Analogie mit abgestimmten Radioschwingkreisen."

„Gehirnwellen?" fragte ich.

„Du solltest die Analogie nicht zu weit treiben. Es kann sich nicht um die Gehirnwellen handeln, die wir mit Enzephalographen aufnehmen, sonst würden wir inzwischen schon lange Telepathieverstärker im Kaufhaus kaufen können. Und das menschliche Gehirn ist kein Radio. Aber was immer es auch ist, zwei Personen aus demselben Ei haben eine unendlich größere Chance, ‚abgestimmt' zu sein, als das bei zwei Nichtzwillingen der Fall ist. Ich kann eure Gedanken nicht lesen und ihr die meinen nicht, und wahrscheinlich wird das auch nie der Fall sein. In der ganzen Geschichte der Psychologie sind nur ganz wenige Fälle von Leuten bekannt, die dem Anschein nach in der Lage waren, sich auf praktisch jeden „abzustimmen". Und die meisten dieser Fälle sind nicht besonders gut dokumentiert."

Pat grinste und zwinkerte Dr. Mabel zu. „Dann sind wir also zwei Mißgeburten."

Sie riß die Augen ganz weit auf und wollte antworten, aber Dr. Arnault kam ihr zuvor. „Überhaupt nicht, Pat. Bei euch ist es normal. Aber wir haben auch Teams im Projekt, die nicht eineiige Zwillinge sind. Einige Ehepaare, ein paar ganz gewöhnliche Geschwister und einige Paare, die durch unsere Forschungsarbeiten zusammengeführt wurden. Das sind die Ausnahmen. Wenn wir herausfinden könnten, wie die es machen, dann wären wir vielleicht imstande, die Bedingungen so zu gestalten, daß jeder es kann."

Dr. Mabel schauderte. „Was für eine schreckliche Vorstellung! Wo doch jetzt schon nur mehr so wenig einem ganz allein gehört."

Ich wiederholte das für Maudie (von Pat einige Male unterbrochen und korrigiert), weil die Medien herausgebracht hatten, was sich bei „Genetische Ermittlungen" abspielte. Das trug uns „Gedankenlesern" natürlich eine Menge alberner Publicity ein und führte natürlich auch zu ein paar dümmlichen Fragen von Hedda Staley. Maudie begann sich zu fragen, ob ein Mädchen da wohl Geheimnisse haben konnte. Natürlich konnte sie das, ich hätte ihre Gedanken nicht einmal mit einem Durchsuchungsbefehl lesen können, und Pat auch nicht. Sie hätte uns das geglaubt, wenn Hedda sich nicht eingemischt hätte. Beinahe hätte sie es geschafft, unsere Freundschaft mit Maudie platzen zu lassen, aber am Ende hängten wir sie ab und gingen künftig nur mehr mit Maudie aus, bis Pat weggeschickt wurde.

Aber das geschah erst, als der Sommer fast um war, nachdem sie uns Projekt Lebensraum erklärt hatten.

Etwa eine Woche bevor unser Vertrag auslaufen sollte, versammelten sie alle Zwillinge, um zu uns zu sprechen. An jenem ersten Tag waren wir Hunderte gewesen, Dutzende am zweiten, aber als der Sommer zu Ende ging, reichten wir gerade noch aus, einen großen Konferenzraum zu füllen. Die rothaarigen Mädchen gehörten zu den Überlebenden, aber Pat und ich saßen nicht neben ihnen, obwohl da Platz war; sie legten immer noch diese Eiszapfenhaltung an den Tag und waren so ichbezogen wie Austern. Wir übrigen waren unterdessen alte Freunde geworden.

Man stellte uns einen Mr. Howard als Vertreter der Akademie vor. Er verzapfte den üblichen Unfug, daß er glücklich sei, uns kennenzulernen, und die Ehre sehr zu schätzen wisse und all das. Pat sagte zu mir: *„Halt deine Geldbörse fest, Tom, der Bursche hat etwas zu verkaufen."* Jetzt, wo wir wußten, was wir taten, redeten Pat und ich noch viel häufiger als früher in Gegenwart anderer. Auf das Flüstern verzichteten wir, da wir uns gegenseitig bewiesen hatten, daß wir das Flüstern gar nicht hören konnten. Aber wir bildeten die Worte immerhin lautlos, da das die Verständigung unterstützte. Zu Anfang des Sommers hatten wir versucht, ohne Worte auszukommen und direkt Gedanken zu lesen, aber das klappte nicht. Oh, ich konnte mich bei Pat anhängen, aber das alberne, zusammenhanglose Brodeln, das sich anstelle von Gedanken in seinem Bewußtsein abspielte, war konfus und ärgerlich und vermutlich ebenso sinnlos, als würde man versuchen, sich in den Träumen eines anderen Menschen zurechtzufinden. Also lernte ich, nicht zu lauschen, sofern er nicht zu mir „sprach", und er machte es genauso. Wenn wir das taten, dann gebrauchten wir Worte und Sätze so wie alle anderen auch. Nichts von dem phantastischen, unmöglichen, populären Unsinn, daß man sofort den Bewußtseinsinhalt eines anderen Menschen erfassen könnte; wir „redeten" einfach.

Eines hatte mich immer gestört, nämlich daß Pats telepathische „Stimme" genauso wie seine echte klang. Solange ich nicht wußte, was er tat, hatte mir das nichts ausgemacht, aber seit ich einmal erkannt hatte, daß diese „Laute" keine Laute waren, störte es mich. Ich begann mich zu fragen, ob ich wohl noch ganz bei Trost wäre, und konnte ihn eine Woche lang nicht „hören" – psychosomatische telepathische Taubheit, wie Dr. Arnault das nannte.

Sie rückte mir das alles wieder zurecht, indem sie mir erklärte, was Hören eigentlich ist. Man hört nämlich nicht mit den Ohren, sondern mit dem Gehirn, man sieht nicht mit den Augen, man sieht mit dem Gehirn. Wenn man etwas berührt, dann findet die Empfindung nicht in den Fingern, sondern im Kopf statt. Die Augen, Ohren und Finger sind nur Datensammler – das Gehirn ist es, das aus einem Chaos von Daten Ordnung abstrahiert und dem Ganzen eine Bedeutung verleiht. „Ein Baby sieht zunächst gar nichts", sagte sie. „Ihr braucht nur einem in die Augen zu sehen, dann könnt ihr das erkennen. Seine Augen funktionieren, aber sein Gehirn hat das Sehen noch nicht gelernt. Sobald freilich das Gehirn gelernt hat, diesen Abstraktionsvorgang ‚Sehen' und ‚Hören' aufzufassen, bleibt ihm diese Angewohnheit. Wie würdest du denn erwarten, daß du das, was dein Zwillingsbruder dir auf telepathischem Wege sagt, ‚hörst'? Als kleine Glöckchen, die anschlagen, oder als tanzende Lichter? Ganz und gar nicht. Du erwartest Worte, dein Gehirn ‚hört' Worte; das ist ein Prozeß, den es gewöhnt ist und mit dem es umgehen kann."

Von da an störte es mich nicht mehr. Ich konnte Pats Stimme deutlicher hören als die des Redners, der zu uns sprach. Ohne Zweifel gab es rings um uns fünfzig weitere Konversationen, aber ich konnte außer Pat niemanden hören. Und es war offenkundig, daß der Sprecher auch niemanden hören konnte (und daß er nicht viel über Telepathie wußte), denn er fuhr fort:

„Vielleicht lesen viele von den reizenden Leuten in diesem Saal" – (und das mit einem Lächeln, das einen krank machte) – „im Augenblick meine Gedanken. Ich hoffe, daß es nicht so ist, oder wenn doch, daß Sie mir dann zuhören werden, bis ich gesagt habe, was ich zu sagen habe."

„Was habe ich dir gesagt?" warf Pat dazwischen. *„Daß du mir ja nichts unterschreibst, solange ich es mir nicht angesehen habe."*

(„Halt den Mund"), sagte ich zu ihm. („Ich will zuhören.") Früher klang seine Stimme wie ein Flüstern, jetzt war sie so, daß sie echte Geräusche übertönte.

Mr. Howard fuhr fort: „Vielleicht haben Sie sich gefragt, weshalb die Akademie für Langzeitforschung dieses Forschungsvorhaben unterstützt hat. Die Akademie ist stets an allem interessiert, was das Maß des menschlichen Wissens erweitern kann. Aber es gibt einen viel wichtigeren Grund, einen in höchstem Maße wichtigen Grund. Und eine Zielsetzung, für die Sie selbst in hohem Maße wichtig sein können."

„Siehst du? Daß du mir dein Wechselgeld zählst."

(„Sei still, Pat.")

„Lassen Sie mich", fuhr Mr. Howard fort, „aus der Gründungsurkunde der Akademie für Langzeitforschung zitieren: ‚Dem Wohlergehen unserer Nachkommen gewidmet.'" Er machte eine dramatische Pause – ich nehme an, daß das die Absicht war. „Meine Damen und Herren, was ist das wichtigste für unsere Nachkommen?"

„Vorfahren!" antwortete Pat prompt. Eine Sekunde lang dachte ich, er hätte seine Stimmbänder gebraucht. Aber keiner sonst bemerkte es.

„Darauf kann es nur eine Antwort geben – Lebensraum! Raum, um zu wachsen, Raum, um Familien aufzuziehen, Felder mit fruchtbarem Getreide, Platz für Parks und Schulen und Häuser. Wir haben auf diesem Planeten über fünf Milliarden menschliche Seelen; vor mehr als einem Jahrhundert war er schon von der Hälfte dieser Zahl so überfüllt, daß vielen der Hungertod drohte. Und doch gibt es heute nachmittag eine Viertelmillion mehr Menschen, als es um dieselbe Stunde gestern gab – neunzig Millionen Menschen mehr jedes Jahr. Nur mit monumentalen Anstrengungen und mit Maßnahmen der Bevölkerungskontrolle, die täglich schwieriger werden, haben wir den globalen Hunger bis jetzt verhindern können. Wir haben in der Sahara ein Meer gebaut, wir haben die Gletscher Grönlands abgeschmolzen, wir haben die winddurchwehten Steppen bewässert, und doch brauchen Jahr für Jahr mehr und mehr Menschen immer mehr Raum."

Ich halte nicht viel von großen Reden, und das hier war kalter Kaffee. Gerade Pat und ich wußten Bescheid; wir waren die Kätzchen, die man hätte ersäufen sollen; unser alter Herr zahlte jedes Jahr für unsere schiere Existenz Strafe.

„Seit einem Jahrhundert verfügen wir jetzt über interplanetarischen Raumverkehr, die Menschheit hat sich im ganzen Sonnensystem ausgebreitet. Man würde meinen, daß neun Planeten für eine Rasse ausreichen müßten, die für einen einzigen zu fruchtbar ist. Und doch wissen Sie alle, daß dies nicht der Fall war. Von den Töchtern von Vater Sol ist nur die schöne Terra wahrhaft für den Menschen geeignet."

„Ich wette, der schreibt Werbeslogans."

(„Aber armselige"), stimmte ich zu.

„Wir haben die anderen kolonisiert, aber nur unter immensen Kosten. Als die wackeren Holländer das Meer zurückdrängten, haben sie sich nicht so harten und schier hoffnungslosen Aufgaben gegenüber gesehen wie die Kolonisten von Mars und Venus und Ganymed. Was die Menschheit braucht und haben muß, sind nicht diese gefrorenen oder glühendheißen oder luftlosen Überreste der Schöpfung. Wir brauchen mehr Planeten wie diesen hier, auf dem wir stehen, sanftmütige Planeten. Und es gibt mehr, viel mehr!" Er hob die Hände zur Decke und blickte auf. „Dutzende gibt es, Hunderte, Tausende, Planeten ohne Zahl ... dort draußen. Meine Damen und Herren, es ist Zeit für die Sterne!"

„Jetzt kommt's", sagte Pat leise. *„Paß auf!"*

(„Pat, worauf, zum Teufel, will der hinaus?")

„Das ist ein Immobilienmakler."

Pat lag damit gar nicht so falsch, aber ich werde jedenfalls den Rest von Mr. Howards Rede nicht zitieren. Der Mann war gar nicht so übel, wenn man ihn einmal näher kennenlernte, aber er gehörte zu den Leuten, die sich am Klang der eigenen Stimme berauschen, also werde ich zusammenfassen. Er erinnerte uns daran, daß das Fackelschiff *Avant-Garde* vor sechs Jahren den Flug nach Proxima Centauri angetreten hatte. Pat und ich wußten das nicht nur aus den Nachrichten, sondern auch weil Mutters Bruder, Onkel Steve, sich damals dafür gemeldet hatte. Er war leider nicht zum Zuge gekommen, aber eine Weile brachte es uns einiges Prestige ein, mit jemandem verwandt zu sein, der auf der Liste stand – ich schätze, wir vermittelten in der Schule den Eindruck, Onkel Steve hätte sein Ticket praktisch in der Tasche.

Niemand hatte etwas von der *Avant-Garde* gehört, und es war ebensogut möglich, daß sie in fünfzehnhundertzwanzig Jahren zurückkam, wie es möglich war, daß man nie wieder etwas von ihr hörte. Der Grund, weshalb wir nichts von ihr gehört hatten, wie Mr. Howard erklärte und wie jedermann weiß, war der, daß man von einem Lichtjahre entfernten Schiff, das sich knapp unter Lichtgeschwindigkeit bewegt, keine Funkmitteilungen sendet. Selbst wenn man annahm, daß ein Schiff über eine Energieversorgung verfügte, die ausreichte, um Funkbotschaften zu einem Lichtjahre entfernten Planeten zu jagen (was vielleicht in irgendeinem kosmischen Sinne nicht unmöglich sein kann, aber nach den Möglichkeiten heutiger Ingenieurkunst sicherlich unmöglich ist) – dann müßte man sich trotzdem fragen, welchen Nutzen eigentlich Nachrichten bringen, die sich eine Spur schneller bewegen als das Schiff, das sie aussendet. Die *Avant-Garde* würde fast ebenso schnell zu Hause sein wie jeder Bericht, den sie senden konnte, selbst über Funk.

Irgendein Quatschkopf fragte nach Botenraketen. Mr. Howard schickte einen schmerzerfüllten Blick zur Decke und versuchte, darauf Antwort zu geben, aber ich hörte nicht zu. Wenn Funk nicht schnell genug ist, wie kann dann eine Botenrakete schneller sein? Ich wette, daß Dr. Einstein in seinem Grab rotierte.

Mr. Howard hastete weiter, ehe es weitere alberne Unterbrechungen gab. Die Akademie für Langzeitforschung beabsichtigte, ein Dutzend weiterer Sternenschiffe nach allen Richtungen auszusenden, um Sonnensysteme vom Soltyp nach Planeten vom Terratyp abzusuchen, Planeten für die Kolonisierung. Die Schiffe würden möglicherweise lange unterwegs sein, denn jedes von ihnen würde mehr als ein Sonnensystem erforschen. „Und dies, meine Damen und Herren, ist der Punkt, wo Sie von ungeheurer Wichtigkeit für dieses große Projekt sind – denn Sie werden die Medien sein, mit welchen die

Kapitäne jener Schiffe das, was sie gefunden haben, zurückmelden!"

Selbst Pat blieb stumm.

Dann stand plötzlich ganz hinten im Saal ein Mann auf. Er war einer der ältesten Zwillinge unter uns; er und sein Bruder waren etwa fünfunddreißig. „Entschuldigen Sie, Mr. Howard, aber darf ich eine Frage stellen?"

„Aber sicher."

„Ich bin Gregory Graham, das hier ist mein Bruder Grant Graham. Wir sind Physiker. Nun behaupten wir nicht, Fachleute für kosmische Phänomene zu sein, aber wir wissen einiges über die Kommunikationstheorie. Wenn wir einmal davon ausgehen, daß die Telepathie über interstellare Distanzen funktioniert – ich glaube das nicht, aber ich habe auch keinen Beweis dagegen –, selbst wenn man das einräumt, dann kann ich nicht einsehen, wo uns das hilft. Telepathie, Licht, Radiowellen, ja sogar Schwerkraft sind alle auf die Geschwindigkeit des Lichts beschränkt. Das liegt in der Natur des Universums, die Lichtgeschwindigkeit ist eine absolute Grenze für jegliche Kommunikation. Jede andere Betrachtungsweise unterliegt dem alten philosophischen Widerspruch des Handelns-auf-Distanz. Es ist gerade noch möglich, Telepathie einzusetzen, um Erkenntnisse zu melden und dann das Schiff zu neuer Forschungsfahrt aufbrechen zu lassen – aber trotzdem würde die Mitteilung Jahre brauchen, um zurückzukommen. Die Kommunikation zwischen einem Sternenschiff und der Erde, selbst per Telepathie, ist völlig unmöglich, widerspricht den bekannten Gesetzen der Physik." Er blickte um sich, als wollte er um Entschuldigung für das bitten, was er gesagt hatte, und setzte sich.

Ich dachte, daß Graham ihn damit auf die Matte gelegt hatte. Pat und ich hatten gute Noten in Physik, und was Graham gesagt hatte, stimmte, so stand es im Buch. Aber Howard schien das nicht zu stören. „Ich will einen Experten darauf antworten lassen. Dr. Lichtenstein? Würden Sie bitte ..."

Dr. Mabel stand auf, wurde rot, kicherte, blickte verwirrt und sagte: „Es tut mir schrecklich leid, Mr. Graham, aber Telepathie ist ganz und gar nicht so." Sie kicherte wieder und sagte: „Ich sollte das eigentlich nicht sagen, da Sie ja Telepathen sind und nicht ich, aber die Telepathie kümmert sich nicht im geringsten um die Lichtgeschwindigkeit."

„Aber das muß sie. Die Gesetze der Physik ..."

„Ach du liebe Güte! Haben wir Ihnen denn einen Eindruck vermittelt, daß Telepathie etwas Physikalisches ist?" Sie rang die Hände. „Das ist sie nämlich sehr wahrscheinlich nicht."

„Alles ist physikalisch. Damit schließe ich natürlich ‚physiologisch' mit ein."

„Wirklich? Tun Sie das? Oh, ich wünschte, ich könnte da sicher sein ... Physik ist mir immer viel zu hoch gewesen. Aber ich weiß nicht, wie Sie so sicher sein können, daß Telepathie etwas Physikalisches ist. Wir haben sie jedenfalls bisher noch mit keinem Instrument aufzeichnen können. Du liebe Güte, wir wissen nicht einmal, welche Beziehung zwischen dem Bewußtsein und der Materie besteht. Ist das Bewußtsein etwas Physikalisches? Ich weiß nur eines ganz bestimmt – nämlich, daß ich es nicht weiß. Aber wir wissen, daß Telepathie schneller ist als das Licht, das haben wir nämlich gemessen."

Pat saß plötzlich kerzengerade da. *„Bleib hier, Kleiner. Ich denke, wir bleiben auch noch zur zweiten Vorstellung."*

Graham wirkte völlig benommen. Und Dr. Mabel fügte hastig hinzu. „Das war nicht ich, das war Dr. Abernathy."

„Horatio Abernathy?" wollte Graham wissen.

„Ja, so heißt er mit Vornamen, obwohl ich nie gewagt hätte, ihn mit Vornamen anzusprechen. Er ist ziemlich wichtig."

„Bloß ein Nobelpreisträger", sagte Graham finster, „in allgemeiner Feldtheorie. Weiter. Was hat er festgestellt?"

„Nun. Wir haben diesen einen Zwilling zum Ganymed geschickt – so schrecklich weit weg. Und dann haben wir gleichzeitig Nachrichten mit Funk und Telepathie geschickt, wobei der Zwilling auf Ganymed über Funk sprach, während er direkt – telepathisch meine ich – mit seinem Zwilling in Buenos Aires sprach. Die telepathische Nachricht ist der Funknachricht immer um etwa vierzig Minuten zuvorgekommen. Das wäre doch richtig, oder? Sie können sich die genauen Zahlen in meinem Büro ansehen."

Graham schaffte es, seinen Mund zuzuklappen. „Wann ist das geschehen? Warum ist das nicht an die Öffentlichkeit gelangt? Wer hat es geheimgehalten? Das ist die wichtigste Sache seit dem Michelson-Morley-Experiment – das ist ja ungeheuerlich!"

Dr. Mabel wirkte erregt, und Mr. Howard schaltete sich besänftigend ein. „Niemand hat Wissen unterdrückt, Mr. Graham, und Dr. Abernathy arbeitet gerade an einem Artikel für die *Physical Review*. Ich gebe allerdings zu, daß die Akademie ihn gebeten hat, vorher nichts bekanntzugeben, um uns die Zeit zu lassen, mit höchster Priorität an einem anderen Projekt – dem, das Sie als ‚Genetische Ermittlungen' kennen – weiterzuarbeiten. Wir waren der Ansicht, daß wir ein Recht darauf hatten, potentielle Telepathenteams ausfindig zu machen und zu versuchen, sie unter Vertrag zu nehmen, ehe jedes psychologische Laboratorium – und jeder ehrgeizige Showmaster – den Versuch machte, uns zuvorzukommen. Dr. Abernathy war dazu bereit – er hält nicht viel von übereilten Veröffentlichungen."

„Falls Ihnen dabei wohler ist, Mr. Graham", sagte Dr. Mabel ruhig, „die Telepathie kümmert sich auch nicht um das Gesetz des umgekehrten Quadrats. Die Signalstärke war nach einer dreiviertel Milliarde Kilometer ebenso kräftig wie die der Telepathenpaare, die in nebeneinanderliegenden Räumen untergebracht waren."

Graham ließ sich schwer auf seinen Stuhl sinken. „Ich weiß nicht, ob ich mich dabei wohler fühle oder nicht. Das wirft alles um, was ich je geglaubt habe."

Die Unterbrechung durch die Graham-Brüder hatte einiges erklärt, uns aber von der Zielsetzung der Versammlung abgelenkt, die nämlich darin bestand, daß Mr. Howard uns die Idee verkaufte, wir sollten uns zum Astronautendienst melden. Mir brauchte er das nicht zu verkaufen. Ich denke, daß so ziemlich jeder Junge in den Weltraum hinauswill; Pat und ich waren von zu Hause durchgebrannt, um uns zur Raummarine zu melden – und hier ging es noch um viel mehr als bloß eine Stelle auf dem nächsten Schiff zum Mars oder zur Venus; dies hier bedeutete die Erforschung der Sterne.

Die Sterne!

„Wir haben Sie davon informiert, ehe Ihre Forschungsverträge auslaufen", meinte Mr. Howard, „damit Sie Zeit haben, darüber nachzudenken, und damit wir Zeit haben, Ihnen die Bedingungen und die Vorteile zu erklären."

Mir war egal, worin die Vorteile bestanden. Wenn sie mich dazu eingeladen hätten, an das Raumschiff einen Schlitten anzuhängen, hätte ich ja gesagt, ohne mir den Kopf über Fackelbrenner oder Raumanzüge oder sonst etwas zu zerbrechen.

„Beide Mitglieder eines jeden Telepathenteams werden in gleicher Weise versorgt werden", versicherte er uns. „Das sternseitige Teammitglied wird gut bezahlt werden und in einem hochmodernen Fackelschiff gute Arbeitsbedingungen vorfinden. Und dies in einer Mannschaft, die nach psychologischer Kompatibilität und bester Ausbildung ausgewählt ist; das erdseitige Teammitglied wird in bezug auf seine finanzielle Zukunft und sein körperliches Wohlergehen ausgesorgt haben." Er lächelte. „Ganz sicher hinsichtlich des körperlichen Wohlergehens, denn es ist notwendig, daß der oder die Betreffende so lange am Leben und bei guter Gesundheit erhalten wird, wie die Wissenschaft dazu imstande ist. Ich sage nicht zuviel, wenn ich behaupte, daß Sie mit Ihrer Unterschrift unter diesen Vertrag Ihr Leben um dreißig Jahre verlängern."

Plötzlich war mir klar, weshalb die Zwillinge, die sie den Tests unterzogen hatten, alles junge Leute gewesen waren. Der Zwilling, der zu den Sternen hinausflog, würde nicht sehr altern, nicht bei Lichtgeschwindigkeit – selbst wenn er ein Jahrhundert lang wegblieb, würde ihm das nicht so lang vorkommen; aber der Zwilling, der zurückblieb, würde älter werden. Sie würden ihn verhätscheln müssen wie einen König, ihn am Leben erhalten – oder ihr „Radio" würde zu funktionieren aufhören.

Pat sagte: *„Milchstraße ahoi, ich komme!"*

Aber Mr. Howard redete immer noch. „Wir möchten, daß Sie sich das sorgfältig überlegen. Es ist dies die wichtigste Entscheidung, die Sie je treffen können. Auf Ihren Schultern – und denen anderer Telepathen in anderen Städten rings um den Erdball, alles zusammen nur ein winziger Bruchteil von einem Prozent der Menschheit –, auf Ihren wenigen Schultern ruht die Hoffnung der ganzen Menschheit. Überlegen Sie also gründlich und sorgfältig, und geben Sie uns eine Chance, Ihnen alles zu erklären, was Sie vielleicht beunruhigen mag. Handeln Sie nicht vorschnell."

Die rothaarigen Zwillinge standen auf und gingen hinaus, die Nasen hoch in der Luft. Sie brauchten nicht zu sprechen, um allen klarzumachen, daß sie mit etwas, das so wenig ladylike war, nichts zu tun haben wollten, etwas, das so primitiv und vordergründig war wie die Erforschung des Weltraums. In dem Schweigen, das ihren Auszug begleitete, sagte Pat zu mir: *„Da ziehen sie hin, die Pioniermütter. Das ist der Geist, der Amerika entdeckt hat."* Als sie an uns vorbeikamen, stieß er ein lautes, unanständiges Geräusch aus – und plötzlich begriff ich, daß er nicht telepathierte, als nämlich die rothaarigen Mädchen den Bruchteil einer Sekunde lang erstarrten und dann ihre Schritte beschleunigten. Ein etwas verlegenes Lachen war zu hören, und dann fuhr Mr. Howard schnell fort, als wäre nichts geschehen, während ich Pat Vorwürfe machte.

Mr. Howard bat uns, morgen um die übliche Zeit zurückzukommen, Vertreter der Akademie würden dann Einzelheiten erklären. Er lud uns ein, unsere Anwälte mitzubringen oder (diejenigen von uns, die noch nicht volljährig waren, und das traf auf mehr als die Hälfte zu) unsere Eltern und deren Anwälte.

Pat sprudelte vor Begeisterung, während mein Enthusiasmus etwas zurückgegangen war. In der Mitte von Mr. Howards Rede war mir plötzlich ein Licht aufgegangen: Einer von uns würde zurückbleiben müssen, und ich wußte – ebenso sicher, wie Brot immer mit der Butterseite nach unten fällt –, wer das sein würde. Mögliche dreißig Jahre mehr in meinem Leben waren für mich kein Anreiz. Was nützten einem schon dreißig zusätzliche Jahre, wenn man in Watte verpackt ist? Für den Zwilling, der zurückblieb, würde es keine Raumfahrt geben, nicht einmal innerhalb des Sonnensystems. Und dabei war ich noch nicht einmal auf dem Mond gewesen.

Ich versuchte, Pat aus seiner Begeisterung zu reißen, und machte ihm klar, daß ich überhaupt nicht daran dachte, diesmal das kleinere Stück Kuchen ohne Gegenwehr zu nehmen. „Hör zu, Pat, ich will mit dir darum losen oder eine Münze werfen."

„Was? Wovon redest du denn?"

„Du weißt, wovon ich rede!"

Aber er tat es dann mit einer Handbewegung ab. Grinste. „Du machst dir zuviel Gedanken, Tom. Die werden sich ihre Teams suchen und auswählen, wie sie sie haben wollen. Wir haben da nichts zu sagen."

Ich wußte, daß er entschlossen war, zu den Sternen zu fliegen, und wußte, daß ich verlieren würde.

IV: Ein halber Laib Brot

Unsere Eltern reagierten erwartungsgemäß – laut und erregt. Eine Konferenz in unserer Familie klang immer wie ein Zoo zur Futterzeit, aber diese hier setzte neue Marken. Zusätzlich zu Pat und meiner Wenigkeit, Faith, Hope und Charity und unseren Eltern nahmen Faith' ziemlich neuer Ehemann, Frank Dubois, und Hopes nagelneuer Verlobter, Lothar Sembrich, teil. Die zwei Letztgenannten zählten nicht. Mir schienen sie beide Beispiele für die Verrenkungen zu sein, denen sich ein Mädchen unterzieht, um einen Ehemann zu bekommen, aber immerhin nahmen sie Platz und leisteten gelegentlich Gesprächsbeiträge, die zu noch größerer Verwirrung führten. Aber dann war da auch noch Mutters Bruder, Onkel Steve, zugegen, der gerade Urlaub auf der Erde hatte.

Onkel Steves Anwesenheit war es, die Pat dazu veranlaßte, das Thema auf den Tisch zu bringen, anstatt abzuwarten und sich Dad und Mama jeweils einzeln vorzunehmen. Beide betrachteten Onkel

Steve als störenden Einfluß, waren aber stolz auf ihn; einer seiner seltenen Besuche war stets ein Feiertag.

Mr. Howard hatte uns einen Mustervertrag mit nach Hause gegeben, damit wir ihn uns gründlicher ansehen konnten. Nach dem Abendessen meinte Pat: „Übrigens, Dad, die Akademie hat uns heute einen neuen Vertrag angeboten, einen langfristigen diesmal." Er nahm ihn aus der Tasche, gab ihn aber nicht aus der Hand.

„Ihr habt ihnen ja sicher gesagt, daß eure Schule bald wieder anfängt?"

„Sicher haben wir das gesagt. Aber die haben darauf bestanden, daß wir den Vertrag mit nach Hause nehmen und ihn unseren Eltern zeigen. Okay, wir haben ja gleich gewußt, was ihr sagen würdet." Pat schickte sich an, den Vertrag wieder in die Tasche zu stecken.

Ich sagte, so daß keiner es hören konnte, zu Pat: („Was soll der Quatsch? Jetzt hast du ihn dazu gebracht, daß er ‚nein' sagt, und jetzt kann er nicht mehr zurück.")

„Nein, das hat er noch nicht", antwortete Pat über unsere Privatleitung. *„Hör auf, mir dreinzureden."*

Dad hatte bereits die Hand ausgestreckt. „Zeig mal. Man sollte nie Entscheidungen treffen, ohne alle Fakten zu kennen."

Pat ließ sich Zeit. „Nun, ein Stipendium springt schon dabei heraus", räumte er ein. „Aber Tom und ich würden nicht zusammen zur Schule gehen, so, wie wir das bisher immer getan haben."

„Das muß nicht unbedingt etwas Schlechtes sein. Ihr beide seid zu abhängig voneinander. Eines Tages müßt ihr der kalten, grausamen Welt alleine ins Auge sehen. Und wenn ihr auf unterschiedliche Schulen geht, so könnte das ein ganz guter Anfang sein."

Pat streckte ihm den Vertrag hin, so daß die zweite Seite oben war. „Das ist Paragraph zehn."

Dad las den Paragraphen zehn zuerst, so, wie Pat das wollte, und seine Augenbrauen hoben sich. In Paragraph zehn stand, daß Erstgenannter, das war die ALF, den Zweitgenannten in jeder Schule seiner Wahl unterbringen würde und alle Kosten für die Dauer des Vertrages oder nach seiner Wahl auch auf kürzere Zeit übernehmen würde. Ebenfalls verpflichtete sie sich, dasselbe für den Drittgenannten nach Beendigung der aktiven Auftragsperiode zu übernehmen, zusätzlich schulische Ausbildung während der aktiven Periode – alles eine sehr komplizierte Formulierung, die besagte, daß die Akademie demjenigen, der zu Hause blieb, jetzt die Schule bezahlen würde und dem, der zu den Sternen flog, nach seiner Rückkehr. Alles das zusätzlich zu unseren Gehältern, siehe Paragraph sieben. Also wandte Dad sich Paragraph sieben zu, und seine Augenbrauen hoben sich wieder, während seine Pfeife ausging. Er sah Pat an. „Verstehe ich das richtig, daß die die Absicht haben, euch beide ohne jede Erfahrung zu ‚Kommunikationstechnikern Klasse zehn' zu ernennen?"

Onkel Steve richtete sich auf und hätte beinahe seinen Stuhl umgeworfen. „Bruce, sagtest du, ‚Klasse zehn'?"

„So steht es hier."

„ALF-Tarif?"

„Ja. Ich weiß nicht, wieviel das ist, aber ich glaube, daß die normalerweise ausgebildetes Personal in Klasse drei einstellen."

Onkel Steve pfiff durch die Zähne. „Ich würde dir ungern sagen, wieviel Geld das ist – aber der oberste Elektronenjongleur auf Pluto hat Klasse zehn ... und er hat zwanzig Jahre und einen Doktortitel gebraucht, um so weit zu kommen." Onkel Steve sah uns an. „Raus mit der Sprache, Schiffskollegen, wo haben sie die Leiche vergraben? Ist das Bestechungsgeld?" Pat gab keine Antwort.

Onkel Steve wandte sich zu Dad und sagte: „Du kannst es dir sparen, das Kleingedruckte durchzulesen, Bruce – laß die Jungs einfach unterschreiben. Jeder von beiden wird mehr verdienen als du und ich zusammengenommen. Mit dem heiligen Nikolaus soll man sich nicht streiten."

Aber Dad war bereits dabei, das Kleingedruckte zu lesen. Von Unterparagraph eins a bis zu den Klauseln mit den Konventionalstrafen. Das Ganze war in Rechtsanwaltssprache geschrieben, aber es lief darauf hinaus, daß wir als Mannschaftsmitglieder für eine Reise auf einem ALF-Schiff eingestellt wurden, mit der Einschränkung, daß einer von uns seinen Dienst auf der Erde verrichten mußte. Es gab noch eine ganze Menge Klauseln, mit denen festgenagelt wurde, daß der, der erdseits blieb, sich nicht herauswinden konnte, aber das war auch alles, worauf es hinauslief.

Der Vertrag führte nicht aus, wohin die Reise gehen oder wie lange die Fahrt dauern würde.

Dad legte schließlich den Vertrag hin, und Charity schnappte ihn sich. Dad nahm ihn ihr weg und reichte ihn Mutter. Dann sagte er: „Jungs, dieser Vertrag sieht so günstig aus, daß ich den Verdacht habe, daß da irgendwo ein Haken ist. Morgen früh werde ich mir Richter Holland schnappen und ihn bitten, ihn einmal mit mir durchzugehen. Aber wenn ich richtig gelesen habe, werden euch all diese Vergünstigungen – und ein außergewöhnliches Gehalt – angeboten unter der Voraussetzung, daß einer von euch eine Reise auf der *Lewis und Clark* macht."

Onkel Steve sagte ganz plötzlich: „Die *Lewis und Clark,* Bruce?"

„Die *Lewis und Clark* oder ein noch zu benennendes Schwesterschiff. Warum? Kennst du das Schiff, Steve?"

Onkel Steve setzte sein Pokergesicht auf und antwortete: „Ich bin nie in ihr gewesen. Neues Schiff, soweit mir bekannt ist. Gut ausgestattet."

„Das freut mich zu hören." Dad sah Mama an. „Nun, Molly?"

Mutter gab keine Antwort. Sie war damit beschäftigt, den Vertrag zu lesen, und wurde immer weißer im Gesicht. Onkel Steve fing meinen Blick auf und schüttelte den Kopf ganz leicht. Ich sagte zu Pat: („Onkel Steve hat den Haken entdeckt.")

„Er wird nichts sagen."

Endlich blickte Mutter auf und sagte mit hoher Stimme zu Dad: „Ich nehme an, du wirst zustimmen?" Ihre Stimme klang so, als wäre sie krank.

Sie legte den Vertrag hin, und Charity grapschte wieder danach, gerade als Hope von der anderen Seite danach grapschte. Am Ende hielt ihn unser Schwager Frank Dubois in der Hand, während alle anderen über seine Schultern mitlasen.

„Nun, meine Liebe", sagte Dad mit milder Stimme, „vergiß nicht, daß die Jungs größer werden. Ich würde die Familie gerne für immer zusammenhalten – aber das kann nicht so sein, und das weißt du auch."

„Bruce, du hast versprochen, daß sie nicht in den Weltraum fliegen würden."

Ihr Bruder warf ihr einen Blick zu – seine Brust war mit Orden bepackt, die er sich im Weltraum erworben hatte. Aber Dad fuhr mit derselben milden Stimme fort: „Nicht ganz, meine Liebe. Ich habe dir versprochen, daß ich nicht zustimmen würde, wenn sie sich als Minderjährige zu den Friedensstreitkräften melden; ich möchte, daß sie die Schule abschließen, und ich wollte nicht, daß du dich ärgerst. Aber das ist eine andere Sache ... Und wenn wir ablehnen, dann dauert es nicht mehr lange, bis sie sich nach eigener Entscheidung melden können, ob es uns nun paßt oder nicht."

Mutter drehte sich zu Onkel Steve herum und sagte bitter: „Steve, die Idee hast du ihnen in den Kopf gesetzt."

Er setzte eine ärgerliche Miene auf und antwortete dann ebenso sanft wie Dad. „Beruhige dich, Schwester. Ich war gar nicht da; mir kannst du das nicht anhängen. Außerdem setzt man Jungs keine Ideen in den Kopf – die lassen sie selbst wachsen."

Frank Dubois räusperte sich und sagte laut: „Da das offenbar eine Familienkonferenz ist, würdet ihr sicher gerne meine Meinung hören."

Ich sagte, nur zu Pat: („Niemand hat ihn um seine Meinung gefragt, den Blödmann!")

Pat antwortete: *„Laß ihn reden. Vielleicht ist er unsere Geheimwaffe."*

„Wenn euch die Meinung eines erfahrenen Geschäftsmannes interessiert, dann ist dieser sogenannte Vertrag entweder ein Witz oder so lächerlich, daß man ihn nur mit Verachtung strafen kann. Ich glaube zu verstehen, daß die Zwillinge angeblich infolge eines Geburtsfehlers irgendein besonderes Talent haben – obwohl ich davon noch nichts entdeckt habe –, aber die Vorstellung, daß ihnen mehr bezahlt wird, als ein Mann in reifen Jahren bekommt – nun, das ist einfach nicht die richtige Methode, um junge Leute zu erziehen. Wenn sie meine Söhne wären, würde ich das verbieten. Natürlich sind sie das nicht ..."

„Nein, das sind sie nicht", pflichtete Daddy bei.

Frank sah ihn scharf an. „War das Sarkasmus, Vater Bartlett? Ich versuche nur zu helfen. Aber wie ich dir schon neulich sagte, wenn die Zwillinge auf eine gute Handelsschule gehen und hart arbeiten, dann würde ich für sie in der Bäckerei einen Platz finden. Wenn sie sich bemühen, gibt es wirklich keinen Grund für sie, es nicht soweit zu bringen wie ich." Frank war ein Juniorpartner seines Vaters in einer automatisierten Bäckerei; er schaffte es immer, die Leute wissen zu lassen, wieviel Geld er verdiente. „Aber was diese unsinnige Vorstellung angeht, in den Weltraum zu fliegen, so habe ich immer schon gesagt, daß ein Mann, wenn er etwas aus sich machen will, zu Hause bleiben und arbeiten sollte. Entschuldige, Steve."

Onkel Steve sagte hölzern: „Ich würde dich gern entschuldigen."

„Hm?"

„Vergiß es, vergiß es. Du hältst dich aus dem Weltraum raus, und ich verspreche, daß ich niemals Brot backen werde. Übrigens, du hast Mehl am Ärmel."

Frank blickte hastig an sich hinunter. Faith bürstete über sein Jackett und sagte: „Aber das ist ja nur Puder."

„Natürlich ist es das", gab Frank ihr recht und bürstete selbst daran. „Du solltest wissen, Steve, daß ich gewöhnlich viel zu beschäftigt bin, um in die Fabrik hinunterzugehen. Ich komme kaum aus dem Büro raus."

„Das habe ich schon vermutet."

Frank kam zu dem Schluß, daß er und Faith noch eine andere Verabredung hatten und dafür schon ziemlich spät dran waren. Er stand deshalb auf, um zu gehen, aber Dad hielt sie auf. „Frank, was hast du da gesagt? Daß meine Boys Mißgeburten wären?"

„Was? So etwas habe ich nie gesagt."

„Das freut mich zu hören."

Sie verließen das Haus bei etwas lastendem Schweigen, nur daß Pat stumm, aber laut den Marsch der Gladiatoren vor sich hin summte. *„Jetzt haben wir gewonnen, Kleiner."*

Mir schien das auch so – aber Pat mußte natürlich wieder übertreiben. Er griff nach dem Vertrag. „Dann bist du einverstanden, Dad?"

„Hmm ... ich möchte noch den Rat von Richter Holland einholen – und damit spreche ich nicht für deine Mutter." Das beunruhigte uns nicht; Mama würde sich nicht widersetzen, wenn Dad zustimmte, besonders nicht, wo doch Onkel Steve da war. „Aber du könntest sagen, daß die Angelegenheit nicht abgelehnt worden ist." Er runzelte die Stirn. „Übrigens, hier wird keinerlei zeitliche Begrenzung erwähnt."

Jetzt half uns Onkel Steve. „Das ist bei Handelsschiffen so üblich, Bruce ..., und formell ist das eines. Man verpflichtet sich für die Reise, Heimatplanet bis Heimatplanet."

„Äh, ja wahrscheinlich. Aber haben die euch nicht wenigstens ungefähr gesagt, wie lange es dauert, Jungs?"

Ich hörte Pat stöhnen: *„Jetzt haben wir's ..., was sagen wir ihnen denn, Tom?"* Dad wartete, und Onkel Steve sah uns an.

Schließlich sagte Onkel Steve: „Ihr solltet jetzt besser mit der Sprache rausrücken, Jungs. Vielleicht hätte ich erwähnen sollen, daß ich mich selbst um einen Einsatz auf einem dieser Schiffe bemühe – mit besonderer Freigabe und so. Ich weiß also Bescheid."

Pat murmelte etwas, und Dad sagte scharf: „Raus mit der Sprache, Sohn!"

„Die haben uns gesagt, die Reise würde wahrscheinlich ... etwa ein Jahrhundert dauern."

Mama wurde ohnmächtig, Onkel Steve fing sie auf, alle rannten mit kalten Kompressen herum und traten sich gegenseitig auf die Füße, und wir waren alle sehr erregt. Als sie schließlich wieder auf den Beinen war, sagte Onkel Steve zu Dad: „Bruce? Ich geh jetzt mit den

Jungs weg und kaufe ihnen einen schönen großen Eisbecher, damit ihr sie auf eine Weile los seid. Heute abend werdet ihr ja doch nicht reden wollen."

Dad pflichtete ihm geistesabwesend bei, daß das eine gute Idee wäre. Ich schätze, daß Dad uns alle liebhatte. Trotzdem – wenn es hart auf hart ging, zählte für ihn nur Mutter. Onkel Steve nahm uns in ein Lokal mit, wo er etwas kriegen konnte, das seinem Geschmack besser entsprach als ein Eisbecher, legte dann aber sein Veto ein, als Pat versuchte, Bier zu bestellen. „Jetzt versuch bloß nicht anzugeben, junger Mann. Mich bringst du nicht dahin, daß ich den Kindern meiner Schwester Alkohol servieren lasse."

„Bier schadet aber doch nichts."

„So? Ich bin immer noch auf der Suche nach dem Typ, der mir gesagt hat, daß kein Alkohol drinnen sei. Den schlag ich dann nämlich mit einem Bierseidel zu Brei. Still jetzt." Also bestellten wir unsere Eisbecher, und er trank eine schreckliche Mixtur, die er einen Martianischen Shandi nannte, und dann redeten wir über Projekt Lebensraum. Er wußte mehr darüber als wir, obwohl bis zur Stunde noch keine Pressenotiz herausgegangen war. Ich schätze, das lag daran, daß man ihn dem Büro des Stabschefs zugewiesen hatte.

Schließlich meinte Pat mit besorgter Miene: „Sieh mal, Onkel Steve, haben wir denn die geringste Chance, daß die uns lassen? Oder sollten Tom und ich es einfach vergessen?"

„Was? Natürlich werden die euch lassen."

„Hm? Heute abend hat es aber nicht so ausgesehen. Wie ich Dad kenne, würde der uns lieber die Haut abziehen und Teppiche daraus machen, als Mama unglücklich zu sehen."

„Ganz bestimmt. Übrigens gar keine so schlechte Idee. Aber glaubt mir, Jungs, das ist im Kasten ... Wenn ihr nur die richtigen Argumente gebraucht."

„Und die wären?"

„Hm ... Jungs, seit ich im Stab bin, habe ich mit einer ganzen Menge von den großen Bonzen zu tun gehabt. Wenn man selbst recht hat und ein General unrecht, dann gibt es nur eine Methode, ihn dazu zu bringen, daß er es sich anders überlegt. Nämlich die, daß man den Mund hält und nicht mit ihm argumentiert. Man läßt die Fakten für sich sprechen und gibt ihm Zeit, sich einen logischen Grund auszudenken, weshalb er seine Meinung ändern will."

Pat sah nicht aus, als wäre er überzeugt, und so fuhr Onkel Steve fort. „Glaubt mir ruhig. Euer Paps ist ein vernünftiger Mann, was man zwar von eurer Mutter nicht sagen kann, aber sie würde sich lieber selbst weh tun lassen, als jemand, den sie liebt, unglücklich zu machen. Dieser Vertrag bringt nur Vorteile für euch, und deshalb können sie nicht nein sagen – vorausgesetzt, ihr laßt ihnen die Zeit, um sich an die Idee zu gewöhnen. Aber wenn ihr bohrt und auf ihnen herumhackt und so argumentiert, wie ihr es gewöhnlich tut, dann schafft ihr es, daß die sich gegen euch zusammentun."

„Hm? Aber das mache ich doch nicht, ich gebrauche doch nur logische ..."

„Hör schon auf, das macht mich müde. Du warst so ziemlich das widerlichste Ekel, das ich je erlebt hatte ..., und Tom, du warst auch nicht besser. Und die Jahre haben euch nicht liebenswerter gemacht, bloß eure Technik ist besser geworden. Und jetzt wird euch etwas gratis angeboten, für das ich meinen rechten Arm geben würde. Ich sollte zur Seite treten und zulassen, daß ihr das verpatzt. Aber das werde ich nicht. Haltet hübsch die Klappe, spielt das Ganze cool, und ihr habt es geschafft. Wenn ihr dagegen eure übliche ekelhafte Taktik einsetzt, dann verliert ihr."

Von den meisten Leuten hätten wir uns solche Reden nicht gefallen lassen. Bei jedem anderen hätte Pat mir das Zeichen gegeben, und dann hätte er ihn oben angepackt und ich unten. Aber mit einem Mann, der den Ceres-Orden trägt, argumentiert man nicht auf diese Weise, dem hört man zu. Pat murmelte nicht einmal etwas darüber.

Also sprachen wir über Projekt Lebensraum selbst. Zwölf Schiffe sollten uns von Sol in etwa auf den Achsen eines Dodekaeders ausstrahlen – aber nur ungefähr, da die Mission eines jeden Schiffes nicht sein würde, ein Raumvolumen abzusuchen, sondern so viele Sterne vom Sol-Typ zu besuchen, wie in der kürzesten Zeit möglich war. Onkel Steve erklärte uns, wie sie für jedes Schiff eine „Minimax"-Suchkurve ausgearbeitet hätten, aber das verstand ich nicht. Da ging es um mathematische Begriffe, die wir nicht studiert hatten. Nicht daß es viel zu besagen hatte; jedes Schiff sollte soviel Zeit wie möglich mit Forschungsaufgaben und sowenig Zeit wie möglich mit den eigentlichen Sprüngen verbringen.

Aber Pat mußte einfach immer wieder darauf zurückkommen, wie man das Ganze wohl unseren Eltern verkaufen könnte. „Onkel Steve? Einmal angenommen, du hast recht, daß wir das locker angehen müssen – ich wüßte da ein Argument, das die vielleicht hören sollten. Vielleicht könntest du ihnen das klarmachen?"

„Hm?"

„Nun, wenn ein halber Laib Brot besser ist als gar keiner, dann ist denen vielleicht noch gar nicht klargeworden, daß auf diese Weise einer von uns zu Hause bleibt." Ich fing einen Satz von dem, was Pat hatte sagen wollen, auf, das war nämlich nicht gewesen „einer von uns bleibt zu Hause", sondern „Tom bleibt zu Hause". Ich wollte Einwände erheben, ließ es dann aber bleiben. Er hatte es nicht gesagt. Pat fuhr fort: „Die wissen, daß wir in den Weltraum wollen. Wenn sie uns das hier nicht erlauben, werden wir es eben ein andermal tun. Wenn wir uns zu deiner Einheit melden, würden wir vielleicht auf Urlaub nach Hause kommen – aber nicht oft. Wenn wir auswandern, könnten wir ebensogut tot sein; nur sehr wenige Emigranten verdienen genug, um sich eine Reise zurück zur Erde leisten zu können, jedenfalls nicht, solange ihre Eltern noch am Leben sind. Wenn die uns also jetzt zu Hause festhalten, dann werden die uns wahrscheinlich, sobald wir volljährig sind, nie wiedersehen. Aber wenn sie zustimmen, dann bleibt nicht nur einer zu Hause, sondern sie haben darüber hinaus auch noch mit dem anderen dauernd Verbindung – darin liegt doch der ganze Witz, daß die uns als Telepathenpaare einsetzen." Pat sah Onkel Steve erwartungsvoll an. „Sollten wir nicht darauf hinweisen? Oder würdest du ihnen die Idee beibiegen?"

Onkel Steve gab nicht gleich Antwort, obwohl ich in der Logik keinen Fehler erkennen konnte. Zwei minus zwei – da bleibt null, aber wenn man eins von zwei wegnimmt, bleibt eins.

Schließlich antwortete er langsam: „Pat, kriegst du es eigentlich wirklich nicht in deinen dicken Schädel, daß du einmal Ruhe geben mußt?"

„Ich kann an meiner Logik keinen Fehler erkennen."

„Seit wann hat man denn jemals eine emotionale Auseinandersetzung mit Logik gewonnen? Du hättest lesen sollen, wie König Salomon vorgeschlagen hat, das Baby in zwei Stücke zu teilen." Er nahm einen Schluck aus dem Glas und wischte sich den Mund. „Was ich euch jetzt sagen werde, ist streng vertraulich. Wußtet ihr, daß die Planetenliga in Betracht gezogen hat, diese Schiffe als Kriegsschiffe in Dienst zu stellen?"

„Hm? Warum? Mr. Howard hat nicht gesagt ..."

„Seid leise. Projekt Lebensraum ist von ungeheurer Wichtigkeit für das Friedensministerium. Wenn man einmal alles in Betracht zieht, dann gehen Kriege immer auf Bevölkerungsdruck zurück, gleichgültig, was für andere Faktoren sonst noch dazukommen."

„Aber wir haben den Krieg doch abgeschafft."

„Ja, haben wir. Also werden Leute wie ich dafür bezahlt, Buschfeuer auszutreten, ehe sie den ganzen Wald verbrennen. Jungs, wenn ich euch den Rest auch noch erzähle, dann müßt ihr das für euch behalten, jetzt und für alle Zeit."

Ich mag Geheimnisse nicht. Lieber habe ich Schulden. Geheimnisse kann man nicht zurückzahlen. Trotzdem gaben wir ihm das Versprechen.

„Okay. Ich habe die Voranschläge gesehen, die das Friedensministerium auf Bitten der ALF für dieses Projekt aufgestellt hat. Als die *Avant-Garde* ausgeschickt wurde, haben die ihr eine Chance von eins zu zehn für die Rückkehr gegeben. Wir haben jetzt bessere Geräte; diesmal liegen die Chancen pro besuchtes Planetensystem bei eins zu sechs. Jedes Schiff besucht auf der geplanten Tour durchschnittlich sechs Sterne – also hat jedes Schiff eine Chance von eins zu sechsunddreißig, daß es zurückkommt. Für zwölf Schiffe bedeutet das die Chance eins zu drei, daß vielleicht ein Schiff zurückkommt. Und zu dem Zeitpunkt werdet ihr Mißgeburten eingesetzt."

„Du sollst uns nicht ‚Mißgeburten' nennen!" Das sagten wir beide gleichzeitig.

„Mißgeburten", wiederholte er, „und alle sind verdammt froh, daß es euch Mißgeburten gibt, weil das Ganze ohne euch unmöglich ist. Schiffe und Mannschaften kann man ersetzen – Schiffe sind nur Geld, und Leute wie mich mit mehr Neugierde als Verstand findet man auch immer, um die Schiffe zu bemannen. Aber wenn die Schiffe auch ersetzbar sind, so ist doch das Wissen, das sie sammeln werden, nicht ersetzbar. Niemand ganz oben erwartet, daß diese Schiffe zurückkommen – aber wir müssen diese Planeten vom Erdtyp ausmachen. Die Menschheit braucht sie. Und dazu dient ihr Jungs; um Meldung zu machen. Dann hat es nichts mehr zu besagen, ob diese Schiffe zurückkommen oder nicht – wobei letzteres wahrscheinlicher ist."

„Ich habe keine Angst", sagte ich mit fester Stimme.

Pat sah mich an und wandte dann den Blick ab. Ich hatte nicht telepathiert, aber ich hatte ihm klar gesagt, daß die Angelegenheit noch nicht erledigt war, daß noch nicht feststand, welcher von uns beiden gehen würde. Onkel Steve sah mich ernst an und sagte: „Das habe ich auch nicht erwartet, in deinem Alter. Ich habe auch keine; ich lebe seit meinem neunzehnten Lebensjahr auf geborgte Zeit. Inzwischen bin ich so von meinem eigenen Glück überzeugt, daß ich sicher bin, daß, wenn ein Schiff zurückkommt, es das meine sein wird. Aber begreifst du, weshalb es albern sein würde, deiner Mutter gegenüber das Argument zu benutzen, daß ein halber Satz Zwillinge besser ist als keiner? Emotionell stimmt dein Argument einfach nicht. Du solltest die Parabel vom verlorenen Schaf lesen. Du willst deiner Mutter klarmachen, daß einer von euch zu Hause sicher sein wird, und das fixiert ihr Bewußtsein nur darauf, daß der andere nicht sicher und nicht zu Hause ist. Wenn euer Vater versucht, sie zu beruhigen, wird er vermutlich über diese Fakten stolpern – denn sie sind nicht geheim, nicht die Fakten, auf die die Statistiker ihre Vorhersagen aufgebaut haben; lediglich in der Werbung für dieses Projekt werden die positiven Dinge betont und die negativen heruntergespielt werden."

„Onkel Steve", wandte Pat ein, „ich verstehe nicht, wie die sicher sein können, daß die meisten der Schiffe nicht zurückkommen werden."

„Das können sie auch nicht. Aber das sind einfach optimistische Annahmen, die auf der Erfahrung fußen, die die Menschheit bisher mit der Erforschung fremder Orte gesammelt hat. Es ist einfach so: Man kann immer wieder recht haben, aber wenn es darum geht, fremde Orte zu erforschen, dann ist die erste falsche Vermutung, die du machst, oft zugleich deine letzte. Du bist tot. Hast du dir je die Zahlen bezüglich dieses einen winzigen Systems angesehen? Forschung ist wie russisches Roulette; man kann gewinnen und gewinnen, aber wenn man weitermacht, dann bringt das einen ganz sicher um. Macht also eure Eltern nicht in dieser Phase der Angelegenheit verrückt. Mir macht es nichts aus – ein Mann hat ein Recht darauf, so zu sterben, wie er will; das ist eines der Rechte, worauf noch keine Steuern erhoben werden. Aber es hat wirklich wenig Sinn, die Aufmerksamkeit auf die Tatsache zu lenken, daß einer von euch beiden nicht zurückkommen wird."

V: Der Zweitgenannte

Onkel Steve hatte recht gehabt, daß sie nachgeben würden; Pat fuhr drei Wochen später zum Ausbildungskurs.

Ich weiß immer noch nicht, wie es kam, daß Pat derjenige welcher wurde. Wir knobelten nie darum, es kam auch nie zu einer Auseinandersetzung, und ich stimmte nie zu. Aber Pat fuhr.

Ich versuchte einige Male, es mit ihm zu klären, aber er hielt mich immer hin, sagte, ich solle mir den Kopf nicht zerbrechen und abwarten, um zu sehen, wie sich alles entwickelte, und plötzlich war es so weit, daß alle es für selbstverständlich hielten, daß Pat ging und ich blieb. Vielleicht hätte ich an dem Tag, an dem wir den Vertrag unterschrieben, auf einer Klärung bestehen müssen, als Pat sich nämlich zurückhielt und mich als ersten unterschreiben ließ und mich auf diese Weise auf dem Papier als den Zweitgenannten festlegte, der zu Hause bleiben würde, anstelle des Drittgenannten, der die Reise machen würde. Aber damals schien es nicht der Mühe wert, sich darüber auseinanderzusetzen, da die zwei durch Vereinbarung der drei Vertragspartner austauschbar waren. Pat wies mich unmittelbar vor der Unterschriftsleistung darauf hin; das wichtige war, daß der Vertrag unterzeichnet wurde, solange unsere Eltern stillhielten – um ihre Unterschriften zu bekommen.

Ob Pat damals schon versucht hat, mich hereinzulegen? Wenn ja, so habe ich ihn jedenfalls nicht dabei ertappt, wie er seine Gedanken formulierte. Hätte ich umgekehrt dasselbe mit ihm versucht, wenn ich daran gedacht hätte? Ich weiß nicht, ich weiß es einfach nicht. Jedenfalls wurde mir langsam bewußt, daß die Sache erledigt war. Die Familie sah es so und die Leute von der ALF auch. Also sagte ich Pat, daß es nicht erledigt sei. Er zuckte bloß die Achseln und erinnerte mich daran, daß das Ganze ja nicht von ihm ausging. Vielleicht könnte ich sie dazu bringen, daß sie es sich anders überlegten. Falls es mich nicht störte, damit das Boot ins Schwanken zu bringen.

Das wollte ich nicht. Wir wußten nicht, daß die ALF lieber niedergekniet wäre und geweint hätte, als sich irgendein junges, gesundes Telepathenpaar entgehen zu lassen; wir dachten, daß sie genügend Auswahl hätten. Ich dachte, wenn ich Ärger machen würde, könnten sie den Vertrag zerreißen, wozu sie gegen Zahlung einer kleinen Konventionalstrafe bis zum D-Tag berechtigt waren.

Statt dessen nahm ich Dad beiseite und redete mit ihm. Das zeigt, wie verzweifelt ich war. Weder Pat noch ich gingen je alleine zu unseren Eltern, um sich über den anderen zu beklagen. Mir war nicht wohl dabei, und ich stotterte und stammelte und hatte Schwierigkeiten, Dad klarzumachen, weshalb ich mir beschwindelt vorkam.

Dad blickte besorgt und sagte: „Tom, ich dachte, du und dein Bruder hättet das unter euch ausgemacht?“

„Das ist es ja, was ich dir zu erklären versuche! Das haben wir nicht.“

„Was erwartest du jetzt von mir?“

„Nun, ich möchte, daß du ihn dazu bringst, fair zu sein. Wir sollten darum knobeln oder losen oder so etwas. Oder du könntest es für uns tun und dafür sorgen, daß es fair und anständig läuft. Würdest du das?"

Dad kümmerte sich um seine Pfeife, wie er das immer tut, wenn er einen hinhalten will. Schließlich sagte er: „Tom, ich weiß nicht, wie du dich da herauswinden kannst, jetzt, wo alles geklärt ist. Es sei denn, du willst, daß ich den Vertrag breche. Leicht wäre das nicht, aber das kann ich."

„Aber ich brauche doch den Vertrag nicht zu brechen. Ich möchte ja nur die gleiche Chance. Wenn ich verliere, dann bin ich still. Wenn ich gewinne, dann ändert das gar nichts – nur daß ich dann gehe und Pat bleibt."

„Hmm ..." Dad paffte an seiner Pfeife und blickte nachdenklich. „Tom, hast du dir in letzter Zeit einmal deine Mutter angesehen?"

Das hatte ich, aber ich hatte nicht viel mit ihr geredet. Sie bewegte sich wie in Trance und wirkte traurig und verletzt. „Warum?"

„Ich kann ihr das nicht antun. Sie macht jetzt schon die Agonie durch, deinen Bruder zu verlieren; ich kann ihr das nicht deinetwegen noch einmal antun. Das könnte sie nicht ertragen."

Ich wußte, daß sie sich nicht wohl fühlte, aber ich konnte nicht einsehen, was für einen Unterschied es machen würde, wenn wir tauschten. „Du willst doch nicht etwa andeuten, daß Mama es so haben will? Daß sie es lieber hätte, daß Pat geht und nicht ich?"

„Nein. Eure Mutter liebt euch beide gleich."

„Dann wäre es doch dasselbe für sie."

„Nein, das wäre es nicht. Sie leidet jetzt darunter, einen ihrer Söhne zu verlieren. Wenn ihr jetzt tauschen würdet, dann müßte sie das gleiche noch einmal für ihren anderen Sohn durchmachen. Das wäre nicht fair." Er klopfte seine Pfeife im Aschenbecher aus, was dasselbe war, wie nach einer Sitzung mit dem Hammer des Vorsitzenden auf die Tischplatte zu schlagen. „Nein, Sohn, ich fürchte, ihr werdet euch einfach beide an eure Vereinbarung halten müssen."

Es war hoffnungslos, also hielt ich den Mund. Indem Dad Mamas Zustand hineinbrachte, war das dasselbe, als hätte er eine Trumpfkarte ausgespielt.

Pat fuhr vier Tage später in das Ausbildungszentrum. Ich sah ihn nicht mehr sehr oft, mit Ausnahme der Zeit, die wir im TransLunar-Gebäude verbrachten, weil er jeden Abend mit Maudie ausging und ich nicht mit eingeladen war. Er wies darauf hin, daß er sie ja schließlich nicht mehr sehen würde, wohingegen ich genügend Zeit haben würde – also verschwinde bitte. Ich hatte keine Einwände; für sich betrachtet, war es nicht nur fair, sondern ich wollte unter den gegebenen Umständen auch gar nicht mit von der Partie sein. Pat und ich waren in diesen letzten paar Tagen weiter voneinander entfernt, als wir das je gewesen waren.

Unsere telepathischen Fähigkeiten beeinträchtigte es jedoch nicht. Worin auch immer dieses „Abstimmen" bestehen mochte, wozu manche Leute imstande waren, es ging jedenfalls weiter, und wir konnten es ebenso gut tun, wie wir reden konnten. Und es auch ebenso leicht abschalten. Wir brauchten uns nicht zu „konzentrieren" oder „unser Bewußtsein freizumachen" oder sonst etwas von diesem orientalisch-mystischen Unsinn. Wenn wir „reden" wollten, dann redeten wir.

Als Pat ging, kam ich mir verloren vor. Sicher, ich war mit ihm vier Stunden täglich in Verbindung und auch sonst jederzeit, wenn ich ihn rufen wollte, aber man kann nicht ein ganzes Leben lang Dinge zu zweit tun, ohne außer Tritt zu geraten, wenn man sie plötzlich alleine tun muß. Ich hatte noch keine neuen Gewohnheiten. Ich ertappte mich immer wieder dabei, wie ich irgendwohin gehen wollte und dann an der Türe stehenblieb und mir den Kopf zerbrach, was ich eigentlich vergessen hatte. Nur Pat. Es ist mächtig einsam, irgendwohin ganz alleine zu gehen, wenn man es immer mit einem anderen getan hat. Außerdem war Mama aufgekratzt und vergnügt und zärtlich und richtig unerträglich, und mein Schlaf wurde dauernd unterbrochen. Das Ausbildungszentrum arbeitete nach mitteleuropäischer Zeit, was bedeutete, daß ich und alle anderen Zwillinge, die zurückgeblieben waren, ganz gleich wo auf der Erde, unsere Übungsbotschaften auch auf mitteleuropäische Zeit abstimmten. Pat pfiff jede Nacht um zwei Uhr in meinen Ohren, und dann arbeitete ich bis zur Morgendämmerung und versuchte, untertags den Schlaf nachzuholen.

Es war unbequem, aber notwendig, und ich wurde gut dafür bezahlt. Zum erstenmal in meinem Leben hatte ich eine Menge Geld. Und das galt für unsere ganze Familie, denn ich fing trotz Dads Einwendungen an, ein reichliches Kostgeld zu zahlen. Ich kaufte mir sogar eine Uhr (Pat hatte die unsere mitgenommen), ohne mir Gedanken um den Preis zu machen. Und wir redeten davon, in eine größere Wohnung zu ziehen.

Aber die ALF drängte sich immer mehr in mein Leben, und ich begann zu begreifen, daß der Vertrag viel mehr umfaßte als nur das

Aufzeichnen von Nachrichten von meinem Zwilling. Das Geriatrieprogramm fing sofort an. „Geriatrie" klingt komisch, wenn es um einen Menschen geht, der noch nicht einmal alt genug ist, um zu wählen, aber hier hatte es die Sonderbedeutung, mich so lange wie möglich leben zu lassen, indem man sofort mit mir begann. Was ich aß, war nicht länger alleine meine Entscheidung; ich mußte den Diätvorschriften folgen, die sie anordneten, das Sandwich zwischendurch war nicht länger erlaubt. Es gab eine lange Liste von „besonders gefährlichen" Dingen, die ich nicht tun durfte. Sie gaben mir Spritzen für alles mögliche, von Papageienfieber bis zu Cholera, und dann mußte ich mich einer ärztlichen Untersuchung unterziehen, die so gründlich war, daß mir jede andere, die ich bisher erlebt hatte, wie bloßes Handauflegen vorkam.

Der einzige Trost war, daß Pat mir sagte, daß sie es mit ihm genauso trieben. Wir mochten in vieler Hinsicht nichts Besonderes sein, aber für die ALF waren wir unersetzliche Kommunikationsanlagen, also verpaßte man uns eine Behandlung wie einem hochwertigen Rennpferd oder einem Premierminister, jedenfalls etwas, das gewöhnlichen Leuten nie zuteil wird. Schrecklich lästig war das.

Die ersten acht oder zehn Tage nach Pats Abreise rief ich Maudie nicht an; ich hatte ihr gegenüber ein ungutes Gefühl. Schließlich rief sie mich an und fragte mich, ob ich böse auf sie wäre oder ob sie etwa unter Quarantäne stünde. Also verabredeten wir uns für den Abend. Besonders festlich war es nicht. Sie nannte mich ein paarmal „Pat", was sie auch sonst gelegentlich tat und was mich nie gestört hatte, da Pat und ich daran gewöhnt waren, daß die Leute unsere Namen durcheinanderbrachten. Aber jetzt war es peinlich, weil Pats Geist wie ein Skelett über uns schwebte.

Als sie es zum zweitenmal tat, sagte ich verärgert: „Wenn du mit Pat reden willst, kann ich in einer halben Sekunde mit ihm eine Verbindung herstellen!"

„Was? Aber Tom!"

„Oh, ich weiß schon, daß es dir lieber wäre, wenn ich Pat wäre! Wenn du glaubst, daß es mir Spaß macht, nur zweite Wahl zu sein, dann überleg dir das einmal."

Die Tränen traten ihr in die Augen, und ich schämte mich und wurde noch komplizierter. Also kam es zu einem erbitterten Streit, und dann sagte ich ihr, wie man mich beschwindelt hatte.

Ihre Reaktion war anders als die, die ich erwartet hätte. Anstatt mir ihr Mitgefühl auszudrücken, sagte sie: „O Tom, Tom! Begreifst du denn nicht, daß das nicht Pat dir angetan hat? Du hast es dir selbst angetan."

„Hm?"

„Das ist nicht seine Schuld; das ist deine eigene. Mich hat das immer so aufgeregt, wie du dich von ihm hast herumschubsen lassen. Du mochtest es, daß er dich herumschubste. Du hast ja den Wunsch, ein Versager zu sein."

Ich war so verärgert, daß es mir schwerfiel, ihr zu antworten. „Wovon redest du denn? Mir klingt das wie billige Lehrbuchpsychologie. Jetzt wirst du mir gleich noch sagen, ich hätte einen ‚Todeswunsch'."

Sie wischte sich die Tränen weg. „Nein. Vielleicht hat den Pat. Er hat sich immer darüber lustig gemacht, aber ich weiß trotzdem, wie gefährlich es ist. Ich weiß, daß wir ihn nicht wiedersehen werden."

Darauf mußte ich etwas herumkauen. „Versuchst du damit zu sagen", meinte ich dann sehr langsam, „ich hätte zugelassen, daß Pat mich austrickst, weil ich Angst hatte?"

„Was? Aber Tom, so etwas habe ich doch nie gesagt."

„Du klangst aber so." Dann wußte ich, warum es so klang. Vielleicht hatte ich wirklich Angst. Vielleicht hatte ich mich gerade genug bemüht, um Pat gewinnen zu lassen ..., weil ich wußte, was demjenigen zustoßen würde, der die Reise antrat.

Vielleicht war ich ein Feigling.

Wir versöhnten uns wieder, und der Abend schien schon befriedigend zu enden. Als ich sie nach Hause brachte, überlegte ich, ob ich versuchen sollte, ihr einen Gutenachtkuß zu geben – das hatte ich nie getan, so, wie Pat und ich uns dauernd in den Haaren lagen. Ich glaube auch, daß sie es von mir erwartet hat ..., als Pat plötzlich pfiff.

„Hey! Bist du wach, Kumpel?"

(„Sicher",) antwortete ich kurz angebunden. („Aber ich bin beschäftigt.")

„Wie beschäftigt? Bist du mit meinem Mädchen aus?"

(„Wie kommst du darauf?")

„Das bist du doch, oder? Habe ich mir schon gedacht. Wie läuft's denn?"

(„Kümmere dich um deine Angelegenheiten!")

„Sicher, sicher! Grüß sie nur von mir. Tag, Maudie!"

Maudie sagte: „Tom, was bist du denn plötzlich so abwesend?"

Ich antwortete: „Oh, das ist nur Pat. Er sagt, ich soll dich grüßen."

„Oh ... nun, grüß ihn von mir."

Das tat ich. Pat schmunzelte. *„Gib ihr einen Gutenachtkuß für mich."*

Also tat ich es nicht, weder für ihn noch für mich.

Aber am nächsten Tag rief ich sie wieder an, und von da an gingen wir regelmäßig miteinander aus. Soweit es Maudie betraf, entwickelte sich alles sehr angenehm ..., so angenehm, daß ich sogar darüber nachzudenken begann, daß Collegestudenten manchmal heirateten und daß ich es mir jetzt würde leisten können, falls es sich so entwikkeln sollte. Oh, ich war nicht so sicher, daß ich mich so jung festlegen wollte, aber es ist mächtig einsam, wenn man alleine ist, nachdem man immer jemanden bei sich gehabt hat.

UND dann brachten sie Pat auf einer Trage nach Hause.

Tatsächlich war es ein Fahrzeug vom Rettungsdienst, das speziell gechartert wurde. Der Idiot hatte sich weggeschlichen und versucht, Ski zu laufen, wovon er etwa ebensoviel verstand wie ich vom Perlentauchen. Es war gar kein besonders schwieriger Sturz, praktisch fiel er über die eigenen Füße. Aber da war er nun, lang ausgestreckt auf einer Bahre, bewegungsunfähig von der Hüfte abwärts und die Beine nicht mehr zu gebrauchen. Man hätte ihn in ein Krankenhaus bringen müssen, aber er verlangte, nach Hause gebracht zu werden, und Mama wollte, daß er nach Hause kam, also bestand Dad darauf. Er lag schließlich in dem Zimmer, das Faith freigemacht hatte, und ich mußte wieder auf der Couch schlafen.

Der ganze Haushalt war durcheinander, schlimmer als damals, als Pat weggegangen war. Dad warf Frank Dubois fast aus dem Haus, als Frank sagte, jetzt, wo dieser Unsinn von wegen Weltraumfahrt vom Tisch sei, sei er immer noch bereit, Pat einen Job zu geben, falls er einen Buchhaltungskurs machte, da ein Buchhalter ja vom Rollstuhl aus arbeiten könnte. Ich weiß nicht; vielleicht hatte Frank gute Absichten, aber manchmal glaube ich, daß man „gute Absichten" zum Kapitalverbrechen erklären sollte.

Aber was mich wirklich durcheinanderbrachte, war, wie Mutter es aufnahm. Sie war voll Tränen und Mitgefühl und konnte gar nicht genug für Pat tun. Sie verbrachte Stunden damit, ihm die Beine zu reiben, bis sie kurz vor dem Zusammenbruch stand. Aber ich konnte sehen, selbst wenn Dad das nicht konnte, daß sie unheimlich glücklich war – sie hatte ihr „Baby" zurückbekommen. Oh, die Tränen waren nicht gespielt ..., aber Frauen scheinen imstande zu sein, zur gleichen Zeit zu weinen und glücklich zu sein.

Wir alle wußten, daß der „Raumfahrtunsinn“ vom Tisch war, aber wir redeten nicht darüber, nicht einmal Pat und ich; während er auf dem Rücken lag und hilflos war und sich ohne Zweifel noch schlimmer fühlte als ich, war wirklich nicht die richtige Zeit, ihm Vorwürfe zu machen, daß er alles verpatzt und damit unsere Chancen zunichte gemacht hatte. Vielleicht war ich verbittert, aber dies war nicht die Zeit, ihn das wissen zu lassen. Mir war auf unangenehme Weise bewußt, daß die fetten Schecks von der ALF bald aufhören würden, und dann würde die Familie wieder knapp an Geld sein, wo wir es am dringendsten brauchten, und ich bereute die teure Uhr und das Geld, das ich verschwendet hatte, indem ich Maudie in Lokale führte, die wir uns nie hatten leisten können. Aber ich vermied es, darüber nachzudenken. Was für einen Sinn hatte es schon, über vergossene Milch zu weinen? Trotzdem fragte ich mich, was für einen Job ich wohl bekommen würde, anstatt aufs College zu gehen.

Ich war völlig unvorbereitet, als Mr. Howard auftauchte – ich hatte irgendwie damit gerechnet, daß ALF uns bis nach Pats Operation auf der Gehaltsliste behalten würde, obwohl sie den Unfall nicht verschuldet hatte und er darauf zurückzuführen war, daß Pat die Anweisungen nicht befolgt hatte. Aber bei dem Haufen Geld, den die hatten, dachte ich, würden sie vielleicht großzügig sein.

Aber Mr. Howard ging nicht einmal auf die Frage ein, ob die Akademie nun die Kosten für Pats Invalidität übernehmen würde oder nicht. Er wollte lediglich wissen, wann ich soweit wäre, um mich im Ausbildungszentrum zu melden.

Ich war verwirrt und Mutter hysterisch und Dad zornig und Mr. Howard kühl. Wenn man ihn anhörte, hätte man denken können, daß überhaupt nichts geschehen war, jedenfalls nichts, was auch nur im geringsten den Gedanken aufkommen ließ, man würde uns aus unserem Vertrag entlassen. Der Zweitgenannte und der Drittgenannte waren austauschbar; da Pat nicht gehen konnte, würde natürlich ich an seine Stelle treten. Nichts war geschehen, was unsere Effizienz als Kommunikationsteam beeinträchtigte. Sicher, sie hatten uns angesichts des traurigen Unfalls einige Tage Zeit gelassen, um uns zu beruhigen, aber jetzt wollten sie wissen, ob ich mich nun sofort würde melden können. Die Zeit war knapp.

Dad wurde ganz rot im Gesicht. Ob sie seiner Familie nicht schon genug angetan hätten? Ob sie überhaupt keinen Anstand hätten? Irgendein Mitgefühl?

Mitten in der Auseinandersetzung, während ich versuchte, mich der neuen Situation anzupassen, und mich fragte, was ich sagen sollte, rief Pat mich lautlos: *„Tom, komm her!"*

Ich entschuldigte mich und eilte zu ihm. Pat und ich hatten seit dem Unfall kaum miteinander telepathiert. Ein paarmal hatte er mich nachts gerufen, damit ich ihm ein Glas Wasser oder so etwas brachte, aber wir hatten nie richtig geredet, weder laut noch telepathisch. Da war einfach nur dieses schwarze, lastende Schweigen, das mich ausschloß. Ich wußte nicht, wie ich damit fertig werden sollte; es war das erste Mal, daß einer von uns beiden ohne den anderen krank war. Aber als er rief, eilte ich zu ihm. „Mach die Tür zu!"

Das tat ich. Er sah mich grimmig an. „Ich hab dich erwischt, ehe du etwas versprochen hast, oder?"

„Mhm."

„Geh hinüber und sag Dad, daß ich ihn sofort sprechen will. Sag Mama, ich würde sie bitten, mit Weinen aufzuhören, weil sie mich aufregt." Er lächelte schief. „Sag Mr. Howard, er soll mich alleine mit meinen Eltern sprechen lassen. Und dann hau ab."

„Hm?"

„Verschwinde, verabschiede dich nicht, und sag nicht, wohin du gehst. Wenn ich dich brauche, sag ich dir Bescheid. Wenn du hier herumhängst, dann nimmt dich Mutter in die Mangel und bringt dich dazu, alles mögliche zu versprechen." Er sah mich finster an. „Du hast noch nie einen Funken Willenskraft gehabt."

Ich ließ es ihm durchgehen; schließlich war er krank. „Hör zu, Pat, diesmal schaffst du es nicht – du hast alle gegen dich. Mutter wird durchsetzen, was sie will, und Dad ist so aufgekratzt, daß es mich wundert, daß er nicht schon mit den Fäusten auf Mr. Howard losgegangen ist."

„Mit Mutter komm ich klar und mit Dad auch. Howard hätte wegbleiben sollen. Los jetzt, bring sie auseinander, und dann hau ab."

„Also gut", sagte ich unsicher. „Äh ... hör mal, Pat, ich bin dir wirklich dankbar."

Er sah mich an, und seine Oberlippe kräuselte sich. „Du meinst, ich würde das für dich tun?"

„Nun, ich dachte ..."

„Als ob du je denken würdest ..., und ich habe tagelang nichts anderes getan. Wenn ich schon ein Krüppel sein muß, meinst du dann etwa, daß ich mein ganzes Leben in einer öffentlichen Pflegestation verbringen will? Oder hier, mit Mutter die ganze Zeit um mich herum, mit Dad, der an den Pennies knausert, und den Mädchen, denen es bei meinem Anblick übel wird? Nicht Patrick! Wenn ich schon so sein muß, will ich das Beste von allem haben. Schwestern, die hüpfen, wenn ich auch nur den Finger hebe, und Tanzmädchen, um mich zu unterhalten – und du wirst dafür sorgen, daß die ALF dafür bezahlt. Wir können unseren Vertrag einhalten, und das werden wir auch. Oh, ich weiß, daß du nicht gehen willst, aber jetzt mußt du."

„Ich? Du bringst das ja alles durcheinander. Du hast mich hinausgedrängt. Du ..."

„Okay, vergiß es. Du bist ganz wild darauf." Er verpaßte mir einen Rippenstüber und grinste dann: „Also gehen wir beide – denn du wirst mich mitnehmen, jeden Schritt wirst du mich neben dir haben. Und jetzt hinaus mit dir, und sorg dafür, daß sie auseinandergehen."

ZWEI Tage später reiste ich ab. Als Pat Mama seinen Tiefschlag verpaßte, wehrte sie sich nicht einmal. Wenn es bedeutete, daß ich in den Weltraum hinausmußte, um das Geld zu beschaffen, damit ihr krankes Baby ordentlich versorgt wurde und alles bekam, was es wollte, dann war das schlimm genug, aber dann mußte es eben so sein. Sie sagte, wie weh es ihr täte, mich gehen zu lassen, aber ich wußte, daß es sie nicht belastete. Aber mich belastete es ziemlich ... Ich fragte mich, wie es wohl gewesen wäre, wenn mir Pats Mißgeschick widerfahren wäre. Hätte sie Pat auch so einfach ziehen lassen, bloß damit ich alles bekam, was ich wollte? Aber ich beschloß, nicht mehr darüber nachzudenken; Eltern wissen wahrscheinlich nicht, daß sie ihre Lieblingskinder bevorzugen, selbst wenn sie es tun.

Dad schnappte sich mich für ein Gespräch von Mann zu Mann, ehe ich abreiste. Er druckste herum und entschuldigte sich die ganze Zeit, daß er alles mit mir hätte besprechen sollen, ehe es soweit gekommen war, und das Ganze schien ihm noch peinlicher als mir, was gar nicht so leicht war. Als er nicht mehr weiterwußte, ließ ich ihn wissen, daß ich in einem unserer Kurse auf der Oberschule das meiste von dem mitbekommen hatte, was er mir klarzumachen versuchte. (Was ich ihm nicht sagte, war, daß der Kurs eine ziemliche Enttäuschung gewesen war.) Jetzt leuchteten seine Augen wieder, und er meinte: „Nun, Sohn, deine Mutter und ich haben versucht, dir beizubringen, was recht und was unrecht ist. Vergiß nie, daß du ein Bartlett bist, dann wirst du auch nicht zu viele Fehler machen. Und was diese andere Sache betrifft, nun, wenn du dich immer fragst, ob ein Mädchen von der Art ist, daß du stolz sein würdest, sie nach Hause zu bringen und deiner Mutter vorzustellen, dann will ich schon zufrieden sein."

Das versprach ich ihm – es kam mir in den Sinn, daß ich nicht viel Gelegenheit haben würde, in schlechte Gesellschaft zu geraten, nicht wo Psychologen jeden im Projekt Lebensraum praktisch sezierten. Die schlechten Äpfel würden überhaupt nicht in den Korb kommen. Wenn ich sehe, wie naiv Eltern sind, frage ich mich, wie es gekommen ist, daß die menschliche Rasse nicht schon ausgestorben ist. Trotzdem, es war rührend, und ich weiß wirklich zu schätzen, welche Qual er auf sich nahm, um für mich alles klarzubekommen – Dad war immer ein anständiger Bursche und hat es gut gemeint.

Ich traf mich ein letztes Mal mit Maudie, aber es war nichts Besonderes. Wir verbrachten die Zeit an Pats Bett. Sie gab mir einen Lebewohl-Kuß – Pat forderte sie dazu auf. Na schön.

VI: Fackelschiff *Lewis und Clark*

Ich war nur zwei Tage in der Schweiz. Ich hatte gerade Gelegenheit, einen kurzen Blick auf den Zürichsee zu werfen, und das war auch schon alles; die Zeit drängte, und ich mußte versuchen, all die Dinge in mich aufzunehmen, die Pat wochenlang studiert hatte. Natürlich war das nicht möglich, also gaben sie mir Spulen mit Miniband, die ich nach Beginn der Reise studieren sollte.

Ich hatte einen Vorteil: Die Hilfssprache der Planetenliga war auf unserer High-School als Kurs vorgeschrieben – PL-Sprache war die Arbeitssprache von Projekt Lebensraum. Ich kann nicht sagen, daß ich sie fließend beherrschte, als ich ankam, aber schwer zu erlernen ist sie nicht. Oh, es kommt einem ein wenig albern vor, „gegeht" zu sagen, wenn man immer „gegangen" gesagt hat, aber man gewöhnt sich daran, und die technischen Begriffe sind natürlich alle nach den internationalen Genfer Regeln aufgebaut und waren das auch immer.

Tatsächlich gab es, wie uns Projektoffizier Professor Brunn erklärte, gar nicht so viel, was ein telepathischer Kommunikator wissen mußte, ehe er an Bord ging; der Hauptzweck der Ausbildung hatte darin bestanden, die Mannschaften zusammenzubringen, sie zusammen essen und leben zu lassen, damit die Psychologen persönliche Reibungen feststellen konnten, die die Tests bisher nicht hatten erkennen lassen.

„An Ihnen gibt es keine Zweifel, junger Mann. Wir haben die Aufzeichnungen Ihres Bruders und wissen, wie nahe Ihre Testergebnisse den seinen kommen. Als Telepath müssen Sie ziemlich weit von den akzeptierten Standards abweichen, ehe wir einen von Ihnen disqualifizieren würden."

„Wie bitte?"

„Verstehen Sie nicht? Wir können einen Kapitän wegen eines niedrigen Blutzuckerpegels vor dem Frühstück und einer daraus resultierenden Tendenz für Übellaunigkeit ablehnen. Die meisten Positionen können wir zwanzigmal besetzen und an ihnen herumrütteln, bis sie aufeinander abgestimmt sind wie ein Akrobatenteam. Aber bei Ihnen ist das anders. Sie sind so rar, daß wir Ihnen jegliche Exzentrizität durchgehen lassen müssen, die das Schiff nicht in Gefahr bringt. Mir würde es nichts ausmachen, wenn Sie an Astrologie glaubten – das tun Sie doch nicht etwa, oder?"

„Du liebe Güte, nein!" antwortete ich schockiert.

„Sehen Sie? Sie sind ein normaler, intelligenter junger Mann; also können wir Sie gebrauchen. Wenn es gar nicht anders ginge, würden wir sogar Ihren Zwillingsbruder nehmen, trotz der Tragbahre."

Als ich nach Zürich kam, waren nur noch Telepathen übrig. Die Kapitäne und die Astrogations- und Fackelcrews waren bereits in den Schiffen und anschließend die Spezialisten und die Leute vom Stab. Alle „Müßiggänger" waren schon an Bord, nur wir noch nicht. Und ich hatte kaum Zeit, mich mit meinen Gedankenleserkollegen bekannt zu machen. Ein seltsamer Haufen waren die, und langsam begann ich zu begreifen, was Professor Brunn gemeint hatte, als er sagte, man würde uns Freaks gegenüber ein wenig großzügiger sein. Wir waren ein Dutzend – ich meine, nur für die *Lewis und Clark;* insgesamt waren wir hundertfünfzig für die zwölf Schiffe der Flotte, und das war so ziemlich jedes Telepathenpaar, das die ALF hatte unter Vertrag nehmen können. Ich fragte einen von ihnen, Bernhard van Houten, warum jedes Schiff so viele Telepathen mitnahm.

Er sah mich etwas bedauernd an. „Überleg doch, Tom. Wenn eine Röhre in einem Radio durchbrennt, was machst du dann?"

„Nun, dann tausche ich sie eben aus."

„Da hast du deine Antwort. Wir sind Ersatzteile. Wenn ein Mitglied eines Telepaars stirbt oder sonst etwas, dann ist dieses ‚Radio' durchgebrannt, für immer erledigt. Also setzen sie einen anderen von uns ein. Die wollen sicher sein, daß wenigstens ein Telepaar auch am Ende der Reise noch funktioniert ..., das hoffen die wenigstens."

Ich hatte kaum Zeit, mir ihre Namen zu merken, ehe sie uns wegholten. Da waren ich und Bernhard van Houten, ein chinesisch-peruanisches Mädchen namens Mei-Ling Jones (nur daß sie es wie „Choneß" aussprach), Rupert Hauptman, Anna Horoshen, Gloria Maria Antonita Docampo, Sam Rojas und Prudence Mathews. Sie waren alle mehr oder weniger gleichaltrig mit mir. Dann war da Dusty Rhodes, der aussah wie zwölf und behauptete, vierzehn zu sein. Ich fragte mich, wie die ALF es wohl angestellt hatte, seine Eltern zu überreden, ein solches Kind mitkommen zu lassen. Vielleicht haßten sie ihn; schwer konnte einem das sicher nicht fallen.

Dann waren da drei, die älter als die übrigen von uns waren: Miß Gamma Furtney, Cas Warner und Alfred McNeil. Miß Gamma war ein verrückter Typ, die Art von alter Jungfer, die niemals zugibt, älter als dreißig zu sein. Sie war unser Drilling. Die ALF hatte vier Satz Drillinge zusammengescharrt, die Gedankenleser waren und überredet werden konnten mitzugehen; sie würden dazu eingesetzt werden, um die zwölf Schiffe in vier Dreiergruppen zusammenzuknüpfen, und dann konnte man die Gruppen mit vier Paar Zwillingen absichern.

Da Drillinge sechsundachtzigmal so rar wie Zwillinge sind, war es erstaunlich, daß sie genügend gefunden hatten, die telepathisch und zum Mitkommen bereit waren, ohne sich den Kopf darüber zu zerbrechen, ob sie nun verrückt waren oder nicht. Ich nehme an, daß die Damen Alpha, Beta und Gamma Furtney vom Einsteinschen Zeiteffekt angezogen wurden. Auf die Weise würden sie sich an all den Männern rächen können, die sie nicht geheiratet hatten, indem sie nicht älter wurden, während jene Männer an Altersschwäche starben.

Wir waren ein „Eck"-Schiff, und Cas Warner war unser seitlicher Zwilling, der uns über seinen Zwilling mit der *Vasco da Gama* verbinden würde und damit Verbindung zwischen zwei Dreiergruppen herstellte. Andere Seitenzwillinge verbanden die anderen Ecken. Diejenigen, die von Schiff zu Schiff arbeiteten, brauchten nicht jung zu sein, da ihre Zwillinge (oder Drillinge) nicht auf der Erde zurückblieben, um dort älter zu werden, während ihre Brüder oder Schwestern infolge der Relativität jung blieben. Cas Warner war fünfundvierzig, ein netter, ruhiger Mann, dem es offenbar Spaß bereitete, mit uns jungen Leuten zu essen.

Der zwölfte war Mr. („Nennt mich ‚Onkel Alfred'") McNeil, und er war wirklich ein lieber alter Mensch. Er war ein Neger, und sein Alter war irgend etwas über fünfundsechzig (ich hatte keine Ahnung), und er hatte jene Art von gleichsam heilig wirkender Liebenswürdigkeit an sich, wie alte Leute sie sich zulegen, wenn sie nicht statt dessen säuerlich und ichbezogen werden ... Wenn man ihn ansah, hätte man wetten mögen, daß er so etwas wie ein Diakon in seiner Kirche war.

Ich wurde mit ihm näher bekannt, weil ich an meinem ersten Abend in Zürich schrecklich Heimweh hatte und er es bemerkte und mich nach dem Abendessen auf sein Zimmer einlud und tröstete. Ich dachte, daß er einer der Psychologen der Stiftung sei, so wie Professor Brunn – aber das war nicht der Fall, er war selbst die Hälfte eines Telepaars ... und nicht einmal ein Seitenzwilling; sein Partner blieb auf der Erde.

Ich konnte es nicht glauben, bis er mir ein Bild von seinem Partner zeigte – ein kleines Mädchen mit munteren Augen und einem Pferdeschwanz – und ich es mir schließlich in meinen dicken Schädel bleute, daß wir es hier mit jener besonderen Rarität zu tun hatten, einem Telepathenpaar, das nicht aus Zwillingen bestand. Sie war Celestine Regina Johnson, seine Großnichte, nur daß er sie „Sugar Pie" nannte, nachdem er mich dem Foto vorgestellt und ihr gesagt hatte, wer ich sei.

Ich mußte es sofort Pat sagen, ohne daran zu denken, daß er ihm ja schon vorgestellt worden war.

Onkel Alfred war in Pension und war erster Spielgefährte seiner Großnichte gewesen, weil er mit seiner Nichte und deren Mann gelebt hatte. Er hatte dem Baby das Reden beigebracht. Als ihre Eltern beide bei einem Unfall ums Leben kamen, hatte er wieder zu arbeiten angefangen, um zu vermeiden, daß das Kind adoptiert wurde. „Und dann stellte ich fest, daß ich Sugar Pie im Auge behalten konnte, selbst wenn ich sie nicht sah. Sie war immer ein braves Baby, und das bedeutete, daß ich selbst dann auf sie aufpassen konnte, wenn ich unterwegs sein mußte. Ich wußte, daß das eine besondere Gabe war; ich reimte mir zusammen, daß der Herr in seiner unendlichen Barmherzigkeit mir das geschenkt hatte, was ich brauchte, um auf meine Kleine aufzupassen."

Das einzige, was ihn beunruhigt hatte, war, daß er vielleicht nicht lange genug leben würde oder, noch schlimmer, nicht lange genug würde arbeiten können, um Sugar Pie großzuziehen und sie auf den richtigen Weg zu bringen. Dann hatte Projekt Lebensraum alles für ihn gelöst. Nein, es machte ihm nichts aus, nicht mit ihr zusammenzusein, er war ja gar nicht von ihr getrennt; er war jede Minute bei ihr.

Ich gewann den Eindruck, daß er sie tatsächlich sehen konnte, wollte ihn aber nicht danach fragen. Für ihn jedenfalls bedeuteten steinerne Mauern kein Gefängnis und Lichtjahre keine Trennung. Er wußte, daß die unendliche Barmherzigkeit, die dafür gesorgt hatte, daß sie so lang hatten zusammenbleiben dürfen, sie auch lange genug zusammenhalten würde, damit er die Aufgabe, die er sich vorgenommen hatte, auch zu Ende führen könnte. Was später geschah, lag ganz beim Herrn.

Ich hatte noch nie jemanden kennengelernt, der auf so stille, ruhige Art glücklich war. Ich hatte kein Heimweh mehr, bis ich ihn verließ und zu Bett ging. Also rief ich Pat und erzählte ihm, wie ich mit Onkel Alfred bekannt geworden sei. Er sagte, sicher, Onkel Alf sei ein netter alter Knabe ... Und jetzt solle ich gefälligst den Mund halten und mich schlafen legen, morgen stehe mir ein harter Tag bevor.

DANN flogen sie uns in den südlichen Pazifik, und wir verbrachten eine Nacht auf dem Canton-Atoll, ehe wir an Bord gingen. Sie erlaubten nicht, daß wir in der Lagune schwammen, obwohl Sam eine Picknickparty für mich und Mei-Ling und Gloria veranstaltet hatte; Schwimmen war eine der unnötigen Gefahren. Statt dessen gingen wir früh zu Bett und wurden zwei Stunden vor Morgengrauen geweckt – eine widerwärtige Zeit, besonders wenn einem das Zeitgefühl dadurch durcheinandergekommen ist, daß man zu viele Zeitzonen zu schnell übersprungen hat. Ich begann mich zu fragen, was ich eigentlich hier verloren hätte.

Die *Lewis und Clark* befand sich ein paar hundert Kilometer östlich von unserem Standort in einem Bereich des Ozeans, der nicht gebraucht wurde. Ich hatte nie erkannt, wieviel Wasser dort war, bis ich einmal aus der Luft darauf hinunterblickte – und auf die Weise sieht man auch nur einen kleinen Teil. Wenn die sich irgendeine Möglichkeit ausdenken könnten, all die Nässe ebenso gründlich auszunützen wie das Mississippital, dann würde keiner einen anderen Planeten brauchen.

Aus der Luft sah die *Lewis und Clark* wie ein Basketball aus, der im Wasser trieb; man konnte nicht sehen, daß sie in Wirklichkeit wie eine Rübe geformt war. Sie trieb mit der Fackel nach unten im Wasser; das halbkugelförmige Oberteil war alles, was man sehen konnte. Ich konnte nur einen kurzen Blick auf sie werfen, wie sie, umgeben von Tauchfrachtern, die im Vergleich zu ihr winzig aussahen, da im Meer trieb, dann schwebte unser Bus über ihr, und man sagte uns, wir sollten auf der Leiter aufpassen und nichts im Bus zurücklassen. Es kam mir in den Sinn, daß es wohl wenig nützen würde, in einem solchen Fall einen Brief an das Fundbüro zu schreiben. Das war ein Gedanke, bei dem einem ganz kalt wurde ... Ich schätze, ich war immer noch heimwehkrank, aber in erster Linie war ich aufgeregt.

Ich verlief mich ein paarmal und fand schließlich meine Kabine in dem Augenblick, als das Lautsprechersystem dröhnte: „Alle Mann auf Beschleunigungsphase vorbereiten. Müßiggänger anschnallen. Andruckstationen bitte melden. Vierzehn Minuten." Der Mann, der die Durchsage machte, klang so selbstverständlich, daß er ebensogut hätte sagen können: „Bitte umsteigen in Birmingham."

Die Kabine war groß genug, mit einer doppelten Garderobe und einem Schreibtisch und einem eingebauten Videorecorder, einem kleinen Waschtisch und zwei Klappbetten. Sie waren heruntergeklappt, was natürlich den verfügbaren Raum beeinträchtigte. Sonst war niemand in der Kabine, und so nahm ich mir eine der Liegen, legte mich hin und befestigte die drei Sicherheitsgurte. Ich war damit gerade fertig, als der Knirps Dusty Rhodes den Kopf hereinstreckte. „Hey! Du liegst auf meinem Bett!"

Ich schickte mich schon an, ihn zurechtzuweisen, entschied mich aber dann dafür, daß die Zeit unmittelbar vor dem Start nicht gerade für eine Auseinandersetzung geeignet war. „Wie du meinst", antwortete ich, schnallte mich ab und legte mich auf die zweite Pritsche, wo ich mich erneut festschnallte.

Dusty blickte verstimmt; wahrscheinlich hätte er sich gerne mit mir gestritten. Statt auf die Liege zu klettern, die ich freigemacht hatte, schob er den Kopf zur Türe hinaus und sah sich um. Ich sagte: „Schnall dich jetzt besser an. Die haben das bereits durchgesagt."

„Quatsch", antwortete er, ohne sich umzuwenden. „Es ist noch genügend Zeit. Ich sehe mal schnell im Kontrollraum nach."

Ich wollte schon vorschlagen, daß er hinausgehen sollte, als ein Schiffsoffizier durchkam und die Räume überprüfte. „Rein mit dir, mein Junge!" sagte er schwungvoll mit einer keinen Unfug duldenden Stimme, so, wie man einem Hund sagt, er solle gefälligst „bei Fuß" kommen. Dusty klappte den Mund auf und dann gleich wieder zu und kletterte hinab.

Dann schnallte der Offizier ihn wie ein Baby an und zog die Schnallen so zurecht, daß Dusty sie nicht erreichen konnte. Selbst den Brustriemen schnallte er Dusty um die Arme.

Dann prüfte er meine Gurte. Ich hatte die Arme außerhalb, aber er sagte nur: „Laß die Arme während des Andrucks auf der Matratze" und ging hinaus.

Eine Frauenstimme sagte: „Alle Spezialkommunikatoren Verbindung mit den Telepartnern aufnehmen."

Ich war seit dem Aufwachen mit Pat immer wieder in Verbindung gewesen und hatte ihm die *Lewis und Clark* geschildert, als wir sie das erstemal zu sehen bekamen, und dann auch von innen. Trotzdem sagte ich: („Bist du da, Pat?")

„Natürlich. Ich geh nicht weg. Was gibt's denn?"

(„Start in etwa zehn Minuten. Die haben uns gerade gesagt, wir sollten während des Andrucks mit unseren Partnern Verbindung halten.")

„Das möchte ich dir auch geraten haben, sonst reiße ich dir die Ohren ab! Ich will mir nichts entgehen lassen."

(„Okay, okay, dreh nicht gleich durch. Pat? Das ist nicht ganz so, wie ich das erwartet hatte.")

„Hm? Wie?"

(„Ich weiß nicht. Wahrscheinlich habe ich Musikkapellen erwartet, Ansprachen und so etwas. Schließlich ist das hier ein großer Tag. Aber abgesehen von den Bildern, die die gestern abend auf Canton-Atoll von uns gemacht haben, war da mehr los, als wir ins Pfadfinderlager zogen.")

Pat gluckste. *„Wo ihr seid, würde eine Musikkapelle naß werden – ganz zu schweigen davon, daß sie sich mit Neutronen vollsaugen würde."*

(„Sicher, sicher.") Man mußte mir nicht sagen, daß ein Fackelschiff für den Start Freiraum braucht. Selbst als man schließlich eine Methode ausgetüftelt hatte, um direkt von Erd-Null zu starten statt von einer Raumstation, brauchten die Schiffe immer noch ein paar tausend Quadratkilometer Ozean – und dann hat sicher jeder schon einmal das unsinnige Geschwätz gehört, daß von der Strahlung das Klima verändert würde und daß die Regierung gefälligst etwas dagegen tun sollte.

„Außerdem gibt es eine ganze Menge Musikkapellen und Ansprachen. Wir sehen uns hier einen Ehrenwert J. Eierkopf an ... soll ich sie dir durchgeben?"

(„Äh, kannst du dir sparen. Wer ist ‚wir'?")

„Wir alle. Faith und Frank sind gerade reingekommen."

Ich wollte mich gerade nach Maudie erkundigen, als eine neue Stimme über das Lautsprechersystem hereinkam. „Willkommen an

Bord, Freunde. Hier spricht der Captain. Wir setzen uns mit bequemen drei g ab; trotzdem möchte ich Sie alle warnen – bitte liegen Sie ganz entspannt und lassen Sie die Arme auf Ihren Andruckliegen. Die dreifache Beschleunigung dauert nur sechs Minuten, dann dürfen Sie aufstehen. Wir starten in zweiter Position, unmittelbar nach der *Henry Hudson*."

Ich wiederholte Pat, was der Captain sagte, praktisch genauso schnell, wie er es sagte. Das war eines der Dinge, die wir geübt hatten, während er im Ausbildungszentrum war: man ließ seine gelenkten Gedanken wie ein Echo von etwas klingen, was jemand anderer sagte, so daß ein Telepaar fast wie ein Mikrofon und ein Lautsprecher funktionierte.

Ich vermute, daß er am anderen Ende dasselbe tat und die Worte des Kapitäns wiedergab, so daß die Familie sie den Bruchteil einer Sekunde nach mir hörte – wenn man Übung hat, ist das nicht schwierig.

Der Captain sagte: „Die *Henry* ist jetzt in der letzten Phase ... zehn Sekunden ... fünf Sekunden ... jetzt!"

Ich sah so etwas wie einen Hitzeblitz, obwohl ich mich in einem geschlossenen Raum befand. Ein paar Sekunden war über den Lautsprecher ein Geräusch zu hören wie ein Platzregen auf einer Fensterscheibe, weich und zischend und weit entfernt. Pat sagte: *„Junge!"*

(„Was ist denn, Pat?")

„Die ist in die Höhe geschossen, als ob sie auf einer Biene gesessen hätte. Einfach ein Loch im Wasser und ein Nichts. Augenblick – jetzt schalten sie die Kamera von der Raumstation auf Luna um."

(„Du hast eine bessere Sicht als ich. Ich kann hier nur die Decke meiner Kabine sehen.")

Die Frauenstimme sagte: „Mr. Warner! Miß Furtney! Zwischenschiffstelepathen bitte aufzeichnen."

Der Captain sagte: „Alles fertigmachen für Startandruck. Countdown beginnt", und dann schaltete sich eine andere Stimme ein: „Sechzig Sekunden ... fünfundfünfzig ... fünfzig ... fünfundvierzig ... halten bei fünfundvierzig ... halten fünfundvierzig ... halten ... halten ..." – bis ich am liebsten geschrien hätte.

„Tom, was ist denn los?"

(„Wie soll ich das wissen?")

„Vierzig ... fünfunddreißig ... dreißig ..."

„Tom, Mama möchte, daß ich dir sage, du sollst sehr vorsichtig sein."

(„Was meint sie denn, daß ich tun kann? Ich liege bloß hier, angeschnallt.")

„Ich weiß", gluckste Pat. *„Halt dich hübsch am Pinsel fest, du Glückspilz. Die nehmen dir jetzt gleich die Leiter weg."*

„Vier! ... Drei! ... Zwo! ... EINS!"

Ich sah keinen Blitz, ich hörte nichts. Ich wurde nur sehr schwer, so wie auf dem Fußballplatz, wenn ein halbes Dutzend Spieler über einem liegen.

„Wo du warst, ist nichts als Dampf."

Ich gab keine Antwort. Das Atmen bereitete mir Schwierigkeiten.

„Die haben die Kamera umgeschaltet. Die folgen euch jetzt mit einem Teleobjektiv. Tom, du solltest das sehen ... ihr seht aus wie eine Sonne. Das brennt das restliche Bild einfach aus dem Tank."

(„Wie kann ich es sehen?") fragte ich mürrisch. („Ich bin schließlich drin.")

„Du klingst so beengt. Bei dir alles in Ordnung?"

(„Du würdest auch beengt klingen, wenn die dir Sandsäcke auf die Brust gelegt hätten.")

„Ist es schlimm?"

(„Gut ist es nicht. Aber schon in Ordnung, denke ich.")

Pat ließ mich in Frieden und schilderte das, was er über den Fernseher mitbekam, recht ordentlich. Die *Richard E. Byrd* startete unmittelbar nach uns, noch bevor wir Fluchtgeschwindigkeit von der Erde erreicht hatten; er berichtete mir alles. Ich hatte ohnehin nichts zu sagen; sehen konnte ich nichts, und nach Schnattern war mir nicht zumute. Ich wollte mich einfach ruhig halten und mich elend fühlen.

Wahrscheinlich waren es wirklich nur sechs Minuten, aber mir kam es eher wie eine Stunde vor. Nach einer langen, langen Zeit, als ich zu dem Schluß gelangt war, daß das Steuer klemmte und wir unter Andruck bleiben würden, bis wir die Lichtgeschwindigkeit überschritten hatten, lockerte sich der Druck plötzlich, und ich kam mir leicht wie eine Schneeflocke vor. Wenn die Anschnallgurte nicht gewesen wären, dann wäre ich zur Decke geschwebt.

„Wir haben jetzt auf einhundertzehn Prozent reduziert", sagte der Kapitän vergnügt. „Unsere Fahrtbeschleunigung wird höher sein, aber wir wollen den Neuen unter uns ein wenig Zeit lassen, um sich daran zu gewöhnen." Jetzt änderte sich sein Tonfall, und er sagte geschäftsmäßig: „Alle Stationen nach Start sichern, Raumwachen aufstellen, dritter Abschnitt."

Ich lockerte meine Gurte, setzte mich auf und erhob mich. Vielleicht waren wir zehn Prozent schwerer, aber es fühlte sich nicht so an; ich fühlte mich herrlich. Ich ging auf die Türe zu mit der Absicht, mich ein wenig besser umzusehen als bei der Ankunft.

Dusty Rhodes schrie: „He! Komm her und schnall mich los! Dieser Idiot hat mich so angegurtet, daß ich nicht an die Schnallen kann."

Ich drehte mich um und sah ihn an. „Sag ‚bitte'."

Was Dusty darauf antwortete, war nicht „bitte". Trotzdem ließ ich ihn los. Ich hätte ihn zwingen sollen, es zu sagen; das hätte vielleicht später einigen Ärger erspart.

VII: 19900 MÖGLICHKEITEN

DAS erste, was sich in der *Lewis und Clark* ereignete, ließ mich glauben, ich träumte – ich stieß auf Onkel Steve.

Ich ging den kreisförmigen Korridor entlang, der die Kabinen auf meinem Deck miteinander verband, und suchte nach einem bordeinwärts führenden Weg auf die Schiffsachse zu. Als ich um die Ecke bog, stieß ich mit jemandem zusammen. Ich sagte „Entschuldigung" und wollte an ihm vorbeigehen, als er mich am Arm festhielt und mir auf die Schulter schlug. Ich blickte auf, und es war Onkel Steve, der grinste und mich anschrie: „He, Schiffsmaat! Willkommen an Bord!"

„Onkel Steve! Was machst du denn hier?"

„Sondereinsatz vom Generalstab ... Ich soll dafür sorgen, daß du keine Dummheiten machst."

„Hm?"

Als er es mir dann erklärte, war es nicht mehr so geheimnisvoll. Onkel Steve hatte schon seit einem Monat gewußt, daß sein Antrag für eine Sondergenehmigung, um den Dienst in der ALF für Projekt Lebensraum aufzunehmen, gebilligt worden war; er hatte es der Familie nicht gesagt, aber die Zeit damit verbracht, einen Ringtausch in die Wege zu leiten, um auf dasselbe Schiff zu kommen, auf dem Pat sein würde – oder, wie sich dann herausstellte, ich.

„Ich dachte, deine Mutter würde es vielleicht etwas leichter nehmen, wenn sie wüßte, daß ich ihren Jungen im Auge behalten würde. Du kannst es ihr ja das nächstemal sagen, wenn du mit deinem Zwilling in Verbindung bist."

„Ich werde es ihr jetzt gleich sagen", antwortete ich und stieß im Geist einen Schrei nach Pat aus. Ihn schien das nicht schrecklich zu interessieren; vermutlich begann seine Reaktion einzusetzen, und er ärgerte sich darüber, daß ich jetzt dort war, wo er hatte sein wollen. Aber Mutter war da, und er sagte, daß er es ihr sagen würde. „Okay, sie weiß es."

Onkel Steve musterte mich eigenartig. „Ist es so einfach?"

Ich erklärte ihm, daß es so wie Reden sei ..., ein wenig schneller vielleicht, wie man Wörter eben schneller denken kann als sie aussprechen, sobald man sich einmal daran gewöhnt hat. Aber er hielt mich auf. „Schon gut, du versuchst, einem blinden Mann Farbe zu erklären. Ich wollte nur, daß sie Bescheid weiß."

„Nun, okay." Dann bemerkte ich, daß er eine andere Uniform trug. Die Ordensbänder waren noch dieselben, und es war auch eine Uniform der ALF wie die meine, was mich nicht überraschte – aber seine Tressen waren verschwunden. „Onkel Steve ..., du trägst ja die Rangabzeichen eines Majors!"

Er nickte. „Ein braver Junge aus dem Dorf, der es zu etwas gebracht hat. Harte Arbeit, ordentliches Leben und all das."

„Mann, das ist fein!"

„Die haben mich mit meinem Rang in die Reserve versetzt und mich wegen ausnehmend guter Papiere eins hochrücken lassen. Wenn ich beim Korps geblieben wäre, dann hätte ich mich bestenfalls als Schiffssergeant in den Ruhestand versetzen lassen können – im Frieden gibt es keine Beförderung. Aber das Projekt war auf der Suche nach bestimmten Männern, nicht bestimmten Rängen, und ich hatte zufällig gerade die richtige Anzahl von Händen und Füßen für den Job, den die frei hatten."

„Und was ist das für ein Job, Onkel?"

„Kommandant der Schiffswache."

„Hm? Was hast du denn zu bewachen?"

„Das ist eine gute Frage. Du kannst mich ja in ein oder zwei Jahren fragen, dann kriegst du eine bessere Antwort. Tatsächlich wäre ‚Kommandant des Landungstrupps' ein besserer Titel. Wenn wir einen brauchbar aussehenden Planeten entdecken – ‚falls und wenn', meine ich –, dann bin ich der Typ, der hinausdarf und sich die Landschaft ansieht und sich ein Urteil darüber bildet, ob die Eingeborenen freundlich sind, während ihr wertvollen Typen hübsch versorgt im Schiff bleibt." Er sah auf sein Handgelenk. „Gehen wir futtern."

Ich hatte keinen Hunger und wollte mich umsehen, aber Onkel Steve nahm mich fest am Arm und strebte auf die Messe zu. „Wenn du einmal ebenso lange wie ich Soldat warst, Junge, dann wirst du lernen, daß man immer dann schläft, wenn man Gelegenheit dazu bekommt, und daß es nie zu spät ist, sich an einer Essenschlange anzustellen.“

Es war tatsächlich eine Schlange im Cafeteria-Stil. Die *L. C.* hatte keine Kellner oder sonstigen persönlichen Service irgendeiner Art, mit Ausnahme für den Kapitän und die Leute, die gerade Wache hatten. Wir stellten uns an, und ich erkannte plötzlich, daß ich doch Hunger hatte. Für diese Mahlzeit, und nur für diese, führte Onkel Steve mich an den Abteilungsleitertisch. „Ladies and Gentlemen, das ist mein Neffe mit den zwei Köpfen, Tom Bartlett. Er hat seinen anderen Kopf auf der Erde gelassen – er ist ein Zwilling aus einem Telepaar. Wenn er etwas tut, was er nicht tun sollte, dann möchte ich nichts davon hören, gebt ihm einfach eins auf die Nase.“ Er sah zu mir herüber; ich fing an, rot zu werden. „Sag ‚Tag‘, Sohn ... Oder wenn du nicht reden kannst, dann nicke einfach.“

Ich nickte und setzte mich. Ein süßes altes Mädchen mit der Art von Schoß, auf dem gern Babys sitzen, saß neben mir. Sie lächelte und sagte: „Freut mich, dich bei uns zu haben, Tom.“ Ich erfuhr, daß sie die Chefökologin war. Sie hieß Dr. O'Toole – nur daß niemand sie so nannte – und war mit einem der Relativisten verheiratet.

Onkel Steve ging um den Tisch herum und zeigte mir, wer wer war und was sie taten: der Chefingenieur, der Relativist (Onkel Steve nannte ihn „Astrogator“, so, wie man die Stelle in einem gewöhnlichen Schiff bezeichnete), Chefplanetologe Harry Gates und der Stabxenologe und so weiter – ich konnte mir damals die Namen nicht alle merken – und Reservecaptain Urqhardt. Das Wort „Reserve“ entging mir zunächst, und ich staunte darüber, wie jung er war. Aber Onkel Steve korrigierte mich: „Nein, nein! Er ist nicht der Captain. Er ist der Mann, der Captain sein wird, wenn sich herausstellt, daß wir einen Ersatz brauchen. Dir gegenüber sitzt der Arzt – aber laß dich davon nicht ins Bockshorn jagen; er macht sich nie selbst die Hände schmutzig. Dr. Devereaux ist der oberste Kopfklempner.“

Ich muß ziemlich dumm dreingeguckt haben, und Onkel Steve fuhr fort: „Du kapierst nicht? Psychiater. Doc Dev beobachtet jede Bewegung, die wir machen, und versucht zu entscheiden, wie schnell er mit der Zwangsjacke und einer Spritze sein muß. Stimmt's, Doc?“

Dr. Devereaux bestrich sich ein Brötchen mit Butter. „Im Prinzip schon, Major. Aber essen Sie ruhig zu Ende; wir holen Sie erst später ab.“ Er war eine kleine fette Kröte, so häßlich, wie das nur gerade möglich war, und durch nichts aus der Ruhe zu bringen. Er fuhr fort:

„Ich hatte gerade einen Gedanken, der mich ziemlich beunruhigte, Major."

„Ich dachte, Gedanken beunruhigen Sie nie?"

„Überlegen Sie doch. Da gibt man mir den Auftrag, komische Typen wie Sie bei Trost zu halten ..., und dann vergessen die, mir jemanden zuzuteilen, der mich bei Trost hält. Was sollte ich da tun?"

„Hmmm ..." Onkel Steve schien zu überlegen. „Ich wußte gar nicht, daß man von Kopfklempnern erwartet, daß die selbst auch bei Trost sind."

Dr. Devereaux nickte. „Jetzt haben Sie den Finger darauf gelegt. Es ist genau wie in Ihrem Beruf, Major. Es ist von Vorteil, wenn einer verrückt ist. Würde mir jemand bitte das Salz reichen?"

Onkel Steve hielt den Mund und tat, als wischte er sich Blut ab.

Ein Mann kam herein und setzte sich; Onkel Steve stellte mich vor und sagte: „Stabskommandant Frick, der Kommunikationsoffizier. Dein Chef."

Commander Frick nickte und sagte: „Sind Sie nicht dritte Sektion, junger Mann?"

„Äh, ich weiß nicht, Sir."

„Aber ich. Und Sie hätten es auch wissen müssen. Melden Sie sich im Kommunikationsbüro."

„Äh, meinen Sie sofort, Sir?"

„Augenblicklich. Sie haben sich eine halbe Stunde verspätet."

Ich sagte: „Entschuldigen Sie bitte" und stand hastig auf, wobei ich mir albern vorkam. Ich blickte zu Onkel Steve hinüber, aber der sah nicht her; er schien es nicht gehört zu haben.

Das Kommunikationsbüro war zwei Decks weiter oben, unmittelbar unter dem Kontrollraum; ich fand es nicht gleich. Van Houten war dort und Mei-Ling und ein Mann, der Travers hieß und wachhabender Kommunikator war. Mei-Ling las von einem Stapel Papieren ab und blickte nicht auf. Ich wußte, daß sie telepathierte. Van sagte: „Wo, zum Kuckuck, hast du gesteckt? Ich habe Hunger."

„Ich wußte von nichts", protestierte ich.

„Das solltest du aber."

Er ging weg, und ich wandte mich zu Mr. Travers. „Was soll ich tun?"

Der fädelte gerade eine Rolle Band in einen Autotransmitter; er brachte das zu Ende, ehe er mir Antwort gab: „Nehmen Sie den Stapel Verkehr, wenn sie damit fertig ist, und tun Sie damit, was sie eben damit tut. Nicht, daß es wichtig wäre."

„Sie meinen, ich soll das meinem Zwilling vorlesen?"

„Das habe ich doch gesagt."

„Wollen Sie, daß er es aufzeichnet?"

„Verkehr wird immer aufgezeichnet. Haben die Ihnen denn gar nichts beigebracht?"

Ich überlegte, ob ich ihm erklären sollte, daß sie das wirklich nicht hatten, weil dazu keine Zeit gewesen war, und dann dachte ich, was soll's eigentlich? Wahrscheinlich glaubte er, daß ich Pat sei, und nahm an, ich hätte den ganzen Kurs gemacht. Ich nahm die Papiere, mit denen Mei-Ling fertig war, und setzte mich.

Aber Travers redete noch weiter. „Ich weiß nicht, wozu ihr Mißgeburten überhaupt jetzt hier seid. Man braucht euch hier nicht, wir sind noch in Funkreichweite."

Ich legte die Papiere hin und stand auf. „Nennen Sie uns nicht ‚Mißgeburten'!"

Er sah mich an und sagte: „Mann, sind Sie jetzt groß geworden. Setzen Sie sich hin, und gehen Sie an die Arbeit."

Wir waren etwa gleich groß, aber er war zehn Jahre älter und dreißig Pfund schwerer. Vielleicht hätte ich es dabei bewenden lassen, wenn wir alleine gewesen wären, aber nicht in Anwesenheit von Mei-Ling. „Ich habe gesagt, Sie sollen uns nicht ‚Mißgeburten' nennen. Das ist unhöflich."

Er sah müde aus und keineswegs so, als würde ihn das amüsieren, aber er stand nicht auf. Ich entschied, daß er keine Auseinandersetzung wollte, und war erleichtert. „Schon gut, schon gut", antwortete er. „Seien Sie nicht gleich beleidigt. Machen Sie sich jetzt an die Arbeit."

Ich setzte mich und sah mir das Zeug an, das ich senden mußte. Dann rief ich Pat und sagte ihm, er solle seinen Recorder einschalten; dies sei keine Übungsdurchsage.

Er antwortete: *„Ruf mich in einer halben Stunde noch einmal. Ich bin grad beim Abendessen."*

(„Ich war beim Mittagessen, aber ich durfte auch nicht fertigessen. Hör jetzt auf, mich hinzuhalten, Pat. Schau dir den Vertrag an, den du unbedingt unterschreiben wolltest.")

„Du warst genauso scharf drauf. Was ist denn, Kleiner? Jetzt schon kalte Füße?"

(„Vielleicht, vielleicht auch nicht. Ich hab das Gefühl, das wird alles andere als ein netter kleiner Picknickausflug werden. Aber eines habe ich schon gelernt; wenn der Captain nach einem Eimer Farbe schickt, will er einen vollen Eimer und keine Ausreden. Schalt jetzt deinen Recorder ein, und halt dich bereit, Zahlen aufzunehmen.")

Pat brummelte etwas, gab nach und verkündete dann nach einer kleinen Pause, er sei jetzt soweit. Die Pause war ganz bestimmt durch Mutter verursacht, die darauf bestand, daß er sein Abendessen zu Ende aß. *„Fertig."*

Der Verkehr bestand fast ausschließlich aus Zahlen (den Start betreffend, nehme ich an) und Codes. Ich mußte Pat daher alles wiederholen lassen. Es war nicht schwer, aber langweilig. Die einzige Nachricht in Klartext war vom Captain, eine Bestellung Rosen, die an eine Mrs. Detweiler in Brisbane geschickt werden und von seinem ALF-Konto abgebucht werden sollte, und dazu eine Mitteilung: „Vielen Dank für ein wunderbares Abschiedsdinner."

Sonst schickte niemand persönliche Nachrichten; ich nehme an, sie hatten auf der Erde keine losen Enden zurückgelassen.

Ich dachte daran, ein paar Rosen an Maudie zu schicken, aber ich wollte es nicht über Pat tun. Einen Augenblick lang dachte ich daran, es über Mei-Ling zu tun, dann erinnerte ich mich daran, daß ich zwar Geld auf der Bank hatte, aber Pat zu meinem Anwalt gemacht hatte; wenn ich sie bestellte, würde er die Rechnung genehmigen müssen. Ich beschloß, nicht über Brücken zu gehen, die ich bereits hinter mir abgebrochen hatte.

Aus dem Leben an Bord der *L. C.* oder der *Elsie,* wie wir sie nannten, wurde bald eine bequeme Routine. Die Beschleunigung wurde um weitere fünfzehn Prozent gesteigert, was dazu führte, daß ich nun einundsiebzig Kilo wog; meine Beine schmerzten, bis ich mich daran gewöhnte – aber das dauerte nicht lange; es hat Vorteile, wenn man zu den Dürren gehört. Wir Freaks hatten jeweils zu zweit Wache – Miß Gamma und Cas Warner standen nicht auf unserer Liste, weil sie die Seitenverbindung zu anderen Schiffen aufrechterhielten. Anfänglich hatten wir eine Menge Freizeit, aber der Captain sorgte dafür, daß das bald aufhörte.

In dem Wissen, daß die ALF in Wirklichkeit nicht mit unserer Rückkehr rechnete, hatte ich nicht viel über die Klausel in unserem Vertrag nachgedacht, die Ausbildung während der Reise vorsah, mußte aber feststellen, daß der Captain keineswegs die Absicht hatte, das zu vergessen. Es gab Schule für alle, nicht nur für Telepathen, die noch im schulpflichtigen Alter waren. Er setzte Dr. Devereaux, Mrs.

O'Toole und Mr. Krishnamurti als Schulausschuß ein, und bald wurden Kurse für praktisch alles angeboten, von Aktzeichnen bis zur Geschichte der Antike. Der Kapitän selbst hielt letzteren ab; es stellte sich heraus, daß er Sargon den Zweiten und Sokrates wie Brüder kannte.

Onkel Alfred versuchte, sich in sämtliche Kurse einzuschreiben, was unmöglich war, selbst wenn er nicht gegessen, geschlafen oder Wache gehalten hätte. Er hatte nie Zeit für all die schulische Ausbildung gehabt, die er sich gewünscht hatte, und jetzt endlich würde er sie bekommen. Selbst mein wirklicher Onkel Steve schrieb sich in ein paar Kurse ein. Allem Anschein nach zeigte ich Überraschung darüber, denn er meinte: „Schau, Tom, ich habe auf meiner ersten Reise festgestellt, daß der Weltraum nur dadurch erträglich wird, daß man etwas zu lernen hat und das dann auch tut. Früher habe ich Fernkurse gemacht, aber diese Blechbüchse enthält die beste Sammlung von wirklich intelligenten Leuten, die du wahrscheinlich je auf einem Haufen sehen wirst. Wenn du das nicht ausnutzt, bist du ein Idiot. Mama O'Tooles Kochkurs, zum Beispiel: Wo sonst findet man schon eine Cordon-Bleu-Absolventin, die bereit ist, dich ihre Kunst gratis zu lehren? Sag doch selbst!"

Ich wandte ein, daß für mich wohl nicht die Notwendigkeit bestehen würde, Nouvelle Cuisine zu beherrschen.

„Was hat das denn damit zu tun? Lernen ist nicht ein Mittel zum Zweck; es ist ein Zweck in sich. Schau dir doch Onkel Alf an. Der ist so vergnügt wie ein Junge mit einer neuen Steinschleuder. Und außerdem, wenn du dich nicht irgendwo einträgst, dann wird der alte Doc Devereaux irgendeine Möglichkeit finden, dich beschäftigt zu halten, und wenn es nur mit Zählen von Nieten wäre. Warum meinst du wohl, daß der Captain ihn zum Vorsitzenden des Erziehungsausschusses gemacht hat?"

„Daran hatte ich nicht gedacht."

„Nun, dann tu es jetzt. Die größte Gefahr in der Weltraumfahrt ist es, Sargkoller zu kriegen. Man ist auf lange Zeit auf engem Raum eingesperrt, und draußen gibt es nichts als mächtig dünnes Vakuum. Keine Straßenlampen, keine Kegelbahnen. Drinnen sind dieselben alten Gesichter, und du fängst an, sie zu hassen. Also sorgt ein schlauer Kapitän dafür, daß du etwas hast, das dein Interesse wachhält und dich müde macht – und unserer ist der schlaueste, den du finden kannst, sonst wäre er nicht auf diesem Trip."

Ich begann zu begreifen, daß es in der *Elsie* eine Menge Vorkehrungen dafür gab, daß wir gesund und einigermaßen glücklich blieben. Nicht nur Schule, sondern auch andere Dinge. Zum Beispiel die Anzahl der Leute, die wir an Bord hatten – beinahe zweihundert. Onkel Steve sagte mir, daß die *Elsie* mit etwa zehn Leuten als Schiff funktionieren konnte: ein Kapitän, drei Kontrolloffiziere, drei Ingenieuroffiziere, ein Kommunikator, ein Farmer, ein Koch. Und das ließ sich noch auf fünf reduzieren: zwei Kontrolloffiziere (einer als Kommandant), zwei für die Fackelwache und ein Farmer/Koch.

Warum dann zweihundert?

Zum einen war genügend Platz vorhanden. Die *Elsie* und die anderen Schiffe waren aus den gigantischen Frachtern umgebaut worden, die die ALF dazu einsetzt, um Pluto mit Vorräten zu versorgen und um von dort spaltbares Material zur Erde zu transportieren. Zum zweiten brauchten sie einen großen wissenschaftlichen Stab, um die Planeten zu erforschen, die wir zu finden hofften. Zum dritten waren einige davon Ersatzteile, wie Reservecaptain Urqhardt und, nun, ich selbst. Einige von uns würden sterben oder getötet werden; aber das Schiff mußte seine Reise fortsetzen.

Aber das eigentlich Wichtige ist, wie ich feststellte, daß keine kleine, isolierte soziale Gruppe stabil sein kann. Dafür gibt es sogar eine besondere Mathematik mit empirischen Formeln und Symbolen für „lateralen Druck" und „Austauschvalenzen" und „exogame Erleichterung". (Letzteres bedeutet einfach, daß die jungen Männer eines kleinen Dorfes sich ihre Frauen außerhalb des Dorfes suchen sollten.)

Oder betrachten Sie es so: Angenommen, Sie hätten da ein Einmannraumschiff, das alleine einige Jahre kreuzen könnte. Nur ein Mann, der bereits auf eine bestimmte Art verrückt ist, könnte ein solches Schiff betreiben – sonst würde er bald auf irgendeine andere Art durchdrehen und anfangen, die Schalter aus dem Armaturenbrett zu reißen. Oder nehmen Sie ein Zweimannschiff: Wenn Sie ein Paar einsetzen, das einander so mag wie Romeo und Julia, würde am Ende der Reise selbst Julia anfangen, Charaktereigenschaften einer Schwarzen Witwe zu zeigen.

Drei ist ebenso schlimm oder noch schlimmer, besonders wenn sich zwei gegen einen zusammenrotten. Große Zahlen sind da viel sicherer. Selbst bei nur zweihundert Leuten gibt es genau 19900 Möglichkeiten, um aus ihnen Pärchen zu bilden, entweder als Freunde oder als Feinde – Sie sehen also, die sozialen Möglichkeiten schießen schnell in die Höhe, wenn man die Zahl vergrößert. Eine größere Gruppe bedeutet mehr Chancen, Freunde zu finden, und mehr Möglichkeiten, Leute zu meiden, die man nicht mag. An Bord eines Schiffes ist das schrecklich wichtig.

Neben den Wahlfächern hatten wir auch Pflichtfächer, die sich „Schiffsausbildung" nannten – worunter der Kapitän verstand, daß jeder wenigstens einen Job lernen mußte, für den er sich nicht gemeldet hatte. Ich stand zwei Wachen im Dämpferraum, worauf Chefingenieur Roch schriftlich erklärte, daß seiner Ansicht nach nie ein Fackler aus mir werden würde, da ich einen angeborenen Mangel an Talent für Nuklearphysik an den Tag legte. Tatsächlich machte es mich nervös, so nahe bei einer nuklearen Energieanlage zu sein und zu begreifen, daß nur ein oder zwei Meter von mir entfernt die Hölle loderte.

Als Farmer erwarb ich mir auch keine besonderen Meriten. Ich verbrachte zwei Wochen in der Luftaufbereitungsanlage, und das einzige, was ich richtig machte, war das Füttern der Hühner. Als sie mich dabei ertappten, wie ich irgendwelche Kürbispflanzen, die Mrs. O'Toole besonders liebte, mit irgend etwas anderem zu kreuzen versuchte, ließ sie mich gehen, mehr in Sorge als im Zorn. „Tom", sagte sie, „was machen Sie eigentlich gut?"

Ich dachte darüber nach. „Äh, ich kann Flaschen waschen . . ., und ich habe früher einmal Hamster gezüchtet."

Also schickte sie mich in die Forschungsabteilung, und ich wusch im Chemielabor Kolben und fütterte die Versuchstiere. Die Kolben waren unzerbrechlich. Das Elektronenmikroskop durfte ich nicht anfassen. Das war nicht schlimm – ebensogut hätten sie mich in die Wäscherei stecken können.

Aus den 19900 Kombinationen, die in der *Elsie* möglich waren, waren Dusty Rhodes und ich eine der falschen. Ich hatte mich nicht für den Zeichenkurs gemeldet, weil er ihn abhielt; der Knirps war wirklich ein guter Zeichner. Ich weiß das, ich bin selbst recht gut und wäre gerne in dem Kurs gewesen. Was noch schlimmer war, er hatte einen widerwärtig hohen IQ, Geniebereich, viel höher als der meine, und konnte Ringe um mich herumreden. Hand in Hand damit gingen die Manieren eines Schweines und das gesellschaftliche Verhalten eines Stinktiers – ziemlich übel also, wie auch immer man es ansah.

„Bitte" und „danke" gab es in seinem Vokabular nicht. Er machte nie sein Bett, wenn nicht irgend jemand, der die Macht dazu hatte, ihn zwang, und oft genug kam es vor, daß ich in die Kabine kam und ihn auf dem meinen liegen sah, wobei er das Laken verknitterte und schmutzig machte. Er hängte nie seine Kleider auf, hinterließ unser

Waschbecken stets in schmutzigem Zustand, und seine beste Stimmung war ein mürrisches Schweigen.

Außerdem badete er sich nicht oft genug. An Bord eines Weltraumschiffes ist das ein Verbrechen.

Zuerst war ich nett zu ihm, dann schimpfte ich ihn aus, und dann bedrohte ich ihn. Schließlich erklärte ich ihm, wenn er wieder etwas auf meinem Bett liegenließe, so würde das geradewegs in den Massekonverter wandern. Er feixte bloß, und am nächsten Tag fand ich seine Kamera auf meinem Bett und seine schmutzigen Socken auf meinem Kopfkissen. Ich warf die Socken ins Waschbecken, das er voll schmutzigem Wasser gelassen hatte, und schloß seine Kamera in meinen Spind ein, in der Absicht, ihn schmoren zu lassen, bis ich sie zurückgab.

Er gab keinen Ton von sich, aber kurz darauf war seine Kamera aus meinem Spind verschwunden, und dies trotz der Tatsache, daß er mit einem Kombinationsschloß abgesichert war, das die Firma Yale & Towne leichten Herzens als „einbruchssicher" bezeichnet hatte. Meine sauberen Hemden waren auch verschwunden ..., das heißt, sie waren nicht sauber; jemand hatte sich die Mühe gemacht, jedes einzelne gründlich zu verschmutzen.

Ich hätte mich nicht über ihn beklagt. Es wäre für mich eine Frage des persönlichen Stolzes gewesen, die Angelegenheit selbst in Ordnung zu bringen; die Vorstellung, ich könnte mit jemandem nicht klarkommen, der halb so groß wie ich und etliche Jahre jünger war, hatte keinen Reiz für mich.

Aber dann sah ich mir an, was er mit meinen Kleidern angestellt hatte, und sagte mir: „Thomas Paine, du solltest dir jetzt besser eingestehen, daß er dich geschafft hat, und um Hilfe schreien – andernfalls ist deine einzige Chance, auf Totschlag in Notwehr zu plädieren."

Aber ich brauchte mich nicht zu beklagen. Der Captain ließ mich kommen; Dusty hatte sich über mich beschwert.

„Bartlett, der junge Rhodes sagt, Sie würden auf ihm herumhacken. Wie sieht die Lage von Ihrer Seite aus betrachtet aus?"

Ich fing an, mich aufzuplustern, um zu explodieren. Dann atmete ich tief durch und versuchte, mich zu beruhigen; der Captain wollte es wirklich wissen.

„Das stimmt nicht, Sir. Obwohl es zutrifft, daß wir nicht besonders gut miteinander auskommen."

„Haben Sie Hand an ihn gelegt?"

„Äh ... geklebt habe ich ihm noch keine, Sir. Ich habe ihn mehr als einmal von meinem Bett gerissen; und sehr sanft war ich dabei nicht."

Er seufzte. „Vielleicht hätten Sie ihm eine kleben sollen. So daß ich es nicht sehe, natürlich. Nun, erzählen Sie es mir. Versuchen Sie, es klar und vollständig darzustellen."

Also sagte ich es ihm. Es klang trivial, und ich begann mich meiner selbst zu schämen. Der Captain hatte viel wichtigere Dinge, die ihn beschäftigten, als die Frage, ob ich nun mein Waschbecken säubern mußte, ehe ich mir das Gesicht waschen konnte, oder nicht. Aber er hörte mir zu.

Anstatt auf das einzugehen, was ich sagte, vielleicht mit der Bemerkung, ich müßte doch eigentlich imstande sein, besser mit einem Jüngeren zurechtzukommen, wechselte er das Thema. „Bartlett, haben Sie die Illustration gesehen, die Dusty heute morgen in der Schiffszeitung hatte?"

„Ja, Sir. Wunderschön", räumte ich ein. Es war ein Bild des großen Erdbebens in Santiago, das kurz nach unserem Abflug von der Erde stattgefunden hatte.

„Hm ... wir müssen Ihnen und Ihresgleichen ein wenig Freiraum geben. Der junge Dusty ist an Bord, weil er der einzige Telepath ist, der Bilder empfangen und senden kann."

„Äh, ist das wichtig, Sir?"

„Das könnte es sein. Wir werden es erst dann wissen, wenn wir es brauchen. Aber es könnte von einschneidender Wichtigkeit sein. Sonst hätte ich nie zugelassen, daß ein so verzogener Bursche wie er an Bord kommt." Er runzelte die Stirn. „Aber Dr. Devereaux ist der Ansicht, daß Dusty kein pathologischer Fall ist."

„Äh, das habe ich auch nie gesagt, Sir."

„Hören Sie mir bitte zu. Er sagte, der Junge habe eine unausgeglichene Persönlichkeit – ein Gehirn, auf das ein ausgewachsener Mann stolz sein könnte, aber in der sozialen Entwicklung weit zurückgeblieben. Seine Wertmaßstäbe würden für einen Fünfjährigen passen, in Verbindung mit diesem klugen Hirn. Außerdem sagt Dr. Devereaux, er werde den kindischen Teil von Dustys Persönlichkeit dazu zwingen, erwachsen zu werden, oder sein Diplom zurückgeben."

„So? Ich meine ‚ja, Sir'."

„Sie hätten ihm also eine schmieren sollen. Das einzige, was an dem Jungen nicht stimmt, ist, daß seine Eltern ihm gelegentlich eine Tracht Prügel hätten verpassen sollen, statt ihm zu sagen, wie intelligent er sei", seufzte er. „Jetzt muß ich es tun. Devereaux sagt, ich sei das geeignete Vaterbild."

„Ja, Sir."

„,Ja, Sir', daß ich nicht lache. Das ist kein Schiff, das ist ein verrückter Kindergarten. Haben Sie sonst noch Schwierigkeiten?"

„Nein, Sir."

„Das frage ich mich. Dusty hat sich auch beklagt, daß die regulären Kommunikatoren Sie und Ihre Kollegen als Mißgeburten, als ‚Freaks' bezeichnen." Er sah mich an.

Ich gab keine Antwort. Ich kam mir ein wenig albern vor.

„Jedenfalls werden sie das nicht wieder tun. Ich habe einmal gesehen, wie ein Mannschaftsmitglied versuchte, einem anderen das Messer in den Leib zu rennen, bloß weil der ihn dauernd ‚Glatzkopf' nannte. Meine Leute werden sich wie Ladies und Gentlemen benehmen, oder ich muß ein paar Köpfe gegeneinander knallen." Er runzelte die Stirn. „Ich verlege Dusty in den Raum gegenüber meiner Kabine. Wenn Dusty Sie in Frieden läßt, lassen Sie ihn auch in Frieden. Wenn nicht ... Nun, dann sollten Sie nach eigenem Gutdünken vorgehen und dabei berücksichtigen, daß Sie für Ihre Handlungen verantwortlich sind. Aber denken Sie auch daran, daß ich von keinem Menschen erwarte, daß er sich wie ein Fußabstreifer verhält. Das wäre alles. Wiedersehn."

VIII: Relativität

Ich befand mich seit einer Woche in der *Elsie*, als die Entscheidung getroffen wurde, daß Pat operiert würde. Pat sagte mir, daß sie es tun würden, aber er redete nicht viel darüber. Er gab sich ganz als eiserner Mann, so, als hätte er vor, Erdnüsse zu essen und Comics zu lesen, während sie an ihm herumschnipselten. Ich denke, daß er in Wirklichkeit eine Heidenangst hatte ... so, wie ich das auch gehabt hätte.

Nicht daß ich es verstanden hätte, wenn ich die Details gekannt hätte. Ich bin kein Neurochirurg, noch verstehe ich sonst viel von Chirurgie; bei mir reicht's etwa bis zum Herausziehen eines Splitters.

Aber es bedeutete, daß wir eine Weile von der Wachliste genommen werden mußten, also sagte ich es Commander Frick. Er wußte es bereits aus den Informationen, die zwischen dem Schiff und der ALF hin- und hergelaufen waren. Er wies mich an, mich am Tag vor der Operation von der Wachliste nehmen zu lassen und mich während seiner Genesungszeit für Sonderdienst bereit zu halten. Für ihn machte es keinen Unterschied. Nicht nur, daß da andere Telepaare zur Verfügung standen, nein, wir hatten auch noch Funkverbindung mit der Erde.

Zwei Wochen nach unserem Start und am Tag vor Pats Operation saß ich in meiner Kabine und fragte mich, ob ich ins Kommunikationsbüro gehen und meine wertvollen Dienste zum Säubern von Papierkörben oder für das Mikroverfilmen von Akten anbieten sollte oder einfach herumsitzen, bis jemand nach mir verlangte.

Ich hatte mich für letzteres entschieden, wobei ich mich an Onkel Steves Ratschlag erinnerte, mich nie freiwillig zu melden, und klappte gerade meine Pritsche herunter, als der Lautsprecher dröhnte: „T. P. Bartlett, Sonderkommunikator, melden Sie sich beim Relativisten!"

Ich klappte die Pritsche wieder hoch und fragte mich, ob wohl irgendwo in dem Raum ein Spionauge verborgen war – jedesmal, wenn ich während der Arbeitszeit meine Pritsche herunterklappte, schien das dazu zu führen, daß ich ausgerufen wurde. Dr. Babcock war nicht im Kontrollraum, und die jagten mich hinaus, aber nicht bevor ich mich schnell umgesehen hatte; der Kontrollraum war für jeden, der dort nicht eingeteilt war, gesperrt. Ich fand ihn im Computerraum, gegenüber dem Kommunikationsbüro, wo ich normalerweise auch zuerst nachgesehen hätte, wenn ich nicht den Kontrollraum hätte sehen wollen.

Ich sagte: „T. P. Bartlett, Kommunikator Klasse zehn, meldet sich wie befohlen beim Relativisten."

Dr. Babcock schwang in seinem Sessel herum und sah mich an. Er war ein großer, grobknochiger Mann, der ganz aus Händen und Füßen zu bestehen schien. Eigentlich wirkte er eher wie ein Holzfäller als wie ein mathematischer Physiker. Ich glaube, er kehrte das auch ein wenig heraus – Ellbogen auf dem Tisch und absichtlich schlechte Grammatik. Onkel Steve sagte, Babcock hätte mehr Ehrendoktortitel, als die meisten Leute Socken besitzen.

Er starrte mich an und lachte: „Wo haben Sie denn diese gespielte Kasernenhoftour her, junger Mann? Setzen Sie sich hin. Sie sind Bartlett?"

Ich setzte mich. „Ja, Sir."

„Was ist da los, daß Sie und Ihr Zwilling sich von der Einsatzliste streichen lassen?"

„Nun, mein Bruder ist in einem Krankenhaus, Sir. Die operieren morgen an seiner Wirbelsäule."

„Warum haben Sie mir das nicht gesagt?" Ich antwortete darauf nicht, weil es so unsinnig war; ich war nicht einmal in seiner Abteilung. „Frick sagt mir nie etwas, der Captain sagt mir nie etwas, und jetzt sagen Sie mir auch noch nie etwas. Ich muß in der Kombüse herumhängen und auf den Klatsch hören, um zu erfahren, was läuft. Ich hatte vor, Sie morgen in die Mangel zu nehmen. Das wissen Sie doch, oder?"

„Äh, nein, Sir."

„Natürlich nicht, weil ich auch nie einem etwas sage. Und so soll man ein Schiff führen! Ich hätte in Wien bleiben sollen. Das ist eine nette Stadt. Haben Sie je am Ring Kaffee getrunken und Kuchen gegessen?" Er wartete nicht auf Antwort. „Trotzdem hatte ich vor, mir morgen Sie und Ihren Zwilling vorzunehmen – also werden wir es jetzt eben heute tun. Sagen Sie ihm, er soll sich bereit halten."

„Äh, was wollen Sie denn, daß er macht, Doktor? Die haben ihn bereits in ein Krankenhaus verlegt."

„Sagen Sie ihm einfach, er soll sich bereit halten. Ich werde Sie beide kalibrieren. Das ist alles. Ihren Indexfehler feststellen."

„Sir?"

„Sagen Sie es ihm einfach."

Also rief ich Pat. Ich hatte seit dem Frühstück nicht mit ihm gesprochen und fragte mich jetzt, wie er es wohl aufnehmen würde.

Aber er wußte bereits Bescheid. *„Ja, ja"*, sagte er mit müder Stimme. *„Die bauen gerade in meinem Krankenhauszimmer Apparate auf. Mutter hat einen solchen Wirbel gemacht, daß ich sie wegschikken mußte."*

(„Hör zu, Pat, wenn du das nicht tun willst, was auch immer es sein mag, dann sage ich denen, daß nichts läuft. Das ist eine Zumutung.")

„Welchen Unterschied macht es schon?" fragte er gereizt. *„Ich muß die nächsten sechzehn Stunden ohnehin irgendwie rumkriegen. Außerdem ist das vielleicht das letztemal, daß wir zusammenarbeiten."*

Das war jetzt das erstemal, daß er sich anmerken ließ, daß ihm die Sache doch an die Nieren ging. So sagte ich hastig: („Red nicht so, Pat. Du wirst wieder gesund. Du wirst wieder gehen können. Sogar Ski laufen wirst du wieder können, wenn du Lust hast.")

„Spiel mir jetzt bloß nicht den Vergnügten. Ich krieg von der Familie schon mehr davon, als ich ertragen kann. Richtig zum Kotzen ist das."

(„Jetzt hör mal, Pat ...")

„Schluck's runter, schluck's runter! Bringen wir das hinter uns, was die vorhaben."

(„Also schön.“) Und dann sagte ich laut: „Er ist bereit, Doktor.“

„Halbe Minute. Lassen Sie Ihre Kamera anlaufen, O'Toole.“ Dr. Babcock berührte etwas auf seinem Schreibtisch. „Commander Frick?“

„Ja, Doktor“, antwortete Fricks Stimme.

„Wir sind soweit. Kommen Sie herein?“

„Hier ist alles bereit“, hörte ich meinen Chef antworten. „Wir kommen rein.“

Einen Augenblick darauf kam er mit Anna Horoshen herein. Unterdessen sah ich mich um. Eine ganze Wand des Computerraums war ein Computer, kleiner als der in Los Alamos, aber nicht viel. Die blitzenden Lichter mußten für irgend jemand etwas bedeutet haben. Im rechten Winkel dazu saß Mr. O'Toole an der Konsole, und über der Konsole war ein großer Bildschirm; in Abständen von etwa einer Sekunde blitzte in der Mitte ein Licht auf.

Anna nickte, ohne zu sprechen. Ich wußte, daß sie in Verbindung sein mußte. Pat sagte: *„Tom, du mußt da ein Mädchen namens Anna Horoshen an Bord haben. Ist sie in der Nähe?“*

(„Ja. Warum?“)

„Grüß sie von mir – ich hab sie in Zürich kennengelernt. Ihre Schwester Becky ist hier.“ Er schmunzelte, und mir war gleich wohler. *„Die sieht gut aus, wie? Maudie ist eifersüchtig.“*

Babcock sagte zu Frick: „Sagen Sie ihnen, die sollen sich bereit halten. Erster Synchronisierungslauf, angefangen am anderen Sender.“

„Sagen Sie es ihnen, Anna.“

Sie nickte. Ich fragte mich, warum die sich die Mühe mit einem zweiten Telepaar machten, wo sie doch durch mich und Pat sprechen konnten. Aber dann wußte ich bald Bescheid: Pat und ich waren zu beschäftigt.

Pat gab tickende Laute von sich wie eine Uhr; ich wurde aufgefordert, sie zu wiederholen ..., und jedesmal, wenn ich das tat, blitzte wieder ein Licht auf dem Schirm auf.

Babcock beobachtete es, drehte mich dann so herum, daß ich es nicht mehr sehen konnte, und klebte mir ein Mikrofon unter die Stimmbänder. „Noch mal.“

Pat sagte: *„Bereit halten ...“* und fing wieder zu ticken an. Ich gab mir die größte Mühe, mit ihm zu ticken, aber das Ganze war die albernste Vorstellung, die man sich denken konnte. Ich hörte, wie Babcock leise sagte: „Damit haben wir das Feedback und die Verzögerung infolge der Schallgeschwindigkeit eliminiert. Ich wünschte, es gäbe eine Möglichkeit, die synaptische Geschwindigkeit etwas besser zu messen."

„Haben Sie schon mit Dev darüber gesprochen?" wollte Frick wissen.

Ich fuhr fort zu ticken.

„Jetzt ein umgekehrter Lauf, junger Mann", sagte Babcock und stülpte mir Kopfhörer über den Schädel. Ich hörte sofort ein Ticken wie das, das Pat ausgesendet hatte. „Was Sie da hören, ist ein Spektralmetronom, junger Freund, das seine Zeitimpulse von monochromatischem Licht bekommt. Vor dem Verlassen der Erde haben wir es mit dem synchronisiert, das Ihr Bruder benutzt. Jetzt ticken Sie wieder."

Also tickte ich. Es hatte eine hypnotische Qualität an sich; es war leichter, damit Schritt zu halten und zu ticken, als wieder aus dem Tritt zu kommen. Es war unmöglich, es zu ignorieren. Ich begann schläfrig zu werden, aber ich fuhr fort zu ticken. Ich konnte nicht aufhören.

„Ende des Laufs", verkündete Babcock. Das Ticken verstummte, und ich rieb mir die Ohren.

„Dr. Babcock?"

„Hm?"

„Wie können Sie ein Ticken von einem anderen unterscheiden?"

„Hm? Ich kann das nicht. Aber O'Toole kann es. Er hat das alles auf Film, und am anderen Ende genauso. Zerbrechen Sie sich nicht den Kopf darüber. Versuchen Sie nur, im Takt zu bleiben."

Der Unfug dauerte mehr als eine Stunde, wobei manchmal Pat sendete und manchmal ich. Am Ende blickte O'Toole auf und sagte: „Jetzt setzt der Ermüdungsfaktor ein, Doc. Die Sekundendifferenzen nehmen zu."

„Okay, das wär's dann." Babcock wandte sich mir zu. „Sie können Ihrem Bruder meinen Dank ausrichten und Schluß machen."

Commander Frick und Anna gingen hinaus. Ich blieb noch da. Nach einer Weile blickte Dr. Babcock von seinem Schreibtisch auf und sagte: „Sie können gehen, Junge. Danke."

„Äh, Dr. Babcock?"

„Hm? Was ist denn?"

„Würde es Ihnen etwas ausmachen, mir zu sagen, was das alles soll?"

Er wirkte überrascht und sagte dann: „Tut mir leid. Ich bin es nicht gewöhnt, Leute zu gebrauchen anstatt Instrumente; das vergesse ich immer. Okay, setzen Sie sich. Das ist der Grund, weshalb man euch Telepathen mitgenommen hat: für Forschungen über die Natur der Zeit."

Ich starrte ihn an. „Sir? Ich dachte, wir seien dabei, um über die Planeten zu berichten, die wir zu finden hoffen."

„Oh, das – nun, wahrscheinlich schon. Aber das hier ist viel wichtiger. Es gibt ohnehin schon zu viele Leute; warum also noch neue Kolonien gründen? Ein Mathematiker könnte das Bevölkerungsproblem in Null Komma nichts lösen – man brauchte nur jeden Zweiten zu erschießen."

O'Toole meinte, ohne aufzublicken: „Das ist es, was ich so an Ihnen mag, Chef, Ihr großes, warmes Herz."

„Ruhe auf der Galerie, wenn ich bitten darf. Nun, mein Sohn, wir haben heute versucht herauszufinden, was Zeit eigentlich ist."

Ich muß genauso verblüfft ausgesehen haben, wie mir zumute war, denn er fuhr fort: „Oh, wir wissen, was Zeit ist ..., aber auf zu viele Arten. Sehen Sie das?" Er wies auf den Bildschirm, der immer noch unermüdlich jede Sekunde einen Lichtpunkt machte. „Das ist Greenwich-Zeit, über Funk hereingeholt und für relative Geschwindigkeit und Geschwindigkeitsveränderung korrigiert. Dann ist da die Zeit, die Sie über die Kopfhörer gehört haben. Das ist die Zeit, nach der das Schiff läuft. Dann ist da noch die Zeit, die Sie von Ihrem Bruder hereinbekommen und an uns weitergegeben haben. Wir versuchen, die alle miteinander zu vergleichen, aber das Ärgerliche ist, daß wir Leute mit einbauen müssen, und wenn auch für das menschliche Nervensystem eine Zehntelsekunde eine kurze Zeit ist, ist eine Mikrosekunde in der Physik eine meßbar lange Zeit. Jedes Radarsystem spaltet eine Mikrosekunde ebenso leicht auf, wie Sie ein Pfund Butter in zwei Teile schneiden. Also machen wir eine Menge Läufe, um unsere eigene Unwissenheit auszugleichen."

„Ja, aber was erwarten Sie denn, daß Sie finden werden?"

„Wenn ich es ‚erwartete', würde ich es nicht tun. Aber man könnte sagen, wir versuchen herauszufinden, was das Wort ‚simultan' bedeutet."

Mr. O'Toole blickte von seiner Konsole auf. „Wenn es etwas bedeutet", fügte er hinzu.

Dr. Babcock warf ihm einen Blick zu. „Sind Sie immer noch da? ‚Wenn es etwas bedeutet.' Mein Sohn, seit dem großen Doktor Einstein waren ‚simultan' und ‚Simultaneität' für Physiker schmutzige Begriffe. Wir wehrten uns gegen das Konzept, leugneten, daß es eine

Bedeutung hätte, und bauten ohne diesen Begriff eine grandiose Struktur der theoretischen Physik auf. Dann seid ihr Gedankenleser erschienen und habt das Ganze vom Tisch gewischt. Oh, schauen Sie mich nicht so schuldbewußt an; jedes Haus braucht hin und wieder ein Großreinemachen. Wenn ihr Leute euren Jahrmarkttrick einfach nur mit Lichtgeschwindigkeit vollführt hättet, dann hätten wir euch einen Platz in den Akten zugewiesen und euch vergessen. Aber ihr habt unhöflicherweise darauf bestanden, es ungeheuer viel schneller als mit Lichtgeschwindigkeit zu tun, und das hat euch ebenso willkommen gemacht wie ein Schwein bei einer Hochzeit. Ihr habt uns Physiker in zwei Schulen gespalten, diejenigen, die euch als rein psychologische Phänomene klassifizieren wollen, die die Physik nichts angehen – das sind die ‚Augen-schließen-dann-verschwindet-es'-Jungs –, und eine zweite Schule, die erkennt, daß man das, was ihr tut, immerhin messen kann und es daher Sache der Physik ist, es zu messen und einzuschließen ..., da die Physik über allem anderen das Gewerbe ist, in dem die Dinge gemessen werden und in dem man ihnen definierte numerische Werte zuteilt."

„Jetzt werden Sie philosophisch, Chef", sagte O'Toole.

„Sie kümmern sich um Ihre Nummern, O'Toole; Sie haben keine Seele. Diese Burschen wollen messen, wie schnell Sie das machen. Denen ist es egal, wie schnell – die haben sich bereits von dem Schlag erholt, daß ihr es schneller als das Licht tut –, aber sie wollen wissen, wie schnell genau. Sie können sich einfach nicht mit der Vorstellung abfinden, daß ihr es ‚unverzüglich' tut, denn das würde erfordern, daß sie in eine ganz andere Kirche gehen. Sie wollen eine definierte Ausbreitungsgeschwindigkeit festlegen, soundso viel mal schneller als die Lichtgeschwindigkeit. Dann können sie ihre alten Gleichungen modifizieren und fortfahren, ihre Geschäfte nach dem alten Schema zu machen."

„Das werden sie", pflichtete O'Toole ihm bei.

„Und dann gibt es da eine dritte Denkschule, die richtige ..., meine eigene."

O'Toole gab, ohne aufzublicken, ein unhöfliches Geräusch von sich.

„Fängt Ihr Asthma wieder an, Sie zu plagen?" fragte Babcock besorgt. „Übrigens, haben Sie irgendwelche Resultate bekommen?"

„Die tun es immer noch in Null Komma nichts. Gemessene Zeit ebensooft negativ wie positiv und nie größer als der inhärente Beobachtungsfehler."

„Sehen Sie, mein Sohn? Das ist die korrekte Schule. Man messe, was geschieht, und lasse die Splitter dorthin fallen, wo sie wollen."

„Hört, hört!"

„Still, Sie abtrünniger Ire. Außerdem, ihr Telepathen gebt uns die erste echte Chance, eine andere Angelegenheit zu überprüfen. Sind Sie mit den Relativitätstransformationen vertraut?"

„Sie meinen Einsteins Gleichungen?"

„Sicher. Kennen Sie die, die sich mit der Zeit befaßt?"

Ich überlegte scharf. Pat und ich hatten auf der Oberschule Physik belegt. Aber das lag eine ganze Weile zurück. Ich schnappte mir ein Blatt Papier und schrieb hin, was ich für die richtige Gleichung hielt:

$$t_o = t \sqrt{1 - \frac{v^2}{c^2}}$$

„Richtig", nickte Dr. Babcock. „Bei einer relativen Geschwindigkeit von ‚v' entspricht das Zeitintervall in der ersten Bezugsebene dem Zeitintervall der zweiten Bezugsebene, multipliziert mit der Quadratwurzel von eins minus dem Quadrat der relativen Geschwindigkeit, geteilt durch das Quadrat der Lichtgeschwindigkeit. Das ist natürlich nur der Sonderfall für konstante Geschwindigkeiten; für Beschleunigung ist es komplizierter. Aber es hat viele Auseinandersetzungen darüber gegeben, was die Zeitgleichungen bedeuten und ob sie überhaupt etwas bedeuten."

„Was?" platzte ich heraus. „Ich dachte, die Einsteinsche Theorie sei bewiesen worden?" Plötzlich kam mir in den Sinn, daß wir, wenn die Relativitätsgleichungen falsch waren, mächtig lange weg sein würden – Tau Ceti, unser Zielstern, war elf Lichtjahre von der Sonne entfernt ... und das war nur die erste Station; die anderen lagen ein gutes Stück weiter weg.

Aber alle sagten, daß die Monate, sobald wir uns einmal der Lichtgeschwindigkeit näherten, wie Tage an uns vorbeiziehen würden. Die Gleichungen hatten das besagt.

„Hören Sie nur zu. Wie beweisen Sie denn, daß Eier in einem Vogelnest sind? Strapazieren Sie Ihre grauen Zellen nicht: Sie müssen auf den Baum klettern und nachsehen. Es gibt keine andere Methode. Und jetzt klettern wir den Baum hinauf."

„Fein!" sagte O'Toole. „Gehen Sie und klettern Sie auf einen Baum."

„Hier drinnen ist es laut. Eine Schule behauptete, die Gleichungen bedeuteten lediglich, daß eine Uhr etwas anderes anzeigen würde, wenn man sie von einem vorüberziehenden Stern aus abliest ..., was man nicht kann ..., aber daß es in Wirklichkeit kein Strecken oder Schrumpfen der Zeit gäbe, was auch immer ‚in Wirklichkeit' bedeutet. Eine andere Schule wies auf die begleitenden Gleichungen hin, die sich mit Länge und Masse befaßten, und behauptete, das berühmte Michelson-Morley-Experiment hätte gezeigt, daß die Längentransformation ‚wirklich' sei, und betonte dabei, daß das Massenwachstum in der Partikelbeschleunigerballistik und auch sonstwo in der Kernphysik regelmäßig berechnet und eingesetzt würde – so zum Beispiel in der Fackel, die dieses Schiff treibt. Also argumentierten sie, daß die Veränderung im Zeitablauf real sein müsse, weil die verwandten Gleichungen in der Praxis funktionierten. Aber niemand wußte es. Sie werden schon auf den Baum steigen und nachsehen müssen."

„Wann werden wir es wissen?" Ich war immer noch beunruhigt. Daß ich einige Jahre nach Einsteinzeit im Schiff würde bleiben müssen, hatte ich einkalkuliert. Daß ich dabei getötet werden könnte, so, wie Onkel Steve das vermutete, darüber weigerte ich mich, mir den Kopf zu zerbrechen. Aber an Altersschwäche in der *Elsie* zu sterben war nicht das, womit ich gerechnet hatte. Es war ein makabrer Gedanke, auf Lebenszeit in diese stählernen Wände eingesperrt zu sein.

„Wann? Nun, wir wissen es schon in diesem Augenblick."

„So? Und wie lautet die Antwort?"

„Sie sollen nicht drängeln, mein Sohn. Wir sind jetzt seit zwei Wochen mit einer Beschleunigung von 124 % von ein g unterwegs; wir haben jetzt etwa 14400 Kilometer pro Sekunde erreicht. Wir sind noch nicht sehr weit gekommen – sagen wir siebeneinhalb Lichtstunden oder etwa 8720000000 Kilometer. Es wird beinahe ein Jahr dauern, bis wir uns an die Lichtgeschwindigkeit angenähert haben. Nichtsdestoweniger haben wir schon einen beträchtlichen Prozentsatz jener Geschwindigkeit erreicht, etwa fünf Prozent; das reicht schon, um sich bemerkbar zu machen. Leicht zu messen mit Hilfe von euch Gedankenlesern."

„Nun, Sir? Ist es eine reale Zeitdifferenz? Oder ist es nur relativ?"

„Sie gebrauchen die falschen Worte. Aber es ist ‚real', soweit das Wort überhaupt etwas bedeutet. Das Verhältnis beträgt jetzt etwa 99,9 %."

„Um es genau auszudrücken", fügte Mr. O'Toole hinzu, „Bartletts

Schlupf – das ist ein technischer Fachausdruck, den ich gerade erfunden habe – sein ‚Schlupf' in der Zeitrate in bezug auf seinen Zwilling hat jetzt zwölf von zehntausend erreicht."

„Sie wollen mich also wegen eines Fünfzigstels eines Prozents zum Lügner machen?" beklagte sich Babcock. „O'Toole, warum habe ich Sie mitkommen lassen?"

„Damit Sie jemand haben, der Ihnen Ihre Rechenaufgaben macht", antwortete sein Assistent selbstgefällig.

PAT sagte mir, daß er mich nicht dabeihaben wollte, wenn sie ihn operierten, aber ich kam trotzdem. Ich schloß mich in mein Zimmer ein, damit niemand mich stören konnte, und blieb bei ihm. Er machte eigentlich keine Einwände; jedesmal, wenn ich etwas sagte, antwortete er, und je näher wir an den Termin heranrückten, desto mehr redete er ... Ein vergnügtes Plappern über nichts und alles. Mich täuschte er damit nicht.

Als sie ihn in den OP-Raum rollten, sagte er: *„Tom, du solltest meine Anästhesieärztin sehen. Hübsch wie ein Sonnentag und gerade in der richtigen Größe, um sie auf den Schoß zu setzen."*

(„Trägt sie nicht eine Maske vor dem Gesicht?")

„Nun, ganz bedeckt die das aber nicht. Ich kann ihre hübschen blauen Augen sehen. Ich denke, ich werd sie fragen, was sie heute abend vorhat."

(„Maudie wird das nicht gefallen.")

„Halt Maudie da raus; ein kranker Mann hat Anspruch auf einige Privilegien. Augenblick mal; ich werd sie fragen."

(„Was hat sie gesagt?")

„Sie hat gesagt ‚nicht viel' und daß ich ein paar Tage genau dasselbe tun würde. Aber ich werd mir ihre Telefonnummer beschaffen."

(„Ich wette zwei gegen fünf, daß sie die dir nicht gibt.")

„Nun, ich kann's versuchen ... Nnn! Zu spät; die fangen jetzt an ... Tom, du würdest nie glauben, wie groß diese Nadel ist; wie ein Luftschlauch. Sie sagt, ich soll zählen. Rein zum Spaß. Eins ... zwei ... drei ..."

Pat kam bis sieben, und ich zählte mit, und die ganze Zeit wuchs in mir eine unerträgliche Spannung, in die sich Furcht mischte. Ich wußte jetzt, was er allem Anschein nach von Anfang an gewußt hatte, nämlich, daß er es nicht überstehen würde. Als er bei sieben angelangt war, verlor er den Faden, aber sein Bewußtsein verstummte nicht. Vielleicht dachten die, die den Operationstisch umstanden,

daß sie ihn bewußtlos gemacht hätten, aber ich wußte es besser. Er war drinnen gefangen und schrie, jemand solle ihn herauslassen.

Ich rief ihm zu, und er rief zurück, aber wir konnten einander nicht finden. Dann war ich ebenso gefangen und verloren und konfus wie er, und wir tasteten in der Dunkelheit und der Kälte und dem Alleinsein jenes Ortes, an dem man stirbt.

Dann spürte ich, wie das Messer an seinem Rücken herumzuschnitzen begann, und schrie.

DAS nächste, woran ich mich erinnere, sind ein paar Gesichter, die über meinem Gesicht schwebten. Jemand sagte: „Ich glaube, jetzt kommt er zu sich, Doktor." Die Stimme gehörte niemandem, sie kam aus weiter Ferne.

Dann war da nur noch ein Gesicht, und es sagte: „Fühlen Sie sich besser?"

„Ich denke schon. Was ist passiert?"

„Trinken Sie das. Hier, ich halte Ihnen den Kopf."

Als ich nach einiger Zeit wieder aufwachte, war ich ziemlich hellwach und konnte sehen, daß ich mich in der Krankenstation des Schiffes befand. Dr. Devereaux war auch da und sah mich an. „Sie haben sich also dafür entschieden aufzuwachen, junger Mann?"

„Aufzuwachen, Doktor? Was ist geschehen?"

„Ich weiß nicht genau, aber Sie haben das perfekte klinische Bild eines Patienten geliefert, der im Operationsschock stirbt. Als wir schließlich das Schloß an Ihrer Türe aufgebrochen hatten, waren Sie schon ganz weit hinüber – Sie haben es uns schwergemacht. Können Sie mir mehr darüber erzählen?"

Ich versuchte nachzudenken, dann erinnerte ich mich. Pat! Ich rief ihn in meinem Bewußtsein. („Pat! Wo bist du, Junge?")

Er gab keine Antwort. Ich versuchte es noch einmal, und er gab immer noch keine Antwort, also wußte ich Bescheid. Ich setzte mich auf und würgte mit einiger Mühe hervor: „Mein Bruder ..., er ist gestorben!"

„He!" machte Dr. Devereaux. „Ganz ruhig. Legen Sie sich hin. Er ist nicht tot ..., es sei denn, er wäre in den letzten zehn Minuten gestorben."

„Aber ich kann ihn nicht erreichen! Woher wissen Sie das? Ich kann ihn nicht erreichen, sage ich!"

„Runter von der Decke! Ich hab ihn schließlich den ganzen Morgen über die wachhabenden Telepathen überprüft. Er hat ein Achtel Gran

Hypnal bekommen und ruht, deshalb können Sie ihn nicht erreichen. Ich mag dumm sein, Sohn – ich war dumm, weil ich Sie nicht gewarnt habe herauszubleiben –, aber ich bastle schon lange genug an dem menschlichen Bewußtsein herum, um mir angesichts der Umstände etwa vorstellen zu können, was Ihnen widerfahren ist. Meine einzige Entschuldigung ist, daß wir nie mit solchen Umständen zu tun hatten."

Ich wurde etwas ruhiger. Daß ich Pat nicht wecken konnte, wenn sie ihn unter Drogen hatten, machte Sinn. Auf Dr. Devereaux' Befragen schaffte ich es, ihm mehr oder weniger zu schildern, was geschehen war – nicht perfekt, weil man einem anderen nicht wirklich sagen kann, was im eigenen Kopf vorgeht. „Äh, war die Operation denn erfolgreich?"

„Der Patient hat sie in gutem Zustand überstanden. Wir werden später darüber reden. Und jetzt drehen Sie sich um!"

„Hm?"

„Sie sollen sich umdrehen. Ich möchte mir Ihren Rücken ansehen."

Er sah ihn sich an, dann rief er zwei seiner Mitarbeiter herbei. Schließlich berührte er mich. „Tut das weh?"

„Autsch! O ja, die Haut ist da ziemlich zart. Was ist mit meinem Rücken, Doktor?"

„Eigentlich gar nichts. Aber Sie haben zwei perfekte Stigmata, genau mit den Mustern von Macdougals Operation ..., und das ist die Technik, die man an Ihrem Bruder angewendet hat."

„Äh, was bedeutet das?"

„Das bedeutet, daß der menschliche Geist kompliziert ist und wir nicht viel darüber wissen. Jetzt rollen Sie sich zur Seite und schlafen Sie. Ich werde Sie ein paar Tage im Bett festhalten."

Ich hatte nicht die Absicht zu schlafen, aber ich tat es doch. Später weckte mich Pat. *„He, Tom! Wo bist du? Komm raus!"*

(„Hier bin ich. Was ist denn los?")

„Tom ... Ich hab meine Beine wieder!"

Ich antwortete („Yeah, ich weiß schon") und schlief weiter.

IX: Verwandte

Nachdem Pat seine Lähmung hinter sich hatte, hätte es für mich auf der ganzen Welt keine Probleme mehr geben sollen, denn schließlich hatte ich alles, was ich wollte. Aber irgendwie lief es nicht so. Vor seiner Verletzung hatte ich gewußt, warum ich der Dumme war: weil er die Fahrt machen würde und ich nicht. Nach seiner Verletzung empfand ich Schuldgefühle, weil ich infolge seines Mißgeschicks das bekam, was ich wollte. Es schien einfach nicht richtig, glücklich zu sein, wo er ein Krüppel war, insbesondere wo es sein Zustand als Krüppel war, der mir das gebracht hatte, was ich wollte.

Demzufolge hätte ich nun, da er wiederhergestellt war, glücklich sein müssen.

Waren Sie jemals auf einer Party, wo Sie sich hätten amüsieren sollen und plötzlich erkannten, daß Sie ebendas nicht taten? Ohne besonderen Grund, einfach eine Welt grau in grau und ohne Freude.

Einige der Dinge, die mich so mißmutig stimmten, konnte ich erkennen. Zuerst war da Dusty gewesen, aber das war geklärt. Dann die anderen Leute, besonders die Elektronenjongleure, mit denen wir Wache standen, die uns Freaks und alles mögliche andere nannten und sich auch so verhielten. Aber da hatte sich der Captain eingeschaltet, und als wir besser miteinander bekannt wurden, ließen die Leute auch solche Dinge bleiben. Die Relativistin Janet Meers war eine Blitzrechnerin, was auch sie zu einem Freak machte, aber bei ihr akzeptierte jeder das als eine Selbstverständlichkeit, und nach einer Weile akzeptierten sie auch das, was wir taten, als selbstverständlich.

Nachdem wir außer Funkreichweite der Erde gelangt waren, nahm uns der Captain aus Commander Fricks Abteilung heraus und stellte uns als eigene Abteilung auf mit „Onkel" Alfred McNeil als Leiter und Rupert Hauptman als seinem Assistenten – was bedeutete, daß Rup die Wachliste führte, während Onkel Alf am Messetisch das Sagen hatte und dafür sorgte, daß wir uns ordentlich benahmen. Wir mochten den Alten viel zu gern, um ihm viel Ärger zu bereiten, und wenn jemand Schwierigkeiten machte, dann blickte Onkel Alf traurig, und wir anderen brachten den Übeltäter wieder auf Vordermann. Es funktionierte.

Ich glaube, Dr. Devereaux hatte es dem Captain vorgeschlagen. Es war einfach nicht wegzudiskutieren, daß Commander Frick uns nicht mochte. Er war Elektroingenieur und hatte sein ganzes Leben mit besseren und immer besseren Kommunikationsanlagen verbracht ... Dann erschienen wir auf der Bildfläche und machten es ohne jegliche Geräte besser und schneller. Ich konnte es ihm nicht verübeln; mich hätte das auch geärgert. Aber mit Onkel Alf kamen wir besser zu Rande.

Ich nehme an, die *Vasco da Gama* war Teil meiner Probleme. Das

Schlimmste an der Weltraumfahrt ist, daß absolut nichts passiert. Demzufolge war das größte Ereignis eines jeden Tages das Erscheinen der Morgenzeitung. Den ganzen Tag lang war jeder wachhabende Gedankenleser (wenn er nicht mit dem üblichen Verkehr befaßt war, der aber nicht viel Arbeit machte) mit dem Kopieren von Nachrichten beschäftigt. Wir bekamen die Nachrichtendienste gratis, ebenso wie die ganzen Kolumnen, und Dusty putzte das Ganze auf, indem er Bilder reproduzierte, die ihm sein Zwilling Rusty schickte. Der Kommunikator der Mittelwache übernahm die Redaktion, der Telepath und der Kommunikator der frühen Morgenwache druckten das Ganze und sorgten dafür, daß das Blatt beim Frühstück in der Messe vorlag.

Es gab überhaupt keine Frage, wieviel Text wir haben konnten; es war einzig und allein die Frage, wieviel so wenig Leute vorbereiten konnten. Neben den Nachrichten aus dem Sonnensystem hatten wir auch noch Schiffsnachrichten, nicht nur von der *Elsie,* sondern auch von den elf anderen. Jeder (mit Ausnahme meiner Person) kannte Leute in den anderen Schiffen. Entweder hatten sie sich in Zürich kennengelernt, oder die alten Raumbären, wie der Captain und eine ganze Menge anderer, hatten Freunde, mit denen sie schon seit Jahren bekannt waren.

Zum größten Teil handelte es sich um gesellschaftliche Nachrichten, aber die machten uns mehr Spaß als die Nachrichten von der Erde und aus dem restlichen System, weil wir uns den Schiffen in der Flotte näher fühlten, obwohl sie Milliarden von Kilometern entfernt waren und sich jede Sekunde weiter entfernten. Als Ray Gilberti und Sumire Watanabe in der *Leif Ericsson* heirateten, hielt jedes Schiff in der Flotte eine Feier ab. Als in der *Pinta* ein Baby geboren wurde und man unseren Captain zum Paten bestimmte, machte uns das alle stolz. Mit der *Vasco da Gama* waren wir durch Cas Warner verbunden, und Miß Gamma Furtney verband uns durch ihre Drillinge Miß Alpha und Miß Beta mit der *Marco Polo* und der *Santa Maria.* Aber wir bekamen Nachrichten aus sämtlichen Schiffen durch Weitergabe. Flottennachrichten wurden nie gekürzt, selbst wenn das bei den Nachrichten von der Erde notwendig war. So, wie die Dinge standen, beklagte sich Mama O'Toole, daß sie, wenn die Zeitungen noch umfangreicher würden, entweder nur einmal die Woche frische Laken und Kopfkissenbezüge ausgeben könne oder daß ihr die Ingenieurabteilung eine neue Wäscherei bauen müsse, bloß damit sie Zeitungen waschen konnte. Trotzdem hatte die Ökologieabteilung immer sauberes Papier bereit, für jede Ausgabe frisch gepreßt.

Gelegentlich druckten wir sogar Extranachrichten, wie zum Beispiel, als Lucille Lavonne den Titel einer „Miß Sonnensystem" gewann, und Dusty zeichnete ein Bild von ihr, das so perfekt war, daß man hätte schwören können, es sei eine Fotografie. Das führte zu einigem Papierverlust, da eine ganze Anzahl Leute ihre Kopien als Pinups benützten, anstatt sie zur Wiederaufbereitung zurückzugeben – ich selbst auch. Ich brachte Dusty sogar dazu, ein Autogramm unter die Zeichnung zu setzen. Das verblüffte ihn, freute ihn aber, wenn er es auch ziemlich unfreundlich aufnahm – ein Künstler hat ein Recht darauf, das Lob für seine Arbeit einzuheimsen, sage ich, selbst wenn er ein giftiger kleiner Gnom ist.

Was ich damit zu sagen versuche, ist, daß die *Elsie Times* der Höhepunkt eines jeden Tages war und daß die Flottennachrichten in ihr den wichtigsten Teil darstellten.

Ich hatte in der vorangegangenen Nacht wachfrei gehabt, trotzdem kam ich zu spät zum Frühstück. Als ich in die Messe eilte, waren alle wie üblich mit der *Times* beschäftigt – aber niemand aß. Ich setzte mich zwischen Van und Prudence und sagte: „Was ist los? Was haben die denn alle?"

Pru reichte mir wortlos eine Kopie der *Times*.

Die erste Seite war schwarz eingerahmt. Die Überschrift sprang mir in die Augen: VASCO DA GAMA VERLOREN.

Ich konnte es nicht glauben. Die *Vasco* hatte Kurs auf Alpha Centauri, würde aber erst in vier Jahren nach Erdzeit dort eintreffen; sie war der Lichtgeschwindigkeit noch nicht einmal nahe. Es gab nichts, womit sie hätte Schwierigkeiten haben können, dort draußen, wo sie war. Es mußte ein Fehler sein.

Ich blätterte auf Seite 2, wo der Bericht angekündigt war. In einem Kasten war eine Mitteilung des Commodore der *Santa Maria* zu lesen: „(Offiziell) Um 03.34 heute nach Greenwich-Zeit riß der Kontakt zu TS *Vasco da Gama* (ALF 172) ab. Zu der Zeit waren zwei Spezialkreise eingesetzt, einer zur Erde und einer zur *Magellan*. In beiden Fällen setzte die Übertragung ohne Warnung aus, inmitten einer Nachricht und im selben Augenblick nach angepaßter Zeit. Das Schiff enthielt elf Spezialkommunikatoren; es hat sich als unmöglich erwiesen, mit irgendeinem von ihnen Verbindung aufzunehmen. Man muß daher annehmen, daß das Schiff verloren ist und es keine Überlebenden gibt."

Die ALF-Mitteilung gab lediglich zu, daß das Schiff keinen Kontakt mehr hatte. Dann gab es da eine Erklärung unseres Captains und eine längere, journalistisch aufbereitete Story mit Kommentaren von den anderen Schiffen; ich las sie, aber eigentlich war die Schlagzeile das einzig Wichtige ... Die *Vasco* war dort, wo Schiffe hingeraten, wenn sie nicht mehr zurückkommen.

Plötzlich bemerkte ich etwas und blickte auf. Cas Warners Stuhl war leer. Onkel Alf fing meinen Blick auf und sagte leise: „Er weiß es, Tom. Der Captain hat ihn, kurz nachdem es passiert ist, geweckt und es ihm gesagt. Das einzig Gute daran ist, daß er nicht mit seinem Bruder in Verbindung war, als es passierte."

Ich war nicht sicher, ob Onkel Alf das richtig sah. Wenn es Pat erwischte, würde ich bei ihm sein wollen, wenn es passierte, oder nicht? Nun, ich glaubte das wenigstens. Jedenfalls war ich sicher, daß Onkel Alf Sugar Pie die Hand würde halten wollen, wenn etwas passierte und sie vor ihm den großen Sprung würde machen müssen. Und Cas und sein Bruder Caleb standen einander sehr nahe; das wußte ich.

Im späteren Verlauf des Tages hielt der Captain einen Gedenkgottesdienst ab, und Onkel Alfred hielt eine kurze Leichenrede. Und dann sangen wir alle das „Gebet für Reisende". Anschließend taten wir alle so, als ob es nie ein Schiff mit dem Namen *Vasco da Gama* gegeben hätte, aber das machten wir uns nur vor.

Cas verließ unseren Tisch, und Mama O'Toole setzte ihn als Assistenten in ihrer Abteilung ein. Cas und sein Bruder waren im Hotelgewerbe tätig gewesen, ehe die ALF sie sich geschnappt hatte, und Cas würde ihr in vielen Dingen helfen können; ein Schiff mit zweihundert Leuten in ökologischem Gleichgewicht zu halten ist keine leichte Aufgabe. Du liebe Güte, es wäre schon Arbeit genug, Nahrung für zweihundert Leute zu erzeugen, selbst wenn das nicht schon dazu nötig wäre, um ein atmosphärisches Gleichgewicht zu halten. Allein die Versorgung der Hefekulturen und der Hydroponikanlagen erforderte neun Leute, die damit tagein, tagaus beschäftigt waren.

Nach ein paar Wochen hatte Cas die Leitung des gesamten Versorgungswesens, und Mama O'Toole konnte sich ausschließlich um den wissenschaftlichen und technischen Teil kümmern – nur daß sie weiterhin die Küche im Auge behielt.

Aber die *Vasco da Gama* hätte mich nicht zum Grübeln bringen dürfen; ich kannte niemanden in dem Schiff. Wenn Cas damit fertig werden und ein normales, nützliches Leben führen konnte, hätte ich auch nicht deprimiert sein dürfen. Nein, ich denke, es lag wohl mehr an meinem Geburtstag.

In der Messe gab es zwei große elektrische Uhren, die aus dem Computerraum der Relativisten gesteuert wurden, und über ihnen zwei Kalender. Als wir die Reise antraten, zeigten sie die gleiche Zeit an, Greenwich-Zeit und das Datum. Dann, als wir weiter beschleunigten und unsere Geschwindigkeit sich der des Lichts annäherte, begann der Schlupf zwischen *Elsie* und der Erde sichtbar zu werden, und dann entfernten sie sich immer weiter voneinander. Zuerst redeten wir darüber, aber nach einer Weile achteten wir gar nicht mehr auf die Greenwich-Angaben ... Denn was nützt es einem schon zu wissen, daß es jetzt drei Uhr morgens am nächsten Mittwoch in Greenwich ist, wenn im Schiff gerade das Mittagessen ausgegeben wird?

Es war wie Zeitzonen und die Datumsgrenze auf der Erde: normalerweise völlig unwichtig. Ich bemerkte es nicht einmal, als Pat zu meckern anfing, zu was für ungewöhnlichen Zeiten er Dienst machen mußte, weil ich selbst zu jeder beliebigen Tageszeit Wache stehen mußte.

Demzufolge war ich völlig verblüfft, als Pat mich mitten in der Nacht mit einem Pfiff weckte und schrie: *„Alles Gute zum Geburtstag!"*

(„Hm? Wer hat denn Geburtstag?")

„Du Schwachkopf. Wir beide. Was ist denn los mit dir? Kannst du nicht zählen?"

(„Aber ...")

„Sei still. Die bringen grade den Kuchen rein und singen jetzt dann ‚Happy birthday to you'. Ich werd für dich das Echo machen."

Während sie das taten, stand ich auf und schlüpfte in meine Hosen und ging in die Messe hinunter. Für uns war es „Nacht", und es brannte nur ein Notlicht. Aber ich konnte die Uhren und die Kalender sehen – natürlich war das Greenwich-Datum unser Geburtstag, und wenn man sich noch die Zeitzone für zu Hause ausrechnete, dann war dort gerade Abendessenszeit.

Aber es war nicht mein Geburtstag. Ich bewegte mich in einer anderen Zeit, und das Ganze kam mir einfach nicht richtig vor.

„Hab sie alle ausgeblasen, Kleiner", verkündete Pat vergnügt. *„Jetzt sollten wir wieder ein Jahr schaffen. Mama will wissen, ob die dort einen Kuchen gebacken haben."*

(„Sag ihr ‚ja'.") Das hatten sie natürlich nicht. Aber mir war nicht nach Erklärungen zumute. Mutter wurde auch so schon leicht genug nervös, ohne daß einer den Versuch machte, ihr die Einsteinzeit zu erklären. Und was Pat betraf, so hätte der das eigentlich besser wissen müssen.

Pat hatte zum Geburtstag eine neue Uhr bekommen, und er sagte mir jetzt, daß für mich eine Pralinenschachtel angekommen sei – ob er sie aufmachen und herumreichen solle? Ich sagte ihm, er solle das ruhig tun, ohne recht zu wissen, ob ich nun dankbar dafür sein sollte, daß man sich an mich erinnerte, oder verstimmt über ein „Geschenk“, das ich unmöglich sehen oder berühren konnte. Nach einer Weile sagte ich zu Pat, ich brauchte meinen Schlaf und er solle bitte allen für mich gute Nacht und vielen Dank sagen. Aber ich konnte nicht schlafen; ich blieb wach liegen, bis die Lichter in den Gängen wieder aufleuchteten.

In der darauffolgenden Woche gab es an unserem Tisch für mich einen Geburtstagskuchen, und alle sangen für mich, und ich bekam eine ganze Menge gutgemeinter, aber nutzloser Geschenke – man kann jemandem an Bord eines Schiffes nicht viel schenken, wenn man in derselben Messe ißt und aus denselben Lagern versorgt wird. Ich stand auf und dankte ihnen, als einer plötzlich „Du mußt eine Rede halten!“ schrie. Und so blieb ich und tanzte nachher mit den Mädchen.

Trotzdem kam es mir einfach nicht wie mein Geburtstag vor, weil mein Geburtstag schon gewesen war, Tage früher.

Ich glaube, es war am nächsten Tag, daß mein Onkel Steve vorbeikam und mich aus meinem Zimmer holte. „Wo hast du dich denn die ganze Zeit versteckt, Junge?“

„Hm? Nirgends.“

„Dachte ich mir's doch.“ Er ließ sich auf meinem Sessel nieder, und ich legte mich auf mein Bett zurück. „Immer, wenn ich mich nach dir umsehe, bist du verschwunden. Du hast doch nicht die ganze Zeit Wache oder Arbeit. Wo bist du?“

Ich sagte nichts. Ich war die meiste Zeit da gewesen, wo ich jetzt war, und hatte einfach zur Decke gestarrt. Onkel Steve fuhr fort: „Wenn einer anfängt, sich an Bord eines Schiffes in eine Ecke zu verziehen, so ist es nach meiner Erfahrung meistens am besten, man läßt ihn in Ruhe. Entweder kommt er selbst wieder raus, oder er geht eines Tages durch eine Luftschleuse, ohne sich lange die Mühe zu machen, einen Druckanzug anzuziehen. In beiden Fällen will er nicht, daß man um ihn ein großes Theater macht. Aber du bist der Junge meiner Schwester, und ich hab eine Verantwortung dir gegenüber. Was ist denn los? Du läßt dich abends nie sehen, wenn die anderen ihren Vergnügungen nachgehen, und läufst dauernd mit einem langen Gesicht herum. Was hast du denn?"

„Mir fehlt gar nichts!" sagte ich ärgerlich.

Onkel Steve gab sich damit nicht zufrieden. „Na los, Kleiner", brummte er. „Seit der Geschichte mit der *Vasco* bist du anders. Ist es das? Keinen Mumm mehr? Falls es so sein sollte, hat Doc Devereaux synthetischen Mumm in Pillenform. Keiner braucht zu wissen, daß du sie nimmst, und du brauchst dich nicht zu schämen – jeder macht das hin und wieder durch. Ich möchte lieber gar nicht darüber reden, was das bei mir für eine widerwärtige Form angenommen hat, als ich das erstemal Dienst mit der Waffe tun mußte."

„Nein, ich glaube nicht, daß es das ist." Ich dachte nach – vielleicht war es das. „Onkel Steve, was ist mit der *Vasco* passiert?"

Er zuckte die Achseln. „Entweder ist die Fackel durchgebrannt, oder sie sind gegen etwas gestoßen."

„Aber eine Fackel kann doch nicht durchbrennen, oder? Und hier draußen gibt es doch nichts, mit dem man zusammenstoßen kann."

„Beide Male richtig. Aber angenommen, die Fackel ist hochgegangen? Das Schiff wäre im Bruchteil einer Sekunde eine Mininova. Aber ich kann mir keine angenehmere Art vorstellen – wenn schon Schluß sein muß. Und das andere wäre genauso schnell, wahrscheinlich würdest du's gar nicht bemerken. Hast du je darüber nachgedacht, wieviel kinetische Energie wir bei dieser Geschwindigkeit in dieser Kiste drinstecken haben? Doc Babcock sagt, sobald wir einmal Lichtgeschwindigkeit erreicht haben, sind wir bloß noch eine flache Wellenfront, obwohl wir selbst vergnügt weitermachen und Kartoffelpüree und Soße essen und den Unterschied überhaupt nicht merken."

„Aber wir erreichen doch die Lichtgeschwindigkeit gar nicht ganz."

„Darauf hat Doc mich auch hingewiesen. Ich hätte sagen sollen, ‚wenn'. Ist es das, was dich stört, Kleiner? Bekümmert es dich, daß wir wie die *Vasco* enden könnten? Wenn das der Fall ist, dann laß dir von mir sagen, daß die meisten Arten, im Bett zu sterben, viel schlimmer sind. Besonders wenn du so blöd bist, an Altersschwäche zu sterben – ein Schicksal, dem ich zu entgehen hoffe."

Wir redeten noch eine Weile, kamen aber nicht weiter. Dann ging er wieder, nicht ohne vorher zu drohen, er würde mich schon herausholen, wenn ich mehr als die normale Schlafzeit in meinem Zimmer verbringen würde. Ich nehme an, daß Onkel Steve mich bei Dr. Devereaux gemeldet hat, obwohl beide behaupteten, das sei nicht der Fall gewesen.

Jedenfalls knöpfte sich Dr. Devereaux mich am nächsten Tag vor, holte mich in sein Zimmer, ließ mich hinsetzen und redete mit mir. Er hatte eine große, schlampig bequeme Kabine; in seiner Ordination empfing er nie jemanden.

Ich wollte sofort wissen, weshalb er mit mir reden wollte.

Er riß seine Froschaugen weit auf und sah mich unschuldig an. „Ich bin einfach auf Sie gestoßen, Tom." Er griff nach einem Stapel Lochkarten. „Sehen Sie die? Das sind alles Leute, mit denen ich mich diese Woche unterhalten habe. Ich muß doch schließlich so tun, als würde ich mir mein Gehalt verdienen."

„Nun, mit mir brauchen Sie Ihre Zeit nicht zu vergeuden. Bei mir ist alles in Ordnung."

„Aber ich vergeude gerne Zeit. Psychologie ist ein wunderschönes Gewerbe. Man braucht sich nicht zehnmal am Tag zu waschen wie ein Chirurg, man braucht den Leuten nicht in ihre schmutzigen Hälse zu starren und sitzt bloß rum und tut so, als würde man zuhören, während irgendeiner erklärt, daß er als kleiner Junge nicht gern mit den anderen kleinen Jungen gespielt hätte. Jetzt reden Sie mal eine Weile. Erzählen Sie mir, was Sie wollen, während ich ein kleines Nickerchen mache. Wenn Sie lange genug reden, kann ich mich von der Pokerrunde erholen, in der ich gestern nacht gesessen habe, und trotzdem wieder einen Arbeitstag abhalten."

Ich versuchte zu reden und dabei nichts zu sagen. Während ich damit beschäftigt war, rief mich Pat. Ich sagte ihm, ich würde zurückrufen; ich sei beschäftigt. Dr. Devereaux hatte mich beobachtet und sagte plötzlich: „Was hatten Sie denn gerade im Sinn?"

Ich erklärte ihm, daß das Zeit habe; mein Zwilling wolle mit mir sprechen.

„Hm ... Tom, erzählen Sie mir von Ihrem Zwilling. Ich hatte keine Zeit, in Zürich mit ihm näher bekannt zu werden."

Ehe ich es richtig bemerkte, hatte ich ihm eine ganze Menge über uns beide erzählt. Es war erstaunlich leicht, mit ihm zu reden. Zweimal dachte ich, er wäre eingeschlafen, aber jedesmal wenn ich innehielt, hob er den Kopf und stellte eine Frage, die mich wieder in Schwung brachte.

Schließlich sagte er: „Wissen Sie, Tom, identische Zwillinge sind ausnehmend interessant für Psychologen – natürlich auch für Soziologen und Biochemiker. Sie fangen im selben Ei an und sind sich so ähnlich, wie das zwei organische Komplexe nur sein können. Und dann werden zwei verschiedene Leute aus ihnen. Kommen die Unter-

schiede aus der Umgebung? Oder ist da etwas anderes am Werk?"
Ich dachte darüber nach. „Meinen Sie die Seele, Doktor?"
„Hm ... fragen Sie mich nächsten Mittwoch. Man hält manchmal seine persönlichen und privaten Ansichten etwas getrennt von den öffentlichen und wissenschaftlichen Meinungen, die man vertritt. Aber lassen Sie mal. Es läuft einfach darauf hinaus, daß ihr Telepathen-Zwillinge interessant seid. Ich kann mir gut vorstellen, daß die Serendipitätsergebnisse von Projekt Lebensraum wie gewöhnlich sehr viel bedeutender sein werden als die erwarteten Ergebnisse."
„Die ‚Seren' was, Doktor?"
„Hm? Serendipität. Serendipität bedeutet, daß man nach Würmern gräbt und Gold findet. In der Wissenschaft passiert das die ganze Zeit. Das ist auch der Grund, weshalb ‚unnütze' Grundlagenforschung in der Regel viel praktischer ist als ‚praktische' Arbeit. Aber reden wir wieder von Ihnen. Ich kann Ihnen bei Ihren Problemen nicht helfen – das müssen Sie selber tun. Aber picken wir doch ein wenig daran herum und tun so, als könnte ich es, um zu rechtfertigen, daß ich hier auf der Gehaltsliste stehe. Da sind zwei Dinge, die mir richtig auffallen: Das erste ist, daß Sie Ihren Bruder nicht mögen."
Ich wollte protestieren, aber er wischte das weg. „Lassen Sie mich reden. Warum sind Sie denn so sicher, daß ich unrecht habe? Antwort: Weil man Ihnen von Geburt an gesagt hat, daß Sie ihn mögen. Nestgefährten ‚lieben' einander immer; das ist eine der Grundlagen unserer Zivilisation, so wie der Apfelkuchen, den Mutter immer macht. Die Leute glauben gewöhnlich alles, was man ihnen früh genug sagt. Wahrscheinlich ist es auch ganz gut, daß sie das glauben, weil Bruder und Schwester häufig viel mehr Gelegenheit und Anlaß haben, einander zu hassen, als irgend jemand sonst."
„Aber ich mag Pat. Er ist nur ..."
„‚Er ist nur' was?" drängte er sanft, als ich stockte.
Ich gab keine Antwort, und er fuhr fort: „Es ist nur, daß Sie jeden Grund haben, ihn nicht zu mögen. Er hat dauernd die erste Geige gespielt, sich immer durchgesetzt und sich alles genommen, was er wollte. Was er nicht im offenen Kampf kriegen konnte, hat er über Ihre Mutter bekommen, indem er sie dazu brachte, so lange auf Ihren Vater einzureden, bis er das hatte, was er wollte. Selbst das Mädchen hat er bekommen, das Sie haben wollten. Warum sollten Sie ihn eigentlich mögen? Würden Sie einen anderen Mann, der mit Ihnen nicht verwandt ist, dafür mögen, daß er Ihnen alles das antut? Oder würden Sie ihn hassen?"

Das schmeckte mir gar nicht. „Ich war nicht fair zu ihm, Doktor. Ich glaube nicht, daß Pat wußte, daß er alles immer für sich haben wollte ..., und ich bin sicher, daß unsere Eltern nie einen von uns bevorzugen wollten. Vielleicht ist das bei mir nur Selbstmitleid."

„Vielleicht. Vielleicht ist an dem Ganzen kein Wort wahr, und Sie sind von Ihrem Wesen her einfach nicht fähig zu erkennen, was fair ist, wenn es um Sie selbst geht. Aber worauf es wirklich ankommt, ist, daß Sie es so empfinden ..., und Sie würden ganz bestimmt einen solchen Menschen nicht mögen – nur daß er Ihr Zwillingsbruder ist, also müssen Sie ihn natürlich ‚lieben'. Die zwei Ideen bekämpfen einander. Also werden Sie weiterhin innerlich aufgewühlt sein, bis Sie wissen, welche falsch ist, und die dann loswerden. Und das liegt einzig und allein bei Ihnen."

„Aber ... verflixt noch mal, Doktor. Ich mag Pat!"

„Wirklich? Dann sollten Sie sich aber besser von der Vorstellung trennen, daß er Ihnen all die Jahre das schmutzige Ende des Stocks gereicht hat. Aber ich bezweifle das. Sie haben ihn gern – wir alle haben Dinge gern, die wir gewöhnt sind, alte Schuhe, alte Pfeifen, und selbst der Teufel, den wir kennen, ist besser als ein fremder Teufel. Sie sind ihm gegenüber loyal. Er ist notwendig für Sie, und Sie sind notwendig für ihn, aber ihn ‚mögen'? Mir kommt das höchst unwahrscheinlich vor. Andererseits, wenn Sie sich mit dem Gedanken vertraut machen könnten, daß es überhaupt keine Notwendigkeit mehr gibt, ihn zu ‚lieben', ja nicht einmal, ihn zu mögen, dann könnten Sie möglicherweise dahin kommen, daß Sie ihn ein wenig für das mögen, was er ist. Sie werden ganz bestimmt ihm gegenüber toleranter werden, obwohl ich bezweifle, daß Sie ihn je sehr mögen werden. Er ist gar nicht der Typ von Mensch, den man mögen kann."

„Das ist nicht wahr! Pat ist immer sehr populär gewesen."

„Bei mir nicht ... Hm ... Tom, ich habe geschummelt. Ich kenne Ihren Bruder besser, als ich zugegeben habe. Keiner von euch beiden ist sehr liebenswert, und ihr seid einander sehr ähnlich. Seien Sie nicht beleidigt. Ich kann ‚nette' Leute nicht ausstehen; mir dreht sich bei ihnen der Magen um. Ich mag Leute, die ein wenig selbstsüchtig sind, die das tun, was ihnen paßt, und die es nicht dauernd darauf anlegen, anderen zu gefallen – bei meinem Beruf ist das ganz gut so. Sie und Ihr Bruder sind beide in gleichem Maße selbstsüchtig, nur daß er damit mehr Erfolg hat. Übrigens, er mag Sie."

„Was?"

„Ja. So, wie er einen Hund mögen würde, der immer kommt, wenn man ihn ruft. Er hat Ihnen gegenüber Beschützergefühle, solange das nicht mit seinen eigenen Interessen in Konflikt steht. Aber sonst hat er eine recht geringe Meinung von Ihnen. Er betrachtet Sie als einen Schwächling – und nach seiner Vorstellung haben die Schwachen kein Recht darauf, das Erbe der Welt anzutreten; die gehört Burschen wie ihm."

Ich kaute ein wenig daran und begann, ärgerlich zu werden. Ich zweifelte nicht, daß Pats Gefühle in bezug auf meine Person so waren – herablassend und durchaus bereit, sich darum zu kümmern, daß ich ein Stück vom Kuchen abbekam. Vorausgesetzt, er bekam das größere.

„Das andere, was besonders auffällt", fuhr Dr. Devereaux fort, „ist, daß weder Sie noch Ihr Bruder diese Reise machen wollten."

Das war so offenkundig unwahr und unfair, daß ich den Mund aufmachte und ihn offenstehen ließ. Dr. Devereaux sah mich an. „Ja? Was wollten Sie sagen?"

„Nun, das ist die albernste Behauptung, die ich je gehört habe, Doktor. Der einzig wirkliche Ärger, den es je zwischen Pat und mir gegeben hat, entstand, weil wir beide die Reise machen wollten und nur einer es konnte."

Er schüttelte den Kopf. „Jetzt drehen Sie es um. Sie wollten beide zurückbleiben, und nur einer von Ihnen konnte das. Und Ihr Bruder hat gewonnen, wie üblich."

„Nein, das hat er nicht ... Nun ja, das hat er, aber die Chance, die Reise zu machen, nicht andersherum. Und er hätte sie auch gemacht, wenn der Unfall nicht gewesen wäre."

„Der ‚Unfall'. Hm ... Ja." Dr. Devereaux hielt sich ganz still, den Kopf etwas nach vorne geneigt und die Hände über dem Leib gefaltet, und das tat er so lange, daß ich wieder glaubte, er sei eingeschlafen. „Tom, ich werde Ihnen jetzt etwas sagen, das Sie eigentlich nichts angeht; aber ich glaube, daß Sie es wissen müssen. Ich würde vorschlagen, daß Sie nie mit Ihrem Zwilling darüber sprechen ... Und wenn Sie es tun, dann werde ich sagen, daß Sie lügen. Weil es nämlich schlecht für ihn wäre. Verstehen Sie mich?"

„Dann sagen Sie es mir doch nicht", meinte ich mürrisch.

„Halten Sie den Mund und hören Sie mir zu." Er griff nach einem Aktendeckel. „Hier ist ein Bericht über die Operation Ihres Bruders, in der Sprache geschrieben, die Ärzte benutzen, um die Patienten konfus zu machen. Sie würden den Bericht nicht verstehen, und außerdem ist er über die *Santa Maria* und in Code gesendet worden. Wollen Sie wissen, was die gefunden haben, als die Ihren Bruder aufschnitten?"

„Äh, nicht besonders."

„Seine Wirbelsäule wies nicht den geringsten Schaden auf."

„Hm? Wollen Sie mir weismachen, daß er allen nur vorgemacht hat, daß seine Beine gelähmt waren? Das glaube ich nicht!"

„Jetzt mal ganz ruhig. Er hat niemandem etwas vorgemacht. Seine Beine waren gelähmt. Er konnte die Lähmung unmöglich so gut vortäuschen, daß ein Neurologe das nicht festgestellt hätte. Ich habe ihn selbst untersucht; Ihr Bruder war gelähmt. Aber nicht wegen eines Schadens an seiner Wirbelsäule – was ich wußte und was die Chirurgen, die ihn operiert haben, ebenfalls wußten."

„Aber ..." Ich schüttelte den Kopf. „Ich schätze, ich bin dumm."

„Sind wir das nicht alle? Tom, das menschliche Bewußtsein ist nicht einfach; es ist sehr kompliziert. Ganz oben hat der bewußte Geist seine eigenen Ideen und Wünsche, von denen einige echt und einige andere ihm durch Propaganda und Ausbildung aufgeprägt sind und durch die Notwendigkeit, eine gute Fassade zu zeigen und vor anderen Leuten eine gute Figur abzugeben. Darunter ist der unbewußte Geist, blind und taub und dumm und schlau und – gewöhnlich – mit ganz anderen Wünschen und völlig unterschiedlichen Motivationen. Dieser Teil will sich ebenfalls durchsetzen. Und wenn der das nicht schafft, dann schlägt er Wirbel, bis er zufrieden ist. Wenn man sich das Leben leichtmachen will, dann besteht der Trick darin, daß man herausfindet, was das Unbewußte in einem wirklich will, und es ihm dann um den billigsten Preis gibt, der möglich ist, ehe es einen in den emotionellen Bankrott treibt, um sich durchzusetzen. Sie wissen, was ein Psychopath ist?"

„Äh ... ein Verrückter ..."

„‚Verrückt' ist ein Wort, von dem wir versuchen wollen loszukommen. Ein Psychopath ist ein armer Teufel, der seinen Laden hat verkaufen und nackt in die Welt hinaustreten müssen, nur um die Bedürfnisse seines Unterbewußtseins zu befriedigen. Er hat sich arrangiert, aber dabei ist er ruiniert worden. Meine Aufgabe besteht darin, den Leuten dabei zu helfen, sich auf eine Art und Weise zu arrangieren, daß sie dabei nicht ruiniert werden. So wie ein guter Anwalt. Wir versuchen nie, sie dazu zu bringen, diesem Arrangement auszuweichen. Wir helfen ihnen dabei, die besten Bedingungen herauszuschlagen. Worauf ich hinausmöchte, ist dies: Ihr Bruder hat es geschafft, sich zu recht guten Bedingungen mit seinem Unterbewußtsein zu arrangieren, sehr guten Bedingungen sogar, wenn man bedenkt, daß er es ohne professionelle Hilfe geschafft hat. Sein Bewußtsein hat einen Vertrag unterzeichnet, und sein Unterbewußtsein hat ihm klar erklärt, daß er ihn nicht erfüllen darf. Der Konflikt ging so tief, daß manche Leute dabei zugrunde gegangen wären, aber nicht Ihr Bruder. Sein Unterbewußtsein hat sich statt dessen dafür entschieden, einen Unfall zu haben, einen, der eine Lähmung erzeugen konnte und das auch tatsächlich tat – eine echte Lähmung, damit wir uns recht verstehen, kein Schwindel. Also gab es für Ihren Bruder eine ehrenwerte Entschuldigung von einer Verpflichtung, die er nicht erfüllen wollte. Dann, als keine Möglichkeit mehr bestand, diese Reise zu machen, hat man ihn operiert. Bei der Operation wurden lediglich einige belanglose Unregelmäßigkeiten an den Knochen korrigiert. Aber man ermunterte ihn gleichzeitig dazu, zu glauben, daß seine Lähmung geheilt werden könne, und so geschah es." Devereaux zuckte die Achseln.

Ich dachte darüber nach, bis ich ganz konfus war. Diese Geschichte mit dem Bewußtsein und dem Unterbewußtsein – ich hatte das auf der Oberschule durchgenommen, und ich war auch darüber ausgefragt worden ..., aber ich hielt nicht sehr viel davon. Doc Devereaux konnte reden, bis er im Gesicht blau wurde, aber das schaffte auch die Tatsache nicht aus der Welt, daß sowohl Pat als auch ich die Reise hatten machen wollen und daß Pat nur deshalb hatte zurückbleiben müssen, weil er bei dem Unfall verletzt worden war. Vielleicht war die Lähmung nur eingebildet, vielleicht hatte er sich selbst solche Angst gemacht, daß er sich eine schwerere Verletzung eingeredet hatte, als sie wirklich vorlag. Aber das machte keinerlei Unterschied.

Aber Doc Devereaux redete so, als wäre der Unfall kein Unfall gewesen. Nun gut – was besagte das schon? Vielleicht hatte Pat tatsächlich schreckliche Angst gehabt und war zu stolz gewesen, es zuzugeben – trotzdem glaubte ich nicht, daß er absichtlich am Skihang gestürzt war.

Jedenfalls war da ein Punkt, in dem Doc ganz bestimmt unrecht hatte: Ich hatte die Reise machen wollen. Schön, ich mochte vielleicht ein wenig Angst gehabt haben, und ich wußte auch, daß ich zuerst Heimweh gehabt hatte – aber das war nur natürlich. („Warum bist du dann so niedergeschlagen, Dummkopf?")

Das war nicht Pat; das war ich im Selbstgespräch. Oder vielleicht mein Unterbewußtsein, das einmal laut redete.

„Doc?"

„Ja, Tom."

„Sie sagen, ich hätte in Wirklichkeit nicht mitkommen wollen?"

„So sieht es aus."

„Aber Sie haben auch gesagt, daß das Unterbewußtsein immer gewinnt. Beides geht doch nicht."

Er seufzte. „So habe ich es nicht ausgedrückt. Man hat Sie hineingedrängt. Das Unterbewußtsein ist dumm und manchmal langsam; das Ihre hatte nicht genug Zeit, sich etwas so Bequemes wie einen Skiunfall auszudenken. Aber es ist stur. Es fordert von Ihnen, daß Sie nach Hause gehen ..., was Sie nicht können. Aber auf Vernunftgründe hört es nicht. Es nörgelt nur die ganze Zeit weiter und verlangt von Ihnen, daß Sie ihm Unmögliches geben, so wie ein Baby, das sich den Mond wünscht."

Ich zuckte die Achseln. „Wenn man Sie so hört, stecke ich in einem unmöglichen Schlamassel."

„Jetzt schauen Sie nicht so sauer! Die geistige Hygiene ist ein Prozeß, in dem das Korrigierbare korrigiert wird und in dem man sich dem Unvermeidlichen anpaßt. Sie haben die Wahl zwischen drei Dingen."

„Ich wußte nicht, daß ich überhaupt eine Wahl habe."

„Drei. Sie können sich weiter im Kreise drehen, bis Ihr Geist Ihnen eine Phantasievorstellung aufbaut, die für Ihr Unterbewußtsein akzeptabel ist ... Eine psychotische Anpassung. Sie würden das ‚verrückt' nennen. Oder Sie können so weitermachen wie bisher, unglücklich und weder für sich selbst noch für Ihre Schiffskollegen viel zu gebrauchen ... und immer mit der Möglichkeit, plötzlich abzukippen. Oder Sie können anfangen, in Ihrem eigenen Bewußtsein herumzugraben, mit ihm bekannt zu werden, herausfinden, was es wirklich will, ihm zeigen, was es nicht haben kann und warum, und dann auf der Basis des Möglichen mit ihm einen vernünftigen Handel abschließen. Wenn Sie Mumm haben, werden Sie letzteres versuchen. Leicht wird es nicht sein." Er verstummte und sah mich abwartend an.

„Äh, ich schätze, ich sollte es versuchen. Aber wie packe ich es an?"

„Nicht, indem Sie in Ihrem Zimmer herumbrüten und sich den Kopf über das zerbrechen, was hätte sein können, das steht fest."

„Mein Onkel Steve – Major Lucas, meine ich ...", sagte ich langsam, „hat mir gesagt, daß ich das nicht tun sollte. Er möchte, daß ich etwas unternehme, mich mit anderen Leuten abgebe. Ich denke, das sollte ich."

„Sicher, sicher. Aber das reicht nicht. Sie können sich nicht an den eigenen Haaren aus dem Loch herausziehen, in dem Sie stecken, indem Sie so tun, als wären Sie eine große Stimmungskanone. Sie müssen mit sich selbst bekannt werden."

„Ja, Sir. Aber wie?"

„Nun, daß wir Sie jeden Nachmittag über sich reden lassen, während ich Ihre Hand halte, das geht jedenfalls nicht. Hm ... ich würde vorschlagen, daß Sie versuchen, einmal niederzuschreiben, wer Sie sind und wo Sie gewesen sind und wie Sie von dort nach hier gekommen sind. Vielleicht kommen Sie dabei auf das ‚Warum' ebenso wie auf das ‚Wie'. Graben Sie weiter, dann finden Sie vielleicht heraus, wer Sie sind und was Sie wollen und wieviel davon Sie bekommen können."

Ich muß ziemlich verdutzt dreingeschaut haben, denn er fragte: „Führen Sie ein Tagebuch?"

„Manchmal. Ich habe es mit."

„Benutzen Sie es doch als Leitfaden. ‚Das Leben des T. P. Bartlett'. Sehen Sie zu, daß es vollständig wird, und versuchen Sie, die Wahrheit zu schreiben – die ganze Wahrheit."

Ich überlegte. Es gibt Dinge, die man niemandem sagen möchte. „Äh, ich nehme an, Sie werden es lesen wollen?"

„Ich? Davor möge mich der Himmel bewahren! Ich bekomme schon jetzt viel zuwenig Freizeit. Das ist für Sie, mein Sohn; Sie werden für sich selbst schreiben ... Schreiben Sie einfach, als wüßten Sie überhaupt nichts über sich und müßten alles erklären. Schreiben Sie so, als müßten Sie befürchten, Ihr Gedächtnis zu verlieren, und wollten sicher sein, daß Sie die Fäden wiederaufnehmen können. Schreiben Sie alles nieder."

Er runzelte die Stirn und fügte dann etwas mürrisch hinzu: „Wenn Sie das Gefühl haben, Sie hätten etwas Wichtiges gefunden und wollten dazu die Meinung eines anderen hören, dann könnte ich vielleicht die Zeit finden, wenigstens einen Teil davon zu lesen. Aber versprechen will ich Ihnen das nicht. Schreiben Sie nur für sich – für den mit Amnesie."

Also sagte ich ihm, daß ich es versuchen würde ... und das habe ich. Ich kann noch nicht erkennen, daß es mir irgendeinen Nutzen gebracht hätte (aus dem Stimmungstief bin ich jedenfalls raus), und es ist einfach nicht genügend Zeit, um es so zu machen, wie er es gesagt hat. Den letzten Abschnitt mußte ich in ziemlicher Eile schreiben, weil das der erste freie Abend ist, den ich seit einem Monat habe.

Aber es ist erstaunlich, an wieviel man sich erinnern kann, wenn man sich wirklich anstrengt.

X: Beziehungen

In der *Elsie* hat sich eine Menge geändert. Zum einen sind wir jetzt über den Berg und bremsen ebenso schnell ab, wie wir beschleunigten; wir werden Tau Ceti in etwa sechs Monaten Schiffszeit erreichen.

Aber damit greife ich vor. Seit ich mit diesem Bericht angefangen habe, ist etwa ein Jahr S-Zeit vergangen und etwa zwölf Jahre Erdzeit, seit wir die Erde verlassen haben. Aber vergessen wir die E-Zeit, die hat nichts zu bedeuten. Nach S-Zeit sind wir jetzt seit dreizehn Monaten im Schiff, und eine Menge ist passiert. Daß Pat geheiratet hat – nein, das ist nicht im Schiff geschehen, und das ist nicht der richtige Anfang.

Vielleicht ist eine andere Eheschließung der richtige Anfang: Chet Travers heiratete nämlich Mei-Ling Jones. Es fand überall Billigung, nur bei einem der Ingenieure nicht, der sich selbst Hoffnungen auf sie gemacht hatte. Wir Freaks und die Elektronenjongleure begruben damit das Kriegsbeil, als eine von uns einen von ihnen heiratete, besonders als Commander Frick mit der Braut am Arm durch die Messe ging und so stolz und feierlich aussah, als wäre sie seine Tochter gewesen! Sie gaben wirklich ein gutes Paar ab; Chet war noch keine dreißig, und ich schätze, daß Mei-Ling wenigstens zweiundzwanzig ist.

Aber es führte zu einem Wechsel in der Wachliste, und Rup stellte mich mit Prudence Mathews auf.

Ich hatte Pru immer gemocht, ohne besonders auf sie zu achten. Man mußte zweimal hinsehen, um zu erkennen, daß sie hübsch war. Aber sie hatte eine Art, zu einem aufzublicken, daß man sich dabei sehr wichtig vorkam. Bis zu der Zeit, als ich anfing, mit ihr Wache zu gehen, hatte ich die Mädchen mehr oder weniger in Frieden gelassen; ich schätze, ich war „Maudie treu". Aber inzwischen hatte ich angefangen, diese Bekenntnisgeschichte für Doc Devereaux zu schreiben; irgendwie kommen einem die Dinge so endgültig vor, wenn man sie niederschreibt. Ich sagte mir: „Warum nicht? Tom, alter Junge, Maudie ist ebenso definitiv aus deinem Leben getreten, als wenn einer von euch beiden tot wäre. Aber das Leben geht weiter, hier, in dieser Blechkiste."

Nicht daß ich irgend etwas Drastisches getan hätte; ich genoß nur Prus Gesellschaft so gut wie möglich ... Es war eine ganze Menge.

Ich habe einmal gehört, daß Noah damals auf seiner Arche die Tiere, als sie zu zweien an Bord kamen, zwischen Backbord und Steuerbord aufgeteilt hat. Die *Elsie* wird nicht so geführt. Chet und Mei-Ling hatten die Möglichkeit gefunden, genug miteinander bekannt zu werden, um etwas Dauerhaftes daraus machen zu wollen. Etwas weniger als die Hälfte der Mannschaftsmitglieder waren als Ehepaare an Bord gekommen; dem Rest von uns wurden keine Hindernisse in den Weg gelegt, wenn wir so etwas im Sinn hatten.

Aber irgendwie – und ohne daß es je besonders auffiel – waren wir besser behütet, als das je auf der Erde der Fall ist. Es kam uns nicht organisiert vor ..., und doch muß es das gewesen sein. Wenn jemand nach dem Abblenden der Lichter im Korridor ein wenig zu lange gute Nacht sagte, so geschah es gewöhnlich, daß Onkel Alfred genau um die Zeit aufstehen und durch den Gang schlurfen mußte. Oder vielleicht war es auch Mama O'Toole, die sich unbedingt eine Tasse Schokolade machen mußte, „um einschlafen zu können".

Vielleicht auch der Captain. Ich glaube, der Mann hatte ein zweites Paar Augen im Hinterkopf, um nur ja alles zu sehen, was im Schiff vor sich ging. Ich bin überzeugt, daß Mama O'Toole auch welche hatte. Und Onkel Alf war vielleicht einer jener hypothetischen Weitbereichs-Telepathen und nur zu höflich und zu schlau, um es die anderen wissen zu lassen.

Oder vielleicht hatte uns Doc Devereaux in seinen Lochkarten alle so gut analysiert, daß er stets wußte, wie der Hase laufen würde.

Niemand hatte etwas gegen einen Kuß oder zwei, wenn jemand sich vergewissern wollte, wie es schmeckte. Andererseits hatten wir nie die Skandale, wie sie fast in jeder Gemeinschaft an der Tagesordnung sind. Und ich bin sicher, daß wir die nicht hatten; in einem Schiff kann man so etwas nicht vertuschen.

Pru und ich jedenfalls taten nie etwas, das zu Kritik hätte führen können.

Trotzdem verbrachten wir immer mehr Zeit miteinander, auf Wache und auch zu anderen Zeiten. Nicht daß ich es ernst genommen hätte, nicht in dem Sinn, wie man an Heiraten denkt, aber in dem, daß es anfing, wichtig zu werden. Sie begann, mir gelegentlich Blicke zuzuwerfen, und dann kam es auch hin und wieder vor, daß unsere Hände sich berührten, wenn Papiere die Besitzer wechselten, und dann spürten wir, wie Funken übersprangen.

Ich fühlte mich wohl, sehr wohl sogar, und hatte kaum Zeit, diese Memoiren zu schreiben. Ich nahm vier Pfund zu und war ganz bestimmt alles andere als heimwehkrank.

Pru und ich legten uns die Angewohnheit zu, gemeinsam dem Kühlschrank einen Besuch abzustatten, wenn unsere Nachtwache zu Ende war. Mama O'Toole machte das nichts aus; sie ließ die Küche unversperrt, damit jeder, der sich einen Happen holen wollte, auch einen finden konnte. Sie sagte, es sei unser Zuhause, kein Gefängnis. Pru und ich machten uns dann ein Sandwich oder brutzelten uns irgend etwas und aßen und redeten, ehe wir schlafen gingen. Worüber wir redeten, war nicht wichtig, wichtig war die wohlige Wärme, die davon ausging.

Eines Nachts war unsere Wache um Mitternacht zu Ende, und die Messe war verlassen. Die Pokerspieler hatten schon Schluß gemacht, und nicht einmal die Schachspieler saßen noch herum. Pru und ich gingen in die Küche und machten uns gerade daran, ein Hefe-Käse-Sandwich zu grillen. Die Küche ist ziemlich eng; als Pru sich umdrehte, um den kleinen Grill einzuschalten, stieß sie gegen mich.

Ich bekam einen Hauch von ihrem sauberen, hübschen Haar ab und etwas wie frischen Klee oder Veilchen. Dann legte ich die Arme um sie.

Sie machte kein Theater. Einen Augenblick lang hielt sie inne, dann entspannte sie sich.

Mädchen sind nett. Sie haben keine Knochen, und ich denke, sie müssen etwa fünf Grad wärmer sein als wir, selbst wenn man das auf einem Fieberthermometer nicht sieht. Ich drehte mein Gesicht nach unten und sie das ihre nach oben, und dann schloß sie die Augen, und alles war wunderschön.

Vielleicht eine halbe Sekunde lang küßte sie mich, und ich wußte, daß sie ebenso dafür war wie ich, und sehr viel ausdrucksvoller kann ich es gar nicht beschreiben.

Dann entwand sie sich meinen Armen wie ein Ringer und drückte sich mir gegenüber an den Schrank und sah schrecklich erregt aus. Nun, das war ich auch. Sie sah mich nicht an, sie starrte ins Nichts und schien zu lauschen ..., das wußte ich; das war der Ausdruck, den sie an sich hatte, wenn sie in Verbindung stand – nur daß sie auch schrecklich unglücklich aussah.

Ich sagte: „Pru! Was ist denn los?"

Sie gab keine Antwort; sie wandte sich einfach zum Gehen. Sie hatte ein paar Schritte auf die Türe zu gemacht, als ich nach ihr griff und sie am Handgelenk festhielt: „He, bist du mir böse?"

Sie entwand sich mir und schien erst jetzt zu erkennen, daß ich immer noch da war. „Tut mir leid, Tom", sagte sie mit heiserer Stimme. „Meine Schwester ist zornig."

Ich hatte Patience Mathews nie kennengelernt – und jetzt war mir auch alle Lust darauf vergangen. „Hm? Nun, wie kann man sich so albern benehmen, ich ..."

„Meine Schwester mag dich nicht, Tom", antwortete sie entschieden, als ob das alles erklärte. „Gute Nacht."

„Aber ..."

„Gute Nacht, Tom."

Pru war beim Frühstück so nett wie eh und je, aber als sie mir die Semmeln reichte, sprangen keine Funken über. Es wunderte mich nicht, daß Rup an diesem Tag die Wachliste neu einteilte, aber ich fragte nicht, warum. Pru ging mir nicht aus dem Wege und tanzte sogar mit mir, wenn getanzt wurde, aber das Feuer war aus. Keiner von uns beiden versuchte, es wieder zu entfachen.

Viel später erzählte ich es Van. Das trug mir kein Mitgefühl ein. „Du meinst wohl, du bist der erste, der sich den Finger in der Türe eingeklemmt hat? Pru ist süß, das kannst du Großvater van Houten glauben. Aber selbst wenn Sir Galahad höchstpersönlich auf einem Schimmel antrabt, wird er zuerst Patience fragen müssen, ehe er mit Pru redet ... Und ich wette mit dir, daß die Antwort ‚Nein!' ist. Pru selbst möchte schon auf ihre süße, schwachsinnige Art, aber Patience erlaubt es nicht. Nichts, was weitergeht als ein kleines Küßchen."

„Ich finde, das ist jammerschade. Nicht, daß es mir jetzt noch etwas ausmachte. Aber ihre Schwester wird ihr das Leben ruinieren."

„Das ist ihre Sache. Ich selbst habe schon vor Jahren mit meinem Zwilling einen Kompromiß geschlossen – wir haben einander die Zähne eingeschlagen, und seitdem kooperieren wir sehr geschäftsmäßig. Außerdem, woher weißt du eigentlich, daß Pru es Patience nicht genauso macht? Vielleicht hat Pru damit angefangen?"

Es nahm mir nicht den Geschmack an Mädchen, nicht einmal an Mädchen, die Zwillingsschwestern hatten, die Gedankenleser waren. Aber seitdem erfreute ich mich an der Gesellschaft von allen. Zuerst war ich eine Weile häufig mit Onkel Alf zusammen. Er spielte gern Domino, und nach dem Spiel redete er gerne über Sugar Pie – und mit ihr natürlich. Er sah sich dann immer sein großes Foto von ihr an und ich auch, und dann redeten wir alle drei, und Onkel Alf machte für uns beide das Echo. Es war wirklich ein nettes kleines Mädchen, und es machte eine Menge Spaß, ein kleines sechsjähriges Mädchen kennenzulernen – an was für komische Dinge die denken.

Eines Nachts redete ich mit ihnen und sah mir wie immer ihr Bild an, als es mir in den Sinn kam, daß viel Zeit vergangen war und daß Sugar Pie sich verändert haben mußte – in dem Alter wachsen sie schnell.

Mir kam eine brillante Idee. „Onkel, warum sagst du Sugar Pie nicht, daß sie ein neues Foto an Rusty Rhodes schicken soll? Dann könnte er es an Dusty übermitteln, und Dusty könnte dir eines zeichnen, das genauso perfekt ist wie das hier, nur daß es neuesten Datums wäre; dann könntest du sehen, wie sie jetzt aussieht. Was meinst du, Sugar Pie? Ist das nicht eine gute Idee?"

„Das ist nicht notwendig."

Ich sah das Bild an, und mir wären beinahe alle Sicherungen durchgebrannt. Einen Augenblick war es nicht mehr dasselbe Bild. Oh, dasselbe fröhliche kleine Mädchen, aber sie war ein wenig älter, einer ihrer Vorderzähne fehlte, und ihr Haar war anders.

Und sie war lebendig. Nicht nur ein Stereobild in Farbe, sondern lebendig. Das ist ein großer Unterschied.

Und als ich dann blinzelte, war es wieder dasselbe alte Bild.

Ich sagte heiser: „Onkel, wer hat gesagt: ‚Das ist nicht notwendig'? Du? Oder Sugar Pie?"

„Nun, Sugar Pie. Ich war nur das Echo."

„Ja, Onkel ..., aber ich hab dich nicht gehört. Ich hab sie gehört." Und dann erzählte ich ihm von dem Foto.

Er nickte. „Ja, so sieht sie aus. Ich soll dir aber sagen, daß der andere Zahn wieder nachwachsen wird."

„Onkel ..., da gibt's nichts drumrum zu reden. Einen Augenblick lang war ich auf eurer privaten Wellenlänge." Mir war ganz zittrig zumute.

„Das habe ich schon gemerkt. Sugar Pie auch. Aber du hast dich nicht reingedrängt, Junge; ein Freund ist immer willkommen."

Ich versuchte immer noch, es in mich aufzunehmen.

Es nahm einem den Atem, viel mehr als damals, als Pat und ich feststellten, was wir konnten. Aber ganz durchschaute ich das noch nicht. „Äh, Onkel, meinst du, wir könnten es noch einmal tun? Sugar Pie?"

„Wir können's ja versuchen ..."

Aber es funktionierte nicht ..., es sei denn, es war doch auch ihre Stimme und nicht die von Onkel, als sie sagte: „Gute Nacht, Tommie." Sicher war ich nicht.

Nachdem ich zu Bett gegangen war, erzählte ich Pat davon. Als ich ihn überzeugt hatte, daß es wirklich passiert war, faßte er Interesse. *„Es lohnt sich, da hineinzubohren, alter Junge. Ich sollte das besser aufzeichnen. Doc Mabel wird sich damit befassen."*

(„Äh, warte, bis ich mit Onkel Alf gesprochen habe.")

„Nun gut. Ich schätze, es ist sein Baby ... in mehr als einer Hinsicht. Weil wir gerade von seinem Baby sprechen, vielleicht sollte ich sie besuchen? Wenn an jedem Ende zwei von uns sind, könnte es einfacher sein, es wieder zu schaffen. Wo lebt seine Nichte denn?"

(„Äh, Johannesburg.")

„Hmm ... das ist ziemlich weit weg, aber ich bin sicher, daß die ALF mich hinschicken würde, wenn Doc Mabel interessiert ist."

(„Wahrscheinlich, aber laß mich mit Onkel reden.")

Aber Onkel Alf sprach zuerst mit Dr. Devereaux. Sie riefen mich zu sich, und Doc wollte es sofort und noch einmal versuchen. Ich hatte ihn noch nie so erregt gesehen. Ich meinte: „Ich bin schon dazu bereit, aber ich bezweifle, daß wir es schaffen werden; gestern nacht haben wir es auch nicht geschafft. Ich glaube, das war ein reiner Zufall."

„Unsinn. Wenn es einmal geht, dann geht es auch ein zweites Mal. Wir müssen nur so geschickt sein, daß wir die Bedingungen etwas beeinflussen."

Er sah mich an. „Hätten Sie etwas gegen eine leichte Hypnose einzuwenden?"

„Ich? Nein, Sir. Aber ich lasse mich nicht leicht hypnotisieren."

„So? In Ihren Akten steht, daß Dr. Arnault keine Schwierigkeiten hatte. Bilden Sie sich einfach ein, ich wäre sie."

Fast hätte ich ihm ins Gesicht gelacht. Wenn es zwischen ihm und der hübschen Dr. Arnault die geringste Ähnlichkeit gibt, dann sehe ich aus wie Kleopatra. Aber ich erklärte mich einverstanden.

„Sie brauchen nur eine leichte Trance, um aufnahmefähig zu werden und alles fernzuhalten, was Sie ablenken könnte."

Ich weiß nicht, wie man sich in „leichter Trance" fühlen soll. Ich fühlte überhaupt nichts, und ich schlief auch nicht.

Aber ich fing wieder an, Sugar Pie zu hören.

ICH glaube, Dr. Devereaux' Interesse war rein akademischer Natur; alles, was ihn in der Erkenntnis über den Menschen weiterbrachte, konnte ihn aus seiner chronischen Lethargie reißen. Onkel Alf meinte, Doc sei außerdem daran interessiert, eine neue telepathische Verbindung herzustellen, für alle Fälle. In dem, was Onkel sagte, war eine leichte Andeutung zu verspüren, daß er wohl wußte, daß er selbst nicht ewig leben würde.

Aber da war auch noch eine andere Andeutung. Onkel Alf ließ mich auf sehr feinfühlende Art wissen, daß – sollte es jemals dazu kommen – es gut war zu wissen, daß jemand, dem er vertraute, ein Auge auf sein Baby haben würde. Er sprach es nicht aus, nicht so offenkundig, also brauchte ich auch keine Antwort zu geben. Oder ich wäre halb daran erstickt. Trotzdem begriff ich – und es war das schönste Kompliment, das man mir je gemacht hat. Ich war nicht sicher, daß ich es verdiente, und so entschied ich, ich würde mir einfach Mühe geben, es zu verdienen, wenn es je dazu käme.

Ich konnte jetzt natürlich auch mit Onkel Alf „reden", genauso wie mit Sugar Pie. Aber das tat ich nicht, nur wenn wir alle drei zusammen redeten. Telepathie ist eine Zumutung, wenn sie nicht notwendig ist. Ich rief auch Sugar Pie nie alleine, nur in ein paar Testläufen für Dr. Devereaux, um klarzustellen, daß ich sie auch ohne Onkels Hilfe erreichen konnte. Dazu brauchte ich Drogen; Onkel wachte aus dem Schlaf auf, wenn jemand auf jener „Wellenlänge" rief. Aber davon abgesehen, ließ ich sie in Frieden. Es stand mir nicht zu, mich in das Bewußtsein eines kleinen Mädchens hineinzudrängen, sofern sie nicht bereit war und es wollte.

Und kurz darauf heiratete Pat.

XI: SCHLUPF

WÄHREND der ersten Andruckphase, nachdem Dr. Devereaux mich unter seine Fittiche genommen hatte, entwickelten sich meine Beziehungen zu Pat immer besser. Nachdem ich einmal zugegeben hatte, daß ich Pat verachtete und ihn nicht mochte, fand ich heraus, daß ich beides nicht mehr tat. Ich kurierte ihn davon, mich unnötig zu belästigen, indem ich ihn nicht unnötig belästigte – einen Wecker konnte er abschalten, aber nicht mich. Dann arbeiteten wir miteinander eine Leben-und-leben-lassen-Formel aus und kamen besser miteinander zurecht. Und plötzlich erkannte ich, daß ich mich geradezu auf den jeweiligen Zeitpunkt freute, den wir füreinander festgesetzt hatten, und erkannte, daß ich ihn mochte, nicht „wieder", sondern „endlich", denn ich hatte ihm gegenüber bisher nie soviel Wärme empfunden.

Aber während wir einander näherkamen, glitten wir auch auseinander; der Schlupf hatte uns eingeholt. Wie jeder aus den Relativitätsformeln entnehmen kann, ist die Veränderung keine geradlinige; am Anfang ist die Abweichung nicht feststellbar, aber am anderen Ende der Skala nimmt sie rapide zu.

Bei drei Viertel der Lichtgeschwindigkeit beklagte er sich darüber, daß ich so gedehnt redete, während es für mich den Anschein hatte, als finge er zu schnattern an. Bei neun Zehntel der Lichtgeschwindigkeit war es fast zwei zu eins, aber wir wußten jetzt, was nicht stimmte, und ich redete schnell und er langsam.

Bei 99 % der Lichtgeschwindigkeit war es sieben zu eins, und wir hatten große Mühe, uns einander verständlich zu machen. Später, am selben Tag, riß die Verbindung völlig ab.

Alle anderen hatten dieselben Schwierigkeiten. Natürlich ist Telepathie etwas, das ohne Zeitverzug funktioniert, zumindest schienen die Trillionen von Kilometern, die zwischen uns lagen, keine Verzögerung zu erzeugen, nicht einmal die kleine Pause, die eintritt, wenn man von der Erde nach Luna telefoniert, und die Signalstärke sank auch nicht ab. Aber Gehirne sind Fleisch und Blut, und Denken erfordert Zeit ... und unsere Zeitrate war aus dem Tritt geraten. Ich dachte (von Pats Standpunkt aus betrachtet) so langsam, daß er nicht abbremsen und mit mir zusammenbleiben konnte. Was ihn betraf, so wußte ich, daß er von Zeit zu Zeit versuchte, mit mir Verbindung aufzunehmen, aber ich konnte nur ein Quietschen wahrnehmen und keinen Sinn verstehen.

Selbst Dusty Rhodes schaffte es nicht. Sein Zwilling konnte sich nicht die langen Stunden auf ein Bild konzentrieren, die Dusty brauchte, um es zu „sehen".

Es war für uns alle ärgerlich, um es gelinde auszudrücken. Stimmen zu hören ist in Ordnung, aber nicht, wenn man nicht sagen kann, was die einem klarmachen wollen, und sie auch nicht ausschalten kann. Vielleicht waren manche von den seltsamen Fällen in der Psychiatrie gar nicht so verrückt, vielleicht waren die armen Teufel nur auf eine schlechte Wellenlänge abgestimmt.

Onkel Alf litt anfänglich am meisten darunter, und ich saß einen ganzen Abend lang mit ihm zusammen, während wir es beide versuchten. Dann gewann er plötzlich seine Fassung wieder zurück; Sugar Pie dachte an ihn, das wußte er; und solange sie das tat, waren Worte in Wirklichkeit gar nicht notwendig.

Pru war die einzige, die es genoß; endlich war sie der Fuchtel ihrer Schwester entzogen. Sie wurde wirklich geküßt, wahrscheinlich das erstemal in ihrem Leben. Nein, nicht von mir; ich ging nur gerade zufällig den Korridor hinunter, um mir etwas zu trinken zu holen, kehrte aber still um und verzichtete auf den Drink. Es ist nicht wichtig, wer es war, da es ja nichts zu bedeuten hatte – ich glaube, an dem Punkt hätte Pru sogar den Captain geküßt, wenn er stillgehalten hätte. Die arme kleine Pru!

Wir fanden uns damit ab, daß wir warten mußten, bis wir wieder abgebremst hatten und phasengleich waren. Die Verbindung Schiff zu Schiff bestand immer noch, da die Schiffe ja nach demselben Zeitplan beschleunigten, und es wurde viel über das Dilemma debattiert, ein Dilemma, mit dem offenbar niemand gerechnet hatte. In einer Hinsicht war es nicht wichtig, da wir ohnehin nichts würden zu berichten haben, bis wir abgebremst hatten und beginnen konnten, uns die Sterne näher anzusehen, die unser Reiseziel waren. Aber in anderer Hinsicht war es von Bedeutung: Die Zeit, die die *Elsie* mit Lichtgeschwindigkeit verbrachte (minus des Schnurrbarthaars einer Mücke), würde uns sehr kurz vorkommen – aber für jene auf der Erde würden es etwas mehr als zehn Jahre sein. Wie wir später erfuhren, fragten sich Dr. Devereaux und seine Kollegen auf den anderen Schiffen und bei der ALF, wie viele telepathische Paare wohl nach zehn Jahren noch funktionieren würden (wenn es dann überhaupt noch welche gab). Sie hatten Grund zur Besorgnis. Man hatte bereits erkannt, daß eineiige Zwillinge nur ganz selten noch Telepaare waren, wenn sie ein paar Jahre getrennt voneinander gelebt hatten – das war ein weiterer Grund, weshalb man vorwiegend junge Leute ausgewählt hatte; im Erwachsenenleben trennen sich die meisten Zwillinge.

Aber bis dahin waren wir in Projekt Lebensraum noch nicht „getrennt" worden. Sicher, wir waren unvorstellbar weit voneinander entfernt, aber jedes Paar war täglich in Verbindung gewesen und auch dauernd in Übung, weil wir ja regelmäßig Wache stehen mußten, selbst wenn es nichts zu senden gab außer Nachrichten.

Aber was würde aus der Beziehung zwischen Telepartnern werden, wenn sie ein paar Jahre die Verbindung miteinander verloren?

Mich störte das nicht; ich wußte nichts davon. Ich bekam eine Art von Antwort aus Mr. O'Toole heraus, die mich zu der Meinung veranlaßte, daß wir nach ein paar Wochen Schiffszeit wieder nahe genug beieinander sein würden, um uns gegenseitig zu verstehen. Unterdessen gab es keine Wachen, also war es gar nicht so schlimm. Ich ging zu Bett und versuchte, das Quietschen in meinem Kopf zu ignorieren.

Ich wurde von Pat geweckt.

„Tom ... gib mir Antwort. Kannst du mich hören, Tom? Gib mir Antwort."

(„Hey, Pat, ich bin hier!") Ich war sofort hellwach, sprang aus dem Bett und war so aufgeregt, daß ich kaum reden konnte.

„Tom! O Tom! Es ist gut, dich zu hören, Junge – seit dem letztenmal sind zwei Jahre vergangen."

(„Aber ...") Ich fing an zu argumentieren, hielt dann aber den Mund. Für mich war es weniger als eine Woche gewesen. Aber ich hätte zuerst auf den Greenwich-Kalender sehen und mich im Computerbüro erkundigen müssen, ehe ich auch nur ahnen konnte, wie lange es für Pat gewesen war.

„Laß mich reden, Tom. Ich halte das nicht sehr lang durch. Die hatten mich die letzten sechs Wochen unter Tiefenhypnose und Drogen, und ich habe so lange gebraucht, um mit dir Verbindung zu bekommen. Die wagen es nicht, mich länger unter Drogeneinfluß zu halten."

(„Du meinst, du bist im Augenblick unter Hypnose?")

„Natürlich, sonst könnte ich ja überhaupt nicht zu dir sprechen. Jetzt ..." Seine Stimme verblaßte eine Sekunde lang. *„Tut mir leid. Die mußten mir gerade noch eine Spritze geben und mich intravenös ernähren. Jetzt hör zu und zeichne diesen Zeitplan auf. Van Houten ..."* Er rasselte präzise Greenwich-Zeiten und Daten herunter, auf die Sekunde genau, für jeden von uns, und verblaßte dann wieder, als ich die Angaben wiederholte. Ich fing noch ein *„Wiedersehen"* auf, das immer schriller wurde, und dann herrschte wieder Schweigen. Ich schlüpfte in meine Hose, ehe ich den Captain wecken ging. Aber für die Schuhe nahm ich mir nicht mehr die Zeit. Dann waren alle auf, und die Tageslichter wurden eingeschaltet, obwohl offiziell Nacht war, und Mama O'Toole machte Kaffee, und alle redeten. Die Relativisten drängten sich in den Computerraum, und Janet Meers rechnete die Schiffszeit für Bernie van Houtens Verabredung mit seinem Zwilling aus, ohne sich die Mühe zu machen, die Rechnung durch den Computer zu schicken, weil Van als erster auf der Liste stand.

Van schaffte es nicht, mit seinem Bruder in Verbindung zu treten, und alle wurden nervös, und Janet Meers heulte, weil jemand andeutete, sie hätte vielleicht einen Fehler in der Zeitberechnung gemacht, weil sie sie im Kopf angestellt hatte. Aber Dr. Babcock jagte ihre Lösung persönlich durch den Computer, und sie stimmte auf neun Dezimalstellen. Dann verkündete er mit leicht unterkühlter Stimme, er wäre jedem dankbar, der künftig darauf verzichtete, seine Mitarbeiter zu kritisieren; das sei sein Privileg.

Gloria bekam gleich darauf Kontakt mit ihrer Schwester, und alle fühlten sich wieder besser. Der Captain schickte durch Miß Gamma eine Mitteilung an das Flaggschiff und bekam die Antwort, daß zwei weitere Schiffe wieder Kontakt hatten, die *Nautilus* und die *Cristoforo Colombo*.

Jetzt gab es beim Ablösen der Wachen keine Verzögerungen mehr und auch keine kurzen Pausen in der Messe, um schnell einen Bissen zu essen. Wenn nach der berechneten Zeit der jeweilige Zwilling auf der Erde um 3:17:06 nach Schiffszeit sendebereit war, wartete man von drei Uhr ab auf ihn mit eingeschaltetem Recorder und mit Mikro vor den Lippen. Für uns im Schiff war das leicht, aber jeder von uns wußte, daß sein Telepartner sich sowohl einer Hypnosebehandlung als auch intensiven Drogen unterziehen mußte, um überhaupt mit uns in Verbindung zu bleiben – und Dr. Devereaux schien darüber ganz und gar nicht glücklich.

Es gab auch keine Zeit für müßiges Plaudern, nicht wenn der jeweilige Zwilling vielleicht eine Stunde für jedes Wort aus seinem Leben heraushacken mußte. Man zeichnete das, was er sendete, gleich das erstemal richtig auf, ohne lange Wiederholungen, und dann gab man durch, was der Captain abgezeichnet hatte. Wenn dabei noch ein paar Augenblicke zum Reden übrigblieben, schön. Gewöhnlich war das nicht der Fall, was auch der Grund war, weshalb ich das mit Pats Heirat durcheinanderbrachte.

Sehen Sie, die zwei Wochen, in die unser Wechsel von Beschleunigung auf Abbremsen fiel, die Zeit, in der wir unsere Spitzengeschwindigkeit erreichten, machten auf der Erde etwa zehn Jahre aus. Das ist im Durchschnitt etwa 250 zu 1. Aber es war eben nicht im Durchschnitt; in der Mitte der Periode war der Schlupf viel größer. Ich fragte Mr. O'Toole, wieviel er maximal ausmachte, aber er schüttelte bloß den Kopf. Er meinte, man könne das nicht messen und die wahrscheinlichen Fehler seien größer als die infinitesimalen Werte, mit denen er arbeitete.

„Wir wollen es einmal so ausdrücken“, schloß er, „ich bin froh, daß es auf diesem Schiff keinen Heuschnupfen gibt, denn ein etwas kräftiges Niesen würde uns abkippen lassen.“

Das war natürlich ein Scherz, denn, wie Janet Meers erklärte, näherte sich unsere Masse, während wir uns an die Lichtgeschwindigkeit heranarbeiteten, der Unendlichkeit.

Aber dann gerieten wir wieder einen ganzen Tag lang aus der Phase.

Am Ende einer dieser „Gipfel-Wachen“ (sie waren nie mehr als ein paar Minuten lang, nach S-Zeit) sagte mir Pat, daß er und Maudie heiraten würden. Dann war er weg, ehe ich ihm gratulieren konnte. Ich wollte ihm gerade sagen, daß Maudie nach meiner Ansicht ein wenig jung sei, und ob er die Dinge nicht überstürze, aber die Gelegenheit bekam ich nicht mehr. Er war einfach weg.

Ich war nicht gerade eifersüchtig. Ich dachte über mich selbst nach und entschied, daß ich das nicht war, und dann wurde mir plötzlich klar, daß ich mich nicht einmal daran erinnern konnte, wie Maudie aussah. Oh, ich wußte schon, wie sie aussah – blond, mit einer kleinen Stupsnase und der Tendenz, im Sommer Sommersprossen zu bekommen. Aber ich konnte ihr Gesicht nicht vor meinem inneren Auge heraufbeschwören, so, wie ich das bei Prus Gesicht oder dem von Janet konnte. Ich hatte einfach nur das Gefühl, man hätte mich irgendwie draußen warten lassen.

Ich dachte daran, es mir am Greenwich-Kalender anzusehen, und brachte Janet dann dazu, daß sie es auf die genaue Zeit meiner letzten Wache zurückrechnete. Dann wurde mir klar, daß meine Kritik ziemlich albern gewesen war. Pat war dreiundzwanzig und Maudie einundzwanzig, fast zweiundzwanzig.

Ich schaffte es, bei der nächsten Verbindung „Gratuliere“ zu sagen, aber Pat hatte keine Gelegenheit, darauf zu antworten. Das tat er erst beim nächstenmal. *„Danke für die Gratulation. Wir haben sie nach Mutter benannt, aber ich denke, sie wird wie Maudie aussehen.“*

Das brachte mich völlig durcheinander. Ich mußte Janet wieder um Hilfe bitten und stellte fest, daß alles in Ordnung war – ich meine, wenn ein Paar zwei Jahre verheiratet war, ist ein kleines Mädchen nicht gerade eine Überraschung, oder? Nur für mich.

Alles in allem betrachtet, mußte ich mich in diesen zwei Wochen an eine ganze Menge gewöhnen. Am Anfang hatten Pat und ich dasselbe Alter, abgesehen von einem belanglosen Schlupf. Am Ende der Periode (wobei ich als das Ende den Zeitpunkt ansah, an dem es nicht mehr nötig war, extreme Maßnahmen zu gebrauchen, damit wir Telepathen reden konnten) war mein Zwilling mehr als elf Jahre älter als ich und hatte eine siebenjährige Tochter.

Ich hörte auf, in Maudie ein Mädchen zu sehen, jedenfalls nicht eines, in das ich einmal verknallt gewesen war. Ich entschied, daß sie wahrscheinlich bereits im Begriff war, fett und schlampig zu werden und sehr, sehr häuslich – sie hatte noch nie einem zweiten Schokoladeneclair widerstehen können. Tatsächlich hatten Pat und ich uns sehr weit voneinander entfernt, denn wir hatten jetzt nur noch wenig Gemeinsames. Der Schiffsklatsch, der für mich so wichtig war, langweilte ihn. Andererseits konnte ich mich nicht über seine flexiblen Konstruktionseinheiten und Konventionalstrafen aufregen. Wir telekommunizierten immer noch befriedigend, aber wir waren wie zwei Fremde, die ein Telefon benutzten. Mir tat es leid, denn ich hatte angefangen, ihn zu mögen, ehe er mir entschlüpfte.

Aber meine Nichte wollte ich sehen. Seit ich Sugar Pie kannte, wußte ich, daß kleine Mädchen mehr Spaß machen als junge Hunde und sogar netter als Kätzchen sind. Ich erinnerte mich wieder an die Idee, die ich in bezug auf Sugar Pie gehabt hatte, und sprach Dusty darauf an.

Der war einverstanden; Dusty kann einfach einer Chance nicht widerstehen, anderen zu zeigen, wie gut er zeichnen kann. Außerdem war er ruhiger geworden, für seine Person jedenfalls; er knurrte nicht immer gleich, wenn man versuchte, nett zu ihm zu sein, obwohl es wahrscheinlich noch Jahre dauern würde, ehe er einmal lernen würde, andere um etwas zu bitten.

Dusty lieferte ein wunderschönes Bild. Alles, was Baby Molly fehlte, um einen Engel aus ihr zu machen, waren kleine Flügel. Ich erkannte sogar eine Ähnlichkeit mit mir – mit ihrem Vater, um es genau zu sagen: „Dusty, das ist ein herrliches Bild. Ist es sehr ähnlich?"

Er plusterte sich auf. „Woher soll ich das wissen? Aber wenn da auch nur ein Tausendstel Millimeter Unterschied ist oder eine winzige Schattierung nicht mit dem Bild übereinstimmt, das dein Bruder meinem Bruder geschickt hat, dann esse ich es auf! Aber woher soll ich wissen, wie die stolzen Eltern es hübsch gemacht haben?"

„Tut mir leid, wirklich! Ein prima Bild ist das! Ich wünschte, es gäbe irgendeine Möglichkeit, dich dafür zu bezahlen."

„Laß dich das keine schlaflosen Nächte kosten; mir wird schon etwas einfallen. Ich bin teuer."

Ich nahm mein Bild von Lucille Lavonne ab und brachte an seiner Stelle das von Molly an. Aber das von Lucille warf ich nicht weg.

Ein paar Monate später brachte ich in Erfahrung, daß Dr. Devereaux in meiner Fähigkeit, die „Wellenlänge" von Onkel Alf und Sugar Pie zu benutzen, völlig andere Möglichkeiten entdeckt hatte als die offenkundigen, die mir eingefallen waren. Ich hatte weiterhin mit beiden gesprochen, wenn auch nicht mehr so oft wie anfänglich. Sugar Pie war jetzt eine junge Dame, fast achtzehn, ging in Witwatersrand auf eine normale Schule und hatte bereits angefangen, selbst ein paar Stunden zu geben. Niemand außer Onkel und mir nannte sie „Sugar Pie", und die Vorstellung, daß ich eines Tages an die Stelle von Onkel Alf treten könnte, war vergessen – bei dem Tempo, mit dem wir uns voneinander entfernten, würde sie bald mich großziehen. Aber Doc Devereaux hatte die Sache nicht vergessen. Er hatte die Verhandlungen mit der ALF geführt, ohne mich zu konsultieren. Allem Anschein nach hatte man Pat beauftragt, die Sache für sich zu behalten, bis sie für einen Versuch bereit war, denn ich erfuhr zum erstenmal davon, als ich ihm sagte, er solle ein paar Routineaufzeichnungen machen (wir hatten inzwischen wieder normale Wachen). *„Laß das, alter Junge"*, sagte er. *„Gib den Verkehr an das nächste Opfer weiter. Du und ich versuchen jetzt etwas Neues."*

(„Was?")

„Anweisung der ALF, von ganz oben. Molly hat ihren eigenen Forschungsvertrag, so wie du und ich ihn hatten."

(„Was? Die ist doch kein Zwilling.")

„Laß mich zählen. Nein, die ist tatsächlich nur eine – obwohl sie mir manchmal wie eine ganze Herde wilder Elefanten vorkommt. Sie ist hier, und sie sagt, ich soll Onkel Tom grüßen."

(„O schön. Hallo, Molly.")

„Hallo, Onkel Tom."

Fast wäre ich aus der Haut gefahren. Ich hatte es sofort mitgekriegt, ganz ohne herumzufummeln. („He, wer war das? Sag das noch mal!")

„Hallo, Onkel Tom." Sie kicherte. *„Ich hab eine neue Haarschleife."*

Ich schluckte. („Ich wette, du siehst damit mächtig nett aus, Honey. Ich wünschte, ich könnte dich sehen. Pat! Wann ist das geschehen?")

„In den letzten zehn Wochen einige Male. Hat ziemliche Mühe mit Dr. Mabel gekostet, bis es geklappt hat. Übrigens, es waren auch ein paar zähe Sitzungen mit der, äh, ehemaligen Miß Kauric nötig, ehe sie damit einverstanden war."

„Er meint Mama", sagte mir Molly im Verschwörerton. *„Ihr hat das nicht gefallen. Aber mir schon, Onkel Tom. Ich finde, daß es nett ist."*

„Die lassen mich beide nicht mehr in Frieden und hören die ganze Zeit zu", beklagte sich Pat. *„Also, Tom. Das ist nur ein Testlauf, und ich mach jetzt Schluß. Ich muß dieses schreckliche Geschöpf zu ihrer Mutter zurückbringen."*

„Die zwingt mich bloß wieder, ein Schläfchen zu machen", stimmte Molly mit resignierter Stimme zu. *„Und dafür bin ich zu alt. Wiedersehn, Onkel Tom. Ich liebe dich."*

(„Ich liebe dich, Molly.")

Ich drehte mich um, und hinter mir standen Dr. Devereaux und der Captain mit schlackernden Ohren. „Wie ist es gelaufen?" wollte Dr. Devereaux erregt wissen.

Ich versuchte, mir nichts anmerken zu lassen. „Befriedigend. Perfekter Empfang."

„Die Kleine auch?"

„Selbstverständlich, Sir. Haben Sie etwas anderes erwartet?"

Er atmete tief. „Junger Mann, wenn wir Sie jetzt nicht brauchen würden, würde ich Ihnen den Schädel mit einem alten Telefonbuch einschlagen."

Ich glaube, Baby Molly und ich waren das erste sekundäre Kommunikationsteam der Flotte. Aber wir waren nicht das letzte. Die ALF nahm, von einer Hypothese ausgehend, die der Fall von Onkel Alfred und Sugar Pie hatte entstehen lassen, an, daß es möglich wäre, ein neues Team zu bilden, bei dem das potentielle neue Mitglied sehr jung und intim mit einem erwachsenen Mitglied eines alten Teams verbunden war. In manchen Fällen klappte es. In anderen Fällen konnte man es nicht einmal versuchen, weil kein Kind zur Verfügung stand.

Pat und Maudie bekamen ein zweites Baby, unmittelbar bevor wir das Tau-Ceti-System erreichten. Aber Maudie setzte sich in bezug auf Lynette durch; sie sagte, zwei Freaks in ihrer Familie würden genügen.

XII: Tau Ceti

Als wir uns Tau Ceti auf ein paar Lichtstunden genähert hatten, wußten wir, daß wir keine Niete gezogen hatten; Harry Gates hatte mit Stereo und Doppler-Stereo ein halbes Dutzend Planeten fotografiert. Harry war nicht nur unser Seniorplanetologe, er war auch Chef der

Forschungsabteilung. Wahrscheinlich verfügte er über genügend akademische Titel, um sie wie Perlen auf einer Kette aufzureihen. Aber ich nannte ihn „Harry", weil alle das taten. Er war nicht der Typ, den man „Doktor" nennt; er war lebhaft und munter und kam einem jünger vor, als er war.

Für Harry war das Universum ein kompliziertes Spielzeug, das jemand ihm gegeben hatte; er wollte es auseinandernehmen und nachsehen, was daran schuld war, daß es sich bewegte. Er war entzückt von ihm und willens, mit jedermann zu jeder Zeit darüber zu diskutieren. Ich wurde in meiner Eigenschaft als Flaschenwäscher mit ihm bekannt, weil Harry Laborhelfer nicht wie Roboter behandelte. Er behandelte sie wie Menschen, und es störte ihn überhaupt nicht, daß er doch viel mehr wußte als sie. Er schien sogar der Ansicht zu sein, daß er auch von ihnen etwas lernen konnte.

Wie er die Zeit fand, Barbara Kuiper zu heiraten, weiß ich nicht, aber Barbara war eine der Fackelwachen, und so hatte es wahrscheinlich als eine Diskussion über Physik angefangen und war dann zu biologischen und soziologischen Themen ausgeufert; Harry interessierte sich für alles.

Aber die Zeit, auch in der Nacht dabeizusein, als ihr erstes Baby zur Welt kam, hatte er nicht, denn das war die Nacht, in der er den Planeten fotografierte, dem er den Namen Constance gab, nach dem Baby. Dagegen gab es Einwände, weil jeder dem Planeten einen Namen geben wollte. Aber der Captain entschied, daß die uralte Regel gilt: Die Entdecker astronomischer Objekte hatten ein Recht darauf, ihnen einen Namen zu geben.

Constance zu finden war kein Zufall. (Ich meine den Planeten, nicht das Baby; das Baby war nicht verlorengegangen.) Harry wollte einen Planeten zwischen achtzig und zweiundachtzig Millionen Kilometer von Tau, oder vielleicht sollte ich sagen, die ALF wollte einen in der Distanz. Sehen Sie, Tau Ceti ist zwar nach dem Spektraltyp ein enger Verwandter der Sonne, aber Tau ist kleiner und liefert nur etwa drei Zehntel soviel Licht – und so würde, nach demselben alten, müden Gesetz vom umgekehrten Quadrat, das man dazu benutzt, um die Beleuchtung für ein Wohnzimmer zu planen oder eine Blitzlichtaufnahme zu machen, ein Planet in einer Distanz von achtzig Millionen Kilometern von Tau dieselbe Menge Sonnenlicht auffangen wie ein Planet, der hundertsechzig Millionen Kilometer von Sol entfernt ist, und das ist die Distanz der Erde. Wir suchten nicht einfach irgendeinen Planeten, sonst hätten wir ja zu Hause im Sonnensystem bleiben können. Wir wollten ein vernünftiges Faksimile der Erde, sonst würde er das Kolonisieren nicht wert sein.

Wenn Sie je in einer klaren Nacht auf Ihr Dach steigen, dann bekommen Sie so reichlich Sterne zu sehen, daß Sie meinen könnten, Planeten, die der Erde sehr ähnlich sind, müßten etwa so häufig sein wie Eier in einem Hühnerhof. Nun, das sind sie auch: Harry schätzt, daß es in unserer eigenen Milchstraße zwischen hunderttausend und hundert Millionen davon gibt – und diese Zahl kann man für das ganze Universum mit jeder anderen, die einem gefällt, multiplizieren. Der Haken ist nur, daß sie nicht bequem zur Hand sind. Tau Ceti war nur elf Lichtjahre von der Erde entfernt; die meisten Sterne in unserer eigenen Galaxis sind im Durchschnitt eher fünfzigtausend Lichtjahre von der Erde entfernt. Selbst die Akademie für Langzeitforschung dachte nicht in solchen Kategorien; wenn ein Stern sich nicht innerhalb einer Distanz von hundert Lichtjahren oder so befand, so war der Gedanke, ihn selbst mit Fackelschiffen zu kolonisieren, einfach albern. Sicher, ein Fackelschiff kann so weit wie nötig fliegen, selbst quer durch die Galaxis – aber wen interessieren schon Immobilienberichte nach ein paar Eiszeiten? Das Bevölkerungsproblem würde schon lange vorher so oder so gelöst sein. Vielleicht so, wie die Kilkenny-Katzen das ihre gelöst haben.

Aber dann gibt es im Umkreis von hundert Lichtjahren von der Erde rund fünfzehnhundert Sterne, und von denen gehören nur etwa hundertsechzig demselben allgemeinen Spektraltyp wie die Sonne an. Projekt Lebensraum hoffte darauf, nicht mehr als die Hälfte davon überprüfen zu müssen, sagen wir, höchstens fünfundsiebzig – weniger, seit wir die *Vasco da Gama* verloren hatten.

Wenn bei der Suche auch nur ein Planet vom echten Erdtyp auftauchte, würde das Projekt sich auszahlen. Aber es gab keine Gewähr dafür. Es war durchaus möglich, daß ein Stern vom Soltyp keinen Planeten vom Erdtyp hatte; ein Planet würde möglicherweise zu nahe beim Feuer oder zu weit von ihm entfernt sein oder zu klein, um eine Atmosphäre halten zu können, oder zu schwer für die Gelenke der Menschheit oder zu knapp an H_2O, das wir für alles brauchen, was wir tun.

Oder er würde möglicherweise von irgendwelchen unfreundlichen Typen bevölkert sein, die andere Eigentumsvorstellungen hatten.

Die *Vasco da Gama* hatte die beste Chance gehabt, den ersten Planeten vom Erdtyp zu finden; ihr Zielstern, Alpha Centauri, ist nämlich der einzige Stern in diesem Teil der Welt, der wahrhaft ein Zwilling der Sonne ist (Antons Begleiter, Alpha Centauri Beta, gehört einer anderen Sorte an, dem Spektraltyp K). Wir hatten die nächstbeste Chance, obwohl Tau Ceti der Sonne weniger ähnlich ist als Alpha Centauri B, denn der nächstnahe G-Typ ist etwa dreizehn Lichtjahre von der Erde entfernt ..., womit wir zwei Jahre Vorsprung gegenüber der *Magellan* und fast vier gegenüber der *Nautilus* hatten.

Immer unter der Voraussetzung, daß wir etwas fanden, natürlich. Sie können sich vorstellen, wie entzückt wir waren, als es sich herausstellte, daß Tau Ceti einen solchen Planeten besaß.

Harry war ebenfalls entzückt, aber aus den falschen Gründen. Ich war ins Observatorium geschlendert in der Hoffnung, dort einen Blick auf den Himmel erhaschen zu können – einer der Nachteile der *Elsie* war, daß es fast unmöglich war hinauszusehen –, als er mich packte und sagte: „Sehen Sie sich das an, Kumpel!"

Ich warf einen Blick darauf. Es war ein Blatt Papier mit Zahlen darauf; es hätte gut Mama O'Tooles Pflanzplan sein können. „Was ist das?"

„Können Sie nicht lesen? Das ist Bodes Gesetz, das ist es!"

Ich versuchte, mich zu erinnern. Mal sehen ... nein, das war Ohms Gesetz – und dann fiel es mir ein: Bodes Gesetz war eine einfache geometrische Reihe, die die Abstände der solaren Planeten von der Sonne beschrieb. Niemand war je imstande gewesen, einen Grund dafür zu finden, und in manchen Fällen funktionierte es auch nicht exakt, obwohl ich mich zu erinnern glaubte, daß Neptun oder vielleicht auch Pluto durch Kalkulationen entdeckt worden war, die dieses Gesetz nutzten. Mir kam es wie eine zufällige Beziehung vor.

„Was ist damit?" fragte ich.

„‚Was ist damit?' sagt der Mann! Du liebe Güte! Das ist die wichtigste Sache, seit Newton den Apfel auf den Kopf bekommen hat."

„Mag schon sein, Harry, aber ich bin heute ein wenig langsam. Ich dachte, Bodes Gesetz sei nur ein Zufall. Warum könnte das hier nicht auch ein Zufall sein?"

„Zufall! Schauen Sie, Tom, wenn Sie einmal eine Sieben würfeln, ist das ein Zufall. Wenn Sie achthundertmal hintereinander eine Sieben würfeln, hat jemand die Würfel gezinkt."

„Aber das hier ist doch nur zweimal."

„Das ist nicht dasselbe. Geben Sie mir ein genügend großes Blatt Papier, dann schreibe ich Ihnen die Zahl der Nullen auf, die man dazu braucht, um zu beschreiben, wie unwahrscheinlich dieser ‚Zufall' ist." Er sah mich nachdenklich an. „Tommy, alter Freund, das wird der Schlüssel zu dem Geheimnis sein, wie Planeten gemacht werden. Die werden uns dafür direkt neben Galileo begraben. Mmm ... Tom, wir können es uns nicht leisten, viel Zeit in dieser Umgebung zu verbringen; wir müssen weiter und uns das Beta-Hydri-System ansehen, uns vergewissern, daß es dort genauso stimmt – nur um die bemoosten Häupter auf der Erde zu überzeugen, denn es wird so sein, das wird es! Ich muß es dem Captain sagen, wir müssen den Flugplan ändern." Er stopfte sich das Papier in eine Tasche und rannte davon.

Ich sah mich um, aber die Strahlungsjalousien waren über die Sichtluken gefahren, und so konnte ich nicht hinaussehen.

Natürlich änderte der Captain den Flugplan nicht. Unsere Aufgabe war es, Farmland zu finden, nicht das Unerklärliche zu erklären. Ein paar Wochen später standen wir auf dem Orbit um Constance. Damit waren wir zum erstenmal auf der ganzen Reise im freien Fall, denn das war nicht einmal während des Wechsels von Beschleunigung auf Abbremsen der Fall gewesen; Chefingenieure schalten eine Fackel ungern ab, wenn nicht genügend Zeit vorhanden ist, um sie vor dem Wiederanlassen gründlich zu überholen – man brauchte nur an die *Peter der Große* zu denken, die ihre Fackel abgeschaltet hatte und sie nicht wieder in Gang bringen konnte und in die Sonne gefallen war.

Ich mochte den freien Fall nicht. Aber wenn man seinen Magen nicht überlädt, ist das schon in Ordnung.

Harry schien nicht enttäuscht. Er hatte einen ganzen neuen Planeten, mit dem er spielen konnte, also schob er Bodes Gesetz auf die lange Bank und machte sich an die Arbeit. Wir blieben in fünfzehnhundert Kilometer Höhe im Orbit, während die Forschung soviel wie möglich über Connie in Erfahrung brachte, ohne den Planeten tatsächlich zu berühren: direkte visuelle Suche, Strahlungsübersicht, Absorptionsspektra der Atmosphäre. Connie hatte zwei Monde; einer war ziemlich groß, wenn auch kleiner als Luna, so daß man die Oberflächenschwerkraft genau messen konnte.

Insgesamt betrachtet wirkte Connie recht heimelig. Commander Frick veranlaßte, daß seine Leute in der Messe einen Stereotank mit Farbe aufbauten, so daß wir es alle sehen konnten. Connie sah wie das Bild aus, das sie von den Raumstationen aus von der Erde aufnehmen und immer vor den Nachrichten zeigen – grün und blau und braun und halb mit Wolken bedeckt und mit Polarkappen wie weiße Mützen. Ihr Luftdruck war etwas geringer als der unsere, aber der Sauerstoffanteil war höher, so daß wir die Luft atmen konnten. Die

Absorptionsspektra zeigten einen höheren Kohlendioxidgehalt, aber nicht soviel wie auf der Erde im Kohlezeitalter.

Sie war kleiner, hatte dafür aber ein wenig mehr Landfläche als die Erde; die Meere waren kleiner. Jede Nachricht, die wir zur Erde absetzten, enthielt gute Neuigkeiten, und ich schaffte es sogar, Pats Gedanken auf eine Weile von seinen Gewinn- und Verlustrechnungen abzulenken; er hatte aus uns die „Bartlett Brothers, Inc." gemacht und schien von mir zu erwarten, daß ich mich für die Buchführung interessierte, einfach weil mein bis dahin angelaufenes ALF-Gehalt in die Kapitalausstattung der Gesellschaft gewandert war. Als ob mich das interessiert hätte – ich hatte schon so lange kein Geld mehr angefaßt, daß ich völlig vergessen hatte, wie sich jemand damit abgeben konnte.

Natürlich interessierten wir uns zuallererst dafür, ob bereits jemand da war ..., intelligente Lebewesen, meine ich; Geschöpfe, die fähig waren, Werkzeuge zu benutzen, Bauten zu errichten und die Dinge zu organisieren. Wenn das der Fall war, so lautete unsere Anweisung, sollten wir sofort wieder verschwinden, ohne zu landen, irgendwo anders im System Treibstoff finden und es einer späteren Gruppe überlassen, freundliche Beziehungen herzustellen; die ALF wollte nicht, daß sich der schreckliche Fehler wiederholte, den man mit dem Mars gemacht hatte. Aber das elektromagnetische Spektrum zeigte überhaupt nichts, angefangen bei Gammastrahlung bis hinauf zu den längsten Radiowellen. Wenn es dort unten Leute gab, so benutzten sie kein Radio und zeigten keine Stadtbeleuchtung und verfügten auch nicht über Atomkraft. Auch Flugzeuge hatten sie keine und auch keine Straßen und keinen Verkehr auf der Oberfläche ihrer Meere noch sonst irgend etwas, das wie Städte aussah. Also bewegten wir uns außerhalb der Atmosphäre in einem „Orangenschnitz"-Pol-zu-Pol-Orbit, der es uns erlaubte, die ganze Planetenoberfläche abzusuchen, bei jeder halben Bewegung einen neuen Sektor.

Dann suchten wir visuell über Fotografie und mit Radar. Dabei entging uns nichts, was auffälliger als ein Biberdamm war, dessen bin ich sicher. Keine Städte, keine Häuser, keine Straßen, keine Brücken, keine Schiffe; niemand zu Hause. Oh, selbstverständlich Lebewesen – wir konnten Herden auf den Ebenen grasen sehen, und gelegentlich konnten wir auch auf andere Geschöpfe einen Blick werfen. Aber es sah aus wie das Paradies für Siedler.

Der Captain sandte eine Nachricht: „Bereite mich zur Landung vor."

Ich meldete mich sofort freiwillig für den Erkundungstrupp. Vorher versuchte ich, meinen Onkel, Major Lucas, davon zu überzeugen, daß es gut wäre, mich in seine Wache aufzunehmen. Er sagte mir, ich solle mir das gefälligst aus dem Kopf schlagen. „Wenn du dir einbildest, daß ich etwas mit einem nicht ausgebildeten Rekruten anfangen kann, bist du verrückter, als du vermutlich glaubst, daß ich es bin. Wenn du Soldat spielen wolltest, hättest du dir das gleich beim Start überlegen müssen."

„Aber du hast doch Männer von sämtlichen Abteilungen in deiner Wache."

„Jeder von denen ist als Soldat ausgebildet. Ernsthaft, Tom, ich kann es mir nicht leisten. Ich brauche Männer, die mich schützen werden; nicht jemanden, der noch so grün ist, daß ich ihn schützen muß. Tut mir leid."

Also schnappte ich mir Harry Gates und versuchte, ihn dazu zu bringen, daß er mich in den Wissenschaftlertrupp aufnahm, den die Schiffswache schützen würde.

„Sicher, warum nicht?" sagte er. „Da gibt es genügend Dreckarbeit, die meine Primadonnen nicht anpacken wollen. Sie können ja anfangen, indem Sie das Inventar überprüfen."

Also sah ich mir eine Liste an, während er zählte. Nach einer Weile sagte er: „Wie fühlt man sich denn, wenn man ein kleiner grüner Mann in einer fliegenden Untertasse ist?"

„Was?"

„Ein Ufo. Wir sind ein Ufo, ist Ihnen das klar?"

Schließlich verstand ich – ein UFO, ein „unidentifiziertes Flugobjekt". In allen geschichtlichen Aufzeichnungen über Weltraumfahrt gab es Berichte über die Ufo-Hysterie.

„Genau das sind wir. Die Ufos waren Forschungsschiffe, genau wie wir. Sie haben sich uns angesehen, haben an dem, was sie gesehen haben, keinen Gefallen gefunden und sind wieder weitergeflogen. Wenn sie nicht festgestellt hätten, daß die Erde von feindlichen Eingeborenen wimmelt, wären sie gelandet und hätten sich häuslich niedergelassen, so, wie wir das tun werden."

„Harry, glauben Sie wirklich, daß die Ufos etwas anderes als Phantasie oder Fehlmeldungen waren? Ich dachte, diese Theorie sei schon vor langer Zeit geplatzt."

„Sehen Sie sich doch das Beweismaterial an, Tom. Da hat sich doch etwas an unserem Himmel getan, kurz bevor wir selbst anfingen, im Weltraum herumzuhopsen. Sicher, die meisten Berichte waren Schwindel. Aber einige waren das nicht. Sie müssen Beweisen glauben, wenn Sie sie vor sich haben, sonst ist das ganze Universum einfach zu phantastisch. Sie glauben doch sicher nicht, daß die Menschen die einzigen Wesen sind, die je Sternenschiffe gebaut haben?"

„Nun ... vielleicht nicht. Aber wenn sonst jemand das getan hat, weshalb haben uns die nicht schon lange besucht?"

„Einfache Arithmetik, Kumpel. Das Universum ist groß, und wir sind nur eine winzig kleine Ecke davon. Oder die haben es vielleicht getan. Das ist meine eigene Theorie; die haben uns angesehen, und die Erde war nicht das, was sie wollten – vielleicht wegen uns, vielleicht wegen des Klimas. Also zog das Ufo wieder weiter." Er überlegte. „Vielleicht sind die nur gelandet, um Treibstoff zu tanken."

Das war alles, was ich durch meine Mitgliedschaft in der Wissenschaftlergruppe herausbekam; als Harry meinen Namen auf der Liste einreichte, strich der Captain ihn durch. „Kein Spezialkommunikator wird das Schiff verlassen."

Damit war das erledigt; der Captain hatte einen eisernen Willen. Van durfte gehen, weil sein Bruder bei einem Unfall ums Leben gekommen war, als wir Gipfelgeschwindigkeit erreicht hatten – also rief ich Pat und erzählte ihm das von Van und machte den Vorschlag, Pat solle gefälligst tot umfallen. Der fand das gar nicht komisch.

Die *Elsie* landete in einem angenehm tiefen Ozean und setzte dann ihre Hilfsaggregate ein, um näher ans Ufer zu kommen. Sie stand ziemlich hoch im Wasser, da zwei Drittel des Tanks leer waren, ausgebrannt. Das Wasser war völlig verbraucht worden, während wir fast auf Lichtgeschwindigkeit beschleunigt und dann wieder abgebremst hatten. Die Ingenieure waren bereits damit beschäftigt, die Fackel zu überholen, ehe wir unseren endgültigen Ankerplatz erreichten. Soweit mir bekannt ist, hatte sich keiner von ihnen für den Landetrupp gemeldet; ich nehme an, für die meisten Ingenieure war die Zwischenlandung auf Constance nur eine Gelegenheit, mehr Antriebsmasse aufzunehmen und Reparaturen und Überholungsarbeiten zu erledigen, die unterwegs nicht möglich gewesen waren. Es war ihnen völlig gleichgültig, wo sie waren oder was das nächste Ziel sein würde, solange nur die Fackel funktionierte und die ganze Maschinerie vor sich hin brummte. Dr. Devereaux sagte mir, der oberste Metallurge sei sechsmal auf Pluto gewesen und habe nie irgendeinen anderen Planeten als die Erde betreten.

„Ist das normal?" fragte ich und dachte mir dabei, wie pingelig Doc bei allen anderen, mich eingeschlossen, gewesen war.

„Für jemanden von seinem Schlag ist das eine ganz robuste geistige Konstitution. Jeden anderen würde ich einsperren und durch das Schlüsselloch füttern."

Sam Rojas war wegen der Diskriminierung der Telepathen ebenso verstimmt wie ich; er hatte damit gerechnet, den Fuß auf fremden Boden setzen zu können wie Balboa, Kolumbus und Lundy. Er kam zu mir, um sich zu beklagen: „Tom, wirst du dir das gefallen lassen?"

„Nun, eigentlich möchte ich nicht – aber was können wir tun?"

„Ich hab mit ein paar von den anderen gesprochen. Ganz einfach. Wir arbeiten nicht."

„Wir arbeiten was nicht?"

„Hm ... wir arbeiten einfach nicht. Tom, seit wir langsamer geworden sind, habe ich ein Nachlassen meiner telepathischen Fähigkeit festgestellt. Es scheint uns allen ähnlich zu ergehen – allen, mit denen ich bisher gesprochen habe. Wir steht's mit dir?"

„Nun, ich habe nicht ..."

„Überleg mal ganz scharf", unterbrach er. „ Es muß dir aufgefallen sein. Ich bezweifle, daß ich im Augenblick meinen Zwilling erreichen könnte. Es muß etwas mit der Gegend hier zu tun haben ... Vielleicht ist da an der Strahlung von Tau Ceti irgend etwas Seltsames oder so. Oder vielleicht kommt es von Connie. Wer weiß? Und – was das betrifft – wer kann uns schon überprüfen?"

Ich begann zu begreifen. Ich gab keine Antwort, denn die Idee war verlockend.

„Wenn wir nicht kommunizieren können", fuhr er fort, „sollten wir für etwas anderes nützlich sein ... für den Landetrupp beispielsweise. Sobald wir außer Reichweite dieses geheimnisvollen Einflusses sind, können wir vielleicht unsere Berichte wieder durchgeben, oder vielleicht ergibt es sich so, daß ein paar von den Mädchen, die nicht mit zum Landetrupp wollten, es irgendwie zustande bringen können, mit der Erde in Verbindung zu treten und die Berichte durchzugeben ... immer vorausgesetzt, daß man uns Freaks nicht diskriminiert."

„Das ist eine Idee", räumte ich ein.

„Denk darüber nach. Du wirst feststellen, daß dein Spezialtalent schwächer und schwächer wird. Ich bin bereits stocktaub." Er ging.

Ich spielte mit der Idee. Ich wußte, daß der Captain einen Streik erkennen würde, wenn er einen sah ..., aber was konnte er tun? Uns alle Lügner nennen und uns an den Daumen aufhängen, bis wir nachgaben? Wie konnte er sicher sein, daß wir nicht alle abgeschlafft waren? Die Antwort darauf war ganz einfach: Er konnte es nicht;

niemand außer einem Gedankenleser weiß, wie man sich dabei fühlt, niemand außer dem Gedankenleser selbst kann sagen, daß er es tut. Als wir am Gipfel den Kontakt verloren, hatte er nicht an uns gezweifelt, hatte es einfach akzeptiert. Er würde es jetzt akzeptieren müssen, ganz gleich, was er dachte.

Denn er mußte uns haben; wir waren unersetzlich.

Dad war in der Verhandlungskommission seiner Gewerkschaft; ich erinnerte mich, wie er einmal gesagt hatte, der einzige Streik, den es lohnte einzuberufen, war einer, in dem die Arbeiter so dringend gebraucht wurden, daß der Streik schon gewonnen war, ehe einer den Arbeitsplatz verließ. Und genau in der Klemme hatten wir den Kapitän jetzt; er mußte uns haben. Der nächste potentielle Streikbrecher war elf Lichtjahre entfernt. Er würde es nicht wagen, uns gegenüber hart zu werden.

Nur daß jeder einzelne von uns den Streik brechen konnte. Mal sehen – Van war da raus und Cas Warner auch; die waren nicht mehr telegepaart; ihre Zwillinge waren tot. Prus Schwester Patience lebte noch, aber dieses spezielle Telepaar war nach dem Gipfel nicht mehr zusammengeflickt worden – ihre Schwester hatte die riskanten Drogen und die Hypnose abgelehnt, und die Verbindung kam nie mehr zustande. Miß Gamma zählte nicht, weil die Schiffe, auf denen sich ihre zwei Schwestern befanden, immer noch gipfelten, und so waren wir von der Seitenverbindung zur Erde abgeschnitten, bis eines von ihnen gegenbeschleunigte. Wenn man Sam und mich nicht mitzählte, wer blieb da noch? Und konnte man auf sie zählen? Da waren Rup, Gloria, Anna und Dusty ... und Onkel Alf natürlich. Und Mei-Ling.

Ja, das würde gehen. Als wir an Bord kamen, hatte man uns das Gefühl vermittelt, Mißgeburten zu sein, Ausgestoßene, und das hatte zwischen uns eine besondere Bindung wachsen lassen. Selbst wenn einer oder zwei das Gefühl hatten, ein solcher Streik wäre nicht ganz in Ordnung, würde doch keiner die anderen im Stich lassen. Nicht einmal Mei-Ling, die mit einem Außenseiter verheiratet war. Es würde gehen. Wenn Sam es schaffte, alle zu überzeugen.

Ich war ganz erpicht darauf, die Landung mitzumachen ... Stolz war ich auf die Mittel nicht gerade, die ich dafür einsetzen würde, aber ich wollte trotzdem. Die feine Tour war es nicht, so, wie wenn ein kleiner Junge in den Klingelbeutel greift und sich dafür ein Eis kauft.

Sam hatte bis zum Mittag des nächsten Tages Zeit, alles zu organisieren, denn wir waren jetzt auf eine Wache pro Tag herunter. Eine dauernde Kommunikationswache war nicht notwendig, und jetzt, da die Vorbereitungen für die Planetenerforschung begannen, gab es im Schiff mehr Arbeit. Ich entschied, daß es keinen Sinn hatte, länger darüber nachzudenken, und ging hinunter, um den Ratten, die von den Wissenschaftlern eingesetzt werden sollten, ihre Plaketten anzuhängen.

Aber ich brauchte nicht bis zum folgenden Tag zu warten; Onkel Alf rief uns noch am Abend zusammen, und wir drängten uns in seiner Kabine – alle mit Ausnahme von Miß Gamma, Van, Pru und Cas. Onkel sah sich um, sein Gesicht wirkte wie das eines traurigen Pferdes, und sagte, es tue ihm leid, daß wir uns nicht alle setzen könnten, aber er würde uns nicht lange aufhalten. Dann fing er mit einer weitschweifigen Rede an, daß er in uns allen seine Kinder sähe und daß er uns alle liebhätte und wir immer seine Kinder sein würden, ganz gleich, was da geschehen würde. Dann fing er an, von der Würde des Menschen zu sprechen.

„Ein Mann zahlt seine Rechnungen, hält sich sauber, hat Respekt vor anderen und hält sein Wort. Dafür bekommt er keinen Dank, er muß das einfach tun, um mit sich selbst im Gleichgewicht zu bleiben. Eine Fahrkarte in den Himmel kostet mehr."

Er hielt inne und fuhr dann nach einer kleinen Pause fort: „Ganz besonders hält er seine Versprechungen." Er sah sich um und fügte hinzu: „Das ist alles, was ich zu sagen hatte. Oh, weil wir schon alle hier zusammen sind, könnte ich auch gleich eine Mitteilung machen. Rup hat die Wachliste etwas verändern müssen." Sein Blick suchte Sam Rojas. „Sam, ich möchte, daß du die nächste Wache morgen mittag übernimmst. Geht das?"

Etwa drei Herzschläge lang war kein Laut zu hören. Dann sagte Sam: „Nun, ich denke schon, Onkel Alf. Wenn du das willst."

„Ich wäre dir sehr verpflichtet, Sam. So oder so, ich möchte niemand anderen für diese Wache einteilen ... und mir wäre nicht danach, sie selbst zu übernehmen, wenn du es nicht machen könntest. Ich schätze, ich würde dem Captain einfach sagen müssen, daß niemand zur Verfügung steht. Ich bin also wirklich sehr froh, daß du das machst."

„Äh, nun, freilich gerne, Onkel. Mach dir keine Sorgen darüber."

Und das war das Ende unseres Streiks.

Onkel Alf ließ uns noch nicht gleich gehen. „Ich dachte, ich sollte euch das mit der geänderten Wachliste sagen, solange ihr alle hier seid. Das spart Rup die Mühe, mit der Liste herumzulaufen und sie von euch allen abzeichnen zu lassen. Der Landetrupp verläßt das Schiff in Kürze. So nett Constance auch aussieht, ich habe mir sagen lassen, daß es riskant sein wird ... Krankheiten, die wir nicht kennen, Tiere, die sich auf für uns unerwartete Art als tödlich erweisen könnten, fast alles. Mir ist in den Sinn gekommen, daß wir da vielleicht helfen könnten. Wir könnten einen von uns mit dem Landetrupp mitschicken und einen von uns im Schiff auf Wache halten – und wir könnten es so einrichten, daß ihre Telepaare in Telefonverbindung stehen. Auf die Weise wären wir immer mit dem Landetrupp in Verbindung, selbst wenn der Funkkontakt nicht mehr funktioniert oder sonst etwas. Es wäre eine Menge zusätzliche Arbeit und nicht besonders ruhmreich ..., aber es wäre die Mühe wert, wenn man damit das Leben auch nur eines Schiffskollegen retten könnte."

Plötzlich sagte Sam: „An wen hast du denn gedacht, Onkel?"

„Nun, ich weiß nicht. Man erwartet es nicht von uns, und wir haben auch keinen Anspruch auf Gefahrenzulage, also möchte ich eigentlich niemanden dazu befehlen – ich bezweifle auch, daß der Captain mich unterstützen würde. Aber ich hatte auf genügend freiwillige Meldungen gehofft, so daß wir vielleicht die planetenseitige Wache abwechseln könnten." Er blinzelte und wirkte ein wenig unsicher. „Aber ich erwarte von niemandem eine Meldung. Ich denke, ihr solltet mir das lieber unter vier Augen sagen."

Er brauchte nicht zu warten; wir meldeten uns alle freiwillig. Selbst Mei-Ling meldete sich und wurde dann böse und weinte, als Onkel sie sanft darauf hinwies, daß sie besser die Zustimmung ihres Mannes bringen sollte – die sie nicht bekommen würde; die Familie Travers erwartete Nachwuchs.

Den Captain nahm sich Onkel am nächsten Morgen vor. Ich wollte in der Nähe bleiben und hören, was herauskam, aber es gab zuviel Arbeit. Zu meiner großen Überraschung wurde ich eine halbe Stunde später über den Lautsprecher im Labor ausgerufen. Ich wusch mir die Hände und fand mich in aller Eile in der Kabine des Alten ein.

Onkel Alf war dort, mit ziemlich finsterer Miene, und der Captain blickte streng. Ich versuchte, Onkel Alf über die Sugar-Pie-Welle zu erreichen, um herauszufinden, wie die Dinge standen, aber er ignorierte mich. Der Kapitän warf mir einen kühlen Blick zu und sagte: „Bartlett, Mr. McNeil hat mir einen Plan vorgeschlagen, nach dem die Leute in Ihrer Abteilung uns bei der Erforschung des Planeten helfen wollen. Ich will Ihnen gleich von vornherein sagen, daß ich den Plan abgelehnt habe. Ich weiß das Angebot zu schätzen – aber ich habe ebensowenig die Absicht, Leute Ihrer speziellen Kategorie in einem solchen Einsatz aufs Spiel zu setzen, wie ich zustimmen würde, wenn jemand vorschlüge, die Fackel des Schiffes so umzubauen, daß man Geschirr damit sterilisieren kann. Es gibt da eben Prioritäten!"

Er trommelte auf seiner Schreibtischplatte herum. „Nichtsdestoweniger hat der Vorschlag seine Meriten. Ich werde nicht Ihre ganze Abteilung riskieren ... Aber ich könnte einen Spezialkommunikator riskieren, um die Sicherheit des Landetrupps zu erhöhen. Nun ist mir in den Sinn gekommen, daß wir in diesem Schiff ein Paar haben, das keine Verbindung über die Erde erfordert. Sie und Mr. McNeil. Nun? Was haben Sie zu sagen?"

Ich setzte schon an, Selbstverständlich! zu sagen, und überlegte dann fieberhaft. Wenn, nach allem, was geschehen war, ich das Glückslos zog, würde Sam davon gar nicht viel halten ... und die anderen auch nicht. Vielleicht würden sie sogar glauben, daß ich das Ganze eingefädelt hätte.

„Nun, raus mit der Sprache!"

Verdammt, was auch immer sie dachten, so einen Vorschlag konnte man einfach nicht ablehnen. „Captain, Sie wissen ganz genau, daß ich mich vor ein paar Tagen freiwillig für den Landetrupp gemeldet habe."

„Ja, das haben Sie. Schön, ich betrachte das also als Zustimmung. Aber Sie haben mich mißverstanden. Sie werden nicht gehen; das wird Mr. McNeil übernehmen. Sie werden hierbleiben und mit ihm Verbindung halten."

Ich war so überrascht, daß mir fast entgangen wäre, was der Captain als nächstes sagte. Ich jagte eine Bemerkung zu Onkel hinüber: („Was soll das, Onkel? Weißt du nicht, daß die jetzt alle glauben werden, du hättest sie beschwindelt?")

Diesmal antwortete er mir, und seine Stimme klang niedergeschlagen: *„Das weiß ich, Junge. Er hat mich überrascht."*

(„Nun, was wirst du tun?")

„Ich weiß nicht. Wie ich es auch mache, ist es falsch."

Plötzlich schaltete sich Sugar Pie ein: *„He! Was bekümmert euch beide denn?"*

Onkel sagte sanft: *„Geh weg, Honey. Das sind Männerreden."*

„Nun!" Aber sie unterbrach uns nicht mehr. Vielleicht hörte sie zu.

Unterdessen sagte der Captain: „... in jeder doppelt besetzten Position werden wir niemals den Jüngeren riskieren, wenn der Ältere auch eingesetzt werden kann. Das ist die übliche Routine und gilt ebenso für Captain Urqhardt und mich, wie es für jeden anderen gilt. Unsere Mission hat oberste Priorität. Bartlett, Ihre Einsatzfähigkeit ist wenigstens vierzig Jahre höher einzuschätzen als die von Mr. McNeil. Deshalb muß er für einen Risikoeinsatz vorgezogen werden. In Ordnung, Gentlemen. Sie werden Ihre Anweisungen später erhalten."

(„Onkel, was wirst du Sam sagen? Mag sein, daß du einverstanden bist – ich bin es nicht!")

„Versuch nicht, mich unter Druck zu setzen, Junge." Und laut fuhr er fort: „Nein, Captain."

Der Captain starrte ihn an. „Sie alter Schuft! Ist Ihnen Ihre Haut so wichtig?"

Onkel wich seinem Blick nicht aus. „Es ist die einzige, die ich habe, Captain. Aber das hat damit nichts zu tun. Vielleicht war das, was Sie gesagt haben, ein wenig voreilig."

„Hm?" Der Captain wurde rot. „Tut mir leid, McNeil. Ich nehme das zurück. Aber ich glaube, Sie sind mir eine Erklärung für Ihre Einstellung schuldig."

„Die werde ich Ihnen geben. Wir sind alte Männer, alle beide sind wir das. Ich überstehe es, den Fuß nicht auf diesen Planeten zu setzen, und Sie auch. Aber für junge Leute sieht das anders aus. Sie wissen ganz genau, daß meine Leute sich für den Landungstrupp nicht deshalb gemeldet haben, weil sie Engel sind oder Wissenschaftler oder Philanthropen ..., sondern einfach, weil sie begierig darauf sind, an Land zu gehen. Das wissen Sie; das haben Sie mir selbst gesagt, keine zehn Minuten liegt das zurück. Wenn Sie zu sich selbst ehrlich sind, wissen Sie, daß die meisten dieser Kinder sich nie für diese Reise verpflichtet hätten, wenn sie hätten vermuten müssen, daß man sie einsperren würde, daß man ihnen nie erlauben würde, das zu erleben, was sie ein ‚Abenteuer' nennen. Die haben sich nicht des Geldes wegen verpflichtet. Die haben sich verpflichtet, weil sie neue Welten erforschen wollten. Und jetzt rauben Sie ihnen ihre vernünftigen Hoffnungen."

Der Captain blickte grimmig. Er ballte die Faust, öffnete sie dann wieder und ballte sie erneut. Dann sagte er: „Das, was Sie sagen, mag etwas für sich haben. Aber ich muß die Entscheidungen treffen; das kann ich nicht delegieren. Meine Entscheidung steht. Sie gehen, und Bartlett bleibt."

Ich sagte: („Sag ihm, er kriegt keine einzige Nachricht durch!")

Onkel gab mir keine Antwort. „Ich fürchte, nein, Captain. Das ist ein Job für Freiwillige ... und ich melde mich nicht freiwillig."

Der Captain sagte langsam: „Ich bin nicht sicher, daß es einer freiwilligen Meldung bedarf. Meine Vollmachten sind ziemlich weit gespannt. Ich glaube eher, Sie verweigern hier einen Einsatz."

„Keineswegs, Captain. Ich habe nicht gesagt, daß ich einen Befehl verweigern würde; ich sagte nur, daß ich mich nicht freiwillig melde. Aber ich würde, glaube ich, einen schriftlichen Befehl verlangen und würde ‚unter Protest angenommen' darauf schreiben und darum bitten, daß man der Akademie eine Kopie übermittelt. Ich melde mich nicht freiwillig."

„Aber – verdammt noch mal, Mann! Sie haben sich mit den anderen freiwillig gemeldet. Dazu sind Sie doch hierhergekommen, und ich habe Sie ausgewählt."

Onkel schüttelte den Kopf. „Nicht ganz, Captain. Wir haben uns als Gruppe gemeldet, und Sie haben uns als Gruppe abgelehnt. Wenn ich Ihnen den Eindruck vermittelt habe, ich würde mich auf eine andere Weise melden, dann tut es mir leid ..., aber so ist es nun einmal. Wenn Sie mich jetzt bitte entschuldigen würden, Sir. Ich gehe zu meinen Leuten zurück und sage ihnen, daß Sie uns nicht haben wollen."

Das Gesicht des Captains rötete sich wieder. Dann fing er plötzlich brüllend zu lachen an. Er sprang auf und legte seinen Arm um Alfs schmale Schultern. „Sie alter Schuft! Sie sind ein alter Schuft, ein Meuterer mit einem schwarzen Herzen. Ich sehne mich nach den Tagen zurück, in denen man Leute wie Sie bei Wasser und Brot einsperren und mit der neunschwänzigen Katze behandeln konnte. Und jetzt setzen Sie sich hin, und wir sehen, wie wir das zurechtbiegen. Bartlett, Sie können gehen."

Ich ging widerstrebend und hielt mich von den anderen Freaks fern, weil ich keine Fragen beantworten wollte. Aber Onkel Alf hatte ein Einsehen; sobald er die Kabine des Captains verlassen hatte, rief er mich über die Sugar-Pie-Wellenlänge und sagte mir, was herausgekommen war. Es war ein Kompromiß. Er und ich und Rup und Sam würden uns abwechseln, wobei der erste Trip (der als der gefährlichste angesehen wurde) ihm zukam. Die Mädchen würden die schiffsseitige Wache übernehmen. Dusty wurde ihnen seines Alters wegen beigegeben. Aber sie kriegten auch ihr Bonbon: Sobald die Medizin und die Forschung den Planeten als sicher eingestuft hatten, durften sie alle einen Trip als Touristen machen, eine nach der anderen. *„In dem Punkt mußte ich ihm die Daumenschrauben etwas anlegen"*, gab Onkel zu. *„Aber am Ende hat er ja gesagt."*

UND dann erwies sich das Ganze als eine einzige große Enttäuschung; Connie war etwa genauso gefährlich wie Kansas. Ehe irgendein menschliches Wesen das Schiff ohne Quarantäneanzug verlassen durfte, setzten wir Ratten und Kanarienvögel und Hamster der natürlichen Atmosphäre aus; die liebten sie heiß und innig. Als der erste Trupp an Land ging – immer noch in Quarantäneanzügen, aber sie atmeten immerhin Connies Luft, die nur durch elektrostatische Filter geführt wurde –, waren sie von zwei weiteren Versuchstieren begleitet – Bernhard van Houten und Parzival, dem Schwein.

Van war seit dem Tod seines Zwillings ziemlich down gewesen; er meldete sich freiwillig, und ich glaube, Dr. Devereaux redete dem Captain zu, ihn anzunehmen. Irgend jemand mußte es ja tun; man kann soviel Mikroskoptests machen, wie man mag, einmal kommt der Tag, an dem ein lebender Mensch seine Haut einem Planeten aussetzen muß, um herauszufinden, ob er freundlich ist. Wie Dr. Babcock sagt – am Ende muß man auf den Baum klettern. Also ging Van ohne Quarantäneanzug an Land, er zog Shorts und Hemd und Schuhe an und sah aus wie ein Pfadfinder.

Parzival, das Schwein, meldete sich nicht freiwillig, hielt das Ganze aber für ein Picknick. Man errichtete ihm einen Pferch im natürlichen Busch und ließ ihn frei herumlaufen, so daß er alles, was auf Connies Boden gewachsen war, fressen konnte, was er für freßbar hielt. Ein Schwein hat als Versuchstier seine Vorzüge; es verarbeitet alles genauso wie Ratten und Menschen. Ich habe gehört, sein Metabolismus entspricht dem unseren in hohem Maße – Schweine fangen sich sogar ziemlich dieselben Krankheiten ein wie wir. Wenn Parzival gedieh, so war es fast sicher, daß wir das auch würden, insbesondere, da man Parzi nicht dieselben Impfungen verpaßt hatte wie uns, nicht einmal das Breitspektrum-Serum GAR, das angeblich sogar gegen einige Seuchen schützen soll, denen die Menschheit bisher noch nie begegnet ist.

Parzi wurde fett, fraß alles und trank Bachwasser. Van holte sich einen Sonnenbrand und begann dann, braun zu werden. Beide waren gesund, und der Pioniertrupp zog die Quarantäneanzüge aus. Dann bekamen fast alle (selbst Parzi) ein drei Tage dauerndes Fieber und etwas Durchfall, aber alle erholten sich wieder davon, und keiner bekam es ein zweites Mal.

Anschließend wurde abgewechselt, und alle mit Ausnahme von Onkel Steve, Harry und einigen anderen, die sie auswählten, tauschten mit jemandem im Schiff. Die eine Hälfte des zweiten Trupps wurde mit einem Serum geimpft, das aus dem Blut jener hergestellt war, die sich von dem Fieber erholt hatten; die meisten von diesen bekamen es nicht. Aber diejenigen, die zurückkehrten, durften nicht gleich ins Schiff zurück; sie wurden in Quarantäne in einem provisorischen Deck untergebracht, das über dem obersten Wulst der *Elsie* aufgesetzt worden war.

Damit will ich nicht sagen, daß der Planet wie ein städtischer Park gewesen sei; man kann schließlich selbst in Kansas getötet werden. Da gab es beispielsweise einen großen, echsenähnlichen Fleischfresser, der keineswegs nett war. Einer davon schnappte sich Lefty Gomez, als unsere Leute das erstemal auf eines der Biester stießen, und hätte wahrscheinlich zwei weitere umgebracht, wenn Lefty einer von den Menschen gewesen wäre, die darauf bestehen, ewig zu leben. Ich hätte Lefty nie für einen Helden gehalten – auf dem Schiff war er zweiter Kuchenbäcker und außerdem für die Lebensmittelvorräte verantwortlich –, aber Onkel Steve sagt, Mut in letzter Not sei die am weitesten verbreitete von allen menschlichen Tugenden und sieben von zehn Menschen hätten das Zeug für die Ehrenmedaille, wenn sich nur die richtigen Umstände einstellen.

Mag sein. Ich muß einer von den anderen drei sein. Ich glaube nicht, daß ich stehengeblieben wäre und dem Biest in den Augen herumgestochert hätte, nur mit einem Spieß vom Lagerfeuer bewaffnet.

Aber Tyrannosaurus ceti war nicht gefährlich genug, um dem Planeten eine Negativbeurteilung einzutragen, sobald wir nur einmal wußten, daß es ihn gab und was er war. Jede große Katze wäre viel gefährlicher gewesen, weil Katzen schlau sind, er aber war dumm. Man mußte nur schnell genug schießen, aber eine einzige Explosivkugel reichte aus, ihn zum Niederlegen zu bringen, und anschließend war er ein Teppich. Er besaß keine echte Verteidigungsmöglichkeit gegen die Menschen, und deshalb würden die Menschen ihn eines Tages ausrotten.

Der Landetrupp kampierte in Sichtweite des Schiffs am Rand der schönen Babcock-Bucht, wo wir geankert hatten. Die zwei Helikopter flogen jeden Tag Streife, immer zusammen, so daß einer die Besatzung des anderen retten konnte, falls er abstürzte. Streifen zu Fuß entfernten sich nie mehr als fünfzehn Kilometer vom Stützpunkt; wir versuchten nicht, das Land zu erobern, sondern lediglich herauszufinden, ob Menschen es würden erobern und halten können. Das konnten sie – zumindest in der Umgebung der Babcock-Bucht –,

und wo Menschen sich einmal festsetzen können, bleiben sie gewöhnlich auch.

Ich war erst beim vierten Wechsel dran, und als es soweit war, durften bereits Frauen an Land gehen; die gefährliche Phase war vorbei.

Das Seltsame daran, im Freien zu sein, war das Wetter; ich hatte mich zwei Jahre in klimatisierten Räumen befunden und vergessen, wie sich Regen, Wind und Sonnenschein im Gesicht anfühlen. An Bord der *Elsie* pflegte der wachhabende Ingenieur Temperatur, Feuchtigkeit und Ozongehalt willkürlich abwechseln zu lassen; das sollte angeblich gut für unseren Kreislauf sein. Aber Wetter war es trotzdem nicht; es war eher so, wie wenn man seine Schwester küßt.

Der erste Regentropfen, den ich fühlte, erschreckte mich; ich wußte nicht, was das war. Und dann rannte ich auf und ab, tanzte herum wie ein kleiner Junge und versuchte, den Regen mit dem Mund aufzufangen. Es war Regen, echter Regen, und es war herrlich.

In der Nacht konnte ich nicht schlafen. Eine Brise im Gesicht und die Geräusche der anderen, die rings um mich herum schliefen, und der ferne Lärm der Lebewesen außerhalb unserer Sicherheitszäune und schließlich die Tatsache, daß es nicht völlig dunkel war, hielten mich wach. Ein Schiff lebt auch und hat seine Geräusche, aber die sind anders als die im Freien; der Planet lebt auf eine andere Art und Weise.

Ich stand leise auf und ging auf Zehenspitzen hinaus. Vor dem Mannschaftsquartier, das vielleicht fünfzehn Meter entfernt war, konnte ich die Wache sehen. Der Mann bemerkte mich nicht, er blickte mit gesenktem Kopf auf ein paar Monitore, die ihm Daten von den inneren und äußeren Zäunen und von dem Schutzfeld über uns lieferten. Ich wollte nicht reden, also ging ich hinten um die Hütte herum, wo ich selbst das schwache Licht seiner Instrumente nicht mehr sehen konnte. Dann blieb ich stehen und blickte nach oben.

Das war das erstemal, daß ich den Himmel richtig sehen konnte, seit wir die Erde verlassen hatten, und die Nacht war klar. Ich stand da und war davon benommen, beinahe ein wenig betrunken.

Und dann fing ich an, nach Konstellationen zu suchen. Es war nicht schwer; elf Lichtjahre ist für die meisten Sterne nicht viel mehr als einmal die Straße hinunter. Der Große Wagen war über mir und sah ein wenig zerbeulter aus, als man ihn von der Erde sieht, war aber perfekt zu erkennen. Orion flammte vor mir, nahe beim Horizont, aber Prokyon hatte sich ein gutes Stück weiterbewegt, und Sirius war nicht einmal zu sehen – wahrscheinlich unter den Himmel gerutscht, denn Sirius ist der Erde sogar noch näher als Tau Ceti, und bei unserer Position mußte er auf der anderen Himmelsseite sein. Ich versuchte, im Kopf ein sphärisches Dreieck auszurechnen, um herauszufinden, wo ich nach Sirius suchen sollte, aber dann wurde mir davon schwindlig, und ich gab es auf.

Jetzt versuchte ich Sol zu finden. Ich wußte, wo er sein müßte, im Bootes, zwischen Arcturus und Virgo, aber ich mußte zuerst Bootes ausfindig machen, ehe ich nach Vater Sol suchen konnte.

Bootes war hinter mir, so nahe am Horizont wie Orion auf der anderen Seite. Arcturus hatte sich ein wenig verschoben und störte die Keulenform von Bootes, aber trotzdem hatte ich keine Zweifel.

Dort war er! Ein gelbweißer Stern, etwa von der Farbe wie Capella, aber schwächer, etwa zweiter Größe, was stimmte, sowohl was die Position als die Größe anging. Außerdem mußte es die Sonne sein, weil an der Stelle kein so heller Stern gewesen war, als Pat und ich für unser Astrogationsabzeichen paukten. Es war die Sonne.

Ich starrte sie an, nachdenklich und melancholisch, eher ein warmes als ein trauriges Gefühl in mir, und fragte mich, was Pat wohl tun mochte. Vielleicht ging er mit dem Baby spazieren. Oder vielleicht auch nicht. Ich konnte mich nicht erinnern, was die Greenwich-Zeit sein müßte. Da war er nun, dreißig Jahre alt, mit zwei Kindern, den besten Teil seines Lebens hinter sich ... und hier war ich, gerade alt genug, um das erste Semester hinter mir zu haben, wenn ich zu Hause gewesen wäre.

Nein, das wäre ich nicht; ich wäre dann so alt wie Pat gewesen.

Aber ich war nicht dreißig.

Das munterte mich auf, und ich entschied, daß ich doch den besseren Teil abbekommen hatte, selbst wenn es mir anfänglich nicht so gut vorgekommen war. Ich seufzte und ging ein wenig herum, ohne mir Sorgen zu machen, denn an unsere nächtlichen Verteidigungsanlagen konnte nicht einmal eines dieser Echsenbiester herankommen, ohne Donner und Blitz zu erzeugen. Parzis Pferch war nicht weit ab; er hörte mich und kam an seinen Zaun. Also ging ich hin und kraulte ihm die Schnauze. „Hübsch hier, was, Junge?" Ich dachte, daß ich, wenn die *Elsie* nach Hause zurückkehrte – und ich glaubte nicht mehr an Onkel Steves finstere Prophezeiungen –, bei der Rückkehr immer noch Anfang der Zwanzig sein würde, gerade das richtige Alter zum Auswandern. Und Connie war wirklich hübsch, vielleicht würde ich hierher zurückkehren.

Parzi antwortete mit einem halblauten Grunzen, das ich so interpretierte, als bedeute es: „Hast du mir nichts zum Fressen mitgebracht? Behandelt man so einen Freund?" Parzi und ich waren alte Freunde. An Bord fütterte ich ihn, die Hamster und die Ratten.

„Parzi, du bist ein Schwein!"

Dagegen hatte er nichts einzuwenden, sondern fuhr fort, an meiner leeren Hand herumzuschnuppern. Ich dachte, daß elf Lichtjahre keine große Entfernung seien; gerade richtig. Die Sterne waren immer noch vertraut.

Und dann wurde Parzi des Schnupperns müde und ich auch; ich wischte mir die Hand an der Hose ab und ging ins Bett zurück.

XIII: Irrelevante Beziehungen

Beta Hydri liegt hinter uns. Ich sollte dieses Tagebuch jetzt auf den neuesten Stand bringen oder es wegwerfen. Ich habe kaum noch Zeit zum Schreiben, da wir so knapp an Personal sind. Was auch immer wir auf Constance aufgeschnappt haben – oder möglicherweise auch von unsachgemäß behandelten Vorräten –, hat uns genügend Arbeit verschafft, ganz besonders in meiner Abteilung. Wir sind jetzt nur noch sechs, die den ganzen Verkehr erledigen müssen: Onkel, ich, Mei-Ling, Anna, Gloria und Sam. Dusty hat es überlebt, aber er hat die Verbindung verloren, allem Anschein nach auf Dauer. Sein Bruder hat keine Kinder, aus denen man ein Sekundärteam aufstellen könnte; sie sind beim letzten Gipfel einfach auseinandergeschlüpft und nie mehr zusammengekommen.

Ich bin jetzt von meiner Großnichte Kathleen und von Molly, ihrer Mutter, abhängig. Pat und ich können immer noch sprechen, aber nur mit ihrer Hilfe; wenn wir es alleine versuchen, ist es so, als versuchte man, sich in einer Werkshalle verständlich zu machen. Man weiß zwar, daß der andere etwas sagt, aber je mehr man sich anstrengt, desto weniger hört man. Pat ist vierundfünfzig, jetzt, da wir den Gipfel dieser Etappe hinter uns haben; wir haben einfach nichts mehr gemeinsam. Seit Mamas Tod interessiert ihn außer dem Geschäft nichts mehr – und das wiederum interessiert mich nicht.

Onkel Alf ist der einzige, der nicht spürt, wie sein ursprünglicher Telepartner ihm entgleitet. Celestine ist jetzt zweiundvierzig; sie kommen zusammen, anstatt sich zu trennen. Ich nenne sie immer noch „Sugar Pie", nur um zu hören, wie sie darüber lacht. Es fällt schwer, sich vorzustellen, daß sie doppelt so alt ist wie ich; eigentlich müßte sie Zöpfe haben und einen fehlenden Schneidezahn.

Insgesamt haben wir durch die Seuche zweiunddreißig Leute verloren. Ich hatte sie ebenfalls und kam durch. Dr. Devereaux kam nicht durch, Prudence und Rup auch nicht. Wir müssen ihre Arbeit mit übernehmen und so tun, als ob die anderen nie bei uns gewesen wären. Mei-Lings Baby ist gestorben, und eine Weile dachten wir, wir würden Mei-Ling auch verlieren, aber jetzt steht sie wieder ihre Wache und macht ihre Arbeit und lacht. Ich glaube, am meisten von allen fehlt uns Mama O'Toole.

Was sonst an Wichtigem geschehen ist? Nun, was kann schon in einem Schiff passieren? Nichts. Beta Hydri war eine Niete. Nicht nur, daß da nichts war, was auch nur entfernt an einen Planeten vom Erdtyp erinnert hätte, es gab auch keine Ozeane – keine Wasserozeane, meine ich; in bezug auf Treibstoff hatten wir die Wahl zwischen Ammoniak und Methan; der Chefingenieur und der Captain führten lange besorgte Gespräche, ehe sie sich für Ammoniak entschieden. Theoretisch kann die *Elsie* alles verbrennen, man braucht ihrem Massekonverter bloß etwas zu kauen zu geben, und schon macht sich die alte Formel „e gleich mc^2" ans Werk; die Fackel spuckt die Masse als Strahlung mit Lichtgeschwindigkeit und Neutronen mit Beinahe-Lichtgeschwindigkeit aus. Aber wenn es auch dem Konverter gleichgültig ist, die ganzen Nebenaggregate der Fackel sind auf Flüssigkeit abgestimmt, vorzugsweise Wasser.

Wir hatten die Wahl zwischen bereits flüssigem Ammoniak und einem äußeren Planeten, der vorwiegend aus Eis bestand, aber Eis, das nicht viel wärmer als der absolute Nullpunkt war. Also drückten sie die Daumen, tauchten in einen Ozean aus Ammoniak und füllten die Tanks des alten Mädchens auf. Wir gaben dem Planeten den Namen Inferno und verliehen ihm dann noch wesentlich bösartigere Namen. Wir mußten bei zwei g vier Tage dort sitzen bleiben, und es war kalt, obwohl die Heizanlage des Schiffes auf vollen Touren lief.

Das Beta-Hydri-System ist eines, zu dem ich ganz bestimmt nicht zurückkehren würde. Sollen Geschöpfe mit anderem Stoffwechsel es sich schnappen. Der einzige, dem es Spaß machte, war Harry Gates, weil die Planetenanordnung Bodes Gesetz folgte. Mir wäre es sogar gleichgültig gewesen, wenn sie in V-Formation um ihren Stern gekreist wären.

Das einzige, was mir sonst noch in den Sinn kommt, sind (ausgerechnet!) politische Schwierigkeiten. Unser letzter Gipfel fing gerade an, als dieser Krieg zwischen der Afro-Europäischen Föderation und den Estados Unidos de Sud ausbrach. Für uns hätte das nichts zu bedeuten brauchen – so war es auch für die meisten von uns –, oder wir behielten unsere Sympathien zumindest für uns. Aber Mr. Roch, unser Chefingenieur, ist aus der Föderation, und sein erster Assistent ist in Buenos Aires geboren. Als Buenos Aires sein Fett abkriegte, darunter vermutlich auch einige von Mr. Regatos Verwandten, machte er das seinem Chef persönlich zum Vorwurf. Albern, aber was kann man schon erwarten?

Anschließend erteilte der Captain den Befehl, daß er Nachrichten von der Erde persönlich sehen wollte, ehe sie gedruckt wurden. Dann erinnerte er uns, daß wir Kommunikatoren besonderen Vorschriften bezüglich der von uns übermittelten Nachrichten unterlagen. Ich denke, ich wäre schlau genug gewesen, dem Captain die Mitteilung vorzulegen, ehe ich sie drucken ließ, aber sicher kann ich nicht sein. Wir hatten in der *Elsie* immer eine freie Presse gehabt.

Das einzige, das uns größere Schwierigkeiten ersparte, war, daß wir gleich darauf gipfelten. Als wir aus dem Gipfel herauskamen, waren vierzehn Jahre verstrichen, und nach der neuesten politischen Konstellation war Argentinien mit seinen ehemaligen Feinden befreundet und mit dem Rest von Südamerika verfeindet. Nach einer Weile spielten Mr. Roch und Mr. Regato wieder miteinander Schach, gerade als hätte der Captain sie nie daran hindern müssen, einander an die Kehle zu gehen.

Alles, was auf der Erde geschieht, ist für mich ein wenig unwirklich, obwohl wir immer noch Nachrichten bekommen, wenn wir nicht gerade gipfeln. Man gewöhnt sich an eine neue Situation; die *Elsie* durchläuft einen Gipfel ... Jahre sind verstrichen, und alles hat sich verändert. Die nennen die Planetarische Liga jetzt das „Vereinigte System“, und es heißt, die neue Verfassung würde Krieg unmöglich machen. Für mich ist es immer noch die Planetarische Liga – und die hatte angeblich Krieg auch unmöglich machen sollen. Ich frage mich, was die außer dem Namen noch geändert haben.

Die Hälfte der Nachrichten verstehe ich nicht. Kathleen sagt mir, ihre Klasse habe ihre Gleicher zusammengeworfen, um für ihre Schule einen „Fardie“ als Abschlußgeschenk zu kaufen und ihn für die Anfangsübungen heute zum erstenmal auszuschwingen – und dann mußte sie eilig weg, weil man sie in den Lenkungsausschuß kooptiert hatte. Das war gerade während der letzten Wache. Aber was ist nun ein „Fardie“?

Die technischen Nachrichten, die uns erreichen, verstehe ich auch nicht, aber dafür weiß ich zumindest den Grund, und es gibt gewöhnlich jemanden an Bord, der sie versteht. Die Relativisten sind ganz aufgeregt über Sachen, die hereinkommen und die so technisch sind, daß man sie zuerst noch einmal durchgeben und bestätigen muß, ehe man sie freigeben kann – und dabei steht Janet Meers hinter einem und versucht, einem die Spulen aus dem Recorder wegzuschnappen. Mr. O'Toole wird auch ganz aufgeregt, nur äußert sich das bei ihm so, daß seine Nasenspitze sich rosa färbt. Dr. Babcock zeigt nie Erregung, aber einmal, nachdem ich eine Monographie mit dem Titel „Sumner zu gewissen Aspekten der Irrelevanz" kopiert hatte, erschien er zwei Tage nicht zum Essen. Als die zwei Tage um waren, schickte ich an die ALF eine Monographie zurück, die Dr. Babcock geschrieben hatte. Sie war genauso vollgestopft mit unverdaulicher Mathematik, aber ich schloß aus den wenigen Worten im Klartext, daß Dr. Babcock Sumner ganz höflich einen Narren nannte.

Janet Meers versuchte, es mir zu erklären, aber das einzige, was ich mir daraus zusammenreimen konnte, war, daß das Konzept der Simultaneität es notwendig machte, die Physik unter völlig neuen Aspekten zu betrachten.

„Bis jetzt", erklärte sie mir, „haben wir uns auf die relativen Aspekte des Raum-Zeit-Kontinuums konzentriert, aber was Telepathen wie Sie tun, ist zur Raumzeit irrelevant. Ohne Zeit gibt es keinen Raum; ohne Raum kann es keine Zeit geben. Ohne Raumzeit kann es keine Erhaltung von Energiemasse geben. Großer Himmel, da ist nichts! Ein paar von den Oldtimern hat das fast verrückt gemacht, aber jetzt beginnen wir zu begreifen, wie Leute wie Sie möglicherweise in die Physik hineinpassen könnten – die neue Physik, meine ich; alles ist verändert."

Ich hatte schon mit der Physik alten Stils genügend Schwierigkeiten; die Vorstellung, jetzt eine neue lernen zu müssen, machte mir Kopfschmerzen. „Und was nützt die?" fragte ich.

Sie sah mich schockiert an. „Physik braucht keinen Nutzen zu haben. Es gibt sie einfach."

„Nun, ich weiß nicht. Die alte Physik war nützlich. Nehmen Sie die Fackel beispielsweise, die uns antreibt."

„Oh, das! Das ist nicht Physik, das ist nur Ingenieurwesen", sagte sie, als hätte ich etwas fast Skandalöses erwähnt.

Ich werde Janet nie verstehen, und wahrscheinlich ist es ganz gut, daß sie versprochen hat, „mir eine Schwester zu sein". Sie sagte, es mache ihr nichts aus, daß ich jünger sei als sie, aber sie könne wohl nicht zu einem Mann aufblicken, der nicht eine Funktion vierten Grades im Kopf lösen konnte. „... und eine Frau sollte doch immer zu einem Mann aufblicken, meinst du nicht auch?"

Wir beschleunigten jetzt mit 1,5 g. Wenn man den Schlupf bedachte, so reduziert das jede Beschleunigung und das Bremsmanöver auf etwa vier Monate S-Zeit, obwohl die Sprünge länger sind. Während der Beschleunigung wiege ich 100 Kilo und habe angefangen, Gelenkschützer zu tragen, aber 50% zusätzliches Gewicht sind schon in Ordnung, und das ist wahrscheinlich auch gut für uns, weil man an Bord eines Schiffes zu leicht versäumt, sich genügend Training zu verschaffen.

Die ALF setzt inzwischen keine Drogen mehr ein, um die Kommunikation während des Gipfels zu unterstützen, und das wäre Dr. Devereaux sicher angenehm gewesen, da er die Drogen mißbilligt hatte. Jetzt schaltet sich der jeweilige Telepartner mit Hilfe von Hypnose und Suggestion ein, oder er läßt es eben. Kathleen hat den letzten Gipfel mit mir auf die Weise geschafft, aber man kann deutlich sehen, daß sich in der ganzen Flotte Kommunikationsteams verlieren werden, besonders diejenigen, die es nicht fertiggebracht haben, tertiäre Telepartner aufzubauen. Ich weiß nicht, wo mein eigenes Team jetzt ohne Kathleen wäre. In der Suppe, schätze ich. So, wie die Dinge liegen, beschränken sich die *Niña* und die *Henry Hudson* jeweils auf zwei Teams, und auf den anderen vier Schiffen, die noch in Kontakt mit der Erde sind, geht es auch nicht viel besser. Wir sind wahrscheinlich am besten dran, obwohl wir nicht mehr viele Flottennachrichten bekommen, seit Miß Gamma die Verbindung zu ihren Schwestern verloren hat – oder ihre Schwestern verloren hat, wer weiß; die *Santa Maria* wird als „vermißt" geführt, während die *Marco Polo* einfach „außer Kontakt" ist, da sie sich dem Gipfel näherte, als wir das letztemal von ihr hörten, und noch ein paar Greenwich-Jahre nicht mehr herauskommen wird.

Unser nächstes Ziel ist jetzt ein kleiner Stern vom G-Typ, der von der Erde aus gesehen so schwach ist, daß er nicht einmal einen Namen verdient, nicht einmal eine Konstellationsbezeichnung mit einem griechischen Buchstaben, bloß eine Katalognummer. Von der Erde aus liegt er im Phoenix, zwischen Hydra, der Wasserschlange, und Cetus, dem Walfisch. Onkel hatte ihn „Whistle Stop", Bedarfshaltestelle, genannt, und der Name blieb ihm, weil man einfach nicht jedesmal eine Nummer runterrasseln kann, wenn man sein Ziel nennt.

Ohne Zweifel wird er einen eindrucksvolleren Namen bekommen, falls sich erweisen sollte, daß er einen Planeten hat, der auch nur halb so gut wie Connie ist. Übrigens, Connie wird trotz der Epidemie kolonisiert werden, die wir uns möglicherweise dort zugezogen haben. Die ersten Schiffsladungen sind bereits unterwegs. Was auch immer uns dort gebissen hat (und es ist sehr wahrscheinlich, daß es von der Erde gekommen ist), ist nicht schlimmer als ein halbes Dutzend anderer Seuchen, die der Mensch einmal gehabt und später besiegt hat, zumindest ist das die offizielle Betrachtungsweise, und die Pionierschiffe gehen von der Annahme aus, daß sie sich wahrscheinlich die Seuche zuziehen und genötigt sein werden, sie zu besiegen.

Persönlich bin ich der Ansicht, daß eine Art zu sterben genauso gefährlich ist wie die andere; wenn man tot ist, ist man tot – selbst wenn man an „nichts Ernsthaftem" stirbt. Und die Seuche, so schlimm sie auch war, hat mich nicht umgebracht.

Whistle Stop war das Anhalten nicht wert. Wir sind jetzt zu Beta Ceti unterwegs, dreiundsechzig Lichtjahre von der Erde.

ICH wünschte, Dusty hätte immer noch eine Verbindung, über die man Bilder übertragen könnte; ich würde gerne eines von meiner Urgroßnichte Vicky haben. Ich weiß, wie sie aussieht – karottenrotes Haar, Sommersprossen auf der Nase, grüne Augen, ein großer Mund und Spangen an den Zähnen. Im Augenblick ziert sie außerdem noch ein blaues Auge, das sie in der Schule aufgegabelt hat, als jemand sie einen Freak nannte und ihr das nicht paßte – die Prügelei hätte ich gerne gesehen. Oh, ich weiß, wie sie aussieht, aber trotzdem hätte ich gerne ein Bild.

Eigentlich komisch, daß unsere Familie sich so auf Mädchen spezialisiert hat. Nein, wenn ich alles zusammenzähle und sämtliche Abkömmlinge meiner Schwestern und meinen Bruder mitzähle, dann ergibt sich etwa die gleiche Zahl. Aber Maudie und Pat hatten zwei Mädchen und keinen Jungen, und ich bin weggegangen, ohne zu heiraten, und so ist der Name Bartlett ausgestorben.

Ich würde wirklich gerne ein Bild von Vicky haben. Ich weiß, daß sie eher häßlich ist, aber ich wette, sie ist auch nett – die Art von Rabauke, die immer aufgeschürfte Knie hat, weil sie keine damenhaften Spiele mag. Gewöhnlich bleibt sie noch eine Weile, wenn wir mit dem Senden fertig sind, und dann reden wir. Wahrscheinlich ist das nur Höflichkeit, weil sie in mir vermutlich einen ebenso alten Mann sieht wie in ihrem Urgroßvater Bartlett, obwohl ihre Mutter ihr gesagt hat, daß ich das nicht bin. Vermutlich hängt das davon ab, wo man sitzt. Ich sollte jetzt das letzte Jahr auf dem College sein, aber sie weiß, daß ich Pats Zwillingsbruder bin.

Wenn sie mir einen langen weißen Bart anhängen möchte, so soll mir das recht sein, solange mir das ihre Gesellschaft erhält. Heute morgen hatte sie es eilig, aber sie hat das sehr nett ausgedrückt: *„Würdest du mich bitte entschuldigen, Onkel Tom? Ich muß mich noch auf eine Algebraprüfung vorbereiten."*

(„Realio trulio?") fragte ich.

„Realio trulio, Hand aufs Herz. Ich würde wirklich gern bleiben."

(„Geh nur, Sommersprossengesicht. Grüß mir die anderen.")

„Wiedersehn! Morgen rufe ich ein wenig früher."

Sie ist wirklich ein nettes Kind.

XIV: Elysia

Beta Ceti ist ein großer Stern auf der Hauptspektralsequenz, fast groß genug, daß man ihn als einen Riesen einstufen müßte – ein kleiner Riese, siebenunddreißigmal so hell wie die Sonne. Von der Erde aus betrachtet, sieht er so hell aus, daß er seinen eigenen Namen hat, Deneb Kaitos, aber so nennen wir ihn nie, weil „Deneb" zu Verwechslungen mit dem anderen Deneb, Alpha Cygni, führen könnte, und das ist ein echter Riese in einem anderen Teil des Himmels, fast sechzehnhundert Lichtjahre entfernt.

Da Beta Ceti so viel heller als die Sonne ist, mußte der Planet, den wir gesucht hatten, wenn es ihn überhaupt gab, fast neunhundert Millionen Kilometer von seinem Zentralgestirn entfernt sein, also weiter als Jupiter von Sol.

Wir fanden einen, achthundertfünfzig Millionen Kilometer entfernt, und das ist nahe genug. Und was noch besser ist, es ist der kleinste Planet in einem System, das zu Übergrößen zu tendieren scheint; der auf der nächsten Bahn ist größer als Jupiter.

Ich war unter Harry Gates' geistesabwesender Überwachung für den größten Teil der Fernerforschung von Elysia zuständig. Harry gleicht in seinem Eifer einem Foxterrier. Er will sein magnum opus vollenden, ehe er Schluß machen und die Bodenüberwachung übernehmen muß, will es zur Erde zurückschicken und damit die Gewähr schaffen, daß sein Name in die Ruhmeshalle der Wissenschaft eingeht. Nicht daß er es so formulieren würde, denn Harry ist nicht eingebildet; trotzdem ist er der Meinung, er hätte eine Kosmogonie für Sonnensysteme entwickelt, welche Bodes Gesetz einschließt. Er sagt, wenn er recht hätte, würde jeder Stern auf der Hauptspektralsequenz Planeten haben.

Vielleicht ... Woher soll ich das schon wissen? Aber ich kann nicht begreifen, welchen Nutzen ein Stern ohne Planeten haben sollte. Und ich glaube einfach nicht daran, daß dieses komplizierte Universum zufällig entstanden ist. Planeten sind dazu bestimmt, daß man sie benutzt.

Als Harrys Faktotum arbeiten zu müssen war nicht schwierig. Ich brauchte bloß die vorläufigen Forschungsergebnisse über Connie aus den Mikrofilmen herauszugraben und ähnliche Pläne für Elysia zusammenzuschreiben, mit gewissen Abwandlungen wegen der eingetretenen Personalverluste. Alle drängten sich danach, mithelfen zu dürfen, weil wir (soweit uns bekannt ist) das einzige Schiff sind, das zweimal hintereinander eine Glücksnummer gezogen hat, und eines aus vier, die auch nur einmal Glück gehabt hatten. Aber inzwischen sind wir bereits gelandet, schwimmen im Wasser und warten darauf, daß die Medizin Elysia für Bodenerforschung freigibt; ich habe es gar nicht so eilig. Ich versuchte, heute abend mit Vicky in Verbindung zu treten und einfach nur zu plaudern. Aber zu Hause ist es zufälligerweise auch gerade Abend, und Vicky ist verabredet und hat mich höflich abgewimmelt.

Vicky ist ein wenig gewachsen, als wir beim letzten Sprung gipfelten; sie fängt jetzt an, sich für Jungs zu interessieren, und hat nicht mehr soviel Zeit für ihren alten Onkel.

(„Ist es George?") fragte ich sie, als sie wissen wollte, ob mein Anruf wichtig sei.

„Nun, wenn du es schon wissen mußt, es ist George!" fuhr sie mich an.

(„Reg dich nicht gleich auf, Sommersprossengesicht",) antwortete ich. („Hab ja nur gefragt.")

„Nun, und ich hab's dir gesagt."

(„Schon gut, schon gut. Viel Spaß, Süße, und bleib nicht zu lange weg.")

„Du redest wie Daddy."

Wahrscheinlich tat ich das. Tatsache ist, daß ich George nicht besonders leiden kann, obwohl ich ihn noch nie gesehen habe, ihn nie sehen werde und nicht viel von ihm weiß, nur daß Vicky immer sagt, er sei „eine Zehnerpotenz" und „tierisch Klasse", obwohl er „ein ziemlicher Fluffy“ sei, falls ich wüßte, was das bedeutete, aber sie würde das schon equalisieren.

Ich wußte nicht, was das bedeutete, aber ich interpretierte es als leicht eingeschränkte Billigung, wobei sie hoffte, daß er perfekt oder „durch und durch klapprig“ sein würde, wenn sie einmal damit fertig war, ihn umzumodeln. Ich vermutete, daß er die Art unwissenden, babygesichtigen jungen Langweilers war, wie ich selbst einmal einer war und wie ich sie stets verabscheute – so etwas wie Dusty Rhodes im Augenblick, bloß ohne Dustys überragende Intelligenz.

Das klingt, als wäre ich auf einen Jungen eifersüchtig, den ich nie sehen werde, und das in bezug auf ein Mädchen, das ich noch nie gesehen habe. Aber das ist natürlich lächerlich. Mein Interesse ist väterlicher oder brüderlicher Natur, obwohl ich effektiv überhaupt nicht verwandt mit ihr bin; das heißt, meine Eltern waren zwei von ihren sechzehn Ururgroßeltern – eine so entfernte Verwandtschaft, daß die meisten Leute gar nicht einmal wissen, daß es so entfernte Verwandte gibt.

Vielleicht hat auch Vans verrückte Theorie etwas damit zu tun, und wir fangen alle an, klapprige alte Männer zu werden – nur unsere Körper bleiben jung. Aber das ist albern. Obwohl reichliche siebzig Greenwich-Jahre vergangen sind, sind es für mich weniger als vier seit dem Abflug von der Erde. Mein wahres Zeitgefühl beruht auf Hunger und Schlaf; ich habe etwa vierzehnhundertmal in der *Elsie* geschlafen und für jeden Schlaf drei Mahlzeiten und einen kleinen Imbiß oder zwei zu mir genommen. Das macht vier Jahre, nicht siebzig.

Nein, ich bin einfach enttäuscht, daß ich an meinem ersten freien Abend seit zwei Wochen nichts Besseres zu tun habe, als in mein Tagebuch zu schreiben. Aber, weil wir schon von Schlaf sprechen, ich lege mich wohl besser etwas hin; die erste Gruppe wird morgen an Land gehen, wenn die Medizin zustimmt, und dann werde ich zu tun haben. Ich werde nicht dazugehören, aber Arbeit wird es trotzdem genug geben.

Die Lage ist ziemlich mies. Ich weiß nicht, was wir jetzt tun können.

Aber ich fange wohl besser von vorne an. Elysia war beim ersten Ansehen ringsum positiv – atembare Atmosphäre, Klima im Erdbereich und allem Anschein nach weniger extrem, ein Lebenszyklus aus Wasser, Sauerstoff und Kohlendioxid; keine ungewöhnlichen Gefahren. Keine Anzeichen von intelligentem Leben selbstverständlich, sonst wären wir weitergeflogen. Eine wäßrige Welt, selbst in noch höherem Maße als Terra, mit über 90% Ozeanen, und es war eine Weile die Rede, den Planeten „Aquaria“ statt Elysia zu nennen, aber jemand wies darauf hin, daß es wenig Sinn hätte, einen Namen auszuwählen, der den Planeten für Kolonisten unattraktiv machen könnte, wo er doch schließlich fast soviel nutzbares Land wie die Erde selbst hatte.

Also kuschelten wir uns an eine Insel an, die fast so groß wie Madagaskar war – für Elysia fast ein Kontinent –, wobei wir uns darauf einstellten, die ganze Insel bei gründlicher Überprüfung anzusehen. Auf die Weise würden wir dann einen Bericht abgeben können, daß sich dort eine Kolonie niederlassen konnte, so schnell die ALF ein Schiff schicken konnte – wir wußten, daß Connie bereits besiedelt war, und wollten, daß dieser hier auch besiedelt wurde, damit die *Elsie* wieder einen Punkt abhaken konnte.

Ich tätschelte Parzi und sagte ihm, er solle sich draußen umsehen und mir Bescheid sagen, falls er irgendwelche Schweinedamen fände. Onkel Steve führte die Wache von Bord, und der Wissenschaftlertrupp folgte am selben Tag. Es war klar, daß Elysia auch kein größeres Problem sein würde, als es Connie gewesen war, und ein fast so großer Treffer – mit Ausnahme der entfernten Möglichkeit, daß es irgendwelche exotischen Infektionsgefahren gab, mit denen wir nicht zu Rande kommen könnten.

Das ist jetzt zwei Wochen her.

Es fing ebenso routinemäßig an wie ein Frühstück. Parzi und die anderen Versuchstiere gediehen mit elysianischer Diät; Van fing sich nichts Schlimmeres als einen kleinen Juckreiz ein und probierte kurz darauf selbst elysianische Nahrung – es gab da etwas seltsam aussehende vierflügelige Vögel, die gebraten recht gut schmeckten. Van sagte, sie erinnerten ihn an Truthahnbraten mit einem Beigeschmack von Melone. Aber Parzi, das Schwein, verweigerte einige Fischarten, die man fing, und die Ratten, die sie fraßen, gingen daran ein. Also verzichtete man auf Meeresgetier, bis gründlichere Überprüfungen stattgefunden hatten. Die Fische sahen nicht wie die unseren aus; sie waren auf die falsche Art abgeplattet wie eine Flunder und hatten Tentakel so ähnlich wie ein Wels, der sich an den Enden einringelt, statt spitz zu sein. Harry Gates war der Meinung, es handle sich um Tastorgane, die sich wahrscheinlich auch zum Greifen eigneten.

Die Insel besaß nichts in der Art der großmäuligen, fleischfressenden Echsen, von denen eine Lefty Gomez erwischt hatte. Aber das sagte natürlich gar nichts über die anderen Inseln, da die Landmassen so weit voneinander entfernt waren, daß es durchaus möglich war, daß sich auf jeder Inselgruppe eine völlig unterschiedliche Entwicklung abgespielt hatte. Die Empfehlung in unserem Bericht würde lauten, daß man zuerst Devereaux Island besiedelte und dann die anderen mit gebotener Vorsicht untersuchte.

Ich sollte mit der dritten Gruppe an Land gehen; Onkel Alf hatte die erste Wache übernommen, dann eine Woche Pause gehabt und würde jetzt die schiffsseitige Wache übernehmen, während ich mit ihm von Land aus die Verbindung hielt. Aber ich erklärte mich in der letzten Minute mit einem Tausch einverstanden, da Anna unbedingt hinauswollte. Ich wollte nicht tauschen, aber ich hatte seit Rups Tod die Wachliste der Abteilung geführt, und es wäre peinlich gewesen, wenn ich abgelehnt hätte. Gloria würde auch gehen, da ihr Mann auf der Liste stand, aber Gloria zählte nicht, weil ihr Telepartner gerade erdseits Urlaub hatte.

Als sie gingen, war ich ganz oben in der *Elsie* und sah ein wenig mürrisch zu, wie sie in die Boote stiegen. Man hatte hier oben provisorisch außerhalb der Luftschleusen ein „Affeninsel"-Deck angebracht; das war ein guter Platz, um zuzusehen, wie die Boote an den Frachtluken weiter unten beladen wurden. Die Ingenieurabteilung hatte ihre Inspektion und die Generalüberholung abgeschlossen und war fast mit dem Auffüllen der Stützmassetanks fertig; die *Elsie* saß tief im Wasser, und die Frachtluken waren höchstens drei Meter über der Wasserlinie. Das war bequem für den Ladevorgang; als wir die erste Gruppe an Land brachten, waren die Tanks leer, und die Boote mußten fast dreißig Meter in die Tiefe gelassen werden, während die Passagiere an Strickleitern hinabklettern mußten – was für Leute nicht leicht ist, die nicht schwindelfrei sind, und das sind viele. Aber an dem Tag war es einfach.

Die Luftschleuse war gerade groß genug für Leute; alles, was größer war, mußte durch die Frachtluken hinausgeschafft werden. Es war möglich, die Frachtluken als Luftschleusen zu benutzen, und das hatten wir auf Inferno, dem Planeten von Beta Hydri, getan, aber wenn die Luft in Ordnung war, benutzten wir sie lediglich als Türen. Sie waren auf der Höhe des Ladedecks, unterhalb des Messedecks und über den Räumen mit den Hilfsmaschinen; unsere drei Boote und die zwei Helikopter waren auf jenem Deck untergebracht. Die Boote konnten an einfachen Davits ausgeschwungen werden, in denen sie normalerweise untergebracht waren, aber die Helikopter mußten an

Fallen angehakt und ausgeschwenkt werden, dann hakte ein zweiter Satz Fallen von der Affeninsel oben ein, und auf die Weise zog man den Helikopter an der gekrümmten Außenwand der *Elsie* nach oben, auf das provisorische Oberdeck, wo dann die Düsenrotoren angebracht werden konnten.

Mr. Regato fluchte jedesmal über diese komplizierte Anordnung. „Idiotisch!" schimpfte er. „Ich habe noch nie einen Schiffsarchitekten gesehen, der nicht glücklich war, wenn das Ganze gut aussah. Daß dann irgendein armer Idiot auch damit arbeiten muß, kommt dem ja überhaupt nicht in den Sinn."

Wie dem auch sein mochte, jedenfalls konnte man die Helikopter auf die Weise mit einem Minimum an Sondervorrichtungen ausladen – und das war, soweit ich informiert bin, der Hauptgrund, weshalb die Schiffe für das Projekt so umgebaut wurden. Aber an dem Tag waren die Helikopter draußen und bereit, einer im Lager und der andere ganz in meiner Nähe an der Affeninsel vertäut. Wir brauchten also bloß die Boote zu beladen.

Die Boote waren Rettungsboote aus Glas und Teflon, die durch Plastikschaum unsinkbar gemacht waren. Sie waren so zäh, daß man ihnen zwar Beulen verpassen konnte, aber wenn man nicht gerade einen Schneidbrenner benutzte, war es unmöglich, ein Loch in sie hineinzubekommen. Und doch waren sie so leicht, daß ein leeres Boot von vier Männern getragen werden konnte. Es machte ihnen auch nichts aus, wenn man mit ihnen an einer Felsküste landete, dort konnte man sie entladen und höher ziehen. Sie wurden von Alkoholdüsen angetrieben, genau wie die Helikopter, aber sie hatten auch Ruder und Segel, nur daß wir die Ruder nie benutzten, obwohl die Männer alle unter Onkel Steves wachsamen Blicken daran ausgebildet worden waren.

Die Boote waren am Abend zuvor mit Musterexemplaren für die Forschungsabteilung hereingekommen. Jetzt fuhren sie wieder mit Leuten hinaus, die jene an Land ablösen würden. Von der Affeninsel aus konnte ich in etwa achthundert Meter Entfernung die Leute sehen, die zurückkommen würden; sie warteten am Strand auf die Boote. Zwei der Boote warteten im Wasser auf das dritte; jedes war mit etwa achtzehn Leuten besetzt und ein paar Sachen, die Harry Gates für seine Wissenschaftler drüben auf der Insel angefordert hatte. Außerdem waren da noch Vorräte für die ganze Gruppe für vielleicht eine Woche.

Ich bemerkte eine Bewegung hinter mir, drehte mich um und sah, daß der Alte durch die Schleusenluke heraufkam. „Guten Morgen, Captain."

„Morgen, Bartlett." Er sah sich um. „Schöner Tag."

„Ja, Sir ... und eine schöne Gegend."

„Ja, das kann man wohl sagen." Er blickte zum Ufer hinüber. „Ich werd mir noch irgendeine Ausrede einfallen lassen, um an Land zu gehen, ehe wir hier wegfliegen. Ich bin so lange in dieser Kiste gewesen."

„Ich wüßte nicht, was dagegen spräche, Sir. Diese Gegend hier ist so freundlich wie ein kleines Hündchen. Nicht wie Inferno."

„Ganz und gar nicht." Er wandte sich ab, und so tat ich das auch; man drängt sich dem Captain nicht auf, wenn er nicht mit einem reden will. Das dritte Boot war jetzt beladen und wurde abgelassen; alle drei waren etwa fünfzig Meter entfernt und bildeten eine Reihe, um zusammen zu fahren. Ich winkte Gloria und Anna zu.

Bei jedem Boot kam ein langes, feuchtes Tau, etwa so dick wie meine Hüfte, aus dem Wasser, legte sich mittschiffs darüber und glitt auf der anderen Seite wieder ins Wasser. Ich schrie: „He, Captain! Schauen Sie!"

Er drehte sich um. Die Boote kippten zur Seite ab und sanken – sie wurden hinuntergezogen. Ich hörte jemanden schreien, und dann wimmelte es im Wasser von um sich schlagenden Menschen.

Der Captain lehnte sich neben mir über die Reling und blickte auf das Desaster. Dann sagte er ruhig: „Können Sie den Hubschrauber in Gang setzen?"

„Äh, ich denke schon, Captain." Ich war kein Hubschrauberpilot, wußte aber, wie er funktionierte.

„Dann tun Sie es." Er beugte sich vor und schrie: „Die Frachtluke schließen!" Er drehte sich um und sprang mit einem Satz in die Schleusenluke. Ich konnte sehen, was seinen Schrei veranlaßt hatte, als ich mich umdrehte, um in den Helikopter zu steigen. Es war ein weiteres jener feuchten Taue, das an der Schiffswand der *Elsie* hinaufkroch, auf die Ladeluke zu.

Den Hubschrauber in Gang zu setzen war komplizierter, als ich angenommen hatte. Aber zum Glück war am Armaturenbrett eine Checkliste angebracht. Ich war bis zu „Stufe vier: Rotoren anlassen" gekommen, als Ace Wenzel mich beiseite schob, der Fackelingenieur, der normalerweise als Pilot Dienst tat. Ace arbeitete mit beiden Händen, die Rotorblätter fingen an, sich zu drehen, warfen Schatten auf unsere Gesichter, und er schrie: „Ablegen!"

Ich wurde zur Tür hinausgeschubst, als der Arzt einstieg; ich fiel eineinhalb Meter tief aufs Deck, als der Luftschwall mich traf. Ich rappelte mich auf und sah mich um.

Im Wasser war nichts, nichts. Kein Körper, niemand, der um sich schlug, um über Wasser zu bleiben, keine Spur der Boote. Nicht einmal Reste der Ladung, obwohl ich wußte, daß einige der Bündel schwimmen würden: Ich hatte sie selbst gepackt.

Janet stand neben mir und wurde von trockenem Schluchzen geschüttelt. Ich fragte ein wenig dümmlich: „Was war denn?"

Sie versuchte, sich in den Griff zu bekommen, und sagte etwas zittrig: „Ich weiß nicht. Ich hab gesehen, wie einer von denen Otto erwischt hat. Er hat einfach ... einfach ..." Sie fing wieder zu heulen an und drehte sich um. Auf dem Wasser war nichts, aber jetzt sah ich, daß etwas im Wasser dicht unter der Oberfläche war. Von ganz oben kann man ins Wasser hineinsehen, wenn es einigermaßen glatt ist; und rings um das Schiff waren irgendwelche Geschöpfe in geordneter Formation. Sie sahen wie Wale aus – oder so, wie ich glaube, daß ein Wal im Wasser aussehen würde. Ich habe nie einen gesehen.

Ich war gerade dabei, es mir in meinen etwas wirren Kopf einzutrichtern, daß ich da die Geschöpfe sah, die die Boote vernichtet hatten, als jemand schrie und nach unten zeigte. Drüben waren die Leute, die zurückkehren sollten, immer noch am Strand, aber sie waren nicht länger allein; sie waren umzingelt. Die Geschöpfe waren zu beiden Seiten von ihnen an Land gegangen und umzingelten sie jetzt. Ich konnte das aus der Ferne nicht besonders gut erkennen, aber die Seegeschöpfe waren deutlich zu sehen, weil sie soviel größer waren als wir. Sie hatten keine Beine, soweit ich das feststellen konnte. Aber das machte sie nicht langsamer – sie waren schnell.

Und unsere Leute wurden ins Wasser getrieben.

Und da war nichts, was wir dagegen tun konnten, überhaupt nichts.

Unter uns hatten wir ein Schiff, das das Endprodukt von Jahrhunderten technischen Fortschritts war – seine Fackel konnte im Bruchteil einer Sekunde eine ganze Stadt vernichten. An Land hatte die Wache Waffen zur Verfügung, die einen einzigen Mann zum ebenbürtigen Gegner einer Armee früherer Zeiten machte, und irgendwo im Schiff waren weitere solche Waffen. Aber in dem Augenblick wußte ich nicht einmal, wo die Waffenkammer war, nur daß sie auf dem Hilfsdeck war – man kann eine lange Zeit in einem Schiff leben und nie alle seine Abteile besuchen.

Wahrscheinlich hätte ich drunten auf dem Hilfsdeck sein müssen und Waffen suchen. Aber ich stand nur wie erstarrt da, und neben mir ein Dutzend andere, und sah zu, wie es passierte.

Andere waren wachsamer gewesen als ich. Zwei Männer kamen durch die Luke nach oben geschossen; sie warfen zwei mittelschwere Schnellfeuergewehre aufs Deck und arbeiteten hastig daran, sie anzuschließen und die Munitionskartons aufzubrechen. Aber die Mühe hätten sie sich sparen können; als sie den Feind ins Visier nehmen konnten, war der Strand ebenso leer wie die Wasseroberfläche. Unsere Schiffskollegen waren ins Wasser getrieben und in die Tiefe gezogen worden. Der Helikopter schwebte über der Stelle; die Rettungsleiter hing herunter, aber niemand war auf ihr.

Der Helikopter kreiste zur Insel, zog dort über unserem Lager ein paar Schleifen und kehrte dann zum Schiff zurück.

Während er zur Landung ansetzte, kam Chet Travers die Leiter herauf. Er sah sich um, erblickte mich und sagte: „Tom, wo ist der Captain?"

„Im Chopper."

„Oh." Er runzelte die Stirn. „Nun, dann gib ihm das. Dringend. Ich muß wieder hinunter." Er schob mir ein Papier hin und verschwand. Ich warf einen Blick darauf, sah, daß es ein Meldeformular war, sah, von wem es kam, und packte den Captain am Arm, als er aus dem Helikopter stieg.

Der schüttelte mich ab. „Aus dem Weg!"

„Captain, Sie müssen – das ist eine Nachricht von der Insel – von Major Lucas."

Jetzt blieb er stehen und nahm mir das Blatt weg, suchte nach seiner Brille, die ich aus einer Tasche hängen sah. Aber ehe ich ihm helfen konnte, schob er mir den Meldezettel wieder hin und sagte: „Lesen Sie vor, Junge."

Und das tat ich. „‚Von: Kommandant Schiffswache – An: Kommandierender Offizier *Lewis und Clark* – Null neun drei eins – um null neun null fünf wurde Forschungslager von feindlichen Eingeborenen, vermutlich Amphibiengeschöpfen, angegriffen. Der Angriff wurde nach ursprünglich schweren Verlusten abgeschlagen, und ich habe mich mit sieben Überlebenden auf den Hügel nördlich des Lagers zurückgezogen. Wir sahen uns gezwungen, Patrouillenfahrzeug zwei aufzugeben. Zum Zeitpunkt des Angriffs wartete Austauschgruppe am Strand; wir sind von ihnen abgeschnitten und nicht über ihre Lage informiert, müssen aber annehmen, daß letztere verzweifelt ist.

Diskussion: Der Angriff war intelligent organisiert und bewaffnet.

Bei der Hauptwaffe des Gegners scheint es sich um einen mit sehr hohem Druck ausgestoßenen Seewasserstrahl zu handeln. Sie setzen außerdem auch eine persönliche Waffe zum Stechen und Schneiden ein. Es muß angenommen werden, daß sie über andere Waffen verfügen. Ferner muß hypothetisch vermutet werden, daß sie ebenso intelligent wie wir sind, ebensogut diszipliniert und den Umständen entsprechend ebensogut bewaffnet. Ihre überlegene Zahl verleiht ihnen im Augenblick einen Vorteil, selbst wenn sie keine besseren Waffen besitzen sollten.

Empfehlung: Mein überlebendes Kommando kann am gegenwärtigen Standort den bis jetzt erkannten Waffen standhalten. Es wird daher dringend empfohlen, daß die augenblicklichen Maßnahmen sich auf die Rettung der Gruppe am Strand beschränken. Anschließend sollte das Schiff in Orbit versetzt werden, bis ein Plan ausgearbeitet und Waffen improvisiert werden können, um mein Kommando ohne Gefährdung des Schiffes zu entsetzen – S. Lucas, Kommandant, null neun drei sechs.'"

Der Captain nahm den Meldezettel und wandte sich wortlos der Luke zu. Keiner sagte etwas, obwohl sich wenigstens zwanzig von uns dort oben drängten. Ich zögerte; als ich dann sah, daß die anderen nach unten gingen, folgte ich dem Captain.

Der blieb nach zwei Decks stehen und begab sich in das Kommunikationsbüro. Ich folgte ihm nicht, aber er ließ die Türe offen. Chet Travers war dort, über die Anlage gebeugt, die er zur Verbindung zu dem Lager benutzte, und Commander Frick lehnte sich mit besorgter Miene über ihn. Der Kapitän sagte: „Geben Sie mir Major Lucas."

Commander Frick blickte auf. „Wir versuchen, mit ihm Verbindung zu bekommen, Captain. Die Sendung brach ab, als die dabei waren, uns eine Verletztenliste durchzugeben."

Der Captain kaute auf seiner Unterlippe und blickte enttäuscht, dann sagte er: „Versuchen Sie es weiter" und drehte sich um. Er sah mich.

„Bartlett!"

„Ja, Sir!"

„Sie haben einen von Ihren Leuten dort drüben. Sehen Sie zu, daß Sie wieder Verbindung bekommen."

Ich dachte in fieberhafter Eile nach und versuchte, mich an die Greenwich-Zeit zu erinnern, während ich Vicky rief – wenn Vicky zu Hause war, konnte sie die ALF über eine direkte Leitung erreichen, und die konnten sie mit Sam Rojas' Telepartner verbinden und schließlich mit Sam, und der Captain konnte dann über eine vierstufige Kette fast ebenso schnell mit Onkel Steve sprechen wie über Funk.

(„Vicky! Kommen, Vicky! Dringend!")

„Ja, Onkel Tom? Was ist denn? Ich habe geschlafen."

Commander Frick sagte: „Ich glaube nicht, daß das funktioniert, Captain. Rojas ist nicht auf der Liste der Überlebenden. Er sollte abgelöst werden; er muß am Strand gewesen sein."

Natürlich, natürlich! Sam war bestimmt am Strand – ich hatte oben auf der Affeninsel zugesehen, wie man ihn und die anderen ins Wasser trieb!

„Was ist, Onkel Tom?"

(„Wart mal, Süße, bleib in Verbindung.")

„Dann einen anderen", knurrte der Kapitän.

„Es gibt keinen anderen", antwortete Frick. „Hier ist die Liste der Überlebenden. Rojas war der einzige Fr..., der einzige Spezialkommunikator, den wir an Land hatten."

Der Captain sah auf die Liste, dann sagte er: „Sagen Sie allen Nichtdiensthabenden Bescheid, sie sollen sich schnellstens in der Messe versammeln." Er drehte sich um und ging durch mich hindurch. Ich konnte gerade noch rechtzeitig wegspringen.

„Was ist denn, Onkel Tom? Du klingst besorgt."

Ich versuchte, meine Stimme unter Kontrolle zu halten. („Es war ein Irrtum, Süße. Vergiß es und versuch, wieder einzuschlafen. Tut mir leid.")

„Schon gut. Du klingst aber besorgt."

Ich eilte hinter dem Captain her. Commander Fricks Stimme verbreitete den Befehl über das Lautsprechersystem des Schiffes, während wir die Leitern hinunterhetzten. Trotzdem erreichte er die Messe nur ein oder zwei Augenblicke nach mir. Binnen Sekunden waren wir alle dort ..., nur eine Handvoll von denen, die die Erde verlassen hatten – etwa vierzig. Der Captain sah sich um und sagte zu Cas Warner: „Ist das alles?"

„Ich denke schon, Captain. Abgesehen von der Ingenieurwache."

„Ich habe Travers auf Wache gelassen", fügte Frick hinzu.

„Sehr gut." Der Captain drehte sich herum und sah uns an. „Wir werden jetzt die an Land befindlichen Überlebenden holen. Freiwillige vortreten."

Ich würde gerne sagen, daß ich den anderen wegen Onkel Steve den Bruchteil einer Sekunde zuvorkam, aber das wäre nicht wahr.

Mrs. Gates hielt den jungen Harry in den Armen, aber sie war ebenso schnell wie ich.

„Danke“, sagte der Captain steif. „Würden die Frauen jetzt bitte zur Pantry hinübergehen, damit ich die Männer auswählen kann, die gehen.“

„Captain?“

„Ja, Captain Urqhardt?“

„Ich werde die Gruppe führen.“

„Sie werden nichts dergleichen tun, Sir. Ich werde die Führung übernehmen. Sie nehmen jetzt ein paar Frauen und gehen hinunter und holen das, was wir brauchen.“

Urqhardt zögerte nur kurz und sagte dann: „Aye, aye, Sir.“

„Diese Regel – unsere Regel für jegliche Risikosituation – gilt für Sie alle. Bei doppelt besetzten Positionen geht der ältere Mann. Bei anderen Positionen geht der Mann, auf dessen Tätigkeit man verzichten kann; andernfalls bleibt er.“ Er sah sich um. „Dr. Babcock!“

„All right, Skipper!“

Mr. O'Toole sagte: „Augenblick, Captain. Ich bin Witwer, und Dr. Babcock ist viel ...“

„Ruhig!“

„Aber ...“

„Verdammt noch mal, muß ich denn jede Entscheidung, die ich treffe, mit jedem einzelnen von Ihnen diskutieren? Muß ich Sie daran erinnern, daß es auf jede Sekunde ankommt? Dort hinüber zu den Frauen!“

Mr. O'Toole kam mit rotem Gesicht und zornig dem Befehl nach. Der Captain fuhr fort: „Mr. Warner, Mr. Roch. Dr. Severin ...“ Er wählte ganz schnell diejenigen aus, die er wollte, und winkte uns andere dann zur Pantry hinüber.

Onkel Alfred McNeil versuchte, seine gebeugten Schultern gerade zu richten. „Captain, Sie haben mich vergessen. Ich bin der Älteste in meiner Abteilung.“

Das Gesicht des Captains wurde eine Spur weicher. „Nein, Mr. McNeil, ich hab Sie nicht vergessen“, sagte er leise, „aber die Kapazität des Hubschraubers ist beschränkt. Und wir haben sieben Leute, die wir zurückbringen müssen. Also muß ich Sie hierlassen.“

Onkel Alfs Schultern sackten zusammen, und ich glaubte schon, er würde gleich in Tränen ausbrechen, aber dann schlurfte er von den auserwählten wenigen weg. Dusty Rhodes fing meinen Blick auf, er wirkte stolz und selbstgefällig: einer der Auserwählten. Er sah nicht älter als sechzehn aus, und ich glaube nicht, daß er sich jemals rasiert hatte; das war vermutlich das erstemal in seinem Leben, daß man ihn in jeder Hinsicht wie einen Mann behandelt hatte.

Trotz der Art und Weise, wie man die anderen ausgeschaltet hatte, konnte ich es nicht dabei bewenden lassen. Ich trat wieder vor und tippte dem Captain an den Arm. „Captain ... Sie müssen mich gehen lassen! Mein Onkel ist dort drüben."

Ich dachte schon, er würde explodieren, aber er fing sich wieder. „Ich verstehe. Aber Sie sind Sonderkommunikator, und wir haben keinen mehr übrig. Ich werde Major Lucas sagen, daß Sie es versucht haben."

„Aber ..."

„Und jetzt halten Sie den Mund und tun Sie, was ich gesagt habe – ehe ich Ihnen einen Tritt gebe." Er wandte sich ab, als würde ich nicht existieren.

Fünf Minuten später waren Waffen ausgegeben, und wir alle drängten uns die Leitern hinauf, um zu winken. Ace Wenzel startete den Helikopter, der immer noch im Leerlauf drehte, und sprang hinaus. Sie stiegen einer nach dem anderen ein, insgesamt acht, mit dem Captain als letztem. Dusty hatte einen Patronengurt über jeder Schulter und ein Schnellfeuergewehr in der Hand; er grinste erregt. Er zwinkerte mir zu und sagte: „Ich schick dir eine Postkarte."

Der Captain blieb stehen und sagte. „Captain Urqhardt."

„Ja, Sir."

Der Captain und der Reservecaptain konferierten einen Augenblick miteinander; ich konnte sie nicht hören, und ich nehme auch nicht an, daß das, was sie redeten, für unsere Ohren bestimmt war. Dann sagte Captain Urqhardt laut: „Aye, aye, Sir. Wird gemacht."

„Sehr gut, Sir." Der Captain stieg ein, knallte die Türe hinter sich zu und setzte sich selbst ans Steuer.

Dann warteten wir.

Ich rannte dauernd zwischen der Affeninsel und dem Kombüro hin und her. Chet Travers konnte immer noch keine Verbindung mit Onkel Steve bekommen, war aber in Funkverbindung mit dem Hubschrauber. Jedesmal wenn ich hinaufging, sah ich mich nach den Seebiestern um, aber sie schienen sich entfernt zu haben.

Schließlich kam ich wieder ins Kombüro, und Chet blickte vergnügt: „Die haben sie!" verkündete er. „Sie sind alle im Chopper." Ich wollte ihn etwas fragen, aber da hatte er sich schon umgedreht, um die gute Nachricht über das Lautsprechersystem zu verbreiten; ich rannte hinauf, um zu sehen, ob ich den Chopper irgendwo entdecken konnte.

Dann sah ich ihn am Hügel, etwa zweieinhalb Kilometer entfernt. Er bewegte sich schnell auf das Schiff zu. Bald konnten wir die Leute in seinem Inneren sehen. Als er näher kam, öffnete jemand an der uns zugewandten Seite ein Fenster.

Der Captain war kein besonders geschickter Hubschrauberpilot. Er versuchte zu landen, schätzte aber die Windgeschwindigkeit falsch ein und mußte noch einmal abdrehen und einen zweiten Versuch machen. Bei dem Manöver kam die Maschine so dicht an das Schiff, daß wir die Passagiere deutlich sehen konnten. Ich sah Onkel Steve, und er sah mich und winkte; er rief nicht nach mir, er winkte nur. Dusty Rhodes war neben ihm und sah mich ebenfalls. Er grinste und winkte und schrie: „He, Tom, ich hab deinen Kumpel befreit!" Er griff nach hinten, und dann waren Parzis Kopf und Hufe über dem Fensterrahmen zu sehen, während Dusty das Schwein mit der einen Hand hielt und es mit der anderen zu mir herumdrehte. Sie grinsten beide.

„Danke!" schrie ich zurück. „He, Parzi!"

Der Chopper drehte etwa fünfzig Meter hinter dem Schiff um und kam in den Wind zurück.

Er schwebte geradewegs auf das Schiff zu und hätte in Kürze landen können, als unmittelbar unter ihm etwas aus dem Wasser stieg. Einige sagten, es sei eine Maschine gewesen – auf mich wirkte es eher wie ein riesiger Elefantenrüssel. Ein Wasserstrahl, so massiv, so hart und so hell, daß er wie Stahl aussah, schoß aus seinem Ende. Er traf einen Rotorflügel, und der Hubschrauber taumelte.

Der Captain kippte die Maschine zur Seite, aber der Wasserstrahl folgte ihm, schmetterte gegen das Leitwerk und traf den Rotor wieder; der Helikopter erzitterte heftig und begann zu stürzen.

Ich tauge im Katastrophenfall nicht viel; bei mir dauert es immer Stunden, bis mir einfällt, was ich hätte tun sollen. Diesmal handelte ich, ohne zu denken. Ich warf mich die Leiter hinunter, ohne die Sprossen zu berühren, und war fast im gleichen Augenblick, in dem ich oben abgesprungen war, schon unten im Ladedeck. Die Luke war auf der Seite geschlossen, wie seit dem Augenblick, da der Captain das befohlen hatte. Ich schlug auf den Schalter, und sie begann sich langsam zu öffnen. Dann sah ich mich um und entdeckte, was ich brauchte: die Bootsfallen, locker auf dem Deck eingerollt, noch nicht

gesichert. Ich schnappte mir ein Ende davon und stand an der Luke, als der Deckel sich gerade in die horizontale Richtung bewegte.

Der havarierte Helikopter trieb vor mir, und im Wasser kämpften Leute. „Onkel Steve!“ schrie ich. „Fang auf!“

Ich warf die Leine, so weit ich konnte. Als ich schrie, hatte ich ihn noch nicht einmal gesehen. Das war nur der Gedanke, der mich am meisten beschäftigte, und dann sah ich ihn, weit von der Stelle entfernt, wo die Leine das Wasser berührt hatte. Ich hörte ihn zurückrufen: „Komm schon!“, und dann fing er an, mit kräftigen Zügen auf das Schiff zuzuschwimmen.

Ich war so benommen, daß ich fast die Leine wieder eingezogen hätte, um sie noch einmal zu werfen, als mir klar wurde, daß sie in Reichweite eines anderen aufgekommen war. Ich schrie wieder: „Harry, hinter Ihnen! Festhalten!“

Harry Gates drehte sich im Wasser um, schnappte nach der Leine und bekam sie zu fassen. Ich schickte mich an, ihn hereinzuziehen.

Fast hätte ich ihn verloren, als ich ihn an der Schiffswand hatte. Einer seiner Arme schien unbrauchbar zu sein, und er hätte beinahe wieder loslassen müssen. Aber gemeinsam schafften wir es, ihn nach oben und auf den Lukendeckel zu zerren; wir hätten es sicher nicht geschafft, wenn das Schiff nicht so tief im Wasser gelegen hätte. Er brach zusammen und blieb mit dem Gesicht nach unten keuchend und schluchzend liegen.

Ich riß ihm das Seil aus der immer noch verkrampften Hand und drehte mich um, um es Onkel Steve zuzuwerfen.

Der Helikopter war verschwunden. Onkel Steve war verschwunden. Wieder war das Wasser leergefegt – mit Ausnahme von Parzi, der, den Kopf hoch aus dem Wasser, grimmig entschlossen auf das Schiff zuschwamm.

Ich vergewisserte mich, daß nicht irgendwo im Wasser noch andere Leute waren. Dann versuchte ich, mir etwas für Parzi einfallen zu lassen.

Das arme Schweinchen konnte keine Leine festhalten, da war ich ganz sicher. Vielleicht konnte ich ihn mit dem Lasso fangen. Ich versuchte eine Schlinge in das schwere Tau zu binden. Ich hatte es gerade geschafft, als Parzi ein erschrockenes Quietschen ausstieß, und ich konnte mich gerade noch herumdrehen, um zu sehen, wie er unter Wasser gezogen wurde.

Das, was ihn erwischte, war kein Maul. Ich glaube nicht, daß es ein Maul war.

XV: „Erledigen Sie unseren Auftrag!"

Ich weiß nicht, was ich nach dem Angriff der Wasserungetüme erwartete. Wir liefen alle nur wie benommen herum. Einige von uns versuchten, von der Affeninsel hinunterzusehen, bis dieser Elefantenrüssel wieder auftauchte und fast einen von uns erwischt hätte. Jetzt befahl Captain Urqhardt alle Mann nach innen, und die Luke wurde fest geschlossen.

Die Mitteilung, die gleich nach dem Abendessen gebracht wurde, hatte ich freilich nicht erwartet (wenn überhaupt Abendessen gereicht worden war; einige machten sich belegte Brote). Jedenfalls wurde ich aufgefordert, unverzüglich zur Abteilungsleiterkonferenz zu erscheinen.

Onkel Alf litt schwer unter den Ereignissen und lag mit einem Schlafmittel im Bett. Der einzige noch verbliebene Medizinmann, Dr. Pandit, hatte das angeordnet.

Zuerst ging ich zu Captain Urqhardts Raum und fand ihn dunkel. Dann kam ich auf den Trichter und ging zur Captainskabine. Die Türe war offen, und einige hatten sich bereits um den Tisch versammelt, an dessen Schmalseite Captain Urqhardt Platz genommen hatte. „Sonderkommunikationsabteilung, Sir", meldete ich mich.

„Setzen Sie sich, Bartlett."

Harry kam hinter mir herein; Urqhardt stand auf, schloß die Tür und setzte sich wieder. Ich blickte in die Runde und dachte, daß das ein sehr komisches Abteilungsleitertreffen sei. Harry Gates war der einzige Chef, der das auch schon gewesen war, als wir die Erde verließen.

Anstelle von Commander Frick war Mr. Eastman erschienen. Mama O'Toole war schon lange tot, aber jetzt war auch Cas nicht mehr, und die Ökologie wurde von Mr. Krishnamurti vertreten, der beim Abflug lediglich für die Klimaanlage und die Hydroponik zuständig gewesen war. Anstelle von Dr. Babcock war Mr. O'Toole da, Mr. Regato statt Mr. Roch. Sergeant Andreeli, der auch als Maschinist in der Ingenieurabteilung tätig war, nahm die Stelle von Onkel Steve ein und war das einzige überlebende Mitglied der Schiffswache – weil man ihn vor zwei Tagen mit einem gebrochenen Arm ins Schiff zurückgeschickt hatte. Dr. Pandit saß dort, wo Dr. Devereaux hätte sitzen sollen.

Und ich selbst natürlich, aber ich war nur Platzhalter; Onkel Alf war noch an Bord. Und am allerschlimmsten – da saß Captain Urqhardt auf dem Stuhl, auf dem der Captain hätte sitzen sollen.

Captain Urqhardt eröffnete die Sitzung: „Es erübrigt sich wohl, unsere Lage zu schildern. Sie kennen sie alle. Wir verzichten auch auf die üblichen Abteilungsberichte. Meiner Ansicht nach ist die Erforschung dieses Planeten so vollständig, wie wir sie mit dem gegenwärtigen Personal und den Einrichtungen durchführen können ..., davon abgesehen, daß noch ein zusätzlicher Bericht über die heute aufgetretene Gefahr abgegeben werden muß, damit die erste Kolonistengruppe darauf vorbereitet ist, sich zu verteidigen. Irgendwelche Einsprüche? Dr. Gates, wollen Sie hier zusätzliche Ermittlungen anstellen?"

Harry blickte überrascht auf und antwortete: „Nein, Captain. Nicht unter den vorliegenden Umständen."

„Irgendein Kommentar?"

Es gab keinen. „Sehr gut", fuhr Urqhardt fort. „Ich schlage vor, Kurs auf Alpha Phoenicis zu setzen. Wir werden morgen früh um neun Uhr die Gedenkfeierlichkeiten abhalten und um Mittag starten. Möchte jemand etwas sagen? Mr. O'Toole?"

„Äh?"

„Meinen Sie, daß wir die Zahlen bis dahin bereit haben?"

„Ich denke schon, wenn Janet und ich uns gleich daranmachen."

„Tun Sie das, sobald wir uns vertagt haben. Mr. Regato?"

Regato blickte erstaunt. „Ich habe das nicht erwartet, Captain."

„Ich weiß, daß es knapp ist. Aber ist Ihre Abteilung bis dahin bereit? Ich glaube, Sie haben genügend Stützmasse an Bord."

„Das ist es nicht, Captain. Sicher, die Fackel wird bereit sein. Aber ich dachte, wir würden einen langen Sprung zur Erde machen."

„Was veranlaßt Sie zu dieser Meinung?"

„Nun, äh ..." Der neue Chefingenieur stotterte und wäre fast aus der PL-Sprache ins Spanische verfallen. „Ich meine, unser Zustand. Die Ingenieurabteilung wird rund um die Uhr arbeiten müssen. Für die anderen Abteilungen kann ich nicht sprechen, aber die sind bestimmt auch nicht viel besser dran."

„Nein, das können Sie nicht, und das verlange ich auch nicht von Ihnen. In bezug auf Ihre eigene Abteilung gesprochen – ist die geräteseitig bereit?"

Regato schluckte. „Ja, Sir. Aber Menschen können sich auch abnutzen, genau wie Maschinen."

„Würden Sie bei einem Kurs auf Sol nicht rund um die Uhr Wache stehen?" Urqhardt wartete die naheliegende Antwort nicht ab, sondern fuhr fort: „Eigentlich sollte es nicht nötig sein, daß ich das sage. Wir sind nicht wegen unserer eigenen Bequemlichkeit hier. Wir haben eine Mission zu erfüllen ... wie Sie alle wissen. Vor ein paar Stunden, unmittelbar bevor Captain Swenson das Schiff verließ, hat er zu mir gesagt: ‚Übernehmen Sie das Kommando über mein Schiff, Sir. Erledigen Sie unseren Auftrag!' Und darauf antwortete ich: ‚Aye, aye, Sir.' Erlauben Sie mir, daß ich Sie an diesen Auftrag erinnere: Man hat uns ausgeschickt, um diese Forschungsfahrt durchzuführen, mit dem Befehl, die Suche so lange fortzusetzen, wie wir in Verbindung mit der Erde sind – sobald sie abreißt, dürfen wir zur Erde zurückkehren, wenn das möglich ist. Gentlemen, wir sind noch mit der Erde in Verbindung; der nächste uns zugewiesene Punkt ist Alpha Phoenicis. Könnte irgend etwas klarer sein?"

Die Gedanken überschlugen sich förmlich in meinem Kopf, und ich konnte kaum hören, was er sagte. Und dabei dachte ich: ‚Für wen hält sich dieser Bursche eigentlich? Für Kolumbus? Den Fliegenden Holländer?' Von uns waren nur noch etwa dreißig am Leben – in einem Schiff, das mit zweihundert gestartet war. Die Boote waren weg, ebenso die Helikopter – fast hätte ich seine nächste Bemerkung verpaßt.

„Bartlett?"

„Sir?"

„Wie steht es mit Ihrer Abteilung?"

Mir dämmerte, daß wir die Schlüsselabteilung waren – wir Freaks. Wenn wir die Verbindung verloren, mußte er umkehren. Ich war versucht zu sagen, wir seien alle taub geworden, aber ich wußte, damit würde ich nicht durchkommen. Also zögerte ich.

„Wie Sie schon erklärten, Sir, wir sind mit der Erde in Verbindung."

„Sehr gut." Sein Blick wanderte zu Dr. Pandit weiter.

„Einen Augenblick, Captain", beharrte ich. „Da ist noch mehr."

„Eh? Sprechen Sie."

„Nun, dieser nächste Sprung sind etwa dreißig Jahre, nicht wahr? Greenwich, meine ich."

„In der Größenordnung. Etwas weniger."

„‚In der Größenordnung.' Wir sind noch drei Sonderkommunikatoren, ich, Onk... ich meine, Mr. McNeil – und Mei-Ling Travers. Ich glaube, Onkel Alf brauchen Sie nicht mitzuzählen."

„Warum?"

„Weil er noch seine ursprüngliche Telepartnerin hat, und die ist jetzt so alt wie er. Glauben Sie, daß Onkel Alf noch dreißig Jahre leben wird?"

„Aber für ihn werden es keine dreißig Jahre sein – oh, tut mir leid! Ich verstehe. Sie würde über hundert sein, wenn sie dann noch lebte. Vermutlich senil."

„Vermutlich, Sir. Oder, wahrscheinlicher, tot."

„Gut, dann zählen wir McNeil nicht. Bleiben zwei von Ihnen. Ausreichend für die wesentliche Kommunikation."

„Das bezweifle ich, Sir. Auf Mei-Ling würde ich nicht rechnen. Sie hat nur eine Sekundärverbindung, und ihr Partner ist über dreißig, ohne Kinder. Wenn man von anderen Telepaaren ausgeht, würde ich sagen, daß es höchst unwahrscheinlich ist, daß die durch einen weiteren Gipfel hindurch in Verbindung bleiben ..., nicht einen, der dreißig Jahre kostet."

„Dann bleiben immer noch Sie."

Ich überlegte plötzlich, wenn ich jetzt den Mumm hätte, über Bord zu springen, dürften alle nach Hause gehen. Aber es war nur ein Gedanke; wenn ich einmal sterbe, dann wird es nicht Selbstmord sein. „Mein persönlicher Fall steht nicht viel besser, Sir. Mein Telepartner ist etwa ...", ich mußte innehalten und zählen, und dann schien mir die Antwort nicht richtig zu sein, „... ist etwa neunzehn, Sir. Keine Kinder. Keine Chance, daß sie Kinder bekommt, ehe wir gipfeln. Und mit einem nagelneuen Baby könnte ich ohnehin nicht Verbindung aufnehmen. Sie wird um die Fünfzig sein, wenn wir herauskommen. Soweit ich weiß, hat es in der ganzen Flotte noch keinen Fall gegeben, daß eine so lange Periode überbrückt wurde."

Er wartete ein paar Augenblicke, ehe er antwortete. „Haben Sie Anlaß zu glauben, daß es unmöglich ist?"

„Nun. Nein, Sir. Aber es ist äußerst unwahrscheinlich."

„Hm ... Betrachten Sie sich als eine Autorität in der Theorie der Telepathie?"

„Hm? Nein, Sir. Ich bin nur ein Telepath, das ist alles."

„Ich glaube, er hat recht", warf Dr. Pandit ein.

„Sind Sie eine Autorität, Doktor?"

„Ich, Sir? Meine Spezialität ist, wie Sie wissen, exotische Pathologie. Aber ..."

„In dem Fall werden wir die Autoritäten auf der Erde konsultieren. Vielleicht können die irgend etwas vorschlagen, um unsere Chancen zu verbessern. Wahrscheinlich wird die Akademie unter den gegebenen Umständen wieder den Einsatz von Drogen autorisieren, damit unsere Sonderkommunikatoren während des Gipfels die Verbindung nicht verlieren oder so etwas."

Ich dachte daran, ihm zu sagen, daß Vicky gefährliche Drogen nicht riskieren würde. Dann überlegte ich es mir anders. Pat hatte es riskiert – und Vicky würde es vielleicht auch tun.

„Das wäre dann alles, Gentlemen. Wir starten morgen mittag. Äh, noch etwas. Einer von Ihnen hat angedeutet, die Moral im Schiff sei nicht besonders hoch. Das ist richtig, und ich bin mir dessen vielleicht mehr bewußt als Sie. Aber das wird sich wieder normalisieren, und wir werden die erlittenen Verluste am schnellsten vergessen, wenn wir uns alle wieder an die Arbeit machen. Ich möchte hinzufügen, daß Sie alle als die ranghöchsten Offiziere dieses Schiffes einen großen Einfluß auf die Moral haben, indem Sie ein Beispiel geben. Ich bin sicher, daß Sie das tun werden." Er stand auf.

Ich weiß nicht, wie sich Neuigkeiten in einem Schiff verbreiten, aber bis ich in die Messe hinunterkam, wußten alle, daß wir morgen starten würden ..., und zwar nicht nach Hause. Überall herrschte ein heftiges Stimmengewirr – ich verdrückte mich, weil ich keine Lust hatte, die Entscheidung zu diskutieren; meine Gedanken waren sehr gemischt. Ich dachte, der Captain bestehe auf einem weiteren Sprung, von dessen Resultaten er unmöglich würde berichten können, falls es überhaupt welche gab – mit der hohen Wahrscheinlichkeit, daß keiner von uns je nach Hause kommen würde. Andererseits bewunderte ich die Festigkeit, mit der er sich unserer Verpflichtung stellte und die Panik beiseite wischte. Mumm hatte er.

Aber Mumm hatte auch der Fliegende Holländer – und nach letzten Berichten versuchte der immer noch, das Kap zu umrunden, ohne daß ihm das bislang gelungen wäre.

Der Captain – Captain Swenson, verbesserte ich mich – wäre nicht so stur gewesen. Oder wäre er das? Nach Urqhardt habe der Captain ihn mit seinen letzten Worten daran erinnert, daß es bei ihm lag, den Auftrag durchzuführen. Wir alle waren sehr sorgfältig ausgewählt worden (mit Ausnahme von uns Freaks), und wahrscheinlich waren der Skipper und der Ersatzskipper eines jeden Schiffes in erster Linie wegen ihrer Sturheit ausgewählt worden, ebenjener Eigenschaft, die Kolumbus veranlaßt hatte, immer weiterzusegeln, als ihm das Wasser bereits ausgegangen war und seine Mannschaft zu meutern begann. Ich erinnerte mich, daß Onkel Steve einmal so etwas erwähnt hatte.

Ich beschloß, zu Onkel Steve zu gehen, um mit ihm darüber zu sprechen ... dann erinnerte ich mich, daß ich das nicht konnte, und hatte wirklich ein schlimmes Gefühl. Als meine Eltern gestorben waren, vor zwei Gipfeln, hatte ich ein schlimmes Gefühl gehabt, weil ich kein so schlimmes Gefühl hatte, wie ich geglaubt hatte, es haben zu müssen. Als es geschah – oder besser gesagt, als ich davon erfuhr –, waren sie schon lange tot, Leute, die ich lange nicht mehr gesehen hatte, und bloß Gesichter auf einer Fotografie. Aber Onkel Steve hatte ich jeden Tag gesehen – heute hatte ich ihn gesehen. Und ich hatte mir angewöhnt, meine Schwierigkeiten immer mit ihm zu besprechen, wenn sie mir zuviel wurden.

In diesem Augenblick spürte ich den Verlust, den verzögerten Schock, den man bekommt, wenn man einen schweren Schlag abgekriegt hat. Der Schmerz kommt erst dann, wenn man sich zusammenreißt und erkennt, daß man getroffen worden ist.

Es war ganz gut, daß in dem Augenblick jemand an meine Türe klopfte, sonst hätte ich wahrscheinlich geheult.

Es waren Mei-Ling und ihr Mann Chet. Ich lud sie ein hereinzukommen, und sie setzten sich auf das Bett. Chet kam gleich zur Sache. „Tom, was nimmst du hier für einen Standpunkt ein?"

„Wozu?"

„Zu dieser albernen Geschichte, daß der Captain versuchen will, mit einer Rumpfmannschaft weiterzumachen."

„Welchen Standpunkt ich einnehme, ist nicht wichtig", sagte ich langsam. „Ich führe das Schiff nicht."

„Äh, aber genau das tust du!"

„Was?"

„Ich meine das nicht ganz so, aber ich meine, du kannst dem ganzen Unfug ein Ende machen. Schau mal, Tom, alle wissen, was du dem Captain gesagt hast und ..."

„Wer hat denn geplaudert?"

„Was? Laß nur. Wenn es nicht von dir durchgesickert ist, dann wahrscheinlich von jedem anderen, der dabei war; das ist schließlich allgemein bekannt. Was du ihm gesagt hast, war logisch; es läuft darauf hinaus, daß Urqhardt von dir abhängig ist, ganz alleine von dir, um mit zu Hause in Verbindung zu bleiben. Also bist du der Mann mit dem Knüppel. Du kannst ihn aufhalten."

„Was? Augenblick mal. Ich bin nicht der einzige. Zugegeben, daß er nicht auf Onkel Alf zählt – aber was ist mit Mei-Ling?"

Chet schüttelte den Kopf. „Mei-Ling wird nicht für ihn denk-reden."

Seine Frau sagte: „Hör mal, Chet, das habe ich nicht gesagt."

Er sah sie liebevoll an. „Sei nicht superdumm, mein Schätzchen. Du weißt, daß überhaupt keine Chance besteht, daß du ihm nach dem Gipfel noch zu etwas nutze sein wirst. Wenn unser tapferer Captain Urqhardt sich das noch nicht in seinen Schädel eingebleut hat, wird er ..., selbst wenn ich es ihm in einsilbigen Worten erklären muß."

„Aber es könnte sein, daß ich in Verbindung bleibe."

„O nein, das wirst du nicht ..., sonst schlag ich dir dein hübsches Köpfchen ein. Unsere Kinder werden auf der Erde aufwachsen."

Sie sah ihn ernst an und tätschelte seine Hand. Die Travers' erwarteten nicht schon wieder Nachwuchs, aber alle wußten, daß sie darauf hofften; ich begann zu begreifen, weshalb Chet so hartnäckig war ... und langsam wurde mir klar, daß Mei-Ling nach dem Gipfel keine Verbindung mehr bekommen würde, nicht nachdem ihr Mann mit ihr einmal eine Weile darüber geredet hatte. Was Chet wollte, war ihr viel wichtiger, als was der Captain wollte, und auch viel wichtiger als irgendeine abstrakte Pflicht gegenüber einer Akademie auf der Erde.

Chet fuhr fort: „Überleg es dir, Tom, dann wirst du einsehen, daß du deine Schiffskollegen nicht im Stich lassen darfst. Die Reise fortzusetzen ist Selbstmord, und jeder außer dem Captain weiß das. Jetzt liegt es bei dir."

„Äh, ich will es mir überlegen."

„Tu das. Aber brauch nicht zu lange dazu." Sie gingen.

Ich ging zu Bett, schlief aber nicht. Das Ekelhafte daran war, daß Chet fast hundertprozentig recht hatte ..., auch was die Wahrscheinlichkeit anging, daß Mei-Ling nie wieder Verbindung mit ihrem Telepartner bekommen würde, nicht nach einem weiteren Gipfel, denn sie begann bereits jetzt zu schlupfen.

Ich hatte seit dem letzten Gipfel alle mathematischen oder technischen Dinge durchgegeben, die eigentlich ihr zugekommen wären, weil ihre Verbindung nicht mehr ganz verläßlich war. Chet würde ihr zugegeben hübsches Köpfchen nicht zu berühren brauchen; sie verlor die Verbindung auch so.

Andererseits ...

Als ich etwa achtzehnmal bis „andererseits" gekommen war, stand ich auf, zog mich an und ging Harry Gates suchen; ich dachte mir, da er ja schließlich Abteilungsleiter war und an der Sitzung teilgenommen hatte, würde es auch ganz in Ordnung sein, wenn ich mit ihm darüber sprach.

Er war nicht in seinem Zimmer; Barbara empfahl mir, im Labor nachzusehen. Dort war er, alleine, damit beschäftigt, Proben auszupacken, die am vergangenen Tag herübergeschickt worden waren. Er blickte auf. „Nun, Tom, wie geht's denn?"

„Nicht besonders."

„Ich weiß. Aber ich hatte noch gar nicht richtig Gelegenheit, Ihnen zu danken. Soll ich es Ihnen schriftlich geben, oder reicht's auch so?"

„Äh, lassen wir das." Ich hatte ihn zuerst gar nicht richtig verstanden, denn, um die Wahrheit zu sagen, ich hatte völlig vergessen, daß ich ihn aus dem Wasser gezogen hatte; ich hatte gar keine Zeit gehabt, darüber nachzudenken.

„Wie Sie meinen. Aber ich werd's nicht vergessen. Das wissen Sie doch, oder?"

„Okay. Harry, ich brauche einen Rat."

„So, brauchen Sie den? Nun, den hab ich in allen Größen zur Verfügung. Alles gratis und alles nur soviel wert, wie es kostet, fürchte ich."

„Sie waren doch heute abend bei der Sitzung."

„Sie doch auch." Er blickte besorgt.

„Ja." Ich erzählte ihm alles, was mich beschäftigt hatte, und nach kurzer Überlegung auch alles, was Chet mir gesagt hatte. „Was soll ich tun, Harry? Chet hat recht; die Chance für den nächsten Sprung ist ganz minimal. Und selbst wenn wir einen Planeten finden, der es wert ist, daß man über ihn berichtet – eine Chance, die nicht sehr groß ist, wenn man bedenkt, was die Gruppe als Ganzes bisher geschafft hat –, selbst in dem Fall werden wir ganz bestimmt nicht berichten können, indem wir umkehren, zwei Jahrhunderte nach unserer Abreise. Es ist lächerlich und, wie Chet sagt, selbstmörderisch, mit dem, was uns geblieben ist. Andererseits hat der Captain recht; das ist genau das, wofür wir uns verpflichtet haben. Der Einsatzbefehl des Schiffes sagt, daß wir weitermüssen."

Harry packte langsam ein Paket mit Musterexemplaren aus, ehe er antwortete. „Tommie, Sie sollten mich etwas Leichteres fragen. Fragen Sie mich, ob Sie heiraten sollen, und ich antworte Ihnen unbedingt. Aber es gibt da etwas, was kein Mann einem anderen sagen kann: worin seine Pflicht besteht. Das müssen Sie für sich selbst entscheiden."

Ich dachte darüber nach. „Verdammt noch mal, Harry, was haben Sie denn dabei für ein Gefühl?"

„Ich?" Er hörte mit dem auf, was er gerade tat. „Tom, ich weiß es einfach nicht. Für mich persönlich ... nun, ich bin in diesem Schiff glücklicher gewesen als je zuvor in meinem ganzen Leben. Ich habe meine Frau und meine Kinder bei mir, und ich mache hier genau die Arbeit, die ich gerne tue. Bei anderen mag das anders sein."

„Wie steht es mit Ihren Kindern?"

„Ah, da kommt jetzt der Haken. Als Familienvater ...", er runzelte die Stirn. „Ich kann Ihnen da keinen Rat geben, Tom. Wenn ich auch nur andeute, daß Sie das nicht tun sollen, wofür Sie sich verpflichtet haben, würde ich zur Meuterei anstiften ... Ein Kapitalverbrechen für uns beide. Wenn ich Ihnen sage, Sie müssen das tun, was der Captain will, dann wäre ich juristisch auf sicherem Boden – aber es könnte Ihren Tod und meinen und den meiner Kinder und den von uns allen bedeuten ..., weil der gesunde Menschenverstand auf Chets Seite steht, selbst wenn das Gesetz gegen ihn ist." Er seufzte. „Tom, es ist reines Glück, daß ich mich heute nicht abgemeldet habe – das habe ich Ihnen zu verdanken –, und mein Urteilsvermögen funktioniert noch nicht ganz. Ich kann Ihnen keinen Rat geben; da würde mein persönliches Vorurteil sprechen."

Ich gab keine Antwort. Ich wünschte mir, Onkel Steve wäre durchgekommen; der hatte immer eine Antwort auf alles.

„Alles, was ich tun kann", fuhr Harry fort, „ist, einen ganz miesen Vorschlag zu machen."

„Hm? Und der wäre?"

„Sie könnten zum Captain gehen und ihm unter vier Augen sagen, wie besorgt Sie sind. Das könnte seine Entscheidung beeinflussen. Zumindest sollte er es wissen."

Ich sagte, daß ich darüber nachdenken würde, dankte ihm und ging. Ich legte mich hin und schlief schließlich ein. Mitten in der Nacht wachte ich auf, weil das Schiff bebte. Das Schiff schwankte immer ein wenig, wenn es im Wasser lag, aber nicht so sehr, nicht auf Elysia.

Es hörte auf, und dann fing es wieder an ... und wieder hörte es auf ... und fing von neuem an. Ich fragte mich, was ... und dann bebte es plötzlich in völlig anderer Weise, auf eine Art und Weise, die ich erkannte; so fühlte sich die Fackel an, wenn sie knapp unterkritisch war. Die Ingenieure nannten das „Räuspern", und das gehörte zu allen Inspektionen und Überholungsarbeiten. Ich entschied für mich, daß Mr. Regato vermutlich Überstunden machte, und beruhigte mich wieder. Das Rütteln fing nicht wieder an.

Beim Frühstück fand ich heraus, was es war: Die Meeresungeheuer hatten irgend etwas am Schiff versucht . . ., worauf der Captain ganz logisch Mr. Regato Anweisung gegeben hatte, die Fackel gegen sie einzusetzen. Und jetzt wußten wir eines sicher, wenn wir auch noch nicht viel über sie wußten: Gegen superheißen Dampf und starke Radioaktivität waren sie nicht immun.

Diese Auseinandersetzung mit den Seeteufeln machte mir Mut; ich beschloß, den Captain aufzusuchen, wie Harry es vorgeschlagen hatte.

Er bat mich herein, ohne mich länger als fünf Minuten warten zu lassen. Dann hörte er mir ganz still zu und ließ mich reden. Ich schilderte ihm das ganze Bild, so, wie ich es sah, ohne irgend etwas auf Chet oder Harry zu schieben. Ob ich an ihn herankam oder nicht, konnte ich an seinem Gesicht nicht ablesen, also drückte ich mich recht deutlich aus: Onkel und Mei-Ling waren beide abgemeldet, und die Wahrscheinlichkeit, daß ich nach dem nächsten Gipfel noch zu gebrauchen sein würde, war so gering, daß er sein Schiff und seine Mannschaft mit einer höchst geringen Chance aufs Spiel setzte. Als ich fertig war, wußte ich es immer noch nicht, und er gab auch keine direkte Antwort. Statt dessen sagte er: „Bartlett, Sie hatten gestern abend fünfundfünfzig Minuten lang zwei andere Mitglieder der Mannschaft in Ihrem Zimmer und hatten die Türe verschlossen."

„Hm? Ja, Sir."

„Haben Sie mit ihnen darüber gesprochen?"

Ich wollte lügen. „Äh . . . ja, Sir."

„Anschließend haben Sie ein anderes Mannschaftsmitglied aufgesucht und sind bis ziemlich spät bei ihm geblieben . . . oder bis ziemlich früh, sollte ich sagen. Haben Sie mit ihm über dasselbe Thema gesprochen?"

„Ja, Sir."

„Gut. Ich werde Ermittlungen gegen Sie wegen zwei Verdachtsfällen anstrengen: Verdacht auf Anstiftung zur Meuterei und Verdacht auf Absicht zur Meuterei. Sie stehen unter Arrest. Gehen Sie auf Ihr Zimmer, und bleiben Sie dort. Keine Besucher."

Ich schluckte. Dann kam mir etwas zu Hilfe, was Onkel Steve mir gesagt hatte – Onkel Steve war ein richtiger Weltraumadvokat und redete liebend gerne darüber. „Aye, aye, Sir. Aber ich bestehe darauf, einen Rechtsberater meiner Wahl empfangen zu dürfen, und verlange eine öffentliche Anhörung."

Der Captain nickte, als wenn ich ihm gesagt hätte, daß es regnete. „Sicher. Ihre Rechte werden respektiert. Aber das wird warten müssen; wir bereiten uns jetzt auf den Start vor. Gehen Sie also in Arrest, und begeben Sie sich auf Ihr Zimmer."

Er drehte sich um und überließ das Weitere mir. Er schien nicht einmal zornig.

Und so sitze ich hier alleine in meinem Zimmer. Ich mußte Onkel Alf sagen, daß er nicht hereinkommen durfte, und später auch Chet. Ich kann einfach nicht glauben, was mir widerfahren ist.

XVI: „Bloss eine mathematische Abstraktion"

Jener Morgen schien mir eine Million Jahre zu dauern. Vicky meldete sich zur üblichen Zeit bei mir, aber ich sagte ihr, die Wachliste sei noch einmal geändert worden, und ich würde mich später wieder mit ihr in Verbindung setzen.

„Stimmt etwas nicht?" fragte sie.

(„Nein, Süße. Hier wird nur einiges reorganisiert.")

„In Ordnung. Aber du klingst besorgt."

Ich sagte ihr nicht nur nicht, daß ich in der Klemme saß, ich sagte ihr überhaupt nichts über die Katastrophe. Dafür war später genug Zeit, nachdem wir uns ein wenig daran gewöhnt hatten – sofern Vicky nicht aus den offiziellen Nachrichten davon erfuhr. Unterdessen gab es wirklich keinen Grund, einem netten Mädchen mit etwas den Kopf schwerzumachen, woran es nichts ändern konnte.

Zwanzig Minuten später tauchte Mr. Eastman auf. Als er klopfte, sagte ich: „Ich darf keine Besucher empfangen. Tut mir leid."

Er ging nicht. „Ich bin kein Besucher, Tom; ich bin offiziell hier, im Auftrag des Captains."

„Oh." Ich ließ ihn ein.

Er hatte einen Werkzeugkasten bei sich. Er stellte ihn ab und sagte: „Die reguläre und die Sonderkommunikationsabteilung sind zusammengelegt worden, seit wir so knapp an Personal sind. Sieht also so aus, als wäre ich Ihr Chef. Ich bin sicher, das wird keinen Unterschied machen. Aber ich soll hier an Ihrem Recorder eine Schaltung ändern, damit Sie direkt für das Kommunikationsbüro aufzeichnen können."

„Okay. Aber warum?"

Ihm schien das etwas peinlich. „Nun ... Sie hätten vor einer halben Stunde Ihre Wache antreten sollen. Wir ändern das jetzt so, daß Sie Ihre Wachen bequem von hier aus stehen können. Der Captain ist darüber verärgert, daß ich das nicht schon vorher veranlaßt habe." Er fing an, die Deckplatte meines Recorders abzuschrauben. Ich war sprachlos. Dann erinnerte ich mich an etwas, das Onkel Steve mir gesagt hatte. „He, einen Augenblick mal!"

„Eh?"

„Oh, machen Sie die Schaltung nur, mir macht das nichts aus. Aber ich werde keine Wache stehen."

Er richtete sich auf und blickte besorgt. „Sprechen Sie nicht so, Tom. Sie haben schon genügend Ärger; machen Sie es nicht schlimmer. Wir wollen so tun, als hätten Sie es nie gesagt. Okay?"

Mr. Eastman war anständig und der einzige von den Elektronikleuten, der uns nie Freaks genannt hatte. Ich glaube, er war wirklich besorgt um mich. Aber ich sagte: „Ich kann nicht erkennen, wie es schlimmer werden könnte. Sagen Sie dem Captain, ich hätte gesagt, er solle sich seine Wachen ..." Ich hielt inne. So hätte Onkel Steve es nicht ausgedrückt. „Entschuldigung. Bitte sagen Sie ihm folgendes: ‚Kommunikator Bartlett läßt sich dem Captain empfehlen und bedauert, seine Pflichten nicht unter Arrest erfüllen zu können.' Ist das klar?"

„Jetzt schauen Sie mal, Tom, das ist nicht die richtige Haltung. Sicher, vom formalen Standpunkt aus hat das, was Sie sagen, etwas für sich. Aber wir sind knapp an Personal; da muß jeder einspringen und mithelfen. Sie können sich da jetzt nicht auf den Buchstaben der Dienstvorschrift berufen; das ist den anderen gegenüber nicht fair."

„Kann ich das nicht?" Mein Atem ging schwer, und ich genoß die Chance zurückzuschlagen. „Der Captain kann seinen Kuchen nicht behalten und ihn gleichzeitig auch essen. Ein Mann, der unter Arrest steht, macht nicht gleichzeitig Dienst. So war es immer, und so wird es immer sein. Sagen Sie ihm nur, was ich gesagt habe."

Er brachte stumm seine Arbeit zu Ende, mit der ihm eigenen Präzision. „Sind Sie auch ganz sicher, daß ich ihm das sagen soll?"

„Ganz sicher."

„Also gut. So, wie dieses Ding jetzt geschaltet ist" – meinte er dann und deutete mit dem Daumen auf den Recorder – „können Sie mich darüber erreichen, falls Sie es sich anders überlegen."

„Eines noch ..."

„Hm?"

„Vielleicht hat der Captain nicht daran gedacht, da seine Kabine ein Badezimmer hat, aber ich bin jetzt seit einigen Stunden hier. Wer führt mich den Korridor hinunter und wann? Selbst ein Gefangener hat ein Recht darauf, daß man sich gelegentlich um ihn kümmert."

„Oh, das muß ich wohl machen. Kommen Sie."

Das war der Höhepunkt des Morgens. Ich rechnete damit, daß Captain Urqhardt, fünf Minuten nachdem Mr. Eastman mich verlassen hatte, in meinem Zimmer erscheinen würde – Asche und Feuer speiend. Also legte ich mir ein paar wohlgesetzte Worte zurecht, sorgfältig darauf bedacht, innerhalb der Vorschriften und ganz respektvoll zu bleiben. Ich wußte, ich hatte ihn.

Aber nichts geschah. Der Captain erschien nicht, niemand erschien.

Die Mittagsstunde rückte heran. Als keine Durchsage kam, sich auf den Start vorzubereiten, legte ich mich schließlich fünf Minuten vor zwölf auf meine Pritsche und wartete.

Es waren lange fünf Minuten.

Etwa Viertel nach zwölf gab ich auf und erhob mich wieder. Auch kein Mittagessen. Ich hörte den Gong um halb eins, aber immer noch nichts und niemand. Schließlich entschied ich mich dafür, eine Mahlzeit ausfallen zu lassen, ehe ich mich beklagte, weil ich ihm nicht die Chance geben wollte, das Thema zu wechseln, indem er darauf hinwies, ich hätte den Stubenarrest gebrochen. Einen Augenblick lang dachte ich daran, Onkel Alf anzurufen und ihm von der Panne zu berichten, aber dann entschied ich, daß der Captain, je länger ich wartete, desto mehr im Unrecht sein würde.

Etwa eine Stunde nachdem alle anderen mit Essen fertig waren, tauchte Mr. Krishnamurti mit einem Tablett auf. Die Tatsache, daß er es selbst brachte, anstatt denjenigen zu schicken, der gerade Küchendienst hatte, überzeugte mich, daß ich ein VIP sein mußte – insbesondere, nachdem Kris überhaupt keinen Wert darauf zu legen schien, mit mir zu reden, sogar offenbar Angst davor hatte, in meiner Nähe zu sein. Er schob das Tablett nur herein und sagte: „Stellen Sie es auf den Gang, wenn Sie fertig sind."

„Danke, Kris."

Aber in dem Essen war ein Zettel versteckt: „Wir halten dir die Daumen! Werd nicht schwach, dann stutzen wir diesem Vogel schon die Flügel. Alle drücken dir die Daumen." Der Zettel trug keine Unterschrift, und ich erkannte die Schrift auch nicht. Die von Krishnamurti war es nicht. Seine kannte ich von der Zeit, als ich seine Farm durcheinanderbrachte. Es war auch keiner der beiden Travers und ganz sicher nicht die von Harry.

Schließlich beschloß ich, daß ich eigentlich gar nicht raten wollte, von wem der Zettel war, und riß ihn in Stücke und zerkaute ihn, ganz wie der Mann in der Eisernen Maske oder der Graf von Monte

Christo. Aber als romantischer Held bin ich wohl doch nicht qualifiziert. Ich schluckte es nämlich nicht hinunter; ich kaute das Papier nur und spuckte es dann aus. Aber daß der Zettel vernichtet wurde, dafür sorgte ich, denn ich wollte nicht nur nicht wissen, wer ihn geschickt hatte, ich wollte auch nicht, daß irgend jemand je davon erfuhr.

Wissen Sie, warum? Ich fühlte mich bei dem Zettel nämlich gar nicht gut. Er bereitete mir Unruhe. Oh, zwei Minuten lang gab er mir mächtigen Auftrieb; ich fühlte mich überlebensgroß, der Rächer der Enterbten gleichsam.

Dann begriff ich, was der Zettel bedeutete ...

Meuterei.

Das ist das häßlichste Wort, das es im Weltraum gibt. Jede andere Katastrophe ist besser.

So ziemlich das erste, was Onkel Steve mir gesagt hatte – Pat und mir gesagt hatte, damals als wir noch Kinder waren –, war: „Der Captain hat selbst dann recht, wenn er nicht recht hat." Es dauerte Jahre, bis ich das begriff. Man muß in einem Schiff leben, um zu wissen, warum das stimmt. Und im Herzen begriff ich es überhaupt erst, als ich diesen aufmunternden Zettel las, begriff, daß jemand ernsthaft daran dachte, die Autorität des Captains in Zweifel zu ziehen. Und daß ich das Symbol ihres Widerstandes war. Ein Schiff ist nicht nur eine kleine Welt. Es ist eher so etwas wie ein menschlicher Körper. Man kann in ihm keine Demokratie haben, zumindest keinen demokratischen Konsens, ganz gleich, wie angenehm und demokratisch das Verhalten des Captains auch sein mag. In einer Notlage läßt man auch nicht seine Arme und Beine und den Magen und alles mögliche andere abstimmen, um herauszufinden, was die Mehrzahl möchte. Den Teufel tut man! Das Gehirn trifft eine Entscheidung, und das restliche Wesen führt sie aus.

Ein Schiff im Weltraum ist die ganze Zeit so und muß auch so sein. Was Onkel Steve meinte, war, daß der Captain verdammt gut daran tat, recht zu haben, und daß man selber gut daran tat, zu beten, daß er recht hatte, selbst wenn man nicht seiner Ansicht war ..., weil es nämlich das Schiff nicht rettet, wenn man selbst recht hat und er unrecht.

Aber ein Schiff ist kein menschlicher Körper; ein Schiff, das sind Leute, die mit einem Maß an Selbstlosigkeit zusammenarbeiten, das nicht leicht herbeizuführen ist – mir zumindest fällt Selbstlosigkeit gar nicht leicht. Das einzige, was es zusammenhält, ist ein nebelhaftes Etwas, das man seine Moral nennt, etwas, von dem man kaum weiß, daß das Schiff es hat, bis es sie verliert. In dem Augenblick wurde mir klar, daß die *Elsie* schon seit einiger Zeit dabei war, die ihre zu verlieren. Zuerst war Doc Devereaux gestorben und dann Mama O'Toole. Das waren beides harte Schläge. Jetzt hatten wir den Captain verloren und den größten Teil der anderen. Und die *Elsie* war dabei, in Stücke zu gehen. Vielleicht war der neue Captain nicht besonders intelligent; aber er gab sich Mühe, etwas dagegen zu tun. Ich begann zu begreifen, daß es nicht nur defekte Maschinen oder Angriffe feindlicher Eingeborener waren, die dazu führten, daß Schiffe verlorengingen. Vielleicht war die schlimmste Gefahr irgendein intelligenter junger Idiot, der für sich entschied, daß er klüger als der Captain war, und der genügend andere davon überzeugte, daß er recht hatte. Ich fragte mich, wie viele von den acht Schiffen, die außer Kontakt waren, bei dem Beweis gestorben waren, daß ihre Captains unrecht hatten und daß jemand wie ich recht hatte.

Es reichte bei weitem nicht, recht zu haben.

Ich erregte mich so, daß ich erwog, zum Captain zu gehen und ihm zu sagen, daß ich unrecht gehabt hätte und was ich wohl tun könnte, um zu helfen. Dann wurde mir klar, daß auch das nicht ging. Er hatte mir gesagt, daß ich in meinem Zimmer bleiben sollte – ohne irgendein Wenn und Aber. Wenn es wichtiger war, den Captain zu stützen und seine Autorität zu respektieren – wichtiger als alles andere –, dann blieb mir als einziges, genau das zu tun, was man mir befohlen hatte. Und das tat ich.

Kris brachte mir das Abendessen, diesmal fast rechtzeitig. Am späteren Abend plärrten die Lautsprecher die übliche Warnung; ich legte mich hin, und die *Elsie* startete von Elysia. Aber wir flogen nicht weiter, sondern begaben uns auf einen Orbit, denn gleich darauf gingen wir in freien Fall. Ich verbrachte eine unruhige Nacht; ich kann in gewichtslosem Zustand nicht gut schlafen.

Dann wachte ich auf, als das Schiff leichte Fahrt aufnahm, etwa halbe Erdbeschleunigung. Kris brachte mir das Frühstück, aber ich fragte nicht, was vor sich ging, und er bot sich nicht an, es mir zu sagen. Mitten am Vormittag rief das Schiffslautsprechersystem: „Kommunikator Bartlett, melden Sie sich beim Captain." Die Durchsage wurde wiederholt, ehe ich begriff, daß das für mich bestimmt war ... Dann sprang ich auf, fuhr mir mit dem Rasierapparat über das Gesicht, entschied, daß meine Uniform wohl oder übel so ausreichen mußte, wie sie war, und eilte zur Kabine hinauf.

Er blickte auf, als ich mich meldete. „O ja, Bartlett. Nach genauerer Untersuchung stelle ich fest, daß es keinen Anlaß gibt, Anklage gegen Sie zu erheben. Ihr Arrest ist aufgehoben, und Sie können wieder Dienst tun. Melden Sie sich bei Mr. Eastman."

Er blickte wieder auf seinen Schreibtisch, und ich wurde böse. Ich hatte zwischen einem Gefühl geheilter Loyalität gegenüber dem Schiff und dem Captain als dessen Haupt und dem ebenso starken Wunsch, Urqhardt einen Tritt in den Magen zu versetzen, hin und her geschwankt. Ein einziges freundliches Wort von ihm, und ich wäre, glaube ich, immer der Seine gewesen, komme, was da wolle. So war ich jetzt sauer.

„Captain!"

Er blickte auf. „Ja?"

„Ich glaube, ich kann eine Entschuldigung von Ihnen erwarten."

„So? Das glaube ich nicht. Ich habe zum Wohl des ganzen Schiffes gehandelt, aber ich bin Ihnen nicht böse, falls das für Sie von Interesse ist." Er blickte wieder auf seine Arbeit und entließ mich damit ..., als ob es überhaupt nicht wichtig wäre, ob etwa ich böse sein könnte.

Also stand ich auf und meldete mich bei Mr. Eastman. Eine andere Möglichkeit schien es irgendwie nicht zu geben.

Mei-Ling war im Fernmelderaum und sandte Codegruppen. Sie blickte auf, und ich bemerkte, daß sie müde aussah. Mr. Eastman sagte: „Hallo, Tom. Ich bin froh, daß Sie hier sind. Wir brauchen Sie. Würden Sie bitte mit Ihrem Telepartner Verbindung suchen?"

Das einzig Gute daran, wenn ein Telepath die Wachliste führt, ist, daß andere Leute anscheinend nicht begreifen, daß das andere Ende eines jeden Paars – der erdseitige Partner – kein körperloser Geist ist. Vielmehr ist es ein menschliches Wesen, das ißt und schläft und arbeitet und eine Familie hat und deshalb nicht jederzeit bereitstehen kann, wann immer jemand beschließt, eine Botschaft durchzugeben. „Notfall?" fragte ich nach einem Blick auf die Greenwich- und dann die Schiffsuhr. Vicky würde sich erst in einer halben Stunde bei mir melden. Vielleicht war sie zu Hause und frei, vielleicht auch nicht.

„Vielleicht nicht ‚Notfall', aber ganz sicher ‚dringend'."

Also rief ich Vicky, und sie sagte, es würde ihr nichts ausmachen. („Codegruppen, Sommersprossengesicht"), sagte ich ihr. („Schalt also deinen Recorder auf Playback.")

„Läuft schon, Onkel Tom. Fang an."

Drei Stunden lang sandten wir Codegruppen, und es gibt wirklich nichts Langweiligeres. Ich nahm an, daß es Captain Urqhardts Bericht von den Geschehnissen auf Elysia war, oder wahrscheinlicher, sein zweiter Bericht, nachdem die ALF von ihm weitere Einzelheiten angefordert hatte. Soweit es mich betraf, gab es keinen Grund, die Nachricht in Code durchzugeben; ich war dabeigewesen – also mußte es deswegen sein, damit unsere Telepartner nichts erfuhren, solang die ALF sich nicht zur Freigabe entscheiden konnte. Mir war das recht, denn es hätte mir ganz sicher keinen Spaß gemacht, der kleinen Vicky all die blutigen Szenen und das Massaker in Klarsprache durchzugeben.

Während wir an der Arbeit waren, kam der Captain herein und setzte sich zu Mr. Eastman; ich konnte sehen, daß sie weitere Codegruppen aufschrieben; der Captain diktierte, und Eastman arbeitete an der Codiermaschine. Mei-Ling war schon lange gegangen. Schließlich fragte Vicky schwach: *„Onkel Tom, wie dringend sind diese Zahlengruppen? Mutter hat mich vor einer halben Stunde zum Abendessen gerufen."*

(„Bleib da, dann frag ich.") Ich wandte mich zum Captain und Mr. Eastman und wußte nicht recht, welchen von beiden ich fragen sollte. Aber dann fing ich Eastmans Blick auf und sagte: „Mr. Eastman, wie dringend ist das Zeug? Wir wollen ..."

„Unterbrechen Sie uns nicht", schnitt mir der Captain das Wort ab. „Senden Sie weiter. Die Priorität ist nicht Ihre Angelegenheit."

„Captain, Sie verstehen nicht; ich spreche nicht für mich. Ich wollte gerade sagen ..."

„Setzen Sie Ihre Arbeit fort."

Ich redete mit Vicky („Einen Augenblick, Süße"), dann lehnte ich mich zurück und sagte: „Aye, aye, Captain, ich bin bereit, die ganze Nacht Zahlengruppen durchzugeben. Aber am anderen Ende ist niemand."

„Was meinen Sie?"

„Ich meine, daß für meinen Partner die Zeit zum Abendessen schon lange vorüber ist. Wenn Sie auf der Erdseite Sonderdienst haben wollen, dann sollten Sie das mit dem ALF-Büro koordinieren. Mir scheint, jemand hat die Wachliste völlig durcheinandergebracht."

„Verstehe!" Wie üblich ließ er keinen Ausdruck erkennen. Langsam begann ich zu glauben, daß er ein Roboter war mit Drähten statt Adern. „Gut, Mr. Eastman, holen Sie Mr. McNeil. Veranlassen Sie, daß er Mr. Bartlett ablöst."

„Ja, Captain."

„Entschuldigen Sie, Captain ..."

„Ja, Bartlett?"

„Sie wissen möglicherweise nicht, daß Onkels Partner in der Greenwich-Zone minus zwo lebt. Dort ist jetzt Mitternacht – und seine Partnerin ist eine alte Dame über fünfundsiebzig. Ich dachte, Sie würden das vielleicht wissen wollen."

„Hm. Stimmt das, Eastman?"

„Ich glaube, ja, Sir."

„Dann widerrufe ich meinen letzten Befehl. Bartlett, ist Ihr Partner bereit, den Dienst nach einer Stunde Pause für das Essen wiederaufzunehmen? Ohne die ALF einzuschalten?"

„Ich will sehen, Sir." Ich sprach zu Vicky; die zögerte. („Was ist denn, Sommersprossengesicht?") fragte ich. („Mit George verabredet? Brauchst es nur zu sagen, dann sage ich Captain Bligh, daß er dich nicht haben kann.")

„Oh, schon gut. Ich werde George eben abhängen. Ich würde mir bloß wünschen, daß die nicht die ganze Zeit bloß Buchstabensuppe füttern. Okay, eine Stunde."

(„Eine Stunde, meine Süße. Geh jetzt deinen Salat essen. Und paß auf deine Linie auf.")

„Meine Linie ist ganz in Ordnung, vielen Dank."

„Okay, Captain."

„Sehr gut. Bitte, sagen Sie ihm, ich ließe danken."

Er brachte das so gleichgültig, daß ich einfach von mir aus noch etwas draufgeben mußte: „Mein Partner ist ein Mädchen, kein ‚ihm'. Ihre Mutter hat eine zweistündige Pause verfügt. Sonst müßte die ALF eingeschaltet werden."

„So. Also gut." Er wandte sich wieder Eastman zu. „Schaffen wir es nicht, diese Kommunikationswachen irgendwie zu koordinieren?"

„Ich gebe mir große Mühe, Captain. Aber für mich ist das neu ... und wir haben nur noch drei Leute."

„Eine Wache von drei sollte nicht zu schwierig sein. Und doch scheint es da immer irgendwelche Gründe zu geben, daß wir nicht senden können. Haben Sie dazu einen Kommentar?"

„Nun, Sir, Sie haben ja die Schwierigkeit gerade gesehen. Es geht darum, daß wir die Kommunikation mit der Erde koordinieren müssen. Äh, ich glaube, die Sonderkommunikatoren haben das bisher selbst geregelt. Oder einer von ihnen."

„Welcher? Mr. McNeil?"

„Ich glaube, Bartlett hat das gewöhnlich gemacht, Sir."

„So. Bartlett?"

„Das ist richtig, Sir."

„Schön, dann haben Sie den Job jetzt wieder. Sorgen Sie für eine kontinuierliche Wache." Er schickte sich an aufzustehen.

Wie sagt man es einem Captain, daß er das nicht kriegt, was er sich einbildet? „Aye, aye, Sir. Aber da wäre noch eine Kleinigkeit, Captain."

„Ja?"

„Habe ich richtig verstanden, daß Sie mich dazu autorisieren, eine kontinuierliche Wache mit der ALF zu arrangieren? Mit Ihrer Unterschrift und Codenummer?"

„Natürlich."

„Nun, und was mache ich, wenn die für die alte Dame nicht mit einer so langen Arbeitszeit einverstanden sind? Soll ich dann noch längere Arbeitszeiten für die zwei anderen verlangen? Im Falle meines Partners werden Sie mit den Eltern Schwierigkeiten bekommen, sie ist noch ein junges Mädchen."

„So. Ich kann nicht begreifen, weshalb das Büro zu Hause solche Leute eingestellt hat."

Ich sagte nichts. Wenn er nicht wußte, daß man Telepathen nicht so wie Bäcker oder Metzger einstellte, dann hatte ich auch keine Lust, es ihm zu erklären.

Aber er ließ nicht locker. „Kommentar?"

„Ich habe keinen Kommentar, Sir. Sie können aus keinem von ihnen mehr als drei oder vier Stunden täglich herausbekommen, abgesehen von extremen Notfällen. Handelt es sich hier um einen? In dem Fall kann ich das arrangieren, ohne das Büro einzuschalten."

Darauf gab er keine direkte Antwort, sondern sagte: „Arrangieren Sie die beste Wachliste, die Sie zuwege bringen. Sprechen Sie mit Mr. Eastman darüber." Als er sich zum Gehen umdrehte, sah ich, wie unglaublich müde sein Gesicht wirkte, und da tat er mir plötzlich leid. Zumindest hätte ich keine Lust gehabt, mit ihm zu tauschen.

Vicky übernahm eine Schicht mitten in der Nacht, obwohl Kathleen Einwände hatte. Kathleen wollte die Schicht selbst übernehmen, aber in Wahrheit konnten sie und ich, wenn Vicky nicht mit eingeschaltet war, nicht mehr gut miteinander arbeiten, zumindest nicht bei so komplizierten Dingen wie Codegruppen.

Der Captain kam nicht zum Frühstück, und ich kam verspätet. Ich sah mich um und fand einen Platz neben Janet Meers. Wir saßen jetzt nicht mehr abteilungsweise getrennt – einfach ein einziger großer, hufeisenförmiger Tisch, wobei der Rest der Messe wie ein Aufenthaltsraum angeordnet war, damit er nicht so leer aussah.

Ich hatte mich gerade über meine Synthetik-Rühreier auf Toast hergemacht, als Mr. Eastman aufstand und an sein Glas klopfte. Er sah so aus, als hätte er tagelang nicht mehr geschlafen. „Darf ich um Ruhe bitten. Ich habe eine Mitteilung des Captains zu überbringen." Er zog ein Blatt heraus und fing zu lesen an:

„‚Mitteilung an die Besatzung: Auf Anweisung der Akademie für Langzeitforschung ist die Mission dieses Schiffes abgewandelt worden. Wir werden in der Umgebung von Beta Ceti bleiben und auf ein Rendezvous-Manöver mit dem Akademieschiff *Serendipity* warten. Das Rendezvous wird in etwa einem Monat stattfinden. Unmittelbar darauf werden wir den Erdorbit ansteuern.

F. X. Urqhardt, kommandierender Offizier der *Lewis und Clark.*'"

Die Kinnlade fiel mir herunter. Dieser verdammte Heimlichtuer! Die ganze Zeit, in der ich mir den Kopf zerbrochen hatte, hatte er das Büro zu Hause dahin gebracht, unsere Befehle umzuwandeln. Kein Wunder, daß er Codes benutzt hatte; man gibt nicht im Klartext durch, daß das Schiff erledigt und die Mannschaft im Eimer ist. Nicht, wenn man es vermeiden kann. Ich nahm ihm nicht einmal übel, daß er uns Freaks nicht vertraut hatte, unter den gegebenen Umständen hätte ich mir selbst nicht vertraut.

Janets Augen leuchteten ... wie die einer verliebten Frau oder eines relativistischen Mathematikers, der gerade eine neue Methode für eine Transformation entdeckt hat. „Die haben es also wirklich geschafft!" sagte sie im Verschwörerton.

„Was geschafft?" fragte ich. Die war ja richtig begeistert; mir war gar nicht klargewesen, daß sie so darauf erpicht war, nach Hause zurückzukehren.

„Tommie, verstehst du denn nicht? Die haben es geschafft, geschafft haben die es, die haben die Irrelevanz ausgenutzt. Dr. Babcock hat recht gehabt."

„Hm?"

„Aber das ist doch völlig klar. Was für ein Schiff kann denn in einem Monat hierherkommen? Ein irrelevantes Schiff natürlich. Eines, das schneller ist als das Licht." Sie runzelte die Stirn. „Ich verstehe nur nicht, daß das einen Monat dauern soll. Es sollte überhaupt keine Zeit brauchen. Weil es nämlich keine Zeit benutzt."

„Jetzt mal ganz ruhig, Janet", sagte ich. „Ich bin heute morgen ein wenig blöd – ich habe letzte Nacht nicht viel geschlafen. Warum sagst du, daß dieses Schiff ... äh, die *Serendipity* ... schneller als Licht ist? Das ist doch unmöglich."

„Tommie, Tommie ... hör zu. Wenn das ein gewöhnliches Schiff wäre, dann hätte es, um hier mit uns ein Rendezvous-Manöver zu fahren, die Erde vor dreiundsechzig Jahren verlassen müssen."

„Nun, vielleicht hat es das."

„Tommie! Das kann es doch nicht – vor so langer Zeit wußte doch niemand, daß wir jetzt hier sein würden. Wie könnten sie?"

Ich rechnete zurück. Dreiundsechzig Greenwich-Jahre ... das wäre irgendwann während unseres ersten Gipfels gewesen. Janet schien recht zu haben. Nur ein unglaublicher Optimist oder ein Wahrsager hätte damals ein Schiff von der Erde weggeschickt, um sich hier mit uns zu treffen. „Das verstehe ich nicht."

„Begreifst du denn nicht, Tommie? Ich habe es dir doch erklärt. Ich weiß, daß ich das habe. Irrelevanz. Ihr Telepathen wart doch der Grund, daß diese Untersuchung eingeleitet wurde; ihr habt bewiesen, daß ‚Simultaneität' ein Konzept war, mit dem man arbeiten konnte ... und die unvermeidbare logische Konsequenz war, daß Zeit und Raum nicht existieren."

Ich spürte, wie ich anfing, Kopfschmerzen zu bekommen. „Nicht? In was nehmen wir denn gerade unser Frühstück ein?"

„Das ist nur eine mathematische Abstraktion, mein Lieber, sonst nichts." Sie lächelte und warf mir einen mütterlichen Blick zu. „Armer, sentimentaler Tommie. Du machst dir zu viele Gedanken."

WAHRSCHEINLICH hatte Janet recht, denn unser Rendezvous mit der *F.S. Serendipity* fand neunundzwanzig Greenwich-Tage später statt. Wir verbrachten die Zeit damit, mit einem halben g an einen Ort zu kriechen, der acht Milliarden Kilometer im galaktischen Norden von Beta Ceti lag; denn allem Anschein nach wollte die *Sarah* nicht zu nahe an den großen Stern heran. Trotzdem, auf dreiundsechzig Lichtjahre sind acht Milliarden Kilometer recht sauber gezielt – sehr knapp sogar. Außerdem verbrachten wir die Zeit damit, wie die Irren zu arbeiten, um Probeexemplare zu arrangieren und vorzubereiten und Daten zusammenzutragen. Darüber hinaus entdeckte Captain Urqhardt plötzlich, jetzt, wo wir Besucher erwarteten, daß in letzter Zeit eine ganze Menge Dinge nicht gesäubert und poliert worden waren. Er inspizierte sogar die Kabinen, was ich wirklich für Schnüffelei hielt.

Die *Sarah* hatte einen Gedankenleser an Bord, und das half natürlich, als die Zeit für das Rendezvous-Manöver kam. Sie verpaßte uns um fast zwei Lichtstunden, und dann tauschten ihr Telepath und ich Koordinaten (in bezug auf Beta Ceti) über Relais auf der Erde, und dann stimmte alles. Mit Radar und Funk alleine hätten wir wahrscheinlich eine Woche herumgesucht – wenn wir den Kontakt je geschafft hätten.

Aber als das einmal erledigt war, erwies die *Sarah* sich als ein schnelles Schiff, lebhaft genug, daß einem die Augen dabei übergehen konnten. Sie saß uns praktisch auf dem Schoß und erschien auf unserem Nahbereichsradar, als ich noch dabei war, dem Captain die gerade durchgegebenen Koordinaten zu melden. Eine Stunde später waren unsere Luftschleusen miteinander verbunden. Und sie war winzig. Die *Elsie* war mir riesenhaft erschienen, als ich sie zum erstenmal sah. Nach einer Weile hatte sie einfach die richtige Größe, für manche Zwecke sogar ein wenig eng. Aber die *Sarah* hätte nicht einmal ein anständiges Pendelschiff für die Mondverbindung abgegeben.

Mr. Whipple kam als erster an Bord. Er war wirklich ein unglaublicher Typ für den Weltraum; er trug sogar eine Aktentasche. Aber er übernahm sofort das Kommando. Er hatte zwei Männer bei sich, und die machten sich in einem kleinen Raum im Frachtdeck zu schaffen. Sie wußten genau, welchen Raum sie wollten, wir mußten schleunigst die Kartoffeln herausräumen. Dort arbeiteten sie einen halben Tag und installierten etwas, das sie einen „Nullfeldgenerator" nannten. Sie arbeiteten dabei in seltsamer Kleidung, die ganz und gar aus haarfeinen Drähten bestand, welche sie wie Mumien bedeckten. Mr. Whipple blieb unter der Türe stehen, sah ihnen beim Arbeiten zu und rauchte dabei eine Zigarre – das war die erste, die ich seit drei Jahren zu Gesicht bekommen hatte, und ihr Geruch machte mir übel.

Die Relativisten hielten sich dauernd in seiner Nähe auf und tauschten erregte Kommentare und ebenso die Ingenieure, nur daß die verblüfft und ein wenig angewidert wirkten. Ich hörte, wie Mr. Regato sagte: „Mag schon sein. Aber eine Fackel ist etwas, worauf man sich verlassen kann. Wirklich."

Captain Urqhardt war stummer Zeuge, mit richtig versteinerter Miene.

Dann drückte Mr. Whipple endlich seine Zigarre aus und sagte: „So, das wär's, Captain. Thompson wird hierbleiben und Sie reinlotsen. Bjorkensen fliegt mit der *Sarah*. Ich fürchte, mich werden Sie auch ertragen müssen, denn ich komme mit Ihnen zurück."

Captain Urqhardts Gesicht wurde grau. „Soll ich daraus entnehmen, Sir, daß Sie mich meines Kommandos entheben?"

„Was? Du lieber Gott, Captain, wie können Sie so etwas sagen?"

„Sie scheinen die Leitung meines Schiffes übernommen zu haben ... im Auftrag der Akademie. Und jetzt sagen Sie mir, daß dieser Mann ... äh, Thompson, uns zurückbringen soll."

„Du liebe Güte, nein! Tut mir leid. Ich bin die Feinheiten der Arbeit draußen nicht gewöhnt; ich war zu lange im Büro. Aber sehen Sie in Thompson einfach einen ... hm, eine Art Lotsen. Das ist es, er wird Ihr Lotse sein. Aber niemand enthebt Sie Ihres Kommandos; das behalten Sie, bis Sie nach Hause zurückkehren und Ihr Schiff übergeben können. Und dann wird man es natürlich verschrotten."

Darauf meinte Mr. Regato mit seltsam hoher Stimme: „Sagten Sie ‚verschrotten', Mr. Whipple?" Ich spürte, wie sich mir der Magen umdrehte. Die *Elsie* verschrotten? Nein!

„Wie? Vielleicht habe ich etwas voreilig gesprochen. Es ist noch nichts entschieden. Möglicherweise wird sie auch als Museum aufbewahrt. Das wäre übrigens eine gute Idee." Er holte ein Notizbuch heraus und schrieb sich etwas auf. Dann steckte er es weg und sagte: „Und jetzt, Captain, wenn es Ihnen recht ist, würde ich gerne zu Ihren Leuten sprechen. Wir haben nicht viel Zeit."

Captain Urqhardt führte ihn stumm ins Messedeck.

Als wir alle versammelt waren, lächelte Mr. Whipple und sagte: „Ich versteh mich nicht besonders gut darauf, Reden zu halten. Ich möchte Ihnen allen nur im Auftrag der Akademie danken und Ihnen erklären, was wir tun. Ich will nicht auf Einzelheiten eingehen, weil ich kein Wissenschaftler bin; ich bin ein Verwaltungsmann und mit der Liquidation von Projekt Lebensraum beschäftigt, dem Sie angehören. Solche Bergungsoperationen wie diese sind notwendig, nichtsdestoweniger ist die Akademie daran interessiert, die *Serendipity* und ihre Schwesterschiffe, die *Irrelevant*, die *Infinity* und die *Zero*, für ihre eigentliche Arbeit freizubekommen, das heißt die Erforschung der Sterne im umliegenden Weltraum."

Jemand fiel ihm ins Wort. „Aber das haben wir doch getan!"

„Ja, ja natürlich. Aber die Zeiten ändern sich. Eines der Nullfeldschiffe kann in einem Jahr mehr Sterne besuchen als ein Fackelschiff in einem ganzen Jahrhundert. Es freut Sie vielleicht zu erfahren, daß die *Zero* alleine im letzten Monat sieben Planeten genau vom Erd-Typ ausfindig gemacht hat."

Mich freute es nicht.

Onkel Alfred McNeil lehnte sich vor und sagte mit leiser, tragischer Stimme, die unser aller Gefühle ausdrückte: „Einen Augenblick, Sir. Wollen Sie uns sagen, daß das, was wir getan haben ... nicht notwendig war?"

Mr. Whipple sah ihn erschrocken an. „Nein, nein, nein! Es tut mir schrecklich leid, wenn ich den Eindruck vermittelt habe. Was Sie getan haben, war äußerst notwendig, sonst würde es heute keine Nullschiffe geben. Das wäre genau, als wollte man sagen, daß das, was Kolumbus getan hat, nicht notwendig war, einfach weil wir heutzutage Meere überspringen, als wären sie nur Schlammlöcher."

„Danke, Sir", sagte Onkel leise.

„Vielleicht hat Ihnen noch niemand gesagt, wie unerläßlich notwendig Projekt Lebensraum gewesen ist. In letzter Zeit hat in der Akademie ziemlicher Aufruhr geherrscht. Ich weiß, daß ich selbst so wenig Schlaf bekommen habe, daß ich nicht einmal weiß, was ich getan und was ich nicht getan habe. Aber Sie begreifen doch sicher, daß all dieser Fortschritt ohne die Telepathen in Ihrer Mitte nicht stattgefunden hätte?" Whipple sah sich um. „Wer sind sie? Ich würde ihnen gern die Hand schütteln. Jedenfalls – ich bin kein Wissenschaftler, damit Sie mich richtig verstehen; ich bin Rechtsanwalt –, jedenfalls, wenn nicht völlig zweifelsfrei bewiesen worden wäre, daß Telepathie wahrhaft zeitlos ist, und wenn das nicht über viele Lichtjahre hinweg bewiesen und gemessen worden wäre, dann würden unsere Wissenschaftler vielleicht immer noch nach Fehlern in der sechsten Dezimalstelle suchen und behaupten, daß telepathische Signale sich nicht gleichzeitig ausbreiten, sondern einfach mit so großer Geschwindigkeit, daß ihre genaue Größenordnung durch Instrumentenfehler verdeckt ist. So habe ich das verstanden, und so hat man es mir gesagt. Sie sehen also, Ihre Arbeit hat wunderbare Ergebnisse erbracht, viel größer, als man sie erwartet hat, selbst wenn es nicht ganz die Resultate waren, die Sie gesucht haben."

Ich dachte, wenn sie uns das ein paar Tage früher gesagt hätten, wäre Onkel Steve noch am Leben.

Aber er hatte nie im Bett sterben wollen.

„Doch die Früchte Ihrer Mühen", fuhr Whipple fort, „haben sich nicht sofort gezeigt. Wie so viele andere Dinge in der Wissenschaft mußte die neue Idee lange Zeit wachsen bei den Spezialisten ... und dann wurde die Welt plötzlich mit den phänomenalen Resultaten konfrontiert. Was mich betrifft, wenn jemand mir vor sechs Monaten gesagt hätte, ich würde hier draußen inmitten der Sterne einen populären Vortrag über die neue Physik halten, dann hätte ich ihm nicht geglaubt. Ich bin nicht einmal sicher, daß ich es jetzt glaube. Aber hier bin ich. Und unter anderem bin ich hier, um Ihnen dabei zu helfen, wieder klarzukommen, wenn wir nach Hause zurückkehren." Er lächelte und verbeugte sich.

„Äh, Mr. Whipple", fragte Chet Travers, „wann werden wir denn nach Hause kommen?"

„Oh, habe ich Ihnen das nicht gesagt? Sofort ... sagen wir, kurz nach dem Mittagessen."

XVII: Von Zeit und Wandel

Ich sollte diese Aufzeichnungen wohl zu Ende führen und dafür sorgen, daß sie ein anständiges Begräbnis bekommen. Zeit zum Schreiben habe ich bestimmt nie mehr.

Sie hielten uns in Rio eine Woche in Quarantäne fest. Wenn wir den Mann von der ALF nicht bei uns gehabt hätten, dann säßen wir vielleicht heute noch dort. Aber sie waren nett zu uns. Kaiser Dom Pedro III. von Brasilien verlieh jedem von uns im Auftrag des Vereinigten Systems die Richardson-Medaille und hielt eine Rede, die erkennen ließ, daß er nicht ganz sicher war, wer wir waren oder wo wir gewesen waren, aber nichtsdestoweniger wußte man unsere Verdienste zu schätzen.

Eigentlich blieb die Aufmerksamkeit, die uns erwiesen wurde, hinter meinen Erwartungen zurück. Oh, damit will ich nicht sagen, daß die Nachrichtenagenturen uns ignorierten; sie machten Bilder von uns und interviewten jeden einzelnen. Aber der einzige Bericht, den ich je zu Gesicht bekam, trug die Überschrift: DRITTE LADUNG VON TOTGEGLAUBTEN TRIFFT HEUTE EIN.

Der Reporter, oder wer auch immer sonst die Geschichte schrieb, hatte seinen Spaß daran, und ich kann nur hoffen, daß er daran erstickt.

Anscheinend war unsere Kleidung etwas seltsam und unsere Art zu reden auch. Und wir alle waren auf pikante Art altmodisch und ein wenig einfältig. Unter dem Bild stand: „Hüte ab, Chuchies! Opa Stadt kommt."

Ich sah mir die Geschichte gar nicht an.

Onkel Alf machte es nichts aus; ich bezweifle, ob er es überhaupt bemerkt hat. Er hatte nichts anderes im Sinn, als Celestine zu sehen.

„Ich hoffe nur", sagte er halb im Ernst zu mir, „daß das Kind so kochen kann, wie ihre Mutter das konnte."

„Wirst du bei ihr wohnen?" fragte ich.

„Natürlich. Das war doch immer so."

Das war so logisch, daß ich keine Antwort darauf wußte. Dann tauschten wir die Adressen. Das war ebenfalls logisch, aber mir kam es seltsam vor – die einzige Adresse, die wir alle gehabt hatten, war die *Elsie* gewesen. Aber ich tauschte mit allen die Adressen und machte mir eine Notiz, daß ich Dustys Zwilling aufsuchen wollte, falls er noch lebte, um ihm zu sagen, daß er stolz auf seinen Bruder sein konnte – vielleicht würde ich ihn durch die Akademie ausfindig machen können.

Als die uns schließlich gehen ließen und Celestine Johnson auftauchte, erkannte ich sie nicht. Da kam diese hochgewachsene, gut aussehende alte Dame und umarmte Onkel Alf, hob ihn beinahe in die Höhe, und ich fragte mich schon, ob ich ihm zu Hilfe kommen sollte.

Dann blickte sie auf und sah, daß ich hinsah und lächelte, und ich schrie: „Sugar Pie!"

Sie lächelte noch mehr, und ich fühlte mich förmlich von Süße und Liebe durchspült. *„Hallo, Tommie. Schön, dich wiederzusehen."*

Ich versprach, sie so bald wie möglich zu besuchen, und ließ sie allein; die brauchten mich für ihr Wiedersehen nicht. Niemand war gekommen, um mich abzuholen; Pat war zu alt und hatte sich das Reisen abgewöhnt. Vicky war zu jung, als daß sie allein hätte reisen dürfen, und was Molly und Kathleen anging, so glaube ich, daß ihre Männer eigentlich keinen Anlaß dafür sahen. Schließlich mochte mich keiner von beiden. Unter den gegebenen Umständen kann ich ihnen das nicht verübeln ..., obwohl es schon lange her war (für sie waren es Jahre), seit ich ohne Vickys Hilfe mit ihren Frauen telepathiert hatte. Ich wiederhole, ich nehme es ihnen nicht übel. Wenn die Telepathie sich je allgemein durchsetzt, dann könnten solche Dinge eine Menge Reibungen in der Familie erzeugen.

Außerdem war ich, immer wenn ich das wollte, mit Vicky in Verbindung. Ich sagte ihr, sie solle das Ganze vergessen und kein Theater machen; ich zog es vor, nicht abgeholt zu werden.

Tatsächlich wurde auch mit Ausnahme von Onkel Alf keiner von uns abgeholt – abgesehen von den Agenten der ALF. Nach mehr als siebzig Jahren gab es einfach niemanden mehr, der sie hätte abholen können. Am meisten tat mir Captain Urqhardt leid. Ich sah ihn alleine dastehen, während wir alle außerhalb der Quarantänestation auf unsere Kurier-Dolmetscher warteten. Von den anderen war keiner allein; wir waren alle damit beschäftigt, uns zu verabschieden. Aber er hatte keine Freunde – ich denke, er konnte es sich nicht leisten, an Bord des Schiffes Freunde zu haben, selbst während er noch darauf wartete, Captain zu werden.

Er sah so niedergeschlagen und einsam und unglücklich aus, daß ich auf ihn zuging und ihm die Hand hinstreckte. „Ich möchte Wiedersehen sagen, Captain. Es war eine Ehre, unter Ihnen Dienst zu tun ... und ein Vergnügen." Letzteres war keine Lüge; in dem Augenblick meinte ich es ernst.

Er blickte überrascht, dann brach sein Gesicht zu einem Grinsen auf, daß ich Angst hatte, es würde in Stücke gehen. Sein Gesicht war es nicht gewöhnt. Er packte meine Hand und sagte: „Für mich war es auch ein Vergnügen, Bartlett. Ich wünsche Ihnen alles Glück der Welt. Äh ... was haben Sie für Pläne?"

Das kam interessiert, eifrig, und plötzlich begriff ich, daß er sich unterhalten wollte. „Ich habe keine festen Pläne, Captain. Zuerst fahre ich nach Hause, und dann werde ich wohl zur Schule gehen. Ich möchte aufs College, aber da muß ich wohl zuerst ein wenig nachholen. Hier hat sich ja vieles verändert."

„Ja, es hat sich einiges verändert", pflichtete er mir feierlich bei. „Wir werden alle einiges nachholen müssen."

„Äh, was haben Sie für Pläne, Sir?"

„Ich habe keine. Ich weiß nicht, was ich tun kann."

Er sagte das ganz einfach, eine Tatsachenfeststellung; und ich begriff plötzlich mit warmem Mitgefühl, daß es wahr war. Er war ein Fackelschiffcaptain – einen spezialisierteren Beruf hat es wohl nie gegeben –, und jetzt gab es keine Fackelschiffe mehr. Es war so, als wenn Kolumbus von seiner ersten Reise zurückgekehrt wäre und nichts als Dampfschiffe vorgefunden hätte. Würde er wieder zur See fahren können? Er hätte nicht einmal die Brücke finden können, geschweige denn wissen, was dort zu tun war.

Es gab keinen Platz für Captain Urqhardt; er war ein Anachronismus. Ein feierliches Dinner und dann danke, gute Nacht.

„Ich könnte wahrscheinlich in den Ruhestand treten", fuhr er fort und blickte weg. „Ich habe mir ausgerechnet, was ich noch an Gehalt zu bekommen habe, und da kommt eine verrückte Summe heraus."

„Ja, wahrscheinlich, Sir." Ich hatte mir mein Gehalt nicht ausgerechnet; Pat hatte es für mich in Empfang genommen.

„Verdammt noch mal, Bartlett! Ich bin zu jung, um mich pensionieren zu lassen."

Ich sah ihn an. Ich hatte ihn nie als besonders alt empfunden, und das war er auch nicht im Vergleich mit Captain Swenson. Aber um die Vierzig nach Schiffszeit mußte er wohl sein. „Sagen Sie, Captain, warum gehen Sie nicht auch wieder auf die Schule? Sie können es sich doch leisten."

Er blickte unglücklich. „Vielleicht sollte ich das. Ich meine, ich müßte das tun. Oder vielleicht sollte ich einfach alles hinwerfen und auswandern. Es heißt, man hätte jetzt eine große Auswahl."

„Das werde ich am Ende wahrscheinlich auch tun. Wenn Sie mich fragen, hier ist es zu voll geworden. Ich habe an Connie gedacht und wie hübsch die Babcock Bay doch ausgesehen hat." In der Woche, die wir in Quarantäne verbracht hatten, hatte ich wirklich daran gedacht.

Wenn Rio ein Beispiel für den Rest war, dann gab es auf der Erde nicht genügend Platz, um umzufallen; wir waren ganz unten im Santos District, und doch sagten die, es sei Rio. Wenn wir zur Babcock Bay zurückgingen, wären wir die ältesten Siedler.

„Vielleicht werde ich das. Ja, vielleicht werde ich das." Aber er wirkte immer noch verloren.

Unsere Kurier-Dolmetscher hatten Anweisung, uns alle nach Hause zu bringen oder wohin wir sonst wollten. Ich ließ die meine gehen, als ich mein Ticket hatte. Sie war schrecklich nett, aber sie ging mir auf die Nerven. Sie behandelte mich wie eine Kreuzung aus einem Großvater, auf den man im Verkehr aufpassen muß, und einem kleinen Jungen, der dauernd Anweisungen braucht. Nicht daß ich die nicht gebraucht hätte.

Aber sobald ich einmal Kleider hatte, bei denen einem nicht die Leute nachstarrten, wollte ich auf eigenen Füßen stehen. Sie hatte mir in einer Woche genügend Systemsprache beigebracht, daß ich in einfachen Dingen durchkommen würde, und ich hoffte, daß man meine Fehler einem lokalen Akzent zuschreiben werde. Tatsächlich hatte ich festgestellt, daß die Systemsprache einfach das gleiche wie PL-Sprache war, nur daß man noch mehr Ecken abgeschliffen und ein paar neue Worte hinzugefügt hatte. Englisch mit anderen Worten, zugestutzt und ein bißchen gedehnt, um eine Art Handelssprache daraus zu machen.

Also dankte ich Senhorita Guerra, sagte ihr Lebewohl und zeigte einem verschlafenen Torhüter mein Ticket. Er antwortete mir in Portugiesisch, und ich muß ihn wohl dumm angesehen haben, und so übersetzte er es mir: „Aushinuntergehe rechtswärts. Alljeden frage." Und das war's.

IRGENDWIE schien jeder in dem Schiff zu wissen, daß ich einer der Totgeglaubten war, und die Stewardeß bestand darauf, mir beim Umsteigen in White Sands behilflich zu sein. Aber sie waren freundlich und lachten mich nicht aus. Einer wollte etwas über die Kolonie hören, die gerade auf Capella VIII eröffnet wurde, und begriff nicht, weshalb ich nicht dort gewesen war, wo ich doch die ganze Zeit im Raum gereist war. Ich versuchte, ihm zu erklären, daß Capella auf der anderen Seite des Himmels war, mehr als hundert Lichtjahre von den Sternen entfernt, die ich besucht hatte, aber er hat es wohl nicht kapiert.

Aber ich begann zu begreifen, weshalb wir keine Schlagzeilen gemacht hatten. Kolonieplaneten waren der letzte Schrei, und es gab jeden Tag einen neuen. Weshalb sollte jemand sich also über einen aufregen, den wir vor sechzig Jahren gefunden hatten? Oder auch nur über einen, der ein paar Monate alt war und kein Vergleich mit solchen war, die im Augenblick dazukamen? Und was Sternenschiffe betraf – nun, die täglichen Abflüge konnte man ja überall lesen.

Wir würden ein kurzer Absatz in den Geschichtsbüchern und eine Fußnote in den Annalen der Wissenschaft sein; in den Nachrichten war kein Platz für uns. Ich entschied schließlich, daß selbst eine Fußnote guter Durchschnitt war, und vergaß das Ganze.

Statt dessen fing ich an, über meine Weiterbildung nachzudenken, die, wie ich zu begreifen begann, sehr umfangreich würde sein müssen; es hatte sich mehr geändert, als ich erwartet hatte. Die Frauenmode zum Beispiel. Schauen Sie, ich bin kein Puritaner, aber als ich ein Kind war, haben die sich nicht so angezogen, wenn man es so nennen will. Mädchen, die herumlaufen, ohne irgend etwas auf dem Kopf zu haben. Die Köpfe unbedeckt wie ein Tier.

Gut, daß Dad das nicht mehr erlebt hatte. Er ließ unsere Schwestern nie ohne Hut an den Tisch kommen, selbst wenn Pat und ich die einzigen unverheirateten Männer da waren.

Oder nehmen Sie das Wetter. Ich hatte gewußt, daß die ALF daran arbeitete. Aber ich hatte nie erwartet, daß sie weiterkommen würden. Finden die Leute es denn nicht ein wenig langweilig, daß es nur nachts regnet? Oder nehmen Sie die Fernlaster. Natürlich erwartet man von einem Lkw nur, daß er Dinge von hier nach dort schafft. Aber ohne Räder sehen sie so unstabil aus.

Ich frage mich nur, wie lange es noch dauert, bis es auf der ganzen Erde überhaupt kein Rad mehr gibt. Ich hatte gerade beschlossen, daß ich mich an alles das würde gewöhnen müssen, als die Stewardeß vorbeikam und mir etwas in den Schoß legte, und als ich es aufhob, redete es zu mir. Es war einfach ein Souvenir von dem Flug.

PATS Stadthaus war achtmal so groß wie die Wohnung, in der wir früher einmal zu siebt gelebt hatten; ich schloß daraus, daß er es fertiggebracht hatte, wenigstens einen Teil des Geldes zu behalten. Sein Robutler nahm mein Cape und meine Stiefel und führte mich zu ihm.

Er stand nicht auf. Ich war nicht sicher, daß er aufstehen konnte. Ich hatte gewußt, daß er alt war, aber daß er so alt war, war mir nicht klargeworden. Er war – mal sehen, neunundachtzig. Ja, das stimmte; unser neunzigster Geburtstag stand bevor.

Ich versuchte beiläufig zu bleiben. „Tag, Pat."

„Tag, Tom." Er berührte die Armlehne seines Sessels und rollte auf mich zu. „Beweg dich nicht. Bleib dort stehen und laß dich ansehen." Er sah mich von oben bis unten an und sagte dann staunend: „Intellektuell habe ich natürlich gewußt, daß du dich in all den Jahren nicht verändern würdest. Aber es zu sehen, es zu realisieren ist etwas völlig anderes, wie? ‚Das Bildnis des Dorian Gray'."

Seine Stimme war alt.

„Wo ist die Familie?" sagte ich ein wenig unsicher.

„Ich hab den Mädchen gesagt, daß sie warten sollen. Ich wollte meinen Bruder zuerst alleine sehen. Wenn du Gregory und Hans auch meinst, dann wirst du sie ohne Zweifel heute abend beim Dinner kennenlernen. Aber laß die jetzt, Junge; laß uns eine Weile alleine sein. Das war eine lange Zeit." Ich konnte Tränen in seinen Augen sehen, die allzeit bereiten Tränen des Alters, und es machte mich verlegen.

„Ja, das war es wohl."

Er beugte sich vor und hielt sich an seinen Armlehnen fest. „Sag mir nur eines: Hat es Spaß gemacht?"

Ich dachte darüber nach. Doc Devereaux ... Mama O'Toole ... die arme kleine Pru, die das Erwachsenwerden nie erlebt hatte. Onkel Steve. Dann schaltete ich ab und gab ihm die Antwort, die er wollte. „Ja, es hat Spaß gemacht. Sehr viel Spaß."

Er seufzte. „Das ist gut. Ich hab vor Jahren aufgehört, es zu bedauern. Aber wenn es keinen Spaß gemacht hätte, wäre es schreckliche Verschwendung gewesen."

„Nein, es hat Spaß gemacht."

„Das ist alles, was ich von dir hören wollte. Ich ruf jetzt gleich die Mädchen. Morgen zeig ich dir die Fabrik und stell dich den wichtigsten Leuten vor. Nicht daß ich von dir erwarte, daß du gleich alles übernimmst. Nimm dir einen langen Urlaub, wenn du magst. Aber nicht zu lange, Tom ..., denn ich werde wohl alt, schätze ich. Ich kann nicht mehr so nach vorne schauen wie früher einmal."

Plötzlich wurde mir klar, daß Pat schon alles geplant hatte, so, wie das bei ihm immer gewesen war. „Einen Augenblick, Pat. Es wird mir eine Freude sein, wenn du mich in deiner Fabrik herumführst – und eine große Ehre. Aber rechne auf gar nichts. Zuerst gehe ich zur Schule, und anschließend – nun, wir werden sehen."

„Hm? Sei nicht albern. Und nenn es nicht ‚meine' Fabrik; sie heißt ‚Bartlett Brothers, Incorporated'. So hat sie immer geheißen. Das ist deine Verantwortung genauso wie die meine."

„Jetzt mal ganz ruhig, Pat. Ich wollte nur ..."

„Still!" Seine Stimme war dünn und schrill, aber sie klang befehlend. „Ich will von dir keinen Unfug hören, junger Mann. Du konntest machen, wozu du Lust hattest, und hattest eine lange Vergnügungsreise – ich will gar nicht kritisieren, wie du das alles gemacht hast. Das ist vergangen. Aber jetzt mußt du dich gefälligst zusammenreißen und deine Verantwortung im Familiengeschäft übernehmen." Er hielt inne, atmete schwer und fuhr dann mit leiser Stimme fort wie im Selbstgespräch. „Ich habe keine Söhne gehabt, ich habe keine Enkel; ich mußte die Last alleine tragen. Wenn jetzt mein Bruder, mein eigener Bruder ..." Seine Stimme verhallte.

Ich ging auf ihn zu und nahm ihn bei den Schultern – und dann ließ ich los. Er fühlte sich wie Streichhölzer an. Aber dann entschied ich, daß es am besten war, das jetzt gleich alles zu bereinigen, ein für allemal. „Hör mir zu, Pat. Ich will nicht undankbar erscheinen. Aber wir müssen das einmal klarbekommen. Ich werde mein eigenes Leben leben. Versteh mich richtig. Vielleicht schließt das ‚Bartlett Brothers' ein; vielleicht auch nicht. Wahrscheinlich nicht. Aber ich werde das entscheiden. Niemand wird es mir befehlen, niemals wieder."

Er wischte das weg. „Du weißt ja noch gar nicht, was du willst. Und du bist ja bloß ein Junge. Laß nur, wir reden morgen darüber. Heute ist ein Tag der Freude."

„Nein, Pat. Ich bin kein kleiner Junge. Ich bin ein Mann. Das wirst du akzeptieren müssen. Ich werde meine eigenen Fehler machen und werde mir nicht sagen lassen, was ich tun soll."

Er wollte mir nicht in die Augen sehen, aber ich ließ nicht locker. „Das ist mein Ernst, Pat, das ist so sehr mein Ernst, daß ich jetzt sofort hier weggehe, wenn du das nicht akzeptieren kannst. Für immer."

Erst jetzt blickte er auf. „Das würdest du mir nicht antun."

„Doch, das würde ich."

Er suchte in meinen Augen. „Ich glaube, du würdest das wirklich tun. Du warst immer gemein. Du hast mir eine Menge Ärger bereitet."

„Ich bin immer noch gemein. Wenn du es so nennen willst."

„Äh ... aber du würdest es doch den Mädchen nicht antun? Nicht der kleinen Vicky?"

„Das werde ich, wenn du mich dazu zwingst."

Er hielt meinen Blick eine Sekunde lang fest, dann sackten seine Schultern zusammen, und er vergrub das Gesicht in den Händen. Ich dachte, er würde gleich weinen, und kam mir ein wenig wie ein Schurke vor, der einen alten Mann so unter Druck setzt. Ich tätschelte seine Schultern und wünschte, ich hätte das Ganze ein wenig hinausgezögert, statt gleich die Entscheidung zu erzwingen.

Ich erinnerte mich daran, daß dieser gebrechliche alte Mann seine Gesundheit und seine Zurechnungsfähigkeit riskiert hatte, um beim ersten Gipfel mit mir in Verbindung zu kommen, und dachte: Wenn es ihm so wichtig ist, sollte ich ihm vielleicht den Gefallen tun. Schließlich hatte er nicht mehr lang zu leben.

Nein!

Es ist nicht richtig, daß eine Person ihren Willen einer anderen aufzwingt, sei es durch Stärke oder selbst durch Schwäche. Ich war ich ... und ich würde wieder hinausfliegen zu den Sternen. Plötzlich wußte ich es. Oh, vielleicht würde ich zuerst aufs College gehen, aber ich würde es tun.

Ich schuldete diesem alten Mann Dankbarkeit ..., aber mein Leben und die Form, die es annehmen würde, schuldete ich ihm nicht. Das gehörte nur mir.

Ich nahm seine Hand und sagte: „Es tut mir leid, Pat."

Er sagte, ohne aufzublicken: „Schon gut, Tom. Tu, was du willst. Ich bin jedenfalls froh, daß du wieder zu Hause bist ... So wie du es willst."

Wir tauschten ein paar Augenblicke lang Allgemeinplätze, und dann ließ er mir von seinem Robutler Kaffee bringen. Er nahm Milch.

Am Ende sagte er: „Ich rufe die Mädchen." Er berührte die Armlehne seines Sessels, ein Licht leuchtete auf, und er sprach zu dem Licht.

Molly kam herunter und Kathleen hinter ihr. Ich hätte sie beide überall erkannt, obwohl ich sie noch nie gesehen hatte. Molly war eine Frau Ende der Sechzig, immer noch hübsch. Kathleen war um die Vierzig, aber man sah es ihr nicht an – doch sie trug es wie eine Königin. Molly stellte sich auf die Zehenspitzen, hielt meine beiden Hände und küßte mich. „Wir sind froh, daß du wieder zu Hause bist, Tommie."

„Ja, das sind wir", stimmte Kathleen ihr bei, und ihre Worte hallten in meinem Geist nach. Sie küßte mich ebenfalls und sagte dann, diesmal mit ihrer Stimme: „Das ist also mein gealterter und altersloser Großonkel. Tom, wenn ich dich sehe, wünsche ich mir einen Sohn. Du bist gar nicht onkelhaft, und ich werde dich nie wieder ‚Onkel' nennen."

„Nun, ich fühl mich nicht onkelhaft. Höchstens Molly gegenüber vielleicht."

Molly sah mich verwirrt an und kicherte dann wie ein Mädchen. „All right, Onkel Tom. Ich werde an deine Jahre denken ... und dich mit Respekt behandeln."

„Wo ist Vicky?"

„Hier bin ich, Onkel Tom. Bin gleich da."

(„Beeil dich, Süße.")

Kathleen sah mich scharf an, ließ es dann aber auf sich beruhen – ich bin sicher, sie wollte nicht lauschen. Sie antwortete: „Vicky kommt gleich, Tom. Sie mußte sich nur noch etwas zurechtmachen. Du weißt ja, wie die Mädchen sind."

Ich fragte mich, ob ich das wußte. Aber Vicky war im nächsten Augenblick da.

Sie hatte keine Sommersprossen im Gesicht, keine Zahnspangen. Ihr Mund war nicht groß; er war einfach richtig für sie. Und das karottenfarbene Haar, das ihr so viel Kopfzerbrechen bereitet hatte, war einfach eine Flammenkrone.

Sie küßte mich nicht; sie kam geradewegs auf mich zu, als ob wir alleine gewesen wären, ergriff meine Hände und blickte zu mir auf.

„Onkel Tom. Tom."

(„Sommersprossengesicht ...")

Ich weiß nicht, wie lange wir Statuen spielten. Und dann sagte sie: *„Sobald wir einmal verheiratet sind, gibt es das von wegen Lichtjahre* *entfernt nicht mehr. Verstehst du? Ich werde dahin gehen, wo du hingehst. Zur Babcock Bay, wenn du das willst, aber ich komme mit.“*

(„Hm? Wann hast du denn beschlossen, mich zu heiraten?“)

„Du scheinst zu vergessen, daß ich deine Gedanken gelesen habe, seit ich ein Baby war – und viel gründlicher, als du glaubst. Ich tue es immer noch.“

(„Aber was ist mit George?“)

„Nichts ist mit George. Der war bloß Ersatz, als ich dachte, du würdest erst zurückkommen, wenn ich eine alte Dame bin. Den kannst du vergessen.“

(„Gut.“)

Unser „Werben“ hatte ganze zwanzig Sekunden gedauert. Jetzt sagte Vicky, ohne meine Hände loszulassen, mit ihrer Stimme: „Tom und ich fahren jetzt in die Stadt und heiraten. Wir möchten, daß ihr alle mitkommt.“

Und das taten wir.

Ich sah, wie Pat mich nach der Zeremonie ansah, wie er versuchte, die neue Situation in den Griff zu bekommen, und überlegte, wie er sie ausnutzen konnte. Aber Pat versteht noch nicht, wie die Dinge jetzt liegen. Wenn jemand bei mir den Boß spielt, wird er es nicht sein. Vicky sagt, sie werde schon dafür sorgen, daß ich bald „durch und durch klapprig“ sein würde. Hoffentlich nicht, aber wahrscheinlich wird es ihr gelingen. Und wenn, dann hoffe ich nur, daß ich mich anpassen kann ... Ich habe mich schon an seltsamere Dinge gewöhnt.

Robert A. Heinlein

Seine Vorfahren kamen Anfang des 18. Jahrhunderts aus Bayern; er selbst wurde 1907 im US-Bundesstaat Missouri geboren und wollte eigentlich Admiral werden, doch eine Tuberkuloseerkrankung machte seiner militärischen Laufbahn vorzeitig ein Ende.

Robert Anson Heinlein wurde Schriftsteller, als er merkte, daß unter diesen Umständen das Schreiben die für ihn geeignete Möglichkeit darstellte, seinen Lebensunterhalt zu verdienen. 1939 erschien „Lifeline“, seine erste SF-Geschichte, in der legendären Zeitschrift „Astounding Science Fiction“; für die Veröffentlichung erhielt er einen Scheck über siebzig Dollar. Bis zu seinem Tode, im Mai 1988, veröffentlichte der Autor wider Willen rund dreißig Romane und über fünfzig Kurzgeschichten und gilt heute als einer der wichtigsten SF-Autoren, dessen Bücher eine Auflagenhöhe von vielen Millionen Exemplaren erreicht haben.

Heinleins Wißbegierde, die ihn schon als Collegeschüler auszeichnete, kam ihm zugute, als er in den vierziger Jahren faktenreiche und -getreue SF-Romane für Jugendliche schrieb, die auch wegen ihrer erzählerischen Qualitäten bei seinem Publikum und der Kritik großen Anklang fanden. Viele seiner literarischen Zukunftsvisionen wurden Wirklichkeit: Atomkraftwerke, rollende Gehsteige, das Wasserbett, elektronisch gesteuerte Raketenabwehrsysteme.

In den fünfziger Jahren beteiligte Heinlein sich an Film- und Fernsehproduktionen und verfaßte unter anderem das Drehbuch zu „Destination Moon“ (Flug zum Mond), einem der ersten ernstzunehmenden Kinofilme über den bemannten Raumflug, dem nachgesagt wird, daß er dem *Apollo*-Programm der US-Weltraumbehörde NASA „den Weg geebnet“ habe. In dieser Zeit entstanden Romane, die sich an ein erwachsenes Publikum richteten, darunter 1956: „Von Stern zu Stern“.

Zu einem Kultbuch entwickelte sich in den sechziger Jahren der Roman „Ein Mann in einer fremden Welt“, gleichzeitig Heinleins umstrittenstes Werk. Nach eigenen Angaben stellt er darin alle grundlegenden Werte der abendländischen Tradition in Frage, um zu zeigen, wieviel scheinbar *undenkbare* Möglichkeiten in Wahrheit nur *ungenutzt* bleiben, solange wir an überkommenen Werten festhalten.

Bis in die siebziger Jahre beschäftigte sich der Autor weiterhin mit dem sozialen Wandel in künftigen Gesellschaften. Im Mittelpunkt der letzten zehn Jahre seines Schaffens standen Problematik und Gefahren der sogenannten Gentechnik.

OUTLAND

von ALAN DEAN FOSTER

Ins Deutsche übertragen von Peter Pape

Titelfoto aus dem Film
»Outland – Planet der Verdammten«

1

FAST alles mußte auf Io importiert werden, sogar die Liebe.

Es war kein Arbeitsplatz, der bei den Leuten, die dort ihren Dienst versehen hatten, angenehme Erinnerungen wachrief. Die Männer und Frauen, die dorthin geschickt wurden, um die Bodenschätze des Planeten auszubeuten, empfanden keine Zuneigung zu ihrer neuen Heimat auf Zeit. Im Gegenteil, um Io zu ertragen, bedurfte es einiger Anstrengungen, weil die menschlichen Gefühle und Gewohnheiten drastischen Umstellungen unterworfen wurden, was, so weit von der warmen Erde entfernt, das Leben sicher nicht erträglicher machte.

Trotzdem haben mich die neuen Lebensumstände nicht gänzlich umgekrempelt, dachte O'Niel.

Natürlich waren die letzten Jahre nicht einfach gewesen. Doch er hatte sich an solche Orte wie Io gewöhnt, soweit man sich eben daran gewöhnen konnte.

Er lag in seinem Bett in dem dunklen Raum, hatte die Hände hinter dem Kopf verschränkt und starrte zur Decke empor. Die Leuchtanzeige der Digitaluhr neben ihm verbreitete einen sanften, unwirklich grünen Schimmer. Die Zimmerdecke war ein rußiges Dunkel, dem darüber liegenden Weltraum angepaßt, ein dunkler Vorhang ließ die Schatten in diesem Schlafzimmer noch dunkler erscheinen.

Gewöhnlich hatte O'Niel keine Schwierigkeiten, sich auf seine Arbeit zu konzentrieren. Doch heute nacht waren ihm die Schatten in den Kopf gekrochen, verwirrten und beängstigten ihn. Sie störten seine Gedankengänge, hinterließen Unsicherheit und Unentschlossenheit, ließen die Zukunft düster erscheinen.

Es war eine Zukunft, die eng mit dem geschmeidigen, schemenhaften Körper verbunden war, der neben ihm ruhte. Er rollte sich auf die Seite und stützte sich auf den Ellenbogen, betrachtete sinnend die vertrauten weichen Rundungen, die sich deutlich unter der dünnen Decke abzeichneten.

Warum kann ich dir nie sagen, was ich für dich empfinde? fragte er sich. Weißt du eigentlich, Carol, wie sehr ich dich brauche? Wie sehr ich dich und Paulie liebe? Ich weiß, ich bin kein guter Redner und noch weniger ein Poet. Doch ohne euch wäre ich verloren. Ich wünschte, ich hätte jetzt den Mut, dich zu wecken und dir dies zu sagen.

Draußen war es sehr kalt, viel kälter, als es sich die meisten Menschen vorstellen konnten, es wohl auch kaum jemals erfahren würden. Drinnen, hier und jetzt, in diesem weichen Bett, war es warm und bequem, fühlte er sich geborgen. Wie schön wäre es, dieses Gefühl statt nur weniger Stunden an jedem Tag und der Bewußtlosigkeit der Nacht für immer zu haben!

Doch das war unmöglich. Er rief sich zur Ordnung. Er hatte einen nüchternen, aufreibenden Job zu verrichten, eine Arbeit, die der Unwirtlichkeit los entsprach. Doch eines Tages vielleicht ... Das schwor er sich, schwor er der Frau, die neben ihm schlief. Nur noch diese eine Verpflichtung, Carol. Nur noch dieses eine Jahr. Er streckte die Hand aus und streichelte sanft über die Kurve ihrer Hüfte, folgte den weichen Linien ihres Körpers bis zur Schulter und berührte mit den Fingerspitzen leicht ihr üppiges Haar und ihre Wange. Bei der Berührung regte sie sich leicht im Schlaf.

Sie ist so schön, dachte er. Selbst wenn sie mir im Schlaf fern ist, ist sie wunderschön. Ich darf sie nicht verlieren, darf kein Risiko mehr eingehen. Ganz bestimmt der letzte Auftrag! Dann können die Gesellschaft und alle anderen meinetwegen zur Hölle fahren. Es gibt wichtigere Dinge als einen lausigen Job.

Ihm fiel plötzlich ein, daß er sich das schon öfter vorgenommen hatte, nur um sein Gewissen zu beruhigen, und dann letztlich doch immer wieder weich geworden war. Doch diesmal ist es mir ernst, redete er sich ein, dies wird das letzte Mal sein.

Wieder berührte er Carol, seine Hand glitt tiefer, seine Fingerspitzen empfanden die Wärme ihres nackten Rückens wie einen sanften Schock. Sie streckte sich im Schlaf und zog die Decke bis zum Hals empor.

O'Niel rollte sich herum und schloß die Augen. Langsam verflüchtigten sich die Schatten in seinen Gedanken und vereinigten sich mit der Dunkelheit im Zimmer. Er fiel in den leichten, unruhigen Schlaf, der für Leute seines Berufs typisch und notwendig war.

DER Mensch hatte seinen Lebensraum über die Grenzen eines einzigen Planeten, über seine ursprüngliche Luftblase hinaus ausgedehnt. Er schickte Bodenproben von den Monden des Neptun, suchte tief unter der Oberfläche des Mondes und des Mars nach Bodenschätzen.

Er diente dem blühenden Wohlstand, der sich zwischen dem roten Planeten und dem riesigen Jupiter immer weiter ausbreitete.

Die meisten Planeten waren rauh, öde und gefährlich. Doch von ihnen allen war keiner so schlimm wie der Jupitermond Io.

Der Himmel über Io war nur sehr klein und ebenso schwarz wie die dunkle Seite des Pluto. Statt eines Firmaments gab es einen „Begleiter". Touristen hätten den Begleiter sicherlich aufregend, schön und ehrfurchtgebietend gefunden, doch nach Io kamen keine Touristen. Auf Io konnte man nur arbeiten und versuchen, auf die bestmögliche Art und Weise zu überleben.

Der Begleiter hatte die Form eines monströsen, aufgeblähten Globus, der wie eine gelb- und orangefarbene Hölle schimmerte. Vor langer Zeit hatten die Menschen ihn nach dem Göttervater Jupiter benannt. Die Götter der Menschen erwiesen sich als sehr kurzlebig, Jupiter war es nicht. Die Männer und Frauen, die sich auf Io abmühten, erfanden andere Namen für den riesigen Planeten, Namen, die bildhaft waren, häufig anzüglich, manchmal obszön. Für sie war der Planet nichts Bewunderungswürdiges. Er bedeutete für sie die ständige Erinnerung an ihre gefährliche Lage und an die enorme Entfernung von der Geborgenheit ihrer warmen Häuser auf Luna, Mars oder der Erde.

Sein umwerfender Eindruck auf Neuankömmlinge wurde von den erfahrenen Ioten immer wieder mit Interesse beobachtet. Sie machten sich einen Scherz daraus, Neuankömmlinge einem ungeschriebenen, zwanglosen Test zu unterwerfen. Maßstab bei diesem Test, den die Bedienungsmannschaften der Fährstation, die die Neuankömmlinge als erste begrüßten, immer wieder heimlich mit ihnen durchführten, war der Grad ihres Erschreckens.

Es ist eine Sache, den Jupiter aus dem Inneren eines Raumschiffes zu betrachten, in dem sicheren Gefühl, daß die starken Schiffsantriebe der unglaublichen Anziehungskraft des Planeten jederzeit entgegenwirken können. Eine andere Sache aber ist es, wenn man aus der Fähre die Iostation betritt, einen Blick in die durchsichtigen Wände der Zubringerkorridore wirft und plötzlich eine Masse von fast zwei Billiarden Milliarden Tonnen über seinem Kopf hängen sieht, die einen jeden Moment wie ein unnützes, lästiges Insekt zu zerquetschen droht.

Die Stationsbedienung beobachtete jedesmal mit diebischer Freude, wie heftig oder wie häufig ein Neuankömmling bei diesem verheerenden Anblick zurückfuhr oder zusammenzuckte. Je schneller und größer der Schreck, desto kürzer die Zeit, die dieser Mensch in der Lage war, auf Io zu ertragen.

Wenn man natürlich einen Zeitvertrag unterschrieben hatte wie die meisten der Wanderarbeiter, dann war man festgenagelt. Man brach keinen Vertrag mit der Gesellschaft.

Es gab noch einen Test, der aber erst später stattfand, den sogenannten Sprungtest. Die Stationsmannschaft versicherte den neuangekommenen Arbeitern, daß man die Anziehung der immensen Schwerkraft des Jupiter tatsächlich auf Ios Oberfläche spüren könne. Bei Ios schwachem Kraftfeld, so behaupteten sie, liefe ein guter und sorgloser Springer Gefahr, durch die Anziehungskraft des Jupiter in den Weltraum gesogen zu werden, wenn er zu hoch springe. Und das wäre das Ende, denn die Arbeiter auf Io wußten genau, daß die Hölle nicht rot war. Dante hatte unrecht. Die Hölle war gelborange, gestreift wie ein Dutzend gereizter Tiger, und sie starrte als riesiges, rotglühendes Auge drohend auf einen nieder.

Ein Meteor hatte vor langer Zeit bei seinem Einschlag einen riesigen Krater auf dem Jupitertrabanten hinterlassen. Vor wenigen Jahren waren dann die Menschen gekommen und hatten in seinem Innern die Mine angelegt. Und diese Mine war der Grund für ihre Anwesenheit an einem ansonsten so abschreckenden, öden Ort. Zuerst waren Forscher gekommen, hatten ihre Untersuchungen gemacht, Flaggen ihrer Nationen aufgestellt, feierliche Worte gesprochen und waren dann wieder verschwunden. Andere Menschen folgten, Menschen, die keine Sprüche machten. Die meisten fanden nichts, doch eine Gruppe erschöpfter Prospektoren hatte in diesem Krater eine Entdekkung gemacht, die von bleibendem Interesse war. Sie stießen auf die riesige Erzader eines Minerals, das unter dem Namen Ilmenit bekannt war. Ilmenit war ein Produkt aus Ios vulkanischer Vergangenheit. Es bildete das Grundelement für das Metall Titan, aus dem man unter anderem auch die Außenhülle der Raumschiffe herstellte. Die Entdekkung des riesigen Vorkommens auf Io sorgte erst einmal für Streit und Zwistigkeiten unter den Menschen, einige büßten dabei ihr Leben ein. Doch schließlich wurde die Mine errichtet.

Sie war gemäß ihrer Bedeutung für das internationale Konsortium, das sie betrieb, eine große Mine. Sie vergrößerte sich schnell, würde aber mit der gleichen Geschwindigkeit wieder verschwinden, sobald das Vorkommen an Ilmenit erschöpft war. Doch im Moment stellte sie ein atmendes, funktionierendes Wesen voller Leben dar. Die Männer und Frauen, die hier einen Teil ihres Lebens verbrachten, erfanden für die Zeit, die sie hier zu leben gezwungen waren, ebenfalls einen Namen. Die Erfindungsgabe von Menschen in solchen Ausnahmesituationen wie dem harten, gefährlichen Leben auf Io ist, zumindest bezüglich der Sprache, nahezu unerschöpflich und erstaunlich.

Wie ein träges, urweltliches Monster kroch die Mine am steilen Hang des Kraters empor, streckte ihre Metalltentakel nach seinem Rand und trieb Stahlröhren tief in seinen Grund und seine Flanken. Aus der Ferne wirkte sie wie das Kunstwerk eines talentierten Kubisten, ihre hellschimmernden Türme und Leuchten erinnerten an einen festlich geschmückten Weihnachtsbaum. Aus der Nähe jedoch schwand dieser Eindruck, und es blieb eine nüchterne, technische Welt.

Durchsichtige Röhren und Zugangswege bildeten das Gerippe der Mine. Die dünnen Metall- und Plastikstränge schienen kaum in der Lage, dem Druck der kostbaren Atmosphäre, die das Leben auf Io erst ermöglichte, standhalten zu können. Immer wieder gab es Lecks und Bruchstellen, die man eiligst ausbesserte und zusammenschweißte. Solche Reparaturen wurden mit großer Sorgfalt ausgeführt, mit mehr jedenfalls, als man auf den Maschinenpark verwendete. Beschädigte Maschinen bedeuteten nur ein bißchen rote Tinte, geborstene Tunnel und undichte Korridore dagegen den Tod. Das Minengebäude war zwar nicht schön, aber durchdacht angelegt. Seine Gerüste und Fördertürme erstreckten sich über mehr als hundert Meter an den Kraterwänden hin. Die unteren Abschnitte lagen im Dunkeln. Die Türme schienen zu zierlich, um Menschen tragen zu können, geschweige denn die schwere Förderausrüstung. In dieser Hinsicht erwies sich Ios geringe Schwerkraft als wahrer Segen.

Der Jupiter hing bewegungslos über der Anlage, am Boden des Kraters herrschte Dunkelheit. Bei einer solch „abwechslungsreichen" Beschaffenheit der Umgebung war es leicht, sich ganz auf die Arbeit zu konzentrieren.

Die Fördertürme bestanden aus einem stark oxidierten Metall. Der orangefarbene Anstrich wetteiferte mit der Farbe des Jupiter, ein unbeabsichtigter Effekt. Die meisten Männer und Frauen, die, wie ihre Vorgänger, auf den Streben und Leitern der Türme herumturnten, kannten nicht den Namen des Metalls, das ihr Gewicht trug. Doch eines war ihnen allen klar: Das Gerüst enthielt nur wenig, wenn überhaupt etwas Titan. Dieses kostbare Metall war zu wertvoll, um für die Sicherheit von ein paar ersetzbaren Minenarbeitern verwendet zu werden.

„Ein Jahr", sagten sie allen. Nur ein einziges Jahr harter Arbeit, und man hätte sein Soll erfüllt und könnte reich und zufrieden nach Hause zurückkehren. Wenn man den Vertrag unterschrieb, schien ein einziges Jahr so kurz. Nur ein lausiges Jahr und dafür mehr Geld, als man in fünf Jahren auf der Erde verdienen konnte. Nach dem ersten Monat begann man sich dann zu fragen, ob man wirklich eine so gute Wahl getroffen hatte. Nach zweien wünschte man dann, man hätte nicht unterschrieben. Doch nach sechs Monaten waren der Vertrag und alles andere nicht mehr so wichtig. Nach neun Monaten erwischte man sich dabei, wie man schon die restlichen Minuten, nicht die Tage, bis zum Ablauf der Vertragsfrist zählte. Nach elf Monaten dann mußte man sich dazu zwingen, nicht laut zu schreien. Sehnsüchtig schaute man hinter jeder Raumfähre her, die ohne einen startete. Voraussetzung dafür war natürlich, daß man das Glück hatte, elf Monate zu überleben.

Es gab keinen Friedhof auf Io. Graben war teuer, und die Stollen in der Mine eigneten sich nicht als Grabstätten. Der bekannteste Witz diesbezüglich besagte, daß die Gesellschaft jedem, der auf Io starb, eine kostenfreie Besichtigung des Sonnensystems und einen Flug ohne Rückkehr in die Sonne garantierte. An diesem Witz war nicht viel Lustiges, doch jede Art von Humor war bei den Minern stets willkommen.

Alle Arbeiter trugen Miniatursonnen, Scheinwerfer mit hellem Strahl, vom Sonnenlicht gespeist, Lampen, die ihre Energie von riesigen Solarsammelzellen bezogen. Die ungeheuren Solarpaneele auf Io waren tatsächlich in der Lage, dem kleinen, weit entfernten Stern Sol Energie abzuzapfen. Die Arbeitslampen, deren Lichtschein ständig über die Kraterwände spielte, ließen aus der Ferne den Eindruck entstehen, als würde die Mine von einer Unzahl von Glühwürmchen betrieben.

Auf der Erde, wo das Arbeitsgerät gebaut worden war, wirkte es gigantisch. Doch der Jupiter änderte diesen Eindruck schnell, wie er alle Maßstäbe verkleinerte. In der Mine erschienen die schweren Kräne und Raupenfahrzeuge wie Spielzeug. Sie rumpelten über den immer höher aufsteigenden Kraterrand wie fette graue Käfer, die sich in den Fels fraßen.

Pumpen und Generatoren arbeiteten mit lautem Brummen, das jedoch niemand hören konnte. Dagegen fühlte man ihre Vibration an den Füßen und durch die Handschuhe des Arbeitsanzuges. Die Minenarbeiter entwickelten ein feines Gespür für sie. Verstummte sie einmal überraschend, konnte dies bedeuten, daß ein Raupenfahrer mit seinem Beifahrer eine kurze Rast einlegte. Es konnte aber auch sein, daß ein Bohrer gebrochen war und man wie der Teufel laufen und nach Deckung suchen mußte, wollte man nicht von den umherschwirrenden Stahl- und Plastikteilen getroffen und zerfetzt werden.

Draußen in der Mine hatte jeder einen Kumpel. Man suchte sich ihn oder sie. Tat man das nicht, gab es niemanden, der auf einen achtgab, der einen vor lautlos stürzenden, scharfen Felsen warnte, die den Schutzanzug aufschlitzten, aus dem dann das Vakuum den Körper heraussaugte und wie in Zeitlupe auf den Kratergrund tief unten hinabstürzen ließ.

Ob Kräne oder Schraubenzieher, alles in der Mine hatte seine Bedeutung. Sogar die Farben der Arbeitsanzüge signalisierten eine Einteilung, die nichts mit Ästhetik zu tun hatte. Die Bergleute im Krater trugen gelbe Anzüge, Kran- und Raupenfahrer rote, während das Wartungspersonal immer blaue Anzüge trug. Die Anzüge für das Management waren weiß, Ursache vieler Späße unter den anderen Arbeitern. Es gab keine Reinheit auf Io, außer der reinen Schwärze des Alls darüber. Die Identifizierung war durch das Namensschild gewährleistet, das jeder auf der linken Brusttasche eingenäht trug. Doch für das Management waren die Anzugfarben aussagekräftiger als die Namen.

Erfahrene Arbeiter verschmähten gelegentlich die Aufzüge oder Transportkörbe und sprangen von einer Arbeitsplattform zur anderen hinab, ohne sich etwas aus dem großen Höhenunterschied zu machen. Bei der geringen Schwerkraft war auch der schwächste Arbeiter in der Lage, riesige Sprünge zu vollziehen.

Die Jupiter-Jockeys, wie die langfristig verpflichteten Arbeiter genannt wurden, machten sich einen Spaß daraus, die Grenzen ihrer athletischen Fähigkeiten auszuloten. Sie entsetzten Neulinge mit wagemutigen, gefährlichen Sprüngen von einer Weite, die die an ihren Arbeitsanzügen befestigte Sicherheitsleine gerade noch zuließ, und riskierten dabei Kopf und Kragen.

Von einem Miner, einem Oldtimer mit einem Vierjahresvertrag, der Gomez hieß, kursierte das Gerücht, daß er den Sprung in das lauernde Schwerkraftfeld des Jupiter geschafft hatte. Er war mit einer solchen Kraft in die Höhe gesprungen, daß seine Sicherheitsleine riß. Seine Kameraden waren zusammengeströmt und hatten angeblich beobachtet, wie er immer höher auf seinen gelborangefarbenen Tod zutrieb. Sein letztes Wort, so wurde erzählt, soll „Scheiße!" gewesen sein, ausgerufen in dem seltsam weichen, singenden Tonfall seines Heimatortes Chiapas. Den Kameraden blieb angeblich keine andere Möglicheit, als das Geschehen fassungslos zu verfolgen. In der Nähe der Mine waren keine Schiffe stationiert, mit denen sich eine solche Rettungsaktion hätte durchführen lassen. Nur die Fähre kam einmal in der Woche.

Die Jupiter-Jockeys gaben die Geschichte von Gomez sehr oft zum besten und reicherten sie jedesmal mit erfundenen Details und Eindrücken an. Die neuen Arbeiter lauschten staunend und kopfschüttelnd und fragten sich, wenn sie allein waren, was daran wahr sein mochte. Dann starrten sie zu der riesigen, bedrückenden Masse des Jupiter über ihren Köpfen empor, schauderten zusammen und beeilten sich, an ihre Arbeit zurückzukommen. Es war besser, sich auf die Felsen unter den Füßen zu konzentrieren.

Jeder farbige Schutzanzug war eine kleine Welt für sich, vollgestopft mit flüssiger Nahrung, Wasser, einer eigenen Atmosphäre und wurde belebt durch die vielen Gespräche, die über die Kanäle des Sprechgerätes hereindrangen.

Auf der neunten Abbauebene fraßen sich hellglühende Schneidbrenner in den Fels, lösten große Erzbrocken aus der Kraterwand. Gelegentlich schaltete einer der Minenarbeiter sein Gerät ab und sprang zur Ebene zehn empor. Jeder bewegte sich vorsichtig, achtete genau auf die Sicherheitsleinen seiner Kollegen. Die Bewegungen waren langsam und schwerfällig, als befänden sich die Menschen unter Wasser, obwohl sie sich in Wirklichkeit im Nichts bewegten.

Im Gegensatz zu den Körperbewegungen liefen die Unterhaltungen in beängstigender Geschwindigkeit ab. Wie ein ständiger Wasserfall bildeten die Gespräche der Miner eine dauernde Geräuschkulisse. Kommentare über die Herkunft der Meister und Vorarbeiter, rauhe Scherze, Flüche, Klagen und Spitzfindigkeiten wurden untermalt vom Stöhnen und Ächzen der Leute, die gewohnt waren, härter mit ihren Muskeln als mit ihrem Verstand zu arbeiten.

„Aussichtslos", brummte der Mann, der laut angenähtem Namensschild auf der Brusttasche Walters hieß. „Ich habe ihnen sofort gesagt, daß sie keinen automatischen Förderbagger hier reinkriegen. Würde zu viele Arbeitsplätze kosten, und außerdem ließen die alten Jockeys sie niemals damit durchkommen."

Sein Kumpel, ein hünenhaftes Individuum namens Hughes, lachte spöttisch. Das Geräusch klang hohl und blechern über das Anzugsprechgerät und hinterließ ein schwaches Echo. „Wollen wir wetten?

Als sie sie auf den Plattformen vierzehn und dreiundzwanzig einführten, behaupteten sie, es sei nur ein zeitlich begrenzter Versuch. Nun, die Dinger sind immer noch da, auf beiden Ebenen, und nehmen den Jungs die Arbeitsplätze weg. Wenn du mich fragst, ist es nur noch eine Frage der Zeit, bis auch wir dran sind." Er betätigte den Ausschalter an seinem Schneidgerät und deutete an Walters vorbei nach links. „Reich mir mal das Verbindungsstück. Mein Brenner spuckt. Ich setze besser eine neue Düse auf."

Walters wandte sich um, nahm ein dünnes Metallrohr von einem Stapel und reichte es Hughes vorsichtig hinüber. Die Sichtplatte seines Helmes war teilweise beschlagen. Salzige Tropfen perlten von seinen Wangen und seinem Kinn. Schweiß im Anzug rief ein klammes, feuchtheißes Gefühl hervor, so daß der Träger glaubte, er befinde sich inmitten einer Herde dickwolliger Schafe. Der intensive Körpergeruch verstärkte noch die Bildhaftigkeit dieses Vergleichs.

Doch der Schweiß bedeutete keine Gefahr für den Arbeiter. Aus diesem Grund schien es der Gesellschaft unnötig und überflüssig, zusätzliche Kosten in die Entwicklung besserer Anzüge zu investieren. Und gäbe es nicht die Hitze in den Anzügen, worüber sich die Arbeiter beschweren konnten – jedenfalls begründete man so diese Haltung –, dann fänden sie etwas anderes, über das sie meckern konnten, nicht wahr?

„Was ist mit Wooton?" Walters hatte sich wieder dem ihm zugeteilten Stück Felswand zugewandt und ließ den Brenner mit einer spielerischen Zielsicherheit über den rauhen schwarzen Fels gleiten – mit einer Routine, die mehr durch Instinkt als vom Willen gelenkt wurde. „Er ist doch Betriebsobmann. Was hat er gesagt? Wird die Union alles tun, um die Installation der Förderautomaten zu verhindern?"

„Ich sage dir, wie er sich geäußert hat. Gar nicht!" Hughes' Brenner schnitt eine vertikale Linie in den Fels – ein mit Kohlenstoff und Strom eingebranntes Ausrufungszeichen. „Nichts hat er gesagt, als ich ihn danach fragte – überhaupt nichts!"

Walters schüttelte den Kopf, um seinen Widerwillen anzudeuten, obwohl diese Geste durch seinen Anzug hindurch nicht einwandfrei zu erkennen war. „Sie versuchen immer wieder, uns eins auszuwischen. Verfluchte Gesellschaft! Als ob sie noch nicht genug Profit aus diesem Loch hier zögen. Nein, sie suchen immer noch nach neuen Wegen, um ein paar arme Schweine wie uns um den Job zu bringen."

„Ja, stimmt, sind alles Gangster da oben." Hughes machte über das Interkom ein obszönes Geräusch.

„Doch sie kommen damit nicht durch, glaub mir. Seit sie die Räumgeräte auf Vierzehn und Dreiundzwanzig haben, fahren sie nur noch Sieben-Mann-Schichten. Du kennst die Vertragsbedingungen genausogut wie ich: acht Arbeiter für jede Schicht. Schwarz auf weiß steht's da, acht Mann!" Seine Stimme wurde leiser. „Ich kenne die zwei, die abgezogen wurden. Mariel und Dortmunder. Gute Leute. Es ist, verdammt noch mal, eine Schande!" Walters' Stimme hob sich ein wenig. „Nun, sie meinen, schlau zu sein, doch auch wir haben Köpfchen."

Hughes ließ seinen Schneidbrenner sinken und schaute zu seinem Kumpel hinüber. „Hast du etwas in der Hinterhand?"

„Verdammt richtig geraten! Ich bin's leid, immer herumgestoßen zu werden. Ich werde Wooton sagen, daß ich auf Einberufung einer Versammlung bestehe. Möglicherweise brauchen wir auch einen neuen Betriebsobmann. Rahmenvereinbarungen sind Rahmenvereinbarungen – oder sie sind nur einen Dreck wert." Er drückte verschiedene Hebel, die sich im linken Unterarm des Schutzanzuges befanden, doch alle waren schon bis zum Anschlag vorgeschoben. „Jesus, warum kann man die Temperatur in diesen verdammten Anzügen nicht regulieren? Draußen hat's teuflische einhundertsiebzig Grad minus, und in den verdammten Dingern hier schmoren wir in unserem eigenen Saft." Er blickte an Hughes vorbei zu dem dritten Hauer, der mit seinem Schneidgerät den nächsten Felsabschnitt bearbeitete. „Hab ich nicht recht, Tarlow?"

Der andere gab keine Antwort. Walters grunzte aufgebracht und wandte sich unzufrieden wieder seiner Arbeit zu. Die Erwähnung der Männer, die durch die Förderroboter ersetzt worden waren, hatte ihn mehr deprimiert als alles andere zuvor.

Tarlow schaltete seinen Schneidbrenner aus und stellte ihn vorsichtig in der Halterung ab. Hughes und Walters schenkten ihm keine Beachtung.

„Wo ist dein anderer Anzug?" fragte Hughes seinen Freund.

„Zur Reparatur in der Werkstatt, wo sonst? Aber er sollte schon seit zwei Tagen fertig sein." Walters räusperte sich, zögerte einen Moment lang und schluckte dann. „Weißt du, was das schlimmste an diesen elenden ‚Metallüberziehern' ist? Man kann nicht einmal darin spucken."

Hughes kicherte. „Das hängt nur von deinem Reinlichkeitssinn ab, glaube ich. Einige tun's trotzdem."

„Ich aber nicht", antwortete Walters. „So tief bin ich noch nicht gesunken. Doch ich wünschte, sie würden sich etwas mit der Reparatur meines Reserveanzuges beeilen."

„Das liegt nicht an der Werkstatt. Sie kommen mit der Arbeit einfach nicht nach."

„Ja, das stimmt. Warum setzen sie da keine Hilfsroboter ein?"

„Die Automaten sind dafür da, Leute zu ersetzen – nicht, um ihnen zu helfen."

Hughes beugte sich zu Walters' Helmsichtscheibe vor. „He, dir ist es aber wirklich heiß da drin, nicht wahr?"

„Du hast 'ne ausgezeichnete Beobachtungsgabe!"

„Kleb etwas Mylar-Kunststoff über den Sensor, nimm aber den durchsichtigen, nicht den dunklen. Dadurch wird die Temperatur der Heizspirale gesenkt, ohne daß die Luftzirkulation beeinträchtigt wird. Du beschädigst nichts und hast es kühler."

„Tatsächlich?" Walters war überrascht.

„Nein, du Schwachkopf, ich habe mir das gerade schnell ausgedacht!" Doch Hughes' Sarkasmus verschwand rasch wieder. „Es hilft tatsächlich. Einer der Flurwarte oben auf der Oberfläche fand es durch Zufall heraus. Er hat es nur nicht gemeldet, weil die Gesellschaft es sonst verbieten würde."

„Wieso?"

Hughes grinste hinter seiner Sichtplatte. „Der Anzug braucht dadurch mehr Energie. Was die Gesellschaft davon hält, kannst du dir denken. Der Kunststoff simuliert dem Temperatursensor im Anzug eine höhere Außentemperatur, und die Klimaanlage im Anzug hält die Lufttemperatur niedriger. Die meisten Kumpel machen es so."

Walters schaltete seinen Brenner ab und warf einen Blick in Hughes' Helm. „Ja, ich sehe das Zeug", sagte er schließlich. „Und das ist wirklich alles?"

„Das ist der ganze Trick", antwortete Hughes. „Du mußt nur daran denken, den Stoff vom Sensor wieder zu entfernen, wenn du Feierabend hast. Der Kontrolleur könnte sonst dahinterkommen. Wirf ihn einfach in den Krater, denn Mylar gibt es in der Mine genug."

„Tausend Dank", sagte Walters erleichtert. „Ich kann die nächste Schicht kaum erwarten, um es auszuprobieren."

Sie lachten beide.

Der dritte Hauer, Tarlow, stand die ganze Zeit zitternd in der Nähe und starrte zu Boden. Er murmelte leise Worte vor sich hin, doch die statischen Entladungen in den Sprechgeräten ließen die Worte untergehen. „Oh ..., ich hasse Spinnen. Spinnen, überall Spinnen ..."

Plötzlich begann er mit den Füßen auf der Metallplattform herumzustampfen, als versuche er etwas zu zertreten, das es nicht gab.

„Acht Arbeiter für acht Jobs", sagte Hughes, der sich wieder seinem Felsabschnitt zugewandt hatte. „So lautet der Vertrag, den Con-Amalgamated unterzeichnet hat, um hier die Schürfrechte zu kriegen. Es wäre verdammt besser für sie, sich daran zu halten, sonst gibt's Ärger."

„Vielleicht sollte sich unser Obmann einmal mit dem Vertrag beschäftigen. Er überprüft ja auch schließlich immer sein Gehalt, ehe sie es per Computer seinem Konto gutschreiben." Walters schwieg plötzlich und starrte stirnrunzelnd an seinem Freund vorbei. „He, Tarlow", rief er, „was juckt dich denn?"

Der dritte Hauer führte mit beiden Füßen einen seltsamen Hüpftanz auf. Mit schriller Stimme schrie er: „Tötet sie, tötet sie! Um Gottes willen, sie dürfen mich nicht kriegen!"

„Was töten?"

Auch Hughes hatte sich inzwischen umgewandt. „Was darf dich nicht kriegen, Mann?"

„Gott, wie ich Spinnen hasse!"

„Spinnen ...?" Unsicher beobachtete Walters Tarlows seltsames Gebaren.

„Du willst uns wohl verscheißern, was?" Er warf Hughes einen Blick zu, doch der schüttelte verständnislos den Kopf.

„Himmel, nehmt sie mir vom Bein! Sie krabbeln mir die Beine hoch. Nehmt sie weg!!!" Tarlow hatte seinen seltsamen Tanz eingestellt. Statt dessen rieb er mit beiden Unterarmen immer wieder über das rechte Bein seines Anzugs, als wolle er etwas abstreifen, das nur er sah.

„Tarlow, was ist los mit dir? Was sollen wir wegnehmen?"

Die beiden Miner empfanden die Situation inzwischen nicht mehr als witzig.

„Spinnen! So helft mir doch!" Tarlow schrie jetzt in panischem Entsetzen.

„Spinnen?" Hughes' Stimme verriet Sorge, obwohl er immer noch glaubte, daß Tarlow seinen Scherz mit ihnen trieb. Der Humor in der Mine war gewöhnlich ebenso rauh wie die Lebensbedingungen. Hughes hatte keine Lust, zum Gespött der Leute zu werden, weil er auf den Scherz eines anderen hereingefallen war. „Du bist wohl nicht mehr ganz dicht, wie?" sagte er zu dem sichtlich verzweifelten Miner. „Wie können hier Spinnen sein? Hier gibt es keine Lebewesen. Selbst die kleinste Wanze hätte keine Chance, die häufigen Desinfizierungen auf der Reise hierher zu überleben."

„Er will uns auf den Arm nehmen", behauptete Walters jetzt ebenfalls und ging zu seinem Arbeitsplatz zurück.

Tarlows bebende Hände hatten sich an seinem Körper emporgearbeitet und schlugen nun gegen die Brust. Hinter seiner Sichtplatte quollen ihm vor lauter Furcht die Augen fast aus dem Kopf. „Herrgott, jagt sie weg!"

„Sehr witzig, Tarlow!" Hughes kam zu dem Schluß, daß sein Freund recht hatte. Tarlow erlaubte sich einen Scherz mit ihnen. Seine Angst war nur aufgesetzt, sein Gejammer unecht. „Doch wir fallen nicht darauf herein. Räum besser den Schutt weg, und geh wieder an deine Arbeit! Vergiß nicht, wir arbeiten im Akkord, haben ein Schichtsoll zu erfüllen. Wegen dir wollen wir keinen Lohnausfall haben."

Tarlow gab keine Antwort, sondern griff sich in Höhe des Halses an den unteren Rand seines Helmes. Seine Entsetzensschreie wurden immer lauter. „Sie kriechen herein, unter den Anzug!" Er zerrte mit der unförmigen, behandschuhten Hand an seinem Anzug, schlug sich wiederholt auf die linke Schulter. „Holt sie doch heraus. Großer Gott!"

Plötzlich stürzte er vor und ergriff einen Werkzeugkasten. Unter anderem enthielt der Kasten eine Sammlung von Schweißbrennern, feine Metallspitzen, mit denen der Ilmenit aus dem Gestein herausgeschnitten wurde. Die Düsen dieser Brenner waren sehr fein, sie hatten die Form von Bohrern, deren Spitzen aber nie mit dem Fels in Berührung kamen, den sie heraustrennten.

Tarlow riß eine dieser Düsen aus dem Kasten und stach mit ihr auf seine Schulter ein.

Hughes und Walters waren plötzlich hellwach. Hughes stürzte auf Tarlow zu, seine weit aufgerissenen Augen verrieten seinen Schrekken. „Bei allen Heiligen, Tarlow, hör sofort auf damit!"

Doch er reagierte zu spät. Die fehlende Schwerkraft behinderte ihn – eine höllische Ironie im Schatten des Jupiter mit seiner immensen Schwerkraft.

Die Arbeitsanzüge waren an sich strapazierfähig. Man hatte sie so entworfen, daß sie schon einiges aushalten konnten. Scharfe Felsbrocken und Gesteinssplitter oder Metallkanten konnten ihnen nichts anhaben. Die Anzüge schützten die Menschen vor der lebensfeindlichen Umwelt. Doch der Selbstvernichtung eines verzweifelten, vor

Angst halb wahnsinnigen Mannes, der den Anzug mit einer messerscharfen Metallspitze durchlöcherte, konnte das Material nicht standhalten.

Mit der Düse riß Tarlow unterhalb seines Helmes ein klaffendes Loch in den Anzug. Was folgte, dauerte kaum eine Sekunde. Außerhalb des Anzugs gab es keinen Luftdruck. Über ihre Sprechgeräte hörten Hughes und Walters das schreckliche Zischen entweichender Luft, das tödliche Pfeifen, das jeder Arbeiter fürchtet eines Tages selbst zu hören.

Der plötzliche Blutandrang in seinen Adern ließ Tarlows Gesicht dunkelrot anlaufen. Obwohl er schrie, drang kein Laut über seine Lippen. Der Unterdruck drückte seine Augen aus dem Kopf, Blut drang aus Mund, Nase und Ohren, füllte das Innere seines Helmes und spritzte durch das Loch im Anzug. Der heftige Sog entweichender Luft ließ den Miner zurücktaumeln, im Zeitlupentempo stürzte er über das dünne Geländer in die Finsternis, die den Boden des Kraters verhüllte.

Der Körper hing immer noch an der Sicherheitsleine, die ihrem Besitzer nun auch nichts mehr nützte. Mit einem heftigen Ruck beendete sie den taumelnden Fall des Leichnams, der grotesk hin und her baumelte und lautlos seine dunkelrote Flüssigkeit versprühte.

Hughes und Walters lehnten sich über das Geländer und starrten entsetzt in die Tiefe, das einzige Geräusch in ihren Ohren war die endlose Unterhaltung von Hunderten anderer, ahnungsloser Arbeiter...

2

VERGLICHEN mit den Quartieren der Durchschnittsarbeiter war das von O'Niel als geradezu luxuriös zu bezeichnen. Doch auch hier hatte man nichts getan, um die Röhren des Ventilations- und Versorgungssystems ein wenig zu kaschieren. Deutlich sichtbar liefen sie unter der niedrigen Decke entlang, dünne Lebensadern, auf die jeder in der Mine angewiesen war, eine ständige Erinnerung an den unsicheren Halt, den das sauerstoffatmende Leben auf Io gefunden hatte. Die Wände waren metallfarben, mit Ausnahme der wenigen Flächen, die man mit farbigem Plastikmaterial verkleidet hatte, um die Eintönigkeit ein wenig abzuschwächen. Es gab künstliche Pflanzen aus Polyäthylen und Blumen aus Seide, doch kein Holz. Metall und Plastikerzeugnisse wurden von in der Nähe auf dem Asteroidengürtel angesiedelten Industrien hergestellt. Doch Holz mußte man vom anderen Ende des Universums, von der Erde, herbeischaffen.

Trotzdem gab es einige kümmerliche Versuche, sich die rauhe Umwelt ein wenig wohnlicher zu gestalten, ihre Sterilität durch Phantasie auszugleichen. Neben den künstlichen Blumen gab es bunte Bezüge für die Sessel, selbst hergestellte Kunstwerke und gerahmte Fotos. Und Farbe natürlich. Farbe bedeutete hier die „Vermenschlichung" des Metalls. Sie verdeckte zwar nicht die Heizrohre und Kabelschächte, doch sie ließ die kahlen Wände nicht so nackt erscheinen und drängte die feindliche Umwelt ein wenig zurück – wenn auch nur in der Phantasie.

Die Wohnung enthielt zwei beängstigend enge Schlafzimmer, eng im Vergleich zu den Schlafzimmern auf der Erde, aber sehr geräumig im Gegensatz zu den Kojen, die normale Arbeiter auf Io zugewiesen bekamen. Außerdem besaß sie ein eigenes Badezimmer mit einer eingebauten Dusche. Der Wohnraum teilte sich auf in Eßecke, Kochnische, Sitz- und Arbeitsecke. Normale Möbel hätten diesen Raum total überfüllt, so daß den Bewohnern keine Bewegungsfreiheit mehr geblieben wäre. Doch man hatte soviel wie möglich in den Wänden untergebracht.

Auch in diesem Zimmer gab es kaum etwas Farbiges. Farbige Glasuren waren teuer. Außerdem bedeutete eine millimeterdicke Glasur zusätzliches Gewicht, und zusätzliches Gewicht, nach Io transportiert, war für die Gesellschaft verlorenes Geld. Leute wie die O'Niels konnten die Mehrkosten nicht wieder hereinbringen, und ihre eigenen Möbel nach Io zu schicken überstieg ihre finanziellen Möglichkeiten.

Zwei große Videoschirme, ein Computerterminal und eine Unzahl kleiner Kontrollgeräte für die Klimaanlage bedeckten die Fläche einer ganzen Wand. Die Tatsache, daß der Raum seine eigene regulierbare Klimaanlage besaß, dokumentierte den Status seiner Bewohner. Die meisten Arbeiter hatten die Temperatur und Atmosphäre zu ertragen, die der Zentralcomputer für sie errechnete und regulierte.

Eine schlanke, dunkelhaarige Frau Mitte Dreißig schob gerade gefrorene Waffeln und eine Tasse Kaffee in den Mikrowellenherd. Ihre Frisur war eine Spur zu perfekt, ihre Kleidung eine Nuance zu jugendlich, um zu der Umgebung zu passen, in der sie sich bewegte. Sie wirkte fremd in dieser kahlen, nüchternen Welt. Man könnte sagen, daß sie mit der einzigen farbigen Wand konkurrierte, die der unpersönliche Raum aufzuweisen hatte. Die Frau war auf eine herbe Art hübsch. Früher mußte sie eine Schönheit gewesen sein, doch die letzten Jahre hatten bei ihr Spuren hinterlassen. Ihre Augen glänzten noch immer, doch sie blickten abgespannt und gleichgültig.

Langsam ging sie durch das Zimmer, ihre Bewegungen verrieten, daß ihr Geist müde war, nicht ihr Körper. Sie offenbarten eine Art geistiger Trauer, eine kaum wahrnehmbare Melancholie. Doch wirklich traurig war die Tatsache, daß die Frau ihr Bestes tat, diese Melancholie zu verbergen.

Paul O'Niel verfolgte die Bewegungen seiner Mutter mit der üblichen Ungeduld eines aufgeweckten elfjährigen Jungen. Sein Leben war noch einfach und spiegelte nicht wie das der Mutter die Erschöpfung wider. Es bestand noch hauptsächlich aus Essen und Schlafen und den wenigen unangenehmen Unterbrechungen, die gelegentliche Schelte und die Schule mit sich brachten. Seine Augen standen nie still, zeigten erwachenden Wissensdurst, vielleicht schon zu starken Wissensdurst. Seine Intelligenz und Auffassungsgabe waren vielversprechend. Gelegentlich überraschte er seine Gesprächspartner mit seiner Logik. Und selbst einen Erwachsenen kann ein altkluger Elfjähriger so manches Mal aus der Fassung bringen.

Carol O'Niel bemerkte seine erwartungsvollen Blicke. Sie seufzte, wandte sich aber dann lächelnd an ihn: „Es dauert nur zwei Minuten, Paul. Ich verspreche es dir."

„Sind das die Buttermilchwaffeln?" Die Stimme des Jungen war klar und arglos, ohne die Anzeichen der Reife, die er geistig in den letzten beiden Jahren erreicht hatte. Irgendwie war sie froh darüber. Er würde noch schnell genug erwachsen. Sie wußte, wie schnell sich der Übergang vom Knaben zum jungen Mann vollzog. Sie wünschte, daß es langsam gehen möge, wollte, daß er noch für eine gewisse Zeit ein Kind blieb.

„Leider ja", beantwortete sie seine Frage.

„Mist!"

Eine typische Antwort für einen Elfjährigen, dachte sie dankbar. Rasch wandte sie dem Tisch, an dem er saß, den Rücken zu und gab vor, die Zeit auf der Uhr des Herdes zu kontrollieren. In Wirklichkeit aber verbarg sie ihr Gesicht vor ihm, damit er nicht ihre Gedanken erraten konnte. Es ist peinlich, einen Sohn zu haben, der den Erwachsenen aus dem Gesicht abliest, was sie denken. Andererseits aber ist es typisch für Kinder, die nur mit Erwachsenen Umgang haben und lernen, durch die Sichtplatten der Helme hindurch Worte von Augen und Mund abzulesen!

„Ich habe versucht, die mit Ahornsirupgeschmack zu kriegen", besänftigte sie ihn, „doch man sagte mir bei der Versorgungsstelle, sie seien ihnen ausgegangen. Sie hatten auch keine anderen mehr."

Gott sei Dank haben Elfjährige noch die wunderbare Fähigkeit, Gedankensprünge ohne Übergang von einem Thema zum anderen zu vollziehen. Paul sprach die nächsten Worte zischend aus, weil er mit den Fingern an seinen Zähnen herumspielte.

„Mami, mit dieser Zahnklammer kann ich kaum sprechen. Und wenn die Fährstation Funksprüche an weit entfernte Schiffe sendet, schmerzen mir die Zähne."

„Nein, Paul, das bildest du dir nur ein", beruhigte sie ihn.

„Das ist keine Einbildung", protestierte er. „Und selbst wenn, ich kann nicht richtig sprechen. Während des Unterrichts versteht mich die Lehrsektion kaum."

„Ich weiß, und es tut mir leid." Sie drehte den Kopf und lächelte ihm ermutigend zu. „Sobald die Dentalsektion uns Bescheid gibt, brauchst du die Klammer nicht mehr länger zu tragen."

Er hob den Kopf, Schmerzen und Buttermilchwaffeln waren vergessen. „Wirklich? Wie lange wird das noch dauern?"

„Es wird schon bald sein." Mit den Fingern strich sie sich eine Locke ihres schwarzen Haares aus der Stirn.

„Wie bald?" fragten sie beide gleichzeitig, wobei Carol die nächste Frage ihres Sohnes vorwegnahm.

Der Junge lachte hell.

Er ist ein sehr lieber, ausgeglichener Junge, sagte sie sich. Fast nie gab er ihnen Anlaß zur Sorge, obwohl er manchmal durchaus das Recht dazu hatte. Während der üblichen Tests, die der Umsiedlung vorausgingen, hatte ihn der Doktor als eines der anpassungsfähigsten Kinder bezeichnet, die ihm je begegnet seien.

Doch Io war dabei, ihn zu erdrücken, das wußte sie genau. Geistig ebenso wie körperlich. Korridore und Zubringer waren die geeigneten Plätze für die Aufzucht von Ratten, aber keine Spielplätze für junge Menschen. Auch das zögernde, aufmunternde Lächeln des Arztes hatte sie über diese Tatsache nicht hinwegtäuschen können.

„Was ist wie bald?" fragte plötzlich eine vertraute Stimme.

William Thomas O'Niel schritt in den Raum. Er hatte tatsächlich einen schreitenden Gang, ging nicht wie die anderen Leute. Wie ein

Vollblüter, der jeden Moment in Galopp verfallen würde, dachte sie manchmal.

Sein Gang hatte die spielerische Leichtigkeit, die flüssigen Bewegungen des geborenen Athleten. Seinem anmutigen, elastischen Schritt nach zu urteilen, hätte er zwanzig Jahre jünger sein müssen, als er in Wirklichkeit war. Er war hochgewachsen, ohne hünenhaft zu wirken, obwohl seine Gestalt zu massig für den kleinen Raum oder die Möbel darin schien. Sein Haar war voll weißer Strähnen, und man hatte das Gefühl, daß jedem einzelnen dieser silbrig schimmernden Haare ein bestimmtes Ereignis zugrunde lag. Auch sein akkurat gestutzter Bart war weiß.

Er sah aus wie ein Mann, der den Großteil seines Lebens im Freien verbracht hat, obwohl genau das Gegenteil der Fall war. Seine Bildung ging weit über das übliche Allgemeinwissen hinaus, was man an seinen klug blickenden Augen und an seiner ganzen Art ablesen konnte. Er besaß die typische Art von Männern, die sehr lange Zeit auf Außenwelten verbracht hatten.

„Wie lange es noch dauert, bis ich meine Zahnspange loswerde", antwortete sein Sohn zugleich ängstlich und hoffnungsvoll.

O'Niel lächelte nicht mit den Lippen. Sein Gesichtsausdruck veränderte sich nur ein wenig. Ein Beobachter mußte dadurch zu der Annahme kommen, daß dieser Mann niemals richtig gelacht hatte. Oder er hatte es inzwischen verlernt. O'Niel ging an dem Tisch vorbei zu einer schmalen Nische, die wie ein Wandschrank ohne Tür wirkte, und schaltete einen der Videoschirme ein. Seine Finger fanden automatisch die Bedienungstasten, ohne hinzuschauen gab er sein persönliches Rufzeichen in den Computer. „Möchtest du unbedingt schiefe Zähne haben?"

„Es würde mir nichts ausmachen", antwortete Paul mit selbstsicherer, herausfordernder Stimme, wie sie nur ein heranreifender Junge haben kann. Trotzig verschränkte er die Arme vor der Brust.

„Dir werden gleich ein paar Zähne fehlen, wenn du nicht sofort dein Frühstück ißt."

O'Niel wandte seine Aufmerksamkeit wieder dem Monitor zu, der eingehende Botschaften aufzeichnete – eine technische Einrichtung, die nur wenige private Terminals auf Io besaßen. Direkte Sprechleitungen waren teuer. In leuchtenden Buchstaben erschien auf dem Schirm das Wort: EINGABE. Er schaltete auf Eingabe um und tippte seine Antwort über die Tastatur in den Computer: O'NIEL, W. T. IRGENDWELCHE NACHRICHTEN FÜR MICH?

Der Computer lieferte prompt die Antwort: O'NIEL, W.T. POSITIV. VIDEO- UND AUDIONACHRICHTEN. ANWEISUNGEN?

Wieder gab O'Niel sein Antwort ein: BOTSCHAFTEN ÜBERMITTELN, VIDEO UND AUDIO. GERINGE LAUTSTÄRKE.

Das leise Glockenzeichen des Mikrowellenherdes riß Carol, die ihren Mann beobachtete, aus ihren Betrachtungen. Sie ging zum Ofen und entnahm ihm das Essen.

Paul verfolgte mit angewidertem Gesichtsausdruck, wie die Buttermilchwaffeln wie fremde Eindringlinge auf seinen wehrlosen Teller herabschwebten. Sie waren mit einer feuchten Schicht bedeckt, die auch nicht die entfernteste Ähnlichkeit mit Ahornsirup hatte. Er starrte sie an, als wünschte er, seine Augen hätten die Fähigkeit, sie unbemerkt verschwinden zu lassen. Doch stur blieben sie auf dem Teller liegen, warteten, wußten, daß sie gewonnen hatten.

Carol seufzte und versuchte es auf die einschmeichelnde Tour. „Nimm doch einfach an, sie seien die mit Ahornsirup."

Er schaute zu ihr auf. „Nimm doch einfach an, ich hätte sie schon gegessen."

„Das ist mir eine Annahme zuviel", sagte sie, und ihre Stimme klang eine Spur schärfer. „Du hast sie früher schon gegessen, und sie haben dir geschmeckt."

„Wollen wir wetten, daß das nicht stimmt?"

„Vorwärts, junger Mann! Ich weiß, daß du sie essen kannst, wenn du nur willst."

Resignierend zuckte er die Achseln und ergriff seine Gabel. „Mein Verstand hat ja auch nichts dagegen, nur mein Magen sträubt sich." Widerwillig begann er zu essen, stocherte aber planlos in den Waffeln herum. Sein Verhalten war das gleiche, das die Miner dem Fels gegenüber an den Tag legten, den sie bearbeiteten.

O'Niel hatte im Schnelldurchlauf die Routinemeldungen überflogen. Plötzlich erhaschte er ein paar Wortfetzen, spulte das Band zurück und ließ es mit Normalgeschwindigkeit ablaufen. Er lehnte sich in seinem Sessel zurück, verschränkte die Arme vor der Brust und betrachtete den jungen Mann, der nun über den Bildschirm zu ihm sprach.

„Marshal, hier spricht Lowell. Die Nachtschicht verlief ruhig." Während er sprach, senkte der junge Polizist seinen Blick auf das Nachrichtenbord aus Plexiglas in seiner Hand, auf dem er sich Notizen gemacht hatte.

Was mag es gegeben haben? fragte sich O'Niel ungeduldig.

Doch sogleich erhielt er von seinem Untergebenen, dessen Bild das Band aufgezeichnet hatte, die Antwort, als hätte er seine Frage laut gestellt.

„War nicht viel los“, fuhr der Polizist fort. Seine Stimme klang gelangweilt. „Ein paar Betrunkene randalierten. Ach ja, die Tür des Beschwerdebüros in Kuppel neun wies Kratzspuren an den Scharnieren auf. Vielleicht ein Einbruchsversuch. Es besteht aber auch die Möglichkeit, daß sich jemand aus Langeweile einen Scherz mit uns erlaubt. Wir werden das Büro nächste Nacht auf jeden Fall im Auge behalten.“

Er legte die Tafel zur Seite und schaute wieder auf den Bildschirm. „Das war alles. Wirklich eine ruhige Nacht, wie ich sie gern habe.“ Er grinste. „Ich werde um achtzehn Uhr wieder im Büro sein. Wenn Sie wollen, können wir die Überwachungsmaßnahmen dann im einzelnen besprechen.“

Carol betrachtete über die Schulter ihres Gatten das Gesicht von Lowell, der sich gerade ausschaltete. Sie reichte O'Niel seine Tasse Kaffee. Er fragte sie heute nicht danach, ob es richtiger Kaffee war oder nicht, inzwischen ein in der ganzen Mine bekannter Scherz. Vermutungen über die Herkunft dessen, was hier als Kaffee bezeichnet wurde, ergaben in der Station eine nahezu unerschöpfliche Quelle von Spekulationen, von denen einige recht bizarr waren. Geschmacklose Leute behaupteten sogar, er stamme von einem Produkt, das als einziges nicht durch die Wiederaufbereitungsanlagen der Station transportiert wurde, weshalb er auch so stark sei und diesen seltsamen Geschmack habe.

Auf dem Schirm war das Bild von Lowell durch das eines untersetzten älteren Mannes ersetzt worden. „Hier spricht Montone, Marshal. Über den Unfall gestern in der Mine gibt es nichts Neues. Sieht so aus, als hätte der Junge durchgedreht.“

Der Hilfsmarshal schien nicht sonderlich an dem Fall interessiert. Tödliche Unfälle in der Mine waren nichts Ungewöhnliches. „Die Gesellschaft hat veranlaßt, daß der Leichnam – oder besser gesagt das, was von ihm übriggeblieben ist – sofort mit der Fähre heute morgen abtransportiert wurde. Ich vermute, die neuangekommenen Arbeiter sollten ihn nicht unbedingt zu Gesicht bekommen. Was ich auch verstehen kann.“ Er verzog das Gesicht. „Jesus, Sie hätten diese Schweinerei sehen sollen. Sie konnten die Leiche nur in einer Vakuumflasche transportieren, nicht in einem Sarg. Die ganze restliche Ladung wäre verdorben worden.“

Paul, der gerade widerwillig seine gefüllte Gabel zum Mund hob, hielt mitten in der Bewegung inne und legte dann vorsichtig die Gabel zurück auf den Teller. Das Gesicht, das er zog, ließ keinen Zweifel daran, daß sich Gespräche über Leichen und Buttermilchwaffeln nicht miteinander vertrugen.

Montone, der einen Moment lang geschwiegen hatte, fuhr fort. „Es handelt sich nicht um Mord. Es gab Zeugen direkt in seiner Nähe. Zwei Männer haben die ganze Sache miterlebt."

„Gibt es Zeugen, die deren Aussage bestätigen können?"

„Ich weiß, woran Sie denken, Marshal. Nein, sie haben nicht seine Sicherheitsleine durchgeschnitten und ihn dann über das Geländer geworfen. Ein paar Arbeiter auf der nächsttieferen Plattform, die sich zufällig auf derselben Frequenz über die Anzugsprechgeräte miteinander unterhielten, konnten alles mithören und haben den letzten Akt des Dramas beobachtet. Sie sagen einstimmig aus, daß die beiden anderen Miner dem Mann noch zu helfen versuchten.

Ich habe mit beiden Zeugen selbst gesprochen. Die Angelegenheit scheint ihnen ziemlich an die Nieren gegangen zu sein, denn schließlich gehörte der Tote zu ihrer Schicht. Sie schlugen sogar selbst vor, das Wahrheitsserum zu nehmen. Doch ich hielt es für unnötig."

„Ich auch", murmelte O'Niel. „Sie haben es selbst vorgeschlagen, sagten Sie? Der Vorschlag kam nicht von Ihnen?"

„Nein, warum auch? Die Aussagen der anderen Zeugen entlasten die beiden von jeglicher Schuld." Wieder schwieg er einen Augenblick lang und fügte dann achselzuckend hinzu: „So etwas kommt leider immer wieder vor. Doch das brauche ich Ihnen sicherlich nicht zu sagen."

„Nein, das ist unnötig."

„Einige Leute lassen sich eben von dieser Hölle hier auffressen." Nachdenklich kaute Montone auf der Unterlippe herum. „Trotzdem ist es eine Schande. Hätte nicht sein müssen, gab keinen Grund dafür. Der Bursche ..., sein Name war Tarlow, glaube ich."

Er zog seine Notizen zu Rate. „Stimmt, Tarlow. Verdammtes Pech, er hatte sein Jahr fast um."

„Wurde eine Autopsie veranlaßt?"

Montone schüttelte bedauernd den Kopf. „Unmöglich, ich sagte es Ihnen schon. Der Leichnam sah böse aus." Nochmals überflog er seine Notizen. „Das war's auch schon. Ach so, sagen Sie Ihrer Frau bitte, daß die Tickets, die sie bestellt hat, bei der Transportsektion für sie bereitliegen. Wir sehen uns im Büro. Und denken Sie nicht soviel über den Unfall nach, früher oder später gewöhnt man sich daran." Sein Lächeln war nur Routine. Der Schirm wurde dunkel, die Wörter ENDE DER AUFZEICHNUNG, O'NIEL, W. T. erschienen.

Als Montone die Tickets erwähnte, war jede Farbe aus Carol O'Niels Gesicht gewichen. Doch sie erlangte mit bewundernswerter Schnelligkeit ihre Fassung wieder, wenn auch der Grund dafür sicher nicht bewundernswert war.

Der Marshal starrte noch einen Moment lang mit ausdruckslosem Gesicht auf den Schirm, dann schaltete er ihn ab. Das seltsame Gebaren seiner Frau war ihm entgangen.

„Welche Tickets?" fragte er beiläufig.

„Oh, sie sind für Mr. und Mrs. Reynolds", antwortete Carol ebenso beiläufig, während ihre Hände sich mit den Tellern beschäftigten. „Das nette Ehepaar von der Bäckerei. Ein paar Freunde von ihnen benötigen Tickets für die Fähre." Sie lächelte leicht. „Du weißt doch, daß sie sehr weit unten auf der Prioritätsliste stehen, und ich versprach ihnen, zu sehen, was sich machen ließe. Doch es war ganz einfach."

„Das war sehr nett von dir."

Er stürzte den letzten Schluck Kaffee oder was immer es sein mochte hinunter. „Ich muß jetzt gehen." Er erhob sich und ging zum Tisch.

Obwohl der Bart wie immer kratzte, ließ Paul den Abschiedskuß seines Vaters reglos über sich ergehen.

„Wir sehen uns beim Mittagessen, Sportsfreund. Vergiß nicht, deine Rechenaufgaben zu machen."

Paul nickte. „Ich verspreche es." Dann grinste er spitzbübisch. „Ich hoffe, daß die Lehrsektion meine Zahlen überhaupt verstehen kann."

„Immer noch wegen deiner Zahnklammer? Nun, mach dir keine Sorgen. Du wirst sie nicht mehr lange tragen müssen. Aber du möchtest doch sicher später keine schiefen Zähne, nicht wahr?"

„Ich habe noch niemanden hier gesehen, der Zahnklammern trägt."

„Das ist ganz natürlich, weil ..."

O'Niel hielt mitten im Satz inne. Er hatte sagen wollen: Weil es keine anderen Kinder hier gibt. Statt dessen sagte er: „Weil niemand sonst in unserer Nähe sie braucht. Du bist der einzige. – Davon einmal abgesehen, die ganze Mine trägt eine Klammer."

Unsicher schaute Paul zu ihm auf. „Ist das wahr?"

„Natürlich. Du hast doch schon die aufgeschweißten Stützen und

Streben an den Außenwänden aller Gebäude und den Gerüsten für die schweren Förderanlagen gesehen?“

Paul nickte interessiert.

„Nun, das sind eben die Klammern der Mine, sie erfüllen den gleichen Zweck wie deine. Ohne sie wären alle Wände schief und wacklig, und das gleiche passiert mit deinen Zähnen, wenn du deine Zahnspange nicht lange genug trägst.“

„Dann behalte ich sie wirklich besser noch eine Zeitlang.“

„Das ist sicher besser.“ O'Niel wandte sich um und ging zur Tür. „Vergiß nicht deine Rechenaufgaben.“

„Nein, Dad.“

Carol beobachtete die Szene zwischen Vater und Sohn aufmerksam und versuchte krampfhaft, ihre Gefühle unter Kontrolle zu halten. Sie eilte zur Tür, um ihren Mann zu verabschieden.

„Mach's gut“, sagte er und küßte sie leicht.

Sie erwiderte seinen Kuß und murmelte: „Das werde ich.“

In vielen Dingen war O'Niel ein sehr sensibler, gefühlsbetonter Mensch. Kleine Veränderungen bei seinem Gegenüber wie Anspannung, plötzliche Regungen oder Blicke bemerkte er sofort. Das war auch der Grund, weshalb er in seinem Beruf so erfolgreich war. Er schob seine Frau ein wenig zurück und betrachtete ihr müdes Gesicht.

„Hör zu“, sagte er sanft, „ich weiß, es ist eine trostlose Aufgabe. Ich kann mir denken, wie schwer es für dich sein muß. Ich bitte dich, es trotzdem zu versuchen. Du wirst sehen, in Wirklichkeit ist es doch nicht so schlecht.“

Sie hob den Blick, schaute ihm ins Gesicht, verbarg ihre Gefühle vor seinen Augen. „Ich weiß. Es ist nur alles so ... so ...“

Er wartete. Doch die Worte kamen nicht, oder sie brachte es nicht fertig, sie auszusprechen. Schließlich gab sie es auf, ihre Empfindungen erklären zu wollen, hob statt dessen hilflos die Schultern. Wieder küßte er sie, eine Antwort, die weit tröstender war als alle Worte, dann wandte er sich zum Gehen.

„Will!“

Über die Schulter schaute er zurück. Rasch lief sie zu ihm hin, legte beide Arme um seinen Hals und küßte ihn leidenschaftlich. „Ich liebe dich.“

„Auch ich liebe dich.“

Er hielt sie eng an sich gedrückt, lächelte kurz.

„Versuch es. Wir sind gerade erst zwei Wochen hier. Es wird bald besser sein, glaub mir. An einem fremden Ort ist in der ersten Zeit alles ungewohnt und ein wenig furchteinflößend. Denk daran, es ist nur für ein Jahr, und die Bezahlung ..., du weißt ja, was ich bei meinem letzten Job verdient habe. Das ist auch einer der Gründe, weshalb ich diesen hier angenommen habe. Nur noch ein einziges Jahr, und dann trete ich in den Ruhestand."

Sie beugte sich zurück, schaute ihm tief in die Augen und schüttelte dann den Kopf. „Du wirst dich nicht zurückziehen, du nicht, Will. Jedenfalls nicht freiwillig. Dafür hängst du viel zu sehr an deiner Arbeit."

„Daran hängen?" Er lachte leise. „Nein, Liebling, ich hänge nicht daran. Aber ein Beruf ist auch eine Verpflichtung, und ich tue alles, um sie voll und ganz zu erfüllen."

Du hängst doch daran, dachte sie bitter, sagte jedoch nichts, sondern hielt ihn nur umklammert und wünschte inbrünstig, die Dinge würden sich wie durch einen Zauber schlagartig ändern.

„Ich muß gehen. Du riechst gut." Er streichelte ihre Wange, ließ seine Fingerspitzen langsam über ihre weiche Haut gleiten. Sie ergriff seine Hand und preßte sie gegen ihr Gesicht.

Dann war er fort. Carol trat durch die Eingangstür und schaute ihm nach, wie er den Korridor hinunterging und dann um die nächste Ecke bog. In ihren Gedanken verfolgte sie seinen Weg von draußen durch die durchsichtigen Tunnelwände und glaubte tatsächlich, stechenden Schwefelgeruch und andere Gase, die aus Ios Innerem an die Oberfläche drangen, wahrzunehmen. Es gab eine Atmosphäre auf Io, sie war dünn und ungesund, für Leben jeglicher Art ungeeignet, eine Atmosphäre, die von plötzlich aufbrechenden Vulkanen ausgespuckt und in den Raum geblasen wurde.

Sogar die Gase haben's besser, dachte sie. Langsam ging sie in die Wohnung zurück, um nach ihrem Sohn zu sehen ...

DIE Cafeteria war ein riesiger, schmuckloser Raum, der ständig mit Menschen gefüllt war. Arbeiter in den verschiedenen Stadien der Erschöpfung schoben ihre Tabletts über den Gleitsteg einer langen Essenstheke, an der heiße Mahlzeiten ausgeteilt wurden. Wie Tische und Stühle bestand die Theke aus grauem Metall und stumpfem Plastik. Das Licht war grell und stach in die Augen, strahlte mit unbarmherziger Helligkeit aus Leuchtstäben, die unter der Decke angebracht waren.

Nur das Stimmengewirr in dem Raum milderte etwas die Einförmigkeit der sterilen Einrichtung. Die Minenarbeiter schoben sich in kleinen Grüppchen an der Theke entlang und erzählten sich schmutzige Witze oder verzehrten an den Tischen ihre Mahlzeiten – das übliche Zusammenspiel von Nahrung und Sex, seit Jahrtausenden unverändert. Die meisten der Witze waren auch beinahe ebenso alt. Nur die Art der Wiedergabe variierte, die Slangausdrücke änderten sich, paßten sich im Ausdruck der Schwerelosigkeit und der künstlichen Atmosphäre an. Es gab auch einige weibliche Arbeiter, die mit ihren männlichen Kumpanen im Witze-Erzählen wetteiferten. Andere Frauen wiederum bildeten im hinteren Teil des Raumes eine Gruppe für sich. Auf den Tischen standen Flaschen mit Soßen und Gewürzstreuer. Die Mahlzeiten waren meist einförmig und fad, und den Arbeitern blieb nichts anderes übrig, als die Speisen selbst nach ihrem Geschmack zu würzen. Hackfleisch bleibt Hackfleisch, egal, wo man es ißt, doch Salz und Pfeffer geben ihm einen bestimmten Geschmack, Curry wiederum einen anderen. Und ebenso vielschichtig wie die Menge der Kontraktarbeiter war auch ihr Geschmack.

Ständig kamen neue Männer und Frauen herein, ergriffen ein Tablett und reihten sich in die Schlange ein. Nur ein Mann verhielt sich anders. Er betrat die Cafeteria und ging an der wartenden Menschenschlange vorbei hinüber zu den Tischen, an denen die Leute aßen. Er war groß und schlank, hatte dunkle Haare und war im Gegensatz zu den anderen Arbeitern, die einen Bart trugen, glatt rasiert. Er besaß dunkle Augen, die tief in den Augenhöhlen lagen und ständig umherhuschten, als hielten sie nach etwas Bestimmtem Ausschau. Der Mann hatte eine Stirnglatze, das restliche Haar war kurz geschnitten.

Er überflog die Anwesenden, suchte offensichtlich eine bestimmte Person. Schließlich entdeckte er den kleingewachsenen, drahtigen Miner allein an einem Tisch. Die Blicke der beiden Männer kreuzten sich zufällig, dann schaute jeder in eine andere Richtung. Nur ein scharfer Beobachter hätte gemerkt, daß da irgend etwas zwischen ihnen vorging.

Mehrere Minuten verstrichen. Der Arbeiter am Tisch beendete die belanglose Unterhaltung, die er mit ein paar anderen Männern in seiner Nähe geführt hatte. Er trank seinen Kaffee aus, erhob sich langsam und ging dann ohne Eile auf den Hinterausgang der Cafeteria zu, durch den er verschwand. Wenige Augenblicke später folgte ihm der Mann mit den tiefliegenden Augen, bahnte sich seinen Weg durch die lärmende Menge, ignorierte die Begrüßung einiger Leute und die an ihn gerichteten Fragen. Auch er verschwand durch den Hinterausgang.

Nicht weit hinter der Speisehalle lag der zentrale Umkleideraum, ein Labyrinth von engen Gängen zwischen endlosen Reihen hoher Metallschränke. Die Bänke, Kleiderbügel und Regale waren aus dem gleichen Material wie die Tische und Stühle in der Cafeteria. Wenn auch die Funktion des Raumes eine völlig andere war und die Gebrauchsgegenstände andere Formen besaßen, so waren sie doch ebenso wie die Einrichtung der Cafeteria aus einem riesigen Nickel-Eisen-Klumpen, der ziellos im Raum zwischen Jupiter und Mars trieb, gefertigt worden. Es wäre vermessen zu glauben, dieser Asteroid wäre Milliarden von Jahren durch den leeren Raum gereist, nur damit eines Tages ein Ameisenhaufen erfinderischer Zweibeiner aus ihm Dinge wie Kanalisationsrohre und Kleiderspinde herstellte.

In diesem Raum war es etwas ruhiger als in der Cafeteria. Es gab hier kein Essen, bei dem man zur Unterhaltung angeregt wurde. Der Umkleideraum diente der Förderung des Geschäftes, nicht der Erholung. Männer hantierten an ihren Schränken, stiegen in ihre Arbeitsanzüge oder legten sie ab. Ganz in der Nähe hatten die Frauen ihren eigenen Umkleideraum.

Die Männer, die sich ihre schweren Monturen überzogen, redeten hastig mit einem nervösen Beiklang in der Stimme, versuchten hinter den Worten ihre Furcht davor zu verbergen, sich jetzt wieder für eine Schicht den Gefahren außerhalb der Station draußen auf Io aussetzen zu müssen. Die anderen, die ihre Anzüge auszogen, redeten ebenso hastig und mit dem gleichen nervösen Beiklang in ihren Stimmen, um hinter den Worten ihre Erleichterung darüber zu verbergen, eine weitere Schicht unbeschadet hinter sich gebracht zu haben.

Die Gänge zwischen den Schränken boten kaum genügend Bewegungsfreiheit, um mit den sperrigen Anzügen fertig zu werden. Doch jeder schaffte es. Hier auf Io war es ein Vorteil, klein und schlank zu sein. Im Innern der Station konnte man sich besser bewegen, und draußen im Vakuum reichte im Notfall die Sauerstoffreserve länger.

Der Mann, der an dem Tisch gesessen hatte, eilte einen leeren Gang hinunter zu seinem eigenen Schrank. Er brauchte nur wenige Sekunden, um die Kombination für den Öffnungsmechanismus einzustellen, dann sprang die Tür mit einem Klicken auf. Der Mann mit den eingefallenen Gesichtszügen, der dem kleingewachsenen Mann in der Cafeteria mit den Augen ein Zeichen gegeben hatte, kam nur Sekunden später. Sie standen dicht bei dem offenen Schrank und unterhielten sich ruhig, wenn auch nicht gerade freundlich, miteinander. Dann wechselte ein Päckchen den Besitzer.

Der kleine Arbeiter ließ es rasch in seinen Schrank verschwinden und stieg dann in seinen Arbeitsanzug, um nach draußen zu gehen. Der andere folgte dem Gang weiter hinunter und bog dann in einen anderen ein, um zur Cafeteria zurückzukehren. Das alles dauerte nur wenige Minuten.

3

DER Speisesaal für die Arbeiter war nicht der einzige Ort in der Mine, wo Essen ausgegeben wurde. Der andere befand sich ganz in der Nähe, und doch unterschieden ihn Welten von dem Speisesaal für die Arbeiter. Der Raum hatte kaum ein Viertel der Größe der Cafeteria. Die Tische waren leicht und schlank in ihrer Form, gaben dem Raum einen Eindruck von großzügiger Geräumigkeit, die dem Arbeiterspeisesaal fehlte. Auf den Tischen standen Gedecke, Servietten lagen daneben. Man mußte schon die Frachtkosten im interplanetaren Transportverkehr kennen, um die Bedeutung zu ermessen, die solche typisch irdischen Accessoires wie Silberbestecke und Servietten für einen Ort wie Io besaßen. Raffiniert angebrachte Beleuchtungskörper sorgten für gedämpftes, wohltuendes Licht, das die Offiziersmesse gleichmäßig erhellte. Hier gab es sogar Bedienungspersonal, das auch die Tische abwischte.

Im Augenblick bevölkerten etwa vierzig Leute die Messe. Sie tranken Kaffee (richtigen Kaffee), Tee oder Sprudelwasser. Man hatte drei Tische U-förmig zusammengestellt, und die Leute saßen an ihren Längsseiten, tranken, rauchten und unterhielten sich. Ein paar studierten die große Anzeigentafel, die ständig die genaue Position der Fähre, die einmal wöchentlich Io anflog, angab. Am hinteren Ende des Raumes prangte das riesige Firmenzeichen, eine Reihe von konzentrischen Kreisen, die nach links und rechts in ein Rechteck ausliefen und in ihrem Innern die Buchstaben CON-AM trugen.

Am oberen Ende eines Tisches saß ein Mann, den auf den ersten Blick nichts von den anderen Menschen in diesem Raum unterschied. Er war etwas größer als die meisten und versteckte seine Glatze unter einer Arbeitskappe der Gesellschaft. Sein Bart und seine Augen waren dunkel, er benahm sich bewußt unauffällig. Seine Gestalt war im Verhältnis zu seinem feisten Kopf viel zu klein, wodurch seine Gesten gezwungen wirkten. Der Mann sah nicht aus wie ein Athlet, trotzdem hatte man den Eindruck, daß er blitzschnell reagieren konnte. Ihn umgab eine Aura der Bereitschaft. Man konnte ihn vergleichen mit einem zu groß geratenen Fuchs oder einer Hyäne, beide gleichermaßen gefährlich, wenn es darauf ankam, und doch in der Lage, ihre Wildheit zu kontrollieren. Doch im Moment wirkte der Mann gelöst, nur sein Gesichtsausdruck verriet seine gespannte Erwartung. Abschätzend musterte er die hier Versammelten, die pflichtschuldig dem Mann neben ihm lauschten. Der Mann war O'Niel, und im Moment war er mit etwas beschäftigt, das er nur sehr ungern tat: mit Reden.

„... und abschließend", sagte er gerade, „möchte ich feststellen, daß ich hier neu bin. Sie müssen sich erst einmal an mich gewöhnen, und umgekehrt ist es ebenso. Es wird bestimmt Zeiten geben, in denen wir nicht einer Meinung sind, doch ich hoffe, daß das nur selten geschieht. Ich bin sicher, daß wir bei unserer gemeinsamen Arbeit miteinander gut zurechtkommen werden." Bei diesen Worten lächelte er, doch das Lächeln wurde nicht erwidert.

„Ich hoffe nur, daß ich Ihr Vertrauen in mich rechtfertigen kann." Er schwieg. Die Stille im Raum war fast greifbar, wurde nur unterbrochen von einem unterdrückten Hüsteln.

„Ich danke Ihnen für Ihre Aufmerksamkeit."

O'Niel setzte sich. Wie dichter Nebel hing die Stille in der Luft. Er beugte sich nach links zu seinem Sergeant hinüber. „Ich habe sie wirklich von den Stühlen gerissen mit meiner Ansprache."

„Sie fressen Ihnen aus der Hand", antwortete Montone flüsternd und grinste. „Sie sind so begeistert wie immer bei solchen Anlässen. Vergessen Sie nicht, die Leute hier würden alles andere lieber tun und wenn es nur darum ginge, den neuesten Klatsch auszutauschen. Schließlich ist es ihre Freizeit, die sie hier opfern müssen."

„Sonst noch Fragen?"

Die Frage kam von dem hünenhaften Mann, der zur Rechten O'Niels saß. Sheppard, so hieß er, besaß ein durchdringendes Organ, seine Frage hallte im Raum wider. Er schreckte nie davor zurück, den ersten Schritt zu tun, das Eis zu brechen. Wenn er wollte, brach er noch etwas ganz anderes ...

Ein paar Leute in den hinteren Reihen rutschten unruhig auf ihren Stühlen hin und her. Trotz all der Talente und Fähigkeiten, die in der Offiziersmesse versammelt waren, benahmen sich ihre Besitzer wie eine Horde Schulkinder, die darauf wartete, daß einer aus ihrer Mitte des Lehrers Frage beantwortete.

Schließlich hob eine ältere Frau die Hand. „Marshal, mein Name ist Flo Spector, ich arbeite in der Buchhaltungssektion." Sie schaute sich um, als ob sie von ihren schweigenden Nachbarn Unterstützung erwartete. „Sicher spreche ich für alle hier, wenn ich Sie und Ihre Familie willkommen heiße. Sollte es Mrs. O'Niel oder Ihrem Sohn an irgend etwas mangeln, richten Sie ihnen aus, daß sie sich jederzeit an mich wenden können. Wenn ich ihnen selbst nicht weiterhelfen kann, weiß ich bestimmt jemanden, der es gerne tun wird."

O'Niel lächelte dankbar, innerlich froh darüber, daß wenigstens ein Mensch eine freundliche Geste offenbart hatte. Natürlich konnte er keinen Ausbruch allgemeiner Zuneigung erwarten, das verhinderte schon sein Beruf. Trotzdem hatte er sich nie an die kalte Zurückhaltung der Menschen gewöhnen können, obwohl er schon mehrere solcher Begrüßungsveranstaltungen hinter sich gebracht hatte. „Ich danke Ihnen, Mrs. Spector. Ich bin sicher, Mrs. O'Niel und Paul werden gerne davon Gebrauch machen." Er ließ seinen Blick über die Versammlung schweifen, doch niemand stellte mehr eine Frage. Langeweile stand in jedes Gesicht geschrieben, die Leute hier sehnten sich spürbar danach, an ihre Arbeit oder in ihre Freizeit zurückgehen zu können, begrüßten jede Möglichkeit, die sie aus der Offiziersmesse von der unwillkommenen Vorstellung des Neuen abberief.

Sheppard ergriff wieder das Wort. „Nun, anscheinend gibt es keine Fragen mehr." Lächelnd schaute er zu O'Niel hinüber – zumindest hatte sein Gesichtsausdruck gewisse Ähnlichkeit mit einem Lächeln. „Ich möchte es ebenfalls nicht versäumen, Marshal O'Niel willkommen zu heißen. Sicher werden Sie mir alle beipflichten, wenn ich behaupte, daß er eine gute und nicht aufreibende Arbeitsatmosphäre vorfinden wird. Er hat seine Arbeit bei uns gerade erst begonnen, und man braucht einige Zeit, um sich an Io zu gewöhnen, selbst wenn man vorher schon bei anderen CON-AM-Projekten Erfahrungen gesammelt hat. Doch ich bin überzeugt davon, daß er sich in Outland sehr schnell einleben wird, zumal es bei uns wenig Probleme und kaum Ärger gibt."

„Das freut mich zu hören", gestand O'Niel. „Ich mag keine Schwierigkeiten."

Montone rutschte unruhig auf seinem Stuhl hin und her und schaute, als Sheppard fortfuhr, ostentativ in eine andere Richtung.

„Marshal, Sie sollten nur stets daran denken, daß diese Männer und Frauen alle sehr hart arbeiten. Ich bin stolz darauf, eine solche Feststellung treffen zu können, und werde alles dafür tun, die Leute in jeder Hinsicht zu ermutigen und zu unterstützen. Seitdem ich hier Generalmanager bin, hält diese Mine den Produktionsrekord von allen Förderstätten der Gesellschaft. Wir sind Con-Amalgamated erfolgreichstes Abbauunternehmen. Der beste Beweis dafür ist der Prämienscheck, den jeder hier bekommen hat. Es gibt keine andere Mine oder Produktionseinheit jenseits des Mars, die unsere Ertragsrate überbieten kann. Und ich werde alles tun, daß es auch so bleibt. Denn es dürfte allgemein bekannt sein, daß nur zufriedene Leute gute Arbeit leisten." Dieses Mal schien sein Lächeln weniger gezwungen. „Ich verlange viel von meinen Leuten, bin aber andererseits auch recht großzügig und lasse ihnen viel Freiheit."

O'Niel antwortete darauf nichts, sondern beobachtete Sheppard schweigend. Der Manager fuhr fort: „Wenn sie also von Zeit zu Zeit etwas Dampf ablassen müssen, so ist das nur natürlich, und man sollte ihnen den nötigen Spielraum dazu gönnen. Man braucht nur daran zu denken, wie hart ihre Arbeitsbedingungen da draußen sind" – bei diesen Worten zeigte er auf den Gang hinaus, durch dessen transparente Hülle man die gelborange schimmernde Oberfläche des Jupiter sehen konnte –, „und man gönnt ihnen gerne diesen Spielraum."

Er beugte sich zu O'Niel vor. „Seien auch Sie großzügig, drücken Sie manchmal ein Auge zu." Er lächelte noch immer. „Verstehen Sie, was ich damit sagen will, Marshal?"

Ein peinliches, lastendes Schweigen folgte auf diese Frage, und Montone wünschte sich insgeheim weit weg von diesem Ort. Doch seine Befürchtung war unbegründet. O'Niels Antwort war zwar kühl und unverbindlich, schien Sheppard jedoch durchaus zufriedenzustellen.

„Ich danke Ihnen für den Rat, Mr. Sheppard."

„Wir sind ja alle Profis", meinte der Generalmanager noch hinzufügen zu müssen, bevor er sich entspannt zurücklehnte.

„Davon bin ich überzeugt."

„Besuchen Sie mich mal in meinem Büro", schlug Sheppard vor, ganz offensichtlich mit sich und der Welt zufrieden. „Dann unterhalten wir uns weiter miteinander."

„Das werde ich bestimmt tun." O'Niel erhob sich. „Es ist wohl besser, wenn ich jetzt wieder an die Arbeit gehe."

Die Versammlung löste sich auf, in Grüppchen verließen die Leute die Offiziersmesse. Niemand kam nach vorn, um O'Niels Hand zu schütteln und ihm Glück zu wünschen. O'Niel war darüber nicht verwundert, denn er kannte solche Situationen inzwischen zur Genüge.

„Auf Profis wartet immer viel Arbeit."

„Darin stimme ich mit Ihnen völlig überein."

Sheppard war sitzen geblieben und gab nun einem jüngeren Mann ein Zeichen, ihm noch eine Tasse Kaffee zu bringen.

Kaum hatte O'Niel den Raum verlassen, machte er seinem Ärger Luft. Er trat dabei nicht voller Wut gegen die vorfabrizierten Metallwände des Gangs, stampfte auch nicht zornig mit dem Fuß auf den Boden oder stieß unbeherrscht eine Reihe von Flüchen aus. Statt dessen blieb er ganz ruhig, nur sein Gesichtsausdruck war ein wenig gespannter als gewöhnlich. Das Ausmaß seines Ärgers zeigte sich aber ganz deutlich an seinem Gang. Seine Schritte waren raumgreifender, und ihr Echo hallte laut von den Gangwänden wider, der Boden vibrierte unter ihnen. Montone hatte Mühe, mit seinem Chef Schritt zu halten.

„Nehmen Sie's nicht zu tragisch", versuchte der Sergeant O'Niel zu beruhigen. O'Niel antwortete nicht, verlangsamte auch nicht seinen Schritt. Seine Augen starrten geradeaus, ohne im grellen Lichtschein zu blinzeln, der gelegentlich aus den Lichtschächten in der Ecke fiel.

„Was, zum Teufel, sollte das?" fragte er schließlich. Er ahmte Sheppards Sprechweise nach: „Verstehen Sie, was ich damit sagen will, Marshal?"

„Das ist so seine Art." Montones Stimme klang besänftigend. „Ein kleines Schauspiel für die guten Leute, das ist alles. Man hat mir erzählt, daß er das mit jedem Marshal veranstaltet, der neu hierherkommt, nicht nur mit Ihnen. Er kann eben nicht aus seiner Haut. Sie wissen doch genau, welch seltsame Allüren diese Topmanager manchmal haben."

„Jedenfalls mag ich seine Art nicht", knurrte O'Niel leise.

„Viele Leute mögen ihn nicht." Montones Stimme klang ernst. „Nur die Bonzen in den gehobenen Posten, die Mitglieder des Vorstandes, die mögen ihn. Er erzielt gute Produktionsergebnisse, und das ist alles, was die da oben interessiert. Legen Sie sich nach Möglichkeit nicht mit ihm an."

„Der Mann ist ein Arschloch."

„Aber ein mächtiges Arschloch. Fordern Sie ihn nicht heraus, reagieren Sie sich lieber an den Rowdys im Club ab, halten Sie sich von Sheppard fern."

Schweigend legten sie den Rest des Weges zurück. Der Gang

endete schließlich vor einer Schleusentür. O'Niel drückte auf den Knopf des Öffnungsmechanismus. Das Schott glitt zur Seite und öffnete ihnen den Zugang zu Gebäude C. Überall in der Mine gab es diese Schleusentore, um jederzeit ein Leck in der Anlage hermetisch abriegeln zu können.

Der Kombinationsschalter an dieser Schleuse war von besonderer Art. Die meisten Schleusen waren durch einfachen Knopfdruck zu betätigen, doch der Gebäudeteil C war durch zusätzliche Kontrollvorrichtungen besonders gesichert. Dieser Teil der Mine galt als Sicherheitszone, denn in ihm lagen die lebenswichtigen Anlagen wie das Schwerkraftzentrum und die Sauerstoff-Wiederaufbereitungsanlage zur Herstellung der Atmosphäre in der Station. Außerdem befanden sich hier das riesige Computerzentrum, die Polizeiwache mit einem Vernehmungsraum, das Gefängnis und eine Reihe von Büros mit durchsichtigen Trennwänden, so daß der ganze Gebäudekomplex gut zu übersehen war. An der Tür eines dieser Büros stand in großen Buchstaben zu lesen: BUNDES-DISTRIKT-MARSHAL, W. T. O'NIEL.

Die beiden Männer betraten die Sicherheitszone, Montone ging immer noch ein paar Schritte hinter seinem Vorgesetzten.

„Er versucht nur, Sie auszutricksen."

Montone nahm kein Blatt vor den Mund, seit sie den Sicherheitsbereich betreten hatten. „Der letzte Marshal hatte hier alles ganz gut im Griff. Und das ist alles, was Sheppard will. Oder die anderen da oben. Wenn alles glatt läuft, macht jeder sein Geld, und alle sind zufrieden. Niemand ist hier zur Kur oder der schönen Aussicht wegen. Machen Sie sich keine Gedanken um die Schiffsleitung, wie ich das Management immer zu nennen pflege. Halten Sie immer nur genügend Abstand davon, und Sie werden sehen, daß Sie mit der Mannschaft recht schnell warm werden. Mit Sheppard ist das allerdings nicht möglich, mit ihm wird niemand warm. Aber die Sturköpfe aus der Offiziersmesse werden schnell weich werden. Im Moment sind sie noch ein wenig unsicher, kennen Sie noch nicht genug."

Sie betraten die Polizeiwache. Mehrere jüngere Beamte saßen hier herum. Als O'Niel eintrat, erhoben sie sich. Er nahm keine Notiz von ihnen und ging weiter. Wahrscheinlich bemerkte er sie nicht einmal. Seine Gedanken waren sonstwo, als er sein Büro betrat und die Tür ruhig hinter sich schloß. Es gab genügend Arbeit, er hatte Berichte durchzusehen, Informationen zu prüfen, Dienstpläne zu unterschreiben und einiges andere zu tun, um möglichst schnell mit den Eigenheiten und der Anlage dieser Mine vertraut zu werden. Und er wollte allein sein, um so seinen Zorn unbeobachtet verrauchen zu lassen.

Einer der jüngeren Beamten, der durch die transparente Wand den ruhig arbeitenden O'Niel beobachtete, redete Montone an. „Welchen Eindruck haben Sie von ihm, Sergeant?"

„Von O'Niel?" Montone trat neben den Polizisten und betrachtete ebenfalls den neuen Marshal. „Es ist noch zu früh, um etwas sagen zu können. Er macht einen ruhigen, zurückhaltenden Eindruck. Ist nicht von der Sorte, die man zu einem Kartenspiel einladen könnte. Andererseits aber ganz sicher nicht ungesellig oder irgend etwas in der Richtung. Eben – ruhig." Er wandte sich ab und überflog den Computerbericht des jungen Polizisten. „Jetzt aber Schluß mit der Psychoanalyse. Was sagen denn die Protokolle?"

Der Name des Miners war Cane. Er war ein schlanker blonder Mann, dessen Kinn ein dünner, gleichmäßig gestutzter blonder Bart umrahmte, der ihm das Aussehen eines frisch gesalbten Bischofs verlieh. Die Farbe seiner Augen war von einem blassen, wäßrigen Blau. Das Haar, die Augen und die Gesichtszüge verrieten die skandinavische Abstammung des Mannes, was jedoch bei der vielschichtigen, aus allen Weltteilen zusammengewürfelten Arbeiterschaft Ios nichts Außergewöhnliches war. Es kam nicht auf die Abstammung an, nicht darauf, wer die Verwandten waren, es war unwichtig, was man bisher gemacht hatte. Das einzige, was hier auf Io zählte, war eine gute Arbeitsleistung.

Canes Gesichtsausdruck offenbarte eine ungewöhnliche Heiterkeit, die schon nahe an Glückseligkeit grenzte. Sein Mund war zu einem kindischen Lächeln verzogen, er sah aus wie jemand, der gerade eine Woche im Harem eines türkischen Sultans verbracht hatte, aber nicht bereit war, jemandem davon zu erzählen.

Draußen war es immer noch hell. Der Umkleideraum war fast menschenleer, die Tagschicht hatte ihre Arbeit beendet und war, von einigen wenigen Nachzüglern abgesehen, von der Nachtschicht abgelöst worden. Niemand begegnete Cane, während er lächelnd einen der Gänge zwischen den Spinden entlangschlenderte. Am unteren Ende des Umkleideraumes befand sich der weite Geräteraum. An einer Wand, an der Stahlhaken befestigt waren, die aussahen wie die Hörner von Longhornrindern, hingen Anzüge und Helme und warteten auf ihre Besitzer. In die gegenüberliegende Mauer war eine momentan geschlossene, doppelwandige Schleuse eingelassen, an deren Seite Kontrollanzeigen und Warnschilder angebracht waren.

Auf die Tür hatte man in großen Buchstaben die Wörter VORSICHT – VAKUUMZONE OHNE ATMOSPHÄRE – DRUCKANZÜGE UND SAUERSTOFFTANKS VORSCHRIFT! aufgemalt.

Cane beugte sich vor, er hielt die Hände hinter dem Rücken verschränkt, während er durch das kreisrunde Bullauge, die einzige Sichtscheibe in dem Schott, in das Innere der Luftschleuse spähte. Sie war leer, das Licht brannte. Mit raschen Bewegungen, die Übung verrieten, betätigte er den Öffnungsmechanismus der Schleuse. Das Schott glitt zur Seite. Er betrat den Innenraum, überflog rasch die Bedienungsleiste an der Seitenwand und schloß die Tür.

Es dauerte immer einen Moment, bis eine solche Schleuse wieder luftdicht versiegelt war. Die gefährlichen Lebensumstände auf Io machten es nötig, daß sämtliche Sektionen der Mine, die eine Atmosphäre enthielten, doppelt und dreifach gesichert wurden. Cane befolgte die Bedienungsvorschriften sehr sorgfältig. Als er sicher sein konnte, daß er die Anleitung genau befolgt hatte, ging er zur gegenüberliegenden Wand, an der ebenfalls eine Reihe von Bedienungsknöpfen angebracht war, und drückte auf einen. Ein leises Zischen verriet ihm, daß der Minenaufzug sich nach oben in Bewegung gesetzt hatte und sich seinem Standort näherte. In diesem Moment kam eine kleine Gruppe von Männern und Frauen, die im Umkleideraum die Vorräte an Nahrung und Luft ihrer Anzüge überprüft und sich umgekleidet hatten, auf die Schleuse zu. Die Helme hielten sie in der Hand. Wie üblich erzählten sie sich ihre dummen Scherze oder beklagten sich über die Zustände auf Io, bis einer von ihnen neugierig durch die Sichtscheibe ins Innere der Schleuse spähte und Cane darin entdeckte. Nicht Canes Anwesenheit in der Schleuse ließ das Gespräch verstummen, sondern die Tatsache, daß er keinen Anzug trug. Sofort begannen die Arbeiter mit den Fäusten gegen das Schott zu hämmern und wild durcheinanderzurufen.

Drinnen bemerkte Cane ihre Aufregung und lächelte ihnen gelassen zu. Dann schaltete er den Lautsprecher in der Schleuse ab, und das erregte Geschrei verstummte. Selbst wenn er die Worte verstanden hätte, hätten sie an seinem Vorhaben nichts geändert. Die Minenarbeiter fuhren fort, mit den Fäusten gegen das Schott und die Sichtscheibe zu schlagen. Ihre gedämpften Rufe und das dumpfe Hämmern ihrer Fäuste veranlaßten Cane zu der Annahme, daß er ihnen eine Antwort schuldig sei. Also grinste er und winkte ihnen zu.

Ein Summton signalisierte ihm die Ankunft des Aufzuges. Die Aufzugtür glitt zur Seite, und ohne Hast betrat Cane das Innere. Den entsetzten Gesichtern hinter der Sichtscheibe der Schleuse schenkte er ein letztes Lächeln, dann schloß sich die Aufzugtür, und nur noch einmal tauchte sein Gesicht für einen Augenblick hinter der Sichtscheibe auf.

Ruhig studierte Cane die Schalttafel im Innern, bevor er auf einen Knopf drückte. Ein hübscher Knopf, dachte er. Ein hübscher Knopf in einem schönen Aufzug.

Jenseits der Schleusentür beobachteten die Miner hilflos, wie der Aufzug in die Tiefe sank. Sie konnten nichts tun, denn die Notrufanlage befand sich im Innern der Luftschleuse, deren Schott von innen verschlossen war. Einer von ihnen kam auf die Idee, die Energiezentrale anzurufen und den Diensthabenden dort zu bitten, den Strom abzustellen. Zögernd erinnerte ihn sein Freund daran, daß die Aufzüge eigene Stromkreise besaßen, damit sie in Notfällen funktionsfähig blieben. Doch die Ironie dieser Tatsache entging ihnen allen.

„VERDAMMT, bin ich geschafft!" stieß der untersetzte Hauer hervor, seine Stimme hallte laut in den Helmradios seiner Kumpel wider. Er hob die Hand und wischte sich damit über die Sichtplatte. „Wäre schön, wenn die da oben sich endlich etwas einfallen ließen, damit man sich in diesen Dingern auch mal die Nase putzen kann."

„Das wäre ein Wunder", schnaubte ein anderer erschöpfter Arbeiter. „Das würde nämlich bedeuten, daß sie noch einen zusätzlichen Servoarm im Innern des Anzugs anbringen müßten. Man muß denen da oben ja schon dankbar sein, daß sie in den Anzügen Wasser- und Nahrungsbehälter vorgesehen haben."

„Nahrung?" Ein dritter Arbeiter lachte sarkastisch. „Du nennst das komische Zeugs, das sie einen aus den Helmmundstücken saugen lassen, Nahrung?"

Mit solchen Gesprächen vertrieben sie sich die Zeit, während sie ungeduldig darauf warteten, nach oben zu kommen. Vor etwa zehn Minuten hatten sie ihre Schicht beendet. Jeder Moment, den sie länger in ihren Anzügen ausharren mußten, war ein verlorener Moment, bedeutete eine Minute des wirklichen Lebens verschwendet. Eine Minute, in der sie statt dessen wirkliche Nahrung zu sich nehmen, sich in der wirklichen Luft des Erholungsraumes oder des Clubs entspannen konnten, anstatt hier im Gestank ihres eigenen, immer wieder aufbereiteten Schweißes zu stehen. So warteten sie also ungeduldig, während der Aufzug langsam zu ihnen herabsank, um sie aufzunehmen. Die Kontrolleiste neben der Tür zeigte seinen jeweiligen Standort an. Lämpchen glühten auf, während der Lift herabsank, das unterste Stockwerk passierte, die Dekompressionskammer hinter sich ließ, die erste Arbeitsplattform erreichte, dann die zweite und die dritte. Er verlangsamte seine Fahrt, und die Anzeige der Arbeitsplattform vier blinkte auf.

Der Aufzug kam zum Stehen. Irgendein Witzbold schien sich mal wieder einen Scherz erlaubt und rote Farbe oder sonst etwas über das Bullauge geschmiert zu haben. Einige der Arbeiter fluchten. Langsam glitt die Aufzugtür zur Seite, der Anblick im Innern der Kabine ließ die Miner ihre Ungeduld vergessen. Sie waren allesamt vollauf damit beschäftigt, sich der aufsteigenden Übelkeit zu erwehren ...

O'Niel war erschöpft. Es war erstaunlich, wie einen die Verantwortung für die Sicherheit einer solch kleinen, isolierten Lebensgemeinschaft wie die der Mine ermüden konnte. Den reibungslosen Ablauf einer solchen Gemeinschaft wie Io zu erhalten war wie die Fahrt auf einer Achterbahn mit einer Thermosflasche voll Nitroglycerin in der Hand. Man mußte in der Lage sein, jederzeit die Stöße aufzufangen, ja, man mußte sie sogar vorausahnen, ehe sie spürbar wurden. Besaß man diese Fähigkeit nicht, reagierte man falsch, wurde man unweigerlich aus der Bahn geworfen und machte eine Himmelfahrt. Und das war der Grund, warum O'Niel keinem, am wenigsten sich selbst, Unachtsamkeit und Müdigkeit gestattete. Doch jetzt hatte er seine Tagesarbeit vollbracht und konnte die Schicht beenden.

Die Tür zu seiner Wohnung glitt zur Seite, gab den Eingang frei. Gedämpftes Licht erhellte das Wohnungsinnere, alles erschien wie immer. Es war ruhig und friedlich in der Wohnung, sie war sein Zufluchtsort, und er freute sich über diese Feststellung. Während sich die Tür leise hinter ihm schloß, furchte er die Stirn. Die Wohnung war zu ruhig.

„Paul?"

Keine Antwort, nicht der erwartete freudige Aufschrei: *Daddy!* Das einzige Geräusch in der Wohnung war das kaum wahrnehmbare Flüstern der Klimaanlage.

„He, Paulie?" Er zögerte, rief dann: „Carol?"

Wieder keine Antwort. Rasch durchsuchte er die einzelnen Räume, doch auch im Schlafzimmer befand sich niemand. Nun, zum Teufel, vielleicht waren sie ausgegangen, um jemanden zu besuchen. Er erinnerte sich an die Einladung, die die ältere Frau während der Begrüßungsversammlung ausgesprochen hatte. Spector, ja, Mrs. Spector war ihr Name gewesen. Vielleicht hatte sie Carol angerufen und sie und Paul eingeladen. Obwohl sie selbst keine Kinder hatte. Vorpostensiedlungen wie Io waren kein Ort für Kinder. Genau dieser Gedanke erweckte seine Besorgnis. Trotzdem, sie konnten auch anderswo sein. Vielleicht war Carol nur mit Paul einkaufen gegangen. Es gab ein paar konzessionierte Läden auf Io, wie zum Beispiel die private Bäckerei. Diese Läden waren sehr beliebt, bildeten sie doch gleichermaßen für Miner wie für Verwaltungsleute eine willkommene Abwechslung. Ganz bestimmt waren die beiden einkaufen gegangen! Sollte er ihnen deswegen böse sein?

Bis sie kamen, konnte er gut die zwischenzeitlich eingegangenen Nachrichten durchsehen. Er ging in den Wohnraum zurück, schaute sich zum letztenmal um. Er wollte sich vergewissern, daß sie sich nicht versteckt hatten, um ihn zu überraschen, ging dann zum Monitor hinüber und schaltete das Aufzeichnungsgerät ein. Stehend tippte er seine Kennung ein. EINGABE, besagte die Leuchtschrift auf dem Schirm. Ohne auf die Tastatur zu blicken, tippte er: O'NIEL, W. T. IRGENDWELCHE NACHRICHTEN? Die Leuchtschrift antwortete: O'NIEL, W. T. POSITIV! Er schaltete auf ABRUF um. Der Bildschirm erwachte zum Leben. Wie er insgeheim gehofft hatte, erschien Carols Gesicht. Er kannte sie gut genug, um zu wissen, daß sie nirgendwo hinging, ohne ihm eine Nachricht zu hinterlassen.

Trotzdem bestürzte ihn ihr Gesichtsausdruck. Sie schien nahe daran zu weinen, schluckte ständig und hielt den Blick vom Objektiv des Aufzeichnungsgerätes abgewandt, versuchte krampfhaft, einen Gefühlsausbruch zu verhindern. „Ich ..., ich versuche, Haltung zu bewahren", sagte ihr Bildnis vom Schirm herunter, „was mir aber ebensowenig wie alles andere zu gelingen scheint."

Sie holte tief Atem, das halbe Lächeln auf ihrem Gesicht verzerrte sich noch mehr zu einer Grimasse. „Ich hasse diese Aufzeichnungsgeräte. Sie machen einem eine solche Sache wie diese viel zu leicht. Es ist nur ..., ich ..., ich bin eben ein Feigling, das weißt du. Ich könnte dir nicht ins Gesicht schauen und dir sagen, was ich dir sagen muß. Ich könnte es einfach nicht. Wenn du jetzt vor mir stündest, würde ich sicher wieder umfallen, würde meine Meinung ändern. Ich möchte meine Meinung nicht ändern." Sie schniefte in ihr Taschentuch.

O'Niel tastete nach dem Stuhl hinter sich, zog ihn heran und ließ sich langsam darauf niedersinken. Er wandte keinen Blick von dem

Bildschirm. Wie war das noch, was Montone gesagt hatte? Ein paar Worte, denen er, O'Niel, kaum Bedeutung zugemessen hatte.

„Sie werden sich daran gewöhnen ... Wie wir alle."

Stimmt, genau das hatte der Sergeant gesagt. Doch er hatte es einfach überhört. Die Ereignisse in diesem Moment betrafen sicher jemand anderen, nicht ihn.

„Ich liebe dich", drang Carols weit entfernte Stimme in sein Bewußtsein. „Ich möchte, daß du das weißt."

Wieder folgte eine ungemütliche Pause, während sie mit dem Taschentuch die Tränen von den Wangen wischte. „Glaub mir, ich habe das nicht gewollt. Ich wollte es wirklich nicht so weit kommen lassen." Sie beugte sich zu ihm vor. „Schau mich an. Ich sehne mich nach dir!" Nervös blickte sie umher, richtete den Blick zur Decke, betrachtete ihre Fußspitzen, ohne wirklich etwas zu sehen, wagte kaum, in die Linse der Videokamera zu schauen. „O Gott, ich halte es einfach nicht mehr aus, das ist der wahre Grund. Wir haben dieses leidige Thema schon so oft durchgesprochen. Häufig habe ich deswegen geweint, und du versichertest mir jedesmal, daß unser nächster Aufenthaltsort besser sein würde. Nun, wieder einmal sind wir an einem anderen Ort, und er unterscheidet sich in nichts von den anderen, Bill. Sie sind immer gleich, höchstens noch schlimmer."

Ihre Augen hoben sich zur Kamera, blickten anklagend auf ihn herab. „Gestern ist etwas in mir zerbrochen. Ich konnte es einfach nicht mehr ertragen, Paulie weiter an solch trüben Orten aufwachsen zu sehen. Er hat keine Freunde. Seit seiner Geburt haben wir ihn von einer verdammten Erzgrube zur nächsten geschleppt, wo er jedesmal für ein oder zwei Jahre leben mußte. Er ist ein Kind, ein Kind, das noch nie seinen Fuß auf die Erde gesetzt hat. Er verschlingt die Beschreibungen und betrachtet den ganzen Tag Bilder von der Erde, und wenn du dann abends nach Hause kommst, versteckt er sie vor dir, löscht den Wiederholungscode, um dir nicht weh zu tun."

Sie lächelte düster. „Weißt du, wovon er die ganze Zeit redet? Von Bäumen. Nicht von Afrika, von Sportereignissen, Raketen oder Spielen. Nein, einfach von Bäumen. In seinem ganzen Leben hat er noch nie einen Baum zu Gesicht bekommen, Bill! Und doch, er ist wie sein Vater! Egal, wie elend er sich fühlt, gleichgültig, wie schwer es ihm fällt, er beklagt sich nie. Weiß Gott, darin ähnelt er nicht seiner Mutter."

O'Niel beugte sich vor, stützte schwerfällig das Kinn in die Hand. Die Helligkeit des Schirms spiegelte sich in seinem Gesicht wider, ließ es maskenhaft erscheinen. Seine Muskeln waren zum Zerreißen gespannt, straften seine entspannte Haltung Lügen.

„Merkst du nicht", fuhr Carol fort, „daß er seine Kindheit verpaßt? Und er braucht eine richtige Kindheit, bevor er heranwächst. Er verdient eine Gelegenheit, einmal wirkliche Luft zu atmen. Echte, nicht wiederaufbereitete Luft, an einem Ort, wo man nicht vor Hitze oder Kälte umkommt. Luft, die nach Leben schmeckt, nicht nach dem Schmieröl der Klimaanlage. Glaubst du wirklich, daß solch ein Leben, wie wir es führen, all diese Entbehrungen wert ist? Du gehst immer dahin, wohin man dich schickt. Du versuchst immer, deinen Job zur Zufriedenheit aller und ohne Komplikationen zu erfüllen. Nun, ich habe nicht eine solch selbstlose Art wie du. Mein Vertrauen in ‚Was-auch-immer' ist eben nicht so grenzenlos wie deines." Eine lang unterdrückte Bitterkeit schlich sich nun in ihre Worte. „Ich sehe die ganze Sache anders, Bill. Ich sehe nur eine gottvergessene Minensiedlung nach der anderen, und jede neue ist schlimmer als die vorherige. Auch die Gesellschaft ist immer die gleiche, die Gier der Menschen, ihre Rücksichtslosigkeit. Ich bin nicht so stark wie du. Ich glaube nicht, daß es sich dafür zu leben lohnt."

O'Niel preßte hart die Zähne aufeinander, seine Wangenmuskeln begannen nervös zu zittern. Doch Carol war noch nicht zu Ende. Ihre Stimme wurde eine Spur sanfter.

„Deshalb und nur deshalb bringe ich Paulie nach Hause. Nach einem Zuhause, das er nie gehabt hat, nach einem Zuhause, nach dem er sich sehnt, das er braucht. Ein wirkliches Zuhause. Ich liebe dich, Bill. Du hättest wahrhaftig etwas Besseres verdient – ja, nur das Beste, aber ich muß einfach gehen, Liebling. Ich werde mich in wenigen Tagen wieder melden." Bei diesen Worten hielt sie den Blick starr auf die Kamera gerichtet, erweckte den Anschein, als wolle sie noch etwas hinzufügen. Doch sie brachte es nicht heraus. Ihre Augen verschleierten sich, Tränen rannen wieder ihre Wangen hinab, sie schluckte, versuchte krampfhaft zu lächeln, was ihr jedoch nicht gelang, zuckte dann hilflos die Achseln – eine stumme Geste als Ersatz für die Worte, nach denen sie vergeblich gesucht hatte.

Der Bildschirm verdunkelte sich, Buchstaben erschienen, strahlten eine gleichgültige Kälte aus: ENDE DER NACHRICHT FÜR O'NIEL, W. T. In kurzen Intervallen blinkten diese Wörter auf, verschwanden wieder. O'Niel bemerkte es nicht, machte keine Anstalten, den Bildschirm abzuschalten. Er saß nur da, starrte blicklos auf die aufblinkenden Schriftzeichen, seine Augen verschleierten sich ...

Wie jeden Morgen ging Montone die Anwesenheitsliste durch. Diese Überprüfung war im Grunde nicht notwendig, war mehr Formalität als alles andere. Wenn jemand nicht zum Dienst erschien, war es eine Kleinigkeit, seinen Aufenthaltsort festzustellen. Nur wenige Orte auf Io luden zum Verweilen ein.

O'Niel saß allein im hinteren Teil der Wachstube, nahm nur gelegentlich zur Kenntnis, was gesprochen wurde. Seine Gedanken waren weit weg.

„Okay", brummte der Sergeant kurz angebunden, „was steht an?" Er überflog rasch seine Plexiglastafel mit den Notizen und richtete dann den Blick auf einen jungen Beamten. „Ballard, was ist mit dem Beschwerdebüro? Das war doch deine Aufgabe, nicht wahr?"

Der junge Mann nickte. „Wir haben die gesamte Umgebung seit sechsunddreißig Stunden unter Monitorüberwachung, doch es hat sich nichts gerührt. War alles so still wie in einer Kirche. Auch die Fußstreife brachte keine neuen Erkenntnisse. Die Spurensicherung hat nichts ergeben, keine Fingerabdrücke, keine Hautfettrückstände um die Kratzer herum, keine Körpergeruchsspuren, rein gar nichts."

„So hab ich's gern", brummte Montone ungehalten. „Setz die Monitorüberwachung zwei Wochen lang fort, die Fußstreife wird abgezogen. Vielleicht haben wir den Täter durch den ganzen Rummel verscheucht. Bist du sicher, daß der Monitor gut versteckt ist?"

Ballard nickte überzeugt. „Um ihn zu finden, braucht man schon die geeigneten Geräte. Ich habe ihn selbst aufgestellt."

„Ausgezeichnet."

O'Niel kaute auf seinem Bleistift, schenkte dem Geschehen um sich herum keine Aufmerksamkeit. Montone, der ihn kurz beobachtet hatte, schüttelte unmerklich den Kopf und fuhr fort: „Nelson, was ist mit den Zündern?"

„Man hat sie gefunden", antwortete der angesprochene Beamte.

„Wo?"

„Das weiß ich nicht."

Der junge Polizist war verunsichert. „Der Schichtleiter von der Arbeitsplattform, von der die Dinger abhanden gekommen sind, sagte nur, daß sie wieder aufgetaucht seien, und zog seine Anzeige zurück."

„Nelson, wir sprechen von Atomsprengköpfen. Solche Dinger gehen nicht einfach verloren und finden sich dann wieder. Man kann einen Kamm verlieren und ihn wiederfinden, aber keine Sprengköpfe. Ich bin zwar froh, daß sie wieder aufgetaucht sind, doch das genügt mir nicht. Ich möchte genau wissen, wer sie wo gefunden hat und wer dabei war, als man sie fand. Haben wir uns verstanden?"

Er starrte den jungen Beamten bedeutungsvoll an.

„Jawohl, Sergeant." Nelsons Aufmerksamkeit war von einem Moment auf den anderen um fünfzig Prozent gestiegen.

„Um so besser für dich, Nelson." Montones Blick senkte sich wieder auf seine Notizen. „Was ist mit dem Club?"

„Nichts Ungewöhnliches." Die junge Beamtin, die Montones Frage beantwortete, strich eine Haarlocke aus der Stirn und fuhr dann bedächtig fort: „Der übliche Haufen. Ach ja, Sheppard bat darum, die Spätschicht um ein paar Beamte zu verstärken. Sie wissen schon, nur um die Kerle und die Frauen davon abzuhalten, daß sie über die Stränge schlagen. Sieht ganz so aus, als ob sie diesmal ein wenig hitziger wären, und Sheppard dachte, ein paar Mann von uns mehr würden die Gemüter vielleicht schneller abkühlen lassen."

„Die kann er haben", brummte Montone zustimmend. Sein Blick wanderte weiter zu dem nächsten in der Reihe. „Slater, irgendwelche Neuigkeiten über den Unfall im Aufzug der Mine?"

„Gibt nicht viel dazu zu sagen, Sergeant." Der Beamte zog eine Grimasse. „Dieser Spinner – er hieß übrigens Cane – hatte anscheinend Lust auf einen Spaziergang ohne Druckanzug. Im Moment sind sie immer noch dabei, seine Überreste von den Aufzugwänden abzukratzen. Ein paar Leute von der Freischicht, die ihn gefunden haben, sind wohl leicht grün im Gesicht geworden und mußten sich danach krank melden, was die ärztliche Station bestätigt. Kann ich ihnen auch nicht verdenken, ist ein verdammt häßlicher Anblick, besonders dann, wenn man nicht darauf gefaßt ist."

All dies sagte Slater in beiläufigem, gefühllosem Ton und erreichte damit etwas, das all seine Kollegen nicht geschafft hatten: Er weckte O'Niels Interesse. Des Marshals weit in die Ferne gerichteter Blick wurde klar und heftete sich auf den Beamten. Ansonsten deutete nichts darauf hin, daß er die Worte des Beamten mitbekommen hatte.

„Irgendwelche Einzelheiten?" wollte Montone wissen.

„Kaum welche." Slater durchforschte sein Gedächtnis. „Er war allein. Niemand befand sich in seiner Nähe, der ihn in den Aufzug gestoßen haben könnte. Eine Gruppe von Leuten kam nur wenige Sekunden später zur Luftschleuse, doch er hatte das Schott von innen verriegelt. Hätte es jemanden gegeben, der ihn auf diese Weise umbringen wollte, hätte man ihn sicherlich bemerkt. Es waren genug Leute in der Nähe.

Die Personen, die ihn zuletzt gesehen haben, bevor er mit dem Aufzug nach unten fuhr, sagten aus, daß er nicht den Eindruck eines Menschen machte, der gegen seinen Willen zu etwas gezwungen wurde. Sie behaupten, er habe die ganze Zeit gelächelt, sogar dann noch, als der Aufzug sich nach unten in Bewegung setzte. Auf keinen Fall sei es Mord gewesen, sondern glatter Selbstmord.

Selbst wenn ihn jemand hineingestoßen hätte, wäre der Mann jederzeit in der Lage gewesen, den Aufzug anzuhalten, bevor er den Dekompressionsbereich passierte. Ich habe das nachgeprüft. Der Aufzug war auf manuelle Bedienung geschaltet, und niemand hat sich daran zu schaffen gemacht. Der Mann hätte sich jederzeit retten können."

„Hat er eine Nachricht hinterlassen?"

Die plötzliche Frage O'Niels überraschte die Anwesenden. Der Marshal sprach leise und gleichmäßig, und doch zog seine Stimme sofort die Aufmerksamkeit aller auf sich. Es war eine selbstsichere, achtunggebietende Stimme.

„Verzeihung, Sir?"

„Ich fragte Sie, ob er eine Nachricht hinterlassen hat?"

„Einen Moment bitte ..." Die Gedanken in Slaters Hirn überschlugen sich, er überlegte sich seine Worte genau, um nichts Dummes zu sagen. „Uns ist nichts bekannt, Sir."

„Hat jemand daran gedacht, das zu überprüfen?"

Slater schaute sich hilfesuchend um. Ein anderer Beamter antwortete für ihn: „Ich war dabei, als er die Sache aufnahm, Sir. Ich habe Canes Schrank und sein Quartier durchsucht. Eine Nachricht habe ich nicht gefunden. Auch nicht auf seinem Aufzeichnungsgerät. Niemand wußte etwas von seinem Vorhaben, zumindest keiner der Leute, mit denen wir gesprochen haben. Sollte er aber doch jemanden eingeweiht haben, so hat es dieser bisher noch nicht gemeldet."

O'Niel wandte sich wieder an Slater.

„Woher wissen Sie dann, daß es Selbstmord war?"

„Tja, es war ..., es gibt wohl kaum eine andere Erklärung", antwortete Slater stockend. „Jedenfalls wußte er genau, was er tat, das steht fest. Niemand fällt unbeabsichtigt zuerst in eine Luftschleuse und dann noch in einen Aufzug. Man muß das Schott öffnen, Knöpfe drücken, die Luftschleuse verriegeln, den Aufzug rufen und die Plattform drücken, zu der man will. Und das geschieht alles mit der Hand. Keine dieser Kontrollen ist vorher einstellbar. Also ist das Ganze kein Zufall. Die einzige Erklärung ist und bleibt Selbstmord."

O'Niel betrachtete den Beamten einen Moment lang und sagte dann leise: „Vielen Dank."

„Gern geschehen, Sir."

Slater wirkte keineswegs mehr gelangweilt oder desinteressiert. Auch seine bis zu diesem Augenblick schläfrigen Kollegen waren hellwach, jeder beobachtete O'Niel vorsichtig, um nicht seinen Blick auf sich zu lenken. Das Ergebnis war ein Dauerfeuer versteckter Blicke, und O'Niel erschienen seine Leute wie eine Gruppe respektabler Geschäftsleute, die an einem Pornoschuppen vorbeiging und verstohlen die Auslage betrachtete.

Montone ergriff wieder das Wort, nachdem er sicher war, daß O'Niel keine weiteren Fragen stellte. „Also gut, soviel zu der Sache mit dem Aufzug. Fanning, du bist dran."

Der aufgerufene Beamte bewegte sich unruhig auf seinem Platz, mußte sich zwingen, nicht nach links, in Richtung des Marshals, hinüberzuschauen.

„Was war los auf der Pumpenstation?"

„Nur ein kleiner Streit. Wir nahmen beide Burschen mit, damit sie sich hier abkühlen konnten. Der Streit wurde beigelegt, sie schüttelten sich die Hände und gingen Arm in Arm wieder an ihre Arbeit."

Irgend jemand machte einen groben Witz und kicherte, riß sich aber sofort zusammen, als er den mißbilligenden Blick des Sergeanten bemerkte.

„Hill?"

„Gibt nicht viel zu sagen, Sergeant, war ziemlich ruhig. Ein paar Verwaltungsleute haben angerufen und sich über den Lärm auf den Korridoren ihres Wohnbereiches beschwert. Von dort kam auch eine Meldung über den Diebstahl von Aufzeichnungsbändern letzte Nacht."

„Hat man sie vielleicht in irgendeinem Abspielgerät vergessen?"

Hill nickte lächelnd. „Daran habe ich auch gedacht, trotzdem bin ich der Sache nachgegangen."

„Guter Junge. Ich möchte die Verwaltung nicht dauernd wegen ein paar Kleinigkeiten am Hals haben." Mit diesen Worten ging er zu einer großen Wandtafel hinüber und drückte einen Schalter an der Seite der Plexiglasscheibe. Buchstaben flimmerten in rascher Folge vorbei, verlangsamten dann ihre Fahrt an einer bestimmten Stelle. „Diensteinteilung für heute. Fanning, du kümmerst dich um die Verwaltungsgeschichte."

Der genannte Beamte erhob sich und ging zur Tür.

„Slater übernimmt den Club, und Morton geht Streife in der Mine."

Nacheinander bestätigten die Beamten ihre Aufträge und verschwanden. O'Niel beobachtete sie, versuchte, ihre Fähigkeiten anhand ihrer Rapporte zu klassifizieren. Doch in erster Linie dachte er an Carol und Paulie und daran, daß sie sich mit jedem Tag weiter von ihm entfernten, auch im übertragenen Sinne ...

Aber da war noch etwas anderes. Es zwickte und quälte ihn, ließ ihn nicht zur Ruhe kommen. Er konnte nichts dagegen machen, mit welchen Argumenten er auch aufwartete. Deshalb schwor er sich, der Sache auf den Grund zu gehen ...

4

DIE Schlafkojen, jeweils zu mehreren übereinander, bildeten lange, hohe Reihen. Jede Schlafkoje bedeutete für die Menschen, die darin schliefen, ihr Zuhause. Die einzige Zuflucht, die einem Arbeiter auf Io zugestanden wurde.

Die Menschen und Computer, die die Kojen entworfen hatten, waren nur auf Zweckmäßigkeit und auf Raumersparnis bedacht gewesen, und dementsprechend fielen ihre Schöpfungen aus. Die Kojen boten ihren Inhabern gerade genug Raum, um sich liegend auszustrecken oder aufrecht darin zu sitzen. Die Rückwand und die beiden Seitenenden bestanden aus festem Material, wogegen die Vorderseite mit einem schweren Vorhang gegen die Blicke Neugieriger abgeschirmt werden konnte. Auf diese Weise versuchte man den Inhabern der Kojen ein Gefühl der Sicherheit und ein wenig Privatsphäre zu vermitteln. Die Kojenwände waren dick gepolstert, um das Innere so weit wie möglich gegen Geräusche abzudämmen.

Doch zumindest waren die Betten sehr bequem, was sie auch sein mußten, weil ihre Benutzer sehr viel Zeit in ihnen verbrachten. Schubfächer, Ablagen und Regale am Kopf- und Fußende jeder Koje boten den Arbeitern die Möglichkeit, ihre wenigen Habseligkeiten dort aufzubewahren. Neben Nahrungsmitteln, Wasser und Luft war jeder Kubikzentimeter umbauten Raums auf Io kostbar, durfte nicht verschwendet werden.

Am Ende jedes Gangs waren Videoschirme für die Allgemeinheit installiert. Jeder Monitor besaß genau hundertdreiundzwanzig verschiedene Kanäle, mit denen die Arbeiter jede Art von Unterhaltung abrufen konnten. Die Programmauswahl reichte von klassischer

Musik (die nur wenige Liebhaber fand) über Nachrichten, Pornos (die sich überraschenderweise weniger Leute anschauten, als man anfänglich glaubte), Sportsendungen (bei weitem am beliebtesten) bis hin zu jeder Art aufgezeichneter Unterhaltung.

Ein weiterer Monitor zeigte immer die genaue Zeit, nicht nur für Io, sondern ebenfalls für über hundert ähnliche Minenprojekte oder Forschungsstationen auf Luna, Mars, der Erde und den verschiedenen Nachschubbasen im tiefen Raum. Auch konnte man auf ihm die innere und äußere Temperaturanzeige abrufen. Die Temperatur im Innern war immer Gegenstand ausführlicher Diskussionen. Um die Außentemperatur kümmerte sich kaum jemand, weil sie ebensowenig wie die Angaben über die atmosphärischen Bedingungen an der Oberfläche für den begrenzten Bereich menschlichen Lebens relevant war.

Ein dritter Schirm vermittelte Strukturinformationen und Voraussagen. Er war verbunden mit den Instrumenten an der Oberfläche, die ständig Ios instabilen Kern beobachteten und die Daten an den Hauptcomputer weitergaben, der mit ihrer Hilfe langfristig Beben und Vulkanausbrüche vorausberechnen konnte.

Auch geistig erbauende und zur Arbeit ermunternde Filme wurden von Zeit zu Zeit ausgestrahlt. Doch die Arbeiter ignorierten diese penetrante Propaganda der Gesellschaft, schenkten auch den Bilanzen, die in regelmäßigen Abständen übertragen wurden, wenig Beachtung. In bezug auf Zahlen erwachte ihr Interesse nur, wenn es um die Höhe des Bonus ging. Dann jedoch drängte sich alles um die Schirme.

Die Schlafräume waren nie gänzlich verlassen. Gewöhnlich gab es immer ein paar Leute, die sich die Videoprogramme anschauten, auf ihren privaten, tragbaren Monitoren oder in einem echten Buch lasen, ihre Kleider wechselten oder hinter geschlossenen Vorhängen in ihren Kojen schliefen. Andere Männer standen gerade auf und schlurften zu den Duschen oder Baderäumen, an die die Unterkunft für die Frauen grenzte, die sich nur durch ein wenig mehr Farbe und gelegentliche künstliche Blumensträuße an den Kojen von dem Schlafsaal der Männer unterschied.

Es war unmöglich, einen Kojen-Gang hinunterzugehen, ohne sich an mehreren Nachbarn vorbeizwängen zu müssen. Doch seltsamerweise rief diese Unbequemlichkeit nicht den von Planern und Psychologen bei den Arbeitern befürchteten Unmut hervor. Denn schon Dekaden vor dem Raumzeitalter hatten die Matrosen der U-Boote in solcher Enge leben müssen, und das gesamte japanische Volk schlug sich während seiner ganzen Geschichte mit diesem Problem herum. Davon abgesehen war es auch nicht schwer, sich daran zu gewöhnen. Man errichtete einfach eine unsichtbare Schutzmauer, eben seine Privatsphäre, um sich herum, und niemand wagte es, in diesen Bereich einzudringen. Hinzu kam, daß eine große Anzahl der Jupiter-Jockeys japanische Vorfahren besaßen, weshalb ihnen das Gefühl der Beengtheit durchaus vertraut war. Die Mine bot keine Bequemlichkeiten, doch sie funktionierte. Sie mußte einfach funktionieren.

DER Mann mit den eingefallenen Gesichtszügen, der am vergangenen Morgen die Cafeteria aufgesucht hatte, betrat nun den Schlafsaal. Er blieb am unteren Ende eines Gangs stehen und warf über die Köpfe einiger zuschauender Arbeiter hinweg einen Blick auf den Videoschirm am anderen Ende des Gangs. Die Arbeiter verfolgten die Aufzeichnung eines Baseball-Oberligaspiels, das kürzlich stattgefunden hatte. Leise kommentierten sie das Spiel, fluchten gelegentlich oder begeisterten sich an einem gelungenen Spielzug. Dabei hoben sie die Spieler in den Himmel und wünschten die Schiedsrichter zum Teufel.

Spota, so hieß der Mann mit den scharfen Gesichtszügen, beteiligte sich eine Weile an der Unterhaltung und ging dann den Gang hinunter. Im gleichen Augenblick schwang um ein paar Kojenlängen entfernt ein Arbeiter die Beine über den Rand der vierten, obersten Koje und kletterte herunter. Nur wenige Sekunden später, nachdem Spota unter ihm vorbeigegangen war, erreichte er den Boden.

Mit etwa zwanzig Fuß Abstand gingen die beiden Männer den Gang hinunter, wobei sie den entgegenkommenden Arbeitern ebensowenig Beachtung schenkten wie sich gegenseitig. Kurz hintereinander betraten sie den Baderaum.

Dampf erfüllte den großen Raum, Dampf von dem heißen, wiederaufbereiteten Waschwasser, das für die Arbeiter eine der wenigen wirklichen Annehmlichkeiten auf Io war. Laute Stimmen schallten durch den Raum. In den offenen Duschkabinen wuschen Männer ihre nassen, eingeseiften Körper, wobei sie sorgfältig darauf achteten, die freiliegenden Heißwasserrohre nicht zu berühren. Andere wiederum unterhielten sich vor den Spiegeln an den Waschbecken. Die Toiletten lagen am Ende des Raumes. Spota betrat eine Kabine und verriegelte die Tür sorgfältig hinter sich. Wenige Sekunden später schloß sich der Mann, der ihm gefolgt war, in der Nachbarkabine ein. Nachdem die übliche Zeit verstrichen war, verließ er die Kabine und verschwand. Kurz darauf kam Spota heraus und ging zum Ausgang. Der Arbeiter kehrte zu seiner Koje zurück, während Spota den Schlafsaal durch einen anderen Gang verließ. Niemand schenkte ihnen Beachtung, und genau das bezweckten sie.

DIE medizinische Sektion wirkte sauberer als die Schlafräume der Arbeiter, war aber trotz des in die Wände eingebauten Instrumentariums dafür auch wesentlich beengter. Diese Vielzahl an Geräten war aber auch notwendig, denn dieser kleine Bereich diente als Arzneiausgabe, Krankenrevier, Unfallstation, Operationssaal, Apotheke, Labor und Diagnosezentrum.

Die medizinische Sektion war in keiner Weise mit den großen, vor Sauberkeit blitzenden Krankenhäusern zu vergleichen. Grob vereinfacht könnte man sagen, daß diese Station hier nur der „Reparatur", nicht der Genesung diente. Hier wurde nicht beobachtet, sondern nur „geflickt". Die medizinische Abteilung war weniger mit den Quartieren der Arbeiter zu vergleichen als mit den riesigen Werkzeugschuppen, in denen die Ersatzteile für die Mine gelagert wurden. Bei den Arbeitern war es ein offenes Geheimnis, daß „Reparaturen" an Maschinen sorgfältiger und dauerhafter ausgeführt wurden als an Menschen.

Tatsächlich war dies die vordringliche Aufgabe des Hospitals: die organischen Teile der Mine funktionsfähig zu erhalten. Darüber hinaus war der Aufgabenbereich der Sektion sehr begrenzt, was man deutlich an Ausrüstung und Personalbestand ablesen konnte. Insgesamt bestand die Besatzung aus acht Personen, für die Minenleitung waren sie jedoch weniger wichtig als die Diagnosemaschinen. Das Personal wußte um diese Einschätzung, störte sich aber nicht weiter daran. Im Gegenteil, es war froh darüber, denn es war viel einfacher, die Maschinen die wichtigen Entscheidungen treffen zu lassen.

Das Personal bestand aus vier Krankenschwestern, drei Pflegern und Dr. Marian L. Lazarus, die der Witz, von den Toten auferstanden zu sein, kaum mehr berührte.

Nur für die Neuankömmlinge war sie immer kurze Zeit Zielscheibe ihres Spottes. Doch auch sie kamen schnell dahinter, daß man mit der Lazarus nicht scherzte. Möglicherweise fand man sich eines Tages mit einem gebrochenen Bein oder einer schlimmeren Verletzung im Krankenrevier wieder, und der Spott fiel dann auf einen selbst zurück. Die Ärztin war dafür bekannt, keinen Sinn für Humor zu besitzen. Sie war eine runzlige ältere Frau, die wie eine Zwölfjährige lächeln konnte, meistens aber die drohende Miene eines Racheengels zur Schau stellte. Sie hatte graue Augen, und ihr Gesicht mußte vor langer Zeit einmal schön gewesen sein. Ihre Kleidung war weniger ordentlich als ihr Haar. In ihrem Arztkittel wirkte sie schlampig. Man hatte den Eindruck, daß nichts sie aus der Ruhe bringen konnte.

Ihr Wirkungsbereich beschränkte sich auf den hinteren Teil der Hospitalsektion. Trotz der nüchternen Aura, hervorgerufen durch die kalte Funktionsmäßigkeit der Instrumente und der eingebauten Betten, schaffte sie es, ihrem Arbeitsplatz eine persönliche Note aufzudrücken, indem sie überall Dinge herumliegen ließ, die man durchaus als medizinischen Abfall bezeichnen konnte. Für den Anthropologen sind Abfälle höchst brauchbare Hinweise zur Bestimmung des kulturellen Niveaus der verschiedenen Menschenrassen. Das Laboratorium der Lazarus und ihr Arbeitsbereich wären für ihn eine wahre Fundgrube gewesen.

O'Niel betrat die Hospitalsektion, übersah geflissentlich den bewundernden Blick der Aufnahmeschwester. Rasch schaute er sich um, streifte mit seinen Blicken die Instrumente und nickte dem einzigen Patienten in seinem Bett zu. Befriedigt stellte er fest, daß es hier zumindest einigermaßen sauber war.

Schon seit jeher hatte er für die Krankenstationen ein besonderes Interesse, denn seine Arbeit brachte es häufiger mit sich, die Leistungsfähigkeit der jeweiligen Sektion in Anspruch nehmen zu müssen. Manchmal wurde er selbst verletzt, doch weit häufiger benötigten widerspenstige Besucher seiner Sektion vorher ärztliche Hilfe, ehe sie für längere Zeit ein Gastspiel in seiner eigenen Abteilung gaben. Soweit er das beurteilen konnte, war die Station sehr gut ausgerüstet. Die Instrumente waren modern und verhältnismäßig gut gepflegt. Die Transportkosten dafür mußten immens gewesen sein. Schade, dachte er, daß die Gesellschaft nicht den gleichen Aufwand betreibt, um Verletzungen ihrer Arbeiter vorzubeugen.

Er fand Lazarus im hinteren Teil der Station, wo sie Berichte durchging und über einen Monitor graphische Darstellungen und chemische Formeln aus dem Bereichscomputer abrief. Im Augenblick teilte sich ihre Aufmerksamkeit zwischen dem Bildschirm und einer Krankenschwester, die neben ihr stand. Die Krankenschwester wirkte verstört.

„Wer, zum Teufel, hat eine solche Menge Kompressen bestellt?" fragte die Ärztin gerade zornig. „Gibt es denn hier keinen Menschen mit einem Funken Verstand? Wir sind ein Minenhospital, kein Kriegslazarett."

„Sie haben sie bestellt, Doktor." Vergeblich versuchte die Schwester, ihre Verwirrung zu verbergen.

„Ja, aber nur hundert, nicht tausend."

„Sie sagten aber tau..."

„Ich sagte hundert." Die Stimme der Ärztin wurde scharf. „Klar und deutlich habe ich hundert gesagt, ein Mißverständnis ist unmöglich. Das Wort hundert hat nicht die geringste Ähnlichkeit mit tausend."

Sie schaute von dem Schirm hoch, in ihren Worten schwang ein sarkastischer Unterton mit. „Wenn Sie mir aufmerksam zuhören, merken Sie genau, worauf ich hinaus will. *Tauuusend – huuundert!* Klingt doch ganz anders, stimmt's? Die beiden Wörter haben nicht die geringste Ähnlichkeit miteinander."

Sie warf einen Blick über die Schulter auf O'Niel, der geduldig wartend hinter ihr stand. „Habe ich nicht recht?" Dann runzelte sie unwillig die Stirn. „Wer sind Sie eigentlich?"

„Sind Sie Dr. Lazarus?"

„Jawohl. Nehmen Sie zwei Aspirin, und kommen Sie morgen früh wieder. Das ist ein Medizinerscherz." Ihre Blicke glitten über ihn hin, blieben an seinen Rangabzeichen auf den Schulterklappen und den Kragenspiegeln seiner Jacke hängen. „Sie sind sicher der neue Marshal, wie-heißt-er-doch-gleich?"

„Jawohl, ich bin ‚Wie-heißt-er-doch-gleich'. Ich hätte mich gerne kurz mit Ihnen unterhalten."

„Ich habe ein Alibi. Vier Leute können beschwören, daß ich mit ihnen gepokert habe." Sie lächelte nicht, als sie sich von ihrem Stuhl am Bildschirm erhob und ihr kleines Labor ansteuerte. Die Schwester und die Kompressen hatte sie offensichtlich schon vergessen. O'Niel folgte ihr, der „Sie-werden-schon-noch-merken-mit-wem-Sie-es-zutun-haben"-Blick der Schwester entlockte ihm ein leichtes Lächeln. Hinter der Ärztin schlängelte er sich an Labortischen und Wandbänken vorbei.

„Ich habe diesen Witz noch nie gehört", murmelte er. „Er ist wirklich sehr lustig."

„Entschuldigen Sie." Doch Lazarus' Stimme klang absolut nicht entschuldigend.

„Gestern ging ein Mann absichtlich ohne Druckanzug nach draußen."

Die Ärztin hob eine Flasche, betrachtete den Inhalt und setzte sie dann auf den Tisch zurück. „Ja, ich weiß."

Während sie langsam weitergingen, hielt die Ärztin Inventur ab, verglich die Inhalte von Wandschränken und Regalen mit den Listen in ihrer Hand. O'Niel paßte es gar nicht, während ihrer Unterhaltung hinter ihr herlaufen zu müssen. Er redete ungern mit jemandem, der ihm den Rücken zuwandte.

„Nur wenige Tage zuvor", fuhr er fort, „zerfetzte ein anderer Arbeiter während seiner Schicht seinen Druckanzug. Absichtlich, wie es scheint."

Lazarus zuckte die Achseln, machte jedoch keine Anstalten, sich zu ihm umzuwenden. „Das kommt ab und zu vor."

„Wie oft?"

„Ich weiß es nicht." Ihre Stimme klang ablehnend, ganz offensichtlich wünschte sie ihn mit seinen lästigen Fragen sonstwohin. „Es passiert eben."

„Und wieso?"

„Ich bin kein Psychiater. Ich habe genug zu tun, um die Körper der Leute intakt zu halten. Woher soll ich wissen, was in ihren Köpfen vorgeht? Ich kann Ihnen nicht sagen, warum sie sich umbringen. Ich vermute jedoch, daß ein paar Leute das Leben hier nicht mehr ertragen." Sie grinste humorlos. „Was ich absolut nicht verstehen kann. Io im Frühling ist wunderschön. Der Vorhof zur Hölle, wenn Sie so wollen. Hätte nie geglaubt, daß man da arbeiten kann. Bisher nahm ich an, die Hölle sei ein permanentes Fanal."

„Die beiden Selbstmorde", erinnerte O'Niel sie. „Wurden Autopsien vorgenommen?"

„Nein."

„Warum nicht?"

Die Frau blieb abrupt stehen und wandte sich mit ungläubigem Gesicht zu ihm um. Als sie jedoch feststellte, daß er seine Frage ernst meinte, erklärte sie langsam und deutlich, als spräche sie zu einem Kind: „Erstens hat die Gesellschaft darauf bestanden, die Leichen so schnell wie möglich auszufliegen. Man hat mir nicht gesagt, warum. Möglicherweise ist man der Meinung, daß herumliegende Leichen von Selbstmördern die Moral der Arbeiter untergraben könnten. Zweitens gibt es nicht mehr viel zu untersuchen, wenn jemand seinen Körper dem Vakuum aussetzt. Man kann keine Autopsie an einem Körper vornehmen, der in einen Fleischwolf geraten zu sein scheint. Und drittens werden Sie mir langsam lästig."

O'Niel zog das Schubfach eines Arbeitstisches heraus und hinderte die Frau so daran, sich an ihm vorbeizuzwängen.

„Ich weiß, das ist eine schlechte Angewohnheit von mir."

Sie seufzte, warf ihm einen gelangweilten Blick zu und wartete. Mit freundlicher Stimme fuhr O'Niel fort: „Ich wünsche von Ihnen eine Aufstellung aller ähnlich gearteten Unfälle in den letzten sechs Monaten, und ich wünsche sie verdammt schnell, sonst werde ich Ihre anscheinend etwas langsam gewordenen Gehwerkzeuge ein wenig auf Trab bringen." Er lächelte dünn und schob die Lade wieder zu. „Das war ein Scherz, wie er unter Marshals üblich ist." Er machte auf dem Absatz kehrt und verließ das Krankenrevier. In seinem Rücken spürte er förmlich den entgeisterten Blick der Ärztin.

SAGAN erwartete sehnsüchtig die Nacht. Er hatte seine Schicht glatt hinter sich gebracht, es hatte keinen Ärger, keine Probleme gegeben. Der Vorarbeiter hatte diesmal sogar ein paar lobende Worte gesprochen, und sein Assistent, La Ville, hatte schließlich seine verdammte Erkältung so weit in den Griff bekommen, daß sein Niesen, über die Helmsprechgeräte übertragen, nicht mehr jedermanns Trommelfell erbeben ließ.

Wie üblich hatte er sich schnell seines Anzugs entledigt und sich im Waschraum den Schweiß vom Körper gewaschen. Um ihn herum bereiteten sich seine Kollegen gemäß dem Dienstplan entweder auf ihre Freizeit oder auf ihre neue Schicht vor.

Er verteilte die Enthaarungscreme auf dem Gesicht, ließ sie einen Moment lang in die Haut einziehen, wischte dann ihre Überreste und die Bartstoppeln mit einem sauberen Handtuch ab. Abschließend besprühte er sich mit einem stark duftenden Rasierwasser, das einen erotischen Namen trug, und warf noch einen prüfenden Blick in den Spiegel. Nicht schlecht, dachte er. Einem vorbeikommenden Freund rief er ein Scherzwort zu, unterhielt sich mit einem anderen über die Tagesereignisse und ging dann in den Raum, in dem sich seine Koje befand. Er trug nur seine Unterhose.

Die Gänge in dem großen Schlafsaal waren ziemlich verlassen, nur gelegentlich sah man einen Menschen. Von den Videogeräten drangen schwache Geräusche zu ihm herüber, hie und da hörte er leise Musikfetzen aus geschlossenen Kojen.

Sagans Koje, seine kleine private Welt, befand sich auf Ebene zwei in Gang sieben. Ihre Lage dokumentierte gleichzeitig seine verhältnismäßig kurze Anwesenheit in der Mine. Die Arbeiter, die die längste

Zeit auf Io verbracht hatten, bewohnten die obersten Kojen auf Ebene vier. Diese Kojen waren die ruhigsten und boten ihren Inhabern ein Maximum an Privatsphäre. Ein Bewohner der Ebene vier konnte in seinem Bett liegen und in der Gewißheit nach oben starren, daß niemand über ihm herumturnte. Dieses System hatten die Arbeiter selbst eingeführt, und die Gesellschaft hatte es stillschweigend geduldet.

Die Männer mit der längsten Verpflichtungszeit, die Jupiter-Jokkeys, bewohnten jeweils die obersten Kojen an den Gangenden im hinteren Teil des Schlafsaales. Die Kojen lagen am weitesten entfernt von den Videoschirmen und dem ständigen Lärm, der aus den Waschräumen drang. Hier herrschte beinahe friedliche Stille. Sagan beneidete die Oldtimer so manches Mal um ihre Quartiere, beabsichtigte aber andererseits nicht, so lange hierzubleiben, bis er sich ein Anrecht darauf erworben hatte. Sobald er seine einjährige Verpflichtungszeit hinter sich gebracht hatte, würde er seinen Bonus kassieren und nach Hause zurückkehren. Doch das war noch Zukunftsmusik. Im Moment war der vor ihm liegende Abend wichtiger.

Mit raschen Bewegungen, die die tägliche Übung verrieten, kletterte er in seine Koje und schaltete die Leselampe ein. Auf Knopfdruck schlossen sich die Vorhänge der Koje automatisch. Sagan öffnete ein Schubfach am Fußende seines Bettes und tastete suchend zwischen den Wäschestücken darin umher.

Schließlich zog er eine Impfpistole hervor, die nur entfernte Ähnlichkeit mit einer echten Waffe hatte und hauptsächlich aus Mündung und Abzug bestand. Der Besitz einer solchen Pistole war nicht illegal. Die meisten Arbeiter besaßen eine Zulassung, die ihnen den Besitz eines solchen Gerätes gestattete. Für die Gesellschaft war es wesentlich einfacher und kostengünstiger, irgendwelche Medikamente in Form von Kapseln auf die Kojen zu verteilen, als die Arbeiter nacheinander ins Krankenrevier zu rufen, um sie ihnen dort zu verabreichen. Ein solches Vorgehen kostete nur unnötig Zeit.

Die winzige, halbtransparente Phiole, die Sagan aus dem Schubfach zutage förderte, war kleiner als sein Daumennagel. Er entfernte die Verschlußkappe und schob die Phiole in die Ladekammer der Pistole. Ein rascher Blick überzeugte ihn, daß der Luftdruckzylinder vorschriftsmäßig angeschlossen war.

Dann preßte er die Mündung fest gegen den inneren Oberschenkel und betätigte den Abzug. Der starke Luftdruck schoß den Inhalt der Phiole in sein Bein. Sagan lehnte sich zurück, atmete tief ein und schloß die Augen. Wenig später verbarg er die Pistole wieder unter der Wäsche und schob die Lade zu. Dann öffnete er das eingebaute Kleiderspind und nahm ein Hemd heraus. Fröhlich pfeifend begann er sich anzukleiden.

In O'Niels Quartier war es dunkel. Er liebte die Nacht, ihre Ruhe, für ihn war sie ein vertrauter, alter Freund, der ihn nie enttäuscht hatte, wo auch immer er stationiert gewesen war. Doch diesmal war die Stille anders, war sie eine Reflexion der Wunde in seinem Herzen. O'Niel saß auf der Couch, die sich gehorsam seiner Gestalt anpaßte. Ich bin in so vielen Dingen dieser Couch ähnlich, dachte er. Eine hübsche, hohle Fassade, flexibel, durchaus in der Lage, mit mehreren Leuten gleichzeitig fertig zu werden, und doch im Kern weich.

Der Vergleich war nicht ungewöhnlich. O'Niel besaß die Eigenart, Menschen mit Möbelstücken zu vergleichen. Für ihn waren beides Objekte, die überall in Zimmern und Kammern Raum für sich beanspruchten.

Er begann über einige seiner neuesten Bekanntschaften nachzudenken und lenkte auf diese Weise seinen Geist von anderen, weniger angenehmen Gedanken ab – spielte in dem stillen Raum das alte, wohlvertraute Gedankenspiel.

Da war einmal Montone, sein Sergeant, ein Mann wie ein frischpolierter Stuhl. Glänzend und leuchtend, auf den ersten Blick sehr beeindruckend in seiner Wirkung, jedoch unerprobt. Farbe konnte eine Menge Fehler überdecken. Vielleicht mußte er ihm erst einmal ein wenig Farbe abkratzen, um zu wissen, wieweit er sich auf Montone verlassen konnte.

Sheppard ... Sheppard erinnerte ihn an einen großen Schreibtisch, einen aus knorriger, alter Eiche. Solide und unverrückbar, bereit, alles zu tragen, was auf ihn herabfiel. Nur hegte O'Niel den Verdacht, daß das meiste an Sheppard aus Furnier bestand. Entfernte man es, fand man sicher kein massives Eichenholz darunter, sondern nur Preßspan. Billig ...

Dr. Lazarus ..., nun, das war ein solides Möbelstück, echt bis ins Innerste, kein Furnier. Ein wenig abgenutzt und angenagt vom Holzwurm, äußerlich unattraktiv, doch im Kern gute Handarbeit. Möglicherweise! Solche Möbel waren auf den ersten Blick schwer zu taxieren. Mit einem Pferd vermochte man sie kaum von der Stelle zu rücken, doch konnten sie auch unter dem leichtesten Druck zusammenbrechen. Außerdem standen bei diesem Möbelstück an allen

Kanten die Nägel heraus, und wenn man nicht vorsichtig war, konnte man sich daran verletzen.

Jemand klopfte an die Tür. O'Niel bewegte die Füße auf dem kleinen, glänzenden Kaffeetisch und versuchte, sich aus seiner selbstgewählten Lethargie aufzurappeln, jedoch mit geringem Erfolg. Zum Teufel damit! dachte er ungehalten. Für wen sollte er höflich sein?

„Die Tür ist offen!"

Montone trat ein. Er trug ein großes Tablett mit gefüllten Speisebehältern, das er auf dem Tisch abstellte und O'Niel dadurch zwang, seine Füße herunterzunehmen.

„Ich weiß nicht, was Sie gern essen, deshalb habe ich von allem etwas mitgebracht. Einiges davon hat tatsächlich einen anderen Geschmack als der Rest."

O'Niel warf einen Blick auf die Speisebehälter und versuchte, dem Sergeant ein dankbares Lächeln zu schenken. Doch die Grimasse, die dabei herauskam, war wenig überzeugend. Montone zog sich einen Stuhl heran. Seine Stimme klang ehrlich besorgt.

„Hören Sie, Sie müssen etwas essen. Schon allein, um die Langeweile zu vertreiben. Ich kenne mich da aus. Nicht umsonst zieht man mich ständig wegen meines Namens durch den Kakao. Was dagegen, wenn ich Ihnen Gesellschaft leiste? Vielen Dank!" Er ließ O'Niel überhaupt keine Gelegenheit zur Antwort, sondern erhob sich, ging zur Kochnische hinüber und durchstöberte die Schränke, bis er die Gläser fand.

Für Uneingeweihte mochte der Besitz von Gläsern wie unerwarteter Luxus erscheinen, doch das war es nicht. Die ersten Ingenieure, die die Mine errichteten, hatten in ihrer Freizeit eine Maschine zur Glasherstellung gebaut. Io war reich an Rohstoffen. Glas war eine der wenigen Haushaltswaren, die am Ort hergestellt werden konnten. Montone kam zurück, setzte sich wieder O'Niel gegenüber und begann die Behälter zu öffnen.

„Es gibt sogar Schokoladenkuchen zum Nachtisch, doch Sie kriegen keinen, bevor Sie nicht Ihr Fleisch aufgegessen haben."

O'Niel mußte unwillkürlich lächeln. Er wußte, daß Montone ihm seine Freizeit opferte. Er hätte nicht hier zu sein brauchen.

„Ich kann mir vorstellen, wie Sie sich fühlen", erklärte der Sergeant ernsthaft. „Wirklich!"

O'Niel starrte ihn verblüfft an.

„Sie glauben, ich rede das nur so daher?" Montone beugte sich vor und probierte von dem Essen. Kauend fuhr er fort: „Als ich nach meiner zweiten Verpflichtung nach Hause zurückkam, war meine Frau mit einem Programmierer durchgebrannt. Mit einem kleinen, fischäugigen Kerl, dem schon die Haare ausfielen."

O'Niel beobachtete ihn aufmerksam.

„Ich habe zwei Töchter", erzählte Montone weiter, während er auf einem Stück echten Steakfleisches herumkaute. „Sie sagen ‚Vater' zu dem Programmierer. Meine Frau behauptet, sie sei glücklich. Dabei sieht der Bursche so langweilig aus. Doch sie sagt, er sei zwar kein Supermann, dafür aber zu Hause." Er hielt inne und schaute zu Boden. „Damit kann ich nicht konkurrieren." Er schob O'Niel das Tablett zu. „Kosten Sie doch mal – schmeckt nicht schlecht. Das Essen für die Verwaltung hier ist recht gut. Jedenfalls besser als manches andere, was ich schon vorgesetzt bekam. Manchmal gibt es sogar richtiges Fleisch." Er deutete auf die Behälter. „Für seine Spitzenleute ist Sheppard das Beste gerade gut genug, das muß man ihm lassen."

Hatte Montone eine Reaktion O'Niels erwartet, wurde er enttäuscht. „Das Steak ist richtiges Fleisch. Probieren Sie's doch mal."

„Das werde ich."

Montone redete weiter, vermied aber sorgfältig O'Niels Blick. „Wissen Sie, die Bumsmädchen hier sind hübsch. Io ist bekannt für seine schwere Arbeit, aber auch für seinen Freizeitwert. Wenn man einsam ist, können solche Frauen durchaus sehr hilfreich sein. Die meisten von ihnen sind ausgesprochene Könner auf ihrem Gebiet. Die Gesellschaft hat da eine gute Auswahl getroffen."

„Dessen bin ich sicher."

Montone schwieg eine Weile und stocherte in seinem Essen herum. Schließlich schaute er auf. „Spielen Sie gerne Karten?" Er grinste. „Ich mogele, bin aber dabei so ungeschickt, daß Sie mich sicher erwischen werden."

„Nein, vielen Dank."

Montone schien enttäuscht. „Ich fürchte, ich falle Ihnen lästig."

„Nein, durchaus nicht." O'Niel versuchte, seiner Stimme einen dankbaren Klang zu geben. „Ich freue mich wirklich über Ihre Anteilnahme, wirklich. Es ist nur so, daß ..., daß ich im Moment lieber allein wäre."

Montone erhob sich sofort.

„Ich verstehe, Marshal." Er wandte sich zur Tür. „Ich werde noch die Berichte der nächsten Schicht durchsehen und den Dienstplan fertigmachen. Möchten Sie ihn sehen? Ich könnte ihn Ihnen auf dem Monitor durchgeben." Er deutete auf die Computerkonsole in der Ecke.

O'Niel schüttelte verneinend den Kopf. „Nicht nötig, Sergeant."

„In Ordnung. Wenn Sie etwas brauchen oder sich gerne unterhalten möchten ..., rufen Sie mich einfach." Er lächelte. „Meine Gebühren sind erschwinglich ..."

„Vielen Dank, sehr nett."

„Machen Sie das leer." Montone deutete mit dem Kopf auf die immer noch dampfenden Speisen. „Ich lasse Ihnen sogar den Schokoladenkuchen, weil ich selbst Diät halten muß."

Leise zog er die Tür hinter sich ins Schloß.

O'Niel lächelte, als Montone ihn verließ, doch er lächelte nur, um den Mann zu beruhigen. Das Lächeln war nicht echt und verschwand, kaum daß Montone gegangen war.

O'Niels Blick streifte die Speisen auf dem Tablett. Montone war gegangen, damit er in Ruhe essen konnte, doch O'Niel hatte keinen Appetit. Wie eine aufgezogene Spielzeugfigur erhob er sich und trat an die Computerkonsole heran. Er schaltete einen Monitor an und tippte einen Befehl ein. O'NIEL, W. T. DIE AUFZEICHNUNGEN VON MITTWOCH WIEDERHOLEN ... Der Schirm begann zu flimmern. O'Niels Befehl verschwand, wurde durch die elektronische Antwort ersetzt: O'NIEL, W. T. POSITIV. WIEDERHOLE MITTWOCHAUFZEICHNUNGEN ...

Ein Schatten wurde auf dem Schirm sichtbar, entpuppte sich schließlich als Montone.

„Marshal, wir haben eine Antwort auf Ihre Anfrage ..."

O'Niel drückte einen anderen Knopf. Der Bildablauf beschleunigte sich, die Sprache verzerrte sich zu einem unverständlichen Zwitschern. Nach wenigen Sekunden verlangsamte sich der Bandlauf wieder, ein Summen ertönte, und O'Niel drückte auf einen anderen Knopf. Ein neues Gesicht erschien auf dem Schirm.

„Marshal", begann das Bild zu sprechen, „hier ist Caldwell vom westlichen Sicherheitsbezirk. Wir haben hier ein kleines Problem. Nichts Ernstes, doch ich wollte trotzdem erst Ihre Meinung dazu einholen, bevor wir etwas unter..."

Wieder beschleunigte O'Niel den Bandlauf und normalisierte ihn beim nächsten Summton.

Auf dem Schirm erschien Carols Gesicht.

„Ich ..., ich versuche, Haltung zu bewahren ..."

O'Niel ließ sich in den Sessel sinken und starrte gebannt auf den Schirm, konzentrierte sich voll auf die Aufzeichnung, als sähe er sie zum erstenmal.

„Ich hasse diese Aufzeichnungsgeräte ..."

Carols Worte schnitten wie Messer in O'Niels Herz.

„Es ist nur ..., ich ..., ich bin eben ein Feigling, das weißt du. Ich könnte dir nicht ins Gesicht schauen und dir sagen, was ich dir sagen muß. Ich könnte es einfach nicht. Wenn du jetzt vor mir stündest, würde ich ..."

Über dem Schirm blinkte ein gelbes Lämpchen auf, begleitet von einem durchdringenden Signalton. O'Niel nahm den Hörer des Audioempfängers auf und schaltete das Gerät ein. Seine Augen blieben dabei auf den Monitor gerichtet.

„O'Niel hier."

Er lauschte.

„Was? Wie schlimm?"

Am anderen Ende der dünnen Glasfaserleitung sprach jemand sehr schnell.

„Ich bin gleich da." O'Niel ließ den Hörer wieder in seine Halterung gleiten und bewegte sich rasch durch sein Quartier. An einem Haken an der Tür hing eine kleine Strahlpistole in einem Halfter. Sie sah tatsächlich einer Pistole mit abgesägtem Lauf ähnlich, nur die schlankere Form und die Bedienungselemente paßten nicht dazu. Automatisch überprüfte er die Ladung, öffnete dann die Tür und verließ eilig die Wohnung.

Hinter ihm spulte der Videoschirm unbeachtet sein aufgezeichnetes Trauma weiter ab. „Ich liebe dich. Ich möchte, daß du das weißt."

Pause. „Schau mich an. Ich sehne mich nach dir ..."

Die Stimme fuhr fort, abwechselnd schluchzend und anklagend, verhallte aber ungehört in dem leeren Zimmer ...

5

O'Niel hastete durch die Korridore und schwenkte dann in einen Hauptgang ein. Arbeiter und Angestellte traten unaufgefordert zur Seite und machten ihm Platz. Besorgt schauten sie hinter ihm her und begannen sich gedämpft zu unterhalten. Keiner hatte die leiseste Ahnung, was vorging, und doch wußten alle, daß die Beamten des Sicherheitspersonals nie ohne guten Grund eine solche Eile an den Tag legten. Außerdem hatte der Marshal die Strahlpistole in der Hand gehalten. An einer Kreuzung des Gangs, den man ihm genannt hatte, stieß O'Niel auf zwei seiner Beamten, die ihn schon erwarteten. Er kannte ihre Namen nicht, doch das war im Moment unwichtig.

„Er befindet sich im Westflügel, Marshal", informierte ihn die Polizistin. Sie wirkte besorgt, verärgert und ein wenig ängstlich – nicht um ihretwillen besorgt, sondern um eine andere Person. Wenn sie sich selbst fürchtete, so zeigte sie es jedenfalls nicht.

O'Niel nickte nur und betrat den Quergang. Hinter ihm hielten die Beamten die neugierige Menge zurück.

Wenig später traf O'Niel auf Montone und eine andere Polizistin. Beide hatten, wie er, ihre Waffen in der Hand. Montone deutete mit einem Kopfnicken den Korridor hinunter. Nach beiden Seiten gingen Türen ab, die aber alle verschlossen waren. Am äußersten Ende lag der zentrale Club. Schwache Musikfetzen drangen von dort herüber.

„Er ist in einem Vergnügungsabteil", erklärte der Sergeant.

Seine Stimme war leise, klang gepreßt.

„Er hat eine Dirne bei sich. Wir wissen nur, daß der Bursche sie übel zugerichtet hat. Sie drückte den Alarmknopf."

„Wer hat den Alarm bestätigt?"

Die Polizistin antwortete: „Ich. Als ich dann die Tür öffnen wollte, drohte der Mann, er habe ein Messer und er würde nicht zögern, die Frau umzubringen, wenn ich nicht sofort verschwände." Das Gesicht der Beamtin war ausdruckslos. „In dem Raum gibt es keine Videokamera, und die Tür ist verriegelt. Doch ich bin sicher, daß er tatsächlich ein Messer hat. Man hört das schon an seiner Stimme. Also habe ich mich zurückgezogen."

O'Niel nickte zustimmend. „Was ist das für ein Bursche? Haben Sie etwas über ihn herausfinden können?"

„Er wurde gesehen, als er kam, und das Mädchen am Eingang registrierte ihn, wie es Vorschrift ist. Sie gab seine Kennummer der Buchhaltung durch und ließ seinen Kontostand überprüfen. Er ist Kranführer, jetzt schon fast elf Monate hier, wie die Personalsektion mitteilte."

„Elf ..., Teufel!" murmelte Montone.

„Gab bisher nie Anlaß zu Beschwerden", fuhr die Beamtin fort. „Seine Akte ist sauber. Ich habe sie überprüft. Kein labiler Charakter, keine Neigungen zu Perversionen – nichts! Er ist absolut sauber. Bei seinen Schichtkollegen ist er beliebt, zumindest behaupten das die, die ich erreichen konnte. Auch der Vorarbeiter bezeichnet ihn als guten Mann, der hundertprozentig sein Soll erfüllt. Als ich ihnen erzählte, was anlag, wollte es keiner glauben."

„Wie geht es dem Mädchen?"

Jetzt ergriff Montone wieder das Wort. „Sie lebt noch. Über das

Abhörgerät, das hier in jedem Abteil installiert ist, kann man ihr Stöhnen hören. Doch darüber hinaus ..."

Er zuckte vielsagend die Achseln.

Langsam gingen sie den Flur hinunter zu der bezeichneten Tür. Vier weitere bewaffnete Beamte erwarteten sie dort. Sie unterhielten sich flüsternd. Als O'Niel und der Sergeant herankamen, schwiegen sie und machten ihnen Platz.

„Ist er betrunken?" fragte O'Niel leise und nahm die Tür näher in Augenschein.

„Da bin ich überfragt", gab Montone flüsternd zur Antwort. „Einige Burschen machen sich ja einen Spaß daraus, Nutten zu verprügeln. Doch hier steckt offenbar mehr dahinter."

O'Niel winkte die Frau heran, die den Alarm aufgenommen hatte. „Sind Sie sicher, daß er ein Messer hat?"

„Es gibt keinen Spion in der Tür, und die Sichtblenden in den Wänden sind geschlossen. Diese Burschen sind mit ihrem Privatleben wie verrückt. Ich bin also nicht absolut sicher, doch ich wette, daß er tatsächlich ein Messer hat."

„Wieso? Nur weil er das behauptet?"

„Nein", antwortete sie ruhig. „Wegen des Stöhnens."

O'Niel nickte langsam, als akzeptiere er das als Beweis. Dann trat er an die Tür und hämmerte heftig mit der Faust dagegen. Seine Worte schrie er in den Übermittler, der in der Metalltür eingelassen war.

„Sagan! Hier spricht Marshal O'Niel. Laß das Mädchen gehen, und dir passiert nichts. Wir wollen dir nur helfen."

Von drinnen kam keine Antwort.

„Sagan, kannst du mich hören?"

Die Wände des kleinen Raumes waren in bunten, warmen Pastellfarben gestrichen. Der Raum enthielt nur zwei Einrichtungsgegenstände: einen Videomonitor und ein Bett. Ein Film, der für einen Familienabend kaum geeignet sein dürfte, flimmerte über den Schirm. Doch die beiden Menschen im Raum schenkten ihm keine Beachtung.

Sagan lag auf dem Bett, von der Hüfte an aufwärts war er nackt. Schweiß tropfte von seinem Körper und näßte das Bettlaken unter ihm. Der Schweiß floß in Strömen, wäre selbst für einen Mann, der stundenlang schwere körperliche Arbeit verrichtet hatte, viel zu stark gewesen, und Sagan hatte nicht gearbeitet. Schweißperlen standen auf seinen Lippen und der Stirn, wahre Bäche von Schweiß strömten unter seinen Armen hervor. Sein Blick war wild, sein Gesicht zu einer dämonischen Fratze verzogen. Er lächelte, doch es war ein Lächeln zum Fürchten, in seine Gesichtszüge eingefroren, so kalt wie die Oberfläche des Jupiter. Einen Arm hatte er um die Hüfte einer schlanken, brünetten, jungen Frau gelegt. Sie wirkte älter, als sie war. Doch die Furcht hatte die Spuren ihrer Tätigkeit fortgewischt, sie war jetzt nur ein eingeschüchtertes, junges Mädchen, das nackt auf dem zerwühlten Bettlaken lag. In der anderen Hand hielt Sagan das Messer. Es war lang und schmal und funkelte kalt im gedämpften Licht. Die Spitze saß an der Kehle des Mädchens, zwang seinen Kopf in eine schmerzliche, unnatürliche Lage.

Sie blutete – nicht aus dem Hals, sondern aus ihrer gebrochenen Nase und der aufgeplatzten Unterlippe. Ihr Kinn war von einem heftigen Schlag blutunterlaufen und begann anzuschwellen. Das Mädchen war kaum mehr bei Bewußtsein, zum Glück für es. Aus ihrer Kehle unter dem Messer drang ein fortgesetztes, leises Wimmern.

„Laßt mich in Ruhe!" schrie Sagan in Richtung der Tür. „Oder, bei Gott, ich werde sie töten, ihr den Hals aufschlitzen! Ihr wißt, daß das blitzschnell geht! Also zwingt mich nicht dazu!"

„Warum?" O'Niels Stimme drang beruhigend durch den Übermittler in der Tür. „Was hat sie dir getan?"

„Sie ist sündig. Sie ist schlecht."

Sagans Atem ging hart und stoßweise, als ob er nicht genug Luft bekäme. Doch die Klimaanlage arbeitete, die Luft im Abteil war frisch. Nur seine Kehle war wie zugeschnürt.

„Ich will, daß ihr auf der Stelle verschwindet! Wenn ihr es nicht tut, schneide ich ihr gleich die Kehle durch – mit einem Schnitt." Er preßte das Messer ein wenig stärker gegen ihren Hals. Die Spitze durchdrang die Haut, ein winziger roter Punkt erschien, schwoll zu einem Tropfen an und lief dann langsam in den Nacken des Mädchens. Sie war nicht zu benommen, um laut aufschreien zu können. Trotzdem war sie vernünftig genug, sich nicht gegen den Druck an ihrer Kehle zu wehren.

„He!" O'Niel reagierte sofort, als der Schrei des Mädchens durch den Übermittler drang. „Hör mir zu! Hör genau zu, was ich dir jetzt sage! Ich darf nicht weggehen, das weißt du genau. Du sollst wissen, daß niemand dir zu nahe kommen wird. Verstehst du mich, Sagan? Wenn du reden willst, dann reden wir. Ich werde nicht versuchen, die Tür aufzubrechen. Ist das ein Angebot? Ich werde die Tür in Ruhe lassen und du das Mädchen, okay?"

Keine Antwort von drinnen.

„Sagan, hörst du mich?"

Die Antwort drang aus dem Übermittler, aber nicht die erwartete. Die Antwort bestand aus einer Reihe unterdrückter Schreie des Mädchens und einem Knurren, das kaum mehr etwas Menschenähnliches an sich hatte. O'Niel schaute sich um und deutete mit der Hand auf einen der bewaffneten Polizisten. Der Mann eilte zu ihm herüber.

„Holen Sie sofort einen Monteur, der sich in diesem Sektor auskennt! Der Mann dort drinnen ist zum Äußersten entschlossen, also beeilen Sie sich!"

Der Beamte nickte kurz und lief dann, so schnell er konnte, zu der Sprechzelle, die am anderen Ende des Gangs installiert war.

„He, Sagan! Sagan, ich bin's, der Marshal." O'Niel mußte sich zwingen, seine Stimme ruhig und gleichmütig klingen zu lassen. Nicht flehend, ohne falsche Sympathie. Ein Mann in Sagans geistigem Zustand reagierte auf Täuschungsmanöver unberechenbarer als auf eine direkte Drohung.

„Sagan, hör zu, was ich dir sage! Überleg doch einmal eine Minute. Du bist noch nicht zu weit gegangen. Verstehst du, was ich meine? Bis jetzt kann man dich nur wegen Randalierens belangen. Wenn du das Mädchen nicht umbringst, kommt alles wieder in Ordnung. Mann, denk doch mal nach! Du hast doch kaum noch einen Monat bis zum Ende deiner Verpflichtung. Deine Zeitprämie bekommst du in den nächsten Tagen ausbezahlt. Du bist doch schon halb auf dem Weg nach Hause. Setz das doch nicht alles aufs Spiel!"

Auf der anderen Seite der Tür begann Sagan zu kichern. Nicht über O'Niel, über das Mädchen oder sich selbst, sondern über etwas in seinem Kopf, das ihm selbst nicht ganz klar war. „Ich werde dieses hübsche kleine Ding hier aufschlitzen. Ich werde es ganz langsam mit meinem hübschen, sauberen Messer tun, ganz langsam ..."

Erstickte Laute, dünn und schwach, drangen bei diesen wahnsinnigen Worten durch den Übermittler. O'Niel überlegte fieberhaft. Sagans Stimme hatte sehr endgültig geklungen.

Ein weiblicher Monteur kam den Gang herabgelaufen, der Beamte, der sie geholt hatte, folgte ihr. Ihr Monteuranzug war gefüllt mit Werkzeugen, in ihrem Gürtel klirrten Schraubenzieher und Zangen. Völlig außer Atem blieb sie neben O'Niel stehen. Doch er konnte ihr keine Verschnaufpause gönnen.

„Zeigen Sie mir, unter welchem Paneel der Fluchtgang für dieses Abteil liegt."

Sie nickte, zog ein langes Werkzeug hervor und ging zur linken

Seitenwand neben der Tür. Viermal setzte sie das Werkzeug an und löste die vier Bolzen einer Metallplatte an der Wand dicht unter der Flurdecke. Die quadratische Metallplatte befand sich genau in der Mitte zwischen Sagans und dem benachbarten Abteil. Die Frau ließ das Werkzeug wieder in ihre Tasche gleiten und hob mit beiden Händen die Metallplatte ab. Dahinter kam ein niedriger Kriechgang zum Vorschein, der in ein ungewisses Dunkel hineinführte.

„Wenn ich Ihnen ein Zeichen gebe, schließen Sie sofort das Hydraulikventil, das das Türschloß betätigt," befahl O'Niel ihr. „Dann ist die Tür offen."

Die Monteurin setzte die Metallplatte ab und ging zu einem kleinen Kasten rechts neben der Tür, den sie öffnete. Beleuchtete Anzeigen und Skalen schimmerten schwach.

Während O'Niel der Frau seine technischen Anweisungen gab, deutete Montone auf zwei Beamte. Sie kletterten hinter ihm in den dunklen Kriechgang hinein und begannen sich langsam weiter vorzuschieben, immer darauf bedacht, so wenig Geräusche wie möglich zu machen. O'Niel wartete, bis der letzte Beamte in der engen Öffnung verschwunden war, und trat dann an die Tür. Er gab der Monteurin ein Zeichen, die junge Frau nickte ruhig und legte ihren Finger auf einen bestimmten Schalter.

O'Niel versicherte sich, daß seine Waffe schußbereit war, und sprach dann wieder in den Übermittler. „Sagan! Hörst du mich?"

Bei O'Niels Worten erhob sich der Mann drinnen plötzlich vom Bett und begann unruhig hin und her zu laufen.

Das Mädchen beobachtete ihn. Jetzt, da ihr das Messer nicht mehr an der Kehle saß, atmete sie ein wenig freier. Immer noch tropfte ihr das Blut in den Nacken. Sie versuchte nicht zu fliehen, denn es gab keinen Ort, an dem sie sich hätte in Sicherheit bringen können. Sie saß nur da und beobachtete den Mann. Ihr Kinn schmerzte höllisch, doch sie wagte nicht, sich zu rühren.

Sagan lief im Kreis umher und schrie die Wände an. Er hatte nichts Menschliches mehr an sich. „Ich höre Sie!" rief er hysterisch. „Natürlich höre ich Sie! Glauben Sie, ich sei taub?"

„Nein, natürlich nicht." O'Niels Stimme bekam wieder ihren beruhigenden Beiklang. „Ich wollte nur sicher sein, daß du mich auch verstehst, das ist alles. Ich werde dir jetzt etwas erklären, Sagan. Ich werde langsam sprechen, und ich möchte, daß du mir aufmerksam zuhörst."

Sagan lief auf die Stimme zu, hieb mit den Armen um sich und stach mit seinem Messer Löcher in die Luft. Die Stimme drang von allen Seiten auf ihn ein und drohte die andere Stimme in seinem Hirn zu übertönen, jene Stimme, die unanständige Vorschläge machte und köstliche verbotene Freuden versprach.

Die Lampe, die Montone benutzte, war klein, doch von hoher Leuchtkraft. Er kroch durch den Metalltunnel, stieß sich den Kopf und zerkratzte sich die Hände, wagte kaum zu atmen, aus Furcht, das Geräusch könne in das dicht angrenzende Abteil dringen. Montone hörte das Keuchen der beiden Männer hinter sich.

„Du kannst doch nicht für immer da drin bleiben", erklärte O'Niel gerade. Die Ruhe in seiner Stimme machte Sagan rasend. Von allen Seiten hämmerten die Worte auf ihn ein, und der Kranführer stach wild mit seinem Messer nach ihnen.

„Du stürzt dich nur selbst ins Unglück."

Ein knirschendes Geräusch ertönte. O'Niel schaute irritiert auf den Übermittler, fragte sich, ob er vielleicht nicht richtig funktionierte. Dann erkannte er die Ursache des Geräusches: Sagan bearbeitete den Übermittler wütend mit seinem Messer, versuchte, ihn herauszuschneiden und so die beruhigende Stimme des Marshals zum Schweigen zu bringen. Ein gequältes Stöhnen übertönte das knirschende Geräusch.

„Ich werde die Hydraulik des Türschlosses abschalten", fuhr O'Niel fort. „Dann ist die Tür offen, und du kannst nichts dagegen tun." Ungeduldig schaute er zu dem Beamten hinüber, der beim Kriechgang stand und das Vordringen von Montone und seinen Leuten beobachtete. Der Beamte gab ihm das vorher vereinbarte Zeichen.

Der Marshal sprach wieder in den Übermittler: „Du kannst die Tür nicht geschlossen halten, Sagan. Sobald die Hydraulik ausgeschaltet ist, springt sie auf. Drinnen bleiben kannst du dann auch nicht mehr. Also kommst du jetzt besser freiwillig heraus. Nimm doch Verstand an, Sagan! Jetzt kann dir noch nicht viel passieren. Warum kommst du nicht heraus und verbesserst damit deine Lage?"

Sagans sich überschlagende Stimme hallte laut in dem stillen Korridor wider. „In dem Moment, wo ihr die Tür anrührt, bringe ich sie um! Ich schlitze sie auf! Ich hasse sie!"

Montone zögerte und schaute nach rechts. An dem Metallrand des Kriechgangs konnte er zwei Scharniere und zwei Metallbolzen erkennen. Nach Aussage der Monteurin war an ihnen die Metallplatte befestigt, die in das verschlossene Abteil führte. Montone nahm die kleine Taschenlampe zwischen die Zähne und tastete die Bolzen ab. Mühelos zog er den ersten heraus. Rasch begann er danach, den zweiten zu lösen. Deutlich hörte er Sagans Wüten auf der anderen Seite der Wand ...

O'Niel begann wieder auf den Mann einzureden und blickte dabei auf sein Chronometer. Er durfte nicht mehr allzu lange auf Montone warten, das erkannte er an der Stimme des Kranführers. „Ich will mich nicht mit dir streiten, Sagan, dir auch keine Falle stellen. Ich zähle jetzt langsam bis zehn. Dann springt die Tür auf. Ich werde nicht hineinstürzen, ich werde dir nicht zu nahe kommen, auch nicht auf dich schießen. Ich möchte nicht, daß dir etwas zustößt, denn mein Job ist es, die Leute vor Verletzungen zu bewahren, nicht, sie zu verletzen. Ich glaube auch nicht, daß du jemandem absichtlich weh tun willst, Sagan."

Die Sekunden tickten langsam vorbei.

„Du kannst mir vertrauen. Was immer du für Probleme hast, was dich auch in diese Lage getrieben haben mag, wir können der Sache auf den Grund gehen, ohne jemanden zu verletzen. Glaub mir, es ist für dich und für mich besser so."

Montone zog den zweiten Bolzen heraus, die Platte hing jetzt lose in den Scharnieren. Der Sergeant bekam in dem engen Gang kaum noch Luft, doch er zwang sich, gleichmäßig durch den offenen Mund zu atmen. Er war bereit. Auch die beiden Männer hinter ihm warteten nur noch auf O'Niels Zeichen.

Sagan hatte seine ziellose Wanderung durch das Zimmer aufgegeben. Das Messer hielt er locker in der rechten Hand, das wilde Feuer in seinen Augen war einem glanzlosen, stumpfen Starren gewichen. O'Niels beruhigende Worte begannen Wirkung zu zeigen.

„Sie wollen ... Sie werden mich töten", murmelte Sagan unsicher in Richtung der Tür. Zum erstenmal schien er verwirrt, der fanatische Beiklang war aus seiner Stimme verschwunden.

„Nein, das werde ich nicht", versicherte ihm O'Niel eiligst. Er fühlte Hoffnung in sich aufsteigen. „Darauf hast du mein Wort. Doch ich verspreche dir auch, daß ich dich ganz sicher töten werde, wenn du das Mädchen umbringst."

O'Niel wandte sich um und gab der Monteurin ein Zeichen, dann sprach er weiter.

„Hör mir jetzt gut zu, Sagan! Ich werde jetzt tun, was ich eben gesagt habe. Ich zähle von eins bis zehn. Verhalte dich ruhig, und alles kommt wieder in Ordnung. Eins, zwei ..."

Sagan stand schwankend in dem Abteil, versuchte krampfhaft, einen Weg durch den dunklen Bann des Hasses zu finden, der seine Gedanken beherrschte. Sein Gesichtsausdruck war leer, sein Verstand von den gegensätzlichen Gefühlen, die ihn hin- und herzerrten, überfordert. Noch vor wenigen Augenblicken war alles so klar, so einfach gewesen. Und jetzt ...

Wie aus weiter Ferne drang O'Niels Stimme zu ihm durch.

„... drei, vier ..."

In dem Kriechgang legte Montone die Hand gegen die Metallplatte, jede Sekunde bereit, sie aufzustoßen. Er hörte O'Niels Stimme aus dem Übermittler in das Abteil dringen: „... fünf ... sechs ... sieben ..."

Die Monteurin berührte mit dem Finger den Ausschalter.

„... acht ... neun ..."

Sagan drehte sich halb herum und starrte zur Tür. Hinter ihm ertönte ein leises Klirren, als die Metallplatte über dem Kriechgang aufschwang und leicht gegen die Wand federte. Montone stand schon im Raum, als Sagan herumfuhr, um dem Geräusch auf den Grund zu gehen. O'Niels Stimme dröhnte in seinen Ohren „... zehn ..."

Montone feuerte. Die Explosion ließ das kleine Gemach erbeben. Das Mädchen wurde aus seinem Dämmerzustand gerissen, sein Schrei übertönte noch den Knall. Im gleichen Moment legte die Monteurin den Schalter um. Ein kurzes, fast unhörbares Zischen ertönte, und die Tür glitt nach innen auf.

O'Niel blieb im Rahmen stehen und starrte in das Abteil. Seine Waffe hielt er locker in der Hand, denn er hatte den Knall gehört. Rasch orientierte er sich, dann trat er ein.

Das Mädchen lebte. Sie lag auf dem Bett, weinte still in sich hinein und hielt die Arme ängstlich über den Brüsten verschränkt. O'Niel sah die Blutspur am Hals, erkannte aber sofort, daß sie von keiner ernsthaften Verletzung herrührte.

Sein Blick fiel auf den Körper am Boden. Sagan hatte Arme und Beine von sich gespreizt. Dort, wo einmal die Brust gewesen war, gähnte ein klaffendes Loch, seine Augen standen offen und starrten leer gegen die Decke.

Montone beobachtete den Marshal, sein Mund zuckte.

„Er hat mich angegriffen! Ich ..., ich sah nur das Messer ..."

O'Niel sagte nichts, sondern schaute sich nur schweigend um. Dann schüttelte er den Kopf und sah Montone ungläubig an.

Die zwei Beamten, die dem Sergeant gefolgt waren, kümmerten

sich um die Verletzungen des Mädchens. Die anderen Beamten drängten hinter O'Niel herein, starrten auf das Mädchen und die Leiche des Kranführers. Dann warfen sie Montone einen scheuen Blick zu und begannen leise miteinander zu reden.

An einem Ort wie Io bewegt man sich rasch, um andere zu retten. Die zwei Pfleger stürmten mit der fahrbaren Bahre in die Notaufnahme des Hospitals. Auf ihr lag die bewußtlose junge Frau. Ein Schlauch führte von einem Tropf, den einer der Pfleger hielt, zu einer Kanüle in ihrem Arm. Polizisten machten den Weg frei. O'Niel folgte gleich hinterher.

Dr. Lazarus erwartete die Patientin am Eingang der Notaufnahme und nahm gleich einige Untersuchungen an dem Mädchen vor, ehe sie es zur Intensivstation bringen ließ. Die Zusammenarbeit in der ärztlichen Abteilung klappte reibungslos. Jeder kannte seinen Job. Und Lazarus' Anweisungen trieben das Personal zu noch größerer Schnelligkeit an. Nur die Aufnahmeschwester, die sich sichtlich mühte, die Befehle der Ärztin auszuführen, kam offenbar nicht so gut zu Rande wie die anderen.

In der Ambulanz zogen Lazarus und die Pfleger das schützende keimfreie Laken vom Körper des Mädchens und schoben es mit der Bahre in eine lange, gläserne Röhre. Lazarus trat an die Computerkonsole, die in eine Seite der Röhre eingebaut war, und gab ihre Anweisungen ein.

Ein leises Summen ertönte aus dem Zylinder, der sich langsam zu drehen begann. Gleichzeitig flimmerten neben dem Gerät drei Videoschirme mit einer Fülle von Informationen auf. Zwei Körperdiagramme gaben Aufschluß über den Zustand des Mädchens; angefangen beim Skelett bis zum Kreislauf wurde alles untersucht. Der dritte Schirm lieferte Werte wie Blutdruck, Körpertemperatur und die Zahl der weißen Blutkörperchen.

O'Niel wartete geduldig in der Nähe und betrachtete das Mädchen. Abgesehen von einer geschäftsmäßigen Kälte oder Härte wirkte ihr geschwollenes Gesicht beinahe unschuldig. O'Niel ließ den Blick zu den Videoschirmen schweifen, verfolgte die wechselnden Anzeigen und wünschte sich in diesem Moment, mehr von Medizin zu verstehen. Der Zustand des Mädchens war schlechter als ursprünglich angenommen.

„Der Unterkiefer scheint gebrochen", murmelte Lazarus. „Mindestens an einer Stelle, möglicherweise sogar an mehreren. Wahrscheinlich auch die Nase. Gesicht und Körper sind übersät mit Prellungen und Blutergüssen. Die Halswunde ist Gott sei Dank nicht so schlimm." Sie warf O'Niel einen erschütterten Blick zu. „Jesus, wer hat sie so zugerichtet?"

„Ein Arbeiter." O'Niel wandte den Blick nicht von dem Mädchen. „Ein Kranführer, der durchgedreht ist. Kommt hier schon mal vor ... Erinnern Sie sich?"

Die Frau warf ihm einen vernichtenden Blick zu, schenkte sich aber die bissige Bemerkung, die ihr auf der Zunge lag. Vielleicht hatte sie die Zurechtweisung verdient, weil sie O'Niel bei ihrer ersten Begegnung so herablassend behandelt hatte. Jedenfalls war jetzt nicht der geeignete Zeitpunkt für Wortgefechte.

„Der Schädel ist sonst unversehrt", erklärte sie, während sie sorgfältig eines der beiden Diagramme studierte. „Übrigens habe ich Ihre Liste fertig. Das Mädchen hier hat innere Blutungen. Den Mann, der sie so zugerichtet hat, soll der Teufel holen. Er dürfte mir nicht in die Finger fallen."

„Das wird er auch nicht mehr, denn er ist tot."

Lazarus' prompte Reaktion war zwar verständlich, wenn auch nicht mit dem hippokratischen Eid vereinbar. „Ausgezeichnet!"

„Warum haben Sie sie mir nicht ins Büro gebracht?" fragte O'Niel. „Die Liste?"

Die Ärztin drückte auf einen Knopf. Im Zylinder senkte sich ein Gerät, das eine Mündung wie ein Gewehr besaß, auf den Bauch des Mädchens herab und ging dann wieder hoch. Äußerlich war nichts geschehen, doch auf dem dritten Monitor änderten sich die Daten in rascher Folge, und das Mädchen stöhnte.

„Ich mache keine Hausbesuche."

„Dann beginnen Sie ab sofort damit!" O'Niel warf einen letzten Blick auf das Mädchen. „Kommt sie wieder in Ordnung?"

„Vielleicht ..., wenn Sie mich meine Arbeit tun lassen."

O'Niel lächelte, nickte kurz und ließ sie allein.

Auf der rechten Seite befand sich eine weiße Wand, in die eine Reihe großer Schubfächer eingelassen waren. Die Wand sah aus wie eine Bienenwabe, stellte aber in Wirklichkeit das Leichenschauhaus der Mine dar. Die durchsichtigen Blenden an den Fächern waren durch die Kälte beschlagen. Lazarus arbeitete ruhig weiter, ihr einziges Interesse galt dem Mädchen in der Glasröhre.

O'Niel betrachtete die Fächer. Die Feuchtigkeit auf den Scheiben verbarg das Innere nur teilweise, und man hätte die Leichen darin erkennen müssen, wären welche dagewesen. Nachdenklich inspizierte O'Niel die Schubfächer. Plötzlich runzelte er die Stirn. Vor der Wand standen zwei Untersuchungstische. Beide waren leer. Auch bei näherer Untersuchung ließ sich nicht erkennen, wann sie das letzte Mal benutzt worden waren.

Dicht hinter ihm ertönte plötzlich eine Stimme. „Achtundzwanzig waren es innerhalb der letzten sechs Monate."

Er schaute sich um. Lazarus stand hinter ihm. Sie sah abgespannt, verbraucht aus, doch das schien sie immer zu sein.

„Ich frage mich, wieviel es wohl in den sechs Monaten davor gewesen sein mögen", murmelte O'Niel interessiert.

„Vierundzwanzig. Ich habe mir die Mühe gemacht, sie ebenfalls zu zählen."

„Ihr Glück!"

O'Niel begann die Schubfächer aufzuziehen. Sie waren sauber, antiseptisch – und alle leer.

Lazarus beobachtete ihn. „Wollen Sie auch noch wissen, wie viele es in den sechs Monaten davor waren? Nur los, fragen Sie mich doch!"

Er schaute sie an, die Frage stand deutlich in seinem Blick.

„Zwei", sagte sie.

„Zwei also." Er starrte auf sie herab. „Merken Sie etwas?"

„Ich mag zwar unfreundlich sein", antwortete sie, „aber ich bin nicht blöde. Natürlich merke ich etwas. Seltsame Zahlen sind das, und sie rühren beileibe nicht von den Spielautomaten im Club her."

„Was denken Sie?"

„Ich weiß nicht, was ich davon halten soll." Ihre Stimme klang ebenso verwirrt wie erregt. „Fast jeder hier hat meiner Meinung nach einen Tick. Ich verstehe durchaus, daß eine große Anzahl von Leuten plötzlich durchdreht, doch begreife ich nicht, warum das nicht schon viel früher geschehen ist."

O'Niel zog das letzte Schubfach heraus. Es war, wie alle anderen, leer, das Laken fleckenlos, die Luft darin roch nach Ammoniak und anderen Desinfektionsmitteln. Hart schob O'Niel die Lade zu. Das Fehlen der Leichen im Leichenschauhaus warf einige interessante Fragen auf, doch am erstaunlichsten war die Tatsache, daß Sagans Leichnam noch nicht hier war. O'Niel war durchaus bereit, für die anderen leeren Fächer Erklärungen zu akzeptieren, doch seiner Meinung nach gehörte die Leiche des Kranführers ganz sicher in ein solches Fach.

„Was geschieht mit den Leichen?"

„Gewöhnlich fliegt man sie mit der nächsten Fähre aus. Sie werden verpackt und gehen auf halbem Weg zur Nachschubbasis über Bord. Seemannsgrab oder wie man diese Art Bestattung nennt." Lazarus war wirklich keine Romantikerin. Doch Io benötigte nur Realisten, sprang hart mit Träumern um, die es hierher verschlagen hatte. „Die Gesellschaft versucht es als Heldenbegräbnis hinzustellen. Sie wissen ja: ‚Wir übergeben seine sterbliche Hülle der Unendlichkeit, die ein wenig weiter zurückzudrängen er sich zur Aufgabe gestellt hatte.' In Wirklichkeit will sich die Gesellschaft nur die Frachtkosten zur Erde – oder was immer der Heimatplanet des Toten gewesen sein mag – sparen. Und sie hat sogar Erfolg mit der Methode, denn sie macht Eindruck auf die Leute."

Sehr effektvoll, das mußte auch O'Niel zugeben.

DER Frachthafen lag verlassen. Er war das größte Gebäude auf Io, das einen Luftdruck besaß. Wenn die Fähre anlegte, wimmelte es in dem höhlenartigen Bauwerk nur so von Menschen und Maschinen, die die Fähre in kürzester Zeit be- oder entluden. Riesige Lastwagen kippten die vorbereiteten Erzladungen in die Frachträume der Fähre. Container und Menschen verschwanden in dem riesigen Bauch des Schiffes oder tauchten daraus hervor. Im Augenblick lag keine Fähre am Dock. Die nächste Erzladung von der Mine wurde nicht vor Ende der Nachtschicht erwartet. Relais klickten, Maschinen summten, alles funktionierte reibungslos. Der Frachthafen wartete still auf den nächsten Ausbruch menschlicher Aktivität. Starke Strahler hingen an hohen Masten und warfen Lichtkegel in das sonst undurchdringliche Dunkel. An einem Ende des Gebäudes befand sich eine riesige Luftschleuse, die die ankommende Fähre aufnahm. Hier herrschte heller Lichtschein. Doch der größte Teil des Hafengeländes mit seinen Containerstapeln und Erzspeichern lag im Dunkeln.

Eine Gestalt huschte von einem Schattenfeld zum nächsten, umging sorgfältig die hellen Lichtkegel der Strahler. Im Vergleich zu den massiven Erzspeichern wirkte sie winzig. Es gab niemanden in der Nähe, dem die Gestalt hätte auffallen können. Von Zeit zu Zeit verharrte sie und überflog die Frachtschilder an den zur Verladung bestimmten Containern. Die größeren ließ sie unbeachtet. Es waren die Behälter, die kein Erz enthielten, denen ihr Interesse galt. Jeder Container trug auf der Seite und auf dem Deckel das Emblem der Gesellschaft.

O'Niel stahl sich von einem Behälter zum nächsten und vergewisserte sich dabei jedesmal, daß er allein war. Er hatte den Frachthafen beinahe in seiner ganzen Länge durchquert, als er auf zwei Behälter in der Nähe der Schleuse stieß, deren Frachtschilder seine Aufmerksamkeit erregten.

Seine Blicke wanderten langsam über den ersten, er überprüfte das Frachtziel und ging die Ladeliste durch, über die quer das Wort ZERBRECHLICH gestempelt worden war. Dann ging er zum zweiten Behälter hinüber. Statt des Aufdruckes ZERBRECHLICH war hier das Wort ABWURFGUT aufgestempelt. Rasch überzeugte sich O'Niel, daß er immer noch unbeobachtet war. Sein Atem erschien ihm unnatürlich laut, als er der Reihe nach die vier Verschlußhaken an einer Seite des Containers öffnete. Mit metallischem Klicken sprangen die Verschlüsse auf, und O'Niel hielt bei jedem Haken den Atem an, doch niemand interessierte sich für ihn. Er brauchte seine ganze Kraft, um mit beiden Händen die Behälterwand beiseite zu schieben. Dann schaltete er seine Taschenlampe an und begann das Innere des Containers zu untersuchen.

Der Lichtstrahl tanzte über lange Reihen von Metallkästen und verschlossenen Zylindern, über Plastikröhren und hitzeversiegelte Abfallsäcke. Jeder trug das bekannte rote Dreieck, das vor Berührung des radioaktiven Abfalls warnte. Die Mine und ihre komplette Ausrüstung wurde insgesamt mit Sonnenenergie betrieben, doch viele Einzelbereiche, wie zum Beispiel das Hospital, benutzten radioaktive Materialien für einige Geräte. In der linken unteren Hälfte des Containers lag ein silberner Sack aus Mylar-Kunststoff. Er war voller Lumpen und schien nicht in die Reihe der anderen Säcke mit radioaktivem Müll zu gehören.

O'Niel überprüfte den Strahlungsanzeiger, der wie ein Stoffflicken im Revers seiner Jacke eingenäht war. Er leuchtete immer noch hellgrün, zeigte keine Tendenz zu Gelb oder – was noch schlechter gewesen wäre – zu Orange. Ios radioaktiver Müll war grundsätzlich nur sehr schwach strahlend. O'Niel konnte also ungefährdet seine kleine Inspektion fortsetzen.

Der Sack war nur mit einem Plastikreißverschluß verschlossen, den er jetzt öffnete. Zuerst tauchten die Haare auf, dann folgten Stirn und Nase, über der ein Paar gefrorener Augen weit offen in die Ewigkeit starrten.

O'Niel hielt sich nicht bei dem Gesicht mit dem anklagenden Blick auf. Er zog den Reißverschluß weiter herunter bis zu dem blutverkrusteten Loch in Sagans Brust. Seine Finger suchten nach etwas in seiner Brusttasche. Einen Augenblick lang glaubte er, er habe es verloren. Doch dann zog er eine große Spritze hervor. Er hielt inne und wischte sich den Schweiß von der Stirn. Er holte mehrmals tief Luft, setzte dann die Spritze genau über der Arterie am unteren Halsrand des Toten an. Die Körperflüssigkeit der Leiche strömte nicht mehr, die innere Pumpe war tot. Doch der starke Sog der Spritze preßte die dicke blaurote Flüssigkeit in den Kolben.

Zum erstenmal war O'Niel der Gesellschaft dankbar für ihre Knauserigkeit. Da der Leichnam zur Bestattung in der grenzenlosen Weite des Weltraumes bestimmt war, verschwendete man keine Zeit mehr mit der Einbalsamierung oder der Konservierung der Leiche. Was die Spritze aus dem Körper des armen Sagan heraussaugte, war tatsächlich nur sein eigenes Blut ...

6

DER schrille Pfeifton hörte nicht auf.

Schon als kleines Mädchen hatten Alpträume ihren Schlaf gestört. „Das wird vergehen, wenn du älter wirst", hatten alberne Erwachsene und Ärzte behauptet. „Was da deine Jungmädchenträume stört, sind nur Ausgeburten deiner Phantasie."

So hatten sie dahergeredet. Alles Mist!

Als sie älter wurde, hatte es Zeiten gegeben, in denen ihre unterbewußten Träume schrecklichere Vorstellungen hervorgebracht hatten, als sie sie als Kind jemals erlebt hatte. Doch inzwischen hatte sich das wesentlich gebessert. Jetzt war der gelegentliche Alptraum nur noch ein vertrauter, wenn auch ungebetener Besucher, den man eine Zeitlang erträgt und dann wieder wegschickt. Trotzdem war es seltsam. Während ihrer ersten Verpflichtung hatte sie herausgefunden, daß die Häufigkeit ihrer Alpträume nachließ, ja, daß sie gar gänzlich verschwanden, sobald sie nicht auf dem Planeten Erde schlief. Einmal mehr hatten sich die Worte der Ärzte als falsch erwiesen. Sie war diesem Umstand nicht weiter nachgegangen. Je weiter sie sich von der Erde entfernte, desto weniger wurde sie von ihren Träumen heimgesucht. Dies war ein Phänomen, das auch andere Weltenwanderer bemerkt hatten, und die Psychiater rangen ratlos die Hände.

Geschieht ihnen recht, dachte sie.

Io war der äußerste Vorposten der Menschheit. Tiefer in den Raum konnte niemand eindringen, wenn er nicht eben zu einer der Prospektorenmannschaften, die sich schon bis fast an den Neptun herangearbeitet hatten, oder zu einem der Teams, die das Titan aus den Planetoiden heraussprengten, gehörte. Doch dazu zählte sie sich nicht, nein, Io war für sie der entfernteste Ort, an dem sie jemals leben würde. Hätte sie hier nicht ihre Ruhe gefunden vor ihren Alpträumen, wäre sie schon längst zur warmen Erde zurückgekehrt.

„Du kannst deine Rückkehr selber bestimmen", hatten die Psychiater ihr versichert. „Du hast dich selbst geheilt. Wenn du nach Hause zurückkehrst, wirst du feststellen, daß du in Zukunft Ruhe vor deinen Träumen hast."

Doch was bestimmte man wirklich schon selbst? Das alles hatte man ihr als Kind schon erzählt. Außerdem gab es genug andere Gründe, hier im Outland zu bleiben, wie sie den sonnenfernen Raum nannten. Sie besaß ohnehin kein Zuhause mehr, wohin sie zurückkehren konnte. Jetzt nicht mehr, schon seit einiger Zeit nicht mehr. Jetzt lebte sie in der begrenzten Welt von Tests und mikroskopischen Untersuchungen, einer Welt, die ihr genügend Platz für ihre restliche Lebenserwartung bot. Ihr einziger persönlicher Wunsch war nur, weiterhin die Nächte ohne Alpträume verbringen zu dürfen. Sie drehte sich auf die andere Seite. Monate war es jetzt her, seit ihr Schlaf von einem solch deutlichen Traum heimgesucht worden war. Doch der Pfeifton schrillte ununterbrochen durch ihren Schlaf. Nur dieser Ton, das passende Traumbild dazu fehlte. Seltsam ... Ein rein akustischer Alptraum? Ein Gedanke gewann an Gestalt: Vielleicht war das gar kein Alptraum. Sie öffnete die Augen und blinzelte verschlafen in die Dunkelheit. Das Pfeifen blieb.

Zum Fluchen zu erschöpft, rollte sie sich herum und schaltete die Sprechanlage ein. Die Stimme am anderen Ende war tief und klang irgendwie vertraut. Sie versuchte, sich an ihren Besitzer zu erinnern, wurde aber dieser Sorge gleich enthoben.

„Hallo, Lazarus, hier spricht O'Niel", erklärte die Stimme. „Ich werde gleich bei Ihnen im Hospital sein."

Die Ärztin setzte sich auf und schaltete die Leselampe über dem Bett ein. Sie schob die Decke beiseite und erhob sich von dem Untersuchungstisch, auf dem sie zu schlafen pflegte. Ein Blick auf die beleuchtete Wanduhr trug nicht dazu bei, ihre Laune zu verbessern. „Wissen Sie, wie spät es ist?"

„Ja."

„Ach, gehen Sie doch zum Teufel!“

Sie schaltete das Sprechgerät aus. Immer noch besser als ein Alptraum, wenn auch nicht viel, dachte sie.

Auch das Erwachen hatte seine Schrecken. Sie schob den Hörer des Sprechgerätes in seine Halterung und schlurfte zum nächsten Waschbecken hinüber, wusch sich das Gesicht mit kaltem Wasser und rieb es mit einem Handtuch trocken. Make-up benötigte sie keines mehr, hatte diesen Unfug schon vor langer Zeit gegen eine viel subtilere Maskerade getauscht.

Wie angekündigt, tauchte der Marshal wenige Augenblicke später auf. In einer Hand hielt er eine Spritze, deren Kolben mit einem organischen Stoff gefüllt war, wie Lazarus sofort mit geübtem Blick feststellte. Schwer atmend reichte O'Niel ihr die Spritze.

„Sehr hübsch“, sagte Lazarus trocken und betrachtete den Zylinder.

„Wie Sie! Ich hätte das hier gerne analysiert.“

„Sie haben mich um diese Zeit nur für eine gottverdammte Analyse geweckt?“ Sie war zu verdattert, um wirklich zornig zu sein.

„Es ist sehr wichtig.“

Irgend etwas in seiner Stimme verriet ihr, daß er ihre schlechte Laune verstand. Trotzdem brummte sie unwirsch: „Das sollte es auch, sonst . . .“

Sie winkte ihn zu einer Computerkonsole hinüber, überflog die Tastatur und drückte dann verschiedene Knöpfe. Kleine Videoschirme erwachten zum Leben, ein Gestell mit vier Glasröhrchen, die in Metallhaltern hingen, schob sich aus der Wand.

Rasch verteilte sie den Inhalt der Spritze auf die vier Röhrchen, dann drückte sie auf einen anderen Knopf. Das Gestell verschwand wieder in der Wand. Lazarus hatte die Lampen im Laborbereich ausgeschaltet, das einzige Licht kam von den Videoschirmen, der Computerkonsole und von der Leselampe über dem Untersuchungstisch im hinteren Teil des Raumes.

O'Niel schaute sich suchend um, ertastete sich im Halbdunkel den Weg zu einem Stuhl und zog ihn an die Konsole heran. „Wie lange wird das dauern?“

„Wollen Sie mich auf den Arm nehmen? Dies hier ist ein Hospital, nicht ein Sicherheitsdepot. Wenn wir schon fragen, brauchen wir auch schnelle Antworten.“ Sie deutete auf die Schirme, wo lange Reihen von Informationen auftauchten.

O'Niel zeigte auf die erste Zeile. „Was bedeutet das?“

„Noch nicht viel.“ Die Ärztin betrachtete blinzelnd den Schirm.

„Blutgruppe, Cholesterinspiegel, Zahl der weißen Blutkörperchen, Sauerstoffgehalt ... Dieses Blut stammt von einer Leiche ... oder von jemandem, der sich nicht in meiner Obhut befindet ..."

„Das erste ist richtig."

Die Ärztin lächelte dünn. „Die Symptome sind sehr deutlich. Leider ist der Zustand nicht mehr zu ändern."

Weitere Informationen tauchten auf, reihten sich auf den Schirmen Zeile an Zeile.

„Kein Alkohol", murmelte sie.

Wieder spuckte der Analysecomputer eine Reihe von Daten aus.

„Er hat zu Mittag gegessen", erklärte Lazarus. „Proteine, Kohlenhydrate, noch mehr Kohlenhydrate. Das Gemüse hat er anscheinend nicht gemocht. Niedriger Zuckergehalt – kein Nachtisch zum Abendessen. Das ist seltsam."

„Warum?" fragte O'Niel.

„Weil das gewöhnlich die einzige genießbare Speise ist, die die Arbeiter im Speisesaal vorgesetzt bekommen."

Wieder eine Pause.

„Kein Nikotin."

Eine längere Pause folgte, dann sagte Lazarus zögernd: „Einige Beruhigungsmittel ..."

O'Niel beugte sich vor und versuchte, den Sinn der Daten auf den Schirmen zu verstehen. „Beruhigungsmittel? Sind Sie sicher?"

„Ja, ganz sicher."

Sie kaute nachdenklich auf ihrer Unterlippe herum, tippte dann einige Daten in den Computer. „Beruhigungsmittel der Gesellschaft. Die normale Stärke. Was soll Ihre Frage?"

„Der Besitzer dieses Blutes hat sich noch vor kurzer Zeit alles andere als ruhig aufgeführt."

„Tatsächlich? Aber jetzt ist er dafür um so ruhiger."

Sie wandte ihre Aufmerksamkeit wieder den ständig länger werdenden Informationen auf den Schirmen zu. Doch sie kamen jetzt langsamer, die Basiselemente der blauroten Flüssigkeit waren durchgecheckt. Die weitere Analyse erforderte eingehendere Untersuchungen.

„Blutzucker und Hämoglobin sind normal – waren normal. Sein Gehirn war in Ordnung, die Nervensysteme intakt."

Sie runzelte plötzlich die Stirn. „Hoppla!"

„Was gibt's?"

Lazarus schien verwirrt. „Ich bin mir nicht sicher. – Seltsam."

Ihre Finger tanzten über die Tasten. In der oberen Ecke des mittleren Schirmes tauchte ein Zahlenmuster auf. Wieder drückte die Ärztin ein paar Tasten. Das Zahlenmuster änderte sich nicht. „Mist!" Sie versuchte eine andere Kombination, schüttelte dann frustriert den Kopf.

„Was ist los?" fragte O'Niel.

„Solch eine phantastische Ausrüstung", die Ärztin zeigte auf die Computerkonsole, „und ein blutiger Laie wie ich, um sie zu bedienen." Mit einem Kopfnicken deutete sie auf den vierten Schirm, der eben erst aufgeleuchtet war. „Dort sollte das Ergebnis erscheinen."

„Welches Ergebnis?"

„Irgendeines. Doch warten Sie, ich bin noch nicht fertig."

Sie trat wieder an die Konsole heran und bediente irgendwelche Kontrollen, doch der Schirm blieb leer. Seufzend ließ sich die Ärztin auf einen Stuhl sinken, verschränkte die Arme und sprach, ohne die Augen von den Informationen zu nehmen, die die drei anderen Schirme immer noch übertrugen.

„Sie sollten wissen, daß Sie es hier mit keinem medizinischen Genie zu tun haben, O'Niel. Firmenärzte sind wie die alten Schiffsärzte. Die meisten verdingten sich auf Schiffen, nachdem ihnen eine Fehldiagnose oder eine Fehlbehandlung unterlaufen war. Einen Arzt, der auf sich hält, verschlägt es nicht auf eine solch höllische Außenwelt wie Io, wo es nur Kälte und Einsamkeit gibt. Nicht, wenn er zu Hause bleiben kann und sich ein schönes Grundstück am Rand von Suva oder Ponape kaufen kann."

„Irgend etwas stimmt da nicht, nicht wahr?"

O'Niel deutete auf die leuchtenden Schirme.

„Vielleicht, es wäre möglich."

Lazarus beugte sich vor und drückte wieder ein paar Tasten.

„Was soll's, ich verteile jeden Tag leichte Beruhigungsmittel an die Arbeiter und stärkere an das Management. Die Leute da oben treiben Mißbrauch damit, nehmen die Mittel zu ihrem Vergnügen ... Ja, ich weiß, das ist illegal, doch was macht das schon? Wollen Sie mich deswegen einsperren?"

O'Niel reagierte nicht auf ihre Worte.

Sie fuhr fort, während ihre Finger über die Tastatur des Computers tanzten: „Ebenso bin ich dafür verantwortlich, daß die von der Gesellschaft angeheuerten Dirnen keine Syphilis kriegen. Nehmen Sie zwei Aspirin, und kommen Sie morgen zu mir. Erinnern Sie sich? Ein typischer Arztwitz. Auch ich bin als Arzt ein Witz." Sie streifte ihn mit einem Blick, die Falten in ihrem Gesicht vertieften sich. „Ich weiß nicht, wie ich ein neues Molekül analysieren soll, O'Niel. Mein Wissen reichte nie so weit, meine Fähigkeiten gingen nie so tief."

Völlig unerwartet erwachte der vierte Monitor plötzlich zum Leben. Ein Diagramm erschien, wuchs langsam, als ob eine unsichtbare, elektronische Hand die dreidimensionale Grafik zeichnete. Linien und farbige Kreise bildeten eine seltsam abstrakte Form, obwohl der Computer sicher nicht für moderne Kunst programmiert war.

„Nochmals hoppla!" murmelte Lazarus. In ihrer Stimme schwang wieder etwas Hoffnung mit.

O'Niel betrachtete angespannt das Bild auf dem Schirm, versuchte Sinn in die Linien und Kreise zu bringen. Er hatte einen bestimmten Verdacht, was das Diagramm darstellen könnte, war sich jedoch nicht sicher. Sein Verständnis der organischen Chemie war mehr als gering.

„Ist das eine Droge?"

Überrascht schaute die Ärztin ihn an und nickte bestimmt. „Sie haben gerade den ersten Preis gewonnen."

„Was für eine Droge?"

Sie betrachtete den vierten Schirm und verfolgte aufmerksam die Buchstaben- und Zahlenkombinationen, die unter der Grafik auftauchten. Verschiedene Molekülkonfigurationen leuchteten der Reihe nach auf. Die Informationen unter der Grafik gewannen an Länge und Deutlichkeit.

„Irgendein Narkotikum, doch keines, das ich kenne, und ich kenne einige. Sie würden sich wundern, was alles unter den Augen der Sicherheitsbeamten an einen Ort wie Io hereingeschmuggelt wird. Nein, ich glaube, Sie würden sich nicht wundern. – Dieses hier ist synthetisch. Ich hasse das Zeug. Man weiß nie, was es anrichtet."

Wieder tauchte eine Molekularstruktur auf dem Schirm auf und ergänzte die anderen Molekülschemata. Der Computer gab einen Summton von sich und zeigte damit an, daß er die Analyse beendet hatte. Gleichzeitig kamen die Zahlen unter der Grafik zum Stillstand, zwei Worte tauchten auf und blinkten stetig.

„Volltreffer!" sagte die Ärztin leise. „Es ist Polydichlorid Euthimal." Sie schüttelte betroffen den Kopf über die Verirrung des Toten. „Diese verdammten Idioten nehmen Polydichlorid Euthimal."

„Das sagt mir nichts."

Sie fuhr zu ihm herum. „Das sollte Ihnen aber verdammt viel sagen. Polydeuth ist ein Amphetamin. Das stärkste Zeug, das es gibt."

Auf ihrem Gesicht erschien ein falsches Lächeln. „Man fühlt sich danach wunderbar."

„Wunderbar genug, um damit die Wirkung der Beruhigungsmittel auszuschalten, die er vorher genommen hat?"

Sagans Name war bis jetzt noch nicht gefallen. Es war auch nicht nötig.

„Das Dreckzeug ist stark genug, um alles andere auszuschalten", schnaubte sie. „Mit dem Mittel im Leib erledigen Sie die Arbeit von vierzehn Stunden in sechs und dergleichen Unsinn mehr. Besonders Handarbeit. Man kann damit arbeiten wie ein Roboter. Die Armee hat diese Droge vor einigen Jahren getestet. Ich las davon in einem Ärztejournal. Jeder schuftete danach wie ein Irrer. So weit, so gut. Aber es machte die Leute auch psychopathisch. Es dauert eine Zeit, zehn, elf Monate, vielleicht auch länger. Dann muß der Körper dafür bezahlen. Der Stoff schlägt auf das Gehirn. Bei den Chemievorlesungen hat man uns immer wieder eingebleut, daß man keinen solchen Stoff dem Körper zuführen kann, ohne daß er Schaden daran nimmt."

„Sie sagten, es sei ein synthetischer Stoff."

Sie nickte.

„Könnte das hier hergestellt werden?"

„Nein, unmöglich." Sie deutete auf den Analysecomputer. „Nur die Ausrüstung hier im Hospital wäre in der Lage, mit komplexen organischen Stoffen umzugehen. Brauchen Sie physikalische oder geologische Analysen, können Sie diese in einem Dutzend anderer Sektionen bekommen. Doch keine organischen! Und unsere Ausrüstung hier dient nur Analysezwecken, man könnte damit das Zeug nicht synthetisieren. Selbst die meisten einfachen Drogen müssen wir importieren. Außerdem, selbst wenn die Herstellung hier möglich wäre, würde ich davon wissen. Denn dies ist kein beliebiges Wald-und-Wiesen-Narkotikum. Man braucht zu seiner Herstellung fundierte chemische Kenntnisse und eine komplizierte Ausrüstung, um mit instabilen organischen Komponenten arbeiten zu können. Auf Io gibt es aber meines Wissens niemanden mit solchen Kenntnissen."

O'Niels Verstand arbeitete zwar nicht so schnell wie der Computer, kam aber trotzdem zu guten Ergebnissen.

„Keine Autopsien, und keiner merkt etwas", murmelte er. „Die Arbeiter schaffen in der gleichen Zeit viel mehr, die Produktivität der Mine steigt. Die Bonusschecks der Arbeiter sind höher, die Arbeit erscheint ihnen leichter, also sind sie zufrieden. Keiner stört sich an den kleinen, häßlichen Nebeneffekten."

„Daß zum Beispiel Leute verrückt werden ...", ergänzte die Ärztin ruhig.

„Genau! Wenn ihnen die Gehirne ausfransen, ist ihre Verpflichtungszeit schon längst vorbei. Zumindest im Normalfall. Doch leider – wie bei Sagan und den anderen Fällen – geht es nicht immer so glatt, wie sich das gewisse Leute wünschen mögen, und dann werden die Leichen eiligst zum Asteroidengürtel verfrachtet. Die Gesellschaft macht größere Gewinne, also denkt niemand daran, Fragen zu stellen. Man könnte sich mit Unkenntnis herausreden, selbst wenn man das Wahrheitsserum genommen hätte." Gedankenverloren nickte O'Niel. „Das ist nicht schlecht eingefädelt."

Er erhob sich und ging zur Tür. „Hören Sie, erzählen Sie niemandem ein Wort davon! Nichts über die Analyse, auch nicht, daß ich bei Ihnen war! Haben Sie mich verstanden? Zu niemandem ein Wort! Gewisse Leute scheinen ein großes Interesse daran zu haben, daß diese Dinge nicht bekannt werden. Und ich bezweifle, daß sie vor Ihrem Arztkittel haltmachen würden, um dieses Stillschweigen zu gewährleisten."

„Wie ich schon sagte: Ich bin nicht blöde."

Sie beobachtete, wie er die Tür öffnete, und fügte dann schnell hinzu: „Für einen schlechten Arzt habe ich doch meine Sache recht gut gemacht, oder?"

Die Härte aus ihrer Stimme war verschwunden.

„Ja, sehr gut sogar! Ein schlechter Arzt hätte das nicht geschafft." Einen Augenblick lang lächelte er; es war ein warmes, herzliches Lächeln. Dann war er verschwunden, die Tür zum Hospitalbereich fiel leise hinter ihm zu.

Lazarus schaute ihm schweigend nach und wandte sich dann müde den Schirmen zu. Die Molekülkette drehte sich langsam auf dem vierten Monitor um ihre unsichtbare Achse, füllte genau den Raum unter der Grafik. Die Ärztin besaß weder die Erfahrung noch die Ausrüstung, ein solch komplexes Protein zu identifizieren, und doch hatte sie es geschafft.

Im Beisein O'Niels hatte sie ihre Freude darüber unterdrückt, doch jetzt, da niemand sie beobachtete, gestattete sie sich ein breites Lächeln, das all die Falten in ihrem Gesicht in Bewegung brachte ...

Sie trank den gleichen Kaffee-Ersatz wie jeden Morgen, doch heute schmeckte ihr die schwarze Brühe tatsächlich gut.

O'NIEL nahm einen Schluck von dem dritten Kaffee, den er heute morgen schon trank, und betrachtete den Computer, mit dem er seine Arbeit beginnen wollte. Doch er zögerte noch und nahm einen zweiten Schluck aus seiner Tasse. Die Brühe war schwärzer als der Weltraum draußen. Ich glaube, ich gewöhne mich schon an das Zeugs, dachte er. Möglicherweise stimmten die Gerüchte, und der Kaffee wurde wirklich aus Petroleum destilliert. Woraus sonst sollte die Gesellschaft ihn herstellen? Ein beunruhigender Gedanke! Er wandte seine Aufmerksamkeit wieder dem Computer zu. Der zumindest war keine Imitation. O'Niel wußte, daß er sich auf das elektronische Innenleben der Maschine stets verlassen konnte.

Automatisch gab er seine Kennung ein: O'NIEL W. T. VERTRAULICH. ÄUSSERSTE SICHERHEITSSTUFE. AUSKUNFT NUR ÜBER SICHTSCHIRM OHNE TON.

Die Maschine reagierte sofort: O'NIEL W. T. EINGABE.

O'Niel tippte: AUFSTELLUNG DER ABTEILUNGSLEITER, DIE LÄNGER ALS EIN JAHR AUF IO ARBEITEN.

Auf diese Frage spuckte der Computer vier Namen aus – eine hübsche, niedrige Zahl, die wenig Aufwand verursachte.

COOPER, FREDERICK – VERWALTUNG
MONTONE, KENNETH R. – SICHERHEIT
LAZARUS, MARIAN L. – HOSPITAL
SELWAY, MARY – KANTINEN

Die nächste Frage O'Niels lautete: AUFSTELLUNG DER ABTEILUNGSLEITER MIT ZUTRITT ZU ALLEN SEKTIONEN.

Wieder kam die Antwort sehr schnell:

ORME, CHARLES – TRANSPORT
TRINGHAM, DAVID – BUCHHALTUNG
MONTONE, KENNETH R. – SICHERHEIT
LAZARUS, MARIAN L. – HOSPITAL
SHEPPARD, MARK B. – FREIZEIT UND VERWALTUNG
O'NIEL, W. T. – SICHERHEIT

O'Niel lächelte bitter beim Auftauchen des letzten Namens und zündete sich eine Zigarette an. Mehrere Minuten lang starrte er auf den Monitor und verarbeitete die Informationen. Jetzt wurde es Zeit für die weniger angenehmen Fragen.

ZAHL DER ANGESTELLTEN MIT VERZEICHNETEN VORSTRAFEN

Diesmal brauchte der Computer länger. O'Niel nickte. Das war an einem Ort wie Io zu erwarten.

SIEBZEHN lautete die Antwort des Computers.

O'Niel tippte: NAMEN IN ALPHABETISCHER REIHENFOLGE

Sofort übermittelte der Computer die Liste:

ALABIN, THOMAS R.
ANDERSON, WILLIAM G.
BANDO, DOMINIC G.
DE PAUL, RAYMOND F.
DUMAR, ROBERT E.
FOSTER, PETER F.
FREYMAN, MARIN E.
HALPERN, GEORGE R.
HOOPER, MARK G.
KUNARD, FREDERIK C.
LOOMIS, CHARLES E.
MONTINEZ, ELVIRA T.
SPOTA, NICHOLAS P.
STEVENSON, JOAN A.
THOMPSON, VIRGIL
WOTTON, MICHELE G.
YARIO, RUSSELL B.

O'Niel studierte eingehend diese Aufstellung. Die Namen waren für ihn Namen, die Menschen dahinter kannte er nicht. Doch das konnte sich schnell ändern. Wenn die nächste Frage kein Ergebnis brachte, blieb ihm gar nichts anderes übrig, als alle diese Leute unter die Lupe zu nehmen.

WIE VIELE VORBESTRAFT WEGEN DROGENVERGEHENS?

Der Computer schwieg. O'Niel hielt den Atem an. Die Pause währte nicht länger als sonst, trotzdem schien sie O'Niel endlos. Die Konsole summte:

ZWEI:
SPOTA, NICHOLAS P.
YARIO, RUSSELL B.

FÜR WEN ARBEITEN SIE? O'Niel war jetzt so erregt, daß er sich vertippte und seine Frage neu eingeben mußte.

SPOTA, NICHOLAS P. – FREIZEIT-SEKTION

YARIO, RUSSELL B. – FRACHT-SEKTION

Das war natürlich eine höchst interessante Information. O'Niel lächelte. WER HAT EINSTELLUNG VORGENOMMEN?

Die Maschine antwortete prompt: SHEPPARD, MARK B.

O'Niel trommelte gedankenversunken mit den Fingern gegen die Verkleidung der Konsole, dann ließ er sie wieder über die Tasten tanzen.

FOTOS VON SPOTA, NICHOLAS P., UND YARIO, RUSSELL B., ÜBERMITTELN! STILLER ABRUF!

Die letzte Eingabe sollte verhindern, daß irgendein neugieriger Angestellter der Personalabteilung den Abruf der Daten merkte.

Der Schirm verdunkelte sich, doch die Konsole summte leise weiter, während sie ihre Befehle durch die elektronischen Adern der Mine schickte, die jede Sektion mit dem Hauptcomputer verbanden. Wenig später zeichnete sich das Bild eines Mannes auf dem Schirm vor O'Niel ab. Es gab zwei Ansichten des Gesichtes: von vorn und im Profil – die typischen Aufnahmen für Bewerbungsunterlagen. Das Gesicht war feist und wirkte gemein, der Ausdruck der Augen war leer. Der Mann mußte etwa vierzig Jahre alt sein, wirkte erfahren und unauffällig – genau die Beschreibung, die auf neunzig Prozent aller Männer und Frauen in der Mine zutraf.

Unter dem Bild nannte eine Schriftzeile den Namen: YARIO, RUSSELL B.

Das Bild des zweiten Mannes glaubte O'Niel zu kennen. Es war ein Mann, der sehr viel herumkam, von Abteilung zu Abteilung ging. O'Niel meinte, ihm schon begegnet zu sein. Er war etwa im selben Alter wie Yario, sein Gesicht war jedoch schlanker und dunkler, wenn auch nicht hübscher zu nennen als das von Yario. O'Niel betrachtete lange beide Aufnahmen und prägte sich die Gesichter ein. Dann berührte er einen bestimmten Knopf, doch diesmal war es keine Frage.

ANORDNE DISKRETE AUTOMATISCHE ÜBERWACHUNG VON YARIO, RUSSELL B., UND SPOTA, NICHOLAS P. SICHERHEITSÜBERWACHUNG VERTRAULICH! ALLE KAMERAAUFZEICHNUNGEN NUR AN MICH PERSÖNLICH! O'NIEL, W. T.

Die Maschine antwortete prompt: BESTÄTIGT!

O'Niel gab das Ende der Übertragung ein, wieder bestätigte der Computer: ENDE DER ÜBERMITTLUNG. O'NIEL, W. T.

DREI Sektionen der Mine erzeugten mehr Energie, als sie benötigten. Das war einmal das Solarkraftwerk, das erst das Leben auf dieser Außenwelt ermöglichte. Dann gab es den Fusionsreaktor, der aber nur selten eingeschaltet wurde. Und drittens den Club, der nie zur Ruhe kam.

Die Frau, die in dem durchsichtigen Zylinder unter dem zuckenden Stroboskoplicht tanzte, war nicht gänzlich nackt. Doch die wenigen Kleidungsstücke, die sie trug, dienten eher der Einhaltung der Konventionen als ihrer Bequemlichkeit. Sie tanzte wild zu den hämmernden Stakkatorhythmen, die aus den Lautsprechern an der Decke und in den Wänden drangen. Sie hatte den Kopf zurückgeworfen und zeigte ihre weißen Zähne, lächelte verführerisch. Ihr Haar, inzwischen stumpf vor Schweiß, hatte sie im Nacken zusammengebunden.

Der Zylinder war über einer langen, geschwungenen Bar angebracht, an der sich Männer und Frauen der Freischicht drängten. Es herrschte ein ständiges Kommen und Gehen. Einige Gäste beobachteten die Tänzerin in ihrer Plastikröhre, andere tranken, die meisten unterhielten sich, froh darüber, ihren Anzug für ein paar Stunden losgeworden zu sein und die Illusion zu haben, frische Luft zu atmen. Ein zweiter Zylinder schwebte am anderen Ende der Bar. Der Mann in ihm trug noch weniger als seine Kollegin auf der anderen Seite. Bei jeder Bewegung ließ er die Muskeln spielen. Schweiß stand auf seiner Haut, während er mit einem unsichtbaren Gegner boxte.

Nach einer Weile schwebten die beiden Zylinder aufeinander zu. Die Trennwände glitten beiseite, die Zylinder verschmolzen miteinander wie die beiden Tänzer, die keine Sekunde aufhörten, sich zu bewegen. Sie vollführten einen seltsamen Tanz, der die Zuschauer sofort zu zweideutigen Kommentaren veranlaßte. Und die beiden Tänzer verstanden ihre Arbeit, kannten viele Variationen. Sie waren Profis. Die Gäste im Club unterhielten sich lautstark, um die hämmernde Musik zu übertönen. Eine Menge Tische, die meisten besetzt, standen im Raum verteilt. Die einzigen Lichtquellen des Clubs waren die bernsteinfarbenen Leuchtröhren über der Bar und die Stroboskoplampen an den Zylindern der Tänzer.

Von der Gesellschaft eingestellte „Entspannungsassistenten" schlenderten unter den Arbeitern umher. Man sah Männer Arm in Arm miteinander gehen, Frauen hielten sich zärtlich bei den Händen. Die Auswahl hier auf Io war naturgemäß sehr begrenzt. Daher runzelte niemand die Stirn über gleichgeschlechtliche Partner, die Prüderie hatte man irgendwo im Orbit von Luna zurückgelassen.

Ein stattlicher, gutgekleideter Mann betrat den Club und musterte die Gäste. Dann steuerte er das entfernte Ende der Bar an. Einer der Barkeeper lächelte ihm zu. Der Mann grinste und nickte einmal kurz. Der Barkeeper ging an seine Computerkonsole und tippte Spotas Lieblingsdrink ein. Der elektronische Mixer leuchtete wie ein Spielautomat, während er Spotas Drink gleichzeitig mit einem Dutzend anderer Bestellungen zurechtmixte.

Verborgen in dem Gewirr von Rohrleitungen und Luftdüsen war eine kleine Röhre, nicht größer als ein Bleistift, angebracht. Sie hatte die gleiche Farbe wie die anderen Rohre und verursachte ein leises Surren, während sie sich langsam im Kreis drehte.

O'NIEL saß in seinem Sessel vor einer Reihe von Videomonitoren und studierte die vielfältigen Bilder auf den Schirmen. Ein Schirm zeigte einen leeren Hauptkorridor, ein anderer die Totale der bevölkerten Cafeteria. Das Innere des Clubs wurde auf dem dritten Schirm übertragen, das Bild veränderte sich langsam mit der Drehbewegung der versteckten Kamera.

Als jetzt die Bar auf dem Schirm auftauchte, kam plötzlich Leben in die Gestalt des Marshals. O'Niel beugte sich vor, drückte rasch einen Knopf. Die Kamera bewegte sich nicht mehr. Vorsichtig änderte O'Niel die Optik, bis ein bestimmter Ausschnitt der riesigen Bar deutlich im Bild zu sehen war. Dann berührte er die Zoomkontrolle und holte das Bild so nahe heran, bis er Spota, der gerade seinen Drink vom Barkeeper serviert bekam, ganz deutlich auf dem Schirm hatte.

Zwischen dem Angestellten und dem Gast entwickelte sich eine kurze Unterhaltung. Der Barkeeper nahm Spotas Kennkarte und schob sie in den Computer. Die Maschine buchte automatisch den Preis für das Getränk von Spotas Gehaltskonto ab.

Spotas Gesicht glänzte im zuckenden Licht der Stroboskope, als er jetzt nach oben schaute. Die Tänzer hatten sich inzwischen wieder getrennt, die Zylinder waren zur Seite geschwebt und hingen jetzt wieder über den äußeren Enden der Bar. Das Mädchen hüpfte nun direkt über Spota herum. O'Niel widerstand dem Wunsch, die Kamera nach oben auf das Mädchen zu schwenken, sondern hielt sie beharrlich auf das gleißende Gesicht des Mannes unter ihm gerichtet. Spota war mit allen Wassern gewaschen. O'Niel konnte nicht riskieren, ihn aus den Augen zu lassen, möglicherweise verpaßte er dann etwas. Und er war sicher, daß etwas geschehen würde, was er nicht verpassen durfte.

DER Umkleideraum hallte wider von den Stimmen der Leute, die von der Nachtschicht aus der Mine zurückkamen. Einige hatten schon die Helme im Aufzug abgenommen, was im Grunde eine Übertretung der Schutzvorschriften der Gesellschaft und eine Chance für den Tod war, der im Schacht unter dem Aufzug lauerte. Andere hüpften auf einem Fuß herum, hatten schon die Schutzanzüge zur Hälfte abgestreift. Die Anzüge wurden zu großen, schmutzigen Stapeln aufeinandergetürmt. Reinigungsmannschaften sammelten sie später ein und ließen sie nach der Reinigung auf Löcher, Risse und ähnliche Fehler überprüfen, ehe sie sie ihren Besitzern zurückbrachten.

Ganz in der Nähe stand die Frühschicht in einer Reihe an den Sauerstofftanks. Jeder Arbeiter wartete darauf, Sauerstoff in die Anzugbehälter tanken zu können. Die ganze Gegend war recht belebt, als Spota auftauchte.

O'Niel trank gerade einen Schluck Kaffee, doch die Brühe war zu heiß, er verzog das Gesicht. Der Thermostat des Kaffeeautomaten in der Wache mußte unbedingt neu eingestellt werden. Tatsache war, daß O'Niel den Kaffeeautomaten in dieser Nacht überfordert hatte. Müde rieb sich der Marshal die Augen, verfolgte aber dann wieder aufmerksam Spotas Weg an den Anzugstapeln vorbei einen Gang hinunter. Die verborgene Kamera in der Decke filmte jeden Schritt des Mannes.

Mehrere Male blieb Spota stehen, um mit einigen der zurückkehrenden Arbeiter zu reden. Dann trat er an einen Schrank, öffnete ihn und kletterte in seinen eigenen Druckanzug, um nach draußen zu gehen.

O'Niel dachte über die kurzen Gespräche des Mannes mit den Arbeitern nach. Er hatte deutlich erkennen können, daß Spota bei seinen Kameraden beliebt war – kein Wunder bei jemand, der für die Freizeit zuständig war und den nach Abwechslung hungernden Arbeitern das eine oder andere Vergnügen außer der Reihe verschaffen konnte – Vergnügen, die man nur mit guten Freunden teilte. O'Niel merkte sich genau, welche Knöpfe Spota im Aufzug drückte, und hatte dann auch richtig auf Plattform acht eine Kamera zu seiner Überwachung bereit. Spotas Gesicht war durch die Sichtplatte des Helmes deutlich zu erkennen. Die schlanke Null-Druck-Kamera, die beweglich in das Gerüst der Arbeitsplattform eingebaut war, folgte ihm.

Wieder sprach Spota mit einigen Frauen und Männern, ignorierte andere. Keiner der Schichtarbeiter machte einen abweisenden Eindruck, obwohl die Unterhaltung mit dem Mann von ihrer kostbaren Freizeit abging. Spota war anscheinend mehr als beliebt bei seinen Kollegen, er war schlicht und einfach populär.

O'Niel knirschte verbissen mit den Zähnen. Am liebsten hätte er auch die akustische Überwachung angeordnet, um die Gespräche auf der Anzugsprechfrequenz verfolgen zu können.

Vielleicht wäre es ganz nützlich, dachte er bei sich, irgendwann einmal zu lernen, Worte von den Lippen abzulesen. Ihm blieb aber immer noch die Möglichkeit, den Überwachungsfilm zu speichern und ihn jemandem vorzuführen, der das Lippenlesen beherrschte. Doch Spota hielt leider sein Gesicht die meiste Zeit vom Kameraobjektiv abgewandt. Also mußte O'Niel sich damit begnügen, ihn zu beobachten. Ärgerlich, sehr ärgerlich!

Der Staub schaffte es trotz aller Abwehrmaßnahmen immer wieder, in den Frachthafen einzudringen. Das höhlenartige Gebäude war voller Schwefelstaub und roch oft wie eine texanische Viehranch an einem Hochsommertag. Braungelber Staub verhüllte Arbeiter und Maschinen, wenn die Erzcontainer an ihren Standort geschoben wurden. Einer der Verladearbeiter benutzte dazu einen gelben Gabelstapler. Um seine Stirn hatte er ein fleckiges Stirnband geschlungen, das naß von Schweiß war. Wie jeder Ort der Mine außer den Wohn- und Verwaltungsbereichen war der Frachthafen unterkühlt.

Der Name des Mannes auf dem Gabelstapler war Yario. Er sah kräftig genug aus, die Erzcontainer allein mit seinen Armen heben zu können. Pechschwarzes Haar fiel ihm bis auf die Schulter. Ein Gewirr von Strängen und Sehnen zeichnete sich auf seinen Armen ab, wenn er sie bewegte.

O'Niel beobachtete ihn bei der Arbeit, registrierte sein Verhalten und die Art, wie er den Stapler fuhr. Er war nicht so schnell wie einige seiner Kollegen, auch nicht so geschickt, machte dafür aber auch keinen einzigen Fehler.

Der Marshal teilte nun seine Aufmerksamkeit zwischen zwei Schirmen. – Reden und laden, laden und wieder reden – Spota und Yario. Es versprach ein langer Tag zu werden.

DER Club war immer offen, wurde nie ruhig. Wie die Arbeiter und ein Teil des Verwaltungspersonals arbeiteten auch hier die Barkeeper, Tänzer und Dirnen in Schichten. Neue Tänzer zeigten die gleichen Tänze und Bewegungen zu den Takten neuer Musik.

O'Niels Kamera verfolgte Yario in den Club, wo die Kamera an der

Decke seine Überwachung übernahm. Der Mann schob sich gemächlich ein Sandwich, belegt mit drei Scheiben synthetischem Fleisch, zwischen die Zähne und beobachtete seine Umgebung. Der Marshal hob die Hand und betätigte den Zoomhebel. Die Deckenkamera holte Yario nahe heran, zeigte aber auch die Nachbarn dicht neben ihm an der Theke. Wenige Sekunden später gesellte sich eine schlanke Brünette lächelnd zu ihm, die beiden begannen sofort miteinander zu verhandeln. Für vornehme Zurückhaltung hatte man auf Io keine Zeit.

Inzwischen hatte Spota seinen Ausflug nach draußen beendet und war auf dem Weg zu den Duschen. Die Kamera behielt ihn stur im Bild, während O'Niel gegen die Müdigkeit ankämpfte.

Später beobachtete er, wie Yario sein Frühstück hinunterschlang. Irgend etwas mußte jetzt bald geschehen, sonst würde er vor Müdigkeit zusammenbrechen, das fühlte O'Niel genau.

Er aß die Überreste des Sandwiches, das er sich in der Nacht noch geholt hatte, und kaute lustlos darauf herum. Beim Anblick des frischen Brotes, das Yario da verschlang, lief O'Niel das Wasser im Mund zusammen.

Aus dem Morgen wurde Nachmittag. Spota spielte an einigen Automaten und machte ein paar schriftliche Berichte. Yario schob seine Erzcontainer herum. O'Niels Augenlider waren wie Blei.

Stunden später, in der Nacht: Der Club war bis zum Bersten gefüllt, die Tänzer hüpften und zuckten nach den Rhythmen eines neuen Bandes. In Zweier- und Dreierreihen drängten sich die Menschen an der Bar.

Yario kam einen Hauptgang des Wohnbereiches herunter. Spota näherte sich auf einem anderen. Beide Männer waren plötzlich aus dem Überwachungsbereich der Kameras verschwunden. Die zwei Monitore flackerten einen Moment, dann hatten die Kameras ihre Beobachtungsobjekte wieder im Bild.

Spota betrat den Club. Wenig später kam Yario durch einen anderen Eingang. O'Niel wischte sich rasch mit einem nassen Lappen das Gesicht und schüttelte den Kopf, um ihn klar zu bekommen.

Spota schob sich durch das Gedränge zur Bar und begann eine Unterhaltung mit einer männlichen Dirne. Yario hatte an einem freien Tisch Platz genommen. Dieses Mal leistete ihm eine Rothaarige Gesellschaft.

Interessant, dachte O'Niel abwesend, wie anders die Leute doch sind, als man sie einschätzt.

Er hätte Spota niemals für homosexuell gehalten. Doch im Grunde begrüßte er solche Überraschungen, sie hielten ihn wach. Die beiden werden vielleicht eine Stunde bleiben, dachte er. Tatsächlich dauerte es etwa diese Zeit, bis Spota mit seinem Partner zu dem Tisch ging, an dem Yario saß. Die vier bestellten Drinks und begannen sich angeregt zu unterhalten.

Arbeiter kamen an den Tisch und gingen wieder. Einer kippte aus Versehen seinen Drink über Yario, der jedoch eine bewundernswerte Beherrschung zeigte und den Vorfall einfach ignorierte. Daraus schloß O'Niel, daß der Hüne in Wirklichkeit viel gefährlicher war, als er aussah. Bis jetzt lief alles genau so, wie der Marshal es sich vorgestellt hatte.

Wieder traten zwei Personen an den Tisch. Eine von ihnen war Sheppard, und das war eine Überraschung, wo doch im Club nur das Fußvolk verkehrte. Die andere war Montone, und das war ein Schock für O'Niel. Sein Körper spannte sich. Er beugte sich dicht über den Schirm, kümmerte sich nicht mehr um Yario, Spota und Sheppard, sondern konzentrierte sich auf die letzte Person. Kein Zweifel, es war der Sergeant. Spota und Yario erhoben sich und entschuldigten sich bei ihren Verabredungen. Die Kamera folgte den vier Männern, als sie einen Tisch im hinteren Teil des Clubs ansteuerten. Sie setzten sich und begannen eine intensive Unterhaltung. Dabei steckten sie die Köpfe zusammen, als ob niemand hören sollte, worüber sie sprachen.

O'Niels Finger trommelten unruhig auf die Konsole. Die Lippen hatte er zu einem Strich zusammengepreßt.

Die Unterhaltung der vier währte nicht lange. Spota und Yario erhoben sich als erste. Auf O'Niels Anweisung verfolgte die Kamera sie. Rasch schaltete O'Niel eine zweite Kamera auf den Tisch, an dem sich Sheppard und Montone unterhielten. O'Niel behielt die beiden im Auge, schenkte Spota und Yario im Moment keine Beachtung. Schließlich erhob sich Sheppard und ließ Montone allein am Tisch zurück.

O'Niel ließ die Kamera eingeschaltet und wandte sich wieder den beiden anderen Männern zu, die zu dem Tisch zurückgegangen waren, an dem ihre Verabredungen sie erwarteten.

Montone blieb an seinem Platz sitzen und kippte langsam seinen Drink. O'Niel schaltete die Kamera ab ...

7

DER Ball prallte von der glatten Wand ab und sprang zurück auf das Feld. Er war größer und schwerer als ein normaler Tennisball. Auch der Schläger, den O'Niel benutzte, war mit extrastarken Nylonfäden bespannt.

Der Ball sprang jetzt in die hintere Ecke des dreißig Meter langen Feldes. Montone, in ein graues T-Shirt und weite Hosen gekleidet, erreichte den Ball gerade noch, um ihn abzuwehren. O'Niel spielte in Shorts und alten Turnschuhen. Er bewegte sich wie ein Besessener, schlug nach dem Ball wie nach einem lebenden Feind, den nur er vernichten konnte.

Beide Männer schwitzten stark. Ihre schlanken Körper wirkten in der verhältnismäßig großen Fläche des weißgetünchten Feldes irgendwie verloren. Trotz seiner übermäßigen Größe und Schwere war der Ball aufgrund der geringen Schwerkraft leicht zu spielen. Keiner der beiden Spieler zeigte große Geschicklichkeit. Montone war älter und erfahrener, schmetterte häufiger und wechselte die Seiten. O'Niel dagegen parierte nur den Ball und versuchte den Gegner mit Überraschungsschlägen aus dem Rhythmus zu bringen.

Der Sergeant ahnte den nächsten Ball und gab ihn weit zurück. O'Niel lief hinter ihm her, gab es jedoch auf, als er erkannte, daß er ihn nicht erreichen konnte. „Mist!" murmelte er, stützte die Hände in die Hüften und erwartete Montones Aufschlag. „Neun zu sieben."

Der Sergeant setzte den Ball gegen die Schlagwand. O'Niel sprang hoch in die Luft, um ihn zu erreichen, und beantwortete Montones Diagonalschlag mit einem plazierten Ball in die kurze Ecke. Der Punkt gehörte ihm. Atemlos beugte er sich vor und stützte die Hände auf die Knie, rang hart nach Luft. Montone, ebenfalls außer Atem, trat an die Begrenzungslinie des Feldes.

„Wollen Sie es mir nicht endlich sagen?" fragte O'Niel seinen Untergebenen plötzlich zwischen zwei Atemzügen. „Oder ist es ein Staatsgeheimnis?"

Montone erwiderte nichts, gab O'Niel den Ball und kehrte in sein Feld zurück. Der Marshal servierte ihm den Ball hart in die rechte Ecke. Montone blockte ihn ab, setzte ihn hoch gegen die Wand und ließ den Marshal nach ihm springen. „Was soll ich Ihnen erzählen?"

O'Niel schaffte es gerade, den Schläger an den Ball zu bringen.

Doch seine Rückgabe war schwach, es bereitete Montone kaum Mühe, ihn unerreichbar in die äußerste Ecke der Schlagwand zu lenken.

„Die Sache mit Sheppard", antwortete der Marshal.

Montones Gesicht wurde eine Spur blasser. Er ließ den Ball mehrere Male auf den Boden springen, vermied es, seinen Partner anzuschauen. Schließlich machte er den Aufschlag mit sehr viel Effet. „Was wollen Sie wissen?"

Der Schlag überraschte O'Niel nicht, er hatte damit gerechnet. Mit aller Kraft schlug er den Ball gegen die Wand zurück. „Wie tief hängen Sie drin?"

Montone sprang gegen die Seitenwand und schraubte sich dann in die Luft, erreichte den Ball, gab ihm einen anderen Drall und versuchte ihn von der Decke abprallen zu lassen. „Nicht zu tief!"

„Wie tief ist ‚nicht zu tief'?"

O'Niel behielt seine Position dicht an der Wand bei, wartete, bis der Ball herunterkam, und plazierte ihn dann. Trotzdem erreichte ihn Montone und schlug ihn weit in das gegnerische Feld.

„Ich werde dafür bezahlt, in die andere Richtung zu schauen, wenn ich etwas sehe."

„Ich verstehe." O'Niel war schon zufrieden, den Ball zurückgeben zu können. „Sie tun also nichts Schlechtes, vermeiden es, sich die Finger daran schmutzig zu machen. Andererseits unternehmen Sie aber auch nichts dagegen. Richtig?"

Montone antwortete nicht, sondern konterte O'Niels Ball, doch sein Gesichtsausdruck war gequält.

O'Niel fuhr fort: „Ich werde Sheppard auf die Finger treten."

Entsetzt starrte der Sergeant ihn an, seine Stimme klang ungläubig. „Ist das Ihr Ernst?" Er schlenzte den Ball sanft in eine Ecke, nahm ihm jegliche Fahrt.

„Ja." O'Niel streckte sich nach dem kurzen Ball, erreichte ihn aber nicht mehr. Dabei stolperte er und fiel zu Boden, ließ sich jedoch mit dem Aufstehen Zeit.

Montone nutzte die Pause, um seine Fassung wiederzugewinnen. „Dies hier ist kein Ort für Helden. Die Allgemeinheit wird Ihre Aktivitäten nicht zu würdigen wissen. Selbst wenn Sie damit durchkämen, gäbe es keinerlei Beförderung oder Gehaltserhöhung dafür. Aber Sie kommen nicht damit durch." Er schüttelte den Kopf. „Wenn Sie Sheppard an den Kragen wollen, haben Sie mehr am Hals, als Sie ahnen."

O'Niel erhob sich langsam und balancierte seinen Schläger in der linken Handfläche, während er mit der Rechten hart den Griff umfaßte. Er wartete auf Montones nächsten Aufschlag. Montone ließ den Ball mehrmals vom Boden springen und schaute dann zum Marshal hinüber, wartete auf seine Antwort.

„Schlagen Sie jetzt auf oder nicht?" fragte ihn O'Niel.

Mit sorgenvollem Gesicht schlug der Sergeant den Ball gegen die Wand. „Sie haben es mit dem hiesigen Generalmanager zu tun", sagte er eindringlich, „nicht mit einem kleinen Fisch, der sich ein paar Kröten nebenher verdient. Die Gesellschaft hält große Stücke auf ihn ... Ich weiß das, er hat mir seine Belobigungsschreiben gezeigt."

Das kann ich mir denken, dachte O'Niel grimmig.

„Die Sache ist heiß. Es geht um viel Geld", fuhr Montone fort. „Da hängen Leute mit drin, die wir nur vom Hörensagen kennen. Leute in höchsten Positionen, von deren Existenz wir nicht einmal etwas ahnen."

O'Niel verpaßte den Ball, nahm seinen ursprünglichen Platz wieder ein und wartete geduldig auf den nächsten Aufschlag. Doch Montone hielt den Ball in der Hand und blickte zu seinem Vorgesetzten hinüber. Ein flehender Unterton schwang in seiner Stimme mit.

„Ich muß Sie warnen, der Bursche hat Beziehungen, die weit über die Spitzen der Gesellschaft hinausgehen. Ich meine es ernst. In dem Geschäft hängen ein paar hochkarätige Bonzen mit drin, denen man besser nicht in die Quere kommt. Treten Sie ihnen nicht auf die Füße, und die lassen Sie in Ruhe. Das ist für alle besser."

O'Niel warf ihm einen scharfen Blick zu. „Für wen ist es besser?"

Montone seufzte und sagte mit gesenktem Blick: „Ich verstehe Sie nicht, Marshal. Sie möchten Sheppard an den Kragen. Was wollen Sie sich damit eigentlich beweisen?"

„Ich will mir nichts damit beweisen!"

„Wirklich nicht?"

„Nein. Ich habe es vor langer Zeit aufgegeben, alles und jedes unbedingt beweisen zu müssen. Doch ich will und werde das, was hier geschieht, unterbinden. Erstens mag ich Sheppard nicht, sein Gesicht, seine Stimme, seine ganze Person sind mir zuwider. Zweitens tötet der Stoff, den sie verkaufen, Menschen. Und das mag ich erst recht nicht."

Montone hielt den Blick gesenkt. Er atmete schwer. Schweiß perlte von seinem Kinn, sein graues T-Shirt zeigte große, feuchte Flecken. „Was haben Sie mit mir vor?" fragte er schließlich leise.

O'Niel schaute ihn nachdenklich an. Dann antwortete er ruhig: „Ehrlich, ich weiß es nicht."

„Soll ich von meinem Posten zurücktreten?"

„Nein."

O'Niel überlegte einen Moment lang. Beide Männer standen unbeweglich, der eine wartend, der andere mit sich ringend.

Schließlich kam O'Niel zu einem Entschluß. Er war Männern wie Montone schon häufig begegnet, Männern, die versuchten, ihre Verpflichtungszeit hinter sich zu bringen, ohne jemandem weh zu tun oder wichtigen Leuten auf die Füße zu treten. Montone war nicht schlecht, nur schwach.

„Kommen Sie mir bei Sheppard nicht in die Quere", empfahl er ihm. „Verraten Sie ihm nichts. Kein Wort über unsere Unterhaltung oder darüber, daß ich Wind von der Sache bekommen habe. Nehmen Sie wie bisher Ihr Geld, und schauen Sie in die andere Richtung. Tun Sie für mich genau das, was Sie auch für ihn tun. Ich will nicht Ihren Kopf, Sie sind nur ein kleiner Fisch. Ich will Sheppards Kopf."

Montone schluckte, seine Worte waren kaum zu hören: „Es tut mir leid, daß ich nicht stärker gewesen bin."

O'Niel starrte auf die Wand. „Mir auch."

„Meine Frau hatte recht."

Montones Knöchel wurden weiß, so hart schlossen sich seine Finger um den Griff seines Schlägers.

„Ihr Aufschlag!" sagte O'Niel kurz.

Montone warf den Ball hoch und schlug ihn hart gegen die Wand. O'Niel erwiderte den Schlag mit aller Kraft ...

YARIOS Fingernägel waren schwarz vor Staub und Schmutz. Er wischte sich mit dem Handrücken über die Stirn und legte dann den Vorwärtsgang seines Gabelstaplers ein.

O'Niel teilte seine Aufmerksamkeit zwischen dem Bild auf dem Monitor und den Berichten, die er auf einem anderen Schirm durchsah. Es war nicht schwer, Yario dabei im Auge zu behalten, denn die Berichte betrafen nur Routinesachen. Und außerdem hielt diese Art zu arbeiten seinen Verstand in Bewegung. Die unvermeidlichen Staubwolken umnebelten die starken Strahler des Frachthafens, auf dem eine rege Tätigkeit herrschte. Die nächste Erzladung verschwand im Bauch der Fähre, Männer und Frauen mußten sich schreiend unterhalten, um den Lärm der Maschinen zu übertönen.

Eine vertraute Gestalt tauchte im Bild auf und bewegte sich an einer langen Reihe von Containern entlang. O'Niels Hände hielten mitten in der Bewegung inne, er konzentrierte seine Aufmerksamkeit auf den Überwachungsschirm. Spota ging auf Yarios Gabelstapler zu, wanderte an ihm vorbei, ohne dem Gefährt oder seinem Fahrer auch nur einen Blick zu schenken. Mehrere Minuten verstrichen. Yario liftete den Erzcontainer, den er gerade auf der Gabel hatte, ein wenig und berührte dann einige Schalter. Die Gabel kam zum Stillstand, der Motor erstarb. Yario schwang sich vom Fahrersitz und folgte Spota.

O'Niel zündete sich eine neue Zigarette an und verfolgte die Vorgänge. Er beobachtete die Männer nun schon seit Tagen. Irgendwann würden ihm die Monitore schon zeigen, worauf er wartete. Er versuchte seine Ungeduld zu bezähmen, was ihm auch gelang. Er war schon so oft enttäuscht worden.

Spota betrat einen anderen Gang und verschwand plötzlich hinter einem Container aus dem Blickfeld der Kamera. Yario hatte ihn fast eingeholt und verschwand ebenfalls hinter dem Container. Eine Weile war keiner der beiden zu sehen.

O'Niel fluchte laut und beugte sich vor. Es dauerte nicht lange, bis Yario als erster wieder auftauchte. Spota ließ ihm einen großen Vorsprung, ehe er aus dem Schatten des Containers hervortrat. Er ging in entgegengesetzter Richtung davon und verließ wenig später den Frachthafen. Yario kehrte zu seinem wartenden Fahrzeug zurück.

O'Niel drückte ein paar Knöpfe und legte das Bild des ersten Monitors auf den Zentralschirm des Computers. Zusätzlich schaltete er noch einen weiteren Schirm ein. In diesem kritischen Moment verließ er sich nicht nur auf eine Kamera, um Spota im Bild zu behalten. Der Mann wanderte durch mehrere Hauptkorridore, wobei er die Bekannten, die er traf, grüßte, als sei nichts geschehen. Was bis jetzt auch stimmte. Ein kritischer Moment folgte, als Spota einen Verbindungsgang zwischen den Hauptzubringern der Mine betrat und nicht wieder auftauchte. O'Niel brauchte mehrere Minuten, in denen er mit großer Hektik Hebel und Schalter bediente, bis er den visuellen Kontakt wiederhergestellt hatte. Spota ging nun den Hauptgang siebenundzwanzig hinunter, der nahe bei der Sicherheitssektion vorbeiführte.

Das war nahe genug! O'Niel traf eine rasche Entscheidung. Er hatte es satt, dauernd nur die Schirme zu beobachten. Er griff nach der gedrungenen Strahlpistole auf der Ablage hinter seinem Schreibtisch und eilte aus seinem Büro. Den erstaunten Blicken der diensthabenden Beamten schenkte er keine Beachtung.

Spota setzte seinen Weg zum Umkleideraum fort, ahnte nicht, daß sich jetzt ein gefährlicherer Verfolger an seine Fersen geheftet hatte als eine tote Kamera. O'Niel kannte das Ziel, dem der Mann zustrebte. Wahrscheinlich fand dort immer der Austausch statt.

Natürlich konnte Spota, wenn er schnell genug war, seine Ware in einem der Ansaugschächte für die Abluft verschwinden lassen und dem Marshal mit einem schmutzigen Grinsen im Gesicht ohne seine Ware entgegentreten. Doch im Augenblick gab es keine Veranlassung für Spota zu einer solchen Aktion. Nichts verriet ihm, daß die Sache heute anders ablaufen könnte als bei den vorhergegangenen Treffen. Ahnungslos steuerte er sein Ziel an, blieb ab und zu stehen, um mit Passanten zu reden, oder winkte ihnen im Vorübergehen zu.

O'Niel hätte beinahe eine Frau umgerannt, die ihm in der Mitte des Gangs entgegenkam. Er lief, so schnell er konnte. Die Frau schrie aufgebracht hinter ihm her, doch er hörte ihre Schimpfworte nicht mehr, war schon um die nächste Biegung verschwunden.

Spota erreichte die Schleusentür zum Umkleideraum der Männer, betätigte den Öffnungsmechanismus und betrat den Saal. Er ließ die allgemeine Videoanlage und den Schrankbereich hinter sich, drängte sich an Arbeitern vorbei, die sich gerade umkleideten, und passierte die lange Reihe der Wartenden an den Sauerstofftanks. O'Niel erreichte die Schleuse eine halbe Minute später. Spota arbeitete sich langsam durch den Raum voran, entgegenkommende Arbeiter, die noch ihre ungefügen Druckanzüge trugen, behinderten ihn. Er ließ sich Zeit, wartete, bis sie an ihm vorbei waren.

Die Schleusentür öffnete sich mit zermürbender Langsamkeit, obwohl der Öffnungsmechanismus in Wirklichkeit ebenso schnell arbeitete wie gewöhnlich. Doch O'Niel schien es wie eine Ewigkeit. Er stürzte in den Saal, zögerte und begann in höchster Eile, die Gänge abzusuchen. Ein paar Männer an den Videoschirmen schauten neugierig auf und bekamen große Augen, als sie die Strahlpistole in der Hand des Marshals erkannten.

Spota war nirgends zu sehen. Die Arbeiter riefen O'Niel Fragen zu, doch er beachtete sie nicht, sondern durchquerte den Saal in seiner ganzen Länge und spähte in jeden Gang zwischen den Schränken in der Hoffnung, sein Opfer zu entdecken. Doch in den Gängen herrschte ein solches Gedränge, daß es schwer war, einen Menschen vom anderen zu unterscheiden. Spota mußte sehr an größter Geheimhaltung seines Tuns gelegen sein, denn er hätte den Zeitpunkt nicht besser wählen können. Gerade war Schichtwechsel.

Ruhig, redete sich O'Niel gut zu, ganz ruhig. Sie wissen nicht, daß jemand ihnen auf die Schliche gekommen ist.

Spota ahnte nichts, hatte keinen Grund zu einer überhasteten Aktion. Es sei denn, Montone hatte geredet. Doch das bezweifelte O'Niel. Der Sergeant war kein Mann, der Initiative zeigte.

Spota spazierte um eine Ecke und folgte einem anderen Gang. O'Niel erkannte ihn einen kurzen Moment lang, ehe er zwischen der nächsten Schrankzeile verschwand. Der Marshal arbeitete sich durch die Menge, ignorierte Fragen und kümmerte sich nicht darum, wen er zur Seite stieß. Ein paar Arbeiter protestierten, doch die meisten schwiegen, als sie die Marshalsterne auf O'Niels Kragenspiegeln sahen. Und die Mutigeren schlossen spätestens dann den Mund, wenn sie die Waffe in der Hand des Marshals sahen.

Ein junger Arbeiter weit unten im Gang hatte seine Schranktür geöffnet und verstaute seine Arbeitsgeräte. Gleichgültig warf er die Sachen hinein, verwendete keine Sorgfalt auf die recht empfindliche Elektronik der Geräte. Suchend schaute er den Gang hinab, ganz offensichtlich erwartete er jemanden. Schließlich entdeckte er Spota. Sie tauschten einen raschen Blick miteinander. Der junge Mann begann sich auszukleiden, seine Bewegungen verrieten, daß er mit den Gedanken nicht bei der Sache war.

O'Niel atmete schwer. Nur der halbe Gang trennte ihn von Spota, und er näherte sich ihm mit jedem Schritt. Sein Blick wanderte von seinem Opfer zu dem jungen Arbeiter. Er bemerkte den hoffnungsvollen Ausdruck im Gesicht des Mannes, erkannte die Sucht in seinen Augen. Einen solchen Blick hatte der Marshal schon häufig bei Drogenabhängigen gesehen. Der Arbeiter war im Begriff, etwas zu kaufen, und er wollte es von Spota kaufen.

Dieser war kaum noch einen Schritt von seinem Kunden entfernt, als O'Niel gegen einen Mann rannte, der gerade den Gang durchquerte.

„He, Kerl, kannst du nicht aufpassen, wo ... Oh, Verzeihung, Marshal, ich habe Sie nicht ..."

O'Niel versuchte, den Mann zum Schweigen zu bringen, doch es war schon zu spät. Die Worte ließen Spota und seinen Abnehmer herumfahren. Sie entdeckten den Marshal sofort.

Spota riß den jungen Arbeiter zur Seite und stieß ihn unsanft gegen die Metallschränke. O'Niel fluchte und stürzte hinter ihm her. Der Dealer hatte sein Verhalten schlagartig geändert. Er reagierte jetzt wie eine wilde Bestie, bahnte sich gewaltsam seinen Weg durch den

Gang und stieß alles, was ihm in die Quere kam, rücksichtslos zur Seite. O'Niel folgte ihm dichtauf, wobei er aber versuchte, den erschrockenen Arbeitern möglichst aus dem Wege zu gehen.

Spotas Flucht hatte kein bestimmtes Ziel. Im Augenblick wollte er nur so schnell wie möglich aus des Marshals Nähe verschwinden. O'Niel wußte, daß es – gelang die Flucht – genügend Orte in der Mine gab, wo der Mann sich verstecken konnte. Und ein gewitzter Komplize hätte kaum Schwierigkeiten, ihn in einem Schiff aus Io herauszuschmuggeln, auch wenn O'Niel noch so genau die ausgehende Fracht kontrollierte. Dann wäre er wieder beinahe da, wo er angefangen hatte.

O'Niel hatte sein Opfer tagelang geduldig überwacht, um es auf frischer Tat zu überraschen. Er würde den Teufel tun und nun wieder ganz von vorne beginnen. Außerdem wäre die Gegenseite dann gewarnt, eine heimliche Überwachung nahezu unmöglich. Das konnte er einfach nicht riskieren. Auch gab es noch genügend andere Dinge zu erledigen. Montones Befürchtungen waren nur zu berechtigt. O'Niel hatte nicht vor, der Gegenseite Gelegenheit zu geben, sich gegen ihn zu formieren. Er durfte Spota auf keinen Fall entkommen lassen. Geschrei und Stimmengewirr erhoben sich hinter den beiden vorwärts laufenden Männern. Unsicherheit, Furcht und Besorgnis standen in den Gesichtern der Arbeiter. Und Gerüchte verbreiteten sich schneller, als Spota und der Marshal sich vorwärts bewegen konnten.

Der Dealer stieg auf eine Bank, packte eine offene Schranktür und zog sich daran hoch. Gebückt begann er von einer Schrankreihe zur anderen zu springen und den Saal zu durchqueren, ohne durch das Gedränge in den Gängen aufgehalten zu werden. O'Niel folgte ihm und zog sich keuchend auf den Schrank. Als er schließlich oben stand, hatte Spota beinahe den halben Saal durchquert. Der Marshal hetzte hinter ihm her. Spotas Behendigkeit überraschte ihn.

Einmal strauchelte O'Niel und hätte sich beinahe das Gesicht an den scharfen Kanten der Metallschränke aufgeschlagen, hätte er sich nicht noch im letzten Moment gefangen. Er richtete sich wieder auf und sprang grimmig zur nächsten Schrankreihe hinüber. Spota hatte inzwischen die letzte Schrankzeile erreicht, sprang hinab und verschwand in einem Verbindungsgang unterhalb des Umkleideraums. In seinen Augen standen Furcht und Wut. Er lief wie ein wildes Tier, das seinem Käfig entkommen ist.

Er hatte beinahe schon das Ende des Gangs erreicht, als O'Niel am anderen Ende auftauchte. Spota betätigte hastig den Mechanismus des Schotts und hastete in die Schleuse, ohne das Schott hinter sich zu schließen. O'Niel fluchte insgeheim. Hätte Spota auch nur versucht, das Schott zu schließen, hätte ihm O'Niel mit der Strahlpistole die Beine vom Körper getrennt.

Ein Schleusenschott geöffnet zu lassen war ein schlimmer Verstoß gegen die Sicherheitsbestimmungen der Mine und hätte O'Niel durchaus als Rechtfertigung genügt, das Feuer auf den Mann zu eröffnen. Doch er hatte andere Pläne und rannte hinter ihm her, so schnell er konnte. Er schnappte nach Luft. Der Leichtmetallkorridor schwankte unter seinem Gewicht. Nur ein Mann, der schon häufig im Weltraum gearbeitet hatte, konnte in dieser auf- und abschwingenden Röhre das Gleichgewicht halten. Die Stützstreben flogen an O'Niel vorbei wie die Hinweisschilder auf einer Autobahn.

Wohin will der verfluchte Bastard eigentlich? fragte sich der Marshal besorgt. Ob er das wohl selbst wußte?

Sie näherten sich jetzt dem großen Speisesaal, in dem sich wie immer die Menschen drängten. Nicht gerade ein ideales Fluchtziel und zudem äußerst ungeeignet, das Polydeuth verschwinden zu lassen. Spota rannte zwar schnell, wählte aber nicht blindlings sein Ziel.

Die Abzweigung hinter der Schleuse führte in die Halle mit den riesigen Flüssigkeitsspeichern. O'Niel folgte ihr, betete im stillen, er möge mit seiner Vermutung recht behalten. Als er in die Halle stürzte, sah er befriedigt, wie Spota den schmalen Inspektionsgang des ersten Tanks in fast zwanzig Fuß Höhe entlangturnte. O'Niel gönnte sich keine Zeit, sich zu seinem Gespür zu gratulieren. Seine Waffe würde er nur dann einsetzen, wenn er dazu gezwungen war. Er wollte Spota lebend, um ihn verhören zu können. Außerdem befanden sich in einigen der Tanks chemische Katalysatoren, in anderen Säuren und flüssige Gase, die in der Mine benötigt wurden. Kein besonders günstiger Ort, um hier mit einer Strahlwaffe um sich zu ballern. Wahrscheinlich wußte Spota das, denn er begann furchtlos die Leiter am anderen Ende des ersten Tanks herunterzuklettern.

O'Niel erreichte den Laufsteg des ersten Tanks und beobachtete, wie sein Opfer die letzten Stufen der Leiter herabsprang. Er rannte über den Steg zur Leiter. Spota kletterte schon die Metallsprossen am zweiten Tank empor, nahm immer mehrere Sprossen auf einmal, was die geringe Schwerkraft erleichterte. Als O'Niel den Boden erreichte, turnte Spota schon über den Laufsteg des zweiten Tanks. Der Abstand zwischen ihnen hatte sich wieder vergrößert.

Doch die Fluchtmöglichkeiten des Mannes verschlechterten sich.

O'Niel kletterte, so schnell er konnte, die Sprossen zum Laufsteg des zweiten Tanks empor. Auf der anderen Seite begann Spota seinen Abstieg zur Schleuse, die dicht neben dem Tank aus der Halle herausführte. O'Niel folgte ihm stolpernd und taumelnd. Spota erreichte die erste Schleuse und jagte durch den Verbindungsgang zur zweiten. Er konnte nicht mehr klar denken, sonst hätte er sich irgendwo versteckt. Sein einziger Gedanke war Flucht, sein Ziel ein bevölkerter Gang, wo er in der Menschenmenge untertauchen konnte.

Er schaute über die Schulter zurück, während er den Schleusenmechanismus betätigte. Das Schott glitt zur Seite ... Im gleichen Augenblick tauchte O'Niel am anderen Ende des Verbindungsgangs auf, drohend und beharrlich. Mit einem unartikulierten Schrei stürmte Spota vorwärts – hinein in den gefüllten Speisesaal. Rücksichtslos bahnte er sich seinen Weg durch die Menge. Seine Wut war verflogen, Panik trieb ihn vorwärts. Tabletts voller Speisen segelten durch die Luft, als er einen Hauer und einen Kranführer umrannte.

O'Niel erreichte den Hintereingang des Speisesaals. Wie er erwartet hatte, verzögerten die Zusammenstöße mit den Menschen die Flucht des Dealers erheblich. Doch er durfte keine Zeit verlieren. O'Niel stürmte in den Saal. Er bekam kaum noch Luft, seine Kehle war ausgedörrt, sein Herz hämmerte hart in seiner Brust. Doch auch Spota zeigte Ermüdungserscheinungen. Seine Beweglichkeit hatte ihm in den weniger bevölkerten Gängen und dem Tanklager einen Vorteil verschafft. Doch in der dichtgedrängten Menschenmenge im Speisesaal hatte der bulligere O'Niel bessere Chancen. Er arbeitete sich durch die Schlange vor der Speisenausgabe, stieß mit den Ellenbogen jeden, der ihm im Weg stand, beiseite. Ein Mann stürzte zu Boden, Blut rann aus seinem Mund. Wütend schüttelte er die Faust hinter dem Marshal her. Spota hatte sich schon zur Hälfte durch die Menschenschlange vorgearbeitet. O'Niel war zu wütend und zu müde, um lächeln zu können. Er war es gewohnt, sich seinen Weg durch Menschenansammlungen zu bahnen, außerdem verfolgte er einen Flüchtigen.

Wieder warf Spota einen Blick über die Schulter, sah das ausdruckslose Gesicht des Marshals mit jedem Schritt näher kommen. Der Ausgang des Speisesaals wurde von einer Arbeitergruppe versperrt, die zum Mittagessen hereindrängte. Spotas Kopf flog herum, er schaute nach links, dann nach rechts, sah die Doppeltür. Nur weg, dahin, wo weniger Menschen sind, befahl ihm sein Verstand.

Mit einem Satz sprang er über die Theke der Essensausgabe. Das

Küchenpersonal wich entsetzt zur Seite. Eine unglückliche Serviererin, die ihm nicht mehr rechtzeitig ausweichen konnte, bekam das Tablett mit den dampfenden Speisen an den Kopf.

O'Niel sprang ebenfalls über die Theke, nahm aber Rücksicht auf die verletzte Kellnerin, die auf dem Boden lag und sich schreiend das Gesicht hielt.

Es gab keinen anderen Fluchtweg mehr für Spota als durch die Doppeltür in die Küche. Er taumelte an den Mikrowellenherden, Dampfkesseln und Bottichen mit fertigen Speisen vorbei. Dicht hinter sich konnte er O'Niels Schritte hören. Zu spät bemerkte er, daß er sich selbst eine Falle gestellt hatte. Er näherte sich dem anderen Ende der Küche, ein Gewirr von Kabeln und Röhren bedeckte die Wände dort. Spota erkannte die Falle und wirbelte herum. O'Niel war dicht hinter ihm.

Spota stand neben einem großen Bottich, der mit heißem Wasser gefüllt war. Er überlegte nicht lange, griff blitzschnell unter sein Hemd und warf die Phiole mit der roten Flüssigkeit, die er dort verborgen hatte, in den Bottich.

O'Niel zögerte keine Sekunde. Er war jetzt schon zu nahe am Ziel, hatte zu hart gekämpft, um sich den Erfolg auf diese Weise nehmen zu lassen. Entschlossen tauchte er seine Hand in das kochende Wasser. Glühender Schmerz durchzuckte ihn, seine Zähne gruben sich tief in die Unterlippe. Seine Finger ertasteten die Phiole und packten sie. Rasch zog er die Hand aus dem Wasser und versicherte sich, daß der Plastikbehälter sich zwar verformt hatte, aber nicht geschmolzen war. Die rote Flüssigkeit schwappte in dem Behälter, ungetrübt durch äußere Verunreinigung. O'Niels Reaktion gab Spota die nötige Zeit, ein langes Fleischermesser zu ergreifen und nach ihm zu stechen. Der Marshal warf sich zur Seite, die Schneide des Messers schrammte über den Kesselrand.

O'Niel packte die Strahlpistole am Lauf und schwang sie über Spotas Kopf. Im gleichen Augenblick holte dieser mit dem Messer zu einem weiteren Stoß gegen seinen Verfolger aus. Dabei vollführte er eine halbe Drehung. O'Niels Schlag krachte gegen Spotas Schulter und nahm dem Messerhieb die meiste Kraft. Trotzdem ritzte die Messerspitze O'Niels Oberarm. Sofort sickerte Blut durch den Stoff seines Hemdes. O'Niel versuchte, den Arm um Spotas Hals zu legen, doch der Mann war flink wie eine Katze. Er trat nach ihm und stach mit dem Messer nach ihm. O'Niel entging mit knapper Not einem weiteren Messerstich.

So geht es nicht, dachte er erschöpft. Blitzschnell zog er das Knie hoch, und Spota stürzte zu Boden. O'Niel hechtete ihm nach, doch Spota rollte sich geschickt zur Seite, kam auf die Füße und stürzte sich nun seinerseits mit erhobenem Messer auf den Marshal.

Die Strahlpistole entlud sich viermal in rascher Folge, die Schüsse zertrümmerten Lampen, Plastikbehälter und Nahrungspakete. Die Explosionen waren ohrenbetäubend.

Spota erstarrte mitten in der Bewegung. Das Messer hatte er zum Stoß erhoben. Die Salven aus der Waffe waren in einem Halbkreis um ihn herum eingeschlagen, er selbst war jedoch unverletzt. Doch jetzt zeigte die Mündung der Pistole genau auf seine Stirn. Der Marshal hatte die Schüsse so schnell hintereinander abgefeuert, daß sie beinahe wie ein einziger klangen.

O'Niel kniete auf dem Boden und hielt die Waffe schußbereit in einer Hand. Von dem anderen Arm tropfte Blut auf den Boden. „Schätze, es ist aus", sagte der Marshal ruhig.

Spota dachte an die Schnelligkeit, mit der der Polizist gefeuert hatte, und an seine Zielsicherheit. Er stand regungslos, das Messer erhoben, und beobachtete den Marshal. Dessen Schußhand war so ruhig und unbewegt wie die Kuppel über der Küche. Langsam, zögernd öffnete Spota die Finger, klappernd fiel das Messer zu Boden...

8

DER Zellentrakt befand sich tief im Innern des Gefängnisses hinter den Büros und dem Wachraum. O'Niel schlenderte den engen Korridor hinunter an breiten Transparentscheiben vorbei, auf denen in großen Buchstaben die Worte KEINE KÜNSTLICHE SCHWERKRAFT aufgemalt waren.

Sicherheitsverwahrung in Schwerelosigkeit war eine ziemlich neue Entwicklung im Strafvollzug. Auch dem kräftigsten Gesetzesbrecher dürfte es schwerfallen, seinen Bewachern Kummer zu bereiten, wenn er schwerelos im Raum trieb. Man konnte die Schwerkraft durchaus als besten Bundesgenossen der Gesetzesbrecher bezeichnen. Ohne sie aber verlor auch der abgebrühteste Bursche neben seinem Körpergewicht das Vertrauen zu sich selbst.

In den Zellen gab es keine Atmosphäre. Jede war nur durch eine eigene kleine Druckschleuse zu betreten. Die Gefangenen trugen spezielle Druckanzüge, die keine Tanks zur Eigenversorgung besaßen, sondern über an den Helmen installierte Schläuche mit Luft versorgt wurden. Schon allein diese Tatsache hätte genügt, um die Gefangenen nicht auf dumme Gedanken kommen zu lassen. Konnte einen die fehlende Schwerkraft schon nicht hindern, Schwierigkeiten zu machen, die verhältnismäßig empfindliche Konstruktion der Luftversorgung hielt einen bestimmt davon ab. Einige der Zellen waren ständig belegt. In einer hatten zwei Streithähne Gelegenheit, sich abzureagieren, ohne dabei mehr tun zu können, als sich grimmig durch die Sichtscheiben der Anzüge anzustarren. In einer anderen Zelle schlief ein Betrunkener, der randaliert hatte, friedlich seinen Rausch aus, sein Körper trieb in halber Höhe durch die Zelle.

O'Niel warf einen Blick in jede Zelle, während er dem Gang folgte, vorsichtig darauf achtend, daß er mit seinem verletzten Arm nirgendwo anstieß. Er trug zwei Bandagen, eine um die Messerwunde, die andere um die verbrühte Hand. Er war froh gewesen, daß Doktor Lazarus nicht im Dienst war, als er sich im Krankenrevier behandeln ließ. Sie hätte ihm sicher die Behandlung zwischen Desinfektion und Bandagierung mit ein paar rüden Kommentaren versüßt.

Montone folgte ihm. „Was macht der Arm?" Seine Stimme klang unterwürfig.

„Es geht schon, doch er schmerzt immer noch. Welche Zelle hat Spota?"

„Zelle siebenunddreißig", informierte ihn der Sergeant.

„Hat er schon ausgesagt?"

„Keine Silbe. Nur zum Essen hat er den Mund aufgemacht."

„Hat jemand nach ihm gefragt?"

Montones Stimme sank zu einem mutlosen Gemurmel herab. „Nein, niemand. Zumindest bis jetzt noch nicht."

„In diesem Fall möchte ich sofort informiert werden."

Montone zögerte und lächelte dann freudlos.

„Das versteht sich doch von selbst, Marshal."

O'Niel warf ihm einen Blick zu und verschluckte die Bemerkung, die er auf der Zunge hatte. Er hatte Montone gesagt, was es zu sagen gab. Und der Sergeant wußte seinerseits nichts zu äußern, was das Verhältnis zu seinem Vorgesetzten verbessern konnte.

Sie blieben vor Zelle siebenunddreißig stehen. Hinter der Scheibe trieb Spota schwerelos am Ende eines langen roten Schlauches. O'Niel überprüfte automatisch den Druckmesser, der die Sauerstoffzufuhr des Anzugs kontrollierte. Der Zeiger stand ruhig auf der richtigen Markierung. Der Marshal schaltete das Sprechgerät in der Wand neben der Sichtscheibe über den Versorgungsleitungen ein. Die Trennscheibe der Zelle neben der kleinen Luftschleuse trug in großen Buchstaben die Warnung: VORSICHT! KEINE ATMOSPÄHRE – DRUCKANZUG ERFORDERLICH! O'Niel nahm den kleinen Sprecharm aus der Halterung und sprach hinein, ließ dabei aber keinen Blick von der schwebenden Gestalt in der Zelle.

„Spota, hier spricht O'Niel."

Die einzige Antwort war das gleichmäßige Atmen des Mannes. Doch der Marshal wußte, daß Spota sich seine Worte anhören mußte, ob er wollte oder nicht. Mikrofon und Lautsprecher waren in den Helm des Anzugs eingebaut.

„In Ordnung, du brauchst nichts zu sagen", fuhr O'Niel fort. „Dafür werde ich eine Zeitlang das Reden besorgen. Wir haben jetzt die Analyse der Phiole, die du dir aufbrühen wolltest, vorliegen. Sehr interessant, wirklich! Willst du Näheres wissen?"

Aus dem Lautsprecher kam keine Antwort.

„Die Analyse besagt, daß du 120 Gramm Polydichlorid Euthimal mit dir herumschlepptest. Einhundertzwanzig Gramm! Die vierhundertfache Menge einer Normaldosis. Eine Menge Stoff, die du da spazierentrugst, Spota. Wollen mal rechnen – vierhundert Dosen –, das macht runde vierhundert Jahre Bau. Eine lange Zeit, Spota, deren Ende du nicht mehr erleben wirst, denn dann wirst du schon lange tot sein. Selbst bei guter Führung wirst du deine Freilassung nicht mehr erleben. Auf die Hilfe deiner Auftraggeber brauchst du nicht zu zählen, denn sie werden nichts für dich tun. Du bist in ihren Augen nur eine kleine Nummer. Doch möglicherweise könnten wir beide uns verständigen, vielleicht ein Abkommen miteinander treffen."

Diesmal bequemte sich Spota zu einer Antwort. Verzerrt drang seine Stimme aus dem Niederfrequenz-Lautsprecher: „Ich weiß überhaupt nicht, wovon Sie reden, Marshal."

„Natürlich nicht, mein Junge", sagte O'Niel freundlich. „Du bist ein unschuldiges, unwissendes Opfer. Dachtest wohl, in der Phiole wäre Wein. Sag mir eines: Wieviel bezahlt dir Sheppard dafür, den Stoff unter die Leute zu bringen? Eine solch schmutzige Arbeit sollte doch zumindest gut bezahlt sein."

„Ich weiß nicht, was Sie von mir wollen."

O'Niels Gesicht wurde hart, doch sein Tonfall änderte sich nicht. „Du bist ein wirklich harter Bursche, Spota. Ich bin beeindruckt. Dir macht dein Aufenthalt da drinnen anscheinend nichts aus. Die meisten Zellenbewohner dagegen drehen nach ein paar Nächten durch, weil sie zu träumen anfangen, nie mehr Boden unter den Füßen zu spüren."

Der Marshal lehnte sich gegen die Scheibe, so daß Spota ihn genau sehen konnte. Er lächelte jetzt.

„Manchmal verheddert sich der Schlauch des Anzugs, und der Träger erstickt. Denn in der Schwerelosigkeit dreht man sich beim Schlafen langsam um die eigene Achse. Ein solcher Unfall kommt zwar selten vor, doch schon der Gedanke daran läßt manche Leute nicht mehr schlafen." Er schwieg einen Augenblick lang, um die Worte auf den Gefangenen einwirken zu lassen, ehe er weitersprach. „Doch du bist hart im Nehmen, Spota. Dich kann so etwas sicher kaum stören."

„Verschwinden Sie, Marshal!"

„So habe ich es gern, Spota. Ich mag Leute mit Rückgrat. Aber du solltest auch deinen Verstand gebrauchen." O'Niel schnalzte mit der Zunge. „Weißt du was, Spota? Ich will dir etwas verraten. Du sitzt in der Klemme. Ich habe den Stoff und die Zeugen. Von den anderen Vergehen wie tätlichem Angriff, Widerstand bei der Festnahme, versuchter Vernichtung von Beweismaterial, unvorschriftsmäßiger Schleusenbenutzung und Bandenbildung wollen wir gar nicht erst sprechen. Die kommen erschwerend zum Tatbestand hinzu. Du hast eine hübsche Zeit vor dir. Mit der nächsten Fähre wirst du zur Hauptstation auf Jupiter verfrachtet. Verglichen mit dem, was man dort mit dir anstellt, wird dir das hier wie ein Sanatoriumsaufenthalt vorkommen. Möglicherweise erwirkt man dort die Erlaubnis, dir das Wahrheitsserum zu spritzen."

„Aussagen, die unter Einfluß des Wahrheitsserums gemacht wurden, sind vor Gericht als Beweis nicht zulässig", konterte Spota, doch seine Stimme klang nicht mehr so selbstsicher wie vorher.

„Sieh da, Strafverteidiger ist er auch schon! Jetzt bin ich wirklich überrascht", antwortete O'Niel unbeeindruckt.

„Verfahrenstechnisch gesehen hast du tatsächlich recht, doch die Brüder in der Hauptstation werden die Sache schon deichseln. Zumindest haben sie es bis jetzt immer geschafft, und bei dir werden sie sich besonders große Mühe geben, Spota, denn der Stoff, den du unter die Leute gebracht hast, tötet Menschen. Das dürften bestimmte Leute dir sehr übelnehmen. Sie werden schon dafür sorgen, daß alle Beweise hieb- und stichfest sind. Ehrlich, Spota, in deiner Haut möchte ich nicht stecken, wenn die dich in die Mangel nehmen. Dagegen ist das hier das reinste Kurhotel. Und der gute Sheppard?

Sheppard wird die Achseln zucken, sich einen anderen suchen, der für ihn die schmutzige Arbeit erledigt, und dabei noch reicher werden. Also vergiß ruhig, daß ich dir ein Angebot machen wollte. Mach keine Aussage, sei edel, und nimm alles auf deine Kappe. Steh die harten Zeiten durch, die auf dich zukommen. Sheppard wird sich über dich totlachen. Ich habe schon Dutzende ähnlicher Fälle erlebt. Jedes dieser angeheuerten Würstchen meinte, sich seinen Bossen gegenüber loyal verhalten zu müssen. Und die waren letztlich die einzigen Gewinner."

O'Niel schwieg und holte tief Luft.

„Du hast alles jetzt selbst in der Hand, Spota. Du bist doch so klug. Denk mal darüber nach! Vielleicht besuche ich dich noch einmal vor deinem Abtransport, du Schlaukopf."

Er hängte den Sprecharm in die Halterung, ehe Spota etwas auf seine Worte erwidern konnte. Sollte er doch eine Weile in seinem eigenen Saft schmoren! Vielleicht nahm er dann Vernunft an. O'Niels verbrühte Hand schmerzte höllisch. Er wandte sich zu Montone um. „Keiner redet mit ihm, niemand darf in seine Nähe. Und wenn ich niemand sage, meine ich niemand! Haben Sie verstanden?"

„Verstanden", kam Montones zögernde Antwort.

O'Niel ging zum Ausgang.

„Wo sind Sie zu erreichen?"

„Für heute reicht es mir", antwortete O'Niel. „Ich denke, ich werde ein paar Freunde besuchen ..."

DAS Zimmer war groß und dunkel, sanftes, warmes Licht unterstrich noch den Eindruck von solidem Luxus, der von den holzgetäfelten Wänden ausging. Bequeme schwarze Kunstledersessel waren geschmackvoll auf dem dicken grauen Teppich verteilt. Bilder hingen an den Wänden, und auf einem beleuchteten Sockel thronte eine hübsche Skulptur.

Zum gegenwärtigen Zeitpunkt war der schwere Schreibtisch aus Holzimitation fast leer. Die eingebauten Computerkonsolen zeigten den gleichen warmen Holzton wie die Tischplatte.

Sheppard stand mitten in seinem Büro und versuchte den Golfball in das Rückgabeloch des Spielautomaten zu schlagen. Bei jedem erfolgreichen Schlag zeigte die Maschine die Punktzahl an und ermittelte die Entfernung und die Geschwindigkeit des Balles bis zum Loch. Ein Gebläse führte den Ball dann zu Sheppard zurück. Verpaßte er einmal das Loch, fuhr der Automat zwei Schwingarme aus, die den fehlgeschlagenen Ball ertasteten, mit ihren Metallgreifern packten und ins Rückgabeloch zurücktransportierten, von wo er Sheppard dann zugeblasen wurde. Doch die Greifarme der Maschine fanden kaum Beschäftigung. Sheppard war ein guter Spieler – Ergebnis vieler Übungsstunden.

Er starrte gerade auf den gewellten Teppich, als eine Stimme aus der eingebauten Sprechanlage des Schreibtisches drang.

„Er ist da, Mr. Sheppard."

Der Generalmanager übte gerade einen neuen Schlag aus einem anderen Winkel. Mit leisem Zischen öffnete sich die Tür am entfernten Ende des Zimmers und gab O'Niel den Zutritt frei. Wenn der Marshal von der luxuriösen Einrichtung beeindruckt war, so zeigte er es nicht.

Sheppard schaute nicht auf, um ihn zu begrüßen. Er schwang den Schläger und beobachtete interessiert, wie der Ball in das Loch flog. Die Maschine summte und verkündete das Ergebnis.

„Ruhe!" befahl Sheppard. Gehorsam schaltete die Maschine ihr Sprechsystem aus. Der Manager ging nach rechts und berührte den Ball nur leicht mit dem Schläger.

„Wußten Sie", sagte er im Plauderton zu O'Niel, „daß man hier auf Io einen Ball fünfhundert Meter weit schlagen könnte? Doch der Druckanzug läßt einem nur wenig Bewegungsfreiheit. Man kann nicht weit genug mit dem Schläger ausholen."

Er deutete auf die erleuchtete, wohlgefüllte Bar, in der eine Menge Flaschen und Gläser glitzerten.

„Machen Sie sich einen Drink. Ist echter, guter Schnaps."

„Nein, vielen Dank." O'Niel blieb abwartend stehen.

Sheppard schob den Ball mit dem Schläger auf dem Teppich umher, war sich offenbar unschlüssig darüber, aus welchem Winkel er ihn schlagen sollte. „Sie waren recht fleißig."

„Genau wie Sie."

Der Manager schob den Ball in die Nähe eines Sessels. Seine Stimme änderte sich nicht, als er fragte: „Wieviel wollen Sie?"

O'Niel antwortete nicht.

„Wieviel?"

Der Marshal zündete sich eine Zigarette an und inhalierte tief. Rauchschwaden stiegen träge zur Decke empor und wurden dort von der Klimaanlage abgesaugt.

„Genau das, was wir hier brauchen", murmelte Sheppard, „einen gottverdammten Helden!" Seine Stimme klang gelangweilt. Er verpaßte das Loch und suchte eine andere Schlagposition. „Der Boden hier war ursprünglich eben. Doch ich ließ ihn an manchen Stellen etwas anheben, um die Spielerei interessanter zu machen. Golf und auch das Leben sind interessanter, wenn sie etwas komplizierter sind, finden Sie nicht auch?"

Er beugte sich blinzelnd vor.

„Ich glaube, der Teppich wellt sich hier etwas nach links. Hören Sie mir genau zu, O'Niel, ich möchte Ihnen erklären, worauf Sie sich da eingelassen haben. Ich habe einen Namen zu verlieren. Die Gesellschaft bezahlt mich dafür, soviel Erz wie möglich aus diesem Höllenloch hier zu buddeln. In jedem Minenprojekt im gesamten Sonnensystem gibt es einen Mann wie mich. – Meine Nutten sind sauber und sehr hübsch. Sie arbeiten anständig, nicht mit den sonst üblichen Tricks. Mein Schnaps ist nicht verwässert. Ich habe die attraktivsten und fleißigsten Tänzer, und ich achte darauf, daß die Unterhaltungsbänder, egal ob Musik oder Filme, beim Anlegen jeder neuen Fähre ausgetauscht werden. Die Arbeiter sind zufrieden. Sie brauchen mir das nicht zu glauben. Fragen Sie doch! Fragen Sie jeden länger verpflichteten Mann oder jede Frau, die hier gearbeitet haben. Io stinkt zwar, die Mine aber nicht! Zufriedene Arbeiter fördern mehr Erz, wodurch ihr Bonus steigt. Von ihrem Mehrverdienst erhalte ich keinen Cent. Dafür bekomme ich wiederum meinen Bonusscheck von der Gesellschaft. Wenn also die Arbeiter gut fördern, ist die Gesellschaft zufrieden, und ich bin es auch."

„Klingt alles wunderbar", war O'Niels lakonische Antwort.

„Hier ist nichts wunderbar", entgegnete Sheppard. „Doch es funktioniert, und das reicht. Jedes Jahr wird das Personal ausgetauscht, jedes Jahr kommt auch ein neuer Marshal für die Zeit seiner Verpflichtung hierher. Die neuen Leute kennen alle die Bedingungen ebensogut wie Sie. Sie sind da keine Ausnahme. Also gut, wenn Sie unbedingt hier den Helden spielen wollen, um Ihren Preis in die Höhe zu schrauben – ich werde darüber nachdenken."

O'Niel sagte nichts, sondern begann sich in dem prächtig eingerichteten Büro umzusehen. Nach kurzer Zeit schaute Sheppard von seiner Beschäftigung auf und beobachtete ihn mit wachsender Neugier. „Suchen Sie etwas Bestimmtes?"

O'Niel setzte seine Inspektion fort. Dieses Büro zu möblieren hatte sicher mehr gekostet, als er in einem Jahr verdiente. Langsam wandte sich der Marshal zu dem Generalmanager um und starrte ihn durchdringend an. „Ja, Sie!"

Sheppard seufzte und kehrte mitleidig lächelnd zu seinem Spiel zurück. „Was ist los mit euch Burschen? Wenn Sie doch solch ein Superpolizist sind, was tun Sie dann, zum Teufel, in einer Mine wie Io? Man hat Sie sicher nicht aus Anerkennung für gute Leistungen hierhergeschickt. Das wissen Sie ebensogut wie ich."

Er schlug nach dem Ball.

„Ich habe Ihre Unterlagen durchgesehen, wie ich es bei jedem tue, bevor ich ihn hierher verpflichte. Wollen Sie wissen, warum Sie hier sind, anstatt in einer hübschen Stadt auf der Erde wie zum Beispiel Singapur oder Perth Polizeicaptain zu sein? Ich will es Ihnen sagen. Es steht zwar in Ihren Zeugnissen, wenn es auch nicht deutlich ausgesprochen ist. Aber ich kann sehr gut zwischen den Zeilen lesen. Sie reißen den Mund zu weit auf. Deshalb schickt man Sie von einem Dreckloch zum nächsten. Doch Sie haben sich selbst für dieses Leben entschieden. Es ist Ihre Sache, was Sie mit Ihrem Leben anfangen. Aber mischen Sie sich nicht in meines, denn ich habe nicht vor, für den Rest meines Lebens das zu tun, was ich jetzt hier mache."

„Um so besser für Sie!"

Sheppards Stimme wurde scharf. „Ich könnte Ihre Haltung verstehen, wenn sie Sie irgendwie weiterbrächte, doch Sie ziehen keinen Nutzen aus dieser Geschichte. Ihr Vorhaben ist sinnlos, dumm und ungewohnt für mich, sonst würde ich mich den Teufel darum scheren. Sie sollten sich genau überlegen, worauf Sie sich da einlassen. Überschlafen Sie die Sache noch einmal!"

O'Niel wandte sich zum Gehen. „Wir sehen uns noch."

Sheppards Stimme wurde lauter.

„Wenn Sie wirklich auf mehr Geld aus sind, haben Sie die ganze Sache klug eingefädelt. Andernfalls sind Sie dümmer, als man vermutet."

O'Niel lächelte sanft. „Ich bin vielleicht noch sehr viel dümmer."

„So etwas kann sehr gefährlich werden."

O'Niel verließ lächelnd das Büro.

IN DER Nacht fand O'Niel keinen Schlaf. Er rollte sich zur Seite, schaltete die Leselampe ein und setzte sich im Bett auf. Das Bett neben ihm war leer, die Decke unberührt. Er stand auf und begann sich anzukleiden. Das Apartment kam ihm öde und leer vor, die Stille rauschte laut in seinen Ohren. Wenn er schon nicht schlafen konnte, wollte er wenigstens arbeiten.

Der letzte Rest von Müdigkeit verflog, während er über die belebten Korridore zur Sicherheitssektion hinüberging. Im Verwaltungsteil der Mine ließ das Gedränge nach, denn nur in der Mine selbst wurde rund um die Uhr gearbeitet. Die Verwaltung hatte schon lange Dienstschluß.

Der Wachraum war leer. Die Beamten der Nachtschicht befanden sich auf Streife. Man verschwendete keine gut bezahlte Arbeitskraft, nur um ein Büro besetzt zu halten. Die Computer erledigten alles, nahmen Meldungen auf, beantworteten Fragen und gaben Einsätze über Funk an die Streifen durch.

O'Niel steckte seine Kennkarte in den Aufnahmeschlitz des Computers. Die Maschine benötigte kaum eine Sekunde zur Überprüfung, dann öffnete sich die Tür mit einem Summton.

Das Licht im Wachraum war gedämpft. Die Schreibtische waren aufgeräumt, schienen auf die Rückkehr der Menschen zu warten, die sonst an ihnen arbeiteten. O'Niel ging auf sein Büro zu, um die eingegangenen Berichte durchzusehen. Doch mitten im Schritt änderte er seine Richtung und steuerte den Zellentrakt an. Vielleicht war Spota inzwischen etwas zugänglicher geworden. Während er den schmalen Zellengang hinunterging, überprüfte er routinemäßig jede Zelle. Der Gang war dunkel, wurde aber erhellt von dem Licht, das aus den Sichtscheiben der Zellen fiel. Die zwei Streithähne waren entlassen worden, dafür gab es einen Neuzugang. O'Niel studierte rasch die Meldekarte an der Wand. Wieder ein Betrunkener. O'Niel ging weiter.

Die Zellen selbst waren hell erleuchtet. Alle Gefangenen schliefen, der Lebensrhythmus ihrer Körper ließ sich durch das künstliche Licht nicht beeinflussen. Die Beleuchtung diente der Überwachung der Gefangenen. Wer von ihnen schlafen wollte, konnte jederzeit die Sichtplatte seines Helmes verdunkeln.

Auf dem dunklen Flur hatte man das Gefühl, als befände man sich in einem Aquarium. O'Niel hätte es jedoch vorgezogen, Fische hinter den Scheiben zu sehen. Für die Bewohner, die diese Zellen gewöhnlich beherbergten, hatte O'Niel nur noch wenig Interesse. Eine Ausnahme gab es zur Zeit, und das war der Bursche in Zelle siebenunddreißig.

Einige der Gefangenen trieben quer durch die Zellen. Andere schliefen zusammengerollt wie kleine Kinder. Die erfahreneren Gesetzesbrecher bevorzugten eine Spreizlage, weil man sich dann im Schlaf nicht so stark um die eigene Achse drehte.

O'Niel blieb bei der letzten Zelle stehen und nahm den Sprecharm aus der Halterung. „Spota, du hast es jetzt lange genug überschlafen können. Jetzt sollten wir uns mal wieder unterhalten." So stur wie vorher, dachte der Marshal, als er keine Antwort erhielt.

Spota trieb, den Rücken der Sichtscheibe zugewandt, in der Zelle.

„He, du Schlaumeier!"

Wieder keine Antwort.

„He ...!"

O'Niels Stimme verklang, er preßte das Gesicht gegen die Scheibe und starrte in die Zelle.

Der Sauerstoffschlauch von Spotas Anzug war in der Mitte durchgeschnitten. Die Enden schwebten frei in der schwerelosen Zelle. Aus dem Stück, das mit Spotas Helm verbunden war, tropfte Blut, glänzende rote Tropfen schwebten durch den Raum, sammelten sich an der Decke, dem Boden und in den Ecken.

O'Niels Gesicht erstarrte, wütend hieb er mit der Faust gegen die Scheibe. Dann machte er auf dem Absatz kehrt und lief den Gang hinunter. Er stürmte durch die Wache auf den Hauptgang hinaus in Richtung der Wohnsektion, in der die Verwaltungsleute ihre Quartiere hatten. Ein Gedanke – ein Name – hämmerte in seinem Kopf: Montone!

Auf sein wiederholtes Klopfen reagierte niemand. Es war möglich, daß sich der Sergeant woanders aufhielt, denn er brauchte sich nicht zu beeilen. Er glaubte sicher, daß O'Niel längst schlief.

Der Marshal benutzte seine Universalkennkarte, die ihm überall Zutritt verschaffte, und betrat den Raum. Sein Gesicht war gerötet, er atmete heftig. Rasch schaute er sich um. In dem Zimmer war niemand. „Montone!"

O'Niel trat an die Koje, doch sie war unbenutzt. Blieb also nur noch ein Ort in der Wohnung, an dem der Sergeant sich aufhalten konnte, wenn er sich nicht schon längst bei Sheppard befand. Wütend ging der Marshal zur Badezimmertür und hämmerte mit der Faust dagegen.

„Montone ..., sind Sie da drin? Hier ist O'Niel. Wenn Sie da sind, kommen Sie besser freiwillig heraus, ehe ich Sie hole!"

Die Antwort war nur Schweigen. Der Marshal begann rasch das Zimmer zu durchsuchen, öffnete Schubladen und Einbauschränke. Kleider und persönliche Gegenstände lagen ordentlich in ihren Fächern verstaut. Damit hatte O'Niel nicht gerechnet. Hatte sich Montone in seiner Panik so überstürzt ein Versteck gesucht, in dem er in Ruhe die nächste Fähre abwarten konnte, daß er seine Sachen zurücklassen mußte? Gedankenverloren öffnete O'Niel die Tür zur Toilette und blickte auf.

Montone quollen die Augen aus den Höhlen. Seine schwarze, geschwollene Zunge hing ihm seitlich aus dem Mund. Er war mit einer Drahtschlinge erhängt worden, deren Enden man an einem Wasserrohr befestigt hatte. Seine Hände hatte man mit Draht hinter dem Rücken zusammengebunden.

O'Niel starrte entsetzt auf seinen Stellvertreter, raffte sich dann auf und machte die Leiche vom Wasserrohr los. Die leblosen Augen, noch im Tode vor Furcht und Schrecken geweitet, starrten an ihm vorbei ins Leere. Suchend schaute O'Niel sich um, dann ging er zur Koje, zog das Laken heraus und breitete es über den Leichnam, den er auf den Boden gelegt hatte. Müde trat er an das Interkom, um das Hospital zu verständigen.

Als er schließlich zu seinem Apartment zurückkehrte, war er eher benommen als müde. Über der Computerkonsole blinkte die grüne Leuchtanzeige. Er ließ sich in den Sessel davor fallen und tippte seine Kennung ein. O'NIEL, W. T. IRGENDWELCHE BOTSCHAFTEN?

Die Maschine brummte leise. O'NIEL, W. T. POSITIV.

Sein Zeigefinger berührte die Rücklauftaste. PLAYBACK.

EINE NACHRICHT FÜR O'NIEL, W. T. STRENG VERTRAULICH! ENTSCHLÜSSELUNGS-CODE BENUTZEN.

Des Marshals Bedrücktheit wich ein wenig seiner Neugier. Was, zum Teufel, konnte so wichtig sein, daß es zu dieser Nachtzeit verschlüsselt hereingegeben wurde? Er hatte Mühe, sich an den Code zu erinnern, den er in den Computer eingegeben hatte. Die Maschine akzeptierte seinen Code und wiederholte ihn:

SBVDDTKKHRCY. JBTFWPA.

„Faszinierend“, murmelte O'Niel, dann tippte er rasch:

ENTSCHLÜSSELN! STRENG VERTRAULICH!

Die Antwort der Maschine war kurz, aber inhaltsschwer:

ANKUNFT EINES NAHRUNGSMITTELTRANSPORTS – MONTONE.

Diese Nachricht vertrieb die letzte Müdigkeit.

BITTE DEUTLICHER AUSFÜHREN! befahl der Marshal dem Computer.

Doch der wiederholte nur die Worte: ANKUNFT EINES NAHRUNGSMITTEL-TRANSPORTS – MONTONE.

Zum Teufel mit der Erklärung, dachte O'Niel aufgeregt. Diese kurze Botschaft besagte doch genug. O'Niel schaltete die Maschine ab und stürzte zur Tür. Erst auf dem Korridor verlangsamte er seine Schritte und begann nachzudenken.

Montone hatte immer weggeschaut, hatte nichts sehen wollen – und nicht darüber nachdenken wollen. Jetzt war er tot. O'Niel schritt wieder schneller aus, hatte aber die Richtung geändert. Es konnte nichts schaden, einen Umweg zu machen.

Der Zugang zum Ladedeck war unbewacht. Der Marshal berührte den Schleusenmechanismus und beobachtete, wie das Schott zur Seite glitt. Dann betrat er das Ladedeck und knipste seine kleine Taschenlampe an. Ihr heller Lichtkegel glitt über ein Gewirr von Regalen und Containern. Langsam schloß O'Niel das Schott hinter sich und leuchtete sich den Weg zu einer Rampe zwischen zwei stillgelegten Aufzügen. Im Moment befanden sich hier keine Arbeiter, und der Marshal glaubte ganz deutlich seinen Herzschlag vernehmen zu können. Orte, die normalerweise laut sind, konnten einen nervös machen mit ihrer Totenstille. Und je größer der Ort war, desto beklemmender die Stille.

O'Niel brauchte einige Zeit, bis er die mit der letzten Fähre angekommenen Container herausfand. Geduldig inspizierte er die Aufkleber auf jeder Kiste und an jedem Zylinder. Der dünne Lichtfinger tanzte von einem Aufkleber zum anderen, bis er schließlich über die gerippte Oberfläche von mehreren größeren Behältern glitt. Gemäß den Beschriftungen befand sich Tiefkühlkost in den Behältern.

Ein Computerausdruck, den der Marshal über sein Terminal abgerufen hatte, nannte ihm Namen und Zahlen. Hastig verglich er die Liste mit den Aufklebern, wanderte langsam von einem Behälter zum nächsten. Schon bald fand er, wonach er suchte. Der Container trug das Firmenzeichen der Gesellschaft, die Warnung vor der Gefrierversiegelung und die Worte: TIEFGEFROREN – VERDERBLICHE WARE!

Die Verschlüsse des Containers ließen sich nur schwer öffnen, weil er sowohl temperatur- als auch druckversiegelt war. Doch O'Niel zerrte mit aller Kraft daran, und schließlich sprangen sie auf. Ein Schauer eiskalter Luft drang aus dem Behälter. O'Niel wartete, bis sich die Luft im Innern etwas erwärmt hatte, dann kletterte er vorsichtig hinein.

Der Innenraum war groß genug für ihn, er konnte aufrecht darin stehen. Sein Atem bildete weiße Wolken in der unterkühlten Luft. O'Niel zog seine Hemdsärmel über die Hände, stellte seinen Kragen hoch und schloß den obersten Knopf, um sich ein wenig besser vor der eisigen Kälte zu schützen.

Rinderhälften hingen an großen Haken herab. Das Fleisch unter der blassen Schicht von gefrorenem Fett war leuchtend rot. Das Ganze erinnerte O'Niel an Leichenschauhäuser. Sauber aufgereiht hingen die Hälften über die ganze Längswand des Containers verteilt. Die meisten würden in der Küche der Offiziersmesse landen und von dort aus weiter auf die Teller der Manager und ihrer Assistenten wandern. Die Arbeiter würden von dem Fleisch nur wenig zu sehen bekommen.

Langsam bewegte sich O'Niel die Reihe der leblosen Tierhälften entlang. Wir haben etwas miteinander gemein, überlegte er, während er das Fleisch betrachtete. Wir sind weit von zu Hause entfernt.

Der Schein seiner Lampe tanzte über die vorstehenden Rippen der toten Tierkörper. O'Niel war sich nicht sicher, wonach er suchte, wußte aber, daß er es sofort erkennen würde, wenn er es sah. Doch es gab nichts, das ihn weitergebracht hätte – bis sich plötzlich mit leisem Schwirren eine Drahtschlinge um seinen Hals legte. Ehe O'Niel merkte, was vorging, wurde die Schlinge zugezogen. O'Niels Hände fuhren zum Hals.

Er versuchte verzweifelt, seine Finger unter die Schlinge zu bringen, doch sie spannte sich eng um seinen Hals, zerschnitt beinahe den Stoff seines Kragens. Nicht einmal einen Fingernagel hätte er dazwischenschieben können, um den tödlichen Zug ein wenig zu lockern. Er rang krampfhaft nach Atem ...

Yario war kein Leichtgewicht wie Spota. Er war ein starker, ungeschlachter Bulle, der diese Art Arbeit schon häufiger erledigt hatte. Er drückte sein Knie hart in O'Niels Rücken und zerrte ihn nach hinten. O'Niel strampelte hilflos mit den Füßen, die Augen traten ihm aus den Höhlen, sein Atem rasselte, verzweifelt bemühte er sich, Yarios tödliche Umklammerung zu lockern. Er stieß die Ellenbogen nach hinten, doch sie glitten wirkungslos an Yarios muskelbepackten Oberarmen ab. Die Fußtritte, die O'Niel austeilte, fanden keinen Widerstand. Yarios Gesicht war vor Anstrengung rot angelaufen, die Schlinge schnitt ihm tief in die Handflächen, doch er lockerte nicht eine Sekunde lang ihren Zug. Langsam wurden O'Niels Bewegungen schwächer. Er konnte seine Nackenmuskeln nicht mehr anspannen, seine Arme und Beine wurden schlapp, sein Brustkorb sank zusammen.

Doch auch jetzt lockerte Yario nicht den Zug der Schlinge, obwohl er aus Erfahrung wußte, daß O'Niel sich nicht verstellte. Niemand hätte diesen ungeheuren Druck auf den Kehlkopf lebend überstehen können. Erst als Yario überzeugt war, daß O'Niel das Zeitliche gesegnet hatte, öffnete er die Schlinge. Der tote Körper des Marshals sackte zusammen. Yario ließ die Leiche auf den Containerboden gleiten.

Der Marshal war erledigt. Er würde nicht mehr seine Geschäfte stören.

Man würde kaum Fragen stellen. Viele Leute hier hatten eine Abneigung gegen Gesetzeshüter. An einem Ort wie Io gab es eine Menge potentieller Mörder. Die Tatsache, daß der Marshal und der Sergeant so kurz hintereinander umgekommen waren, würde man als seltsamen Zufall darstellen oder sonst eine Erklärung finden. Das war nicht sein Problem. Sollte doch Sheppard oder die Gesellschaft eine geeignete Erklärung dafür finden. Yario war kein großer Denker. Er tat nur seine Arbeit. Und er tat sie gut, wie O'Niel und Montone beide bestätigen konnten. Nein, nicht mehr bestätigen konnten!

Der Hüne grinste bei diesem Gedanken, stieg über den zusammengesunkenen Körper und ging zum hinteren Ende des Containers. Der Empfänger der Rinderhälften war jeweils auf das Fleisch aufgestempelt. Auf einigen wenigen stand CAFETERIA. Die meisten waren für die Offiziersmesse, und nur ganz wenige gingen an bestimmte Leute. Dicht vor der Querwand hing eine Fleischhälfte mit dem Stempel GENERALMANAGER. Yario grunzte zufrieden und drehte die Innenseite am Haken zu sich herum. Er beeilte sich, denn ihm wurde langsam kalt.

O'Niels harter Schlag traf ihn genau unter die Rippen. Der überraschte Yario verlor das Gleichgewicht und stürzte gegen die Containerwand. Die Wucht des Schlages raubte ihm einen Augenblick lang den Atem. O'Niel riß den Arm hoch und hieb mit der Handkante gegen Yarios Nasenwurzel. Knochen splitterten knirschend, Blut schoß aus der Nase des Mannes und gerann sofort in der eisigen Luft des Tiefkühlraums.

Yario richtete sich auf und stampfte wie ein verwundeter Bär auf O'Niel zu. Er hatte seine dicken Arme ausgestreckt, um seinen Widersacher zu packen und zu erdrücken. Doch O'Niel ließ ihm keine Zeit, sich von seinen Schmerzen und von seiner Überraschung zu erholen. Er hatte nicht vor, dem bärenstarken Gegner auch nur die kleinste Chance einzuräumen.

Geduckt stürmte er vorwärts und rammte seinen Kopf gegen Yarios Solarplexus. Der heftige Stoß trieb die Luft aus dem stämmigen Körper, der in der Mitte einknickte. Im gleichen Moment verlagerte O'Niel sein ganzes Gewicht auf ein Bein, riß das Knie hoch und schmetterte es gegen das ungeschützte Kinn seines Gegners. Das Knirschen des Aufpralls hallte im Container und dem ganzen Ladedeck wider. Yario sackte in sich zusammen, ohne einen Laut von sich zu geben, und lag regungslos – wie die Fleischhälften, die über ihm hingen.

O'Niel taumelte zurück und lehnte sich erschöpft gegen die kalte Containerwand. Er versuchte regelmäßig zu atmen, ließ aber dabei keinen Blick von Yarios Gestalt. Doch der Mann verstellte sich nicht, wie O'Niel es vorher getan hatte. Er würde eine Zeitlang bewußtlos sein, und O'Niel war dafür dankbar. Denn dieser Gegner war viel gefährlicher, viel kaltblütiger, als der in Panik geflüchtete und jetzt tote Spota.

Der Marshal hob die Hand und öffnete den obersten Hemdknopf. Der Kragen war immer noch hochgestellt, das hatte ihm das Leben gerettet. Mit den Fingerspitzen konnte O'Niel das tiefe, schmerzende Würgemal spüren, das die Schlinge trotzdem an seinem Hals hinterlassen hatte. Er klappte den Kragen herunter und tastete das Wundmal ab. Hätte Yario ein wenig stärker gezogen, hätte er mit der Schlinge sogar den derben Uniformstoff des Hemdkragens durchtrennt – und O'Niel die Kehle durchgeschnitten. Doch er hatte nicht daran gedacht, daß der Kragen O'Niel retten könnte. Glücklicherweise!

O'Niel riß den Kragen vom Hemd und warf ihn zu Boden. Dann vergewisserte er sich, daß der Gegner wirklich schlief. O'Niel verspürte kein Verlangen, nochmals mit jemandem aneinanderzugeraten, der solche Kräfte besaß und die Würgeschlinge so meisterhaft und lautlos beherrschte.

Er richtete sich auf und ging zu der Fleischhälfte, die Yario herumgedreht hatte. Befriedigt las er den Aufdruck GENERALMANAGER. Zentimeter für Zentimeter begann er das Fleisch im Schein seiner Taschenlampe zu untersuchen. Doch er konnte nichts Ungewöhnliches entdecken. Keine zertrennten Sehnen, keine besonderen Markierungen. Mit der flachen Hand klopfte er das Fleisch ab. Flach hallte das klatschende Geräusch in dem Kühlbehälter wider. O'Niel begann vor Kälte und Erschöpfung zu zittern.

Als er schon fast nicht mehr damit rechnete, tönte ein Schlag plötzlich hohl. O'Niel zog ein schmales Messer aus der Hosentasche. Es war ein veraltetes Klappmesser, nicht eines dieser phantastischen Laserskalpelle, die man im Hospital verwendete, doch dieses tat es auch. Er schnitt an der Stelle, die hohl geklungen hatte, tief in die Fettschicht, steckte, sobald das Loch groß genug war, seine Hand hinein und tastete das Innere ab. Wenig später verzog er das Gesicht zu einem zufriedenen Grinsen. Rasch schnitt er mit dem Messer eine tiefe Kerbe in das Fleisch und drückte es zur Seite. Wo das Filetstück hätte sein sollen, war ein großes Loch. Darin steckten wohlverpackt mehr als hundert dieser Plastikbehälter mit der roten Flüssigkeit, von denen er Spota einen abgejagt hatte. O'Niels Lächeln wurde breiter. Jeder Behälter enthielt etwa 120 Gramm, also vierhundert Dosen. In dem Fleisch waren mindestens vierzigtausend Dosen der Droge versteckt. Jemand hatte hier eine beachtliche Investition getätigt.

Es war jetzt O'Niels Aufgabe, den roten Tod auszumerzen. Grundsätzlich haßte es der Marshal, Dinge zu zerstören. Doch diese Aufgabe würde ihm ein Vergnügen sein. Er schaute sich um und erblickte einen Karton mit Weinflaschen, auf den ebenfalls die Worte GENERAL-MANAGER aufgedruckt waren. Er leerte den Karton, ohne darauf zu achten, ob die Flaschen zerbrachen. Dann begann er, die Plastikbehälter mit der Droge in den Karton zu füllen.

9

DAS Spielfeld war leuchtend grün, der Rasen sehr kurz. Die rechte Seite flankierten dichte Zypressen, duftige Wolken schwebten am stahlblauen Himmel. Auf der linken Seite des Rasenplatzes waren runde Löcher in den Boden eingelassen, hinter denen ein Teich mit Seerosen in der Sonne blinkte. In der Ferne konnte man einige Gebäude erkennen, die den Weg zum Spielfeld säumten. Eine kleine Flagge flatterte lustig in der warmen Brise ... Ein lautes Krachen ertönte, als der polierte Schläger aus Mahagoni den Ball berührte. Der Ball flog nur eine kurze Strecke, prallte dann gegen die Wand und fiel zu Boden. Doch das Computerbild an der Wand lief weiter, genau von dem Punkt aus, wo der Ball den sensorisierten Wandschirm berührt hatte, bis zu einem imaginären Punkt, den der Ball in Wirklichkeit erreicht hätte. Der Computer errechnete exakt aus dem Aufschlagwinkel, aus der Aufschlagkraft und der Geschwindigkeit die Weite, die der Ball geflogen wäre, und richtete dementsprechend das Bild auf dem Schirm aus.

Der Ball flog genau hundertvierzig Meter weit. Sheppard schürzte die Lippen, während er das Ergebnis studierte. Er stand immer noch leicht gebückt in der Schlaghaltung. Jeden Moment würde er jetzt auf den Knopf für die Rückgabeautomatik drücken, das Bild auf dem Schirm würde sich wieder verändern und den Ausgangsstandort zeigen. Die Rückgabeautomatik würde ihm den Ball zu

Füßen legen. Sheppard stand allein auf dem falschen Rasen, der einen Teil des Bodens im Büro bedeckte. Der Rest des Raumes lag im Halbdunkel, nur der Schirm mit der vorgetäuschten Landschaft leuchtete sanft.

„Was ist los?“ fragte plötzlich eine Stimme aus dem Halbdunkel. „Blendet Sie die Sonne?“ Sheppard wandte sich um und senkte den Schläger. O'Niel stand am anderen Ende des Büros, dunkel hob sich sein Körper gegen das erleuchtete Lichtrechteck der Tür zum Vorzimmer ab.

„Es tut mir leid, Mr. Sheppard. Ich habe ihm gesagt, daß Sie nicht gestört werden dürfen, doch er ist einfach durchgegangen ...“

„Es ist gut, Darlene. Du kannst gehen.“ Die schmale Gestalt hinter O'Niel zögerte, verschwand aber dann.

„Sieh da, das Gesetz in Person!“

Sheppard wandte sich ruhig wieder seiner Beschäftigung zu und überlegte den nächsten Schlag. „Ich arbeite jetzt nur noch an der richtigen Entfernung. Treffsicher bin ich inzwischen schon. Was meinen Sie, soll ich den siebener Schläger nehmen?“

O'Niel ging auf ihn zu, die Tür schloß sich hinter ihm.

„He, Sheppard! Was glauben Sie wohl, was ich gerade in einem Fleischcontainer gefunden habe? Frisch angekommen mit der letzten Fähre. Wartete nur noch auf dem Frachtdeck auf seine Auslieferung.“

„Ich mag nicht raten! Ich habe ohnehin das Gefühl, daß Sie es mir gleich sagen werden.“ Während er sprach, wählte er aus seiner Golftasche einen frischen Schläger.

O'Niel sprach weiter, seine Stimme klang belustigt: „Ich fand einen zweihundertfünfzig Pfund schweren Fleischklumpen namens Yario, der für Sie arbeitet. Und zufällig zeigte er mir eine ganze Ladung Polydeuth. Den Fleischklumpen habe ich ins Gefängnis gesteckt und das PDE ins Klo geschüttet. Oder war es andersherum? Doch wie auch immer, das Schloß zu seiner Zelle besitzt eine Kombination, die nur ich kenne. Damit er, während er schläft, nicht plötzlich unliebsamen Besuch erhält.“

Sheppards Hände umkrampften den Schaft des Schlägers. Langsam wandte er sich um und versuchte zu grinsen. Doch das Grinsen mißlang. Seine Stimme war leiser als sonst.

„Gott, was sind Sie doch für ein fleißiger kleiner Marshal!“

„Sie sollten stolz auf mich sein!“

„Sagen wir, ich bin ungemein beeindruckt!“

Sheppard holte weit aus und schlug. Der Ball flog in einer niedrigen

Kurve nach links gegen die Wand. Beide Männer beobachteten, wie das Schirmbild sich veränderte und den Flug des imaginären Balles projizierte. Er landete genau im ersten Loch. Sheppards Hand zitterte leicht, als er das Bild in die Ausgangsposition zurückschaltete.

„Ein ausgezeichneter Schlag!" sagte O'Niel anerkennend.

Nervös hantierte Sheppard an den Kontrollen, holte das Bild zu nahe heran und ließ es wieder zurücklaufen, bis auf der Computerkonsole ein rotes Licht aufblinkte und ihm anzeigte, daß wieder die richtige Ausgangsposition erreicht war. Die automatische Ballrückgabe hatte inzwischen den richtigen Ball vor seinen Füßen abgelegt. Zärtlich berührte Sheppard den Ball mit dem Ende des Schlägers.

„Haben Sie wirklich die ganze Sendung vernichtet?"

„Ja, es war eine ziemlich große Menge. Das Geschäft scheint gut zu florieren. So gut, daß die nächste Lieferung erst fällig wäre, wenn mindestens hundert Männer und Frauen durch Sie zum Selbstmord getrieben worden wären."

„Sie haben wirklich einen Hang zum Dramatischen."

„Absolut nicht. Gewöhnlich verrichte ich meine Arbeit möglichst unauffällig. Sagen Sie, war das Zeug teuer?"

„Teurer, als Sie es sich vorstellen können."

Der Generalmanager hatte sich wieder gefaßt.

„Ist es schwer zu ersetzen?"

„Schwerer, als man glaubt."

„Na, dann sieht's ja ganz so aus, als seien Sie aus dem Geschäft."

Sheppard ließ sich Zeit, während er den Schläger in die Golftasche zurücksteckte. Die Kosten für den Transport dieser Golfplatzapparatur und der vergleichsweise nutzlosen Tasche nach Io mußten unvorstellbar gewesen sein. Sheppard zog einen anderen Schläger hervor, verhielt aber dann mitten in der Bewegung und betrachtete den Marshal wie ein Entomologe, der eine neue Spezies von Schmetterlingen studiert. „Ich glaube, ich habe Sie unterschätzt, O'Niel. Ich hatte einen ganz falschen Eindruck von Ihnen, und das ist mir noch nie passiert. Sie sind nicht dumm, nein, Sie sind wahnsinnig."

Seine Stimme klang bedauernd, aber nicht freundlich, während er einen frischen Schläger aus der Tasche herauszog.

„Glauben Sie wirklich, Sie könnten uns, außer uns ein paar Unannehmlichkeiten zu bereiten, etwas anhaben? Es sind zwar sehr kostspielige Unannehmlichkeiten, die Sie uns machen, aber sonst auch absolut nichts. Glauben Sie mir!"

Er schüttelte bedauernd den Kopf.

„Gehen Sie nach Hause, und polieren Sie Ihr Abzeichen, Marshal. Hier haben Sie es mit Erwachsenen zu tun, die eine Nummer zu groß für Sie sind, merken Sie das nicht? Verstehen Sie überhaupt, auf was Sie sich da eingelassen haben?"

O'Niels halbherziges Lächeln verstärkte sich. „Ich verwette meinen Kopf darauf, daß der Absender der Ware Ihnen sehr übelnehmen wird, daß Sie sie verloren haben. Erwachsene kennen in solchen Sachen keinen Spaß." Bei diesen Worten schaute er an Sheppard vorbei auf das Bild an dem Wandschirm. „Hier würde ich einen Neuner nehmen. Sie dürften aber nur leicht schlagen, denn das Loch da scheint nicht sehr tief zu sein. Noch einen guten Rat zum Abschluß: Wenn Sie nicht sehr vorsichtig sind, können Sie sich bald beerdigen lassen."

Er wandte sich um und ging zur Tür. Sheppard holte zum Schlag aus, richtete sich aber nochmals auf und schaute hinter O'Niel her. „Marshal!"

O'Niel blieb stehen, drehte sich aber nicht um.

„Sie sind schon so gut wie tot, wissen Sie das eigentlich? Ich hoffe, Sie haben mich verstanden!"

„Ich höre noch gut!"

O'Niel verließ das Büro, ohne sich umzuschauen ...

DER Marshal wanderte durch Haupt- und Seitengänge hinunter auf die tiefer gelegenen Ebenen der Mine. Je tiefer er kam, um so weniger Menschen begegneten ihm. Hier im unteren Teil befanden sich hauptsächlich Maschinen, die sich selbsttätig ein- und ausschalteten und sich öfters auch selbst reparierten. Nur selten benötigten sie die Hilfe ihrer menschlichen Erbauer. Die Wartung erfolgte routinemäßig und in regelmäßigen Abständen.

Gelegentlich mußten an bestimmten Teilen der Ausrüstung unvorhergesehene Änderungen vorgenommen werden. O'Niel betrat den letzten Gang und wandte sich, nachdem er rasch einen Blick auf eine kleine Lagekarte geworfen hatte, nach links. Er hoffte, eine solche Änderung vornehmen zu können.

Die Schleuse, die er bald darauf erreichte, trug die Aufschrift ELEKTRISCHE VERSORGUNGSZENTRALE.

Er öffnete sie, nahm seinen kleinen schwarzen Aktenkoffer in die linke Hand und verschwand in der Halle, nachdem er die Schleuse sorgfältig verriegelt hatte. Die Halle war riesig, lange Reihen vertikaler Blocks zogen sich bis zu ihrem anderen Ende hin. Jeder Block beherbergte die Elektroinstallationen und Relais jeweils einer Sektion der Mine. Die Stromaggregate summten leise, erfüllten mit ihrem Brummen die Luft. Sie bezogen ihre Energie von der weit entfernten Sonne und nutzten sie für die Versorgung der Menschen und Maschinen in der Mine.

O'Niel wanderte an mehreren Blocks vorbei. Ständig zog er den Plan zu Rate. Wie erwartet befand sich niemand außer ihm in der Halle. Die Blocks unterschieden sich deutlich in ihrer Größe. Manche waren sehr massig, wie zum Beispiel die für die Arbeiterquartiere und Minenlifte. Andere dagegen besaßen geringere Ausmaße, wie etwa der mit der Aufschrift HOSPITAL. Schließlich fand O'Niel, was er suchte: den Block mit der Aufschrift GENERALMANAGER.

Die Außenhaut der Blocks bestand aus Metallpaneelen, die sich wie Fischgräten seitlich aneinanderreihten. Verbindungskabel liefen von Block zu Block, dünne Glasfasern, die in durchsichtige Plastikkabel eingebettet waren. Am oberen Ende jedes Paneels war ein schmaler Schlitz eingelassen. O'Niel fand das Paneel, das er suchte, und steckte seine Universalkennkarte in den Schlitz. Eine Reihe mehrfarbiger Kontrollampen blinkte auf, brannte dann aber ruhig. Das Paneel schob sich zur Seite. Dahinter lag ein undurchdringliches Gewirr von Drähten, Glasfibern, Stromleitungen und die bunte Geometrie gepreßter Module.

O'Niel betrachtete die Module, sein Blick wanderte von einem zum anderen. Die Energieleitungen ließ er unbeachtet. Schließlich entdeckte er eine Kupplung, in der eine Menge Glasfibern wie im Zentrum eines Spinnennetzes zusammenliefen – Sprechleitungen, private Anschlüsse, Raumfunk und Computeranschlüsse. Nacheinander ging er sie anhand des Planes durch, verglich ihre Nummern und ihre Beschriftung, bis er die Leitung fand, die er suchte. Rasch öffnete er den kleinen Koffer, den er mitgebracht hatte. Darin lagen Kabel und Prüfgeräte bunt verstreut. Die Werkzeuge dagegen steckten ordentlich in ihren Seitenhalterungen. O'Niel nahm ein kleines Stück Glasfiber heraus. Die Enden lagen blank, die Plastikhülle hatte er vorher entfernt. Sorgfältig verband er ein Ende mit dem Glasfiberkabel für die Verwaltung. Das andere Ende verband er mit einem freien Kontakt, der mit dem Wort MONITOR gekennzeichnet war.

Kaum hatte das Zwischenkabel Kontakt mit dem anderen Kabel erhalten, verschmolzen die Berührungspunkte miteinander. Die spezielle chemische Zusammensetzung der Kabel würde die mit Laserstrahlen übermittelten Botschaften der Sprechleitung nicht beeinträchtigen, da der Stromfluß nicht unterbrochen wurde. Die geringe Schwächung der Lichtintensität der Laserstrahlen würde vom nächsten Laserblitzgerät kompensiert, und niemand würde merken, daß die Sprechleitung angezapft war.

O'Niel schloß das Paneel, die Verriegelung klickte leise. Sofort erloschen die Kontrollampen über der Metallplatte. O'Niel warf den Koffer zu, wandte sich um und verließ die Halle. Niemand hatte ihn kommen sehen, niemand sah, wie er ging.

DER Wachraum barst beinahe vor Betriebsamkeit, als der Marshal am nächsten Morgen eintrat. Die meisten Beamten der Tagschicht waren schon da und erzählten sich ihre Erlebnisse, während sie auf ihre Befehle warteten. Einige bemerkten O'Niel und stießen ihren Nachbarn an. Das Stimmengewirr wurde leiser, die Unterhaltung verstummte langsam.

Ballard trat auf ihn zu und begleitete ihn zu seinem Büro.

„Guten Morgen, Marshal."

„Morgen. Was gibt es?"

Ballard überlegte einen Moment lang. „Einbruch in einen Frauenschlafsaal. Bis jetzt ist unklar, ob es ein Abartiger, ein verhinderter Liebhaber oder nur ein Dieb war. Jedenfalls hat man den Burschen überrascht. Er rannte wie der Teufel."

„Irgendwelche Fingerabdrücke?"

„Ja, aber nur verwischte. Ich habe mich davon überzeugt, daß vorschriftsmäßig vorgegangen und sorgfältig gearbeitet wurde. Möchte nicht, daß noch einmal einer durchdreht wie Sagan."

„Ich bezweifle, daß die beiden Fälle etwas miteinander zu tun haben", antwortete O'Niel. „Denn dann wäre der Kerl nicht geflohen. Doch Sie haben völlig richtig gehandelt."

„Danke. Ich glaubte nur, es könnte nichts schaden, ganz auf Nummer Sicher zu gehen."

„Gut. Was sonst?"

„Nicht viel. Die übliche Zahl von Betrunkenen, die üblichen Beschwerden von Mrs. Machard über den Krach, ein falscher Feueralarm auf Ebene zwei im Verwaltungssektor." Der Beamte grinste plötzlich breit. „Ach ja, da war noch eine Meldung über einen Kampf in der Cafeteria."

„Was war los?"

„Zuerst dachte ich, es hätte etwas mit dem Einbruch in den Frauenschlafsaal zu tun. – Eifersüchtiger Freund prügelt sich mit Liebhaber oder so was Ähnliches." Er schüttelte den Kopf. „Doch das war es nicht einmal. Jemand hatte sich beim Anstehen an der Essensausgabe vorgedrängt."

O'Niel warf ihm einen angewiderten Blick zu.

Ballard deutete diesen Blick richtig. „Ja, genau das habe ich auch gedacht. Als ob die Leute hier nicht genügend andere Probleme hätten. Doch es gab mehr Lärm als Handgreiflichkeiten. Eine gebrochene Nase und ein paar ausgeschlagene Zähne waren das Resultat. Hinzu kommt noch das zerbrochene Inventar, das den beiden vom Gehalt abgezogen wird." Er deutete mit dem Daumen über die Schulter. „Sie kühlen sich momentan im Loch etwas ab."

O'Niel nickte zustimmend, dann runzelte er die Stirn. Sein Blick klebte an Ballards Kragen. „Wo sind Ihre Sergeant-Abzeichen?"

Ballard wand sich unbehaglich unter O'Niels prüfendem Blick. „Nun ..., Marshal, es ist doch erst gerade ein paar Tage her, daß Montone tot ist. Und ich dachte ..."

„Sie sind der neue Sergeant", unterbrach ihn O'Niel barsch. „Entweder tragen Sie die Abzeichen, oder Sie ziehen die Uniform auf der Stelle aus, verstanden? Ich bestehe darauf!"

„Jawohl, Sir."

Ballard verschwand, um dem Befehl nachzukommen. O'Niel betrat allein sein Büro. Rasch überprüfte er über den Computer Yarios Zelle. Sauerstoffzufuhr und Anzugdruck waren in Ordnung. Der Sauerstoffverbrauch war höher als bei anderen Gefangenen, denn Yario war wirklich ein Riese. Der Bastard lebte also noch. O'Niel dachte nicht daran, in den Zellentrakt zu gehen und sich mit ihm zu unterhalten. Er hatte seine Lektion bei Spota gelernt. Yario würde ohnehin nichts verraten. O'Niel hatte vor, ihn in Kürze den Vernehmungsbeamten auf der Hauptstation zu überstellen. Er setzte sich vor seine Computerkonsole, doch bevor er die Berichte durchsah, nahm er sich einen Moment Zeit und beobachtete durch die transparente Trennscheibe die Beamten der Tagschicht. Sind schon ein seltsamer Haufen, überlegte er. Fast alle noch sehr jung. Halten sich aber schon für ziemlich abgebrüht – genau wie die Miner!

Sie befanden sich auch aus den gleichen Gründen wie jene auf Io: wegen des Geldes. Wie O'Niel aus den Personalunterlagen entnehmen konnte, waren die meisten verheiratet, einige hatten Kinder. O'Niel fragte sich, wie viele wohl dran glauben mußten, wenn es zum Äußersten kam. Und alles deutete darauf hin, daß es dahin kommen würde. Er war sich dessen ziemlich sicher, denn man trat

Leuten wie Sheppard nicht auf die Füße, ohne daß sie es einem doppelt und dreifach heimzahlten.

Die Beamten versahen ihre Arbeit mit Eifer, verrichteten sie gern. Sie waren noch zu jung, um ihrer überdrüssig zu sein. O'Niel bezweifelte, daß sie jemals mit schlimmeren und gefährlicheren Dingen zu tun hatten als mit randalierenden Betrunkenen. Sie haben die Realität noch nicht kennengelernt, sagte er sich. Und viele von ihnen werden sie auch nie kennenlernen – wenn sie Glück haben. Er seufzte, rückte seinen Drehstuhl zur Konsole und gab seine Kennung ein. O'NIEL, W. T. ...

Die Maschine antwortete prompt: O'NIEL, W. T. SICHERHEITS-CODE?

Der Marshal gab das Codewort, und die Maschine summte: EINGABE.

STRENG VERTRAULICH tippte der Marshal ein. Ein rascher Blick überzeugte ihn, daß alle Beamten in der Mitte des Raumes um Ballard versammelt waren, der die Tagesbefehle ausgab. Niemand stand zufällig in der Nähe der Trennscheibe.

ÜBERWACHUNGSERGEBNISSE IM FALL SHEPPARD MARK B.?

Ein solcher Sicherheitscomputer hat doch gegenüber einem menschlichen Beamten einen wunderbaren Vorteil, überlegte O'Niel. Er beantwortet die Fragen nicht nur wesentlich schneller, sondern widerspricht und streitet nie mit einem oder verschwendet Zeit mit sinnlosen Fragen. Er serviert nur Fakten, jawohl, nur die Fakten.

VIER GESPRÄCHE informierte ihn die Maschine. DREI ÜBER SPRECHLEITUNG VON BÜRO ZU BÜRO, EIN FERNGESPRÄCH ÜBER FUNK.

Und genau das wäre sicher recht interessant, sagte sich O'Niel. Er hatte etwas Ähnliches erwartet. Sheppard schien kein Mann zu sein, der lange zögerte. Statt dessen handelte er.

EMPFANGSSTATION DES FUNKSPRUCHS? fragte der Marshal.

Die Konsole antwortete: HAUPTSTATION IM TRANS-JUPITER-SEKTOR.

WIEDERGABE! befahl O'Niel.

Ein unverständliches Stimmengewirr drang aus dem Lautsprecher, der in der Konsole eingebaut war. O'Niel betätigte rasch die Stopptaste und tippte den Befehl ein: ZURÜCKSPULEN – ENTZERREN – WIEDERGABE!

Der Computer zwitscherte leise, als er das winzige Band in seinem Innern zurückspulte. Erst waren nur statische Störungen zu hören, dann ging ein Rufzeichen hinaus. Der kleine Videoschirm erwachte zum Leben, zeigte das Gesicht von Sheppard. Der Generalmanager saß an seinem Schreibtisch und schaute in die Kamera. Ungeduldig wartete er darauf, daß sich der Teilnehmer meldete. Er wirkte nervös und wütend. Über diese Tatsache freute sich O'Niel.

„Hallo?“ ertönte plötzlich eine fremde Stimme. Sheppards Bild auf dem Schirm reagierte augenblicklich. Er schaute weiterhin direkt in die Kamera und sprach, als ob er sich mit O'Niel, nicht aber mit dem bis jetzt noch unbekannten Teilnehmer unterhielte.

„Ist da Bellows?“

„Ja, am Apparat“, ertönte die Antwort.

„Hier ist Sheppard. Wir müssen unbedingt miteinander reden.“ Rasch tippte O'Niel auf einer Nebenleitung folgende Eingaben in den Computer: BELLOWS – HAUPTSTATION IM TRANS-JUPITER-SEKTOR. IRGENDWELCHE ANGABEN?

„Das müssen wir tatsächlich!“ Die Stimme des Unbekannten namens Bellows klang gereizt. „Was, zum Teufel, geht da drüben vor?“

Bellows war offensichtlich über die Maßen wütend. O'Niel grinste breit.

„Es gibt hier ein wenig Ärger“, informierte ihn Sheppard.

„Sie werden auch bald riesigen Ärger haben, wenn Sie nicht spuren!“ antwortete Bellows drohend. „Ein paar wichtige Leute sind momentan absolut nicht gut auf Sie zu sprechen.“

„Was wollen Sie damit sagen?“

„Meine Leute glauben, daß Sie Ihre eigene Organisation nicht genügend im Griff haben. Und nach dem, was mir da zuletzt zu Ohren gekommen ist, kann ich es meinen Leuten auch nicht verdenken. Sie sind sehr unvorsichtig gewesen.“

„Sie können sie beruhigen. Ich regle das schon. Ich brauche nur für ein paar Tage einige Ihrer besten Männer. Nur für ein paar Tage!“

„Was ist mit den anderen beiden?“ fragte Bellows. „Ich dachte, sie seien genau die richtigen für diese Art Arbeit.“

„Bis zu einem gewissen Grad waren sie das auch. Doch dann haben sie versagt. Schicken Sie mir die Männer, und ich bereinige das hier. Ich brauche sie wirklich nur kurz, dann kommen sie zurück.“

Bellows ließ sich Zeit mit der Antwort, seine Stimme klang zögernd. „Meinen Leuten dürfte das absolut nicht gefallen.“

„Sie wollen doch, daß alles wieder reibungslos läuft, nicht wahr?“ sagte Sheppard drängend. „Dann erfüllen Sie meine Bitte, und sagen Sie ihnen, daß sie sich keine Sorgen zu machen brauchen.“

„Wann brauchen Sie die Männer?“

„Mit der nächsten Fähre. Je schneller, desto besser. Um so früher kommt die Sache wieder in Ordnung.“

Eine kurze Zeitlang herrschte Schweigen. Sheppard tat alles, um seine Erregung zu unterdrücken. O'Niel bewunderte insgeheim die Selbstbeherrschung des Generalmanagers.

„Ich werde sehen, was sich machen läßt", verkündete Bellows schließlich. „Es wird nicht leicht sein, die Leute sind sehr unruhig und nur schwer zu überzeugen."

„Es ist wirklich nur für ein paar Tage", erklärte Sheppard nochmals. „Das ist doch nicht zuviel verlangt, um Ihre Einlagen hier zu schützen."

Zögernd stimmte Bellows zu. „Ich will's versuchen. Ich rufe Sie später zurück."

Deutlich war das Klicken zu hören, als die Funkverbindung unterbrochen wurde. Statisches Rauschen ertönte, Sheppards Bild auf dem Schirm verblaßte und verging in elektronischem Flimmern ...

In Gedanken wiederholte O'Niel die Unterhaltung, während er geistesabwesend in den Wachraum schaute. Die Beamten waren verschwunden, jeder hatte seine Aufgabe zugeteilt bekommen. Auch Ballard war fort, wahrscheinlich kümmerte er sich um die Einbruchsgeschichte im Frauenschlafsaal.

O'Niel beschäftigte sich wieder mit dem Computer. BETRIFFT ANTWORTGESPRÄCH FÜR SHEPPARD, MARK B. ANTWORT SCHON EINGEGANGEN?

Augenblicklich antwortete der Computer: POSITIV. ANTWORT UM 18 UHR 30 EINGEGANGEN.

ENTZERREN UND WIEDERGEBEN! befahl O'Niel.

Wieder folgten das typische Summen und die statischen Störungen, bis ein Pfeifton meldete, daß ein Sprechkontakt hergestellt worden war. Sheppards Gesicht tauchte auf dem Schirm auf. „Hier Sheppard."

„Bellows", ertönte die nun schon vertraute Stimme. „Sie bekommen die Männer. Es war nicht einfach. Meine Leute sind sehr unzufrieden mit Ihnen. Sie befürchten Ärger in den anderen Minenprojekten."

„Ich wüßte nicht, wieso", antwortete Sheppard. „Dies hier ist doch nur ein örtliches Problem."

„Zum Teufel!" Bellows echauffierte sich. „Wenn die Gesellschaft Wind davon bekommt, daß da bei Ihnen was schiefgelaufen ist, wird man uns die Hölle heiß machen. Solange unsere Operationen stillschweigend abgewickelt werden, läßt man uns in Ruhe. Doch einen schlechten Ruf kann sich die Gesellschaft nicht leisten, das wissen Sie genau! Es könnte sie ihre Schürfkonzessionen kosten. Sie wissen selbst am besten, wie die Medien eine solche Sache ausschlachten würden, wenn sie dahinterkämen. Die Gesellschaft könnte ihre Minen schließen, was wiederum meine Leute aus dem Geschäft werfen würde. Und das wäre ihnen überhaupt nicht recht, denn meine Leute machen gern Geschäfte."

„Ebenso wie ich", versuchte Sheppard seinen Gesprächspartner zu beruhigen. „Wie gut sind die Männer?"

„Es sind die besten, die ich habe. Genau die wollten Sie doch, oder? Nun, Sie werden sie bekommen. Sie sind an Bord der Fähre, die Sonntag bei Ihnen eintrifft."

„Haben sie eigene Waffen?" Sheppards Stimme klang nun sehr professionell, als spreche er über die Ankunft neuer Fördermaschinen. „Ich kann ihnen hier keine verschaffen, ohne Aufsehen zu erregen. Zu viele Leute, die man vielleicht später als Zeugen verwenden könnte, wüßten davon."

„Darüber sind sich die Männer im klaren. Glauben Sie etwa, ich schicke Ihnen ein paar Idioten? Das sind keine Anfänger wie Yario und Spota. Diese Burschen sind Extraklasse."

O'Niel beobachtete fasziniert den Schirm, mit einer Hand strich er sich nachdenklich über seinen Bart.

„Sie bringen ihre Ausrüstung mit", fuhr Bellows fort. „Nur die Instruktionen bekommen sie von Ihnen. Sobald das erledigt ist, halten Sie sich von ihnen fern und lassen sie gefälligst ihre Arbeit tun, verstanden? Sollten Sie sich nicht daran halten, machen die Männer sofort kehrt und kommen zurück."

„Keine Sorge", versicherte ihm Sheppard. „Ich habe absolut kein Interesse, den Fluß der Dinge aufzuhalten. Ich möchte diese Sache so schnell wie möglich hinter mich bringen. Zu Ihrer Information, das Ziel unserer Aktivitäten hier ist O'Niel, der örtliche Marshal."

„Großer Gott!" Zum ersten Mal klang Bellows' Stimme nicht mehr aufgebracht, sondern bestürzt. „Und ich war der Meinung, es handle sich nur um einen großmäuligen Miner oder Verwaltungsassistenten, der Wind von der Sache bekommen hat. Doch ausgerechnet der Marshal ..." Seine Stimme wurde scharf. Der Mann schien außerordentlich wütend. „Ich warne Sie, Sheppard, verderben Sie die Angelegenheit nicht!"

„Keine Sorge." Der Generalmanager schien zuversichtlich.

„In Ordnung. Ist schließlich Ihre Angelegenheit!"

Bellows' Stimme klang, als würde er Sheppard um die vor ihm liegenden Tage nicht beneiden.

„Stimmt!"

„Wieviel Unterstützung findet der Marshal bei seinen Leuten? Nicht, daß das für die Männer, die ich Ihnen schicke, einen Unterschied machte. Aber es ist besser, sie wissen genau darüber Bescheid."

„Keine."

„Sind Sie sicher?"

„Ja, ganz sicher."

Sheppard lächelte dünn.

„Hier hält niemand seinen Hals für den anderen hin. Vielleicht mal bei einer Schlägerei im Club. Doch die Leute hier sind nicht dumm. Sie wollen nur ihre Verpflichtung hinter sich bringen und soviel Geld wie möglich herausschlagen. Nur der neue Marshal als einziger verursacht diesen Ärger. Der Mann muß wahnsinnig sein." Der Generalmanager schüttelte bekümmert den Kopf. „Wenn bekannt wird, daß Ihre Männer Profis sind, wird es keinen Ärger mehr geben. Und daß es bekannt wird, dafür sorge ich schon. Keine Angst, der Marshal wird bald ein toter Mann sein – so tot wie unsere kleinen Schwierigkeiten hier."

O'Niel drückte seine Zigarette im Aschenbecher aus, gedankenverloren zerkrümelten seine Finger den Stummel.

„Sheppard, ich werde Ihnen jetzt etwas sagen. Sicher können Sie sich denken, was jetzt kommt." Bellows' Stimme klang gleichmütig, unverbindlich. „Wenn Sie Mist bauen, wird der nächste Mann, der zur Ablösung nach Io kommt, Ihre Ablösung sein."

„Keine Sorge." Sheppard lächelte in die Kamera, äußerlich von der Drohung völlig unbeeindruckt. „Wenn ich Zweifel hätte, daß die Sache nicht glattgeht, hätte ich Sie niemals um Hilfe gebeten. Sagen Sie Ihren Leuten, sie sollen sich beruhigen. Ich rufe Sie an, sobald alles vorüber ist."

Das Gespräch wurde beendet. O'Niel faltete die Hände über seinem Bauch, lehnte sich im Sessel zurück und betrachtete nachdenklich den leeren Schirm.

Die Zeit schien mit jedem Tag, mit dem die Ankunft der Fähre näherrückte, langsamer zu vergehen. Überall in der Mine waren große Digitaluhren installiert, auf denen die Arbeiter zu ihrer geheimen Freude die Zeit bis zur Landung ablesen konnten. Jede Ankunft bedeutete Abwechslung, Vergnügen: neue Filme, Tonbandpost, Pakete und Päckchen von zu Hause, wo immer das war, die Ankunft neuer Arbeiter, der Abschied von Kameraden, die ihre Verpflichtungszeit hinter sich gebracht hatten.

Doch die nächste Fähre transportierte eine ungewöhnlichere und weniger erfreuliche Fracht.

Die doppelte Landeschleuse im Frachthafen wurde gereinigt, ihre durchsichtigen Zubringerkorridore auf Risse und Lecks untersucht. Über der Schleuse verkündete eine Anzeigetafel: FÄHRENSTANDORTSTATION GRÜN.

Diese Anzeige hatte sich seit ihrem Aufleuchten nicht geändert. Doch nun verschwanden die Buchstaben, neue erschienen: FÄHRE IM ANFLUG – ANKUNFT IN 70 STUNDEN 00 MINUTEN.

Männer und Frauen an den Tischen in der Cafeteria registrierten die Anzeigen über der Essensausgabe: FÄHRE IM ANFLUG – ANKUNFT IN 69 STUNDEN 58 MINUTEN.

Es war gleich, in welchem Teil der Mine man sich gerade befand, die Digitalanzeigen gab es überall, beharrlich und unausweichlich verkündeten sie ihre Botschaft. Man sah sie von der Koje aus, auf den Arbeitsplattformen, in der unteren Ecke der Videoschirme in den Schlafsälen. Manche Leute verfolgte ihr Countdown sogar in den Schlaf. Und gelang es jemandem tatsächlich, die Anzeigen nicht zu sehen, schaffte er es, die Augen vor jeder neuen Anzeige abzuwenden, so erfuhr er den Stand sicherlich von einem Kollegen oder Freund.

O'Niel hob den Blick von seinem Papierkrieg und schaute in den Wachraum. Zwei Beamte hatten ihre Dienstanweisungen für den Nachmittag beiseite gelegt und starrten interessiert auf die Anzeigetafel, die unbeirrt verkündete: FÄHRE IM ANFLUG – ANKUNFT IN 69 STUNDEN 56 MINUTEN.

Die beiden Beamten steckten die Köpfe zusammen und murmelten etwas. Dabei warfen sie einen verstohlenen Blick zum Marshalbüro hinüber. Als sie sahen, daß O'Niel sie beobachtete, wandten sie sich eiligst wieder ihrer Arbeit zu. Auch O'Niel konzentrierte sich wieder darauf.

IN DEN durchsichtigen, schwebenden Zylindern verrenkten sich neue Tänzer nach den Rhythmen eines ausgewechselten Bandes, badeten in der Hitze der Scheinwerfer und dem eigenen Schweiß. Die Menge an der Bar und an den Tischen trank und lärmte wie immer.

O'Niel betrat den Club. Er blieb stehen und überflog die Menge, ehe er sich zur Bar durchdrängte. Ein paar Leute in der Nähe des

Eingangs beobachteten ihn und begannen zu tuscheln. Rasch verbreitete sich die Nachricht seiner Anwesenheit, sein Auftauchen wirkte wie der Stein, den man in einen Tümpel wirft, auf dessen Oberfläche die Wasserringe dann immer weiter auseinanderlaufen. Der Lärm verebbte merklich. Aller Augen waren auf O'Niel gerichtet, als erwartete die Menge ein besonderes Schauspiel. Eine dreiköpfige Giraffe, die plötzlich in den Club gekommen wäre, um einen Whisky-Soda zu verlangen, hätte kaum mehr Aufsehen erregen können.

O'Niel tat, als bemerke er nichts davon. Er schob sich zur Bar durch. Männer und Frauen wichen vor ihm zur Seite wie schmelzendes Eis vor einem glühenden Draht. Er beugte sich über den Tresen und starrte dem Barkeeper ins Gesicht.

„Was trinken Sie, Marshal?" fragte der Mann schließlich.

„Ein Bier auf Kosten des Hauses!" O'Niel lächelte dünn.

Der Barkeeper nickte, wandte sich um und zapfte das Bier aus einem glänzenden Hahn.

O'Niel nahm das Glas und hob es an die Lippen, dann zögerte er. Immer noch starrten alle Anwesenden ihn an. Er grinste innerlich, irgendwie empfand er die ihm entgegengebrachte Aufmerksamkeit wie einen stummen Trinkspruch. Schließlich nahm er einen Schluck und ignorierte die Blicke.

Langsam dämmerte es der Menge, daß es nichts Außergewöhnliches zu sehen gab. Nach und nach kam die Unterhaltung wieder in Gang, die Männer rings um O'Niel wandten ihm den Rücken zu. Die Frauen begannen wieder auf ihre Begleiter einzureden oder erzählten sich gegenseitig den neuesten Klatsch. Doch die Ungezwungenheit war dahin. Jeder handelte und redete vorsichtig und überlegt. Von Zeit zu Zeit warfen die Leute einen Blick über die Schulter, um sich zu vergewissern, daß der Marshal sie nicht zufällig beobachtete. Doch der hatte andere Sorgen. Seine einzige Aufmerksamkeit galt der stetig weiterlaufenden Anzeigetafel, die giftgrün an der gegenüberliegenden Wand blinkte.

IM WACHRAUM waren mehrere Beamte mit ihren Berichten beschäftigt. Ballard saß am Schreibtisch des Sergeants, studierte die Berichte vom Vortag, machte hie und da eine Anmerkung und schrieb die Anweisungen für die Spätschicht.

Nach einer Stunde verspürte der neue Sergeant ein seltsames Kribbeln im Rücken. Er wandte sich um und schaute zu O'Niels Büro hinüber. Der Marshal beobachtete ihn durch die gläserne Trennwand. Schließlich gab er ihm ein Zeichen. Ballard nickte und legte die Papiere auf seinem Schreibtisch ordentlich zusammen. Dann erst erhob er sich und betrat das Büro des Marshals.

„Ja, Sir?"

„Setzen Sie sich, Sergeant!"

O'Niel nahm einen Zug aus seiner Zigarette und deutete auf einen leeren Stuhl. Ballard nahm Platz. O'Niel legte die Füße auf den Schreibtisch, tat aber sonst nichts. Er saß nur da, starrte zur Decke und rauchte. Schließlich zerdrückte er den Stummel im Aschenbecher. Ballard hatte schon einen bestimmten Verdacht, was nun kommen würde. O'Niel brauchte nur eine gewisse Zeit, um schließlich die unausweichliche Frage zu stellen.

„Auf wie viele meiner Leute kann ich mich verlassen?"

Ballard rutschte unbehaglich auf seinem Stuhl hin und her, er wünschte sich sonstwohin.

„Ich ..., ich weiß es nicht, Sir. Ist eine schwierige Situation."

O'Niel schlug die Beine übereinander und betrachtete angelegentlich die Decke. Sie bestand aus einem Gewirr von Rohren, Leitungen und Stromkabeln. Lange Zeit schwieg der Marshal, dann sprach er weiter, ohne sein Gegenüber anzuschauen:

„Und was ist mit Ihnen?"

Ballard sagte nichts. Nach einer Weile senkte O'Niel den Blick, schaute dem Sergeant in die Augen.

„Die meisten von uns", beeilte sich Ballard zu sagen, „die meisten von uns ..., wir sind jung. Wir haben Familien."

„Auch ich habe eine Familie", erinnerte ihn O'Niel ruhig.

„Ich weiß, Sir. Ihre Familie ist aber ..."

Der Ausdruck in O'Niels Gesicht ließ ihn mitten im Satz verstummen.

„Es tut mir leid, Sir."

„Ist schon in Ordnung."

O'Niels Blick wurde für einen Moment abwesend. Dann betrachtete er ausdruckslos den Sergeant. „Sie haben recht."

Wieder folgte eine lange Pause. Ballard war noch der beste von allen Beamten, der stärkste und möglicherweise auch der ehrlichste. Aus diesem Grund hatte er ihn nach Montones Tod zum Sergeant befördert. Von allen Beamten schien Ballard der einzige, der nicht jedesmal schon bei der Erwähnung von Sheppards Namen zu zittern begann. Doch wenn er jetzt nicht klar Stellung bezog, war O'Niels Mühe vergeblich. Des Marshals Stimme klang neugierig, als er weitersprach: „Beantworten Sie mir eine Frage, doch denken Sie erst genau darüber nach."

Er deutete zum Wachraum hinüber, in dem gerade ein paar Beamte von ihrer Streife zurückkamen und miteinander redeten und scherzten. „Würde es einem von euch etwas ausmachen, wenn das Schlechte hier auf Io gegenüber dem Gesetz die Oberhand behielte?"

Welche Gefühle und Reaktionen Ballard im Moment empfinden mochte, er konnte oder wollte sie nicht aussprechen. Er schaute beiseite und sagte nichts, hielt den Blick gesenkt. O'Niel ertappte sich dabei, wie er langsam nickte. „Nun ..., zumindest wissen wir jetzt alle, wo wir stehen. Ich danke Ihnen, Sergeant. Sie können an Ihre Arbeit zurückgehen. Denken Sie daran, die Diensteinteilung vorzunehmen. Das ist alles."

Ballard erhob sich, murmelte etwas Unverständliches und verließ das Büro. Er hielt den Kopf gesenkt, vermied O'Niels Blick und vergaß sogar zu grüßen. Draußen in der Wache begab er sich eiligst an seinen Schreibtisch, holte sich den Dienstplan und begann, die Aufgaben für die nächste Schicht zu verteilen. Die Beamten lauschten aufmerksam. Das übliche Murren oder Spötteln über die einzelnen Befehle blieb diesmal völlig aus. Die meisten hielten ihre Aufmerksamkeit unbeirrt auf den redenden Ballard gerichtet, nur wenige beobachteten die ständig wechselnde Anzeige auf der Tafel an der gegenüberliegenden Wand. Manche wagten es gar, ab und zu einen scheuen Blick in das Büro des Marshals zu werfen.

Doch alle waren erleichtert, als der letzte Tagesbefehl verlesen war und sie die Wache verlassen konnten ...

10

KAUM merklich, aber bereits sehnsüchtig erwartet, dämmerte der Morgen herauf. Weit entferntes Sonnenlicht verstärkte die Konturen der Berge und schwefligen Vulkane, verlieh dem skelettartigen Gitterwerk der Mine eine bedrohliche Schärfe. Photonen stürzten auf die hochempfindlichen Sonnenkollektoren, Generatoren begannen zu brummen, Energie zu produzieren und zu speichern. An der Wand über der Hauptschleuse des Frachthafens verkündete eine Anzeigetafel lautlos: FÄHRE IM ANFLUG – ANKUNFT IN 40 STUNDEN 18 MINUTEN.

O'Niel schlug den Ball gegen die Wand. Er befand sich allein auf dem weiten Spielfeld. Das Echo der Schläge betonte noch seine

Einsamkeit. Gerade nahm er einen Ball an, setzte ihn mit der Rückhand, schaffte es aber, ihn zu verpassen. Er spielte lustlos und ohne Kraft.

Der Ball rollte bis zum entfernten Ende des Feldes, blieb dann in einer Ecke liegen. Doch O'Niel dachte anscheinend nicht daran, ihn zurückzuholen. Sinnend schaute er ihm nach.

„Sehr gut“, bemerkte eine scharfe Stimme. „Gegen sich allein zu spielen und trotzdem den Ball zu verfehlen, das ist schon eine Leistung.“ Lazarus schloß den Zugang zum Spielfeld hinter sich und kam näher. O'Niel nahm ihre Anwesenheit nicht zur Kenntnis, schaute nicht einmal auf.

Die Ärztin blieb stehen und beobachtete ihn. Unmerklich runzelte sie die Stirn. „Sieht ganz so aus, als ob ein Partner Ihrem Spiel guttun würde.“ Sie lächelte zögernd und deutete auf den Ball. „Ich würde mich ja gern als Partner anbieten, wenn man dieses dumme Spiel im Sitzen spielen könnte.“

Sie suchte sich eine verhältnismäßig saubere Fläche und setzte sich auf den Boden, wobei sie die Beine kreuzte. O'Niel ging an ihr vorbei und holte den Ball. Ihr Blick folgte ihm, als er zur Aufschlagslinie zurückging und sich den nächsten Schlag überlegte.

„Mir geht es gut, danke der Nachfrage!“ beantwortete sie die unausgesprochene Frage. „Habe auch reichlich zu tun. Viele Leute scheinen mal wieder von einer seltsamen Krankheit befallen zu sein. Sieht ganz so aus, als ob es ein Virus geschafft hätte, in dieser entseuchten Atmosphäre zu überleben. Die Sammler und Filter saugen ständig alle gefährlichen Bakterien oder Verunreinigungen aus der Luft. Doch dieser hier scheint resistent gewesen zu sein.“

Sie schwieg einen Moment lang. Immer noch sagte O'Niel kein Wort, doch er spielte auch nicht.

„Sie machen sich keine Vorstellung, wie viele Arbeiter am Sonntag wieder krank sind“, fuhr sie in spöttischem Ton fort. „Seltsame Symptome hat diese Krankheit. Sind in meinen Fachbüchern nicht zu finden.“

Das Sitzen auf dem harten Boden schien ihr unbequem. Sie bewegte sich unruhig.

„Kein Fieber, keine laufende Nase, keine Schmerzen, keine Beschwerden. Doch die Augen verraten die Krankheit. Die Leute können ihre Augenmuskeln nicht unter Kontrolle halten. Sie schauen überall hin, nur nicht dem anderen Menschen ins Gesicht. Als weitere Symptome wären da Atemlosigkeit, hektische Röte und der Drang, so rasch wie möglich aus dem Raum zu stürzen, in dem man sich infiziert hat. Ach ja, eine gewisse Schwäche in den Knien, die sich manchmal bis zum Rückgrat ausdehnt, gehört auch noch dazu."

Sie kratzte sich am Kopf und grinste O'Niel humorlos an.

„Ja, ist wirklich eine echte Epidemie, die erste, die ich hier auf Io erlebe. Habe noch nie beobachten können, daß ein Virus so schnell um sich greift."

O'Niel rieb mit der Fußspitze einen leichten Schmutzfleck vom Boden. Doch der Fleck ließ sich nicht beseitigen. Dann fragte er plötzlich: „Und was ist mit Ihnen? Sind auch Sie am Sonntag krank?"

Lazarus holte tief Luft und stieß heftig den Atem aus. Als sie antwortete, kamen die Worte wie eine Sturzflut. Es war, als habe O'Niel in ihr eine Tür geöffnet. „Sie wissen, daß ich einmal verheiratet war. Ich weiß, das ist schwer vorstellbar, doch es stimmt. Ein großartiger Mann, klug, anständig, gewitzt, gerade egoistisch genug in seinen persönlichen Wünschen und Abneigungen, um nicht langweilig zu werden. Acht Jahre lang. Vier Jahre lang waren wir wirklich glücklich, die zwei folgenden waren nicht so erhebend, doch die letzten Jahre wurde es schlimm." Sie hob den Blick und starrte gedankenvoll zu der emaillierten Decke empor. „Ich erinnere mich noch genau, als wir beschlossen, uns scheiden zu lassen. Es war an einem Samstag. Das Wetter war schön, und wir gingen zu einer Party mit sehr interessanten Leuten, die bei solchen Festen ja nicht gerade häufig sind. Normalerweise haßte ich Partys und hasse sie noch, doch die war anders, sie war richtig schön. Wir tranken etwas und setzten uns dann zu Tisch. Das Essen war köstlich, sogar der Nachtisch schmeckte. Er schaute mich an, ich schaute ihn an, und wir beide wußten, es war vorbei. Wir tranken Cognac."

Sie versuchte zu lächeln, doch es mißlang kläglich.

„Unsere Ehe war gut gewesen, doch jetzt war sie vorbei. Er sagte: ‚Du weißt, ich werde dich immer lieben. Ich möchte, daß du immer glücklich bist. Ich hoffe, du findest schnell einen anderen Mann.'" Sie lachte bei der Erinnerung daran. „Klasse. Dieser Mann hatte alle Eigenschaften, die ein Mann haben muß, das kann ich Ihnen sagen." Sie zeichnete ein unsichtbares Muster auf den Boden. „Und ich schaute ihn nur an, lächelte und sagte: ‚Und ich hoffe, daß du nie mehr glücklich wirst, daß du voll auf die Nase fällst.' Dann habe ich mich betrunken."

„Erzählen Sie mir all dies aus einem bestimmten Grund?" fragte O'Niel, doch seine Stimme klang freundlich.

„Natürlich! Oder glauben Sie vielleicht, ich rede mit den Wänden? Sehen Sie, hätte ich das bekommen, was ich brauche, hätte ich auch bestimmt anders reagiert. Dann wäre ich heute niemals an diesem gottverlassenen Ort. Ich würde zwar auch nicht auf der Erde, aber dafür auf Luna arbeiten, in viel größerem Luxus. Ich wollte mit meiner Erzählung nur andeuten, daß Sie am falschen Ort sind, wenn Sie einen aufrechten Charakter suchen. Auch ich qualifiziere mich nicht dafür."

O'Niel sagte nichts. Sie beugte sich vor, ihre Stimme klang ernst. „Hören Sie, wenn Sie der Mann wären, für den man Sie hält, würden Sie auf keinen Fall hierbleiben. Deshalb hat man Sie ausgewählt und hierher geschickt."

O'Niel antwortete leise: „Dabei haben sie einen Fehler gemacht."

Lazarus schüttelte den Kopf, ihre Stimme klang enttäuscht.

„Ich habe befürchtet, daß Sie so etwas sagen würden."

Sie versuchte O'Niels maskenhaften Gesichtsausdruck zu deuten, doch sie konnte nicht erkennen, was ihn bewegte.

„Glauben Sie wirklich, Sie würden durch Ihren Einsatz etwas ändern?"

Er zuckte die Achseln, ließ den Ball mehrmals auf dem Boden aufspringen und betrachtete prüfend die Wand.

„In Gottes Namen, warum also?"

O'Niel zögerte, schaute ihr dann aber voll ins Gesicht. Seine Haltung war ernst. „Weil sie vielleicht recht haben könnten. Sie haben mich zu diesem Stück Mist im All geschickt, weil sie glauben, ich gehöre dahin. Ich muß herausfinden, ob sie recht haben."

Als er weitersprach, zeigte sein Gesicht mehr Bewegung, als sie es jemals für möglich gehalten hätte. „Lazarus, hier ist eine Maschinerie, eine verdammt stinkende Maschinerie am Werk – und sie funktioniert zu allem Überfluß auch noch, weil jeder, der damit zu tun hat, genau das tut, was man von ihm erwartet. Von mir hat man angenommen, daß auch ich zu dieser Art Menschen gehöre. Doch ich soll etwas sein, das ich nicht sein mag. Aber ich habe alle getäuscht, das war mein kleines Spiel mit dieser verdammten Maschinerie." Er holte tief Luft, schaute dann zu Boden. „Denn ich mag die Rolle nicht, die man mir zugedacht hat, und ich mag auch nicht die beschissene Maschinerie. Also will ich herausfinden, ob sie recht mit ihrer Einschätzung meiner Person haben." Er schaute auf. „Was denken Sie darüber?"

Abschätzend betrachtete sie ihn. „Ich glaube, Ihre Frau ist sehr dumm gewesen."

O'Niel versuchte zu lächeln, schaffte es auch halbwegs. Für ihn war das irgendwie schon eine Art Sieg.

„Würden Sie sich lieber betrinken?" fragte sie ihn. Dann deutete sie mit der Hand auf den Schläger. „Oder wollen Sie lieber Ihre Probleme an dem Ball auslassen, bis er total zerfetzt ist?"

Der Marshal zögerte keine Sekunde und warf Schläger und Ball in eine Ecke. Die Ärztin erhob sich mühselig und ging auf den Ausgang zu. Zum erstenmal, seit sie auf Io war, fühlte sie sich wohl, ohne jedoch zu wissen, warum.

„Wenigstens haben Sie sich einen Rest Gefühl bewahrt."

„Ist das Ihre Meinung als Arzt?"

„Machen Sie Witze?" Sie verzog ihr Gesicht zu einem kläglichen Grinsen. „Als Arzt würde ich sagen, Sie sind größenwahnsinnig. Das andere ist meine persönliche Meinung."

„Ich persönlich", antwortete er, während sie das Spielfeld überquerten, „neige dazu, Ihrer ersten Meinung beizupflichten ..."

In der Mine verging die Zeit quälend langsam. Es war, als hätte jemand den Uhrenlauf beeinflußt. Sie verfolgten zwar unbeirrt ihren stetigen Vormarsch auf den nächsten Tag, doch die Minuten erschienen wie Stunden, die Sekunden dehnten sich zu Minuten. Die Scherze, Streitigkeiten und Auseinandersetzungen der Miner nahmen gezwungene Formen an. Machte jemand einen Witz, reagierten die anderen, statt darüber zu lachen, mit wütenden oder beleidigten Blikken und Bemerkungen, und der Witzbold hielt schleunigst seinen Mund und tat seine Arbeit.

Doch nicht nur bei den Minern war es so. Jeder in der Mine, vom Verwaltungsangestellten bis zum Sanitäter, war schlecht gelaunt. In der Luft lag eine Spannung, die nicht von einem Leck in einem der Akkus herrührte. Ging der Marshal über einen belebten Korridor, konnte er diese Spannung regelrecht knistern hören.

Weit entfernt am westlichen Horizont erwachte ein gewaltiger Vulkan, ein dunkles, schwefliges Gebilde, plötzlich zum Leben. Er stieß eine riesige blauweiße Wolke in den schwarzen Himmel. Im psychologischen Webmuster der Mine gab es ein Loch, als sich die Aufmerksamkeit aller diesem neuen Ereignis zuwandte. Seismologen maßen die Heftigkeit der Oberflächenbewegung und versicherten sich, daß der Ausbruch für die Mine und ihre Belegschaft keine Gefahr bedeutete. Jedermann nahm sich die Zeit, die entfernte lautlose Eruption zu beobachten – die neuen Arbeiter nervös, wogegen sich die Oldtimer lässig gegen die bebenden Gerüste lehnten und die Zeit nutzten, einen kleinen Imbiß aus dem Nahrungsspeicher ihrer Anzüge zu sich zu nehmen. Obwohl der Ausbruch sehr stark war, dauerte er nur wenige Stunden. Dann wanderte das Beben, deutlicher Beweis von Ios innerer Instabilität, etwa hundert Meilen südwestwärts davon. Das Entwarnungssignal ertönte, und jeder ging an die Arbeit zurück.

Die Arbeiter waren für diese Unterbrechung nicht gerade dankbar. Es war schlimmer, draußen herumzustehen, ohne zu arbeiten, und sich Gedanken zu machen über Ios explosives Inneres, die spürbare Nähe des tödlichen Raumes und die bedrückende Gegenwart des Jupiter über dem Kopf, als sich nur um seinen Job zu kümmern. Die Arbeit lenkte ab von den tödlichen Gefahren, die jedem Leben von der unwirtlichen Umwelt drohten. Außerdem war es die nächsten Tage ohnehin besser, nicht zuviel zu denken.

Auch O'Niel versuchte diese Methode, doch es gab in seiner Routine keine Unterbrechungen, die ihn vom gnadenlosen Countdown der Zeit ablenkten. Tatsächlich gab es weniger Arbeit als normal, weniger Betrunkene und kaum Streitigkeiten unter den Arbeitern. Es schien ganz so, als hätten sie sich untereinander abgesprochen, um keinen Preis aufzufallen. Denn damit zöge man nur die Aufmerksamkeit des Marshals auf sich, und daran war in diesen Tagen niemandem gelegen.

Mehrmals ertappte sich O'Niel dabei, daß er zu der Anzeigetafel an der gegenüberliegenden Wand der Wachstube hinüberschaute.

FÄHRE IM ANFLUG – ANKUNFT IN 22 STUNDEN 15 MINUTEN.

Er rief sich zur Ordnung und wandte sich wieder seiner Arbeit zu. Es gab Räume zu inspizieren, Schlösser zu überprüfen, kleinere Auseinandersetzungen zu schlichten und Berichte zu schreiben. Damit verging die Zeit, die sich endlos zu dehnen schien, doch ein wenig schneller. Persönlich überwachte er die Beobachtungskameras in der gesamten Mine, sah Berichte durch und suchte nach Unterlagen über die Männer, die Sheppards Schmutzarbeit erledigen sollten.

Doch egal, wie tief er sich in seine Arbeit vergrub, immer wieder erwischte er sich dabei, wie er zu der Anzeigetafel hinüberstarrte. Die Tagschicht ging langsam zu Ende, die Beamten, die Nachtdienst hatten, verließen gerade die Wache. O'Niel saß an seinem Schreibtisch und ignorierte die scheuen Blicke, die sie ihm zuwarfen. Er aß ein Sandwich, das er zu lange auf dem Teller liegengelassen hatte. Es schmeckte wie ein verrotteter Zaunpfahl, nicht wie Brot – ein Vergleich, der durchaus annehmbar war. Angewidert warf O'Niel das Brot weg und rieb sich die Augen. Dann wandte er sich wieder der Liste auf dem Computerbildschirm zu. Doch die Namen verschwammen vor seinen Augen, schienen eine endlose Kette von Unwägbarkeiten zu bilden. Es war die Liste mit den Personalunterlagen der Station Grün. Irgendwo auf dieser Liste stand auch der Name eines professionellen Killers, vielleicht sogar mehrerer. O'Niel erwartete nicht, ihn auf diese Weise zu identifizieren. Ein professioneller Mörder würde sich auch professionell absichern und decken. Doch zumindest hatte der Marshal damit etwas zu tun. Trotzdem war es Unsinn. Die Namen flimmerten ihm vor den Augen. O'Niel war erschöpft, sein Körper brauchte Ruhe, auch wenn sich sein Verstand dagegen sträubte.

In seinem Apartment schimmerte ihm die Digitalanzeige entgegen, als er eintrat und das Licht einschaltete.

FÄHRE IM ANFLUG – ANKUNFT IN 9 STUNDEN 37 MINUTEN.

O'Niel hatte einen langen Tag, lange Stunden hinter sich. Er fühlte sich verdammt müde, und die Wohnung war so leer. Es war so still, daß er die Federung der Couch quietschen hörte, als er sich hinsetzte.

Der Pfeifton des Sprechgerätes war das letzte, was er zu hören erwartete. Über dem Monitor begann ein rotes Licht aufzublinken. In der Stille des Zimmers tönte das Pfeifsignal unwirklich laut. Einen Augenblick lang saß er wie erstarrt. Der Ruf kam über seine private Leitung, nicht über die Sprechverbindung zu seinem Büro. Wenn er sich jetzt nicht rasch bewegte, würde er nie wissen, wer ihn da zu sprechen wünschte. Er erhob sich, ging zur Konsole hinüber und beantwortete den Ruf.

Der Bildschirm erwachte zum Leben, übermittelte die Botschaft: O'NIEL, W. T. SICHTGESPRÄCH VON STATION GRÜN – DIREKTRUF.

Er starrte auf die Buchstaben, als wollten sie sich jeden Augenblick zu einem Schlangenkörper vereinigen, ihn anfallen und ihn beißen. Mit mechanischen Bewegungen schaltete O'Niel die kleine Videokamera im Oberteil der Konsole ein und richtete sie auf sich. Leise summend erwachte die winzige Kamera zum Leben. O'Niel setzte sich in den Sessel vor der Konsole und tippte seine Kennung ein. Die Buchstaben verschwanden, wurden ersetzt durch die farbigen Linien herumirrender Radiowellen. Die Linien strafften sich, sammelten sich zu dem Bild einer Frau – Carol! Sie schaute ihn an. Er bemerkte, daß seine eigene Videokamera arbeitete, denn sie beeilte sich, die Besorgnis in ihrem Gesicht durch ein Lächeln abzumildern.

„Hallo dort drüben!"

Einen langen Augenblick antwortete er nicht, sondern starrte sie nur an, saugte ihr Bild förmlich in sich hinein. Ihr Gesicht schien weniger verhärmt als auf dem Videoband, das sie ihm hinterlassen hatte, als sie ihn verließ.

Denk jetzt nicht daran, befahl er sich selbst. Dafür ist die Zeit jetzt zu kurz. Denk daran, wie schön sie ist, wie warm und vertraut ihr Anblick. Nicht daran, wie weit entfernt sie ist.

„Ja, guten Tag." Er verzog das Gesicht zu einem leichten Grinsen. In Wirklichkeit fiel ihm das sehr schwer.

Das verwirrte Carol. „Schon wieder verpatze ich alles", murmelte sie unglücklich. „Ich hatte genügend Zeit, mir zu überlegen, was ich sagen wollte. Dabei kam ich mir so verheerend klug vor. Und jetzt sitze ich hier, schaue dich an und weiß nichts mehr zu sagen!"

„Wie geht es Paulie?" fragte er.

Sie versuchte ihre Haltung wiederzugewinnen. „Ihm geht es gut. Ich habe ihm versprochen, ihn mit dir reden zu lassen." Sie deutete nach rechts. „Er ist im Nebenraum, außerhalb des Aufnahmebereiches der Kamera. Ich glaube, er nimmt gerade die Möbel auseinander."

Ihre Stimme verebbte, zurück blieb ein unbehagliches Schweigen. Doch O'Niel störte sich nicht daran. Er war schon zufrieden, sie nur anschauen zu können.

„Geht es dir gut?" fragte sie schließlich.

Besser banale Worte als dieses nervtötende Schweigen!

„Alles okay", log er.

„Ich ..., ach, Paulie und ich ..., unsere Reservierungen wurden bestätigt. Wir haben einen Flug nach Hause gebucht."

O'Niel nickte nur. Sie senkte den Blick, gab vor, die Kontrollen des Computers zu überprüfen.

„Die Reservierungen ..., ich dachte, es könnte nichts schaden, wenn ich drei Reservierungen vornehme."

O'Niel nahm sich eine Zigarette und zündete sie an. „Das war sehr aufmerksam von dir."

„Bitte ..."

Er unterbrach sie sofort mit einem kurzen, heftigen Nicken des Kopfes und zeigte ihr damit, daß er nicht weiter über diesen Punkt sprechen wollte. „Ich kann nicht."

Sie starrte ihn an, ihr Blick war verständnislos. „Um Himmels willen, warum denn nicht?"

„Ich kann es einfach nicht." Er wollte sie ansehen und von ihr wegschauen, sie an sich ziehen und sie wegschicken – alles zur gleichen Zeit. „Ich wünschte, ich könnte es."

„Was ist denn so verdammt wichtig?"

Sie machte ihn schon wieder für alles verantwortlich, gab ihm allein die Schuld. Es schien so unfair. Das alles hatten sie schon früher Dutzende Male durchgesprochen, und es war vollkommen unnötig, es zu wiederholen. Der Knoten in seinem Magen war ohnehin schon groß genug. Ein erneuter Versuch, es ihr zu erklären, hatte keinen Sinn und würde alles nur noch schlimmer machen. Außerdem hatte er andere Sorgen. In sich verspürte er den verzweifelten Wunsch, ihr von Sheppard zu erzählen, von der gefährlichen Situation, in der er sich befand, wollte ihr die Bedeutung der unbarmherzig verrinnenden Zeit erklären. Doch er konnte es nicht, es wäre unfair gewesen, und dafür liebte er sie zu sehr. Also machte er eine wegwerfende Handbewegung und sagte: „Ich bin einfach zu müde, jetzt näher darauf einzugehen, Carol. Ich kann eben im Moment nicht weg hier." Er hob hilflos die Schultern. „Das ist alles."

„Möglich, daß dir das als Begründung genügt, doch mir nicht", gab sie zurück, war nicht bereit, das Thema fallenzulassen. „Was ist es denn, was dich dort zurückhält? Glaubst du etwa, du seiest etwas Besonderes?" Ihre Frage war eher eine Anklage. „Glaubst du wirklich, du könntest das Universum verbessern? Bist du tatsächlich bereit, dafür deine Familie aufzugeben?"

O'Niel wußte darauf keine Antwort, in all der Zeit ihrer Ehe hatte er noch keine passende darauf gefunden. Also starrte er sie wortlos an, sein Blick war müde und bedrückt.

Sie hatte diesen seltsamen Ausdruck schon häufiger in seinem Gesicht gesehen und seufzte deshalb resignierend. „Du bist ein ganz sturer Mistkerl."

„Ja", pflichtete er ihr bei.

Ein langes Schweigen folgte. Doch plötzlich schien sie in seinem Gesicht noch etwas bemerkt zu haben. Der Klang ihrer Stimme änderte sich, ihr Gesichtsausdruck wurde besorgt.

„Da stimmt doch etwas nicht, oder? Irgend etwas geht dort drüben vor, das du mir nicht erzählen willst."

„Nein."

„Du bist in Schwierigkeiten, ich weiß es. Jedesmal, wenn du in Sätzen mit weniger als zwei Wörtern antwortest, weiß ich, daß du Probleme hast."

Er schaute sie offen an, zwang sich dazu, seiner Stimme einen beruhigenden Klang zu geben.

„Du irrst dich, mit mir ist alles okay."

Enttäuscht starrte sie ihn an, dann sagte sie mit zusammengebissenen Zähnen, während die Frustration in ihrer Stimme deutlich mitschwang: „Hol dich doch der Teufel!" Darauf wandte sie den Kopf zur Seite und rief: „Paulie! Du kannst jetzt hereinkommen."

Dann schaute sie ihren Mann an, senkte die Stimme und sagte leise: „Ich liebe dich."

Damit verschwand sie aus dem Bild, wenig später tauchte ein eifriges Kindergesicht auf dem Schirm auf. Es strahlte regelrecht, übermittelte freudige Erwartung und Unschuld – zwei Dinge, die O'Niel in der letzten Zeit nur wenig erfahren hatte.

„Daddy!"

O'Niels Magen schien von einem scharfen Messer durchbohrt zu werden. Der plötzliche Schmerz warf ihn beinahe um.

„He, Paul! Schön, dich zu sehen. Was machst du so?"

„Mir geht es gut. Wir sind auf der großen Station und warten auf unser Schiff. Mami hat mich bis jetzt aufbleiben lassen, weil das Gespräch erst so spät kam. Man sagte uns, daß die Verbindungen nach Outland fast immer besetzt seien."

Der Junge verlor deutlich seine anfängliche Begeisterung. „Du fehlst mir."

„Auch du fehlst mir." Das Messer schien sich die empfindlichsten Stellen des Magens ausgesucht zu haben, der Schmerz war beinahe unerträglich.

„Mami sagt, daß du mit uns zusammen nach Hause zurückfliegst, sobald du dort fertig bist."

„Ja, sobald ich hier fertig bin."

„Wie ist das so auf der Erde?"

„Es ist wunderschön dort."

O'Niel war zwar schon lange nicht mehr dort gewesen, doch er hatte keine Mühe, sich genau an seine Heimatwelt zu erinnern.

„Es gibt dort viele herrliche Dinge, und ein Junge wie du findet dort viele Freunde, mit denen er spielen kann. Es wird dir sehr gefallen."

„Mami sagt, daß man uns während des Fluges für eine lange Zeit in Schlaf versetzt."

„Nur für eine Weile", antwortete er. „Es wird dir nicht sehr lange vorkommen."

„Tut das weh?"

„Überhaupt nicht. Es ist, als wenn du in deinem eigenen Bett einschlafen würdest. Danach erwachst du und bist fast zu Hause."

Auf dem Gesicht des Jungen standen Zweifel. „Ich werde also meinen Geburtstag verschlafen, Mami hat es mir gesagt. Wie kann ich an meinem Geburtstag einen Geburtstagskuchen anschneiden, wenn ich schlafe?"

O'Niel lächelte. „Dafür feiern wir deinen nächsten Geburtstag um so schöner, und du wirst doppelt so viele Geschenke bekommen."

„Kannst du nicht mit uns nach Hause kommen?"

„Nicht im Moment."

„Bald?"

„Ja ... bald."

„Ich hab dich gern, Daddy."

Beinahe hätte er es mit diesen Worten geschafft. Das arglose Flehen eines Kindes kann selbst den willensstärksten Mann schwach werden lassen. O'Niel merkte, daß er krampfhaft schluckte, um die nächsten Worte herauszubringen, doch es gelang ihm, die Beherrschung zu bewahren und das Lächeln auf seinem Gesicht einzufrieren.

„Ich ..., auch ich habe dich sehr gern, Paul. Du mußt jetzt gut auf Mami aufpassen, bis ich euch wiedersehe. Versprichst du mir das?"

„Klar, mache ich. Bis bald, Daddy!"

Das Bild auf dem Schirm verging, wurde zu einem Knoten wogender, hüpfender Linien. Das Bild sieht so aus, wie ich mich fühle, dachte O'Niel dumpf. Er wunderte sich nicht darüber, daß Carol nicht noch einmal vor die Kamera getreten war. Sie hatte vorher schon ihr stärkstes Argument ausgespielt.

Der Bildschirm erklärte: ENDE DER ÜBERMITTLUNG!

Doch O'Niel rührte sich nicht, starrte blicklos auf die Worte, ließ die ganze Übertragung noch einmal vor seinem geistigen Auge abrollen. Es dauerte eine Weile, ehe er sich abwandte, und in dieser Zeit verdrängte er das Gespräch, bis nur noch ein schwacher, hoffnungsvoller Traum als Erinnerung zurückblieb.

Der Frachthafen war mit regem Leben erfüllt. Schon seit einigen Stunden hatten sich die Aktivitäten dort gesteigert, die Landemannschaften überprüften ihre Ausrüstungen und die Instrumente, die sie schon bald für ihre Arbeit dringend benötigten. Das Wartungspersonal half ihnen dabei. Die riesigen Erzcontainer wurden in Reih und Glied ausgerichtet, während die großrädrigen Hubfahrzeuge warmliefen.

FÄHRE IM ANFLUG – übergroß verkündete die Anzeigetafel ihre Nachricht – ANKUNFT IN 1 STUNDE 55 MINUTEN.

Das Magazin der Waffe war wie die Patronen aus Plastik. Die Strahlpistole hatte zwei Anwendungsmöglichkeiten. Man konnte damit glühende Energiestrahlen und Projektile verschießen. Ein Drehschalter mit einer Skala an ihrer Seite erlaubte dem Benutzer, die Geschwindigkeit und Reichweite des Strahls oder des Geschosses durch genau berechnete Zuteilung von Treibenergie zu regulieren. Auf diese Weise konnte der Schütze sich eines Angreifers auf wirksame und oft tödliche Weise erwehren, ohne gleich Löcher in die vakuumversiegelten Korridore und Zubringer zu schießen.

Die leeren Magazine lagen neben einer gerahmten Fotografie von Carol und Paul auf dem Beistelltisch in O'Niels Apartment. Daneben stand ein Kistchen mit Patronen.

O'Niel hielt einen Moment in seiner Tätigkeit inne, um das Bild zu betrachten, bemerkte, daß Pauls sonst wirrer Haarschopf zum Zeitpunkt der Aufnahme glatt gekämmt gewesen war. Auch Carol war phantastisch getroffen ...

Schnell wandte er den Blick von der Fotografie und kehrte zu seiner Tätigkeit zurück, die Magazine mit Patronen zu füllen. Dabei wirkte er sehr geschäftig. Vorsichtig schob er die Patronen ein, als ob sein Leben davon abhinge, sie nicht zu verkanten. Dann beschäftigte er sich mit der Waffe, die, zu Einzelteilen auseinandergenommen, auf der anderen Seite des Tisches lag. Sorgsam überprüfte er jedes einzelne Teil, bevor er sie zusammensetzte, gab einen Tropfen Öl hinein, entfernte ein Staubkorn. Die Waffe besaß fast keinen Lauf, den Feuermechanismus hatte man in den Griff eingearbeitet. Nur der Abzug glich dem einer alten Pistole.

O'Niel pustete in die Mündung, hob die Waffe und wechselte sie mehrmals von der einen in die andere Hand. Er runzelte die Stirn und legte die Waffe behutsam auf den Tisch. Mit einem kleinen Werkzeug justierte er ihren Schwerpunkt, verlagerte das Ausgleichsgewicht im Unterteil des Griffs ein wenig nach hinten. Dann wechselte er wieder mehrmals die Waffe von einer Hand in die andere, ließ sie auf der Handfläche balancieren. Schließlich war er zufrieden. Er erhob sich, sammelte die gefüllten Magazine und steckte sie in seine Taschen. Das letzte schob er in die Pistole, dann verließ er die Wohnung.

Dem Lärm nach zu urteilen, war der Club gut besucht. Musikfetzen tönten durch die Gänge. Die Tänzer werden jetzt schon Feierabend haben, dachte O'Niel, als er den Club passierte. Hätte er sich die Zeit genommen, einen Blick hineinzuwerfen, hätte er feststellen können, daß der Club doch nicht so gut besucht war, wie er angenommen hatte. Nur die Bar war umlagert.

SHEPPARD trank seinen Kaffee aus – echten Kaffee – und beendete langsam sein Frühstück, das aus Rührei mit Speck bestand. Sein Blick glitt zu der Digitalanzeige, die auf dem Monitorschirm in seinem Schreibtisch die Zeit zeigte. In grüner Schrift verkündete sie: FÄHRE IM ANFLUG – ANKUNFT IN 1 STUNDE 32 MINUTEN.

Der Speck war wirklich gut gebraten an diesem Morgen. Knusprig und nicht zäh. Sheppard zerteilte eine Scheibe Brot, schaufelte den Rest Rührei darauf und schob alles zusammen in den Mund.

DER Gang, den O'Niel gewählt hatte, war völlig leer, als er ihn betrat. Er hatte ihn schon lange vorher ausgewählt, weil ihm dort keine Menschenseele begegnet war. Nun spazierte er wie zufällig diesen Gang hinunter. Niemand überholte ihn, die Schleuse am entfernten Ende blieb geschlossen.

Plötzlich kam Bewegung in die Gestalt des Marshals. Rasch trat er zur Wand an der Westseite des Gangs, öffnete das Paneel, hinter dem der Fluchtgang verborgen lag, versteckte die Waffe darin und verschloß die Öffnung wieder. Dann ging er ruhig weiter bis zur nächsten Abzweigung und kehrte auf einem anderen Weg zu seinem Büro zurück.

IN DEM Frachtdeck herrschte hektische Geschäftigkeit. Die Landemannschaften testeten den Druck in der Schleuse, um sicherzustellen, daß die kostbare Atmosphäre während der Liegezeit der Fähre nicht entweichen konnte. Die Schleusentüren wurden mehrfach überprüft. Die Ankunft der Fähre war zwar ein gewöhnliches Ereignis, das aber immer wieder außergewöhnliche Sorgfalt erforderte.

DIE Offiziersmesse war gut besucht. Immer noch servierte man hier das Frühstück. Riesige Platten mit gebratenem Rührei oder weichgekochten Eiern wurden zu Tischen getragen, auf denen Schüsseln mit Biskuits, Soßen, Grießbrei, Mais, Speck und Semmeln standen. In der Mitte der Tische waren Flaschenbatterien mit gekühlten Fruchtsäften, Milch und Thermoskannen mit Kaffee oder Tee aufgebaut. Die Servietten bestanden aus imitiertem Leinen, nicht aus Papier.

Im Gegensatz zu dem Lärm im Arbeiterspeisesaal wurde die Unterhaltung hier in gedämpfter Lautstärke geführt. Die Besucher der Messe versuchten sich mit einer vornehmen Atmosphäre zu umgeben, in die sie ganz sicher nicht hineingeboren worden waren. Sie gab dem Sonntagvormittag-Frühstück ein wenig den Anschein eines Mitgliedertreffens in einem Country-Club auf der Erde. Das sanfte Licht ließ die importierten Speisen noch appetitlicher aussehen, als sie waren. Frauen gesellten sich zueinander und bildeten eigene Gesprächsrunden, während die Männer sich Witze erzählten, die Förderergebnisse oder dieses oder jenes Problem in der Mine besprachen. Jedenfalls gelang es allen prächtig, das Problem nicht zu berühren, das ihnen in Wirklichkeit im Kopf herumging. Über den Köpfen der Gäste blinkte die Anzeigetafel ihr unausweichliches Signal: FÄHRE IM ANFLUG – ANKUNFT IN 0 STUNDEN 43 MINUTEN.

Niemand schenkte ihr Aufmerksamkeit. Es war doch nur eine Uhr, außerdem landete die Fähre planmäßig jede Woche.

O'Niel betrat die Messe durch den Vordereingang und schaute sich um. Sheppard war nicht da. Der Generalmanager zog es häufiger vor, in der Abgeschlossenheit seines Büros zu speisen. Auch heute machte er da keine Ausnahme.

Es dauerte einige Minuten, ehe man die Anwesenheit des Marshals zur Kenntnis nahm. Doch dann verstummte die Unterhaltung schlagartig. Alle starrten ihn an. Er stand im Eingang und lächelte ihnen freundlich zu.

IM FRACHTDECK erwachte eine Sirene mit auf- und abschwellendem Heulton zum Leben. Lichter blinkten auf, die Landemannschaften und Verladearbeiter begaben sich an ihre Plätze. Fluchend wurden die letzten Schlucke Kaffee hinuntergestürzt, oder man ließ ihn stehen. Die Anzeige blinkte: FÄHRE DOCKT AN.

O'NIEL betrachtete die schweigenden Gäste der Messe eine Zeitlang und sagte dann höflich: „Guten Morgen."

Nur einige wenige erwiderten leise seinen Gruß. Hände spielten mit Gläsern und Bestecken, doch niemand aß mehr. O'Niel ging zum nächsten Tisch, suchte in der Menge nach einem bekannten Gesicht. Er erkannte eine einzige Person und ging zu ihr hinüber. Sie lächelte ihm gezwungen entgegen.

„Wie geht es Ihnen, Mrs. Spector?"

Die Frau, die ihn bei der Vorstellung damals so herzlich willkommen geheißen hatte, wirkte nervös. „Oh, danke, Marshal, sehr gut." Sie wollte schon die Frage zurückgeben, beherrschte sich aber im letzten Moment.

O'Niel wandte sich an den Mann, der ihr beim Frühstück Gesellschaft leistete. „Und Sie, Mr. Rudolph? Wie fühlen Sie sich heute?"

„Morgen, Marshal. Danke, bestens."

Rudolph rührte angelegentlich in seinem heißen Grießbrei. O'Niel hob den Blick, ließ ihn durch den Raum schweifen und schaute den Leuten in die Augen, die ihren Kopf nicht schnell genug gesenkt hatten.

„Ich hoffe, daß sich alle Anwesenden heute morgen wohl fühlen. Ich wünsche allen noch einen schönen Tag."

Er ging an einem der Büfettische vorbei und betrachtete die Speisen. „Sieht ja alles sehr gut aus."

Er nahm einen Apfel von einem Teller und biß herzhaft hinein. Das Geräusch war überlaut in der Stille zu hören ...

IM FRACHTDECK schlossen sich krachend die Schotts. Ein ohrenbetäubendes Zischen ertönte, die Luftschleusen wurden zum Druckausgleich vorbereitet. Die Landemannschaften machten sich an ihre schwierige Aufgabe, Verlademaschinen rollten heran, warteten darauf, die Laderäume des landenden Schiffes mit Containern voll von dunklem Erz zu füllen.

Weiter oben schalteten die Raumlotsen auf dem Kontrollturm der Station ihre Computerkonsolen ein, ohne diesmal den weit entfernten Vulkanausbrüchen auf Ios Oberfläche Beachtung zu schenken. Dicht über der Station glühte der Jupiter, verstrahlte seine beängstigende orangefarbene Präsenz. Anzeigen übermittelten fortwährend Daten über Veränderungen im mächtigen Magnetfeld des Planeten, seinen Strahlengürtel und die äußere Atmosphäre. Andere wiederum veränderten sich stetig mit dem Anwachsen eines graphischen Symbols für die Fähre auf dem Hauptschirm.

In der Schwärze des Raumes tauchten ein paar weißschimmernde Scheinwerfer auf. Ihre Strahlen gewannen an Kraft, je tiefer sich die Fähre der Oberfläche entgegensenkte. Sie erhellten das gelbliche Antlitz von Io und spiegelten sich mit blitzenden Reflexen im Gitterwerk der Mine wider. Die Fähre war eine unförmige graue Konstruktion, deren Außenhülle mit offiziellen Beschriftungen und inoffiziellen Beulen und Schrammen versehen war. Das Schiff besaß keine Stromlinienform, wäre also nie in der Lage, in eine dichtere Atmosphäre als die Io einzutauchen. Große Pylonen verbreiterten sich zu zylindrischen Behältnissen mit der Größe von Gebäuden: die Frachträume des Schiffes. Darüber befand sich ein geometrisches Gebilde, in dem Mannschaft und Passagiere untergebracht waren.

Aus den Antrieben schossen plötzlich Strahlen, als die Fähre über der Mine das Bremsmanöver einleitete. Sie drehte sich in ihrer Gesamtheit nach links und senkte sich langsam herab. Instruktionen gingen zwischen Tower und den Piloten der Fähre hin und her, der Bordcomputer verarbeitete sie blitzschnell, errechnete Geschwindigkeit und Bremsverzögerung und senkte das ungefüge Raumfahrzeug langsam auf das Frachtdeck nieder. Die großen Schotts der Außenschleuse waren weit geöffnet, um es in sich aufzunehmen.

O'Niel aß seinen Apfel und überlegte dabei, ob er noch eine Semmel verzehren sollte. Er stand mitten in der Offiziersmesse und beobachtete die anderen Anwesenden. Plötzlich sagte er: „Ich möchte ja niemanden stören oder ärgern, aber ich könnte ein wenig Unterstützung gebrauchen."

Alle lauschten höflich seinen Worten, keiner aß. Die Verwaltungsangestellten, die Aristokratie auf Io, waren alles andere als unerzogen, trotzdem wirkte die Unterschiedlichkeit der Blicke und Gesten, mit denen sie sich gegenseitig bedachten, auf O'Niel beeindruckend. Der Gesichtsausdruck des Marshals änderte sich nicht. „Das ist jedenfalls meine Meinung", fügte er hinzu.

Keine Antwort, kein Kommentar erfolgte auf seine Worte. Nur die Nervosität und Unruhe der Leute verstärkten sich.

Als einziger brachte schließlich ein Computerspezialist namens Rudd, ein Mann in mittleren Jahren, den Mut auf, sich zu erheben und auszusprechen, was die Allgemeinheit dachte.

„Ihre Aufgabe ist es, uns zu beschützen, Marshal, und nicht umgekehrt. Es ist Ihr Job, nicht unserer. Wir tun unsere Arbeit, also tun Sie auch Ihre!"

Zustimmendes Gemurmel erhob sich unter den Anwesenden, ermutigte Rudd fortzufahren. „Sie sind der Polizist. Ich bitte Sie ja auch nicht, mir meine Arbeit abzunehmen. Warum sollte ich Ihnen also bei Ihrer helfen? Ich habe zu diesem Zweck ein paar Assistenten. Wo sind denn Ihre Beamten?"

„Meine Beamten?" Immer noch lächelte O'Niel freundlich. „Meine Beamten sind zu feige."

Er schaute an Rudd vorbei, als sei dieser nicht vorhanden, und ließ seine Blicke über die Gesichter der anderen Gäste wandern. „Und was ist mit euch, ihr guten Leute?"

Niemand rührte sich, niemand wagte zu antworten. O'Niel nickte langsam. „Lassen Sie sich nicht weiter beim Frühstück stören." Er wandte sich um und ging hinaus ...

11

DIE Bremsraketen wurden erneut gezündet, verlangsamten noch mehr die Fahrt der riesigen Fähre. Die Bedienungsmannschaften im Innern des Frachtdecks konnten ihre Annäherung deutlich spüren, denn die Schiffsantriebe ließen den gesamten Komplex erbeben.

Im Tower gab man mit ruhiger Stimme die Anweisungen. Die hydraulischen Greifarme, die bis jetzt eingezogen gewesen waren, wurden nun ausgefahren und öffneten sich wie eine monströse Metallblume, um das herabsinkende Schiff aufzufangen. Vier Ladegerüste schwangen beiseite, als sich die riesigen Deflektorschirme öffneten, um den Tower und die empfindliche Minenkonstruktion vor dem Strahlantrieb der Fähre zu schützen. Landestelzen fuhren aus dem gewaltigen Schiffsbauch, als die Fähre wenige Meter über der Landemarkierung einschwebte. Sie hing in den hydraulischen Greifarmen genau in der Position, die der Hauptcomputer mit Tower und internem Schiffscomputer abgestimmt hatte. Wie die dünnen Beine eines unförmigen grauen Käfers senkten sich die Landestelzen auf das Landefeld herab. Durch die Luken in den Schotts konnten die Bedienungsmannschaften im Innern des Frachtdecks nun den riesigen Schiffsleib erkennen. Sogar durch die geschlossenen Schleusen war das ohrenbetäubende Grollen der Schiffsantriebe zu hören. Schließlich kam der gewaltige Rumpf zur Ruhe. Zusätzliche hydraulische Stabilisatoren nahmen sein Gewicht auf, eine Maßnahme, die trotz Ios geringer Schwerkraft bei dieser riesigen Masse nötig war.

Die Raumlotsen im Tower bestätigten die erfolgreiche Landung. Im Cockpit der Fähre schalteten die Piloten die Antriebe und alle anderen Landefunktionen ab und bereiteten alles für die Ausschiffung von Passagieren und Ladung vor.

Die Landescheinwerfer wurden schwächer, die Deflektoren sanken zusammen, die Landegerüste schwangen zurück. Obwohl das Raumschiff gerade erst gelandet war, trafen die Lotsen im Tower und die Piloten im Cockpit schon wieder Startvorbereitungen.

Im Innern des Frachtdecks verebbte die Vibration, die Landemannschaften und die Arbeiter nahmen ihre Gespräche wieder auf. Menschen und Maschinen drängten sich durch die geöffnete Schleuse zum Rumpf des Schiffes, während die Gabelstapler die Erzcontainer hochhievten, um den Ilmenit in die Frachträume der Fähre zu entleeren.

Die Leuchtschrift auf allen Anzeigetafeln blinkte nicht mehr ständig, sondern verkündete ruhig: FÄHRE ANGEDOCKT – ENTLADUNG.

O'Niel hetzte im Laufschritt zur Wache. Die Anzeigetafeln bestätigten ihm, was man ihm mitgeteilt hatte. Die Frage, wieso die Fähre eine halbe Stunde früher als erwartet gelandet war, hätte er zu gern geklärt, doch für solche Nebensächlichkeiten war jetzt keine Zeit. Er bezweifelte ohnehin, daß die Piloten der Fähre ihm darauf eine befriedigende Antwort hätten geben können. Sicher waren alle Spuren, die zu einer Klärung dieser frühen Landung führen konnten, sorgfältig verwischt.

Der Marshal nahm die zweite Strahlwaffe aus ihrer Halterung und stopfte sich mehrere Reservemagazine in die Tasche. Ein schneller Rundblick bestätigte seine Vermutung, die Sicherheitssektion war verlassen. Rasch setzte er sich vor die Computerkonsole in seinem Büro und tippte eine dringende Anfrage ein.

O'NIEL, W. T. ERBITTE IDENTITÄT ALLER PASSAGIERE AUF EBEN GELANDETER FÄHRE, DEREN TICKETS DREI TAGE VOR ABFLUG GEBUCHT WURDEN. PERSONEN AUCH AUF FRÜHERE VORSTRAFEN ÜBERPRÜFEN!

Die Maschine brummte und antwortete mit der üblichen Schnelligkeit, doch die Antwort war nicht die, die der Marshal erwartete.

KEINERLEI DATEN VERFÜGBAR!

Die letzten Tage hatte O'Niel viel Zeit gehabt, intensiv nachzudenken. In manchen Augenblicken hatte er sich selbst bemitleidet und sich gefragt, ob er nicht die falsche Entscheidung getroffen hatte. Angst war sein ständiger Begleiter geworden. Er hatte sich alle nur erdenkbaren Ereignisse vorzustellen versucht, die nach der Landung der Fähre eintreten konnten: Einige waren fast bizarr in ihrer Grausamkeit, andere wiederum erfreulicher, und nicht wenige hatten sich in Wunschdenken verwandelt ...

Doch jetzt war der Marshal zum erstenmal wirklich ratlos. Computer verwirrten nicht, sie klärten auf! Bisher hatte er sich auf die komplizierte, aber sehr wirksame „Sicherheitsmaschinerie" immer verlassen können, egal, wo er stationiert gewesen war. Sie konnte nicht weglaufen wie seine feigen Beamten hier oder ihm mit zweifelhaften

Argumenten ausweichen wie die verlogenen Besucher der Offiziersmesse, die er beim Frühstück gestört hatte. Der einzige Komplize, auf den er voll vertraut hatte, war der Computer.

Mehrere Minuten lang saß er da, unfähig, sich zu rühren. Die Maschine war nicht in der Lage, wie Ballard den Kopf zu senken. Ballards Reaktion konnte er noch verstehen, der Computer aber enttäuschte ihn zutiefst.

Versuch's noch einmal, sagte er sich. Nur keine Zeit verschwenden! Seine Finger flogen mit unheimlicher Präzision über die Tastatur. O'NIEL, W. T. WIEDERHOLE VORDRINGLICHE ANFRAGE VON VORHIN – ANTWORT SOFORT!

KEINERLEI DATEN VERFÜGBAR! wiederholte die Maschine stur.

Ganz ruhig, befahl O'Niel sich selbst. Denk einmal nach!

Die Maschine belog ihn nicht, also mußte diese vernichtende Antwort eine Ursache haben.

Ruf die Frage ab, wiederhole nicht den Befehl!

O'Niel mußte sich selbst zur Ruhe zwingen, als er die nächste Frage eintippte: O'NIEL, W. T. VORDRINGLICHE ANFRAGE! WARUM ANTWORT NEGATIV?

Prompt bekam er die Erklärung: KEINE PASSAGIERLISTE VON STATION GRÜN – ABFLUGORT ÜBERMITTELT.

Jetzt verstand O'Niel, wenn er sich auch nicht darüber freuen konnte. Wieder tippte er: O'NIEL, W. T. VORDRINGLICHE ANFRAGE AN STATION GRÜN – ANGEFORDERTE DATEN SOFORT ÜBERMITTELN!

MÖGLICHKEIT NEGATIV! lautete die Antwort. TON- UND BILDLEITUNGEN NACH STATION GRÜN ZEITWEILIG BLOCKIERT!

GRUND FÜR BLOCKADE? fragte O'Niel.

KEINERLEI DATEN VERFÜGBAR!

O'Niel lehnte sich im Stuhl zurück und starrte benommen auf den Monitor. Ohne brauchbare Antworten auf seine Fragen, ohne die Hilfe des Computers verlor er mit einem Schlag die Unterstützung der einhundertfünfzigjährigen Verfahrensentwicklung im Rechtswesen. Ein einziger gut durchdachter Gegenzug hatte ihn schachmatt gesetzt, ließ ihm nur noch den Rückgriff auf die ursprünglichen primitiven Methoden der Rechtsverfolgung.

Halt, das stimmte nicht ganz! Er war noch nicht gänzlich am Boden. Mit raschen Bewegungen schaltete er die Überwachungskameras in der Mine ein. Auf einem Schirm erschien das Frachtdeck. Er berührte mehrere Schalter. Wenigstens war er so nicht ganz blind. Ein weiterer Schirm zeigte den Zubringergang von der Fähre zur

Frachthalle, andere wiederum die Haupt- und Seitengänge, die von dort ins Innere der Mine führten.

Der Passagieraufzug fuhr gerade die Rampe von der Spitze des Schiffes herunter. Im Innern der Frachthalle waren die Landemannschaften mit den verschiedensten Aufgaben beschäftigt. Aus den Lautsprechern in O'Niels Computerkonsole tönte ein lautes Zischen. Über der Hauptschleuse leuchtete eine Warntafel auf: SCHLEUSE – ACHTUNG! NULLATMOSPHÄRE!

Sekunden verrannen, dann sprang die Anzeige um: SCHLEUSE – DRUCKZUNAHME und verkündete zuletzt: SCHLEUSE – NORMALE ATMOSPHÄRE UND SCHWERKRAFT.

Das Zischen verklang, und die Schleuse zur Halle am Ende des Schiffszubringers öffnete sich. Die Passagiere waren noch nicht zu sehen. Sie verließen gerade den Aufzug am entgegengesetzten Ende des Zubringergangs. Mitglieder der Landemannschaften musterten müßig die offene Schleuse, lediglich ein paar überflogen gelangweilt irgendwelche Listen.

O'Niel saß in seinem leeren Büro und beobachtete die Schleuse am Ende des Zubringers aufmerksam. Innerlich war er sehr angespannt. Bald tauchten Schatten auf, hoben sich hart gegen das helle Licht in der durchsichtigen Röhre ab. Langsam konnte man Männer und Frauen unterscheiden.

Einige unterhielten sich angeregt, andere schwiegen, wieder andere schauten sich in der typischen Art von Leuten, die erstmalig einen unbekannten Ort betreten, neugierig um. Alle trugen Nylonsäcke in den verschiedensten Farben. Doch die Unterhaltungen verstummten, als die Passagiere das Ende des Zubringers erreichten und das staubige Frachtdeck betraten.

O'Niel beugte sich zum Schirm vor. Genau beobachtete er alle ankommenden Männer und Frauen, versuchte, die gedungenen Mörder unter ihnen ausfindig zu machen. Doch es gelang ihm nicht, sie zu identifizieren. Dem Gespräch nach zu urteilen, das er abgehört hatte, waren sie Profis. Nur durch ihre äußere Erscheinung würde es ihm nicht gelingen, sie von den anderen harmlosen Mitreisenden zu unterscheiden.

Insgesamt waren es zwanzig Neuankömmlinge. Die Abfertigung erfolgte rasch und unbürokratisch. Die Tickets wurden geprüft, die Bestimmungsorte innerhalb der Mine notiert, die Landemannschaften erteilten ihre Anweisungen. Das war schon alles. Die Passagiere gingen ihrer Wege. Es gab keinen Anlaß zu genaueren Kontrollen.

Wer würde sich schon freiwillig an einen Ort wie Io hineinschmuggeln wollen? Die zwanzig Personen durchquerten das Frachtdeck und betraten einen hellen Gang, den Hauptzubringer zum übrigen Minenkomplex. An seinem Ende befand sich ein sechseckiger Verteiler, von dem fünf Abzweigungen zu den fünf Hauptsektoren der Mine führten.

O'Niel berührte einige Kontrollen, schaltete die Kameras in diesen Gängen auf die Ankömmlinge. Das neue Bild zeigte deutlich die sechseckige Kreuzung.

Hier teilten sich die Passagiere in kleinere Gruppen. Einige gingen die Gänge hinunter, andere verabschiedeten sich von ihren neuen Freunden, die sie an Bord der Fähre kennengelernt hatten, der Rest unterhielt sich noch eine Weile.

Als letzte erreichten zwei Männer den Verteiler. Sie unterhielten sich angeregt miteinander, und äußerlich unterschieden sie sich in keiner Weise von den anderen Passagieren. Man konnte fast sagen, sie sahen zu normal aus.

Doch plötzlich unterbrachen sie ihre Unterhaltung von einer Sekunde auf die andere und schauten sich unauffällig nach beiden Seiten um. Anscheinend befriedigt, setzten sie ihre Kleidersäcke ab und öffneten sie. Niemand schenkte ihnen Beachtung.

Versteckt unter Kleidern, persönlichen Mitbringseln und Toilettenartikeln schimmerten Metallteile. Einer der Männer zog eines hervor, kramte das nächste aus seinem Sack und fügte es in das erste. Dann war der andere Mann an der Reihe. Die beiden arbeiteten abwechselnd. Solange der eine den Lauf an den Kolben schraubte, hielt der andere Wache. Danach übernahm der zweite den Platz des ersten, achtete darauf, daß niemand sie zufällig beobachtete. Sie arbeiteten präzise und routiniert – ein eingespieltes Team. Die Einzelteile wuchsen zu kompletten Feuerwaffen mit gefüllten Magazinen zusammen.

Als sie fertig waren, warf sich jeder seinen Kleidersack über die Schulter und ging einen anderen Gang hinunter. Kein Wort war zwischen ihnen gefallen, seitdem sie begonnen hatten, ihre Waffen zusammenzusetzen. Auch beim Auseinandergehen sprachen sie keine Silbe.

O'Niel beobachtete sie aufmerksam und merkte sich die Richtungen, in die sie wanderten. Sie gingen gleich schnell: zügig und gleichmäßig, ohne Zeit zu verschwenden. Der Marshal wechselte die Kameras, um sie nicht von den Schirmen zu verlieren. Es war zwar schwer zu erkennen, doch der erste Mann schien den direkteren Weg zur Verwaltungssektion zu nehmen. Sobald sie dort ankamen, befanden sich beide in nächster Nähe der Sicherheitssektion. Darauf zu warten, bis sie wieder zusammentrafen, wäre schon mehr als dumm gewesen. Der Marshal fällte eine rasche Entscheidung, steckte die Strahlpistole ein und eilte aus dem Büro.

Der Club war überfüllt, die Tänzer wechselten gerade in ihren Zylindern unter der Decke, wo die Ablösung ungesehen vollzogen werden konnte. Als Professionelle waren die Tänzer sehr eigen mit ihrer Privatsphäre. Es machte ihnen nichts aus, bei ihren erotischen Verrenkungen beobachtet zu werden, dafür wurden sie bezahlt. Doch von jedem, der ihnen in ihrer Freizeit begegnete, angesprochen zu werden hatte nichts mehr mit Kunst zu tun. Für die Zuschauer mochte das kein großer Unterschied sein, doch für die Tänzer hätte das einen Eingriff in ihre Privatsphäre bedeutet.

Während der Ablösung dröhnte die Musik um so lauter, und die Gäste konnten sich fast nur schreiend unterhalten. Die Gespräche hatten etwas Gezwungenes, die übliche Spontaneität fehlte ihnen. Auch wurde nicht soviel getrunken wie sonst.

VERDAMMTER Papierkrieg, dachte Sheppard, als er die Listen auf dem leuchtenden Computerschirm auf seinem Schreibtisch durchging. Eine Arbeit für einen Buchhalter, aber nicht für einen Generalmanager.

Außerdem hielt ihn die Arbeit von seinem Golftraining ab. Er berührte einige Kontrollen. Die Listen veränderten sich, wurden ausgetauscht. Sheppard hatte es eilig, die Morgenarbeit hinter sich zu bringen. Vor seinem Schreibtisch warteten der grüne Kunstrasen und das hübsche Computerbild.

DER erste Killer erreichte den Umkleideraum der Männer. Er benötigte keinen Lageplan, hatte er sich doch den Aufbau der Mine genau eingeprägt, ehe er die Fähre bestieg. Er warf einen Blick auf sein Chronometer. Wie vorgesehen, war der Umkleideraum verlassen wie immer kurz vor Schichtwechsel. Die Nachtschicht befand sich auf dem Weg zu den Aufzügen, die Männer der Tagschicht standen an den Sauerstofftanks an, um ihre Anzugbehälter mit Luft zu füllen, bevor sie nach unten gingen.

Der Mann betrat einen der Gänge zwischen den Schränken und folgte ihm.

Sein Kumpan kletterte gerade eine Leiter zu einem tiefer gelegenen

Durchlaß hinunter. Er verharrte einen Moment lang und rief sich den Lageplan der Mine ins Gedächtnis, ehe er sich schließlich nach rechts wandte. Er folgte einem langen Gang, kletterte wieder eine andere Leiter nach oben und ging geradeaus weiter. Zwei Arbeiter kamen ihm entgegen. Mit einer blitzschnellen Bewegung ließ der Mann seine Waffe in den geöffneten Gepäcksack gleiten. Die Arbeiter grüßten ihn lächelnd, und er erwiderte den Gruß auf gleiche Weise. Doch kaum waren sie vorbei, verschwand sein Lächeln, und die Waffe tauchte wieder aus dem Sack auf. Es war eine kurze, gedrungene Pistole, die nicht schimmerte. Das Metall war brüniert, um Lichtreflexe zu verhindern.

Der Mann ging um eine Ecke, seine Hand lag fest um den Kolben der Pistole. Wie jeder Handwerker handhabte er sein Werkzeug sehr sorgfältig. Niemand begegnete ihm, als er den Wohnsektor der Verwaltung betrat. Von nun an bewegte er sich sehr vorsichtig, besonders als er in einen bestimmten Gang einbog. Keine der geschlossenen Türen, die auf den Gang mündeten, öffnete sich, trotzdem drückte der Mann sich vorsichtig an jeder vorbei. Sein Interesse galt einer einzigen Tür auf der rechten Seite, der er sich mit jedem Schritt näherte.

Er preßte sich flach an die Wand und betrachtete die Tür. Sie war verschlossen, die Leuchtanzeige des Schlosses zeigte es an. Der Mann griff in die Tasche und holte eine kleine Scheibe von Daumennagelgröße heraus. Er bückte sich und berührte mit der Unterkante der Scheibe den Schlitz des Türschlosses. Es erfolgte kein Alarm, die rote Warnlampe brannte ruhig weiter.

Der Mann atmete tief ein. Dann holte er mit dem linken Bein weit aus und trat heftig gegen die Tür. Krachend flog sie auf, sofort schob der Mann den Pistolenlauf um die Ecke. Doch drinnen blieb alles ruhig. Rasch trat er durch die Tür, sein Finger lag am Abzug der Waffe. Er überflog das Innere, überprüfte die Computerkonsole, schaute hinter Sofa und Sessel, hob sogar einige der Deckenplatten hoch, um sich zu vergewissern, daß sich niemand dahinter verbarg.

Vorsichtig näherte er sich O'Niels Schlafzimmer und riß die Tür auf. Doch O'Niel war nicht da. Eiligst überprüfte der Eindringling auch das Badezimmer, durchsuchte nochmals den Wohnraum und vergaß auch die Schränke nicht.

Er war enttäuscht, doch seine Enttäuschung währte nicht lange. Er zuckte die Achseln und verließ die Wohnung, steuerte sein nächstes Ziel an.

Zur gleichen Zeit betrat O'Niel den Speisesaal der Arbeiter. Im Moment war er noch leer, die nächste Mahlzeit wurde erst in einer Stunde ausgegeben. Keine Menschenseele war zu sehen. Die Tische waren sauber, die Stühle noch hochgestellt. O'Niel hatte noch nie vorher die Cafeteria völlig leer gesehen. Eine seltsame Atmosphäre herrschte hier, als ob die Schatten der Arbeiter, die hier aßen, auch jetzt anwesend seien und unhörbar ihre Witze flüsterten.

O'Niel wanderte zwischen den Tischen hindurch auf den Hinterausgang zu. Sein Blick richtete sich auf die geschlossene Tür. Ein ohrenbetäubendes Grollen und ein gelblicher Blitz, der ihn blendete, ließen ihn erstarren. Die Decke schien zu explodieren. Glühende Projektile zischten an ihm vorbei, als er sich fallen ließ und abrollte. Splitter und Metallteile regneten auf ihn herab, Querschläger, die von den Metalltischen abprallten, zwitscherten gefährlich nahe vorbei.

Über dem Gitterwerk, in dem die lichtdurchlässigen Deckenplatten aufgehängt waren, erkannte O'Niel die Silhouette des Schützen. Er spähte herunter und versuchte, den sich abrollenden und aus der Schußlinie hechtenden Marshal zu erwischen. Er schoß durch die Öffnung einer zerbrochenen Deckenleuchte.

O'Niel warf sich herum und feuerte blindlings gegen die Decke. Mit Müh und Not erreichte er im Splitterregen den Ausgang.

Das Gewächshaus war ein guter Ort, um einen Moment Luft zu holen. Es besaß die frischeste Luft auf Io. Es duftete nach Gemüse und Früchten, die in langen Reihen von Beeten mit Erdreich wuchsen. Darüber zogen sich lange, fluoreszierende Röhren, die ein bestimmtes Licht und genau berechnete Wärme verströmten. Ein Bewässerungssystem versorgte die Beete mit Wasser, flüssigem Dünger und Nährstoffen. Über der Glaskuppel leuchtete drohend der Jupiter. Computer überwachten den Fluß der Nährlösungen, die Beleuchtung und Wärmezufuhr. Maschinen besorgten die Gartenarbeit und Sauberhaltung. Bei O'Niels plötzlichem Auftauchen reagierten sie nicht. O'Niel überflog mit einem Blick die weite Halle, erkannte nirgends eine Bewegung und blieb stehen, um wieder zu Atem zu kommen ...

Eine Hand justierte ein paar Monitoren in der Polizeiwache. Einige zeigten O'Niel im Gewächshaus, andere verfolgten die wechselnden Standorte der Killer. Die Hand verschwand, ließ aber die Schirme eingeschaltet. Der Wachraum war leer, niemand sah deshalb, wie sich die Tür leise schloß ...

O'NIEL betrachtete die weitflächig angelegten Beete und Versorgungsleitungen. Sein Blick wanderte nach oben zum Laufsteg für das Wartungspersonal, der an den Ästen der Obstbäume vorbeilief. Rasch wandte er sich zur Wand, öffnete eine Metalltür, hinter der die Stromschalter des Gewächshauses angebracht waren, und berührte einen Hebel. Im nächsten Augenblick lag das Gewächshaus im Dunkel. Das einzige Licht drang aus schmalen Spalten im Fußbodenbelag.

Der Marshal tastete sich im Dunkeln zur Leiter und begann zum Laufsteg hochzuklettern. Als er nach dem Geländer griff, um sich die letzte Sprosse hochzuziehen, sprühte das Metall plötzlich Funken, ein Splitterregen ging auf O'Niel hernieder. Er verspürte einen heftigen Schlag gegen die Schulter, warm rann Blut aus der Wunde. Der Marshal stürzte die Leiter hinunter und verlor dabei seine Waffe. Irgendwie schaffte er es, sich im Fallen zu drehen. Doch statt auf den Kopf fiel er hart auf die verwundete Schulter und stieß unwillkürlich einen lauten Schmerzensschrei aus. Taumelnd kam er auf die Füße, hielt sich den verwundeten Arm und rannte auf den Ausgang zu.

In der Dunkelheit hinter ihm fluchte eine Gestalt ärgerlich in sich hinein. Dabei schob sie ein frisches Magazin in die gedrungene Waffe und suchte die dunkle Kuppel mit einem Nachtglas ab. Deutlich waren die verschiedenen Pflanzen und Bäume zu unterscheiden, doch diesmal rührte sich nichts dazwischen.

Der Mann seufzte und verfluchte sein Mißgeschick. Er hatte zu überhastet geschossen. Doch dieser Fehler würde ihm nicht noch einmal unterlaufen. Ruhig kletterte er aus dem Geäst eines Apfelbaumes, in dem er sich verborgen gehalten hatte, und machte sich an die Verfolgung seines verletzten Opfers.

KEUCHEND taumelte O'Niel den Gang hinab. Mehrmals schaute er über die Schulter zurück, doch hinter ihm blieb alles ruhig. Er wußte, daß diese Ruhe trog, daß sein Verfolger ihn bald schon eingeholt haben würde. Wie Feuer brannte der Schmerz in seiner verletzten Schulter. Er durchquerte eine Verbindungsschleuse und lief einen anderen Gang hinab. Immer noch pfiffen keine Geschosse hinter ihm her. Er hatte noch eine Chance.

Dort war das Versteck in der Wand! Er öffnete hastig die Metallplatte und griff erleichtert dahinter ... Die Ersatzwaffe, die er dort sorgfältig verborgen hatte – war verschwunden. Panik schoß in ihm hoch, doch seine Zeitnot erlaubte kein Zögern. Wenn er nicht handelte, starb er, noch während er sich fragte, was mit der Waffe geschehen sein mochte. Die Hand gegen die Schulterwunde gepreßt, lief er schwer atmend weiter.

Der Gang mündete in eine weitere Kreuzung. O'Niel blieb mitten darauf stehen und überlegte, welche Richtung er einschlagen sollte. Blut tropfte von seinem Arm.

Eines der Schleusenschotts links von ihm begann plötzlich zu summen. Jemand stand auf der anderen Seite und wollte in den Gang. O'Niel schaute sich verzweifelt um, doch er stand zu weit auf der Kreuzung, um noch eine Deckung zu finden. Jetzt war es gleich, welchen Gang er wählte. Bis sich das Schleusenschott auf seiner Seite öffnete, hätte er gerade die Hälfte eines Gangs durchquert. Jeder Korridor verlief geradeaus, ohne Abzweigungen – er wäre ein leichtes Ziel für seine Verfolger.

Ihm blieb nichts anderes übrig, als sich flach gegen die Wand neben dem Schott zu drücken und zu hoffen, daß sein Verfolger aus der Schleuse hervorstürzte, ohne hinter sich zu schauen.

Diese Möglichkeit war zwar sehr gering, und im stillen hatte der Marshal sich schon aufgegeben. Seine Verfolger hatten ihre Geschicklichkeit zu deutlich bewiesen, um einen solchen Fehler zu begehen. Doch etwas Besseres fiel ihm im Moment nicht ein. Die Verschlüsse rasteten aus, das Schott schwang zur Seite. O'Niel machte sich auf den letzten Kampf bereit, hob den Arm, um den Mann mit einem Handkantenschlag in den Nacken außer Gefecht zu setzen.

Mitten im Schlag warf er sich plötzlich zurück. Die Gestalt, die aus der Schleuse trat, sprang erschrocken zur Seite. Es war Lazarus. „Jesus, O'Niel! Nun mal langsam!"

Der Marshal starrte die Frau benommen an, vergaß einen Moment seine verzweifelte Situation. „Was, zum Teufel, tun Sie hier?"

„Vielleicht war es dumm von mir", erklärte sie, „aber ich ging in Ihr Büro, um Ihnen meine Hilfe anzubieten. Ich entdeckte Sie auf den Beobachtungsschirmen. Sie hatten es wohl so eilig, daß Sie vergaßen, sie auszuschalten."

Sie deutete mit dem Kopf in die Richtung, aus der er gekommen war. „Sie sind einem von ihnen gerade noch entwischt, wissen Sie das?"

O'Niel berührte mit der Hand die Wunde. „Machen Sie Witze?"

Sie erwiderte nichts, sondern untersuchte rasch seine Verletzung. „Sieht schlimm aus. Die Wunde ist tief, doch zum Glück ist keine Arterie verletzt. Ich werde die Blutung stoppen."

„Wie denn? Der zweite hätte mich beinahe in der Cafeteria

erwischt. Wenn beide gemeinsam weiter vorrücken, sitzen wir in der Falle und sind vom Hospital abgeschnitten."

„Junge, sind Sie unbelehrbar! Glauben Sie, ich sei ohne meine Geräte hilflos? Kommen Sie!"

Sie führte ihn in den Schlafraum der Männer. Sorgsam spähte sie in jeden Gang, doch der große Raum war fast gänzlich verlassen. Lazarus trat an eine offene Koje, zerriß einen Kissenbezug und begann seine Schulter zu verbinden. Unterdessen beobachtete O'Niel unentwegt den Eingang, wo die Verfolger jeden Moment auftauchen mußten.

„Haben Sie vielleicht gesehen, welche Richtung sie eingeschlagen haben? Sie dürften inzwischen ziemlich aufgeholt haben."

Die Ärztin antwortete, ohne ihre Tätigkeit zu unterbrechen: „Ich glaube, sie bewegten sich auf die Energiesektion zu. Sie versuchen wahrscheinlich, Sie von Ihrem Büro abzuschneiden."

Er nickte nachdenklich. „Das ergäbe einen Sinn. Sie wissen, daß ich da nicht auf sie warte, und versperren mir den Weg dorthin. Dann drängen sie mich in einen menschenleeren Teil der Mine und machen mich dort fertig."

Er schwieg und schaute sie an.

„Verriegeln Sie alle Schleusen im östlichen Teil der Mine. Ich muß ihnen zuvorkommen, ehe sie mich in die Zange nehmen und irgendwo ohne Zeugen umbringen."

„Glauben Sie wirklich, O'Niel, daß solche Burschen sich daran stören, ob sie von Zeugen bei ihrem Tun beobachtet werden?"

„Sollte es nötig sein, würden sie keinen Augenblick zögern, mich mitten im Club zu erledigen, doch wenn sie die Gelegenheit haben, es unbeobachtet zu tun, werden sie sie nutzen. Killer haben immer den perversen Stolz, einen Auftrag sauber zu erledigen."

„Wie wollen Sie an ihnen vorbeikommen? Ich beobachtete beide auf den Schirmen in Ihrem Büro. Keine Maus käme ungesehen an ihnen vorbei."

„Ich werde nach draußen gehen."

DER eine Killer ließ sich Zeit. Er wollte die Angelegenheit zwar möglichst schnell hinter sich bringen, doch er hatte schon einmal überhastet gehandelt. Das sollte ihm nicht noch einmal passieren. Geduldiges Abwarten fiel zwar schwer, war aber dafür um so sicherer. Außerdem bewies die Blutspur O'Niels deutlich, daß keine Eile geboten war. Ihr Opfer verlor an Kraft. Die Zeit arbeitete für sie.

LAZARUS verband geschickt O'Niels Schulterwunde und verknotete die Bandage mit einer Schleife. O'Niel begutachtete ihre Arbeit und bewegte leicht den Arm. Er schmerzte zwar noch, doch der Schmerz war erträglich. „Vielen Dank!" sagte er.

„Unterschätzen Sie das nicht", warnte sie ihn und schaute ängstlich zum Eingang hinüber. „Die Wunde ist nicht harmlos. Das hier ist nur ein Behelf. Die Verletzung muß sehr bald richtig behandelt werden."

Schwere Schritte näherten sich ihnen. Natürlich konnte es ein Arbeiter sein, der seine Schicht zu früh antrat, doch das war unwahrscheinlich. O'Niel winkte, und Lazarus folgte ihm. Sie schlichen sich an den Kojen entlang, kletterten über eine der Metalltreppen in den Geräteraum darunter und warteten dort. Sie wagten kaum zu atmen, als über ihnen ein Schatten auftauchte, stehenblieb und nach wenigen Sekunden weiterging.

O'Niel beugte sich zu Lazarus hinüber, ließ aber die Metalltreppe nicht aus den Augen. „Ich gehe jetzt nach draußen. Verriegeln Sie die Schleusen, wie ich es Ihnen gesagt habe! Und machen Sie, daß Sie hier herauskommen!" Er schlich sich zu den Anzughaltern und suchte sich einen Anzug heraus, der ungefähr seine Größe hatte. Lazarus stand dabei und beobachtete ihn. O'Niel warf ihr einen Blick zu und flüsterte eindringlich: „Verschwinden Sie!"

„Ich könnte Ihnen noch behilflich sein", gab sie flüsternd zurück.

Die Anzüge waren so beschaffen, daß man langsam und vorsichtig in sie einsteigen mußte. Doch O'Niel zwängte sich hastig hinein. „Unsinn! Jetzt ist keine Zeit für Diskussionen."

Doch sie blieb hartnäckig. „Ich kann Ihnen helfen."

Er hielt in seiner Tätigkeit inne und starrte sie fragend an. „In Ordnung. Der Verbindungsgang zwischen Sektion B und C."

Sie nickte verstehend. O'Niel schloß den Anzug und eilte zur Aufzugschleuse. Während er auf den Aufzug wartete, schaute er zu ihr zurück, schien etwas sagen zu wollen.

„Nun werden Sie bloß nicht rührselig!" warnte sie ihn.

Er antwortete nicht, sondern drehte sich zum Aufzug um, der inzwischen angekommen war. Die Türen glitten zur Seite, und er trat ein und verriegelte das Schott hinter sich. Mit leisem Surren stieg der Aufzug nach oben.

Wieder ertönten Schritte auf dem Gang über ihr. Lazarus preßte sich flach gegen die Wand, als der Schatten zum zweitenmal über ihr auftauchte.

DER Aufzug stoppte. Die Leuchtanzeige über der Tür glühte auf: EBENE 1.

O'Niel drückte sich eng an die innere Wand, als die Lifttür zur Seite glitt, doch die Plattform draußen war leer. Er verließ den Aufzug, bewegte sich vorsichtig zum Geländer hinüber und spähte in die Tiefe. Hier gab es keine künstliche Schwerkraft mehr, und er mußte seine Gangart den neuen Verhältnissen anpassen. Ein zu großer oder zu hastiger Schritt – und es war aus. Das Gerüst der Mine verschwand weit unter ihm in den schwarzen Tiefen des Kraters, ein beeindrukkendes Gitterwerk aus Stahl und grellen Scheinwerfern. Sektion C lag links von ihm, und er begann, sich an der Gitterkonstruktion hochzuhangeln. Bei der geringen Schwerkraft schwebte er fast von selbst nach oben.

Vom Dach aus konnte er den gesamten Minenkomplex überschauen: die Kraterwände, die ausgedehnten Gebäude und Sektionen, sogar den Raumhafen. Über dem Gewirr von Gerüsten und Scheinwerfern bedeckte der Jupiter das dunkle Firmament. O'Niel mußte sich dazu zwingen, nicht hochzuschauen, um sich zu vergewissern, daß der Jupiter nicht auf ihn herabstürzte und ihn wie eine Wanze zerquetschte. Es fiel ihm schwer. Er war es nicht gewohnt, draußen zu arbeiten. Vorsichtig balancierte er über das Dach auf das andere Ende der Sektion zu. Ein Strang aus Metall und Plastik verband Gebäude C mit der Sektion B. Der Verbindungsgang war lichtdurchlässig und innen hell erleuchtet. Überaus vorsichtig kletterte O'Niel an der Seitenkonstruktion des Gebäudes zu ihm hinunter.

WÄHRENDDESSEN schlenderte der eine Killer langsam einen leeren Gang hinab. Er kam dabei dicht an Lazarus vorbei, die sich durch den Duschraum zum hinteren Ausgang zurückzog. Dabei machte sie absichtlich ein leises Geräusch.

Der Verfolger hatte anscheinend ein überaus empfindliches Gehör. Das leise Scharren der Sohlen auf dem Boden erregte seine Aufmerksamkeit. Er blieb stehen, hielt den Atem an und lauschte. Die Waffe lag schußbereit in seiner Hand.

Lazarus tat noch einen Schritt, um sicher zu sein, daß er sie auch hörte, und eilte dann den Zubringer hinunter. Rasch öffnete sie das Schott. Der Verfolger lief seitlich an den Gängen vorbei und spähte hinein. Er fand nichts. Im gleichen Augenblick ließ Lazarus krachend die Schleusentür ins Schloß fallen.

Doch auch dies konnte den Jäger nicht aus der Ruhe bringen. Vorsichtig ging er dem Geräusch nach und schlich sich durch den Duschraum zum Gang hinüber. Lazarus lief unterdessen auf das andere Ende des Zubringers zu und öffnete das Schott zur Schleuse. Sie hatte Herzklopfen vor Furcht, doch sie zwang sich dazu, stehenzubleiben und zu warten.

O'Niel stieg immer tiefer an der Außenwand des Gebäudes C hinunter. Nur die geringe Schwerkraft machte den gefahrvollen Abstieg möglich. Glücklicherweise war er schwindelfrei, sonst hätte er niemals diese Wahnsinnstat überlebt. Wenige Zentimeter neben ihm ging es senkrecht viele hundert Meter in die Tiefe. Er erreichte ein kleines Vordach und sprang leichtfüßig auf den Gang hinunter, der die beiden Gebäude miteinander verband. Beinahe wäre er auf der runden Oberfläche ausgeglitten, doch er fand gerade noch sein Gleichgewicht wieder und arbeitete sich langsam vor. Metallbänder umspannten die Röhre und markierten die Stellen, an denen die vorgefertigten Teile ineinandergefügt worden waren. Langsam wandte O'Niel sich nach dem Gebäude C um und wartete ...

12

Als der Verfolger die Schleusentür zum Verbindungsgang öffnete, bemerkte er als erstes die Gestalt am anderen Ende. Sie war weit entfernt und verschwommen, reagierte aber bei seinem Auftauchen sofort und betätigte in wilder Hast den Schließmechanismus des Schotts. Der Mann handelte blitzschnell und drückte ab. Lazarus schlüpfte im letzten Moment durch den Spalt des Schotts, das sich dicht hinter ihr schloß. Die Geschosse prallten wie Fliegen hinter ihr ab, ihre Einschläge klangen im Innern der Schleuse nur wenig lauter als das Pochen ihres Herzens.

Das Geräusch drang auch nicht zu O'Niel hinaus, der außen auf dem Zubringergang stand, doch er sah das Aufblitzen der Waffe. Die Unförmigkeit des Druckanzugs verfluchend, begann er vorsichtig, die Haltebolzen zwischen zwei Teilstücken des Gangs zu lösen.

Der Gegner war langsam in den Gang hinausgetreten. Irgend etwas kam ihm seltsam vor. Die fliehende Gestalt schien ihm kleiner als der Marshal, und doch hatte sie sofort bei seinem Anblick reagiert. Möglicherweise bestand da ein Zusammenhang. Vielleicht war der Marshal bei ihr und hatte nur kurz vor ihr die Schleuse betreten. In diesem Fall war die Jagd bald zu Ende. Doch Sorge bereitete ihm auch die Tatsache, daß man ihm gesagt hatte, der Marshal habe keinerlei Unterstützung, was offensichtlich nicht stimmte.

Der Mann liebte keine Überraschungen. Nicht, daß es im Endeffekt etwas änderte. Ein oder zwei Komplizen konnten O'Niel auch nicht mehr retten.

Die nötigen Erklärungen für zwei Leichen mehr waren schließlich nicht seine Aufgabe. Er hatte nur dafür zu sorgen, daß der Auftrag hier erledigt wurde.

O'Niel sah die Silhouette des Killers im Gang unter ihm auf sich zukommen. Der Verfolger durfte nicht nach oben schauen. Hoffentlich hatte Lazarus seine Aufmerksamkeit genügend abgelenkt. O'Niel besaß keine Möglichkeit, sich zum Gebäude C in Sicherheit zu bringen, wenn der Verfolger ihn frühzeitig hier draußen entdeckte. Er würde sicher nicht so dumm sein, die Strahlwaffe zu benutzen, sondern auf Kleinkalibermunition umstellen. Wenn er dann O'Niel mit einem Schuß erledigte, ging er selbst kaum ein Risiko ein.

Inzwischen verriegelte Lazarus die Schleuse. Der Jäger blieb plötzlich im Gang stehen, glaubte einen Schatten über sich wahrgenommen zu haben. Zuerst dachte er, es sei die Fähre, doch es war noch zu früh für ihren Start. So schnell konnte man sie unmöglich beladen haben.

Also war es sicher ein Monteur, der eine Routineüberprüfung des Gangs vornahm. Nur ..., da draußen gab es nichts zu überprüfen. Ein Verbindungsgang enthielt keine lebenswichtigen Leitungen oder Röhren. Er war nur ein Tunnel zwischen zwei Gebäuden. Was machte der Mann also dort?

Sein Blick wanderte zu der Schleuse, die nun verriegelt war, dann schaute er den Weg zurück zur Schleuse, die er selbst vorschriftsmäßig geschlossen hatte. Er erkannte plötzlich die Falle.

Er hatte keine Möglichkeit mehr, eines der beiden Schotts rechtzeitig zu erreichen. Ihm blieb gerade noch genügend Zeit, um die aufsteigende Panik in sich zu registrieren. Er hob die Waffe und regulierte rasch die Schußgeschwindigkeit und den Treibstoff für das Geschoß. Ein leises Zischen ließ ihn herumfahren. Mit einem unartikulierten Schrei stürzte er auf die nächste Schleuse zu. O'Niel hatte den letzten Bolzen gelöst.

Die zwei Teilstücke des Gangs klafften einige Zentimeter auseinander. O'Niel fiel rücklings zu Boden, als ein dünner blau-roter Strahl an ihm vorbei in den leeren Raum sprudelte. Das Blaue war gefrierender Sauerstoff, das Rote der Überrest des Menschen, der versucht hatte, ihn zu töten.

O'Niel rappelte sich auf und zerrte an dem Notverschluß, einer schmalen Leiste, die verhinderte, daß der Korridor vom Sog der entweichenden Atmosphäre zerrissen wurde. Die blutigen Überreste des Killers entschwanden inmitten der weißen Wolke in Richtung Jupiter.

LAZARUS lehnte innen an dem verschlossenen Schott. Eine rote Warnlampe blinkte über der Tür, eine Anzeigetafel warnte:

GEFAHR! LECK IM GANG – ATMOSPHÄRE-UNTERDRUCK. NOTVERSCHLUSS EINGERASTET. SOFORT WARTUNGSPERSONAL VERSTÄNDIGEN!

Die Reparaturmannschaft mußte eben warten, bis sie wieder zu Atem gekommen war, dachte die Ärztin erschöpft, vielleicht auch noch länger . . .

IN DER Offiziersmesse saßen die Leute immer noch beim Frühstück. Die Unterhaltung war wieder in Gang gekommen, auch der Appetit hatte sich normalisiert, wie die Köche feststellten. Im Club herrschte Hochbetrieb. Schnaps und andere Getränke flossen in Strömen.

O'Niel hatte den Gang, der jetzt durch den Notverschluß gesichert war, verlassen und kletterte über die Seitenwand am Gebäude C hoch. Fünf Minuten hatte er sich gegönnt, um wieder zu Kräften zu kommen, und in dieser Zeit soviel Nährflüssigkeit aus der Versorgungskammer des Anzugs zu sich genommen, wie sein Magen vertragen konnte. Von dem ersten Verfolger war keine Spur mehr zurückgeblieben.

LAZARUS erreichte die Wache, stürzte hinein und warf rasch einen Blick auf die noch immer eingeschalteten Überwachungsmonitore. An der Computerkonsole zögerte sie, die Kontrollen waren ihr nicht vertraut. Die Bezeichnungen waren anders, doch insgesamt hatte das System Ähnlichkeit mit ihrem Computer im Krankenrevier. Also versuchte sie es einfach, berührte Tasten und Knöpfe, um den zweiten Verfolger wieder auf den Schirmen einzufangen.

O'Niel hatte inzwischen den Wartungssteg auf dem Dach des Gebäudes erreicht und ging langsam zurück zum Gewächshaus. Wenn seine Vermutung richtig war, hielt sich der andere Bursche irgendwo in dieser Region auf.

In Wirklichkeit war ihm der zweite Killer viel näher, als er ahnte. Er befand sich jetzt am anderen Ende der Glaskuppel, die immer noch im Zwielicht lag, und suchte mit seinem Nachtglas die Beete ab.

LAZARUS war mit den Monitoren keinen Schritt weitergekommen, kämpfte immer noch mit der ihr unvertrauten Technik. Plötzlich fiel von hinten ein Schatten über die Schirme. Erschrocken fuhr sie herum, ihre Augen waren vor Entsetzen geweitet.

„Kann ich Ihnen helfen?"

Glück gehabt, mein Kind, dachte sie. Noch ist es nicht so weit. Sie erkannte den Beamten. Ballard hieß er. Er war der neue Sergeant. Sie entspannte sich und fuhr ihn wütend an: „Sind Sie nicht etwas spät dran? Sie haben wohl keinen Sinn für den richtigen Zeitpunkt, was?"

„Besser spät als überhaupt nicht, stimmt's?" konterte der Sergeant. Er schaute an ihr vorbei, versuchte, einen Blick auf die Schirme zu erhaschen. „Ist mit dem Marshal alles in Ordnung?"

„Soweit ja. Er hat eine Schußwunde in der Schulter, doch die ist nicht so tragisch."

Ballard trat zu den Schirmen. Bereitwillig machte die Ärztin Platz. „Wo ist er jetzt?"

Lazarus' Verstimmung war deutlich in ihrer Stimme zu hören. „Hölle, wenn ich das wüßte! Ich suche ihn selbst. Er ist irgendwo draußen."

Ballard runzelte die Stirn. „Draußen? Wo draußen?"

„Wie, zum Teufel, soll ich das wissen? Ich sagte Ihnen doch, daß auch ich ihn suche." Sie deutete auf die Konsole. „Das da ist doch Ihr Spielzeug, nicht meines. Vielleicht ist er im Gewächshaus. Das liegt in der Nähe der Stelle, wo er nach oben gefahren ist. Außerdem gibt es da noch einen weiteren Ausstieg."

O'NIEL hatte den zweiten Verfolger ausgemacht. Deutlich sah er seinen Schatten im Zwielicht unter sich. Vorsichtig schob er sich über die Außenhülle der Kuppel, bewegte sich langsam, um nicht die Aufmerksamkeit des Gegners auf sich zu lenken. Seine Position war viel gefährlicher als auf der Außenhülle des Verbindungsgangs. Das Dach der Kuppel war hier durchsichtig, nicht nur lichtdurchlässig. O'Niel bot ein gutes Ziel. Nur die Äste und Blätter der größeren Pflanzen verbargen ihn vor den Blicken seines Verfolgers. Doch sonst war die Situation die gleiche wie vorhin. Der Gegner konnte höchstens ein oder zwei Schüsse abgeben, wenn er sich nicht selbst gefährden wollte. Doch diesmal besaß O'Niel keine Rückzugsmöglichkeit. Der Schütze konnte sich zur Schleuse begeben und von dort aus feuern, er brauchte nicht erst einen langen Gang zu durchqueren.

O'Niel arbeitete sich weiter vorwärts über die Außenhülle der Kuppel zu dem Wartungssteg, der sie der Länge nach überquerte. Genau über der Spitze des Kuppelbogens war eine kleine Plattform in den Steg eingebaut, auf der Reparaturmaterial gestapelt lag. O'Niel hatte eine Idee.

BALLARD beobachtete angestrengt die Monitore und wünschte sich, er hätte O'Niels Fähigkeiten in der Bedienung der Überwachungskameras.

„Sie denken also, er ist beim Gewächshaus?"

Lazarus drehte sich unsicher nach ihm um, eine Frage lag ihr auf der Zunge. Doch der Sergeant rannte schon hinaus.

O'NIEL verharrte einen Moment lang, um einen Blick in die Tiefe zu werfen. Die niedrigen Arbeitsplattformen tief unter ihm waren nur ein glitzerndes Lichtermeer, das aussah wie ein Beet leuchtender Nachtblumen. In seiner Nähe erkannte er die riesigen Sonnenkollektoren, ein Wall dunkler, geriffelter Flächen, der weit entfernten Sonne zugewandt. Sie wirkten im Verhältnis zur Energie, die sie lieferten, winzig.

Unter ihm schlich sein Gegner vorsichtig durch die Kuppel.

BALLARD erreichte die Aufzugplattform und nahm sich einen Druckanzug, der zwar nicht ihm gehörte, ihm aber einigermaßen paßte. Hastig begann er ihn überzustreifen.

O'Niel hatte sich inzwischen bis zur Plattform im Zentrum der Kuppel vorgearbeitet und zog sich nun hinauf. Der Wartungssteg wirkte von hier wie ein Spinnfaden, den eine riesige Spinne über die Kuppel gezogen hatte. Unter dem sorgfältig gestapelten Reparaturmaterial fand er ein paar flexible, selbstklebende Platten. Man verwendete sie, um kleine Lecks rasch zu versiegeln. Jede Platte maß etwa vierzig Zentimeter im Quadrat. Er nahm eine von ihnen vom Stapel – bei der geringen Schwerkraft kein Problem – und überzeugte sich, daß die Heftstreifen an den Kanten nicht freilagen, denn er wollte nicht, daß die Platte klebenblieb. Vorsichtig beugte er sich über das Geländer des Wartungssteges, bis er den Gegner deutlich unter sich erkannte. Dann schleuderte er die Platte auf die Kuppel des Gewächshauses, von der sie abglitt und seitlich hinabrutschte.

Im Gewächshaus hörte der Killer das Scharren über seinem Kopf, wirbelte herum und richtete die Waffe auf das vermeintliche Ziel. Der Bursche war äußerst schnell. Er feuerte nur einen einzigen Schuß auf den dunklen Schatten über seinem Kopf. Dann rannte er auch schon auf die Schleuse zu, während die Luft zischend durch das kleine Loch in der Decke zu entweichen begann. O'Niel ergriff einen Behälter mit Flüssigkleber und schleuderte ihn mit aller Kraft auf die Platte, die die Kugel durchschlagen hatte. Diesem wuchtigen Aufprall konnte die ohnehin schon gesprungene Platte keinen Widerstand mehr entgegensetzen. Die Hand des Schützen zuckte eine Sekunde zu spät zum Griff der Schleuse. Über ihm zersplitterte das Deckenpaneel, das Zischen der entweichenden Luft verstärkte sich zu einem grollenden Getöse.

Pflanzen, Tröge, Lampen und Bewässerungs- und Heizröhren wurden vom Sog nach oben gerissen und verschwanden im leeren Raum. O'Niel duckte sich eng an das schützende Metall des schmalen Wartungssteges. Sekunden später zerplatzte die gesamte Kuppel unter ihm und sandte einen Splitterregen himmelwärts. Das Licht des Jupiter ließ die Scherben gelblich-orangefarben aufblitzen.

Inmitten entwurzelter Pflanzen und zerstörter Maschinen wurde der Körper des Gegners nach oben gerissen, die freigelegten Knochen seiner Hand hielt er noch immer nach der nun für ewig unerreichbaren Schleusentür ausgestreckt.

O'Niel ließ sich gehen, schlagartig wich alle Anspannung von ihm. Er fühlte nur noch Erschöpfung und – Erleichterung.

Inzwischen hatte Ballard die Anzugtanks mit Sauerstoff gefüllt und betrat den wartenden Aufzug.

Lazarus fummelte immer noch an den Überwachungsschirmen herum und suchte O'Niel, als einer der Schirme plötzlich ganz unerwartet Ballard beim Betreten des Aufzugs zeigte. Sie starrte auf den Schirm, ihre Hände begannen zu zittern. Das ärgerte sie sehr. Die Hände eines Arztes durften nicht zittern, egal, wie verzweifelt die Lage auch sein mochte. Auch der körperliche Zustand und die Kondition eines Arztes hatten besser zu sein.

Sie besaß keine Möglichkeit, die Frequenz von O'Niels Anzugsprechgerät herauszufinden. Die Frequenz wurde immer von dem jeweiligen Besitzer eingestellt. Es gab da Hunderte von Möglichkeiten. Die Wahrscheinlichkeit, daß sie zufällig die Frequenz von O'Niels Helmradio erwischte, war gleich Null.

Am ganzen Körper zitternd, untersuchte sie hastig das Terminal des Sicherheitscomputers. Schließlich entdeckte sie ein Feld mit mehreren Schaltern auf der Konsole, das als NOTWARNSYSTEM gekennzeichnet war. Zwei Schalterreihen waren unter der Beschilderung angebracht, eine für den Innen-, die andere für den Außenbereich.

Ihr Blick überflog die Schalter. Für jede Sektion der Mine gab es eine Blinkanzeige. Sie fand die Schalter für die Aufzüge und drückte auf einen Knopf, der mit NUMMER 7 beschriftet war.

Eine rote und eine blaue Blinkleuchte begannen am oberen Ende des Aufzugschachtes aufzublitzen. O'Niel richtete sich auf, sah aber die Blinkleuchten nicht, da er mit dem Rücken zum Aufzugschacht saß. Doch auch wenn er sie gesehen hätte, hätten sie kaum seine Aufmerksamkeit erregt. Der Himmel über der Mine war immer erhellt von allen möglichen Lichtern.

Ballards Aufzug schwebte langsam nach oben. Der Sergeant hielt die Strahlpistole schußbereit in der Hand. Es war nicht notwendig gewesen, die Ladung zu überprüfen, denn das hatte O'Niel schon für ihn getan.

Lazarus schlug mit ihrer kleinen Faust heftig gegen die Konsole. Ihre Lippen waren zu einem Strich zusammengepreßt. Schließlich stürzte sie aus dem Wachraum.

Der Aufzug verlangsamte seine Fahrt und stoppte. Die Türen rollten zur Seite. Ballard trat hinaus und schaute sich um. Er befand sich auf dem höchsten Punkt der Minenkonstruktion. Wer noch höher wollte, mußte schon fliegen. Rechts lag der Raumhafen mit der Fähre. Dampf stieg von dort auf.

O'Niel saß immer noch auf dem schmalen Wartungssteg, den Rükken der blinkenden Warnleuchte zugewandt.

Wird Zeit umzukehren, dachte er.

Da war noch etwas, das er zu erledigen hatte. Er stand auf, drehte sich um und ging auf den Aufzugschacht zu.

Geschosse umschwirrten ihn plötzlich lautlos. Einige trafen die Sonnenkollektoren, prallten gegen Stromleitungen und Transformatoren. Blaue Energieblitze schossen ins Nichts, elektrische Funken spritzten in alle Richtungen.

Die Geschosse zwangen O'Niel zum Handeln. Der Schütze hatte sich seine Sache anscheinend gut überlegt. Er konnte beliebig in die Gegend feuern und geduldig abwarten, bis ein Geschoß oder ein Querschläger O'Niel traf, ohne selbst entdeckt zu werden. Doch bei dieser Rechnung war ihm ein kleiner Fehler unterlaufen. Er hatte nicht bedacht, daß in der Schwärze des Raumes auch die geringsten Lichtreflexe auf den Geschossen die Anwesenheit und das Versteck des Schützen verraten konnten.

O'Niel hatte sich flach auf den Laufsteg geworfen. Jetzt sah er auch die Leuchtanzeige vom Aufzugschacht und wußte, daß ihm jemand gefolgt war. Er fragte sich einen Moment lang, wer wohl die Warnblinker eingeschaltet haben mochte, dann fiel ihm Lazarus ein. Im stillen dankte er ihr und begann vorwärts zu robben.

Ballard blinzelte in die Dunkelheit, die harten Lichtreflexe der Gebäude unter ihm blendeten ihn. Er wußte nicht, ob O'Niel gestürzt war, weil er ihn getroffen hatte, oder ob er nur Deckung gesucht hatte. Der Sergeant richtete sich auf und ging auf den nächsten Sonnenkollektor zu. Nur hier boten sich O'Niel Schutz und Deckung, und hier führte auch der einzige Fluchtweg entlang, sollte der Marshal tatsächlich noch leben.

O'Niel konnte seinen Gegner nicht sehen, doch er wußte in etwa aus der Richtung der Geschosse, daß dieser sich irgendwo unter ihm befinden mußte. Sein Gegner würde mit Sicherheit nicht lange an einer Stelle verweilen. Geduckt arbeitete er sich zu einem der riesigen Kollektorpaneele vor und wünschte sich verzweifelt eine Waffe.

Ballard erreichte einen Punkt unterhalb des Laufsteges und zögerte. Dicht neben ihm führte eine Leiter nach oben, doch wenn O'Niel einen Hinterhalt plante, würde er seine Verfolger sicher dort oben erwarten. Am Rand jedes Kollektorfeldes war ein Wartungssteg eingebaut, der eventuelle Reparaturen ermöglichte. Ballard ging zum nächsten Kollektor und begann zu dem Steg hinaufzuklettern. Der Anblick der zerstörten Gewächshauskuppel machte ihn doppelt vorsichtig. Im Gegensatz zu den beiden angeheuerten Killern kannte er O'Niel gut genug, um zu wissen, daß der Mann zu allem fähig war.

Der Marshal blieb auf dem Laufsteg und passierte rasch die Stelle, an der die Leiter zu dem Kollektorpaneel vorbeiführte. Er spürte regelrecht die Nähe der Transformatoren unter sich. Seine Haare richteten sich im Helm auf. Blaue Energiebogen spannten sich über die Oberflächen der Kollektoren, die die aufgefangene Energie weiterleiteten in die riesigen Transformatoren.

Ballard kletterte zügig die Leiter empor. Er vermutete den Marshal irgendwo auf dem Laufsteg hinter sich. Damit hatte er halbwegs recht.

ÜBER eine kurze Entfernung kann ein Mann, der von Angst getrieben wird, fast so schnell kriechen wie laufen. O'Niel befand sich oberhalb von Ballard. Der Wartungssteg war hier kaum einen Meter breit, zu eng, um sich darauf zu verbergen. O'Niel riskierte einen Blick über die Seite. Ballards Helm zeigte in die Richtung, in der er seinen Gegner noch immer vermutete. Es war die Stelle, auf die er zuerst gefeuert hatte. O'Niel wartete, bis der Mann genau unter ihm war. Dann schwang er sich über das Geländer des Steges und ließ sich fallen. Heftig wedelte er mit den Beinen ...

Ballard wollte sich gerade umwenden, als O'Niels Fuß gegen seinen Helm krachte. Der Sergeant drehte sich um die eigene Achse, die Wucht des Stoßes ließ ihn taumeln und stürzen. Die Strahlpistole entglitt seiner Hand. O'Niel selbst wurde durch den harten Tritt weit zurückgeschleudert. Er fluchte innerlich und schaute sich blitzschnell nach einem Halt um. Doch es gab nirgends einen, und im Zeitlupentempo taumelte er an der Seite des Kollektors entlang in die Tiefe.

Weit unter sich sah er, wie die Pistole auf einem anderen Kollektor aufschlug und einen Funkenregen auslöste, der jedoch rasch in der Leere des Raumes zerstob. Von der Pistole war nichts mehr zu erkennen.

Verzweifelt versuchte O'Niel, sich an der Kante des Kollektors festzuklammern, drehte sich in der Luft, um nicht mit den Füßen die unter Hochspannung stehende Kollektorfläche zu berühren. Ballard war genau auf den Rand gestürzt und richtete sich jetzt auf. O'Niel hatte seinen Gegner erkannt. Als dieser sich jetzt umwandte, entdeckte er O'Niel, der verzweifelt nach einem Halt an dem breiten Kollektorrand suchte. Ballard stürmte auf ihn zu und versuchte mit dem Fuß, O'Niels Sichtplatte im Helm einzutreten. O'Niel klammerte sich an seinem Bein fest. In der geringen Schwerkraft wurden alle Bewegungsabläufe grotesk verlangsamt. Verbissen kämpften die beiden Männer miteinander. Unter ihnen lagen die Energiezentrale und die übrigen Teile der Mine. Ballard stieß mit Händen und Füßen nach seinem Gegner, während sich O'Niel mit einer Hand an seinem Bein und mit der anderen am Rand des Kollektors festklammerte. Schließlich warf er sich nach vorn und zerrte mit beiden Händen am Bein des Sergeanten.

Ballard verlor das Gleichgewicht, beide Männer stürzten dicht neben dem gefährlichen Spannungsfeld des Kollektors in die Tiefe. Krampfhaft suchten ihre Hände nach irgendeinem Halt.

O'Niels ausgestreckte Hände schlugen gegen etwas Festes. Sofort schlossen sich seine Finger darum und bremsten seinen Sturz. Er wußte, daß es kein stromführendes Teil des Kollektors sein konnte, sonst wäre er auf der Stelle tot gewesen. Als er aufschaute, erkannte er, daß es einer der Stützpfeiler des Kollektors war. Ballard hatte sich ebenfalls an ihm festgeklammert. Jeder versuchte nun, den andern von dem schmalen Träger hinabzudrängen.

O'Niels verwundete Schulter schmerzte höllisch, seine Kräfte erlahmten. Er konnte sich nicht mehr mit beiden Armen festhalten. Ballard, der sich inzwischen in eine sitzende Position auf die Strebe hinaufgeschwungen hatte, rutschte zu ihm hinüber und zerrte an der einen Hand, mit der sich O'Niel festhielt. Der Marshal hatte nicht mehr die Kraft, zu kämpfen und sich gleichzeitig festzuhalten. Er fühlte, wie sich sein Griff immer mehr lockerte. Mit letzter Kraft stieß er mit der freien Hand nach Ballard.

Der Sergeant hatte die Beine um die Strebe geschlungen und versuchte mit beiden Händen, O'Niels Hand von dem rettenden Halt zu lösen. Er hatte es beinahe geschafft, als O'Niels freie Hand ihr Ziel erreichte: den Regler für die Luftzufuhr im Rückenteil des Anzugs seines Gegners. Heftig schlug er dagegen.

Ballard holte tief Luft, doch da war keine. Er verschluckte sich und begann zu husten. Augenblicklich ließ er von O'Niel ab und hantierte an seinem Anzug herum.

O'Niel klammerte sich an der Strebe fest, zog sich etwas hoch und stieß mit den Beinen nach Ballard, der mit beiden Händen die Luftzufuhr seines Anzugs wieder in Gang zu setzen versuchte. Der Stoß kam unerwartet. Er war zwar nicht sehr stark, reichte aber aus, um den Sergeant das Gleichgewicht verlieren zu lassen. Er kippte von der Strebe und stürzte.

Sein rechter Fuß streifte das Spannungsfeld eines tiefer gelegenen Kollektorpaneels. Ein riesiger blauweißer Funkenregen sprühte auf – ein Feuerwerk vor dem dunklen Himmel.

Ballards Körper verkrümmte sich, als die ungeheure Spannung in seinen Körper einschlug. Dann berührte sein Rücken den isolierten Rand des Paneels, und der Körper verglühte in einem wahren Energiesturm. In der Energiesektion der Mine sank für Sekundenbruchteile die Spannung, doch ihr Abfall war so kurz, daß er von den Technikern gar nicht bemerkt wurde.

Die Reste von Ballards Körper glitten an dem Paneel hinab in die Tiefe, die ungeheure Spannung ließ sie gespenstisch aufglühen. Dann rutschten sie über den Rand und begannen ihren langen Sturz in die Finsternis des Kraters.

O'Niel starrte erschrocken nach unten, die Arme hatte er eng um die Stützstrebe gelegt. Unter ihm erlosch der Funkenregen.

O'Niel war zu Tode erschöpft. Im Moment wäre es ihm sogar gleichgültig gewesen, wenn über ihm irgendwo noch ein Verfolger gelauert hätte. Doch todmüde zu sein war immer noch besser, als tot zu sein ... Er schloß die Augen.

Lazarus stürzte in den Club – einen Ort, den sie sonst nie besuchte. Er war ihr fremder als die Oberfläche von Io. Wenn sie sich gelegentlich betrank, tat sie das lieber in der Abgeschlossenheit des Hospitals. Die Leute, die sie kannten, musterten sie daher erstaunt und machten ein paar spöttische Bemerkungen. Doch niemand störte sich ernstlich an ihrer Anwesenheit. Im Club herrschte die übliche Hektik, die Bar war wie stets umlagert. Die Tische waren fast alle besetzt, und die Tänzer verrenkten sich schwitzend in ihren zylindrischen Käfigen zur Musik aus den versteckten Lautsprechern.

Eine Gestalt tauchte im Eingang auf. Ihre Schulter war dick verbunden, der Verband starrte nur so von Schmutz. Das Gesicht des Mannes zeigte Flecken und Schweißspuren. Er stand nur da und schaute sich suchend um. Es dauerte einige Sekunden, bis die Gäste in der Nähe O'Niel bemerkten. Sofort brach ihre Unterhaltung ab. Halb erhobene Gläser wurden nicht zum Mund geführt, die Stille breitete sich schlagartig im ganzen Raum aus und erreichte schließlich wie eine Brandungswelle die Bar. Die Tänzer hörten auf zu tanzen, standen schwer atmend in ihren Zylindern, Schweiß perlte ihre halbnackten Körper hinab, während sie regungslos zum Eingang starrten.

Lazarus hatte sich wie alle anderen umgewandt. Als sie die Ursache für die plötzliche Stille erkannte, lächelte sie.

Sheppard saß an seinem gewohnten Platz an dem für ihn reservierten Tisch. Er runzelte verwundert die Stirn. Es war doch sonst nie so still im Club. Er erhob sich, und seine Augen folgten dem Blick der anderen. Als er den Marshal erkannte, öffnete er entsetzt den Mund, seine Augen weiteten sich ...

O'Niel bahnte sich seinen Weg durch die Menge auf den Generalmanager zu. Er hatte starke Schmerzen und bewegte sich deshalb schwerfällig vorwärts. Doch er biß die Zähne zusammen und steuerte stur auf sein Ziel los. Schließlich stand er vor Sheppard.

Der Manager sagte nichts. Offensichtlich hatte O'Niels Erscheinen ihm die Sprache verschlagen.

„Sheppard ..." O'Niel zögerte. Dann schüttelte er den Kopf. „Ach ..., verdammt!"

Der Schlag hob den Generalmanager von den Füßen und ließ ihn quer über einen Tisch krachend gegen die Wand segeln. Im Fallen riß er einen Vorhang herunter, der ihn unter sich begrub.

O'Niel seufzte, doch sein Gesicht war ausdruckslos, als er sich abwandte. Langsam ging er aus dem Club. Fast fünfhundert Augenpaare hefteten sich auf seinen Rücken. Er achtete nicht darauf.

Langsam kam die Unterhaltung wieder in Gang, doch nur gedämpft und irgendwie schuldbewußt.

Lazarus wandte sich an einen der Barkeeper: „Einen Bourbon mit Soda, Freundchen, und ein bißchen Tempo, wenn ich bitten darf! Ich habe einen Grund zum Feiern!"

ERSCHÖPFT betrat O'Niel die Wache. Dort war schon die nächste Schicht versammelt, und die Beamten fragten sich, wo Ballard blieb. Als sie O'Niel sahen, begannen sie leise zu flüstern. Er schenkte den Leuten nicht die geringste Beachtung. Niemand wagte ihn anzusprechen. Statt dessen verschwanden die Beamten nach und nach und ließen ihn allein.

Die Computerkonsole erwartete ihn. Nachdenklich starrte er auf die eingeschalteten Schirme, dann tippte er kurz entschlossen: NACHRICHT FÜR O'NIEL, CAROL G. – STATION GRÜN – VON O'NIEL, W. T. – IO. BIN BIS ZUM ABFLUG BEI EUCH. HALTE DAS TICKET WARM! AUFGABE ERLEDIGT. KÜSS PAUL VON MIR. SEHNE MICH DANACH, IN DEINEN ARMEN EIN JAHR LANG ZU SCHLAFEN. O'NIEL W. T. – ENDE DER NACHRICHT.

Er blieb noch eine weitere Stunde im Büro und programmierte ein Band. Als er damit fertig war, schob er es in einen Aufnahmeschlitz im Vorderteil der Konsole. Dann erhob er sich und durchquerte das Büro zum letztenmal ...

EPILOG

DAS Band rutschte in den Sender der Sicherheitsabteilung. Der Automat setzte die Worte auf dem Band in ein regelmäßiges Muster elektronischer Impulse um. Die Impulse wiederum verwandelten sich in einen Strom von Photonen, der in das Vakuum hinausgejagt wurde.

Relaisstationen nahmen den Photonenstrom auf, starke Laser erneuerten die Energie der Botschaft und schleuderten sie weiter durch den leeren Raum zum nächsten Relais. Schließlich erreichte die Botschaft einen Polizeiempfänger, der den Photonenstrom schluckte und in elektrische Impulse umwandelte. Ein Computer wurde damit gefüttert und entschlüsselte die Botschaft – eine lange, ausführliche Botschaft. Leute kamen, um die Botschaft zu lesen. Sie begannen sofort, darauf zu antworten, langsamer zwar als die Impulse, doch trotzdem schnell. Energie wurde ausgestrahlt. Immer neue Muster reisten hin und her durch das Sonnensystem. Viele Menschen erhielten die Nachricht. Auch sie reagierten sofort, wenn auch aus sehr unterschiedlichen Motiven.

Diese „Outland-Rufe" durchquerten den Asteroidengürtel, während sie über Kurzwelle von einer Station zur nächsten weitergestrahlt wurden.

Schließlich erreichte dieser neue Informationsstrom das zentrale Sicherheitsdepot auf Station Grün, dem Zentrum für Trans-Jupiter-Operationen. Auch der Empfänger dort vollbrachte das Wunder, wandernde Lichtstrahlen in elektrische Impulse zu verwandeln. Diese aktivierten einen Computer, dessen Schirme die diensttuenden Beamten mit gedruckten Worten über gewisse interessante Fakten aufklärten.

DATENANALYSE, ERSTELLT VON O'NIEL, W. T., MARSHAL A. D., LETZTER DIENSTORT IO, MINE DER CON-AMALGAMATED.

ERGEBNISSE: 1) EMPFEHLE ÜBERNAHME LAZARUS, MARIAN L., DOKTOR, ARZT IM KRANKENREVIER IO, NACH LUNA, KOPERNIKUS-HOSPITAL. 2) ERHEBE ANKLAGE WEGEN VIELFACHER VERBRECHEN GEGEN: SHEPPARD, MARK B. – IO
APUNRA, KUNRAT – GANYMED
VELMAR, GWEN L. – STATION GRÜN
JURGENSON, KNUT S. – KOPENHAGEN, NORDEUROPA, ERDE
MENDOZA, JORGE X. ...

Es war eine sehr lange Liste, an der sich die Beamten auf Station Grün fast ebenso erwärmen konnten wie der schlafende O'Niel an der in seinen Armen ruhenden Frau während der langen Wochen des Heimfluges ...

Alan Dean Foster

Warum er sein Herz gerade an Zukunftsromane gehängt hat? Auf diese Frage weiß Alan Dean Foster gleich mehrere Antworten: „Science-fiction ist die einzige Sparte zeitgenössischer Belletristik, die sich mit unserer Zukunft auseinandersetzt. Gerade in der heutigen Zeit, in der wir der Zukunft mit Überschallgeschwindigkeit entgegenfliegen, ist es wichtig, sich mit Dingen zu beschäftigen, die uns abends noch wie Science-fiction erscheinen und am nächsten Morgen bereits Wirklichkeit sein können. Zum anderen hat das SF-Genre noch einen besonderen Reiz für mich: Es gibt hier absolut keine Beschränkungen. Ich glaube, in keinem anderen Bereich hat der Schriftsteller eine solche Freiheit, seiner Phantasie freien Lauf zu lassen, und ich für meinen Teil verlasse mal ganz gerne diesen kleinen Planeten Erde, der mir manchmal zu eng wird."

Die Phantasie spielt eine entscheidende Rolle im Leben des Alan Dean Foster. Neben zahlreichen Kurzgeschichten und Romanen findet der produktive Autor nämlich noch die Zeit, Drehbücher von SF-Filmen in Romane umzuschreiben – wobei dem gebürtigen New Yorker der Ruf vorauseilt, selbst aus mittelmäßigen Filmvorlagen spannende Bücher zu machen. Ohne Zweifel sind dem populären Schriftsteller, der in seiner Heimat scherzhaft auch als „Einmannromanfabrik" bezeichnet wird, bei diesem Unterfangen seine Erfahrungen in der Filmbranche zugute gekommen. Foster studierte an der Universität von Los Angeles Film und Filmgeschichte. Nachdem er sein Studium mit einem Diplom abgeschlossen hatte, arbeitete er zwei Jahre als Texter in der PR-Abteilung eines kleinen kalifornischen Filmstudios. 1968 veröffentlichte er seine ersten Kurzgeschichten, 1972 folgte sein erster SF-Roman „Das Tar-Aivm Krang" – eine Abenteuergeschichte im Weltall, die später zu einer vierbändigen Serie weiterentwickelt wurde. Schon bei seinen Erstlingswerken zeigte sich, daß Foster ein Autor ist, der ungemein spannend zu erzählen weiß und mit viel Phantasie dem Leser seine exotischen Weltraumwelten lebendig vor Augen zu führen vermag.

Dieses Talent und auch seine Kontakte zur Filmbranche mögen dazu geführt haben, daß der Amerikaner 1974 den Auftrag erhielt, zehn Folgen der Fernsehserie „Star Trek" (Raumschiff Enterprise) in gedruckte Form zu bringen. Seither gilt der Dreiundvierzigjährige als prädestinierter Begleitautor für SF-Filme. Foster „verbuchte" Weltraumklassiker wie „Alien", „Das Schwarze Loch" und „Outland".

Gentechnologie
Achter Tag der Schöpfung?

Für die einen ist sie die Büchse der Pandora, die alles Übel über die Menschheit bringt, für die anderen die Zauberformel gegen Krebs, Aids, Erbkrankheiten, Energieprobleme, Hunger und drohende Umweltkatastrophen. Die Rede ist von Gentechnologie. Die Entschlüsselung der genetischen Informationen von Mensch, Tier und Pflanze und die Möglichkeit der gezielten Einflußnahme auf die Erbmasse sind Gegenstand einer Forschungsrichtung, die heute noch in den Kinderschuhen steckt. Doch in diesem Fall sind die Kinderschuhe Siebenmeilenstiefel. Denn soviel steht jetzt schon fest: Nach der Spaltung des Atomkerns ist die Entschlüsselung des Zellkerns die bedeutendste Entdeckung des 20. Jahrhunderts. Eine Entdeckung, die unsere Gesellschaft von Grund auf verändern kann. Welche Chancen und welche Risiken birgt die jüngste aller wissenschaftlichen Revolutionen?

Das Schlüsselwort für den Ursprung allen Lebens liest sich wie eine Sprechübung für Schauspielschüler: Desoxyribonukleinsäure, kurz DNA genannt. (Das englische Wort für „Säure" lautet „acid", deswegen spricht man im internationalen Sprachgebrauch von DNA und nicht von DNS.)

Etwas mehr als hundert Jahre ist es her, da entdeckte der Schweizer Friedrich Miescher die Existenz dieser chemischen Substanz, die sich in jeder einzelnen Zelle aller Lebewesen befindet. Damals ahnte man freilich noch nicht, daß die Säure mit dem zungenbrechenden Namen Träger der gesamten genetischen Informationen ist, die bei Zellteilung und Fortpflanzung weitergegeben werden. Erst 1944 gelang dem amerikanischen Biologen Oswald Theodore der Beweis, daß die DNA jene Erbsubstanz ist, in der der Code des Lebens gespeichert sein muß. Wie die DNA aufgebaut ist, und auf welche Weise der geheimnisvolle Lebensmechanismus funktioniert, war jedoch noch unklar. Das änderte sich, als im Jahre 1953 James Watson und Francis Crick ein Modell für die chemische Struktur der DNA fanden: die sogenannte Doppelhelix (s. Titelbild). Demnach muß man sich das DNA-Molekül als eine spiralförmig verdrehte Strickleiter denken, die in eng verwikkelten Knäueln in den Zellen aller Lebewesen vorhanden ist. Die Sprossen dieser Strickleiter bestehen aus vier chemischen Bausteinen. Das Alphabet des Lebens hat also, wenn man so will, nur vier Buchstaben, mit denen der biologische Bauplan eines Lebewesens

„geschrieben" wird. Allein die Kombination dieser Buchstaben ist entscheidend für die Erbinformation und die Aufgabe einer bestimmten Zelle.

Von entscheidender Wichtigkeit für weitere Forschungen in der Gentechnologie war ebendiese Erkenntnis – daß alle organischen Lebensformen auf der Erde die gleichen vier Grundbausteine haben. Nur aufgrund dieser Tatsache ist es überhaupt möglich, die Erbinformationen verschiedener Lebewesen zu mischen. Genetisch gesehen unterscheidet lediglich die Länge eines aufgewickelten DNA-Moleküls Mensch, Tier und Pflanze. Bei einer Mikrobe beispielsweise entspricht der Umfang der gespeicherten Erbinformationen etwa einem Buch, beim Menschen dagegen einer riesigen Bibliothek. Ein Gen, also einen bestimmten Abschnitt auf der DNA, könnte man sich in diesem Sinne als einen Satz denken, der eine bestimmte Erbinformation enthält.

Den Gentechnikern ist es nun gelungen, bestimmte Abschnitte aus der DNA-Strickleiter „herauszuschneiden" und dafür andere Abschnitte (Gene), deren Inhalte man entschlüsselt hat, einzufügen. Die Funktion von Schere und Klebstoff übernehmen hierbei Enzyme, Wirkstoffe in Organismen, die bestimmte chemische Stoffwechselvorgänge bewirken, ohne selbst verändert zu werden.

Bakterien – Bergarbeiter und Müllschlucker

Bakterien zum Beispiel, die bisher Verdauungsarbeit verrichteten, entwickeln durch den neu eingebauten Erbbefehl plötzlich einen Heißhunger auf Kupfer und können in Bergwerke entsandt werden, wo man Kupfervorkommen vermutet. In den Vereinigten Staaten wird mit Hilfe von Mikroorganismen bereits jede zehnte Tonne Kupfer gewonnen. Auch Bakterien, die zur schadstoffarmen Aufbereitung von Müll eingesetzt werden können, um z.B. im Müll enthaltene Chemikalien wiederzugewinnen, sind auf dem Vormarsch.

Die Umprogrammierung einer Zelle läßt sich bisher bei Bakterien, also einzelligen Lebewesen, am einfachsten verwirklichen. Diese enthalten nämlich in ihren Zellen neben der DNA-Strickleiter noch kleinere kreisförmige Gebilde, Plasmide genannt. Auch auf diesen Plasmidringen sind die Erbinformationen der Bakterie aufgereiht, mit dem

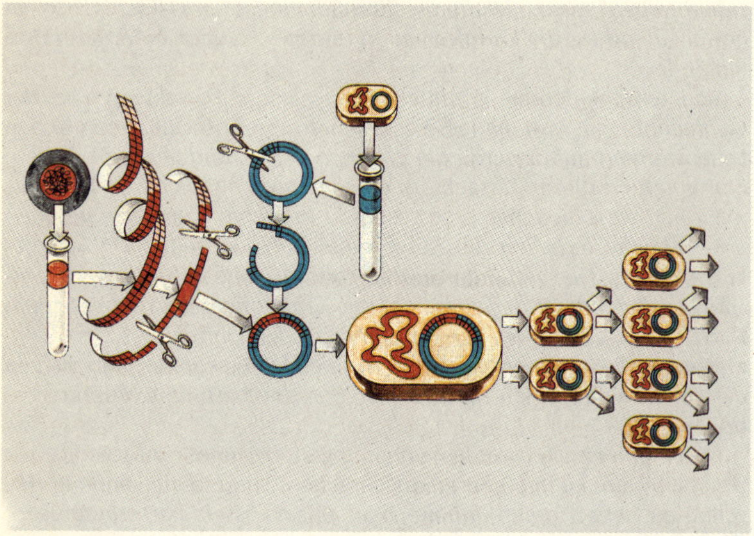

So arbeiten die Gentechniker: Aus einer tierischen Zelle (links oben) wird die DNA im Reagenzglas isoliert und mit Hilfe von Enzymen (symbolisch als Scheren dargestellt) ein Stück DNA abgespalten. Gleichzeitig werden aus einer Bakterie (oben rechts) die Plasmide (als kleiner Ring gezeichnet) herausgenommen. Auch der Plasmidring wird aufgeschnitten. Anschließend setzt man das vorher gewonnene DNA-Stück, das beispielsweise die Erbinformation zur Insulinerzeugung trägt, in das Plasmid ein. Bei der Vermehrung – die Zellen teilen sich alle zwanzig Minuten – erben die neuen Bakterien das fremde Gen, als ob es ihr eigenes wäre, und produzieren nun das wertvolle Arzneimittel.

Unterschied, daß man Plasmide sehr viel leichter aus einer Zelle herausnehmen und – nach Einsetzen des neuen Erbbefehls – wieder in die Zelle zurückbefördern kann. Selbst bei Zellen, die von Natur aus nur die DNA-Kette besitzen, ist es gelungen, genetisch manipulierte Plasmide „einzuschmuggeln".

In der Landwirtschaft erhofft man sich durch die Gentechnologie neugezüchtete Pflanzen, die zum Beispiel frostunempfindlich sind. Erdbeeren, denen auch Minustemperaturen nichts anhaben können, hat man in Amerika bereits gezüchtet. Pflanzenschädigende Insekten sollen in Zukunft statt mit umweltschädlichen Pflanzenschutzmitteln durch gentechnisch konstruierte Bakterien vernichtet werden. Und gentechnologisch gezüchtete Supersorten, die schneller wachsen und größer werden als ihre natürlichen Vorgänger, könnten wirtschaftliche Vorteile bringen und die Lebensmittelversorgung zum Beispiel in den Ländern der dritten Welt sicherstellen.

Gefahr aus der Gen-Küche?

Bisher gibt es in Deutschland noch keine Freilandversuche mit gentechnisch veränderten Organismen, die im Labor gezüchtet wurden. Zu ungewiß sind noch die Risiken, die aus der Genküche kommen. Werden sich gentechnisch manipulierte Bakterien und Pflanzen in freier Natur ebenso verhalten wie im Labor? Kann der Verzehr der auf diesem Wege veränderten Pflanzen Nebenwirkungen haben? Besteht die Gefahr, daß durch Experimente mit bakterieller DNA zufällig neue Arten von Krankheitserregern entstehen? Das alles sind Fragen, die zunächst einer genauen Überprüfung bedürfen. Seit Juni 1984 gibt es zur Klärung von Sicherheitsfragen dieser Art eine vom Deutschen Bundestag eingesetzte Enquete-Kommission. Sie besteht aus Politikern, Wissenschaftlern und Ärzten, die sich mit den Risiken der Gentechnologie auseinandersetzen und Empfehlungen für entsprechende Gesetze aussprechen.

Supersau und Ziegenlamm

In der Viehzucht hat die neue Technologie allerdings schon seit mehreren Jahrzehnten Einzug gehalten. Die künstliche Befruchtung in der Rinderzucht gehört für den Landwirt von heute zur Tagesordnung. Ausnahmen sind bis jetzt Kreuzungen und Neuzüchtungen wie „Supersau“ und „Ziegenlamm“. Im ersten Fall hatten amerikanische Forscher die Erbinformation für Wachstumshormone in Embryos von Schweinen eingeimpft. Das Ergebnis: die Supersau. Sie kann sich kaum auf den Beinen halten und ist blind, aber sie bringt viel Fleisch. Ein anderes Experiment brachte das Ziegenlamm hervor. Embryonen von Schafen und Ziegen wurden im Zellstadium geteilt, zu neuen Einheiten verschmolzen und von einem Schaf- oder Ziegenmuttertier ausgetragen. Neben solch eher umstrittenen Experimenten sind andere Formen der gentechnologischen Tierzüchtung in der Landwirtschaft sehr gefragt. Wenn der Züchter einer Hochleistungskuh beispielsweise mehrere hochwertige Nachkommen haben möchte, kann er die entnommenen und im Reagenzglas befruchteten Eizellen des Muttertiers teilen und erhält somit statt einem Kälbchen zwei (in Zukunft vielleicht auch mehrere) vollkommen identische Tiere. Dieses Verfahren – nämlich die ungeschlechtliche Vermehrung von Eizellen – nennt man auch Kloning. Künstliches Kloning ist auch beim Menschen denkbar. In der Natur kommt es schon vor: Eineiige Zwillinge sind Klone voneinander. Doch was bisher eine Laune der Natur war, könnte in Zukunft der Willkür des Menschen unterliegen. Seit ungewollt kinderlose Ehepaare die Möglichkeit haben, durch die Zusammenführung von Eizelle der Frau und Samen des Mannes im Reagenzglas Kinder zu „zeugen", besteht theoretisch auch die Möglichkeit, die außerhalb des Körpers befruchtete Eizelle mehrfach zu

Kaum lebensfähig, aber vier Koteletts mehr: die „Supersau"

Genaugenommen vier Eltern hat dieses kleine Ziegenlamm. Es ist keine einfache Kreuzung aus Schaf und Ziege, sondern eine „Chimäre", ein zusammengesetztes Tier. Im frühen Stadium wurden Zellteile von dem Embryo einer Zwergziege und dem eines Schafes zusammengesetzt und in die Gebärmutter eines Schafes gepflanzt. Die Chimärenforschung ist von großer Bedeutung für die Immun- und Tumorforschung, denn damit kann möglicherweise herausgefunden werden, wie ein Körper fremdes Eiweiß erkennt, was wiederum Rückschlüsse auf das Funktionieren des Immunsystems zuläßt.

teilen. Durch das Embryonenschutzgesetz sind jegliche Eingriffe dieser Art verboten. Dennoch mag der eine oder andere an den Roman „Schöne neue Welt" von Aldous Huxley denken. Dort werden durch Kloning ganze Sätze eineiiger Mehrlinge produziert, die in Flaschen aufwachsen und durch Verabreichung unterschiedlicher Mengen von Sauerstoff zu Alpha-, Beta-, Gamma- oder Delta-Menschen mit bestimmten Eigenschaften ausgebildet werden.

In der Wirklichkeit sieht es im Moment so aus, daß Kinder zwar im Reagenzglas gezeugt werden können, danach jedoch in den Mutterleib zurückverpflanzt werden müssen, um zu überleben, und somit ganz „normal" auf die Welt kommen. Der Begriff des „Retortenbabys" mag hier etwas irreführend sein.

Kloning: Albert Einstein serienweise

Eine weitaus kompliziertere Form des Klonings findet statt, wenn man eine ganz normale Körperzelle – eine Hautzelle beispielsweise –, die ja auch, wie jede andere Zelle, den kompletten Satz an Erbinforma-

tionen enthält, dazu bringt, sich wie eine befruchtete Eizelle zu verhalten. Aus einer solchen Zelle würde dann ein genaues Abbild desjenigen entstehen, von dem die Körperzelle stammt. Bislang sind Versuche dieser Art nur bei Fröschen erfolgreich gewesen. Bestünde die Möglichkeit, diese Art des Klonings beim Menschen anzuwenden, ließen sich Genies wie zum Beispiel Albert Einstein beliebig oft reproduzieren – jedenfalls was das Aussehen und die Erbanlagen betrifft.

Die Umwelteinflüsse würden natürlich nach wie vor eine entscheidende Rolle bei der Menschwerdung spielen.

Kampf gegen die Krankheiten unserer Zeit

Der bislang größte Durchbruch gelang der Gentechnologie im Bereich der Medizin – mit der gentechnologischen Herstellung des Humanhormons Insulin. Ohne Insulin müßten Zuckerkranke, denen dieses Hormon fehlt, sterben. Bislang wurde Insulin in aufwendigen und teuren Verfahren aus der Bauchspeicheldrüse von Schweinen und Rindern gewonnen. Den Gentechnikern ist es gelungen, den menschlichen Gensatz, der für die körpereigene Produktion dieses Stoffes verantwortlich ist, zu isolieren und die Erbinformation in Bakterien einzuschleusen. Durch die permanente Teilung dieser Bakterien, die nun alle den genetischen Befehl erhalten haben, Insulin zu produzieren, können heute große Mengen des wertvollen Hormons billig hergestellt werden, die auch besser verträglich sind. Ähnlich verhält es sich mit soge-

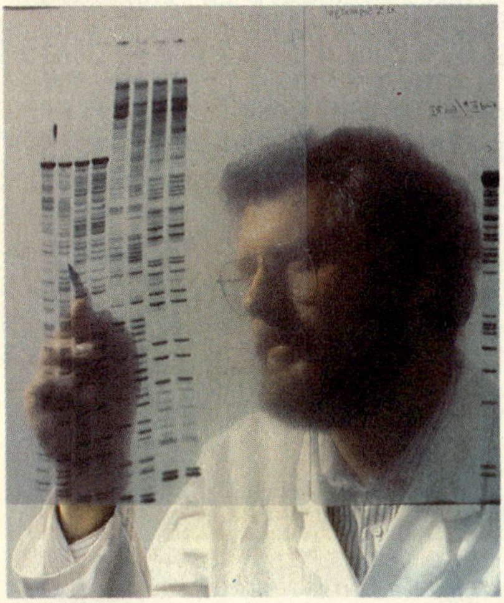

Gene können sichtbar gemacht werden. Wissenschaftler bei der Analyse des Insulin-Gens

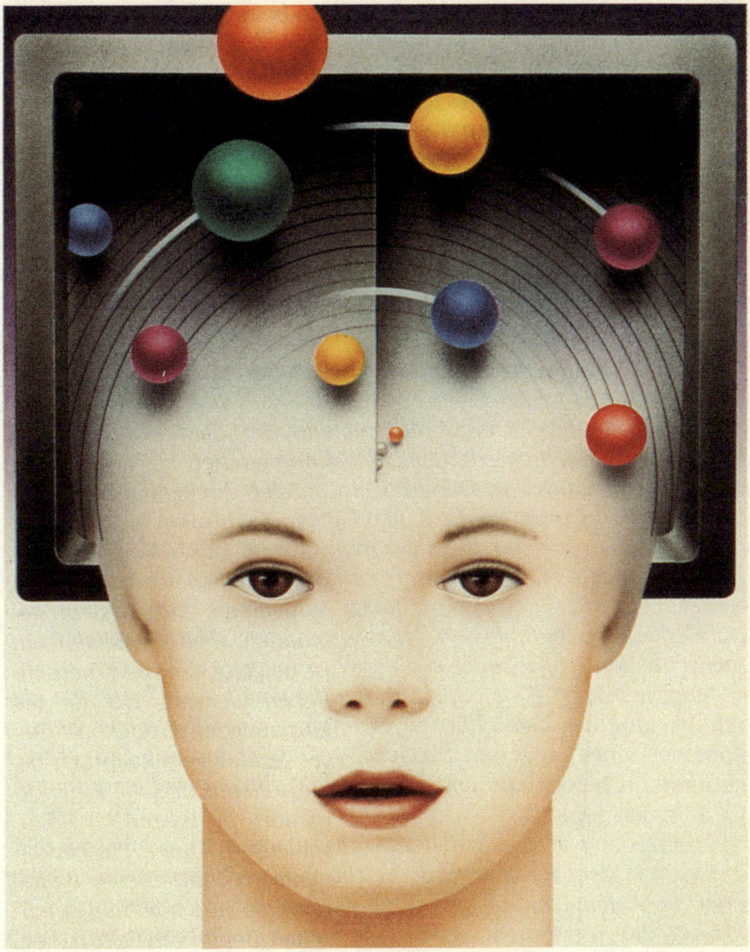

Der Mensch der Zukunft: entschlüsselt und programmierbar?

nannten Interleukinen – Substanzen, die für die Immunabwehr des Körpers wichtig sind – und dem Interferon, einem Eiweißstoff, der in der Krebsbekämpfung und, im Moment erfolgreicher, bei Viruserkran-

kungen aller Art eingesetzt wird. Ende der 70er Jahre kostete ein Gramm Interferon noch 100 Millionen Mark. Heute wird das Mikrobenprodukt für 500 DM pro Gramm verkauft.

Umstritten, da in den Folgen kaum absehbar, ist der Kampf gegen Krankheiten unserer Zeit mittels der sogenannten Gentherapie. Dabei versucht man zunächst, defekte oder fehlende Gene aufzuspüren, die für klassische Erbkrankheiten wie Muskelschwund oder die Bluterkrankheit verantwortlich sind, gleichzeitig sucht man aber auch nach den möglichen genetischen Faktoren für Zivilisationskrankheiten wie Krebs, Diabetes, Stoffwechsel- und Kreislauferkrankungen.

Allerdings stellt sich hier die Frage, auf welche Art es in Zukunft möglich sein wird, defekte Gene zu reparieren oder gar komplett durch gesunde, nachgebaute Gene auszutauschen. Solange – wie im Fall der Bluterkrankheit – die Aussicht besteht, den fehlenden Faktor zur Blutgerinnung mit einer Impfung einzugeben, wird man sicherlich die neue Form der Therapie allerorts begrüßen. Was aber, wenn die Heilung nur auf dem Weg der gezielten Manipulation der Eizelle – also des Embryos – erfolgen kann?

Der Schritt vom Eingriff in die menschliche DNA aus therapeutischen Gründen bis zur Menschenzüchtung à la Huxley ist ein so weiter nicht. Das Embryonenschutzgesetz, das im Februar 1988 vom Bundeskabinett beschlossen wurde, verbietet „Manipulationen am menschlichen Erbgut sowie die Verwendung von Embryonen zu Forschungszwecken". Doch allein durch die weiter fortschreitende Entschlüsselung des menschlichen Genoms – also aller seiner Gene – könnte es eines Tages eine Klasseneinteilung in gesunde und weniger gesunde, in brauchbare und weniger brauchbare Mitglieder unserer Gesellschaft geben.

Gesetzt den Fall, daß man in Zukunft aufgrund gentechnischer Blutanalysen in der Lage sein wird, die Lebenserwartung eines Menschen oder die Anfälligkeit für bestimmte Krankheiten zu bestimmen – ein Projekt, das im Moment aus Gründen des medizinischen Fortschritts von allen Ländern der EG gefördert wird –, welche Konsequenzen könnte das für Versicherungskonzerne und Personalabteilungen haben? Besonders wenn die Mittel gegen solche Gendefekte sich doch nicht so rasch finden lassen, auch wenn die Ursachen entdeckt sind?

Menschen nach Maß?

Schon heute ist es möglich, anhand von Fruchtwasseruntersuchungen bei Schwangeren, bestimmte genetische Mängel, die z.B. zum Mongolismus führen, vor der Geburt festzustellen. Aus medizinischen Gründen kann bei schweren Erbschäden ein Schwangerschaftsabbruch vorgenommen werden.

Wenn sich in Zukunft auch andere Erbmängel im vorgeburtlichen Stadium diagnostizieren lassen, wird es dann zur moralischen Pflicht einer Mutter werden, ihr Kind abzutreiben, weil es beispielsweise irgendwann einmal an Krebs erkranken wird? Wer will die Grenze ziehen zwischen lebenswerten und nicht lebenswerten Menschen? Ganz abgesehen von dem Risiko einer „Reagenzglaseugenik", bei der jedes unerwünschte Erbmerkmal wie Geschlecht oder Augenfarbe durch Selektion oder genetische Beeinflussung ausgeschaltet werden könnte! Heute ist die Wahrscheinlichkeit, daß genetische Eingriffe beim Menschen gelingen, äußerst gering, und auch für die vollständige Entschlüsselung der Genomkarte des Menschen rechnen die Wissenschaftler in Zeiträumen von mehreren tausend Jahren. Ob die Technologie der Zukunft dem Menschen zum Fluch oder Segen gereichen wird, daran scheiden sich die Geister. Sicher ist nur eines: Das Rad der Zeit läßt sich nicht zurückdrehen. Den „hippokratischen Eid" der Wissenschaftler gibt es (noch) nicht. Sehr bald schon werden Verfahren gentechnologisch möglich sein, die verantwortungsvolle Politiker aus ethischen Gründen ablehnen müssen.

Der Schriftsteller Bert Brecht läßt den Wissenschaftler Galilei in dem Theaterstück „Leben des Galilei" folgende Warnung aussprechen: „Wenn Wissenschaftler sich damit begnügen, Wissen um des Wissens willen aufzuhäufen, kann die Wissenschaft zum Krüppel gemacht werden ... Ihr mögt mit der Zeit alles entdecken, was es zu entdecken gibt, und euer Fortschritt wird doch nur ein Fortschreiten von der Menschlichkeit weg sein. Die Kluft zwischen euch und ihr kann eines Tages so groß werden, daß euer Jubelschrei über irgendeine neue Errungenschaft von einem universalen Entsetzensschrei beantwortet werden könnte."

Eine Warnung, die, besonders in unserer Zeit, aktueller scheint als je zuvor.

Illustrierter Anhang: „Gentechnologie –
achter Tag der Schöpfung?"
Ein Artikel von Daniela Bentele-Hendricks